青年陈忠实

1990 年代，在秦岭

1990 年代，与《白鹿原》第一任责任编辑何启治（右）合影

写作之余

1999 年，在贵州黄果树瀑布

在陕南山区与学生们相遇

2008 年 4 月，陈忠实（右二），在中国现代文学馆发表《我与〈白鹿原〉》之后，给听讲的外国读者签名

陈忠实自选集

陈忠实◎ 著

天地出版社 | TIANDI PRESS

图书在版编目（CIP）数据

陈忠实自选集 / 陈忠实著 . —成都：天地出版社，2017.3（2017年重印）

（路标石丛书）

ISBN 978-7-5455-2465-9

Ⅰ . ①陈… Ⅱ . ①陈… Ⅲ . ①中国文学—当代文学—作品综合集 Ⅳ . ① I217.2

中国版本图书馆 CIP 数据核字（2016）第 321877 号

陈忠实自选集

出品人	杨 政
著 者	陈忠实
责任编辑	陈文龙
封面设计	今亮后声
电脑制作	九章文化
责任印制	葛红梅

出版发行	天地出版社
	（成都市槐树街 2 号　邮政编码：610014）
网 址	http://www.tiandiph.com
	http://www. 天地出版社 .com
电子邮箱	tiandicbs@vip.163.com
经 销	新华文轩出版传媒股份有限公司

印 刷	北京中科印刷有限公司
版 次	2017 年 3 月第 1 版
印 次	2017 年 6 月第 3 次印刷
成品尺寸	160mm×238mm　1/16
印 张	35.25
字 数	577 千
定 价	58.00 元
书 号	ISBN 978-7-5455-2465-9

序言

王蒙

　　新华文轩集团在做一套当代作家的自选集，第一批将出版陈忠实、史铁生、张炜、韩少功、王蒙的自选作品，目前签约的则还有熊召政、王安忆、赵玫、方方、池莉、苏童等同行文友，今后还将考虑出版港澳台及海外华语作家的自选作品。好事，盛事！

　　现在的文学创作并没有太大的声势，人们的注意力正在被更实惠、更便捷、更快餐、更市场、更消费也更不需要智商的东西所吸引。老龄化也不利于文学作品的阅读与推广，因为老人们坚信他们二十岁前读过的作品才是最好的，坚信他们在无书可读的时期碰到的书才是最好的，就与相信他们第一次委身的情人才是最美丽的一样。新媒体则常常以趣味与海量抹平受众大脑的皱折，培养人云亦云的自以为聪明的白痴，他们的特点是对一切文学经典吐槽，他们喜欢接受的是低俗擦边段子。

　　孟子早就指出来了，"耳目之官不思，而蔽于物。物交物，则引之而已矣。心之官则思，思则得之，不思则不得也。"他强调的是心（现在说应该是"脑"）的思维与辨析能力，而认为仅仅靠视听感官，会丧失人的主体性，丧失精神的获得。因为一切的精神辨析与收获，离不开人的思考。

　　当然，耳目也会激发驱动思维，但是思维离不开语言的符号，而文学是语言的艺术，是思维的艺术，是头脑与心灵而不仅仅是感觉的艺术。文艺文艺，不论视听艺术能赢得多多少百倍更多的受众，文学仍然是地基又是高峰，是根本又是渊薮。文学的重要性是永远不会过时与淡化的。

　　当代文学云云，还有一个问题，"时文"难获定论，时文受"时"的影响太大。学问家做学问的时候也是希罕古、外、远、历史文物加绝门暗器，不喜欢顺手可触、汗牛充栋的时文。

　　但读者毕竟读得最多最动心动情最受影响的是时文。时文而晒一晒，静一静，冷一冷，筛一筛，莫佳于出版自选集。此次编选，除王蒙一人而外都是文革后"新时期"涌现的作家，基本上是知青作家。知青作家也都有了三十年上下的创作历程与近千万字的创作成果。几十年后反观，上千万字中挑选，已经甩掉了不少暂时的泡沫，已经经受了飞速变化与不无纷纭的潮汐的考验，能选出未被淘汰的东西来，是对出版更是对读者的一个贡献。以第一批作者为例，陈忠实的作品扎根家乡土地，直面历史现实，古朴淳厚，力透纸背。史铁生身体的不幸造就了他的悲天悯人，深邃追问，碧落黄泉，振撼通透，沉潜静谧。张炜对于长篇小说的投入与追求，难与伦比，乡土风俗，哲思掂量，人性解剖，一以贯之，未曾稍懈。韩少功更是富有思辨能力的好手，亦叙亦思，有描绘有分解，他的精神空间与文学空间纵横古今天地，耐得咀嚼，值得回味。我的自选也忝列各位老弟之间，偷闲学学少年，云淡风清，傍花随柳，作犹未衰老状，其乐何如？

我从六十余年前提笔开写时就陶醉于普希金的诗：

> 我为自己建立了一座非人工的纪念碑，
> ……所以永远能和人民亲近，
> 我曾用诗歌，唤起人们善良的感情，
> 在残酷的时代歌颂过自由，
> 为倒下去的人们，祈求宽恕同情。
> ……不畏惧侮辱，也不希求桂冠，
> 赞美和诽谤，都心平静气地容忍。

看到文友们的自选集的时候，我想起了普希金的诗篇《纪念碑》。每一个虔诚的写者，都是怀着神圣的庄严，拿起自己的笔的。都是寄希望于为时代为人民修建一尊尊值得回望的纪念碑来的。当然，还不敢妄称这批自选集就已经是普希金式的纪念碑，那么，叫路标石就好。几十年光阴荏苒，总算有那么几块石头戳在那里，记录着时光和里程，记忆着希冀和奋斗，还有无限的对于生活、对于文学的爱惜与珍重。它们延长了记忆，扩展了心胸，深沉了关切与祝福，也提供给所有的朋友与非朋友，唤起各自的人生百味。

目录

长篇小说

白鹿原（选章）

第一章

白嘉轩后来引以为豪壮的是一生里娶过七房女人。

娶头房媳妇时他刚刚过十六岁生日。那是西原上巩家村大户巩增荣的头生女，比他大两岁。他在完全无知慌乱中度过了新婚之夜，留下了永远羞于向人道及的可笑的傻样，而自己却永生难以忘记。一年后，这个女人死于难产。

第二房娶的是南原庞家村殷实人家庞修瑞的奶干女儿。这女子又正好比他小两岁，模样俊秀眼睛忽灵儿。她完全不知道嫁人是怎么回事，而他此时已谙熟男女之间所有的隐秘。他看着她的羞怯慌乱而想到自己第一次的傻样反倒觉得更富刺激。当他哄唆着把躲躲闪闪而又不敢违拗他的小媳妇裹入身下的时候，他听到了她的不是欢乐而是痛苦的一声哭叫。当他疲惫地歇息下来，才发觉肩膀内侧疼痛钻心，她把他咬烂了。他抚伤惜痛的时候，心里就潮起了对这个娇惯得有点任性的奶干女儿的恼火。正欲发作，她却扳过他的肩膀暗示他再来一次。一当经过男女间的第一次交欢，她就变得没有节制的任性。这个女人从下轿顶着红绸盖巾进入白家门楼到躺进一具薄板棺材抬出这个门楼，时间尚不足一年，是害痨病死的。

第三个女人是北原上樊家寨的一户同样殷实人家的头生女儿，十六岁的身体发育得像二十岁的女人一样丰满成熟，丰腴的肩膀和浑圆的臀部，又有一对大奶子。她要么是早熟，要么是婚前有过男女间的知识，一钻进被窝就把他紧紧搂住，双臂上显示着急迫与贪婪，把丰满鼓胀的奶子毫不羞怯地贴紧他的胸脯。这个像一团绒球的女人在他怀里缠磨过一年就瘦成了一根干枯的包谷秆子，最后吐血而死了，死了也没搞清是什么病症。

第四个女人娶的是南原靠近山根的米家堡村的。对这个女人他几乎没有留下什么记忆。她似乎对他的所有作为毫无反应。他要来她绝不推拒，他不要时她从不黏他。她从早到晚只是做她应该做的事而几乎不说一句话。她死的时候，他不在家，到镇上去了。回来时看见她的嘴死死咬着被角儿，指甲抓掉了，手上的血尚未完全干涸，炕边和炕席上凝结着发黑的血污和被指甲抓抠的印痕。说是午后突然肚子疼，父亲找他不在就去镇上请来冷先生急救。冷先生断为羊毛疔，扎针放血时血已变成黑色的稠汁放不出来。她死得十分痛苦，浑身扭蜷成一只干虾。

连着死了四个女人，嘉轩怕了，开始相信村人早就窃窃着的关于他命硬的传闻，怕是注定要打一辈子光棍了。他的老子秉德老汉为他张罗再订再娶，他劝父亲暂缓一缓再说。秉德老汉把噙着的嘴唇对准水烟壶的烟筒，噗的一声吹出烟灰，又捻着黄亮绵软的烟丝儿装入烟筒，又噙起嘴唇噗的一声吹着了火纸，鼻孔里喷出两股浓烟，不容置疑地说："再卖一匹骡驹。"

第二天上午，秉德老汉就牵着骡驹上白鹿镇去了。回来时天已擦黑，扔下那条半截铁链半截皮绳的缰绳，告诉儿子说："媳妇说成了，东原上李家村木匠卫家的三姑娘。"这个女子是一个穷家女子，门不当户不对已经无从顾及。木匠卫老三养下五个女子，正愁养活不过，只要给高金聘礼，不大注重男人命软命硬的事。这时候，远远近近的村子热烈地流传着远不止命硬的关于嘉轩的生理秘闻，说他长着一个狗的家伙，长到可以缠腰一匝，而且尖头上长着一个带毒的倒钩，女人们的肝肺肠肚全被捣碎而且注进毒汁。那些殷实人家谁也不去考虑白鹿村白秉德淳厚的祖德和殷实的家业了，谁也不愿眼睁睁把女儿送到那个长着狗屎的怪物家里去送死，只有像木匠卫老三这种恨不得把女子踢出门去的人才吃这号明亏。当婚事按照祖传的严格程序和礼仪加紧筹办的重要关头，秉德老汉自己却突然暴死了。

那是麦子扬花油菜干荚时节，刚交农历四月，节令正到小满，脱下棉衣棉裤换上单衣单裤的庄稼人仍然不堪燥热。午饭后，秉德老汉叮嘱过长工鹿三喂好牲口后晌该种棉花了，就躺下来歇息会儿。每天午饭后他都要歇息那么一会儿，有时短到只眨一眨眼眯盹儿一下，然后跳下炕用蘸了冷水的湿毛巾擦擦眼睑，这时候就一身轻松一身爽快，仿佛把前半天的劳累全都抖落掉了，然后坐下喝茶，吸水烟，浑身的筋骨就兴奋起来抖擞起来，像一匹一匹拧紧了发条的座钟，等得鹿三喂饱了牲口，他和他扛犁牵马走出村巷走向田野的时候，精神抖擞得像出征的将军。整个后响，他都是精力充沛意志集中于手中的农活，往往逼得比他年轻的长工鹿三气喘吁吁汗流浃背也不敢有片刻的怠慢。他从来不骂长工更不必说动手动脚打了，说定了的身价工钱也是绝不少付一升一文。他和长工在同一个铜盆里洗脸坐一张桌子用餐。他用过的长工都给他出尽了力气而且成了交谊甚笃的朋友，满原都传诵着白鹿村白秉德的佳话好名。秉德老汉刚躺下就滋滋润润地迷糊了。他梦见自己坐着牛车提着镰刀去割麦子，头顶呼的一个闪亮，满天流火纷纷下坠，有一团正好落到他的胸膛上烧得皮肉吱吱吱响，就从牛车上翻跌到满是黄土草屑的车辙里。惊醒后他已经跌落在炕下的砖地上，他摸摸胸脯完好无损并无流火灼烧的痕迹，而心窝里头着实火烧火燎，像有火焰呼呼喷出，灼伤了喉咙口腔和舌头，全都变硬了变僵了变得干涸了。他的女人大约听到响声跑进屋来抱他拉他都无法使他爬到炕上去，立即惊慌失措呼喊儿子嘉轩和长工鹿三。三个人把秉德老汉抬到炕上，一齐俯下身焦急而情切地询问哪儿出了毛病。可是秉德老汉已经不能说话，只是用粗硬的指头上的粗硬的指甲抓扒自己的脖颈和胸脯，嘴里发出嗷嗷嗷呜呜呜狗受委屈时一样的叫声。嘉轩和母亲全都急傻了，只有长工鹿三尚未慌乱，忙喊："快去请先生！"嘉轩得到提醒随即跑出院子，奔白鹿镇请先生去了。

白鹿镇在村子西边，一条小街，一家药铺，冷先生坐堂就诊，兼营中药。冷先生听嘉轩说了病状，心里就明白了八九成，从抽屉里取出一只皮包挂到腰带上，急忙赶到白家来。冷先生是白鹿原上的名医，穿着做工精细的米黄色蚕丝绸衫，黑色绸裤，一抬足一摆手那绸衫绸裤就忽悠悠地抖，四十多岁年纪，头发黑如墨染油亮如同打蜡，脸色红润，双目清明，他坐堂就诊，门庭红火。冷先生看病，不管门楼高矮更不因人废诊，财东人用轿子抬他或用垫了毛毯的牛车拉他他去，穷人拉一头毛驴接他他也去，连毛驴也没有的人家请他他就步行着去了。财东人给他封金赏银他照收不拒，穷汉家给几个铜圆麻钱他也坦然装入衣兜，穷得一时拿不出钱的人他不逼不索甚至连问也不问，任就诊者自己到手头活便的时候给他送来。他落下了好名望。他的父亲老冷先生过世的时光，十里八乡凡经过他救活性命的幸存者和许多纯粹仰慕医德的乡里人送来的金字匾额和挽绸挂满了半条街。冷先生坐上那张用生漆漆得黑乌锃亮的椅子，人们发现他比老冷先生更冷。他不多说话倒不怠慢焦急如焚的患者。他永远镇定自若成竹在胸，看好病是这副模样看不好也是这副模样看死了人仍是这副模样，他给任何患者以及比患者更焦虑急迫的家属的印象永远都是这个样子。看好了病那是因为他的医术超群此病不在话下因而不值得夸张称颂，看不好病或看死了人那本是你不幸得下了绝症而不是冷先生医术平庸，那副模样使患者和家属坚信即使再换一百个医生即使药王转世也是无可奈何。

冷先生一进门就看见炕上麻花一样扭曲着的秉德老汉，仍然像狗似的嗷嗷嗷呜呜呜地呻吟。他不动声色，冷着脸摸了左手的脉又捏了捏肚腹，然后用双手掀开秉德老汉的嘴巴，轻轻"嗯"了一声就转过头问嘉轩："有烧酒没有？"嘉轩的母亲白赵氏连声应着"有有有"，转身就把一整瓶烧酒取来了。冷先生又要来一只青瓷碗，把烧酒咕嘟嘟倒入碗里，用眼睛示意嘉轩将酒点燃。嘉轩满面虚汗，颤抖的双手捏着火石火镰却打不出火花来。鹿三接过手只一下就打燃了火纸，噗的一口气就吹出了火焰，点燃了烧酒。冷先生从裤腰带上解下皮夹再揭开暗扣，露出一排刀子锥子挑钩粗针和一只闪闪发光的三角刮刀。冷先生取出一根麦秆粗的钢针和一块钢板，一齐放到烧酒燃起的蓝色火焰上烧烤，然后吩咐嘉轩压死老汉的双手，吩咐白赵氏压紧双腿，特别叮嘱鹿三夹紧主人的头和脖颈，无论发生什么情况都不能松动。一切都严格按照冷先生的嘱咐进行。冷先生把那块钢板塞进秉德老汉的口腔，用左手食指一分就变成一个 V 形的撑板，把秉德老汉的嘴撬撑到极限，右手里那根正在烧酒火焰上烧得发红变黄的钢针一下戳进喉咙，旁人尚未搞清怎么一回事，钢针已经拔出，只见秉德老汉嘴里冒出一股青烟，散发着皮肉焦灼的奇臭气味。冷先生一边擦拭刀具一边说："放开手。完了。"随之吹熄了烧酒碗里的火苗儿。秉德老汉像麻花一样扭曲的腿脚手臂松弛下来，散散伙伙地随意摆置在炕上一动不动，口里开始淌出一股乌黑的黏液，看了令人恶心，嘉轩用毛巾小心翼翼地擦拭着。这时候，秉德老汉渐渐睁开眼睛。四个人同时发现了这一伟大的转机，同时发现了微启的眼睑里有一缕表示生命回归的活光，像是阴霾的云缝泄下一缕柔和的又是生机勃勃的阳光。三个人同时惊喜地"哦呀"一声，不约而同地转过溢着泪花的眼来看着冷先生。冷先生还是惯常那副模样，说："给灌一点儿凉开水。"三个人手忙脚乱又是小心翼翼地给那个阔大的嘴巴灌了几勺开水，秉德老汉竟然神奇地坐了起来，抓住冷先生的手说开了笑话："哎呀！冷侄儿！我给阎王爷的生死簿子上正打钩哩！猛乍谁一把从我手里抽夺了毛笔，照直捅进我的喉咙。我还给阎王爷说‘你看你看这可怪不了我呀’！原来是你。"三个人流着眼泪笑出了声。秉德老汉嗔怪老伴说："还不快给先生拾掇茶饭——"白赵氏带着怠慢了恩人的歉意慌忙离去了，灶间传来很响的添水的瓢声和风箱声。

　　冷先生坐下也不说话，接过嘉轩递给他的秉德老汉的那把白铜水烟壶就悠悠吸起来。白赵氏端来一只金边细瓷碗，里面盛着三个洁白如玉的荷包蛋。冷先生只用一个手势就表示出不容置疑的坚决拒绝。白赵氏还想说什么体己关照的话，秉德老汉的手脚随着身子的突然仰倒又扭起了麻花，而且更加剧烈，眼里的活光很快收敛，又是一片垂死的神色，嗷嗷呜呜狗一样的叫声又从喉咙里涌出来。已经完全解除了心里负载的女人儿子和长工大惊失色，骤然间意识到他们高兴得太早了，危机并没有根除，一下子又陷入更加沉重的二次打击中。冷先生依然不慌不忙照前办理，重新在燃烧的烧酒的蓝色火焰里烧烤钢板和钢针。三个人不经吩咐已经分别挟制压死了秉德老汉头手和腿脚。通红的钢针再次捅进喉咙，又是一股带着焦臭气味蓝烟。秉德老汉又安静下来，继而眼里又放出活光来，这回他可没说给阎王生死簿上打钩画圈的笑话。三个人的脸上和眼里的疑云凝滞不散。冷先生收拾起那只磨搓得紫红油亮的皮夹，重新系到裤腰带上，准备告辞。嘉轩和母亲以及长工鹿三一齐拉住冷先生的胳膊，这样子你咋敢走？你走了再犯了可咋办呀？冷先生不动眉平板着脸说："常言说，有个再一再二没有再三再四。再不发生了算是老叔命大福大，万一再三再四地发生……我夺了他打钩画圈的笔杆也不顶啥了！"说罢就走出屋门走过院子走到街门外头来。嘉轩一边送行一边问父亲得下的是啥病，冷先生说："瞎瞎病。"嘉轩几乎无力走进门楼。"瞎瞎病"不言自明的确切含义是绝症。

　　白秉德老汉死了。父亲的死是嘉轩头一回经见人的死亡过程。爷爷在他尚未来到人世就死掉了，奶奶死的时光他还没有记忆的智能。他的四个女人相继死亡他都不能亲眼目睹她们咽下最后一口气，她被母亲拖到鹿三的牲畜棚里，身上披一条红巾，防止鬼魂附体。父亲的死亡是他平生经见的头一个由阳世转入阴世的人。他的死亡给他留下了永久性的记忆，那种记忆非但不因年深日久而暗淡而磨灭，反倒像一块铜镜因不断地擦拭而愈加明光可鉴。冷先生掖着皮夹走回他在白鹿镇上的中医堂以后，嘉轩和他妈白赵氏以及长工鹿三在炕上和炕下把秉德老汉团团围定，像最忠诚的卫士监护着国王。他和母亲给病人喂了一匙糖水，提心吊胆如履薄冰似的希望度过那个可怕的间隔期而不再发作。秉德老汉用十分柔弱十分哀婉的眼光扫视了围着他的三个人，又透过他们包围的空隙扫视了整个屋子，大约发觉冷先生不在了，迟疑一下就闭上了眼睛，再睁开时就透出一股死而无疑的沉静。他已预知到时间十分有限了，一下就把沉静的眼睛盯住儿子嘉轩，不容置疑地说："我死了，你把木匠卫家的人赶紧娶婆回来。"嘉轩说："爸……先不说那事。先给你治病，病好了再说。"秉德老汉说："我说的就是我死了的话，你当面答应我。"嘉轩为难起来："真要……那样，也得三年服孝满了以后。这是礼仪。"秉德老汉说："'不孝有三无后为大'。你把书念到狗肚里去了？咱们白家几辈财旺人不旺。你爷是个单崩儿守我一个单崩儿，到你还是个单崩儿。自我记得，白家的男人都短寿，你老爷活到四十八，你爷活到四十六，我算活得最长过了五十大关了。你守三年孝就是孝子了？你绝了后才是大逆不孝！"嘉轩的头上开始冒虚汗。秉德老汉说："过了四房娶五房。凡是走了的都命定不是白家的。人存不住是欠人家的财还没还完。我只说一句，哪怕卖牛卖马卖地卖房卖光卖净……"嘉轩看见母亲给他使眼色，却急得说不出口，哪有三年孝期未过就办红事的道理？正僵持间，秉德老汉又扭动起来，眼里的活光倏忽隐退，嘴里又发出嗷嗷嗷呜呜呜的狗一样的叫声，三个人全都不知如何是好了。嘉轩的一只手腕突然被父亲捉住，那指甲一阵紧似一阵直往肉里抠，垂死的眼睛放出一股凶光，嘴里的白沫不断涌出，在炕上翻滚扭动，那只手却不放松。母亲急了："快给你爸一句话！"鹿三也急了："你就应下嘛！"嘉轩"哇"的一声哭了："爸……我听你的吩咐……你放心……"秉德老汉立时松了手，往后一仰，蹬了蹬腿就气绝了。嘉轩一声哭号就昏死过去，被救醒时父亲已经穿上了老衣，香蜡已经在灵桌上焚烧。鹿三说："你不能再哭了，先安顿丧事。你不做主旁人没法举动。"嘉轩当即和族里几位长辈商定丧事，先定必办不可的事：派出四个近门子的族里人，按东南西北四路分头去给亲戚好友报丧；派八个远门子的族人日夜换班去打墓，在阴阳先生未定准穴位之前先给坟地推砖做箍墓的准备事项；再派三四个帮忙的乡党到水磨上去磨面，自家的石磨太慢了。下来就议到乐人的事，这需得主家嘉轩做主，请几个乐人？闹多大场面？继续多少时日？嘉轩说："俺爸辛苦可怜一世，按说该当在家停灵三年才能下葬。俺爸临终有话，三天下葬，不用鼓乐，一切从简。我看既不能三年守灵，也不要三天草草下葬，在家停灵'一七'，也能箍好墓室。叔伯爷们，你们指教……"远门近门的长辈老者都知道嘉轩命运不济，至今连个骑马坠灵的女人也没有，都同意嘉轩的安排。一位伯伯朗然说："人说'瞻前顾后'，前后总是不能兼顾，就只能是先瞻前而后顾后；生死不能同时顾全，那就先顾生而后顾死。"事情当即定下来，派一个人到临近村里去找乐人班主，讲定八挂五的人数，头三天和后一天出全班乐人，中间三天只要五个人在灵前不断弦索就行了。

　　整个丧事都按原定的程序进行。七天后，秉德老汉就在祖坟坟地上占据了一个位置，一个新鲜的湿漉漉的黄土堆成的墓圪塔。他的坟堆按照长幼排在父亲坟堆的下手靠左的位置，右边不言而喻是留给白赵氏将来仙逝时的安居之地。这件悲凉的丧事总算过去了。屋里走了父亲一个人，屋院里顿然空寂得令人窒息。母亲一个人在上房里屋，他一个人在厦屋，长工鹿三一个人在马号里。如果母亲不咳嗽一声，这个有着三进房屋的四合院里整个晚上和白天都没有一丝声息。这天晚上母亲问他打算啥时候娶妻，他说起码得过了头周年以后。母亲说不要等了，等也是白等，家里太孤清了；况且她一个人单是扫屋扫院洗衣拆被做饭都支应不下来，再甭说纺线织布等家务了。他说："那就过了百日再办吧。"母亲说："百日也不要等了，'七七'过了就办。"实际的情况是过了两月，当麦子收割碾打完毕地净场光秋田播种之后的又一个仅次于冬闲的夏闲时节里，他娶回来第五房女人——木匠卫老三家的三姑娘。新婚之夜，溽暑难耐。嘉轩插上了厦屋木门的门闩，转过身就抹下了长袖布衫和长裤。端坐在炕席上的新娘突然爬跪在炕上，对他作揖磕头，乞求他再不要脱短袖衫和短裤了。他问她怎么了？她说她生来就命苦，在穷苦人家里的三姑娘就更苦了[①]。他似乎意识到一点什么，就追问她是不是听到什么闲话了？她说她知道他娶过四房女人，都死了。她还说她听人说过他不光是命硬，而且那东西上头长着一个有毒汁的倒钩，把女人的心肺肝花全都捣得稀烂，铁打的女人也招不住倒腾。她竟然瑟瑟抖颤着身子哭起来："俺爸图了你家的财礼不顾我的死活，逢崖遇井我都得往下跳。我不想死不想早死想多多伺候你几年，我给你端水递茶洗脚做饭扫地缝连补缀做牛做马都不说个怨字，只是你黑间甭拿那个东西吓我就行了，好官人好大哥好大大你就容让我了吧

---

　　① 秦腔剧《五典坡》里的王宝钏排行为三，称三姑娘，乡间就把排行为三的女子视作命苦的人。

……"嘉轩一下子愣坐在椅子上，新婚之夜的兴味荡然无存。他早已听到过这个荒诞的流言却无法辩解，又着实搞不清别人的与自己的那个东西有什么区别。他曾经在逢集赶会时的公用茅厕里佯装拉屎尿尿偷偷观察过许多陌生的男人，全都是一个屌样又是百屌不一样，结果反而愈加迷惑。这个木匠卫家的三姑娘可怜兮兮地乞求饶命，不仅没有引起他的同情，反而伤害了他的自尊，也激怒了他。他从椅子上站起来，一步跨上炕去，三下五除二就扒光了衣裤，把自己的东西亮给她看，哪有什么倒钩毒汁！三姑娘又羞又怕又哭又抖。她越这样他越气恼，赌气扒下她的衣裤。事毕后他问她伤了什么内脏，却发现她已闭气。他慌忙掐住她的人中。她醒来后就躲到炕角缩作一团。他好气又好笑，亲昵她爱抚她给她宽心。无论如何，她的心病无法排除，每到夜晚，就在被窝里发疟疾似的打战发抖。半年未过，她竟然神情恍惚，变成半疯半癫，最后一次到涝池洗衣服时犯了病，栽进涝池溺死了。

　　埋葬木匠卫家的三姑娘时，潦草的程度比前边四位有所好转，他用杨木板割了一副棺材，穿了五件衣服，前边四个都只穿了三件。自然不请乐人，也不能再做更大的铺排，年轻女人死亡做到这一步已经算是十分宽厚仁慈了。嘉轩所以要对她稍显优厚待遇，完全是一种难以述说的心理因素。在这个女人被涝池奇臭难闻的淤泥涂抹得脏污不堪的身子行将就木之前，他心里开始产生了一种负罪感。结婚那天，他在新房里揭去她的盖头巾的一霎，发现她不独漂亮而且壮健，红扑扑的脸膛，黑如乌珠似的两只机灵的眼睛，透着强健气魄的手臂。她的手掌上竟然有一层薄茧儿，那是木匠出门揽活挣钱，由她和母亲操持田间农活的印证。劳动练就的一副强健的体魄终究抵御不住怪诞流言的袭击……当他又是一个人躺在厦屋炕上的每一天夜晚，都挥斥不开她在新婚之夜给他磕头哀告的情景，总是想到她在他怀里瑟瑟发抖的冰凉的手和冰凉的腿，她肯定从未得到过做爱的欢愉而只领受过恐惧，她竟然无法排除恐惧而终于积聚到崩溃的一步。他现在有点心灰意冷，从田间回来就躺到空寂冷落的土炕上。这个土炕接纳过五个姿态各异的女人，又抬走了五具同样僵硬的尸体。订娶这五个女人花费的粮食棉花骡子和银圆合计起来顶得小半个家当且在其次，关键是心绪太坏了。他躺在炕上既不唉声叹气也不难过，只是乏力和乏心。他觉得手足轻若纸片，没有一丝力气，一股清风就可能把他扬起来抛到随便一个旮旯里无声无响，世事已经十分虚渺，与他没有任何牵涉。他躺在炕上直到天黑，听见母亲叫他吃晚饭他说不饿不想吃了。

母亲又喊鹿三。鹿三不好意思独自吃饭，跑进厦屋来开导他。他劝鹿三快去吃饭不要等自己。鹿三在院里葡萄架下吞食饭食的声音很响，吃得又急又快。他想不出世上有哪种可口的食物会使人嚼出这样香甜这样急切的响声。

母亲拾掇完灶间的事在院子里扑打身上的尘灰，喊他。嘉轩走进上房里屋，母亲坐在父亲在世时常坐的那把简化了的太师椅上，姿势颇似父亲的坐姿。他在桌子另一边的椅子上坐下，尽量做出不在心亦不在意的样子。母亲说她准备明天一早回娘家去，托他的舅舅们给他再踏摸媳妇。他劝母亲暂缓一缓。母亲问他为什么要缓？二十几岁的年龄了还敢缓！母亲说着就上了劲儿："甭摆出那个阴阳丧气的架势！女人不过是糊窗子的纸，破了烂了揭掉了再糊一层新的。死了五个我准备给你再娶五个。家产花光了值得，比没儿没女断了香火给旁人占去心甘。"嘉轩再没有说什么。第五天，母亲从舅家归来，事情已有定局。南原上的一户姓胡的小康人家，赌场上掷骰子一夜之间输光了家当，赌徒们赶到家来，上楼灌净了囤子里的粮食拉走了槽头的犍牛和骡子，用犍牛骡子拉着装满粮食的牛车走掉了。女人气得半死，赌徒羞愧难当，解下裤带吊到后院的核桃树上幸被人发现救活。这样一来答应以女儿许人，聘礼之高足使正常人咋舌呆脑，二十石麦子二十捆棉花或按市价折成银洋也可以，但必须一次交清。这个数字使嘉轩脊梁发冷，母亲却不动声色地说她已经答应了人家，下来该由充当媒人的二舅按照订婚的惯常程序去履行手续就是了。嘉轩惊异地发现，母亲办事的干练和果决实际上已经超过父亲，更少一些瞻前顾后的忧虑，表现出认定一条路只顾往前走而不左顾右盼的专注和果断。这样，赶在父亲的头周年祭祀到来之前一个月，正当桃花三月的宜人季节，第六个媳妇在呜哇呜哇的唢呐喇叭的欢悦的喜庆曲调里走进门楼来了。

第六个女人胡氏被揭开盖头红帕的时候，嘉轩不禁一震，拥进新房来看热闹的男人和女人也都一齐被震得哑了嘻嘻哈哈的哄闹。这个女人使人立即会联想到传说中的美女，或者是戏台上的贵妇人娇女子。当嘉轩从新房挤出来到摆满坐椅饭桌的庭院里的时候，有人就开始喊胡风莲了，那就是秦腔戏《游龟山》里一位美貌无双的渔女，几乎家喻户晓人人皆知。晚上，当他和她坐在一个炕上互相瞄瞅的美好时光里，她的光彩和艳丽一下子荡涤净尽前头五个女人潜留给他的晦暗心理，也使他不再可惜二十石麦子二十捆棉花的超级聘礼。然后同衾共枕。他很快发现事情并不美妙。他抚摸她搂抱她亲她的脸亲她的嘴她都温顺地领受了，当他的手试图拉开她的短裤的系带时她跳了起来，从枕头下迅即摸出一把剪刀执在手中。那剪刀显然经过用心的打磨，锋利的刀刃在蜡烛的红光里闪出一道道血花。她跪在炕上，裸着两只翘翘的雪白的奶子，把剪刀的刀尖对准他说："你要是敢扯开我的裤带，我就把你的那个东西剪掉。"

他妥协了让步了依允了胡氏。他觉得有这样一个女人陪睡在身边该当满足了，却又止不住夜夜遗憾。他甚至开始真的怀疑自己那个东西里头流出的货是否有毒，偷偷把那货抖落到猪食里观察猪吃了以后的动静，共计三次，猪的活动毫无异常。他把自己的心事述说给冷先生。冷先生听了就笑了；说他早就听到闲人们说的这个闲话了，纯属子虚乌有无稽之谈。在他行医的二十多年里经见过有精无精死精水精的男人，还没见过一个生有倒钩毒精的先例。冷先生笑毕说："兄弟！干脆来个将错就错将计就计吧！"说罢铺纸捉笔蘸墨，开下一剂滋阴壮阳温补的药方，一次取了七服，并嘱连服百日。嘉轩拎着一捆药包回家交给胡氏，说这药是除毒的。胡氏喜不自胜，每日早晚煎熬，看着男人饮下。这一晚她偎在男人的怀里动情地说："你就忍着苦喝到百日，只要除了毒，你想咋样你要咋样就咋样，我一点为难你的坏心都没有。"嘉轩大为欢心，喝那苦咧咧的药汁如同喝着蜂蜜。百日尽头，嘉轩经过药物补缀，容光焕发，胡氏解除了心头忌讳也就扯去了裤带，俩人一样热烈一样贪婪一样不觉满足也不感困乏，直到把两页炕面的土坯弄塌，俩人又嘻嘻笑着挪一个地窝儿。

胡氏放开腰禁后的狂热持续了整整三个通宵，俩人都累坏了。第四天夜里再也折腾不起，相依相偎着进入睡梦。酣睡里一声尖叫把嘉轩惊吓得不知所措，清醒后发觉胡氏紧紧缠抱着自己，浑身哆嗦如同筛糠，大气也不敢出。他急忙点着油灯，看见胡氏的眼睛里满是狐疑惊恐之色，目光恍惚游移不定。问她怎么了，她嘴里支支吾吾，好半天才挤出一句："有鬼！"说罢把头埋进被窝，更加用力死抱住嘉轩。嘉轩听罢，顿觉头皮发麻后脊发冷，浑身暴起一层冷森森的鸡皮疙瘩。他问："鬼在哪达？"胡氏颤着声说："我不敢说，越说越害怕。"嘉轩挣脱开胡氏的手，勾上裤子光着上身赤着脚跑出厦屋爬上楼去挖来半升豌豆，一把连着一把摔打下来，从顶棚打到墙角，从炕上打到地下，一把把豌豆密如雨下，刷刷刷的响声令人毛骨悚然，炕上桌上地上洒满了绿莹莹的豌豆粒儿。小时候父亲就这样驱鬼为他压惊。经过这一番折腾，胡氏真的缓过气来，眼里有了活色，抱住他呜呜呜哭了起来，身子不再抖颤了。他抱着她坐到天明，她才敢于开口说出昨晚梦见的鬼怪。她说她看见他前房的五个女人了。那五个女人掐她拧她抠她抓她撕她打她唾她，都争着拉他去睡觉。令嘉轩大惑不解的是，胡氏并没有见过死掉的任何一个女人，而她说出的那五个死者的相貌特征一个一个都与真人相吻合！嘉轩说给母亲，母亲当即说："今黑就去请法官，把狗日的一个一个都捉了。"

法官隐名瞒姓，人称一撮毛，左腮下一颗神秘的黑痣上缀下尺把长的一撮毛。嘉轩诉说了闹鬼的经过。法官只问了他的住址就催他回去，说自己随后就到。嘉轩知道法官行路坐鬼抬轿神速如风，就急急匆匆小跑回家来。法官果然随后就到了，刚到门口就把一只罗网抛到门楼上，乃天罗地网。法官进得屋来，头缠红帕腰系红带脚蹬红鞋，扑上楼去又钻到脚地。胡氏吓得蒙了被子。法官最后从二门的拐角抓住了鬼，把一个用红布蒙口扎紧了脖颈的瓷罐呈到灯下，那蒙口的红布不断弹动，像是有老鼠往外冲撞。法官吩咐说："给锅里把水添足，把狗日煮死再焙干！"鹿三和嘉轩俩人轮换拉扯风箱，锅开水滚后，一股臭气溢出来令人作呕，嘉轩先吐了，鹿三接着也吐了，吐了之后再烧，直到把那半锅水烧得一滴不剩，法官接了偿钱提了瓷罐收了天罗地网又坐鬼抬轿回岭上去了。此后果真不再闹鬼。胡氏的精神却再也没能恢复过来，日见沉郁日见寡欢日见黑瘦下去，吃了冷先生几十服中药也不见起色，直至流产下来一堆血肉，竟然卧炕不起，不久就气绝了。

嘉轩完全绝望了，冷先生开导他说："兄弟，请个阴阳先生来看看宅基和祖坟，看看哪儿出了毛病，让阴阳先生给禳治禳治……"

第九章

黑娃落脚到渭北一个叫将军寨的村子里，给一家郭姓的财东熬活。将军寨坐落在一道叫做将军坡下的河川里，一马平川望不到尽头，全是平展展的水浇地。人说，下了将军坡，土地都姓郭。郭家是个大财东，一家拥有的土地比白鹿村全村的土地还多，骡马拴下三大槽，连驹儿带犊儿几十头。郭家的儿孙全部在外头干事，有的为政，有的从军，有的经商，家里没留住一个经营庄稼的。那么多的土地就租给本村和临近村庄的佃农去耕种，每年夏秋两季收缴议定的租子。只是佃户租种不完的土地才雇长工耕种，剩下不足百亩土地，其实用不了那么多畜力，那些牲畜一年到头白吃草料，有的一年里几乎连一回使役也轮不上。财东郭老汉特别喜欢骡马，繁殖下小驹子，好的留下养，差的就卖掉了，槽头的高骡子大马全都是经过严格筛选汰劣存优的结果，一个个都像昭陵六骏。郭老汉是清朝的一位武举，会几路拳脚，也能使枪抡棍，常常在傍晚夕阳将尽大地涂金的时刻，骑了马在乡村的官路上奔驰，即使年过花甲，仍然乐此不疲。老举人很爽，对长工不抠小节，活儿由你干，饭由你吃，很少听见他盯在长工尻子上嘟嘟嚷嚷啰啰唆唆的声音。

黑娃来时，郭家已有两个长工，一个四十多岁的中年汉子姓李，在郭家已经熬过近十年活儿了，算是长工头儿。另一个是二十几岁姓王的小伙，还未娶妻，平素不大说话，见谁都抿嘴一笑，十分温厚。黑娃年龄最小，又极伶俐，脚快手快，常被长工头儿指使着去做许多家务杂活儿，扫庭院，淘茅厕，绞水担水，晒土收土，拉牛饮马。时日稍长，郭举人的两个女人也都很喜欢这个诚实勤快的小伙计，很放心地指使他到附近的将军镇上去买菜割肉或者抓药。郭举人本人也喜欢黑娃，有天傍晚又要出去遛马，接过黑娃备好了鞍子的缰绳，突然问："黑娃，你会不会骑马？"黑娃说："我骑过猪，没骑过马。"郭举人听了乐得哈哈大笑："你想不想骑马？"黑娃说："想！"郭举人说："你去把那副鞍子给红马备上，你试着骑上遛遛。"黑娃骑上了红马，陪着郭举人在官道上遛着，竟然不觉一丝害怕。郭举人一边勒缰扬鞭，一边喊着指导着黑娃控制马的要诀，两匹马在乡村官路上奔驰。

晚上，三个长工都睡在马号里的大炕上，一溜进被窝就开始说女人。这时候沉默寡言的长工王相①就活跃起来："头儿，今黑该说'四香'了。"长工头儿李相扬扬自得地笑起来，装得一本正经地说："不说了不说了，把鹿相教瞎了咋办？鹿相娃娃还没见过啥哩！"王相却像背书一样说起了李相昨晚或前晚讲过的内容："李相我说说'四硬'你看对不对？木匠的锛子铁匠的砧，小伙儿的胲子金刚钻。还有'四软'，姑娘的腰棉花包，火晶柿子猪尿脬。对不对？"李相这时就被逗引起来："'四香'嘛——你听着，头荐子苜蓿二淋子醋，姑娘的舌头腊汁的肉。香不香？都把人能香死！"王相就笑得几乎噎气，又重复诵记起来。黑娃却毫无察觉，甚至莫名其妙："头荐苜宿香，二淋

---

① 关中地区的城镇和乡村，对被雇佣的工人、店员、长工称为相公，王相是日常口头称谓。

子醋也香，腊汁肉我尝过一口，真香死人了。姑娘的舌头有啥味气？唾沫涎水还不恶心死人！"李相就对笑得失了声的王相说："黑娃是个瓜蛋儿！咱们得给他启蒙。黑娃哎！你将来娶下媳妇了，你哑了媳妇的舌头，你就尝出味儿来了，你就会明白最香的还不是腊汁肉……"长工头李相装了一肚子有关男盗女娼的酸溜溜故事，有的隐秘含蓄，有的赤裸裸毫无遮掩。黑娃有的听不明白，有的就听得浑身潮热。长工头李相煞有介事地问："黑娃，你看咱们主儿家六十多快奔七十的人了，啥脸色？红堂堂；啥身板？硬邦邦；说话像敲钟，走路刮大风。你说人家为啥这么结实？你要是猜着了，我把一年的薪俸全给你；你要是猜不着，罚你天天晚上取尿桶，天天早起倒尿桶。"黑娃连着说出了主儿家吃白米细面，山珍海味，鸡鸭猪羊肉，以及遛马又不干重活这些人皆能想到的原因。李相绷着脸儿连续说着不对。王相涵性不足，忍不住开口先揭出谜底来，刚开口自己倒先笑得说不成话："郭举人吃、吃、吃泡枣儿！"黑娃不以为然他说："泡枣有什么好？烧酒泡人参才养人哩！"王相诡气地笑着："泡枣儿比人参酒养人多了。你听李叔说怎么泡枣儿吧——"长工头压低声说郭举人娶下那个二房女人不是为了睡觉要娃，专意儿是给他泡枣的。每天晚上给女人的那个地方塞进去三个干枣儿，浸泡一夜，第二天早上掏出来淘洗干净，送给郭举人空腹吃下。郭举人自打吃起她的泡枣儿，这二年返老还童了。黑娃听了觉得心里很难受，说不出是一种什么感觉，憋得堵得胸脯发胀。王相突然伸过手来抓住了他的下身，嘻嘻笑着向李相报告："李叔李叔，黑娃的牛牛挺得像根竹笋！"黑娃一下子羞了。

第二天一早，黑娃起来照例扛上长柄扫帚去打扫庭院，看见郭举人的小女人提着一只瓷盆倒尿回来，进了厢房，窗子里传出撩水洗脸的声音。黑娃竟然不敢抬头，当他扫完前院直起身准备走出院子的当儿，忍不住瞧了一眼敞开窗扇的窗户，小女人正在窗前梳理头发，黑油油的头发从肩头拢到胸前，像一条闪光的黑缎。小女人举着木梳从头顶拢梳的时候，宽宽的衣袖就倒捋到肩胛处，露出粉白雪亮的胳膊。黑娃又觉得气堵胸憋，可别把泡着的枣儿掉下来，慌忙转过身就要走掉。那女人在窗户里说话了："鹿相，扫了地，给那棵玉兰树浇桶水。树旱了。"黑娃撂下扫帚挑起木桶，到过庭的井台上绞了一桶水浇到玉兰花树下，又浇了院庭中间的玫瑰花。他对小女人指派他做活儿感到很荣幸，他还想浇什么树什么花却没有了。他提着空桶别有兴致地欣赏着玉兰树，花儿早已谢了，墨绿色的扁圆的叶子滴着露珠儿；玫瑰花正含苞待放。他又给厨房的水瓮里绞了一担水，竟然有点依依不舍地离开了。回到长工们住的马号门口，长工头李相和王相已经扛着犁拉着牲畜要下地种棉花了。李相责问："黑娃你碎驴日的扫地扫这长工夫？"王相蔫唧唧地说："大概想讨一颗泡枣儿……"黑娃不由得红了脸，似乎自己真讨过泡枣儿一样，急忙解释说自己扫了院子又绞水浇花耽搁了时辰。李相说："浇人也用不了这长工夫。"

收罢麦子进入伏天，郭举人就和他的大女人从厅房里屋搬进后院的窑洞去下榻。微明的时候，郭举人在院子里练一会儿拳脚，然后洗了脸喝了茶再回窑洞去睡个把时辰的套觉，此后就躺着或坐着抽烟喝茶，直到傍晚暑热减退才兴致勃勃地出去遛马。

大女人日夜厮守着老头儿，给他扇凉，给他点烟，给他沏茶，陪他说话儿，伴他睡觉。三顿饭由小女人做好，用紫红色的核桃木漆盘端进窑洞，晚上提尿盆，早上倒尿水，都是小女人的功课，除此小女人就没有什么正当理由进入凉爽的窑洞里去了。大老婆给举人订下严格的法纪，每月逢一（初一、十一、二十一）进小女人的厢房去逍遥一回，事完之后必须回到窑洞（平时在厅房）。郭举人身体好，精力充沛，往往感到不大满足，完事以后就等待着想再来一次，厢房窗外就响起大女人关怀至诚的声音："你不要命了哇？"

自从郭举人和大女人搬进窑洞避暑以后，前边庭院就显得冷寂了，黑娃去扫院去绞水也觉得自如自在了。他同时发觉，小女人指派他做什么事的声音甜润了，脸上的神色活泛了，前院里的空气也通畅了。三个长工蹲在玉兰树的荫凉下吃饭，小女人坐在对面厨房里的小凳上，听见筷子刮响碗底的声音就走出来，用一只条盘托了碗回去，然后盛满了饭再用条盘端出来。这样的规矩是为了避免交接碗筷时男女间手指和手指接触的可能。黑娃和这个小女人的全部有幸和不幸，就是从递饭时破例废掉木盘开始的。

那天早晨，郭举人指派黑娃到十里外的潘家村去捉一对鸽子，那是老交情潘老大送给郭举人的一对棕红色的凤冠头儿，回来错过了饭时。李相和王相已经吃罢饭上地去了，黑娃一个人坐在玉兰树的阴凉下等待小女人端来馍饭。长工吃饭不准进入厨房自拿自舀，这也是郭家的规矩。小女人在厨房门口说："鹿相，你稍微等一下下儿，饭凉了我给你热一下再吃。黑娃有点紧张，只剩下他一个人就有一种莫名的紧张，装出无所谓的口气说："不怕不怕，不用热了不用热了！这热的天，吃凉饭才好哩！"小女人却说："天热倒是热，冷饭还是不敢吃。你甭急，稍等一下下儿……"风箱响起来，房顶的烟囱冒出一股蓝烟。黑娃坐着等着，心却无端地一阵阵跳。小女人端着木盘走到玉兰树下，把一碟辣椒和一碟蒜泥放到青石桌上，一个竹编的浅篮里垒着四五个馍馍也放到石桌上，小女人戴着镂花银镯的光洁白净的手腕就一次又一次伸到黑娃眼前。小女人转身回到厨房又端来了小米稀饭。黑娃看见她省去了条盘，双手托着走来了，黑娃连忙站起去接。四只手交接在一只黄色大碗上。黑娃的手指触到了钩在碗底上的小女人的手指。那一瞬间，黑娃的心就猛地跳弹起来，竟然不敢看她的眼睛。她似乎毫不在意，叮嘱说："鹿相，你款款吃。吃好。出门在外，饭要吃好。"黑娃吃不出饭的滋味，蒜不辣，辣子也不辣了，馍馍嚼着就像是一团泥巴。他的喉咙淤塞，胸腔憋胀，顿然没有一丝食欲了。小女人又走到玉兰树下，把一盘腌渍蒜薹放到石桌上说："你看你看，我忘了给你搁菜了。"黑娃却站起来："算咧算咧！我不吃了。"小女人眼里露出惊疑不定的神色："你只吃了一个馍？米汤也没喝，这是咋咧？"黑娃淡淡地说："我……我不饿。"小女人殷切地说："咋能不饿，早起到这会儿啥也没吃呀……"黑娃就诚实地说："肚里刚才进门时还饿得慌慌哩，不知咋弄的这阵又吃不下。"小女人温和地说："许是路上受了热。天多热！你一会儿饿了再来取馍吃噢！"黑娃盯一眼小女人，僵硬地点点头，转身就要走了。小女人却问："鹿相，俺家掌柜的说没说你下来做啥？"黑娃说："掌柜的说来，不叫我到地里去了，叫我照看槽上的牲口，也叫我歇歇腿儿。郭掌柜人好。"小女人就如意地笑笑："你来回跑了二十多里路，这热的天！歇是该歇的。你给我再绞一担水，我洗衣裳呀！"黑娃就转过身走到井口上："好好好！绞十担八担也不费啥！"黑娃双手上下控制着辘轳，啪啦啦转着绽开井绳，然后绞动拐把，辘轳吱呀响着，绷紧的井绳一圈一圈缠在辘轳上。黑娃庆幸能有单独和小女人在一起的机会，心里潮起向小女人献殷勤的强烈欲望。他绞起一桶水来，欢悦地问："二姨把水搁哪儿？"小女人在厢房里说："就搁在井台上，我一会儿提。"说着，一只手拎着洗衣盆，一只手提着搓板，从竹帘里出来了。下砖头台阶的当儿，小女人脚下一拐，摔倒了，木盆在院庭的砖地上滚得好远。小女人跌坐在台阶下，起了三次才勉强站起来，手扶住墙却移不开脚步，轻声呻吟着。黑娃连忙把第二桶水绞上来，跑到跟前问："二姨，你咋咧？崴了脚腕子是不是？""怕是岔住气了。"小女人疼痛不堪地蹙着眉头，"哎哟疼死了！"黑娃站在旁边不知所措，小女人的痛苦使他心疼心焦："咋办呀？二姨，我去叫掌柜的。"小女人忍着摇摇头："你扶我进去躺一会儿就没事了。"黑娃就挽住小女人的胳膊，扶她走上台阶，揭开竹皮帘子，刚跷脚进厢房门槛，小女人"哎哟"一声，几乎跌倒。黑娃忙搭上另一只手，揽住小女人的腰。小女人借势扒住黑娃的肩膀，双手从后肩和前胸搂住黑娃的脖子。黑娃几乎是肩背着她往炕前挪步。黑娃浑身燥热，心似乎已经跳弹到喉咙口了。他跷进这个厢房的门槛时，就紧张得腿肚发抖。那温热的胸脯贴着他的腰，那柔软的头发蹭着他的脖颈，他已经浑身痉挛。他扶她坐到炕边上刚松开手，她又"哎哟"一声，几乎从炕边上翻跌下来。他急忙抱住她，她的胸脯紧紧贴着他的胸脯，黑娃觉得简直要焚毁了。他一用劲就把她托起来，轻轻放到铺着竹篾凉席的炕面上，他感到她搂扒着的手臂依依不舍地松开了。他慌忙抹一把汗，对小女人说："二姨，你好好歇着，我饮牛去呀！"小女人歪过头说："我的腰里有个老毛病，不小心就岔住气了，疼死人！你给用拳头捶几下就好了。"黑娃迟疑片刻就又走到炕边，问："二姨，你说捶哪儿？"小女人用手指着腰肋下说："就这儿。"黑娃就攥起拳头轻轻在她手指的地方捶击。小女人呻唤一声："哎哟太重了！"黑娃就更轻一点叩击。小女人怨怨艾艾他说："黑娃你真笨！你轻轻揉一揉。"黑娃就松开拳头，用手掌抚摩起来。小女人穿着一件白色细格洋布衫，比家织的粗布衫儿绵软而光滑，温热的肌肤透过薄薄的洋布传感到黑娃粗硬的掌心，胸腔里便涨起汹涌鼓荡的潮水，他想跳上炕去把她压扁挤碎，又想一把揪起她来搂住。但他却压抑着种种念头轻轻问："你好点了没有二姨？我该饮牛去咧。"小女人说："好了好得多了。你再揉一下下就全好了。"黑娃就继续揉抚着。他看一眼小女人仰躺着的隆起的胸脯，小女人迷离的眼睛异样地瞅着他说："黑娃，你日后甭叫我二姨了，你该叫我姐姐……娥儿姐。"黑娃忙说："那不乱了辈分儿咧？你家郭举人我叫大叔，怎么能跟你叫姐呢？"小女人剜一眼他说："你真是个瓜蛋儿！有旁人在场，你就还叫二姨；只有你跟我在一搭时，你叫娥儿姐。记下记不下？"黑娃似乎心领神会了一个信号，一个期待着的又是令人惊悸的信号。他的头发似乎倒提起来，手臂抖颤，喉咙憋得说不出话，只好点点头。小女人就悄着声说："你试着先叫一声姐……"黑娃咬着嘴唇，自觉血已涌上脸膛，颤着声叫道："姐也——娥儿姐——"小女人听着一把抓住他的胳膊，从炕上翻坐起来，扑进他的怀里。黑娃双臂紧紧搂抱着小女人，那个美好的肉体在他怀里抖颤不止。他不知道怎么办，一股无法遏止的欲望催着他把她死死地箍抱到怀里，似乎要把她纳进自己的胸膛才能达到某种含混的目标。她的双臂箍住他的脖子，浑身却像一口袋粮食一样往下坠。他就这样紧紧地搂着她，不知道还应该做什么。她突然往上一蹿，咬住他的嘴唇。他就感到她的舌头进入他的口腔，他咬住那个无与伦比的舌头吮咂着，直到她嗷嗷嗷地呻唤起来才松了口。她痴迷地咧着嘴，示意他把她咬疼了，却又把嘴唇努着迎上来，暗示着他的唇。他在这一瞬间准确无误地解开了那个哑语式的暗示，就把舌头伸进她的嘴里。她的咂吮比他更贪婪更狠劲，直到他忍不住也嗷嗷地呻唤起来，她却仍旧咂住不放，只是稍微放松了口。她同时就倒下去，背倚在炕边上，把他也坠倒了，压在她的身上。这当儿他的浑身像遭到电击一样，一股奇异的感觉从腹下潮起，迅即传到全身，他几乎承受不住那种美妙无比的感觉的冲击，突然趴在她身上，几乎要融化成水了。那种美妙的感觉太短暂了，像夏天的一阵骤雨，他一身松软一身疲惫一身轻松，喉咙里通畅了，胸腔里也空寂了，燥热退去了。他有点懊悔，站起来说："二姨——噢——娥儿姐，我该饮牛饮马去了。"小女人跳起来猛地抱住他，又深深地在他的嘴上亲了两口："好兄弟……"

　　院庭里很静，正午的阳光从玉兰树浓密的枝叶间隙投射到砖地上。两只盛满水的木桶搁在井台上，洗衣盆扣在墙根下，显得很凌乱。黑娃把木盆拎起来放到井台下的渗坑边上，那是小女人往常洗衣服的地方。看看庭院里没有任何异常的变化，他撩起布衫下襟擦擦脸上的汗，就走出了这个空寂安谧的院子。他一走进牛棚马号，顺手掩插了门板，扑通一声仰躺在大炕上，紧张的肌肉一下子松弛下来，心似乎这会儿才稳定在原来的位置上。他躺了一下就翻起身抹下裤子，这才看见裤裆里湿了一大片。他迅即系好裤子，把湿了的地方打个褶窝到里头，然后就动手去解缰绳，拉上骒马到涝池去饮水。

　　他牵着马缰绳走在村巷里，从容地回味着那紧张慌乱的时刻，咀嚼着那说不清比不准却十分诱人的舌尖。头茬子苜蓿二淋子醋，姑娘的舌头腊汁的肉。他现在回味长工头李相讲过的那许多酸故事，就由朦胧进入清晰的境界了。当他往返四五趟饮完牲口以后，他觉得沉寂下去的那种诱惑又潮溢起来，那种憋闷的感觉又充斥着胸腔，一种无形的力量又催逼他再回到井台上去。

　　他忍着，到了午饭时，李相和王相汗流浃背地从地里回来了，根本想不到黑娃已经发生的美妙的秘密，只是带着明显不饰的忌妒说："黑娃，你狗崽子比郭掌柜的干儿子还牛皮！你跟掌柜的遛马耍鹁鸽……"黑娃嘿嘿嘿笑着不无得意："这怪谁呢。掌柜的硬叫我陪他遛马，给他捉鹁鸽，我敢不去吗？"三个人就走进院子去吃午饭。黑娃瞧着小女人用木盘端来了盐碟辣碟醋碗和蒜罐儿，就不由得心跳；看见她戴着银镯的手腕，就回味到握着时的那种温柔和细腻；瞧见她颤动着的胸脯，就异常清晰地感到贴着时的痴迷和消融。小女人谁也不看，转身又用木盘托来了三只大碗，碗里盛着冒过碗沿儿的凉皮。这是暑热的天气里最可口的面食了。小女人放下碗就回厨房去了。黑娃嚼着凉凉的面皮，还是察觉到了李相和王相没有察觉出来的变化，小女人走路的步子轻盈了，两只秀溜的小脚麻利地扭着，胸脯上的那两团诱人的奶子就颤悠悠弹着，眼睛像雨后的青山一样明澈，往日里那种死气沉沉的神色已经扫荡净尽。

吃完午饭回到马号，三人就躺下来歇晌。李相贼气地说："这个二婆娘今日个比往日不一样，大概举人昨黑个把她弄受活了，你看今日个走路都飘手飘脚的！"话说完就拉起鼾声。王相也傻笑一声就齁齁睡着了。黑娃却睡不着。

整个一个后晌，黑娃和李相王相在播种最后一块包谷地。他有点神不守舍，吆犁犁歪了犁沟儿，点种又把不住稀稠。长工头竟破口骂起来："黑娃，你崽娃子丢了魂了不是？"黑娃不在乎地笑笑。愈接近天黑，他愈变得不可忍耐，直到吃罢晚饭，他也找不到单独和小女人说话的机会。三人吃了晚饭，抹着嘴起身走出院子时，小女人说："黑娃，你把泔水桶捎过去。"黑娃心里得救似的喜悦，从灶房里提了装满泔水的木桶回到马号，用泔水饮了牛，再把桶送过来，对着正在洗锅刷碗的小女人说："娥儿姐，我黑间来。"

黑娃开始实施他后晌种包谷时反复琢磨过的行动方案："李大叔，我今黑到王庄寻我嘉道叔去呀。让他回家时给我捎一双鞋来。"长工头李相毫不在意地应允了。黑娃到王村找着嘉道叔叔，确实说了让他捎鞋的事，又闲谝了半夜在郭家熬活儿的事，感激嘉道叔叔给他寻下一个好主家，并说郭举人瞧得起自己，让他陪他遛马放鸽子的快活事。嘉道高兴地叮嘱说："这就好，这就好！人家待咱好咧，咱要知好，凡事都多长点眼色，甭叫人家先宠后恼……"黑娃应着，早已心不在焉，看看夜深人静，告别嘉道叔回到将军寨。

按照白天观察好的路线，黑娃爬上墙根的一棵椿树跨上了墙头，轻轻一跳就进入院里了。郭举人和他的大女人在后院窑洞里，前院只住着小女人一个。黑娃望一眼关死的窗户，就撩起竹帘，轻轻推一下门。门关死着，他用指头叩了三下，门闩滑动了一下就开了，黑暗里可以闻见一股奇异的纯属女人身体散发的气味。小女人一丝不挂站在门里，随手又轻轻推上门闩，转过身就吊到黑娃的脖子上，黑娃搂住她的光滑细腻的腰身的时候，几乎眩晕了。他现在急切地寻找她的嘴唇，急切地要重新品尝她的舌头。她却吝啬起来，咬紧的牙齿只露出一丁点舌尖，使他的舌头只能触接而无法咂吮，使他情急起来。她拽着他在黑暗里朝炕边移动。她的手摸着他胸脯上的纽扣一个一个解开了，脱下他的粗布衫子。他的赤裸的胸脯触接到她的胸脯以后，不由得"哎呀"叫了一声，就把她死死地拥抱在胸前，那温热柔美的奶子使他迷醉，浑身又潮起一股无法排解的燥热。她的手已经伸到他的腰际，摸着细腰带的活头儿一拉就松开了，宽腰裤子自动抹到脚面。他从裤筒里抽出两脚的当儿，她已经抓住了他的那个东西。黑娃觉得从每一根头发到脚尖的指甲都鼓胀起来，像充足了气，像要崩破炸裂了。她已经爬上炕，手里仍然攥着他的那个东西，他也被拽上炕去。她顺势躺下，拽着他趴到她的身上。黑娃不知该怎么办了，感觉到她捉着他的那个东西导引到一个陌生的所在，脑子里闪过一道彩虹，一下子进入了渴盼向往已久却又含混陌生的福地，这一刻，黑娃膨胀已至极点的身体轰然爆裂，一种爆裂时的无可比拟的欢悦使他顿然觉得消融为水了。黑娃躺在光滑细密的竹皮凉席上，静静地躺在她的旁边。她也静静地偎在他的怀里，贴着他的耳朵说："兄弟，我明日或是后日死了，也不记惦啥啥了！"

此后黑娃就陷入无法摆脱的痛苦之中。他白天和李相王相一块去翻耕麦茬地，晚上同在马号里的大炕上睡觉，难得与小女人再次重温美梦，不能再二再三撒谎去找嘉道叔呀！早晨他去扫院绞水的当儿，郭举人踢腿舞臂在院庭里晨练功夫，无法与小女人接近。唯一可钻的空子，就是晚饭后他拎了汦水饮罢牛马送还空桶的时候，在厨房里和小女人急急慌慌摸捏一下就做贼似的匆匆离去。

烦闷焦躁中，机会总是有的。麦茬地全部翻耕一遍，让三伏的毒日头曝晒，曝晒透了，如落透雨，再翻耕一遍，耙糖一遍，土地就像发酵的面团一样绵软，只等秋分开犁播种麦子了。包谷苗子陆续冒出地皮，间苗锄草施肥还得半个月以后。财东家就给长工们暂付了半年的薪俸或实物麦子，给他们三五天假期，让长工把钱或麦子送回家去安顿一下，会一会亲人，再来复工，此后一直到收罢秋种罢麦子甚至到腊月二十三祭灶君才算完结。然后讲定下年还雇不雇或干不干，主家愿雇长工愿干的就在过罢正月十五小年以后来，一年又开始了。郭举人在他们耕完最后一块麦茬地那天晚上来到马号，摇着扇子爽朗地说："前一阵子又收又种还要犁地，诸位都辛苦了。明日个李相王相就可以起身，今年你两一搭走，回去把老的小的安顿好再来。目下地里没啥紧活儿，鹿相只要抚弄好牲口就行了。等你二位来了，鹿相再回家。鹿相屋里有指靠，迟回去几天没啥。"黑娃巴不得如此安排。李相和王相当晚灌好麦子，一夜竟然高兴得难以成眠，鸡叫三遍就推着木轮小车装着粮食上路了。黑娃欢跃鼓舞，也无法入睡，俟到天色微明就去扫除绞水。吃早饭的时候，他大胆抓住小女人的手，跳起来亲了一口，小女人吓得脸都黄了："你疯了？"黑娃坐下来说："等着。今黑好机会。"他回到马号就喂马，连着喂过两槽草料把牛马和骡子牵出来拴到树荫下，用扫帚刷掉牲畜身上的土屑粪疤，回头又给圈里垫了干土，把水缸装满，吃罢午饭就躺下睡着了。后晌更加漫长，他索性背起大笼和草镰去割苜蓿。

郭举人很赞赏他的勤快和主动性儿，也蹲下来往铡刀下放苜蓿。黑娃压着铡把儿瞅着眼皮底下郭举人银白头发的大脑袋，心里忽然懊悔起来：郭举人待他不错，早看得出他很喜欢他，让他陪他遛马，替他背上鸽子笼儿到这里那里去放鹁鸽，很放心地让他一个人侍喂骡马，他却偷偷地把人家的小女人睡了！他的漫荡着欢愉的胸腔开始冷寂，滋浮起一缕愧悔羞耻的灰败气氛……

随着深夜的到来，黑娃在马号里第一次独自一人过夜，浑身又潮起那种催逼他翻墙跳院的欲望了。他脱光了衣服用葫芦瓢儿从头顶往身上浇水，冲洗得清清爽爽，就走出了马号的门。

走同样的路，翻同一道围墙，爬同一棵椿树，轻捷似猫儿一样钻进虚掩着门的厢房。朦胧的月光下，炕上躺着玉雕冰琢似的肉体。两颗同样焦渴的嘴互相濡沫，两双都急欲捕捉对方的胳膊缠绕在一起。黑娃已不再慌乱，也不陌生，小女人再不说"兄弟你瓜瓜娃"的话，痴迷地陶醉在黑娃越来越熟练的爱抚之中。他们现在跨越了羞怯慌乱和无知的障碍进入从容不迫的自由境界，接受对方的种种爱抚也把种种爱抚给予对方，愉悦地纵容对方做更进一步更大胆些的行动，第一次得到了同步销魂的最佳状态。他们已经从肉体感官越来越强烈的刺激需要进入感情抒发的需要，情切切意绵绵的呢喃自然流涌。"兄弟呀，姐疼你都要疼死了！""娥儿姐呀，兄弟想你都快想疯了！"他们一次又一次走向峰顶，一次又一次从峰顶销魂般下落，没有满足，直到鸡啼三遍才难舍难离地分手。

继来的一夜更加完满。他们从情意缠绵的胶着状态走进了轻松欢快的又一个新的境界，开始有兴致谈笑逗趣互相开心。黑娃把在马号里听到的长工头李相讲的酸故事复述给小女人，小女人乐得笑得几乎岔气，爱抚地拧着掐着捶着黑娃，嘴里嗔骂着："黑娃你跟那些瞎熊长工学成瞎熊了！"黑娃得意地笑着问："姐呀，听说你给郭掌柜泡枣儿是不是真事？"小女人顺手抽了他一个嘴巴，抽得很重不像玩的。黑娃哑了口，后悔自己忘乎所以说错了话。小女人随之就坐起来，把那个尿盆拿到黑娃跟前。黑娃欠起身一瞅，黄蜡蜡的尿里头飘着三颗枣儿，已经浸泡得肥大起来。小女人憎恨地说，提到泡枣的事她就像挨了一锥子。大女人每天晚上来看着监视着她把三只干枣塞进下身才走掉，她后来就想出了报复的办法，把干枣儿再掏出来扔到尿盆里去。"他吃的是用我的尿泡下的枣儿！"小女人说着，又上了气，"等会儿我把你流下的仄给他抹到枣儿上，让他个老不死的吃去！"一提到郭举人，黑娃就有点怵。小女人气过之后就哭了："兄弟呀，姐在这屋里连狗都不如！我看咱俩偷空跑了，跑到远远的地方，哪怕讨吃要喝我都不嫌，只要有你兄弟日夜跟我在一搭……"黑娃压根没有想过往后的事，支吾说："姐呀，你甭急……我还没想过跑……咱明黑间再说。"小女人说："兄弟你甭害怕，我也是瞎说。我能跟你相好这几回，死了也值当了。"

黑娃有点沉重地回到马号，开始思谋怎么办？翻墙跳院偷偷摸摸的相会总不是长远之计呀！这时候，马号的门板响了，黑娃忙问："谁？"一个沉稳平实的声音答："我。"黑娃听出郭举人的声音就有点慌，瞬即侥幸地想：他要是发现了什么蛛丝马迹肯定到当场捉奸，不会等他回到马号的。他装出睡意惺忪的样子拉开门闩。郭举人走进来说："点上灯。"黑娃怕自己脸色不好不想点灯，郭举人坚持要点灯，他就拼打火石点着了油灯。郭举人背抄着双手，站在对面说："你刚才做啥去了？"黑娃慌了："我肚子坏了上茅房……"郭举人冷冷地说："茅房不在那边，再说也不用翻墙。"一切侥幸都被粉碎，事情完全败露了，黑娃眼前一黑，几乎跌坐下去："掌柜的，你说咋样处治——"郭举人一摆头说："要是想处治你，刚才我就当场把你捉住了，不会让你跑回马号来，处治你还不跟蹭死一只臭虫一样容易？这事嘛，我不全怪你，只怪她肉臭甭怪旁人用十八两秤戥。她一个烂女人死了也就死了，你爸养你这么大可不容易。门面抹了黑，怕是你娃娃一辈子也难寻个女人了。"黑娃这时完全崩溃了，抬不起头也说不出话。郭举人说："这样吧！我把你前半年的工钱给你，你另到别处找个主家去。记住，日后再甭做这号丢脸丧德的事了。"说着从腰里摸出几块银圆搁到炕边。黑娃忙说："你不处治我就够了我的了，钱我不敢拿。掌柜的你真是个好人，我……"黑娃腿一软就跪下了。郭举人不以为然地说："这事全当没有发生过。再不提了都不说了。你把钱拿上走吧。现在就走。"黑娃不敢拿钱又不敢不拿，把钱拿了装进口袋，背起来时的褡裢，向郭举人深深鞠了躬就走出马号的门去。

黑娃走到村巷的转弯处不由得回头瞧瞧，马号的窗户仍然亮着灯火，郭举人今晚得亲自侍守牲畜了。他心里很难过，恨不得抽自己两个耳光：做下这种对不起主人的事，自己还算人吗？他出了村子就踏上往南去的路，忽然想到回去怎么给父亲交代？旋即又转折到往西的路上去了，走得愈远愈好，随便找一家缺人的主户熬活儿就行了。走到一条小河边，黑娃蹲下来脱鞋，听到后边有脚步声，回头一看，两个黑影朝他跑过来，边跑边喊着："鹿相，等等有话说。"黑娃拎着鞋等着。星光下，黑娃辨出来人是郭举人的两个亲门侄儿，跑得气喘吁吁，一前一后把黑娃夹在中间。一个说："你怎么松松泛泛就走呀？"黑娃说："掌柜的叫我走的。"另一个插嘴说："叫你走是叫你走远点儿，甭臭了一个村子！"黑娃什么已不再想，只觉得走投无路了。一个骂："你个驴日下的六畜！"另一个骂："今黑把你狗日的皮剥下来绷鼓！"骂着就拉开了架势。黑娃被打了一拳，背后又挨了一脚。他忍着躲着，终于瞅准机会，照一个的脸上迎面砸了一拳，手感告诉他击中了对方的鼻子，那个人趔趔趄趄退了几步被河滩上的石头绊倒了。他一扬腿就踢到另一个的裆里，那人哎哟一声蹲在沙滩上了。在他们重新扑上来之前，黑娃转身扑进水里，一蹿就顺水漂走了。

黑娃爬上岸时，辨不清到了什么地方，肚子饿得咕咕叫，循着甜瓜的气味摸到沙滩岸上的一个瓜园里，摸了几个半生不熟的甜瓜，又顺着河岸上的小路往前走。他嚼着有一股草汁味儿的尚未熟透的甜瓜，皮儿瓤儿籽儿全都咽下去了。郭举人暗地里派两个侄儿来拾掇他，掐死勒死或者用石头砸死扔到水里就消除一切痕迹了。黑娃现在再不觉得对不住郭举人了，这两个蠢笨家伙的行动反倒使黑娃解除了负疚感，只是在心里叫苦：娥儿姐不知要受啥罪哩？

他漫无目的地朝西走去，天明了仍不停步，走得愈远肯定愈安全。午饭时分，估摸已经走出百余里了，黑娃就在一个不大的村子里停下来，打听谁家需要雇长工，短工也可以。有人好心告诉他，前边一个叫黄家围墙的村子，有个叫黄老五的财东，刚刚辞退了一个长工正需要雇人，不过那主儿有点啬皮，年长人罢咧，年轻人怕受不下。黑娃已是饥不择食慌不择路，只要他是个人我就能受下。

在黄家围墙黄老五家干了半个月活儿，黑娃就看出黄老五啬皮果然名不虚传。黄老五天不明就呼喊他下地，三伏天竟然不歇晌，而且理由充足："难得这么硬的日头，锄下草一个也活不了，得抓住这好日头晒草。"如果不是大雨浇得人睁不开眼，黄老五仍然有说辞儿："哈呀真好！下这种濛丝儿雨才凉快了，干活儿才不热了。"黑娃不在乎，再说黄老五本人也不歇晌也不避雨陪着他一样干。黄老五吃饭也是一天三顿陪着他，除了晌午吃一顿稀汤面全部都是杂粮，包谷黑豆稻黍豌豆变换着蒸馍。包谷馍倒罢了，黑豆面儿无论蒸的馍馍或是烙下锅盔，都改不了猫屎一样黑的颜色，也去不掉那股苦焦味儿；豌豆面馍馍茬口硬，咬一丁点就嚼得满口沙子似的硬粒儿，吃下以后就生屁。黑娃和黄老五上地去的路上屁声此伏彼起，黄老五自己也笑了："黑娃你闻一闻这屁不臭。豌豆生下的屁不臭。麦子面生的屁臭得恶心人！"黑娃不久也就明白，黄老五其实也是个粗笨庄稼汉，凭着勤苦节俭一亩半亩购置土地成了个小财东，根本无法与郭举人相比。但最使他难以忍受的不是干活儿的劳累和吃食的粗劣，而是一种无法忍受的舔碗的习惯。在黄家吃头一顿饭时，黑娃就看见了黄老五舔碗的动作，一阵恶心，差点把吃下的饭吐出来。以后再吃饭时，他就加快速度，赶在黄老五吃毕舔碗之前放下筷子抹嘴走掉，以免听见他的长舌头舔出的吧唧吧唧的声响。这天午饭后，黄老五用筷子指点着凳子说："鹿相你坐下，甭急忙走，我有话说。"黑娃重新坐下来。黄老五说："把碗舔了。"黑娃瞅着自己刚刚吃完了糁子面儿的大碗，残留着稀稀拉拉的黄色的包谷糁子，几只苍蝇在碗里嗡嗡着，说："我不会舔。我自小也没舔过碗。"黄老五说："自小没舔过，现在学着舔也不迟。一粒一粥当思来之不易。你不舔我教你舔。"说罢就扬起碗做示范。他伸出又长又肥的舌头，沿着碗的内沿，吧唧一声舔过去，那碗里就像抹布擦过了一样干净。一下接一下舔过去，双手转动着大粗瓷碗，发出一连串狗舔食时一样吧唧吧唧的响声，舔了碗边又扬起头舔碗底儿。黄老五把舔得干净的碗亮给他看："这多好！一点也不糟践粮食。"黑娃说："我在俺屋也没舔过碗。俺家比你家穷也没人舔碗。"黄老五说："所以你才出门给人扛活儿！要是从你爷手里就舔碗，到你手里刚好三辈人，家里按六口人说，百十年碗底上洗掉多少粮食，要是把洗掉的粮食积攒下来，你娃娃就不出门熬活儿反是要雇人给你熬活儿啰！"黑娃的胃肠早已随着黄老五的舌头伸出缩进搅动起来，一阵阵恶心，话也说不出来。黄老五说："鹿相你这娃娃事事都好，干活儿泼势又不弹嫌吃食，只有不会舔碗这一样毛病。你知道不知道？顿顿饭毕你先走了，我都替你把碗舔了。你只要从今往后学着舔碗，我就雇你干三年五年，工钱还可以往上添。"黑娃说："哪怕不要工钱，我都不舔碗。"说罢就转过身走了，走到过道转过身，黄老五抱着他的碗舔得正欢。黑娃看见别人舔自己的碗更加难以容忍，"哇"的一声吐了。随后居然成了一种毛病，他一看见黄老五的嘴唇就想呕吐，整得他干脆拿上两个馍馍躲到牛圈里单独吃了。他终于忍受不住，咬咬牙舍弃了一月的工钱，吃罢早饭借着单独上地的工夫逃走了。

他强烈地思念小女人。一月来她的日子怎么过，他沿着一条官道扯开步子再往东走，当夜静更深时分，黑娃已经站在那棵熟悉的椿树底下了。他爬上树，翻过墙，跳进院子，摸到西厢房门口，竹帘子卷在门楣上方，门上吊着一只黄铜长锁。黑娃不敢久停，沿着原路又出了院子，转身来到隔壁的马号。黑娃翻上围墙，看见长工头李相和王相睡在马号院子里。他跳下去，摇醒了李相，吓得李相嘴里呜呜哇哇话不成串。黑娃悄声问："李大叔，小女人呢？"李相说："回娘家去了。"黑娃再问："知道不知道约莫啥时候回来？"李相已完全清醒，恢复了活泼的天性："你龟孙把人家日了，郭举人早把她休了，还回来个屁！"黑娃急问："好叔哩！小女人娘家在啥村子？"李相说："你还撵到人家娘家门上去日呀？"黑娃求告说："好叔哩！啥时候呀你还尽说笑，快给我说一声。"李相说："往北走，三十里，有个田家什字——"黑娃作个揖，亲昵地摸了一把还在酣梦中的王相，就拉开门闩出了马号院子。

第二天早饭时，黑娃踟蹰在田家什字的村巷里，打听谁家雇人熬活。人说，田秀才近日病倒，正需雇人管理棉田。黑娃找到田秀才家门口，正遇见秀才娘子："婶呀，听说咱家想雇个人？"娘子看他一眼说："你等一会儿，我去问问掌柜的。"娘子出来的时候就有了主意，说了工价，就引黑娃到屋里吃饭。端饭出来的果然就是那个令他牵肠挂肚的小女人，他的娥儿姐。她端着木盘走出厨房看见他的那一瞬间，脸色骤变，几乎失手丢了木盘。黑娃瞅了一眼就偏低了头，装作陌生人顺势在院子里的小木凳上坐下来。她瘦了！瘦得叫人心疼！

　　黑娃照例住进牛圈。田秀才家原有一个打长年的长工，姓孙，人很实受厚诚，黑娃很快就和孙相混熟了。他告诉黑娃，田秀才是个书呆子，村里人叫他"啃书虫儿"。考中秀才以后，举人屡考不得中，一直考到清家不再考了才没奈何不考了。田秀才仍然早诵午习，念书写字，只在农活紧密的季节才搭手做务庄稼。目下正是棉花生长顶费手的时节，田秀才却病倒在炕上，干不了活儿也啃不动书了。孙相悄声说："秀才的女子跟个长工私通，给人家休了！秀才是念书人——要脸顾面子的人呀！一下就气得病倒炕上咧！"黑娃装出惊讶地"噢"了一声。孙相说："田秀才托亲告友，要尽快尽早把这个丢脸丧德的女子打发出门，像用锨铲除拉在院庭里的一泡狗屎一样急切。可是，像样的人家谁也不要这个声名狼藉的女人，穷家小户又怕娇惯下的女子难以侍弄；人家宁可订娶一个名正言顺的寡妇，也不要一个不守贞节的财东女子！"黑娃听罢说："孙叔，你去给田掌柜说，这女人我要哩！"孙相大惊道："你年轻轻的小伙娃儿，要这号女人做啥？"黑娃撒谎说："我爸穷得很，给我订不起媳妇呀！"孙相凛然说："拉光身汉也不要这号二茬子女人，哪怕办寡妇，实在不行哪怕城里逛窑子，也不能收这号烂货！"黑娃说："我思量过了。我家离这儿百把二百里，这女人名声再不好也吹不到俺村里，只要我日后把她看严点儿就行了。"孙相看黑娃执意要娶，话也不无道理，就答应了："我去给田掌柜说句话不费啥事。我估摸田秀才一听准成，肯定连聘礼全都不要的。"

　　田秀才的态度正如长工孙相所料，当即拍板定夺，病气当下就减去大半。田秀才随即召见黑娃，不仅不要彩礼，反倒贴。给他两摞子银圆，让他回家买点地置点房好好过日月，只是有一条戒律，再不许女儿上门；待日后确实生儿育女过好了日子，到那时再说。黑娃全部答应了。第二天鸡啼时分，黑娃引着那位娥儿姐离开了田家什字，出村不远，两人就抱在一起痛哭起来……

第十一章

一队士兵开进白鹿原，住进田福贤总乡约的白鹿仓里。他们大约有三十几号人，一人背一支黑不溜秋的长枪，黑鞋黑裤黑褂黑制帽，小腿上打着白色裹缠布，显得精神抖擞威武严肃。人们很快给他们取下一个形象的绰号：白腿乌鸦。这队士兵突然开进白鹿仓的大门，哗啦一声散开，把那一排房子包围起来。一个人喊道："出来出来，统都举起手出来！"屋里立即传出桌椅板凳掀翻了的嘈杂声响，夹杂着男人们惊慌失措的叫声。田福贤正和他的属下搓麻将，一下子都钻到床板底下或缩到墙角旮旯里不知所措。一阵枪声在房顶上掠过，一声蛮声蛮气的河南口音又喊："再不出来就朝屋里开枪啦！"田福贤从墙角站起来，硬充好汉抖一抖肩膀就拉开门走出去，其他属下和那几个民团团丁也走出屋子。他们都高举着双手，只有田福贤很不在乎地垂着一只手另一只手叉着腰。一个士兵喊道："把手举起来！"田福贤不失绅士风度地回话："我是这儿的总乡约，有话进屋说，举手弄啥哩？"一个戴大沿儿帽子的军官走过来，手里握着一把短盒子枪："你是总乡约？报上名字？"田福贤说了自己的名字又问："老总是哪一部分的？"军官说："镇嵩军。本人姓杨，杨排长。"随之那三十几个士兵从房前屋后全都集中过来，把田福贤的团丁的枪缴了。杨排长说："本人受刘军长命令进驻白鹿仓。自即日起，一切服从刘军长命令。田总乡约，你愿意继续当总乡约我们欢迎，不愿意干你回家给老婆去抱娃，我们另找一个人就是了。"田福贤既不折气为他们卖命又不甘心就此下台。杨排长说："你们的县长已经降服本部，愿意为刘军长效力。"田福贤随之说："杨排长屋里坐，坐下好说话。"

白嘉轩和鹿三以及孝文正在锄头遍棉花，鹿子霖急匆匆跑到地头叫他回村里去敲锣，把村民召集到祠堂外的大场上，杨排长领着士兵征粮来了。白嘉轩说："我不敲。"说罢转身重新回到自己锄草的棉苗垄行里，蹲下身用小铁锄锄起草来了。鹿子霖急了就跑进棉花地，蹲在白嘉轩旁边求告："嘉轩哥你不敢硬碰，那一杆子兵都背着快枪。我也是给人家枪架在脖子上逼来的。"白嘉轩仍然手不停锄："我知道你是被逼的，田福贤也是被逼着干的。可百姓只纳皇粮，自古这样。旁的粮不纳。这个锣我不敲。"

鹿子霖回村子里去了。田福贤接着跑来了，大声憨气地说："嘉轩你咋瓜咧？好汉不吃眼前亏！这杆子河南蛋儿全是些饿狼二屎，杀人连眼都不眨。你是个明白人咋能硬顶硬碰自己吃亏？"白嘉轩说："亏心事不能做，没道理的锣不能敲。就这话。"正说着，鹿子霖领着杨排长和三四个士兵走到棉花地里来了。杨排长问："你是白鹿村的官人？叫白嘉轩是不是？"白嘉轩手里提着小锄，点点头。杨排长说："回去敲锣，召集人到祠堂门口。"白嘉轩说："村民的粮食我不管，这锣我不能敲。你们谁要敲谁去取锣。"白嘉轩从腰里摸出一个黄铜钩圈的钥匙，递给杨排长。杨排长用乌黑的枪管把白嘉轩的手拨开说："马上回村给我敲锣。你再敢说半个不字，老子就打断你的腿，叫你爬着给我敲。"说着就拉开枪栓，推上子弹，"你是不是想尝尝洋花生的味儿了？"鹿三劝嘉轩。儿子孝文也劝。鹿子霖也劝。田福贤赔着笑脸劝杨排长息怒。鹿子霖鹿三和孝文推着拉着白嘉轩回村里去了。杨排长和他的士兵跟着。

白嘉轩敲了锣。白鹿村的男女老幼都被吆喝到祠堂门外的大场上。杨排长讲了话，征粮的规矩是一亩一斗，不论水地旱地更不按"天时地利人和"六个等级摊派，那样太麻烦。说罢就让村民观赏射击表演。士兵们把从村巷和农户院子里捉来的二三十只公鸡和母鸡倒吊在树杈上，那三十来个士兵站成一排，一片推拉枪栓的声音令人不寒而栗。杨排长首先举起缀着红绸带儿的盒子枪，"叭"的一声响过，就接连响起爆豆似的密集的枪声。士兵们的乌黑的枪管口儿冒着蓝烟，槐树下腾起一片红色的血雨肉雹，扬起漫空五彩缤纷的鸡毛。没有死下的鸡嘎嘎嘎垂死哀鸣，鲜血从鸡的硬喙上滴流下来，曲曲拐拐在地上漫流，几十条蚯蚓似的血流汇集组合，槐树下变成了血红的土地，散发出强烈的热血的腥气。祠堂门外的场地上鸦雀无声，女人们大都低垂着头，男人们木雕似的瞪着眼黑着脸，孩子压抑着的啜泣十分刺耳。杨排长把盒子枪插到腰里的皮带上，一绺红绸在裆前舞摆。他插枪的动作极为潇洒："各位父老兄弟，现在回家准备粮食，三天内交齐。"

这种别开生面的征粮仪式和射击表演，从白鹿村开头，逐村进行。三十几名士兵按三个班分头进入不同的村庄，射杀一批吊起来的公鸡母鸡白鸡黑鸡芦花鸡杏黄鸡肉红鸡帽儿鸡，腾起一片血雨肉雹，扬起一片五彩缤纷的鸡毛，留下一摊血红的土地，然后宣布：一亩一斗，三天交齐。从各个村子通向白鹿镇的官道小路上，牛拉的硬木轮车和独轮手推车全部载着装满粮食的口袋壅塞了道路，各个村子送粮的人在白鹿镇汇集，排着队往镇子西边的白鹿仓里挪动。清朝那位有名的诗文皇帝设置的赈济灾民的义仓，在他死后不久就成了一个空仓，现在却空前富裕起来了。瓦顶的大仓房里倒满了黄澄澄的麦子，院子里临时用油布铺垫在地上也倒满了麦子，门外还拥着望不见尾的交粮的大车小车。

黑娃背着一条装着一斗麦子的口袋夹在拥挤的交粮车队中间，跟着熟人或陌生人缓缓朝大门口移动。他的眼前驻留着五彩缤纷的鸡毛和槐树下那一摊血肉的土地，鼻腔里总能闻见热血的腥气。他耐不住性子等待，背着粮袋从一架一架独轮车上跷过去，蹿进大门里去了，把口袋底儿倒提起来，麦子便刷啦一声流到麦堆上，从鹿子霖手里接过一张盖了章子的收条，就从临时挖开的后门里出来了。黑娃回到自己的窑洞，小娥问："交咧？"黑娃从口袋摸出那块写着"鹿兆谦一斗"而且盖着白鹿仓印章的纸条交给小娥说："把这条子搁好，人家日后还要查对。"小娥收了条子说："你这几天甭出门了，我心里咋就慌慌的怕怕！"黑娃点点头说："算了不出去了。看看再说。"黑娃其实比小娥更担心，那天在祠堂门外看士兵们的射击表演，他没有让小娥出门，用一把铁锁把小娥反锁在窑里。交一斗麦子固然可惜，而小娥好看的模样已经成为一种重负压在他心上。随着这队士兵的到来，关于他们种种劣迹的传闻悄悄地又是迅猛地在白鹿原上蔓延，传得最多的是他们如何如何糟践稍有几分姿色的女人的事。如果那么多的传说有一件能得到证实，那么这些打着白裹缠布穿着黑军服的士兵就无异于四条腿的畜生。

黑娃被父亲撵出门以后就住进了这孔窑洞。窑洞很破，原来的主人在里头储存饲草和柴火，夏天堆积麦糠秋天垒堆谷秆，安着一扇用柳树条子编织的栅栏门，防止猪狗进入拱刨或拉屎尿尿，窑门上方有一个透风的小小天窗。黑娃买下这孔窑洞居然激动了好一阵子，在开阔的白鹿原上，终于有了属于自己的一个窝儿一坨地儿了。黑娃借来一个石夯一架木模，在窑洞旁边的崖坎上挖土打下两摞（每摞五百块）土坯，先在窑里盘了火炕，垒下连接火炕的锅台，随之把残破不堪的窑面墙扒倒重垒了，从白鹿镇买来一扇山民割制的粗糙结实的木门安上，又将一个井字形的窗子也安上，一只铁锅和一块案板也都买来安置到窑洞里。当窑门和窗孔往外冒出炊烟的时候，俩人呛得咳嗽不止泪流满面，却又高兴得搂抱着哭了起来。他们第一次睡到已经烘干的温热的火炕上，又一次激动得哭了。黑娃说："再瞎再烂总是咱自个儿的家了。"小娥呜咽着说:"我不嫌瞎也不嫌烂,只要有你……我吃糠咽菜都情愿。"

黑娃买了一个石锤和一架木模就出门打土坯挣钱去了。在乡村七十二行的谋生手段里,黑娃选择既不要花费很多底本购置装备,也无须投师学习三年五载的打土坯行当是很自然的事。他在给自己打过两摞土坯以后,就无师自通了这项粗笨的手艺,信心十足地扛着石锤挑着木模出村去了,在那些熟悉而又陌生的村庄里转悠,由需要土坯换炕垒墙的主户引他到土壕里去,丢剥了衣裳,在黎明的晨曦里砸出轻重相间节奏明快的夯声。主人管三顿饭,省下些口粮,傍晚接过主人码给他的铜子和麻钱就回到窑洞交给小娥。整个一个漫长的春闲时月,除了阴雨天,黑娃都是早出晚归。临到搭镰割麦,他就提上长柄镰刀赶场割麦去了。先去原坡地带,那里的麦子因为光照直接加上坡地缺水干旱而率先黄熟;当原坡的麦子收割接近尾声,滋水川道里的麦子又搭镰收割了,最后才是白鹿原上的麦子。原上原坡和川道因为气候和土质的差异,麦子的收割期几乎持续一月。在一个月的麦收期间,黑娃做麦客赶场割麦差不多可以挣下平常两个多月的工钱。麦客和主家到地头按麦子的长势论价,割完以后用步量地,当面开钱。黑娃起早贪黑,专拣工价高的又厚又密的麦田下手,图得多挣几个麻钱。一年下来,除了供养小娥吃饭和必不可少的开销,他已经攒下一笔数目可观的铜子和麻钱了。腊月里,他抓住一个村民卖地的机会,一下就置买来九分六厘山坡上的人字号缓坡地。他在窑门外垒了一个猪圈,春节后气候转暖时逮回一只猪娃。又在窑洞旁边的崖根下掏挖了一个小洞作为鸡窝,小娥也开始务弄小鸡了。黑娃在窑洞外的塄坎上栽下了一排树苗,榆树椿树楸树和槐树先后绽出叶子,窑院里鸡叫猪哼生机勃勃了,显示出一股争强好胜的居家过日月的气象。他早晨天不明走出温暖的窑洞,晚上再迟也要回到窑洞里来,夜晚和小娥甜蜜地厮守着,从不到村子里闲转闲串。阴雨天出不了门就在窑里做一些平时顾不上手的家务活儿,即使完全没有什么好做就躺在炕上看小娥纳鞋底儿,麻绳穿过鞋底的嗞嗞声响是令人心地踏实的动人的乐曲。黑娃在自己不易觉察中已经成熟了,他的脸颊开始呈现出父亲鹿三的轮廓,上唇和下巴颏上的茸毛早已变黑,眉骨隆起,眼里透出沉静的豪狠气色。他的双臂变得粗壮如椽,高兴时把小娥托起来抛上窑顶,接住后再抛,吓得小娥失声惊叫。他的胸部的肌肉盘结成两大板块,走起路时就有一股赳赳的气势。他的性欲极强,几乎每天晚上都空不得一次。窑洞独居于村外,小娥毫不戒备地畅快地呻唤着,一同走向那个销魂的巅峰，然后偎贴着进入梦境。

黑娃在窑门外的场院里用镢头耧破地皮，摊平，洒了水，再撒上柴灰，用一只木拨架推着小青石碌碡碾压场面，准备割自己的麦子。村子里跑来一个小学生说："叔哎！俺老师叫你到学校去。"黑娃停住手中："你的哪个老师叫我？"小学生说："鹿老师。鹿校长。"黑娃又问："叫我啥时间去哩？"小学生迟顿一下："啥时间没说。反正叫你去哩！"

俟到天黑以后黑娃才出窑门。黑娃走出窑门就想起鹿兆鹏把一块冰糖塞到他手里的情景。冰糖美妙的甜味儿使他痛哭。他对自己发誓说长大了挣下钱了就买一口袋冰糖。兆鹏第二回塞给他一块水晶饼他扔到草丛里去了。鹿兆鹏现在是令人瞩目的白鹿初级学校的校长，穿一身洋布制服，留着偏分头发，算是白鹿镇上的洋装洋人了。自己是个连长工也熬不成只能打短工挣零碎钱的穷汉娃，连祠堂也拜不成的黑斑头儿。他偶尔在打工归来路过学校旁侧的小路时撞见散步的兆鹏，匆匆打一声招呼就走掉了，一个堂堂的校长与一个扛活儿的苦工之间已经没有任何联系。直到走进学校的大门，黑娃仍然猜不着兆鹏找他的事由。学校里很静，三四个糊着白纸的窗户亮着灯光。黑娃问了人找着了兆鹏的房子。兆鹏穿着一条短裤正在擦洗身子，说："啊呀稀客随便坐！"兆鹏出门泼了水回来蹬上长裤，给黑娃倒下一杯凉茶，俩人就聊起来。

"黑娃你咋搞的？也不来我这儿谝谝闲话？"

"你忙着教书，我忙着打土坯挣钱，咱们都没闲空儿。"

"你这两年日子过得咋样？"

"凑凑合合好着哩！"

"你打短工挣的粮食够吃不够？"

"差不了多少够着哩！"

"你住的那间窑洞浑全不浑全？"

"没啥大麻达倒塌不了！"

"你百事如意哟！"兆鹏揶揄他说，随之刻意地问，"你偷回来个媳妇族长不准你进祠堂拜祖，你心里受活不受活？脸上光彩不光彩？"

"你放屁！"黑娃像遭到火烧水烫似的从椅子上弹起来，脸色骤变，"你当校长闲烦了是不是？想拿穷娃寻开心了是不是？"

"骂得好黑娃。黑娃你骂得好。使劲骂！把你小时候骂过的那些脏话丑话全骂出来，我多年没听太想听你骂人了！"兆鹏笑着催促说，"你怎么只骂一句就不骂咧？"

黑娃鼻腔里哼了一声，转身朝门口走去。兆鹏赶过来抱住他的肩头："对对对呀，这举动才像黑娃的举动。听不顺耳的话脖子一拧眼一瞪，拔脚转身就走，我记得黑娃你自小就是这号倔豆脾气。"

黑娃气躁躁地问："你到底要干啥？"

"没事就不能叫你来谝谝吗？你忘了咱们哥儿弟兄的情分了。"兆鹏反倒责怪黑娃，"到我这儿来放得畅畅快快的，甭摆出拘拘束束的熊样儿！问啥都是'好着哩''差不多'。我跟你怎么说话？"

黑娃释然笑笑："你是校长嘛！"

兆鹏不介意地说："我当校长又没当你黑娃的校长，你躲我避我见了我拘束让人难受。"

黑娃解释说："你不知道哇，我天南海北都敢走，县府衙门也敢进，独独不敢进学堂的门，我看见先生人儿就怯得慌慌。你知道，这是咱们村学堂那个徐先生给我自小种下的症。"

"你真了不起黑娃。"兆鹏转了话题，"我在咱们白鹿村只佩服一个人，你猜是谁？就是你黑娃。"

"我？"黑娃撇撇嘴角自轻自贱地说，"黑斑头一个。"

"你敢自己给自己找媳妇——"兆鹏说，"你比我强啊！"

黑娃警觉地瞪起眼："你又耍笑我了？"

兆鹏从椅子上站起来，慷慨激昂地说："你——黑娃，是白鹿村头一个冲破封建枷锁实行婚姻自主的人。你不管封建礼教那一套，顶住了宗族族法的压迫，实现了婚姻自由，太了不起太伟大了！"

黑娃却茫然不知所措："我也辨不来你是说胡话还是耍笑我……"

"这叫自、由、恋、爱。"兆鹏继续慷慨激昂地说，"国民革命的目的就是要革除封建统治，实现民主自由，其中包括婚姻自由。将来要废除三媒六证的包办买卖婚姻，人人都要和你一样，选择自己喜欢的女子做媳妇。甭管族长让不让你进祠堂的事。屁事！不让拜祖宗你跟小娥就活不成人了？活得更好更自在！"

黑娃惊恐地瞪大眼睛听着，再不怀疑兆鹏是不是耍笑自己了，问："你从哪儿冠来这些吓人的说词？"

"整个中国的革命青年都这么说，这么做。乡村里还很封闭，新思想的潮水还没卷过来。"兆鹏真诚而悲哀地说，"我尽管夸赞你，我自个儿想自由恋爱却自由不了……我都有些眼红你，佩服你。"

"噢呀——"黑娃恍然大悟，被兆鹏的真诚感动了，"你娶下媳妇不回家，就是想自……"

兆鹏说："我还没屈服，斗争比你复杂……"

黑娃深深地受了感染，对兆鹏的真诚信赖更为感佩："你叫我来就为说这话吗？早知这样我早就来了。村里人不管穷的富的男的女的老的少的都拿斜眼瞅我，我整天跟谁也没脸说一句话。好呀兆鹏……你日后有啥事只要兄弟能帮得上忙，尽管说好咧。"

兆鹏就直率地说："我准备烧掉白鹿仓的粮台。你看敢不敢下手？"

黑娃不由得"啊"了一声，从椅子上弹起来，吃惊地盯着兆鹏。如果这话由白鹿村任何一个愣头庄稼人说出来，他也许不至于如此意料不及；堂堂的白鹿仓第一保障所乡约鹿子霖的儿子，白鹿镇县立初级小学的校长鹿兆鹏怎么会想到要烧驻军的粮台？他家的粮食虽然也交了，但绝不会像穷汉家为下锅之米熬煎吧？他做先生当校长挣的是县府发的硬洋与粮台屁不相干，文文雅雅的先生人儿怎么想到要干这种纵火烧粮无疑属于土匪暴动的行径？他的脑子里一时回旋不过来，瞪着吃惊的眼睛死死盯着鹿兆鹏而不知说什么。

兆鹏问："你知道不知道征粮的这一杆子队伍是啥货吗？"

黑娃说："听人说，城里今日来一个姓张的头儿，明日又来个姓马的把姓张的赶跑了，后日又来个姓郭的把姓马的撵走，城墙上的旗儿也是红的换蓝的，蓝的又换黄的，黄的再换成红的。我一满弄不清，庄稼汉谁也闹不清。"

"这是一帮反革命军阀。"兆鹏说，"国民革命军正从广州往北打，节节胜利。北京军阀政府纠合全国的反动派阻止革命军北来，现在围城的刘家镇嵩军就是一股反革命军队。西安守城的李虎杨虎二虎将军，都是国民革命军。"

黑娃听不懂只是"噢噢"地应着。

兆鹏说："镇嵩军刘军长是个地痞流氓。他早先投机革命混进反正的队伍，后来又投靠奉系军阀。他不是想革命，是想在西安称王。河南连年灾害，饥民如蝇盗匪如麻，这姓刘的回河南招兵说，'跟我当兵杀过潼关进西安。西安的锅盔一拃厚面条三尺长。西安的女子个个赛过杨贵妃……'他们是一帮兵匪不分的乌合之众。"

黑娃大致已听明白："噢！是这么些烂货！"

兆鹏说："把粮台给狗日烧了，你说敢不敢？"

黑娃倒显出大将风度："烧了也就给他狗日烧咧。咋不敢！"

兆鹏说："你要是愿意干，咱俩就放这把火。给白鹿原上的人看一场冲天大火。"

黑娃已经鼓舞起来："烧那个粮台太容易了。那一杆子兵料就百姓给他们杀鸡的把戏儿镇住了，一个个放心地睡觉哩！一笼麦秸就把它烧光了。"

这当儿，从房子的套间走出一个人来，黑娃看出是韩裁缝，不由一惊。韩裁缝是去年迁到白鹿镇的客户，租下两间门面房，用脚踏机器给人缝衣服挣钱，谁也弄不清他是哪里人。赶集的人像看西洋景儿一样看他双脚踩动机器踏板，发出喳喳喳连续不断的响声，一只锃亮的针上下窜动，把布片缝结在一起。围观的人虽然很多而生意却十分萧条，只有学校教员和少数学生掏钱请他缝制制服，庄稼汉无论穷人富人都只是看看热闹而已。韩裁缝坦然笑笑说："放火烧粮台，我也搭一手。"黑娃也就明白了，不需再问。三个人在煤油灯下进行具体实施方案的密谋，从哪儿翻墙进去，先烧哪里后点哪里，无论如何要把井绳给藏起来，点着了火吊不上水来。三个人约定如何用暗号联系，具体分工都经过再三斟酌。黑娃拍拍脑门说："你这洋油（煤油）灯有一股臭味儿，熏得我头昏脑涨直想吐。"

终于等来了一个刮风的夜晚。三个人从三面的围墙上分头爬上去。大门口有一个卫兵在转悠，院子里有一个卫兵在转悠。黑娃先跳进院子，绕着院里堆积的粮食转到卫兵身后，朝他脑袋上拍了一砖，卫兵就软软地倒下去。他从后腰里取下臭气熏人的煤油筒儿，拧开螺丝盖儿，把煤油泼在那一排房子的门板上，摸出了洋火匣。黑娃自小使用的是火镰火石拼打火星点燃煤纸，没有用过洋火。他在兆鹏屋里试着擦燃过两根黑色的洋火棒儿，比火镰火石方便多了，什么时候能买得起洋火就好了。黑娃按约定的方案划着了洋火，噗的一声冒出一股蓝色火焰，泼上煤油的木板门就腾起了火光。大门口的卫兵一声惊叫，放了一枪。黑娃已绕过房子跳上墙头，瓦顶粮仓和院中用油在苫着的粮堆几乎同时起火。黑娃爬上墙头并不急于逃走，看着那个卫兵在院子里呼喊、放枪，样子很狼狈。房子里的乌鸦兵开始嚷叫呼喊起来，率先冲出火门的兵们哇哇哭叫着在院子打滚灭火。黑娃看着迎风飞舞的火焰已经冲上仓库和那排房子的屋檐，就跳下墙走了。他跑回自己的窑洞，把正在熟睡的小娥拉起来，让她看火的壮观。小娥走出窑门就叫了一声："妈呀！"西边的天空一片通红。黑娃说："粮台烧着了。"小娥说："真有胆大的冷娃哩，敢烧粮台！"黑娃说："白狼放的火。"小娥问："白狼在哪达？"黑娃说："白狼在你尻子后头站着。小娥惊疑他说："你是白狼？你胡说……噢呀！怪道来我看你这几天鬼鬼祟祟的……"黑娃就不吭声了。

村庄里骤然骚动起来，传出嘈嘈杂杂说话的声音，男人女人们站在街巷里观赏大火的奇观。火焰像瞬息万变的群山，时而千仞齐发，时而独峰突起；火焰像威严的森林，时而呼啸怒吼，时而缠绵呢喃；火焰像恣意狂舞着的万千猕猴万千精灵。人们幸灾乐祸地看着自己送进白鹿仓里的麦子顷刻变成了壮丽的火焰。黑娃站在窑垴的崖畔上观赏自己的杰作，小娥半倚在他的臂弯里。村里传来士兵们气急败坏的嚷嚷声，拗口聱牙的河南口音听来愈觉别扭，逼赶人们去救火。士兵们忽视了村子外头崖坎下的窑洞，只在村庄里打门叫户厉声吆喝。黑娃跑回窑洞挑起两只木桶，挣脱了小娥的阻拦："我到跟前去看看热闹。"他从村子中间的大涝池挑了两桶水，夹在担桶和端盆的男人们中间，走过村巷走过白鹿镇街道就无法前进了。大火炙烤得人的脸皮疼痛，滚滚浓烟呛得人睁不开眼睛，于是就把水随地泼掉挑着空桶往回走。那火已经无法扑救。赤臂裸腿的人根本无法靠近火堆一步。被烧着的麦粒弹蹦起来，在空中又烧着了，像新年时节夜晚燃放的焰火。大火烧到天亮，耀丽的光焰使东原上冒起的太阳失去魅力。

随后，白鹿镇最显眼的第一保障所的四方砖砌门柱上，发现了一条标语：放火烧粮台者白狼。字迹呈赭红色，是拿当地出的一种红色黏土泡水以后用笤帚圪垯刷写的，在蓝色的砖上很醒目很显眼。鹿子霖进门时看到门口围着那么多人尚不晓得发生了什么事，及至拨开人群看见赭红色的标语时，脸色就变得蜡打了一样。他没有进门就去找杨排长报告。杨排长腰里挎着盒子枪跑来了，满脸灰乌，两眼又红又黏像刚熬化的胶锅，插在腰里的盒子枪上的红绸已经烧得只留下短短一截。杨排长拔出盒子枪照空中放了一枪，咬牙切齿地喊："滚开滚开，都滚他娘那个臭屁！"围观的人哗的一声作鸟兽散。杨排长立即命令士兵进行搜查，搜查与标语有关的人和器物。检查谁家有红土的遗留物，泡过红土的瓦盆铜盆和瓷盆，以及用来蘸红土浆写字的笤帚圪垯。

白鹿仓的所有房子和麦子一起化为灰烬，杨排长领着他的士兵驻进白鹿镇初级小学校里，学生们全都吓得不敢来上学了。士兵们从各个村庄农户家里搜来的盆盆罐罐笤帚圪垯堆满了宽大的庭院，却没有一件能提供任何的可靠证据。这个愚蠢的破案方法无论怎样愚蠢，三十几个士兵仍然认真地照办不误，从白鹿村开始搜查一直推进到周围许多村庄里去。三个纵火的"白狼"一个也没有被列为重点怀疑对象，韩裁缝照样把裁衣案子摆在铺子门口的撑帐下，用长长的竹尺和白灰笔画切割线，士兵们连问他的闲心都不曾有过。听到士兵们挨家挨户搜查罪证，黑娃就打发小娥躲到田地里装作挖野菜去了，他担心的不是纵火的罪证而是模样太惹眼的小娥。三个士兵趾高气扬走进窑洞翻腾完了就诈唬说："我看你这家伙像是放火来！"黑娃嘿嘿一笑："老总，你们又没撞我的嗓子，我伤老总弄啥？我给老总只交了一斗麦，又不是三石五石……"士兵们从鸡窝旁边拎起那个积着厚厚的一层尿垢的黑色瓦盆，摔碎了。鹿兆鹏在杨排长头天晚上驻进学校时虽然表示了坚决拒绝，但终了还是接受了既成事实。杨排长对鹿子霖的校长儿子的不友好态度无心计较，却也不曾想到这位俊秀的校长就是纵火的"白狼"。过了两三天，鹿兆鹏晚饭后对焦躁不安的杨排长说："杨排长，能在纸上驰车奔马，才能在沙场上运筹帷幄——杀两盘？"杨排长很快列出一串纵火者的审查名单。

白嘉轩听到传讯以后肺都要气炸了，他不是害怕牵涉火案，也不是害怕蒙受冤枉，主要是不能忍受这样的侮辱。鹿子霖用极其同情的口吻传讯他时，白嘉轩正在自家上房明厅的大方桌旁吸水烟，"咚"的一声把水烟壶蹾到桌子上："这个河南蛋瞎眼了不是？"鹿子霖说："你去和杨排长解说一下，我也再给他解说解说。你可别硬顶——他可是烧疼了尻子的猴儿，急了就不管谁都抓。"说着，门外走进三个端着枪的士兵："还有白孝文，也是个会写字的，一块儿走。"

白家父子走出门了，陪着鹿子霖，跟着三个端枪的士兵。白嘉轩看着白鹿镇上驻足观看的行人，面子上的侮辱已使他煞白了脸，他愈加挺直了腰杆儿走着。杨排长在他的临时住屋里对白嘉轩父子说："不要惊慌。请留下手迹就行了。"然后引着他们父子进入一间教室，桌子上放着一盆红黏土泡成的泥浆，盆里放着一只笤帚圪垯。教室的墙壁上已经写满了字，全是"放火烧粮台者白狼"。白嘉轩气冲冲捞起蘸了泥浆的笤帚写下同样一行字，白孝文也写了。白嘉轩写罢气不可撑，问："常言说捉贼捉赃，抓奸抓双。老总你凭啥把我糟践这一程子？"杨排长也没好气他说："怎么糟践你了？叫你写几个字也算糟践你？"白嘉轩冷笑说："这算写的什么字！是红事的对联还是丧事的引路幡子？"杨排长突然转过身来，紧盯着白嘉轩："你说话嘴放干净点儿！别说你是什么狗屁族长、官人，你敢再说半句不三不四的话，老子就一枪把你撂倒……"鹿子霖立即劝着拉着杨排长收回枪，孝文推着父亲出了教室走到院子，杨排长追到台阶上还在嚷嚷："你发鸡毛传帖煽动闹事交农，本来就不是个好东西！"白嘉轩被翻起老账更加气恨羞恼。

大火整整烧了三天三夜，白色的粉灰漫天飞扬，家家的屋瓦和院子里都沉下厚厚的一层白色粉末儿。明火熄灭以后，未燃尽的粮堆仍然在夜里透出灼人的红光，整个村庄和田野里都弥漫着一股馍馍被烤焦了的香味儿。一场骤来的暴雨彻底浇灭了余火，洗刷了屋瓦上树叶上和秋苗嫩叶上的灰粉。天晴以后，附近的村民套着牛车推着独轮小车挑着葛条笼去装灰，那些麦子烧过的灰烬和土粪掺搅以后施到田地里是庄稼和棉花的绝好肥料，他们争着装灰的劲头和往这里交麦子一样急迫。大约过了半月，驻守白鹿仓的杨排长又领着他的士兵来了。杨排长先叫来总乡约田福贤，召集了九个保障所的九个乡约和九十八个大小自然村的官人，在白鹿镇的学校里开会。杨排长走路有点跛，那是团长下令打了二十军棍致成的骨伤。杨排长说："在白鹿原烧掉的军粮，还得从白鹿原上补起来。烧了再征，叫他再烧，再烧再征。这回是一亩一斗一人一斗。再烧了再加。"有人求告说："老总，军队要吃粮这道理很明白，自古军人由民人养也都明白，粮嘛烧了自然得再征。只是麦收后刚刚征过一茬，再连着征怕不好弄。是不是到秋收后再征？这样也好给百姓说……"杨排长一挥手就打断了他的话："这号话再不要说。后日开始征粮，一律送到这个学校来。明日白鹿镇逢集，枪毙烧粮台的白狼。谁敢抗粮不交，不管是官人民人一律和白狼一样惩治。"

第二天，在白鹿仓围墙外的旷野里，三个被五花大绑着的人被缚在木柱上，蓬头垢面，衣服褴褛，垂头耷脑，实际已经奄奄一息了。人山人海般拥挤着看热闹的乡民。三十几个士兵排成一排，举起了枪，一片推拉枪栓的声音，架势和射鸡（击）表演一模一样。杨排长从腰里拔出盒子枪，枪把上已经换上一条新的火焰般耀眼的红绸，动作不再优雅而更显威武，朝天放了一枪，叭的一声响过，就接连响起密集的枪声。那三个"白狼"没有丝毫反应，没有哭也没有叫，看客们怀疑他们在挨枪子之前是否还活着？枪子击中他们身体的各个部位，拉出一条血流。他们连抖动一下的反应也没有，倒使围观的人觉得尚不如射杀活鸡场面热烈。

几天后，一个可怕的传言在各个村巷里不胫而走，那三个被打死的"白狼"其实是三个要饭的。

第十七章

白嘉轩重新出现在白鹿村的街巷里，村民们差点认不出他来了，那挺直如椽的腰杆儿佝偻下去，从尾骨那儿折成了一个九十度的弯角，屁股高高地撅了起来；他手里拄着一根截短了的拐杖，和人说话的时候就仰起脸来，活像一只狗的形体；抬头仰脸跟人说话时，那双眼睛就尽力往上翻睁，原来鼓出的眼球愈加显得突出，眼白也更加大得耀眼；两个嘴角相反地朝下扯拉，阔大的嘴巴撇一张弯弓，更显出执著不移近乎倔拗的神气。他在街巷里用简短的语言回答着一个个关切问询着的男女，仅作短暂的驻足，几站不停步地移动拐杖，跟着拉牛扛犁的鹿三走出村巷。

已是秋末冬初，白日短促到巧媳妇难做三顿饭的季节。太阳坠入白鹿原西部的原坡，一片羞怯的霞光腾起在西原的上空。白嘉轩双手拄着拐杖站在地头，瞅着鹿三一手捉着犁杖一手扬着鞭子悠悠地耕翻留作棉田的地块，黄褐色的泥土在犁铧上翻卷着；鹿三和牛的背影渐渐融入西边的霞光里迎面奔到他眼前来了。白嘉轩手心痒痒喉咙也痒痒了，想攥一攥犁杖光滑的扶把儿，想踩踏踩踏那翻卷着的泥土，想放开喉咙吆喝吆喝牲畜了。当鹿三再犁过一遭在地头回犁勒调犍牛的时候，白嘉轩扔了拐杖，一把抓住犁把儿一手夺过鞭子，说："三哥，你抽袋烟去！"鹿三嘴里大声憨气地嘀嗒着："天短尿得转不了几个来回就黑咧！"最后还是无奈放了鞭子和犁杖，很不情愿地蹲下来摸烟包。他瞅着嘉轩把犁尖插进垄沟一声吆喝，连忙奔上前抓住犁杖："嘉轩，你不该犁地，你的腰……"白嘉轩拨开他的手，又一声吆喝："得儿起！"犍牛拖着犁铧朝前走了。白嘉轩转过脸对鹿三大声说："我想试火一下！"鹿三手里攥着尚未装进烟末的烟袋跟着嘉轩并排儿走着担心万一有个闪失。白嘉轩很不喜悦地说："你跟在我旁边我不舒服，你走开你去抽你的烟！"鹿三无奈停住脚步，眼睛紧紧瞅着渐渐融进霞光里的白嘉轩，还是攥着空烟袋记不起来装烟。

白嘉轩只顾瞅着犁头前进的地皮，黄褐色的泥土在脚下翻卷，新鲜的湿土气息从犁铧底下泛漫潮溢起来，滋润着空乏焦灼的胸膛，他听见自己胳膊腿上的骨节咯吧咯吧扭响的声音。他悠然吆喝着简洁的调遣犍牛的词令倒像是一种舒心的悦意的抒情。他一直到棉田的尽头掉过犁头，背着霞光朝东头翻耕过来的时候，吼起了秦腔："汉苏武在北海……"三个来回犁下来，白嘉轩已经大汗淋漓气端吁吁，身体毕竟是虚了，可那卧睡炕上三个月的枯燥郁闷的生活也终于结束了。这天后晌收工回去，白嘉轩一扬手把那根拐杖扔进储备柴火的草棚子里去，站在院庭里接过仙草端来的洗脸铜盆说："我后晌试火了一下，我还行！"

晚饭后在厅房东屋老娘的住室里，白嘉轩临时决定召集一次家庭成员的聚会，孝文和三儿子孝义是他叫来的，老二的媳妇由仙草告知，作为这个家庭非正式的却是不可或缺的成员鹿三，是他亲自到马号里去请来的，而且被礼让到桌子那边的一张简易太师椅上，两个媳妇规规矩矩坐在婆的已经开始煨火的炕边上。白嘉轩说："我的腰好了。"他侧转头瞅着两个媳妇说："我在炕上窝蜷了整整一百零七天，你俩——大姐二姐都受了苦尽了孝心都好。"两个儿媳得到了家庭长者的夸奖却感到惶恐，争相表白这完全是做晚辈的应尽的孝道等。白嘉轩摆摆头就打断她俩的话："你们还不知道我一辈子最怯着啥？我不怯歪人恶人也不怯土匪贼娃子，我不怯吃苦不怯出力也不怯迟睡早起，我最怯最怕的事……就是死僵僵躺在炕上，让人侍候熬汤煎药端吃端喝倒屎倒尿。"一家人默然，只有老母亲白赵氏在炕头动了感情："你是罪人！"白嘉轩接口说："我是个罪人我也没法儿，我爱受罪我由不得出力下苦是生就的，我干着活儿浑身都痛快；我要是两天手不捉把儿不干活儿，胳膊软了腿也软了心也瞀乱烦焦了……"白嘉轩说到这里停顿一下，然后郑重地说出想告诉每一个家庭成员的话："我说前头这些话的意思，就是说，从明天开始，你们再也不用围着我转了。你们各人该做啥就去做啥，屋里人该纺线的纺线，该织布的织布，该缝棉衣的缝棉衣，外边人该做的地里活就尽着去做。孝文你跟你三叔犁完花（棉）田接着翻稻地。牛犊你喂槽上留下的牲口，叼空儿推土晒土，把冬天的垫圈土攒够，小心捂一场雪。地一上冻就赶紧套车送粪，把这些活儿开销利索，轧花机就要响动了。一句话，原先的日子咋过从明日开始还咋过。我嘛——好咧！"

白嘉轩被土匪砸断腰杆以后笼罩在庭院里的悲凄慌乱的气氛已经廓清，劫难发生以前的严谨勤奋的生活和生产秩序完全恢复。不单单恢复，家里所有成年人惊异地发现，自信"我还行"的家长发生了重大变化，他比驼背以前起得更早了，天色薄明时庭院里就响起威严的咳嗽声，常常使晚他一步开门端着尿盆倒尿的儿媳尴尬失措；他的脚步不显艰难反倒更显得敏捷，驼着背甩摆着手迈着腿脚，前院后院马号牛棚猪圈以及后院的茅厕，他都有事无事地转悠查看，除过推车挑担必须用双肩或单肩的活路以外，凡是用双手和腿脚操作的农活他都不忌讳，耕棉田翻稻地锄谷草旋子筛掌簸箕送粪吆牛车踩踏轧花机等秋冬季农活，他和儿子孝文长工鹿三一起搭手干着；他的话语更少更简练也更准确，无用的废话虚意的应酬彻底干净地从他的口里省略了。孝文和鹿三总是担心他累出毛病，迭声劝他干一干也该歇一歇，最好也是一天干一晌歇息两晌，顶多每天早晚干两晌午间歇息；像这样一天三晌跟着他俩撑着干下去，迟早会出乱子的。白嘉轩充耳不闻只顾干着手里或脚下的活儿，被他们咄咄得烦了也就急躁了："你俩都悄着，再甭说那号话了。我不爱听。人只有闲坏了的没有忙坏了的。"

整个四合院犹如那架置了一个夏天的秋天的轧花机，到了冬天就咔嗒咔嗒地运转起来了。这时候，一个致命的打击接踵而来，白嘉轩发觉了孝文的隐秘。这个打击几乎是摧毁性的。

那是入冬后第一场大雪降落的夜晚，白嘉轩踩了半晌轧花机，孝文硬把他拖下来。他揩了揩额头的汗珠儿，穿上棉衣棉裤，走出了饲养牛马的圈场，没有走进斜对门的四合院，折转方向沿着西巷走过来。大雪随下随化，巷道里一片泥泞。白嘉轩背抄着双手走进连着村巷的白鹿镇的街道，推开了冷先生中医堂虚掩着的门板。冷先生给他斟上一盅金黄色的茶水，再把一包用乳黄色油纸裹着的卷烟叶解开，摊放在小桌上，指着一个茶杯说："你赶巧了，这茶叶是刚刚接下的雪花水冲泡的，尝尝。"白嘉轩呷一口茶，清香扑鼻，热流咕噜噜响着滚下喉咙，顿觉回肠荡气浑身通畅，嘴里却故意冷淡地说："雪水还不就是水嘛！我喝着没啥两样儿。"说着捏出一段儿剪得十分规矩的烟片优雅自如地撒开，铺展到膝头的棉裤上，再取来一段一节短的碎的烟片均匀地夹进去，然后包卷起来，在两只粗大的手掌之间反复捻搓，用舌尖给开口的烟片抿一点口水粘住，就制造出一支漂亮的雪茄。他从桌边拈起那根从早起到晚默默燃烧着的散发着香气的火苗儿，对着雪茄头儿燃了，悠悠喷出一口浓重的蓝色烟雾来。

二儿子孝武的媳妇正月里过门以后，他和冷先生的关系发生了深刻的变化，由爷们爹们的世代义交发展为儿女亲家。感激不尽亲家悉心至诚的疗治，终于使他百日之后重新走到白鹿村的街巷里，而没有变成一个死僵僵瘫痪炕头的废物。他原先从不串门现在更不串了，只是在隔过一些日子或阴雨绵绵的憋闷时日，到亲家冷先生的中医堂来坐坐聊聊。冷先生的中医堂，成为罗锅嘉轩了知白鹿原动态的一个通风口。求医抓药的人每天都把各个村子发生的异常事件及时传递到中医堂里来，冷先生对纷繁的大小事变经过筛选，拣出那些值得一说的事说给白嘉轩，两人接着就对此事议论评说一番。有时候两人对坐着喝茶吸烟，夏天一人一把竹皮扇子，冬天守一盆木炭火，冷先生话语不多，白嘉轩也不好弹舌，两人就那么坐着甚至不说一句闲话。两人心里都明白，其实只有真正信赖无虞的关系才能达到这种去伪情而存真实的境地。白嘉轩怀着平和愉悦的心态呷着雪水冲下的茶水，发现冷先生给他格外殷切地添茶，稍微一点过分的客套反而引起不适和别扭；他留心瞄瞅着冷先生，终于发觉那双平素总透着冷气的眼睛躲躲闪闪，浮泛着一缕虚光。他直言说："冷大哥你甭瞎张罗了。你坐下抽你的烟吧。茶我会倒，烟我会卷咯！你像是心里有事？我在这儿不便我就走。"冷先生看到自己弄巧成拙，急忙拉住白嘉轩的手，就再也转不过弯儿了："兄弟你坐下，我有话跟你说……"

"咱弟兄们说话，还这么拐弯抹角呀？"

"我听到一句闲话——"

"……"

"虽则是一句闲话，可不是一般的闲话。"

"呃呀几天不见，你的直筒肠子扭成麻花了！算了你甭说了。我回去睡觉呀！"

"我怕你招不住这个闲话。兄弟你听到这闲话先不要生气。这闲话不给你说不行，说了又怕你招架不住……"

"我的黄货白货给上匪打抢了，又砸断了我的腰，我不像人样儿像条狗，我连一句气话也没骂还是踏我的轧花机；我不信世上还有啥'闲话'能把我气死，能把我扳倒？顶大不过是想算我的伙食账（处死）罢咧！"

"嘉轩兄弟……我听人说孝文的闲话……"

"孝文？孝文能有啥闲话？"

"说是跟村口烂窑里那个货……"

"呃……"

冷先生看见白嘉轩泛红的脸色顿然变得如同一张黄表纸，佝偻的躯体猛烈地抖颤了一下，反夹在指间的卷烟挤成了弯儿，在那一霎间眼睛睁大到失神的程度。这一切都没有超过冷先生的预料，白嘉轩没有热血冲顶当下闭气已属万幸，他终于说出了这个难以启齿的闲话。白嘉轩很快恢复过来，冷着脸问："大哥依你看，这是果有实事，还是有人给我脸上抹屎？"冷先生说："我看都不是。闲话嘛你就只当闲话听。"白嘉轩又问："你听谁说的？这话是怎么嘈出来的？冷先生轻描淡写地说："俗话说'露水没籽儿闲话没影儿'。"白嘉轩摇摇头说："凡是闲话都有影儿！"

七月末尾一个溽热蒸闷的晚上，鹿子霖头上裹着一匝守孝的白布走进冷先生的中医堂，腋下夹着一瓶太白酒。进屋后鹿子霖把酒瓶往桌上一蹾，顺手从头上扯下孝布挂到土墙的木橛上，大声憋气地慨叹起来："先生哥，你看邪不邪？老先生一入土，我那个院子一下就空了。空得我一进街门就恓惶得坐不住。今黑咱弟兄们喝一盅。"冷先生很能体味鹿子霖的心情，当即让相公尽快弄出三四样下酒菜来，一盘凉黄瓜，一盘炒鸡蛋，一盘炒莴笋，一盘油炸花生米。冷先生喝酒就跟喝凉水的感觉和效果一样，喝任何名酒尝不出香味，喝再多也从来不见脸红脸黄更不会见醉，他看着旁人喝得那么有滋味醉得丑态百出往往觉得莫名其妙。鹿子霖嗜酒成性，高兴时喝郁闷时喝冷甚了喝热过了喝，干好事要喝干坏事要喝，进小娥的窑洞之前必须喝酒以壮行；他喝酒不悦意独个品饮，必须得有一伙酒伴起码得有一个人陪着，一边谝着笑着喊着，顶痛快的是猜拳行令吵得人仰马翻，渐渐进入苦不觉苦乐不觉乐的飘飘摇摇的轻松境界。"先生哥啊，我有一句为难的话……"鹿子霖眼睛里开始泛出酒的气韵，"思来想去还是跟你说了好！"冷先生没有说话，从桌上捉住酒杯邀酒，鼓励鹿子霖尽快说出他想说的话。鹿子霖仰脖灌下一盅酒，口腔里大声嘘叹着说："我听到一句闲话，说是孝文跟窑里那个货这了那了……"冷先生不由一惊，原想鹿子霖可能要谈及他们之间的事，鹿兆鹏拒不归家的抗婚行动早已掩盖不住，处境最为尴尬的其实是这桩婚事双方的父亲，他和他。鹿子霖多次向他表示过深深的歉意，一次又一次给他表示将要采取的制伏儿子的举措……是不是又要采取新的手段了？万万料想不到，却是孝文和黑娃女人间发生了什么纠葛。冷先生断然地说："兄弟你这话说给鬼鬼都不信。"鹿子霖大幅度地连连点着头："对对对！我刚听到这话不仅不信，顺手就扇了给我报告这件事的人一个嘴巴！我说'孝文要跟她有这号事，那庙里的泥神神也会跟她有这件事了'。那人挨了嘴巴跑了，可接着又有俩人来报告，说得有鼻子有眼，全说是他们亲眼撞见孝文进出那货的窑，一个说他晚上寻猪撞见孝文进窑，一个说他半夜从亲戚家回来瞅见孝文溜出窑来，俩人不是一天晚上见的。你说信下信不下？我还能再扇这俩人的嘴巴子吗？"冷先生说："这事若是属实，那比土匪砸断腰还要厉害，这是要嘉轩的命哩！"鹿子霖说："我打发那俩报告的人出门时，一人还是给了一嘴巴先封住口——不准胡说！我想我给嘉轩不好说这话，嘉轩哥心里头见不得我我明白；可这事不告知嘉轩哥又不行，日后事情烂包了嘉轩哥又怨我对他瞒瞒盖盖；我思来想去只有你来说这话，咱们谁都不想看着白家出丑……他跟你是亲我跟你更早就是了，盼着大家都光光堂堂……"

冷先生第二天照旧去给嘉轩敷药，看着忍着痛仍然做出平静神态的亲家，又想起前一晚自己的判断：嘉轩能挨得起土匪拦腰一击，绝对招架不住那个传言的打击。冷先生心里十分难过十分痛苦，脸上依然保持着永不改易的冷色调，像往昔一样连安慰的话也不说一句只顾精心治疗。过了难耐的三伏又过了淫雨绵绵的秋天，当白嘉轩腰伤治愈重新出现在白鹿村街巷里的时候，埋在他心底的那句可怕的传言等到了出世的时日。他为如何把这句话传给嘉轩而伤透了脑子，似乎从来也没有过为说一句话而如此费心的情况……

冷先生瞅着佝偻在椅子上的白嘉轩说："兄弟，我看人到世上来没有享福的尽是受苦的，穷汉有穷汉的苦楚，富汉有富汉的苦楚，皇帝贵人也是有难言的苦楚。这是人出世时带来的。你看，个个人都是哇哇大哭着来这世上，没听说哪个人落地头一声不是哭是笑。咋哩？人都不愿意到世上来，世上太苦情了，不及在天上清静悠闲，天爷就一脚把人蹬下来……既是人到世上来注定要受苦，明白人不论遇见啥样的灾苦都能想得开……"冷先生一次说下这么多话连他自己也颇惊诧。白嘉轩说："得先把事情弄清白。不管是真是假，都不能当闲话听。这是啥闲话？杀人的闲话！"

白嘉轩佝偻着腰走过白鹿镇的街道，又转折上进入白鹿村的丁字路，脚下已经积下一层厚厚的雪，嚓嚓嚓响着，背抄着腰上的手和脖子感到雪花融化的冰冷，天上的雪还在下着。进入四合院的街门时，他对如何对待冷先生透露给他的闲话已经纲目明晰。处置这事并不复杂，不需要向任何人打听讯问，要是没有结果可能更糟。他相信只要若无其事而暗里留心观察一下孝文的举动就会一目了然。他做出什么事也不曾发生的随意的样子问："孝文睡了？"仙草也不在意地说："给老六家说和去了。"

白嘉轩胸膛里怦然心动，觉得有一股滚烫的东西冲上脑顶，得悉这件事非同小可的闲话所激起的震惊和愤怒，现在才变得不可压抑，归来时想好了的处置这件事的纲目和步骤全部作废了。他把解开的第一只裤脚带儿重新扎好，从门背后抓起仙草由柴火棚子里拣回的拐杖，强烈地预知到拐杖的重要用场。出门时，他没有忘记掩盖此时出门的真实目的："老六的那几个后人难说话。老六让我去镇镇邪，我差点忘了……"他跷出门槛就跨出通向又一次灾难的一步。

白嘉轩来到白老六家的门口就僵住了。老六家狭窄的庄基上撑立着一排四间破旧的厦屋，没有围墙没有栅栏是个敞风院子，一切全都一目了然，四间厦屋安着的四合门板全都关死了，不见灯火不见响动，白老六滚雪一样的鼾声从南边那间厦屋冲出来，在敞风院子里起伏。白嘉轩在那一刻浑身有一种瘫软的感觉。他走出老六家的敞风院子，似乎有一千双手推着他疾步走上村子东头的慢坡，瞅见了那孔平时连正眼瞧一眼的兴致也没有的窑洞；想到把他逼到这个龌龊角落来干捉奸这种龌龊事的儿子，胸膛里的愤怒和悲哀搅和得他痛苦不堪；他从慢道跨上窑院的平场，两条腿失控地抖颤起来；他走到糊着一层黑麻纸的窑窗跟前，就听见了里头悄声低语着的狎昵声息；白嘉轩在那一瞬间走到了生命的末日走到了终点，猛然狗似的朝前一纵，一脚踏到窑洞的门板上，咣当一声，自己同时也栽倒了。

咣当的响声无异于一声雪夜的雷鸣，把温暖的窑洞里火炕上的柔情蜜意震荡殆尽。孝文完全瘫痪，躺在炕上动弹不了，全身的筋骨裂碎断折，只剩一身撑不起杆子的皮肉。那一声炸雷响过便复归静寂。小娥从炕上溜下来，撅着光光的尻子贴着门缝往外瞧，朦胧的雪光里不见异常，眼睛朝下一勾才瞅见门口雪地上倒卧着一团黑圪塔。她松了一口气折回头扶住炕边，俯下身贴着孝文的耳朵说："瓜蛋儿放心！一个要饭的冻硬栽倒到门口咧！"孝文忽地一声跃起拨开被子，慌忙穿衣蹬裤，溜下炕来钩上棉窝窝，一把拉开门闩，从那个倒卧门口的人身上跳过去；下了窑院的平场跷上慢道又进入村巷，他的心似乎才重新跳荡起来。

小娥穿好衣裳走出窑门，看看倒在门口的那个倒霉鬼死了还是活着；她蹲下身摸摸那人的鼻口，刚刚触到冷硬如铁的鼻梁，突然吓得倒吸一口气跌坐在地上；从倒地者整齐的穿着和伛偻的身腰上，她辨认出族长来，哪里是哪个可怜栖惶的要饭老汉！小娥爬起来退回窑里才感到了恐惧，急得在窑里打转转。她听到窑院里的一声咳嗽，立即跳出窑门奔过窑院挡住了从慢道上走下来的鹿子霖。小娥说："糟了糟了！族长气死……"鹿子霖朝着小娥手指的窑门口一瞅，折身跷上窑院，站在倒地的白嘉轩身旁久久不语，像欣赏被自己射中落地的一只猎物。小娥急得在他腰里戳了一下："咋办哩咋办哩？死了人咋办呀？你还斯斯文文盯啥哩！"鹿子霖弯下腰，伸手摸一下白嘉轩的鼻口，直起腰来对小娥说："放心放心放你一百二十条心。死不了，这人命长。"小娥急嘟嘟地说："死不了也不得了！他倒在这儿咋办哩？"鹿子霖说："按说我把他背上送回去就完了，这样一背反倒叫他叫我都转不过弯子……好了，你去叫冷先生让他想办法，我应该装成不知道这码事。快去，小心时间长了真的死了就麻烦了。"小娥转身跑出场院要去找冷先生，刚跑到慢坡下，鹿子霖又喊住她："算了算了，还是我顺路捎着背回去。"小娥又奔回窑院。鹿子霖咬咬牙在心里说："就是要叫你转不开身躲不开脸，一丁点掩瞒的余地都不留。看你下来怎么办？我非把你逼上'辕门'不结。"他背起白嘉轩，告别小娥说："还记着我给你说的那句话吗？你干得在行。"小娥知道那句话指的什么：你能把孝文拉进怀里，就是尿到他爸脸上了。她现在达到报复的目的却没有产生报复后的欢悦，被预料不及的严重后果吓住了。她瞅着鹿子霖背着白嘉轩移脚转身，走出窑院，跷进窑去关死了窑门，突然扑倒在炕上。

鹿子霖背着白嘉轩走过白雪覆地的村巷，用脚踢响了白家的街门，对惊慌失措的仙草说："先甭问……我也不晓得咋回事。先救人！"仙草的一针扎进人中，白嘉轩喉咙里咕咕响了一阵终于睁开眼睛，长叹一声又把眼睛闭上了。鹿子霖装作啥也不晓的憨相："咋弄着哩嘉轩哥？咋着倒在黑娃的窑门口？"随之就告辞了。

白嘉轩被妻子仙草一针扎活过来长叹一声又闭上了眼睛。他固执地挥一挥手，制止了家中老少一片乱纷纷的嘘寒问暖心诚意至关切："你们都回去睡觉，让我歇下。"说话时仍然闭着眼睛，屋里只剩下仙草一个清静下来，白嘉轩依然闭眼不睁静静地躺着。一切既已无法补救，必须采取最果断最斩劲的手段，洗刷孝文给他和祖宗以及整个家族所涂抹的耻辱。他相信家人围在炕前只能妨碍他的决断只能乱中添乱，因此毫不留情地挥手把他们赶开了。他就这么躺着想着一丝不动，听着公鸡叫过一遍又叫过一遍，才咳嗽一声坐了起来，对仙草说："你把三哥叫来。"

　　鹿三在马号里十分纳闷，嘉轩怎么会倒在那个窑院里？他咂着旱烟袋坐在炕边，一只脚踏在地上另一只脚跷踏在炕边上，胳膊肘支在膝头上吸着烟迷惑莫解。孝文低头耷脑走进去，怯怯地靠在那面的槽帮上。他以为孝文和他一样替嘉轩担忧却不知道孝文心里有鬼。他很诚恳地劝孝文说："甭伤心。你爸缓歇缓歇就好了。许是雪地里走迷了。"孝文靠在槽帮上低垂着头，他从小娥的窑洞溜回家中时万分庆幸自己不该倒霉，摸着黑钻进被窝，才觉得堵在喉咙眼上的心回到原处；当他听到敲门声又看见鹿子霖背着父亲走进院里时，双膝一软就跌坐在地上；这一切全都被父亲的病势暂时掩盖着。他除了死再无路可走，已经没有力量活到天明，甚至连活到再见父亲一面的时间也挨不下来。他觉得有必要向鹿三留下最后一句悔恨的话，于是就走进马号来了。他抬起低垂到胸膛上的下巴说："三叔，我要走呀！你日后给他说一句话，就说我说了'我不是人'……"鹿三猛乍转过头拔出嘴里的烟袋："你说啥？"孝文说："我做下丢脸事没脸活人了！"鹿三于是就得到了嘉轩倒在窑洞门口的疑问的注释。他从炕边上挪下腿来，一步一步走到孝文跟前，铁青着脸瞅着孝文耷拉着的脑袋，猛然抡开胳膊抽了两只掌，哆嗦着嘴唇："羞了先人……啥叫羞了先人？这就叫羞了先人了！黑娃羞了先人你也羞了先人……"这当儿仙草走了进来。鹿三盛怒未消跟仙草走进上房西屋，看见嘉轩就忍不住慨叹："嘉轩哇你好苦啊！"白嘉轩忍住了泛在眼眶里的泪珠，说："你知道发生啥事了？知道了我就不用再说了。你现在收拾一下就起身，进山叫孝武回来，叫他立马回来，就说我得下急症要咽气……"

　　惩罚孝文的举动又一次震撼了白鹿原。惩罚的方式和格局如同前次，施刑之前重温乡约族规的程序由孝文的弟弟孝武来执行。

　　白孝武的出现恰当其时。他穿一件青色棉袍，挺直的腰板和他爸腰折以前一样笔挺，体魄雄壮魁伟，肩膀宽厚臀部丰满，比瘦削细俏的孝文气派得多沉稳得多了。白嘉轩仍在台阶上安一把椅子坐着，孝武归来及时替代了不争气的孝文的位置，也及时填充了他心中的虚空。孝武领诵完乡约和族规的有关条款，走到父亲跟前请示开始执行族规。白嘉轩从椅子上下来，跷下台阶，从族人让出的夹道里走过去，双手背抄在佝偻着的腰背上。白嘉轩谁也不瞅，端直走到槐树下，从地上抓起扎捆成束的一把酸枣棵子刺刷。这当儿有三四个人在他面前扑通扑通跪倒了，白嘉轩知道他们跪下想弄啥，毫不理睬，转过身就把刺刷扬起来抽过去。孝文一声惨叫接一声惨叫，鲜血顿时漫染了脸颊。白嘉轩下手特狠，比上次抽打小娥和狗蛋还要狠过几成。这个儿子丢了他的脸亏了他的心辜负了他对他的期望，他为他丧气败兴的程度远远超过了被土匪打断腰杆的劫难，他用刺刷抽击这个孽种是泄恨是真打而不是在族人面前摆摆架势。白嘉轩咬着牙再次扬起刺刷，忘记了每人只能打一下的戒律，他的胳膊被人捉住了，一看竟是鹿子霖。

鹿子霖是那三四个下跪求情者中的一个。这个向族长跪谏的行动其实就是鹿子霖策划的。他听到孝武给他传述的白嘉轩要惩罚孝文的决定以后，郑重其事地找到白家，大声吵着要白嘉轩取消这次施刑的举动："我敢说这根本不怪孝文！你也招不住这个折腾咯！"白嘉轩冷着脸心决如铁："锣都敲了你还说这话做啥！你后晌能到祠堂来，就算给老哥赏光了。"鹿子霖后晌去祠堂里在村巷里痛心狠气地抱怨几个老汉："你几个老者难道都是石头心眼儿？嘉轩要整孝文你们能忍心叫他整？为啥不劝他不阻挡他？这孝文比不得旁人咋能随便用刷子打？"那几个老汉被他热诚的斥责弄得感动又愧悔，便策划了这出跪谏的插曲。

鹿子霖从白嘉轩手里夺下刺刷又扑通跪下了，说："嘉轩哥！你不饶孝文我不起来！"白嘉轩冷着脸说："我不受你的跪拜。谁的跪拜我今日都不受。谁爱跪谁就跪。孝武，往下行——"说罢，用手撩着袍衩儿走过人窝儿，重新在祠堂台阶的椅子上坐下来。白孝武从执刑具者手里接过刺刷，照哥哥孝文赤裸的胸脯抽击了一下，血流顺着胸脯一条条拉下来……

如同祠堂院子里的争执在白家庭院里也刚刚发生过。老娘白赵氏白吴氏以及两个媳妇结成同盟，坚决反对白嘉轩惩罚孝文的毒刑。白赵氏劝不下儿子就骂起来："你害死孝文你哪像个老子？你要把孝文捆到树上我就脱光站到孝文前头，你先用刺刷刷死我再刷死孝文！"仙草则用哭谏，两个儿媳一齐求情。白嘉轩对谁也不松口，连一句话也不说，一任她们骂呀哭呀乞求呀绝不动心。直到第三天孝武和鹿三从山里回来，白嘉轩把全体家庭成员叫到上房正厅，在祭桌前发蜡焚香，然后征求大家的意见："有话对着先人的面说。"白赵氏白吴氏和孝文孝武的媳妇陈述了早已表明的态度，轮到至关重要的一个人白孝武了。白孝武站在祭桌前一字一板地说："按族规办。"奶奶白赵氏正愣着神儿，母亲白吴氏的耳光已经抽到他脸上了。孝武瞅了一眼母亲不恼也不愧，仍然面色不改。白嘉轩用恼怒的眼色制止了妻子白吴氏的轻举妄动，转过脸问孝武："为啥？你说为啥？"白孝武沉稳地说："这是白家的立身纲纪。爸你说的我不敢忘……"白嘉轩迫急地一拳砸在桌子上，说："着！忘了立家立身的纲纪，毁的不是一个孝文，白家都要毁了——"

白嘉轩从父亲手里继承下来的，有原上原下的田地，有槽头的牛马，有庄基地上的房屋，有隐藏在土墙里和脚地下的用瓦罐装着的黄货和白货，还有一个看不见摸不着的财富，就是孝武复述给他的那个立家立身的纲纪。即使白嘉轩自己，对于家族最早的记忆也只能凭借传说，这个村庄和白氏家族的历史太漫长太古老了，漫长古老得令它的后代无法弄清无法记忆。由白嘉轩上溯五辈，大约是白家家道中兴的一个纪元的开始，那位先人在贫困冻馁中读书自饬考得文举，重整家业重修族规，是一个对白家近代家史族史具有决定性影响的人物，族人至今还常提起他的名字白修身。族史和家史虽然漫长，对本族和家庭具有重大影响的先人的名字还是留传下来，湮没的只是那些业绩平平的名字。好几代人以来，白家自己的家道则像棉衣里的棉花套子，装进棉衣里缩了、瓷了，拆开来弹一回又胀了、发了；家业发时没有发得田连阡陌屋瓦连片，家业衰时也没弄到无立锥之地；有限的记忆不可怀疑的是，地里没断过庄稼，槽头没断过牲畜，囤里没断过粮食，庄基地没扩大也没缩小。白嘉轩在孝文事发的短暂几天里除了思索这个意料不及的事件，更多地却是追思家族的历史和前贤，形成家庭这种没有大起也没有大落基本稳定状态的原因，除了天灾匪祸瘟疫以及父母官的贪廉诸种因素之外，根本的原由在于文举人老爷爷创立的族规纲纪。他的立纲立家的纲纪似乎限制着家业的洪暴，也抑制预防了事业的破败。无论家业上升或下滑，白家的族长地位没有动摇过，白家作为族长身体力行族规所建树的威望是贯穿始今的。一位族长在大旱之年领着族人打井累得吐血而死，井台上至今还可以看到被风化了的白克勤模糊的字迹。一位族长领着族人在打杀贼人中被刀劈成两截，成为白鹿原一举廓清匪患的英雄。并非所有的族长都有伟绩，悄无声息的平庸之辈也为数不少，甚至每隔一代两代就会出一个败家子族长，这是殃祸家族的大害必须尽早诛除不能手软……

白嘉轩听到孝武的话，心里卷起一汪热流，激动得热泪盈眶，此时此地正需要听到这个话。白赵氏不甘心地反诘："先人们都是通人性的好先人，谁也没有你这样心硬！"白嘉轩沉静地说："先人们里头没出过这号瞎事。"孝文无可挽回地被推进祠堂捆到槐树上了。

　　白嘉轩采取的第二个断然措施是分家。白嘉轩决定只请大姐夫朱先生一个人监督分家，作为这种场合必不可缺的孩子的舅舅没有被邀请，山里距这儿太远了。如果连自己的家事都处置不妥，还怎么给族人门人村人说和了事？一切都经过周密的算计和精细的调配，分给孝文好地次地的搭配比例与全部土地优次的比例相一致。按说长子应占厅房东屋，但那需得双亲谢世以后，白嘉轩健在白赵氏也健在，白嘉轩尚不能住进厅房东屋而只能居住西屋。再考虑到生产生活的方便，白嘉轩决定把门房的东屋和西屋分给孝文，当中明间作为甬道属家庭公有。储存的黄货白货白嘉轩闭口不提，那是家庭积蓄，除非异常重大的情变不能挪动，这些蓄存的交代当在他蹬腿咽气之前，现在谁也不得过问。白孝文的脸面被药布包扎着不露真相，只是点头，伸出结着血痂的右手在契约上按下了指印。朱先生笑着重复了一句："房是招牌地是累，攒下银钱是催命鬼。房要小，地要少，养个黄牛慢慢搞。"这几句广为流传的朱先生名言，白嘉轩和儿子们其实才头一次从创造者本人口中听到。朱先生对孝文的过失没有严词斥训，悬笔写下两个字的条幅：慎独。

　　鹿子霖在惩罚孝文那天晚上到神禾村喝了酒。他跪在地上为孝文求情的行动虽然失败，却获得了许多人的钦敬，也把这件花案的制造者隐蔽得更严密了。为了显示真诚，他就那么一直跪下去直到行刑结束。白嘉轩从祠堂台上慌慌匆匆扭动着狗一样的腰身走过来，双手扶起他，又扶起一同跪着的三个老者说："你们的宽恩厚德我领了！"鹿子霖演完这场戏就去神禾村找几个相好喝酒去了，这一晚喝得酣畅淋漓，于午夜时分走回白鹿村，从村子东头的慢道上下来，扑腾扑腾走到窑洞口拍响了门板。小娥问谁敲门。鹿子霖大声说："问啥哩还问啥哩？你哥你叔你大大我嘛！"他喝得太多有点失控，阴谋的完全实施所产生的欢欣得意也有点难以控制，该是他和同谋者小娥一起品味这出精彩戏曲儿的时候了。门闩滑动一声，鹿子霖迫不及待撒着酒狂推门而入，把正趴到炕边上的小娥揽住。小娥一抖一甩钻进被窝。鹿子霖笑笑才意识到小娥棉袄是披在肩上的。鹿子霖倚在炕边上解衣脱裤，一边说："大的亲蛋蛋呀！你给你出了气也给大饰了脸，咱俩的气儿出了，仇报了，该受活受活啦！今黑大大全部依你，你说咋着大就咋着，你要咋样儿就咋样儿，你要骑马大就驮上你游，你要大当王八大就给你趴下旋磨……"说着剥脱了衣裳钻进被窝。小娥却问:"吃我屙下的喝我尿下的你愿意不愿意?"鹿子霖笑嘻嘻地念起狗蛋创作的赞美诗:"宁吃小娥屙下的不吃地里打下的,宁喝小娥尿下的不喝壶里倒下的……大愿意。"鹿子霖的手被挡住了。小娥说:"你刚才说今黑依我,我还没说咋样哩,你就胡骚情起来?你先安安生生睡着,我有话问你,孝文挨得重不重?"

"重。"

"头一刷子谁打的?"

"他爸嘛!还能有谁?族长嘛!"

"听说老二回来了?"

"回来了。这货看去还是个硬家伙。"

"孝文伤势咋样?"

"还用问!脸上没皮儿了。"

"孝文寻冷先生看了没看?"

"你操这些闲心弄啥?"

小娥不吭声。惩罚孝文的那天后晌,小娥听到村巷里头的锣声和吆喝声,浑身抽筋头皮发麻双腿绵软,在窑洞里坐不住了。她达到了报复的目的却享受不到报复的快活。在她怀着恶毒的目的把孝文拖进砖瓦窑以后惊奇地发现世上竟有孝文这种奇怪男人,勒上裤子行了解开裤带儿又不行了,当时她觉得奇异也觉得好笑;后来孝文遵照她规示的日程钻进她的窑洞来过多回,仍然是那个样子;她看着他每一次兴冲冲地又显得贼偷鬼气儿来到窑洞,回回都是败兴地离去,就忍不住同情这个可怜人儿说:"算了你干脆甭来了。"孝文苦笑着说:"我也想咱没本事了甭去了,可又忍不住就来咧!"直到白嘉轩气昏死在窑洞门外雪地的那一晚,孝文尚未直入过她的已经不再贵重的身体……她在窑洞里坐不住也立不住,装作扯柴火走到窑院边沿的麦秸垛跟前,耳朵逮着本村中的动静,偶尔可以听见人们涌向祠堂路上的一句对话。她现在想到孝文在她窑里炕上的那种慌乱不再觉得可笑,反而意识到他确实是个干不了坏事的好人。她努力回想孝文领着族人把她打得血肉模糊的情景,以期重新燃起仇恨,用这种一报还一报的复仇行为的合理性来稳定心态。其结果却一次又一次地在心里呻吟着,我这是真正地害了一回人啦!

鹿子霖不耐烦地说:"还提孝文孝文做啥?该受的罪让他受去吧!咱们今黑热热火火弄一场!"小娥说:"好呀——对呀!"说着就跃上鹿子霖的腰

腹往下一蹾。鹿子霖嘻嘻笑着呻吟一声："唉哟哟！亲蛋蛋你轻一点……差点把大大的肠子肝花蹾烂了！"小娥又纵蹾到他的胸脯上。鹿子霖嘘唤着："亲蛋蛋你把大的肋条儿蹾断了！"鹿子霖正陶醉在欢愉之中，感到脸上一阵湿热，小娥把尿尿到他脸上了。鹿子霖翻身坐起，一巴掌扇到小娥脸上："婊子！你……"小娥问："你刚才不是说了今黑由我想咋样就咋样……"鹿子霖恼羞成怒："给你个笑脸就忘了自个姓啥为老几了？给你根麦草就当拐棍挂哩！婊子！跟我说话弄事看向着！我跟你不在一杆秤杆儿上排着！"小娥跳起来："你在佛爷殿里供着，我在土地堂地蜷着；你在天上飞我在涝池青泥里头钻着；你在保障所人五人六，我在烂窑里开婊子店窑子院！你是佛爷你是天神你是人五人六的乡约，你钻到我婊子窑里来做啥！你逛窑子还想成神成佛？你厉害咱俩现在就这么光溜溜到白鹿镇街道上走一回，看看人唾我还是唾你？"鹿子霖慌忙穿起衣裤连连禁斥着："你疯了你疯了咧！你再喊我杀了你！"却不见小娥收敛就慌匆匆跳下炕夺门出窑。小娥在窑门口跟踪骂着："鹿乡约你记着我也记着，我尿到你脸上咧，我给乡约尿下一脸！"

第三十四章

农历四月，急骤升高的气温宣告结束了白鹿原本来就短暂的春天，进入初夏季节。满原的麦子从墨绿中泛出一抹蛋白色，一方一绺已经黄熟的大麦和青稞夹缀在大片麦田中间，大地呈现出类似孕妇临产前的神圣和安谧。从气象和节令上判断，似乎与已往无数个春夏之交时节的景致没有什么大的差异，无论穷的或富的庄稼人，只是习惯性地比较着今年的节令比去年提早了几天或者推迟了小半月。穷庄稼人总是比富裕庄稼人更多一些念叨和嘟囔罢了，也是因为他们更加迫不及待地要收获小麦，以减少借贷的次数和数量。迎接果实成熟的期待，比以往任何时候都更加迫切。眼巴巴瞅着麦子一天天由绿变黄，急性子的庄稼人提着镰刀拉着独轮小车走到田头，捉住麦穗捏一捏瞅一瞅，麦粒还是鼓胀的水豆儿，恍叹一声"外黄里不黄咯"！于是就提上镰刀拉上小推车回家去了。突然一场温腾腾热燥燥的南风持续了一夜半天，麦子竟然干得断穗掉粒了，于是千家万户的男人女人大声叹着"麦黄一晌蚕老一时"的古训拥向田野，刷刷嚓嚓镰刀刈断麦秆的声浪就喧哗起来。就在那神秘的短促的一响里，麦子熟透了；就在那神秘的一时里，蚕儿上蔟网茧了⋯⋯

公元一九四九年五月二十日，成为白鹿原社会气候里神秘短促的一晌或一时，永久性地改变了本原的历史。

黑娃听到电话铃响，心里一跳；每一次电话铃声响，都好像首先撞击的不是耳膜而是心脏。黑娃抓起话机扣到耳朵上，方知是县西四十里处的麻坊镇哨卡打来的。哨兵的嗓门有点黏涩："一位少校军官要过哨卡，要到县里找你。鹿营长，你说放不放他过卡子？他不说他的姓名，也不报他的来处，却是叫我问你鹿营长还喜欢不喜欢吃冰糖⋯⋯"

黑娃搞不清有多长时间自己都处于一种无知觉状态，灵醒过来后，发现话机还扣在左耳朵上，汗水顺着话机的下端滴流到手心里。他已经忘记刚才是怎么回答哨兵的，耳机里早已变成一片冷寂的忙音。他判断不出自己现在比接电话以前更加慌乱，还是更加沉静，却努力回想刚才在电话里自己是怎样回答哨兵问询的，或者根本就没有作任何回答？他颤抖着手摇起绞把儿，直摇得黑色的电话机在桌子上发摆子似的颤抖，终于听到那个不再黏涩的嗓门讨封似的说："放心吧鹿营长，早已放了。我给少校挡了一辆道奇卡车，坐上走了半晌了，说不定这阵儿都跷进你的门槛咧！"黑娃放下电话跨出门去，门外一片静寂。旋即又走进屋子，扯下毛巾直接塞进盆架下边的水桶里蘸了水，使劲擦拭汗腻腻的脸颊和脖颈，然后又脱了上衣和长裤，用马勺舀起凉水往身上泼浇。水流在砖地上，流不出多远就渗进蓝色的砖头，发出干燥焦渴已极的吱吱声。这当儿，门外响起卫士的问话声，一个熟悉的声音说："你甭盘问我，我来盘问你。你只知你们鹿营长官名叫鹿兆谦，你知不知道他的小名叫黑娃？你知不知道他敲家伙爱敲'风搅雪'？黑娃穿着裤衩，急忙跷出门喊道："我也记着你的小名，我不好意思再叫！"

通身水淋淋的鹿黑娃只穿着一条水淋淋的裤衩，和佩戴着少校肩章一身伪装的鹿兆鹏紧紧搂抱在一起，两个荷枪实弹的卫士看见两人的真挚和滑稽，却无法体味这两个朋友此刻里的心境。还是黑娃首先松开手臂，拽着兆鹏的胳膊走进门去。他从里头插死了门闩，想想不妥又拉开，只对卫士说了一句："谁来也不许打扰！"然后又插上门闩，急忙蹬裤穿衣服，转过脸问："我的你呀，你咋蹦到这儿来咧？"鹿兆鹏从桌子上的烟盒里抽出香烟点火抽起来，说："你甭问，你先给人弄俩蒸馍吃，我大概还是昨个晚上过渭河时吃的饭⋯⋯"

鹿兆鹏身为十五师联络科长，是和首批强渡渭河的四十八团士兵一起涉过古都西安的最后一道天然水障的。出发前一刻，他肚子里填塞了整整一个小锅盔，这使他联想起锅盔这种秦人食品的古老的传说。这种形似帽盔的食品，正是适应古代秦军远征的需要产生的，后来才普及到普通老百姓的日常生活里。它产生于远古的战争，依然适应于今天的战争。渭北原地无以计数的村庄里数以千万计的柴火锅灶里，巧妇和蠢妇一齐悉心尽智在烙锅盔，村村寨寨的街巷里弥漫着浓郁的烙熟面食的香味。分到鹿兆鹏手里的锅盔已经切成细长条，完全是为了适应战士装炒面的细长布袋；而这种食品的传统刀法是切成大方块，可以想见老百姓的细心。那些细长的锅盔条上，有的用木梳扎下许多几何图案，有的点缀着洋红的俏饰，有的好像刻着字迹，不过都因切得太细太碎而难以辨识。鹿兆鹏掬着分发到手的锅盔细条时，深为惋惜，完整的锅盔和美丽的图案被切碎了，脑子里浮现出母亲在案板上放下刚刚出锅的锅盔的甜蜜的情景。

　　鹿兆鹏是微明时分涉过渭河的，先遣支队在河里插下好多道芦苇秆儿，作为过河路线的标记，最深处的水淹到胸脯，枪支和干粮托到头顶。渡河遇到并不强硬的阻击，掩护他们的火炮和机枪压得对岸的守军喘不过气来。跨上对岸的沙地，才发现守军单薄得根本不像守备的样子，士兵早趁着黑夜潜逃了，统共只抓到三个俘虏，又看不到太多的尸体，机枪和步枪扔得遍地，一个强大的王朝临到覆灭时竟然如此不堪一击。

　　鹿兆鹏和他的十数个联络科的战士和干部，极力鼓动渡河的营长长驱直入，而违背了到三桥集结的命令，一直闯进西门外的飞机场。守军的阻击不过像一道木桩腐朽的篱笆，很快被攻破。机场上停着几架飞机，全都是残破报废的老鹰似的僵尸。鹿兆鹏用短枪敲一敲铝壳说："胡长官总是撂下伤兵。"这时候，有战士引着一位穿商人服装的人走过来，说他是西安地下党派来的，接应解放大军来了。鹿兆鹏用枪管又敲了敲机壳，郑重地纠正说："老王同志，你务必记住，从现在起，我们从地下走到地上，成为地上党啰！"

　　老王同志把西安市区地图和国民党守备部队布防情况资料交给他，又把敌人逃亡前夕破坏炸毁电厂面粉厂和屈指可数的几家新兴工厂的计划透露给他。鹿兆鹏和营长只说了一句，就统一了看法：立即进城！老王同志帮他们找来了一位鬓发霜白的火车司机，全营士兵爬上了火车。火车呼啸着开进火车站时，头一次乘坐火车的土八路们惊叫，一支纸卷的喇叭牌香烟才抽掉半截。这营士兵被分成若干小组赶赴电厂面粉厂和纱厂等要害工厂去了。据说奔到电厂的士兵冲进厂房时，敌特工人员正在垒堆美制炸药铁箱。鹿兆鹏走出火车站的时候，听到西城方向传来一声巨响，等他穿过小巷赶到钟楼时，恰好看见一队冲上钟楼的战士矫健的身姿，领头的战士擎着一面红旗，沿着这座城市中心的明代建筑的四方围栏奔跑着呼叫着，那一刻兆鹏直后悔没有一架照相机。他随之得知，刚才的那一声巨响是本师本团另一个营的士兵攻进西门时放的炮。西门的门洞被砖头堵死了，不得不动用炸药以满足情急的战士的心理。他终于亲自迎接了五月二十日这个早晨，亲眼目睹了一个旧政权的灭亡和一个新政权诞生的最初过程。面对钟楼上迎风招展的红旗，他流下一行热泪，这正是祭奠无数烈士的最珍贵的东西。

他回到飞机场时已是后晌，把一大堆情报交给师首长，师长的奖励是"你吃口东西快来"。这时，他才记起渡河的时候身边一个不知姓名的战士被枪弹击中扑跌进水里，他扶他的时候弄湿了干粮袋，那些刻扎着图案和俏饰的锅盔全泡成一堆糊糊。他已经忘记饥饿，巨大的欢愉和紧绷的心弦使他的胃肠全部处于一种休眠状态。直到天黑，鹿兆鹏被师长亲自召来分配新的任务："回你的老家去，策动滋水保安团起义。"

鹿兆鹏穿上了师长为他准备好的一身国民党军少校军服，只是为缺一双皮鞋而遗憾，随之有人从俘虏的机场守军脚上搜出一双皮鞋送来，稍微显小而夹脚。鹿兆鹏说："恐怕得有一部汽车。"师长说："我给你准备了一辆自行车，气儿已经打饱了。你现在就上路。"鹿兆鹏跨上车子就走了。

这是令人舒心的一个难得的夜游的机会。田野里静悄悄，夜风中饱含着成熟期的麦子散发出来的母乳一样令人贪婪的气息。兆鹏可以准确地辨别出麦子和豌豆地里散发的不同气息，借着整修链条的时机，他摸到豌豆地里扚了一把豆荚和蔓梢，连荚儿带叶一起塞到嘴里咀嚼起来。沿途所过的大小村庄几乎看不见一点灯光，只有零星的几声装模作样的狗吠，听起来反倒使人感到安全感到松弛。驱车进入滋水河川，瞅见星光下横亘着白鹿原刀切一样的平顶，心中便跃出了那个尚在识字以前就铸入了的白鹿。这辆破自行车总是掉链儿，迫使他一次又一次跳下来摸黑把链条挂到齿轮上，中断了他诸多的回忆和回忆的情绪。

赶到离县城还有四十里的麻坊镇，遇到唯一一次盘查。土石公路上横架着一根粗大的木头，两边是几个地方武装的团丁，有一间小房子。鹿兆鹏从一个哨兵盘问的口音里听出他是当地人，他把"三"的发音说成"桑"，把"伯"说成"贝"，这是麻坊镇周围十数个村子居民的一种奇特的发音。鹿兆鹏看着这个麻坊镇土著团丁过分认真的态度，反而更加轻视他，小娃娃你正在认真防务的那个政权已经在我手下覆灭，你瓜蛋儿你笨熊还被蒙在鼓里。他轻淡地说："你给鹿兆谦营长挂电话，他是我表弟，他大我叫桑（三）贝（伯）。"哨兵眼睛一亮，就透出他的全部淳朴和可爱的本性："哎呀长官，听口音你是咱麻坊镇方圆人？哪个村子的？"鹿兆鹏笑着拍了拍他的肩膀说："先甭拉扯乡党，快挂电话，你只消问问鹿营长还喜不喜欢吃冰糖？"哨兵问完这句话后，脸色一变举手敬礼，慌急中把电话筒拽掉到地上……整个哨卡的哨兵都忙碌起来，一齐出动挡住一辆道奇卡车，把自行车架到车厢里，把兆鹏搀扶到驾驶楼里以后，那个土著团丁用枪点着司机说："你要是路上捣乱怠慢了长官，你再回来路过时，我把你舌头拔了喂狗。"

鹿兆鹏吃了黑娃临时凑合的饭菜，很简单地介绍了西安解放的消息。黑娃似乎并不惊奇，只是淡淡地说："你不来我还不知道哩！这儿离西安不到百里，居然没有给我们通报，许是自顾自个儿跑了。"鹿兆鹏坦率地说："黑娃起义吧！"

黑娃几乎没有思索地就重复了一句"起义"。他口气显得平静，既没有热烈奔放的张力，也不是畏畏缩缩无可奈何。鹿兆鹏在感情上很不满足，煽动说："你老早就喊在原上刮起一场'风搅雪'，而今到了刮这场'风搅雪'的日子了，我听你的口气怎么不斩劲？"黑娃仍然平静地说："斩劲不斩劲甭看嘴头上的功夫。"接着就给鹿兆鹏介绍了保安团的布防情况。黑娃自己的三营是个炮营，驻扎在最远的县东方向的古关峪口，原是为堵截共军从峪口出山进击县城的。二营是步兵营，驻守在县城东边与古关峪口两交界的地方，是防备共军进攻县城的第二道防线。一营驻扎在县城城墙里外，是保护县府的御林军，也是最后一道防线。黑娃进一步深层地介绍了保安团里的关系：二营长焦振国和他是结拜弟兄，人好，估计有七成的把握，即就他不愿意起义也不会烂事；一营御林军营长白孝文，和他虽说也有过结拜的交情，却是张团长的打心锤儿心腹，恐怕只有四成起义的可能性。鹿兆鹏迫不及待地问："张团长那人的把握性有几成？"黑娃坦率地说："团长那人难估。"

在策动保安团起义的具体办法上，俩人不谋而合，其实这是根据黑娃介绍的情况所能做出的自然的也很简单的选择。鹿兆鹏说："咱俩先跟二营长接触，二营长愿意起义的话，剩下一营的孝文就好办了。他愿意了一搭干，不愿意的话，就把他的御林军拾掇了。"黑娃对这个策划做了小小的补充："孝文愿意起义的话，张团长就不再成为一个问题；孝文要是说不通，把他和张团长先拾掇了。掐了谷穗子，谷秆子还不好砍吗？"兆鹏已经吃饱喝足，忙问："咱们去找二营长吧，事不宜迟。"黑娃稳稳地说："和二营长交涉你不用去了，等到和孝文摊牌的时候，你得出马。我骑马去二营，你这会儿可以迷糊一会儿解解乏。"

完全是一路凯歌。今日的胜利与十几二十几年的艰难曲折悲壮凄凉一样合情合理。鹿兆鹏听从黑娃的关照躺上床，头一挨枕头就拉起了鼾声，几十年来经历的大大小小的冒险事件磨炼了他的性气，可以抓住一切短暂的时机进入睡眠。他听见马靴硌地的声音睁开眼睛，瞧见黑娃旁边站着一位同样装束的汉子，断定策划二营的目的已经达到，从床上翻身跳下来就与那人握手："焦振国同志，我肯定可以这样称呼你了。"恰在这时电话铃声响起来，黑娃接上电话正好是孝文打来的，询问黑娃西安城里有没有响动？黑娃迟疑一下瞅瞅鹿兆鹏，鹿兆鹏悄声暗示说："正好把他诱过来。"黑娃对着话筒神秘地说："准不准的消息我听到了，你过来一下咱俩当面说。"黑娃放下话筒神色紧张起来："这一锤子砸得响砸不响，我不敢保险。"焦振国说："你和他先好说好劝，万一说不成，我就把他拾掇了。"鹿兆鹏点点头说："就这么办。我和焦营长先避开。"黑娃说："不。咱三人都坐在当面。那人灵得很，一眼瞅见咱仨摆在这个架势肯定就明白了，说不定话倒好说。"焦振国很冷静也很简练："屄！只要他进这个门，同意不同意起义都好办。"

咯噔咯噔的马靴声响到开门的那一瞬间，便戛然而止。白孝文推门进来，站在门里就再抬不起脚来，脸色刷的一下变黄了。事情的发展正应了黑娃的估计，在最好和最坏的估计中轻而易举地选择了最好的结局。白孝文先瞅见二营长焦振国就顿生疑虑，黑娃没有在电话里提及二营长，二营长在这里就预示着某种阴谋；及至他瞅瞄到坐在黑娃另一边的陌生军官而且迅即辨认出鹿兆鹏的时候，就定格在门口。鹿兆鹏站起来走向门口："还记得咱们三个给徐先生到柳林里砍柳木棍子的蠢事吗？咱们砍的棍子头一遭就打到咱们三个的头上。"白孝文笑了笑伸出手说："我明白你来干什么。"随之握住兆鹏的手，"我心里正在盘算这事哩！真没料到你会回咱县来。你来得好！"白孝文进一步证实说，"我给黑娃打电话，就是想商量这事，咱不能一条黑路走到底嘛！黑娃和焦振国先后站起来，四个人的胳膊互相箍抱着肩膀达成默契。

白孝文说："我把话敞明了说，兆谦你我跟振国是结拜弟兄，你先跟振国叫通了才跟我说，不说你对我心里有没有隔卡，总是把我看扁了。"黑娃一时反不上话来。焦振国掩饰说："起事的话是我先对兆谦捅破的。"鹿兆鹏说："话总有个先说后说的问题，要是最后一个跟焦振国说，他也会觉得把他看扁了吧？现在商量起义的事吧！"白孝文说："这事万无一失。我派兵先把团长县长书记抓起来就完了。"鹿兆鹏说："让你的部下卡死城门，甭让他们跑了就行。关键是保安团长。孝文和振国去办，先礼后兵，先动员他一块儿起义，话说不通再动手抓不迟。岳维山是我的老朋友，我想见他了，让黑娃领我去拜望。"黑娃说："你甭出去，你在这儿等着，免得出个差错划不着。"

鹿兆鹏坐在椅子上等着，心里难以抑制的激动却又神志不乱，脑子里开始构思选择见到岳维山时说什么最好。一声枪响又连着一声枪响，接着就再无声息，他难以捉摸枪声里是否隐藏着恶祸？他迅即跳出屋门，问站岗的团丁发生了什么事，团丁惊恐地摇头说搞不清，猜不准。鹿兆鹏突然意识到刚才策划的方案过于简单，甚至不无严重疏漏，完全可能导致出另外的糟糕结局；孝文出门以后如果不是去对付团长，而是对黑娃和焦振国突施袭击呢？刚才的枪声又恰恰响了两下。他转到屋子墙侧的隐蔽处装作尿尿，做好了应变的最坏准备。几个团丁急匆匆杂沓沓走来，似乎还拖拽着一个人，咚的一声扔下了。鹿兆鹏看见白孝文和焦振国走到门口，才放下心走过去，看到门口砖台阶上扔着一具死尸。白孝文说："我把他拾掇了。"鹿兆鹏问："你把谁拾掇了？"白孝文说："团长嘛，还能拾掇谁？"鹿兆鹏问："他拒不接受起义还是反抗？"白孝文不耐烦地说："他咯咯嚷嚷拿不定主意。谁这阵儿还有心跟他磨缠！"鹿兆鹏说："打死了算了，你把尸首拖来弄啥？"孝文轻巧地说："请你验明正身呀！"

三个人重新在屋子里坐下，焦振国说起和张团长谈话的经过。张团长一看见他和白孝文进门就眨眨眼睛，狐疑满面地问："有啥重要情况，你俩一搭来？"按说他俩此时谁也不该来，应该驻守在阵地上。白孝文说："西安已经解放了，咱们起义吧！"张团长张了张嘴没说出话，虚汗一下布满脸孔，更加频繁地眨着眼睛，终于咯咯嚷嚷说："你们要起义，我不阻挡。看在多年的交情上，让我归还故乡解甲务农。"焦振国还没说上一句话，白孝文的枪声已经响了，正击中张团长的左胸。张团长猛然弯了腰，双手捂住胸口，好久才扬起头来紧紧盯着白孝文。白孝文对着张团长的脸又射了一枪，张团长迅速像一堵孤墙倒下去……

这时，黑娃押着岳维山进来了。

鹿兆鹏脑子里还想着张团长被孝文迎面击中的脸孔会是怎样扒皮撕裂的景象，还在想着有无必要迎面放这一枪的事，突然看见了岳维山背缚着双臂站在屋子里的敞亮处。岳维山也显得老了，眼角和额头的皱纹不再细密而变得粗深了，藏青色中山服被麻绳抽拽得再不周正，偏分的头发已经疏朗，也呈现出紊乱，唯有那双眼睛略现懊丧，却绝无一缕畏怯。他很安静地站在屋子中间，沉静的眼神和平静的脸色显示着他的自信。鹿兆鹏依然稳稳坐在椅子上，两只胳膊架在椅子左右两边的扶栏上，十指交叉着一动不动。在岳维山最初进门时，他翻眼瞅了一下，然后就这么坐着不动。对这个人说什么傲视和蔑视的话，已经没有意义，实施怎样的报复也难使人产生报复的痛快。这个人与他效忠的那个政权已经不可挽回地完蛋了，但不说一句什么话，也难以平复情感，他和他毕竟交手争斗了二十多年哪！鹿兆鹏从椅子上站起来，缓缓走到岳维山当面，紧紧盯住那双眼睛。岳维山并不畏怯也不躲避，沉静地盯着兆鹏，两双眼睛就那么对峙着。鹿兆鹏嗫了嗫嘴唇说："我过去在你手里标价是一千块大洋，你而今在我手里连一个麻钱都不值。"岳维山脸颊上的肌肉抽搐一下，鹿兆鹏一转身重重地甩出一句："你比我贱！"

黑娃请求说："我把他先关起来吧？"岳维山这时才开了口："给我一枪，你们也少了麻烦。"鹿兆鹏摆摆手，招呼黑娃说："咱们先坐下来开会。"随之走到岳维山眼前，解下捆绑着胳膊的细麻绳，拍拍他的肩膀："你也坐下来旁听。我们要商量滋水县保安团起义的备细事项，你看看你听听，看看我们将怎样摧毁你二十多年来在滋水惨淡经营的那个反动政权吧！"岳维山被鹿兆鹏强按在肩膀上的那只手压坐到一只椅子上，支撑着他身心的那根柱子折断了，歪侧着脑袋闭上眼睛。鹿兆鹏看了看表，扬起头说："同志们，我们抓紧开会。现在差三分就到零点，滋水县事实上已经属于人民了……"

多半年后，即滋水县解放后的一个新年刚刚过罢，副县长鹿兆谦在他的办公室里被逮捕。黑娃那阵子正在起草一份申请恢复自己党籍的申请报告，屋子里走进两个人来，他没抬头，直到来人夺抽手中的毛笔时，他才发觉来人不是向他请示工作。他尚来不及思索，已经被细麻绳索捆死了胳膊。黑娃跳起来喊："为啥为啥！谁派你们来的？"俩人啥话不说，只推着他往门外走。

黑娃被囚进县城西角那座监狱。他向送饭的人和看守的人千遍万遍请求："我要见县长，我要见白孝文，我要见白县长。"他最后忍不住大声号叫："我要见白孝文白县长！"直到嗓子吼出血，连一丝声音也发不出来。突然躺在床板上，把一些不连贯的往事想过一遍再想一遍。

起义的仪式是第二天下午举行的，他的炮营打响了起义的礼炮。鹿兆鹏没有参加那个激动人心的起义，他把一切安排妥当，于黎明时分骑着那辆破自行车就回城里去了，说是师部的工作更加紧迫。听说兆鹏回到西安只待了两天，又随着部队一路朝西打去，一直追打到新疆。他没有给他来信，也没有捎过一句话，现在他在哪里，活着还是死了，都搞不清，据说扶眉战役伤亡很大。如果能搞清兆鹏的下落，一切都会烟消云散。

白孝文县长不点头，谁敢逮捕鹿兆谦副县长呢？黑娃就拼命吼号白孝文，也许他在县政府里能听见他的叫声。他记得起义后的第三天，原保安团二营长焦振国把一张《群众日报》摔到桌上："你看看。"黑娃看到西北军政委员会主任贺龙签名的一则电讯，是表彰滋水县保安团起义的。电文的称呼为"滋水县保安团一营营长白孝文同志"。黑娃看罢说："贺龙弄错了，咱们是整个保安团三个营千十个官兵全都参加起义了，不是一营三百多人单独起义的。"焦振国说："你再看看下面的文章——"黑娃就看到白孝文写给贺龙关于率领一营起义的致敬信。黑娃咂了咂舌头说："孝文这熊弄事光顾自个儿，你把咱们全团三个营一同起义的事全部报告给贺主任，贺主任肯定更高兴。"焦振国说："给贺主任写这个报告也轮不到他嘛！你是起义的发起人，又是大家公推的起义的头儿，这是跟鹿兆鹏当面说定的事，他凭啥先给贺主任报头功？"黑娃不满意地瞅了焦振国一眼："兄弟，不是我说你，你这人心眼儿太窄。这算个啥大不了的事？孝文报了也就报了，他没写上二营三营，难道你我就不算起义？"焦振国撇着嘴角说："黑娃老哥！你给我开一张起义证明条子，我告老还乡务农呀！"黑娃火了："你这算做啥？咱们刚起义刚解放恨不能长出三个脑袋八双手，你倒要走了？你走了革命工作撂给谁？我能招架得住？"焦振国毫无所动地坚持要走。黑娃急了说，"你不说清道明，我不开证明！你是不是对我不满？"焦振国说："我总怯着孝文补打到团长脸上的那一枪。"黑娃仍然没有放手焦振国归乡。半月后，中共滋水县县委第一任书记秦继贤同志赴任，焦振国从他手里磨缠到一张起义证明件，终于回陕南那个闭塞的小县去了。临行时，黑娃只是简单地和他握了握手，很不满意甚至瞧不起这个结拜兄弟的狭隘心胸。

黑娃在监狱里蹲了不足一月，任何人都没有前来探望，这是有令禁绝的。他只被提审过两次，罪状有三条：一、土匪匪首残害群众；二、围剿红三十六军；三、杀害共产党员。黑娃对自个儿在土匪山寨做二拇指的罪行全部供认不讳，只是对人民法官提示一句："我后来就学为好人了呀？"关于剿灭红三十六军的罪状，黑娃做了充分的辩解，那是大拇指领人干的，只伤害了房顶的一个哨兵，随后又给其他红军战士分发了银圆和烟土作为盘缠出山，而且把政委鹿兆鹏接上山去治好了枪伤……年轻的人民法官没有听完黑娃的辩解就笑得不屑再听，讥笑鹿兆谦的为人处世与名字不符，编排功劳跟编故事一样离奇，未免太不谦虚。至于杀害共产党员陈舍娃的事，黑娃已怒不可遏："那不是共产党员，是游击队的叛徒！他在秦岭游击队里偷偷摸摸侮辱山里女人，事发后害怕受处治逃跑出山，找到我的门下。他并不知道我跟秦岭游击队政委韩裁缝是老交情，后来我问韩政委还要不要这个队员，韩政委说'人家投奔你了，就由你打发吧'！我知道打发的意思。我让部下把他崩咧！"只有这件事法官认真听了他的辩解，而且说："我们再查查。"

黑娃回到号子里就又想起一件事，知道处治叛徒陈舍娃的事范围很小，事过几天之后，在团部开会只有白孝文问过他。想到这件事，黑娃心里就疑窦顿生，这条罪状难道是白孝文提供的？但又无法对质，更无法肯定，知道这件事的毕竟不是白孝文一个人。第二次审判仍是那三条罪状的又一次复核，这一次黑娃激烈而坚决地拒绝第二条和第三条罪状，只对第一条中所列举的土匪行径部分承认。他毫不含糊地向法官申明："滋水县保安团的起义是鹿兆鹏策划的，由我发起实施的，从提出起义到起义获得胜利的整个过程，都是由我领导的；西安四周距城最近的七八个县里头，滋水县是唯一一个没有动刀动枪成功举行起义的一个县。我从来也没敢说过我对革命有过功劳，我现在提说这件事是想请你们问一问秦书记和白县长，我的起义能不能折掉当土匪的罪过？至于第二条第三条列举的罪状，完全是误会。"

黑娃的这一席申辩，事实上加速了他的案子的归结。三天后接连的第三次审讯，只是履行了一个宣判审讯结果的简单程序，三条罪状全部取证充分，黑娃的辩解反而成为可笑的抵赖。黑娃在听到判处死刑的宣判时哑然闭口，法官问他还有什么话说，他摇了摇头。黑娃再被押回监狱后换了一间房子，密闭的墙壁上只开了一个可以塞进一只中号黄碗的洞，脚腕上被砸上了生铁铸成的铁镣。两天后，他的妻子高玉凤领着独生儿子前来探望，这是自他被囚二十多天以来唯一一次见到探监的人。他透过那个递进取出饭碗的洞孔，只能看见妻子大半个脸孔，脸面上一满是泪水和清涕，嘴巴说不出话，只是张了又合，合了又张，像从水里捞出来扔到沙滩上的鲇鱼的嘴。黑娃说："你要去寻兆鹏，你寻不着，你死了的话，由儿子接着寻。"高玉凤这时才哇的一声哭出来，随之把儿子抱扶起来。他看见洞孔里嵌着儿子的小脸蛋，叫出了一声"爸爸"。黑娃突然转过身，他不忍心看见那张酷似自己的眉眼，便像一棵被齐根锯断的树干一样栽倒下去。

白嘉轩得悉黑娃被囚禁的消息，竟然惊慌失措起来。第二天鸡啼起身，背着褡裢下了白鹿原。佝偻着腰小心翼翼踏上滋水河上的木板桥时，有人认出他是解放后第一任滋水县县长的父亲，恭敬地伸出双手搀扶他过桥。白嘉轩挥动手杖，打开了那双搀扶的手，头也不抬踏上了吱扭作响的独木桥。他走进儿子白孝文的办公室时，扬起脑袋，满脸肃杀，语言端出直入："我愿意担保黑娃！"白孝文愣怔了一下，又释然笑了。他从父亲肩头卸下粗线织成的"白记"褡裢，扶着父亲在椅子上坐下，倒下一杯茶。这是他荣任县长以来第一次在县城接待父亲，备觉欢悦。正月十五县城用传统的焰火放花欢度新中国第一个元宵节的时候，他曾邀请父亲和弟弟以及弟媳们到县城去观赏，结果父亲没来，也禁住了弟弟和弟媳。白嘉轩捏着茶杯又重复一遍："我今日专意担保黑娃来咧。"白孝文却哈哈一笑："新政府不瞅人情面子，该判就判，不该判的一个也不冤枉，你说的哪朝哪代的老话呀！"白嘉轩很反感儿子的笑声和轻淡的态度："黑娃不是跟你一搭起义来吗？容不下他当县长，还不能容他回原上种地务庄稼？"白孝文突地变脸："爸！你再不敢乱说乱问，你不懂人民政府的新政策。你乱说乱问违反政策。"屋子里干部出出进进，忙忙碌碌向白县长汇报请示。白嘉轩还是忍不住说："这黑娃学好了。人学好了就该容得。"白孝文对父亲说："你先到我宿舍歇下，我下班以后再陪你啊爸！"

镇压黑娃的集会是白鹿原上乡民现存记忆中最浩大的一次。时间选择在农历二月二龙抬头白鹿镇传统的古会日。消息早在三天之前就从滋水县人民政府发出，通过刚刚成立的白鹿乡人民政府传达到各个村庄，乡民们迫不及待地掐算着古会会日。遵照县政府的指示，乡政府的几个干部夜以继日奔跑在各个村庄，通知各村的男女老少一律不许自由行动，擅自逛会，要由村干部和民兵队长召集排队前往。村民们从来也没有列队行进过，不是挤成圪塔就是断了序列。胳膊上扎着红袖筒的民兵推推搡搡，把那些扭七趔八站着蹲着的男女推到应该站的位置上去。好多村子还没有置备下红旗，于是仍然把往年给三官庙送香火时用的花边龙旗撑出来，只是撕掉了龙的图形贴上了村庄的名字。会场设在白鹿镇南边与小学校之间的空场上，各个村子的队伍按照灰线划定的区域安顿下来。当一队全副武装的解放军战士押着一个死刑犯登上临时搭成的戏台以后，整个会场便潮拥起来，此前为整顿秩序的一切努力都宣告白费。黑娃在被押到台上的时候，才知道和他一起被处决的还有岳维山和田福贤。他被卸下脚镣，推出那间只有一个洞孔的囚室时，就想到了生之即止。随之又被反缚了胳膊，推上一挂马车，由四个解放军押着半夜里上路。马车驶上白鹿原时，天色微曙，凭感觉，他准确地判断出回到原上了，忍不住说："能让我躺到我的原上算万幸了！"他站在台口，微微低垂着头，胸脯里憋闷难抑，转过身急嘟嘟地对坐在主席台正中的白孝文说："我不能跟他俩一路挨枪，请你把我单独执行，我只求你这一件事！"没有人搭理他。他被押解的战士使劲扭过来。黑娃就深深地低下头去。

白孝文县长发表了讲话。四名各界代表人物做了控诉发言。最后由军事法庭宣布了死刑判决和立即执行的命令。

白嘉轩一反常态地参加了这个声势浩大的集会。他对这类热闹从来缺乏热情和好奇，宁可丢剥了衣服热汗蒸腾地踩踏轧花机，也不想挤到人窝里去看耍猴的卖大力丸的表演，即使是几十年不遇的杀人场合。镇嵩军枪杀纵火犯时，他没有去；田福贤在小学校西围墙外枪崩鹿兆鹏的那回，他也没有去；这回镇压反革命岳维山田福贤和鹿黑娃的集会他参加了。这个重大活动的地点选择在白鹿原的用意十分明显，被镇压的三个罪犯有两个都是原上的人，只有岳维山是个外乡客；主持这场重大活动的白县长也是原上人。白嘉轩尾随在白鹿村队列最后，因为腰背驼得太厉害，行动迟缓赶不上脚步。他背抄着双手走进会场，依然站在队伍后头，远远瞅见高台正中位置就座的儿子孝文，忽然想起在那个大雪的早晨，发现慢坡地里白鹿精灵的情景。在解放军战士押着死刑犯走向戏台的混乱中，他浑身涌起巨大的力量，一下子挤到台前，头一眼就瞅见黑娃焦燥干裂的嘴唇和布满血丝的眼睛。黑娃瞅见他的一瞬，垂下头去，一滴一滴清亮的泪珠儿掉下来。白嘉轩没有再看，转身走掉了。他没有瞧和黑娃站成一排的田福贤和岳维山究竟是何种面目，他跟这俩人没有关系。白嘉轩退出人窝，又听到台上传呼起鹿子霖的声音，白鹿原九个保长被传来陪斗接受教育。他背抄起双手离开会场，走进关门闭店的白鹿镇，似乎脚腕上拴着一根绳子，绳子那一头不知是攥在黑娃手里，还是在孝文手上？他摇摇摆摆，走走停停，磨蹭到冷先生的中医堂门口，听到了一串枪响，眼前一黑就栽倒在门槛上。

　　白嘉轩醒来时发觉躺在自家炕上，看见许多亲人的面孔十分诧异，这么多人围在炕头炕下的脚地干什么？他很快发觉这些人的脸色瞧起来很别扭，便用手摸一下自己的脸，才发觉左眼被蒙住了，别扭的感觉是用一只眼睛看人瞅物的结果。白孝文俯下身叫了一声"爸"。白嘉轩睁着右眼问究竟发生了什么事？孝文只是安慰他静心养息，先不要问。白嘉轩侧过头瞅见坐在椅子上的冷先生："难道你也瞒哄兄弟？"冷先生说："兄弟，你的病是'气血蒙目'，你甭怨我手狠。"白嘉轩还不能完全明白："你把话说透。"冷先生这才告诉他，倒在中医堂门槛上那阵儿，手指捏得掰不开，双腿像两条硬棍子弯不回来，左眼眼球像铃铛儿一样鼓出眼眶，完全是一包滴溜溜儿的血。这病他一生里只见一例，那是南原桑枝村一个老寡妇得的。她守寡半世，把两个儿子拉扯成人，兄弟俩分家时，为财产打得头破血流，断胳膊坏腿，老寡妇气得栽倒在地气血蒙眼。冷先生被请去时已为时太晚，眼球上薄如蝉翼的血泡儿也已破裂，血水从窟窿里汩汩流出来，直到老寡妇气绝。冷先生说："我来不及跟谁商量就动了刀子。这病单怕血泡儿破了就收拾不住了。"白嘉轩摸了摸左眼上蒙着的布条儿，冷漠地笑笑："你当初就该让它破了去！"众人纷纷劝慰白嘉轩。白孝文压低声儿提醒冷先生说："大伯，这件事日后再甭说了，传出去怕影响不大好。"

　　一月后，白嘉轩重新出现在白鹿村村巷里，鼻梁上架起了一副眼镜。这是祖传的一副水晶石头眼镜，两条黄铜硬腿儿，用一根黑色丝带儿套在头顶，以防止掉下来碎了。白嘉轩不是鼓不起往昔里强盛凛然的气势，而是觉得完全没有必要，尤其是作为白县长的父亲，应该表现出一种善居乡里的伟大谦虚来，这是他躺在炕上养息眼伤的一月里反反复复反思的最终结果。微显茶色的镜片保护着右边的好眼，也遮掩着左边被冷先生的刀子挖掉了眼球的瞎眼，左眼已经凹陷成一个丑陋的坑洼。他的气色滋润柔和，脸上的皮肤和所有器官不再绷紧，全部现出世事洞达者的平和与超脱，骤然增多的白发和那副眼镜更添加了哲人的气度。他自己一手拄着拐杖，一手拉着黄牛到原坡上去放青，站在坡坎上久久凝视远处暮霭中南山的峰峦。

白嘉轩牵着牛悠悠回家，在村外路边撞见鹿子霖就驻足伫立。在一道高及膝头的台田塄坎上，鹿子霖趴在已经返青的麦田里，用一只废弃的镰刀片子，在塄坎的草丛中专心致意地掏挖着羊奶奶的块状根茎。他的棉衣棉裤到处线断缝开，吊着一缕缕一串串污脏的棉花套儿，满头的灰色头发像丢弃的破毡片子苫住了耳朵和脖颈，黄里透亮的脸上涂抹着眼屎鼻涕和灰垢，两只手完全变成乌鸦爪子了。他匍匐在地上扭动着腰腿，使着劲儿从草丛刨挖出一颗鲜嫩嫩的羊奶奶，捡起来擦也不擦，连同泥土一起塞进嘴里，整个脸颊上的皮肉都随着嘴巴香甜的咀嚼而欢快地运动起来，嘴角淤结着泥土和羊奶奶白色的液汁。鹿子霖抬头盯了白嘉轩一眼，又急忙低下去，用左胳膊圈盖了一片羊奶奶的茎蔓，而且咕哝着："你想吃你自个儿找去，这是我寻见的，我全占下咧！"白嘉轩往前凑了凑问："子霖。你真个认不得我咧？"鹿子霖头也不抬，只忙于挖刨："认得认得，我在原上就没有生人咯！你快放你的牛，我忙着哩！"白嘉轩判断出这人确实已经丧失了全部生活记忆时，就不再开口。

鹿子霖被民兵押到台下去陪斗，瞧见即将被处死的岳维山、田福贤和鹿黑娃，觉得那枪膛的快枪子弹将擦着自己的耳梢射进那三人的脑袋。耳梢和脑袋可就只差着半寸。他瞅见主持这场镇压反革命集会的白孝文，就在心里喊着："天爷爷，鹿家还是弄不过白家！"当他与另外九个保长一排溜面对拥挤的乡民低头端立在台子前头时，就听着一个又一个人跳上台子控诉岳、田和黑娃的罪恶，台下一阵高过一阵要求处死这三个人的口号声浪。鹿子霖感到不堪负载，双腿发软几次差点跌跪下去。突然脑子里嘣嘣一响，似乎肩上负压的重物被推卸去，浑身轻若纸灰。拥挤在鹿子霖近前的人嗅到一股臭气，有人惊奇地嬉笑着叫起来："鹿子霖吓得屙到裤裆了！"许多人捂鼻掩口，却争着瞧鹿子霖。屎尿顺着棉裤裤筒流下来，灌进鞋袜，流溢到脚下的地上，恶臭迅速扩散到会场。民兵发现后，请示过白孝文，得到允许就把鹿子霖推着搡着弄出会场去了。冷先生的中药和针灸对鹿子霖全部无能为力，他被家人捆在树上灌进一碗又一碗汤药，仍然在裤裆里尿尿屙屎。他的有灵性的生命已经宣告结束，没有一丝灵性的生命继续延缓下来。女人鹿贺氏也不再给他换衣换裤，只在吃饭时塞给他一碗饭或一个馍，就把他推出后门，他身上的新屎陈尿足以使一切人窒息。夜晚他和那条黄狗蜷卧在一起，常常从狗食盆里抓起剩饭塞进嘴里。

白嘉轩看着鹿子霖挖出一大片湿土，被割断的羊奶奶蔓子扔了一堆，忽然想起以卖地形式作掩饰巧取鹿子霖慢坡地做坟园的事来，儿子孝文是县长，也许正是这块风水宝地孕育的结果。他俯下身去，双手拄着拐杖，盯着鹿子霖的眼睛说："子霖，我对不住你。我一辈子就做下这一件见不得人的事，我来生再世给你还债补心。"鹿子霖却把一颗鲜灵灵的羊奶奶递到他眼前："给你吃，你吃吧，咱俩好！"白嘉轩轻轻摇摇头，转过身时忍不住流下泪来。

农历四月以后，气温骤升，鹿子霖常常脱得一丝不挂满村乱跑。鹿贺氏把他锁在柴火房里，整整锁了半年之久。他每到晚上，便号着叫着哭着唱着，村里人已经习以为常。入冬后第一次寒潮侵袭白鹿原的那天夜时，前半夜还听见鹿子霖的号叫声，后半夜却屏声静气了。天明时，他的女人鹿贺氏才发现他已经僵硬，刚穿上身的棉裤里屎尿结成黄蜡蜡的冰块儿……

中篇小说

康家小院

一

没有女人的家，空气似乎都是静止的。

康田生三十岁死了女人。把那个在他家小厦屋里出出进进了五年，已经和简陋破烂的庄稼院融为一体的苦命人送进黄土，康田生觉得在这个虽然穷困却无比温暖的小院里，一天也待不下去了。他抱起亲爱的亡妻留给他的两岁的独生儿子勤娃，用粗糙的手掌抹一抹儿子头顶上的毛盖头发，出了门，沿着村子后面坡岭上的小路走上去了。他走进老丈人家的院子，把勤娃塞到表嫂怀里，鼓劲打破蒙结在喉头的又硬又涩的障碍：

"权当是你的……"

勤娃大哭大闹，抡胳膊蹬腿，要从舅妈的怀里挣脱出来。他赶紧转过身，出了门，梗着脖子没有回头；再看一眼，他可能就走不了了。

走出丈人家所居住的腰岭村，下了一道塄坎，他双手撑住一棵合抱粗的杏树的黑色树干，"呜"的一声哭了。

只哭了一声，康田生就咬住了嘴唇，猛然爆发的那一声撕心裂肺的中年男人的粗壮的声音，戛然而止。他没有哭下去，迅即离开大杏树，抹去眼眶里的泪水，使劲咳嗽两声，沿着上岭来的那条小路走下去了。

三十年的生活经历，教给他忍耐，教给他倔强，独独没有教会他哭泣。小时候，饿了时哭，父亲用耳光给他止饥。和人家娃娃玩恼了，他占了便宜，父亲抽他耳光；他吃了亏，父亲照样抽他的耳光。他不会哭了，没有哭泣这个人类男女皆存的强烈的感情动作了。即使国民党河口联保所的柳木棍打断了两根，他的裤子和皮肉粘在一起，牙齿把嘴唇咬得血流到脖子里，可眼窝里始终不渗一滴眼泪。

下河湾里康家村的西头，在大大小小高高矮矮地拥挤着的庄稼院中间，夹着康田生两间破旧的小厦房，后墙高，檐墙低，陡坡似的房顶上，掺接得稀疏的瓦片，在阴雨季节常常漏水。他和他的相依为命的妻子，夜里光着身子，把勤娃从炕的这一头挪到那一头，避免潮湿……现在，妻子已经躺在南坡下的黄土里头了，勤娃送到表兄嫂家去了，残破低矮的土围墙里的小院，空气似乎都凝结了，静止了，他踏进院子的脚步声居然在后院围墙上发出嗡嗡的回音。灶是冷的，锅是冰的，擀面杖依旧架在案板上方的木橛上……妻子头上顶着自己织成的棉线布巾（防止烧锅的柴灰落到乌黑的头发里），拉着风箱，锅盖的边沿有白色的水汽冒出来。他搂着儿子，蹲在灶锅前，装满一锅旱烟。妻子从灶门里点燃一根柴枝，笑着递到他手上时，勤娃却一把夺走了，逞能地把冒着烟火的柴枝按到爸爸的烟锅上，他吸着了，生烟叶子又苦又辣的气味呛得勤娃咳嗽起来，竟然哭了，恼了。他把一口烟又喷到妻子被火光映得忽明忽暗的脸上，呛得妻子也咳嗽，流泪，逗得勤娃又笑了……一条长凳，一张方桌，靠墙放着；两条缀着补丁的粗布被子，叠摞在炕头的苇席上，一切他和妻子共同使用过的家具和什物，此刻都映现着她忧郁而温存的眼睛。

连着抽完两袋旱烟，康田生站起来，勒紧腰里的蓝布带子，把烟袋别在后腰，从墙角提起打土坯的木把青石夯，扛上肩膀，再把木模挂到夯把上，走出厦屋，锁上门，走过小院，扣上木栅栏式的院墙门上的铁丝扣子，头也不回地走出康家村了。

第二天清晨，当熹微的晨光把坡岭、河川照亮的时光，康田生已经在一个陌生的村庄旁首的土壕里，提着青石夯，砸出轻重有致、节奏明快的响声了。

三十岁，这是庄稼汉子的什么年岁啊！康田生丢剥了长衫，只穿一件汗褂，膀阔腰粗，胳膊上栗红色的肌肉闪闪发光。他抡着几十斤重的石夯，捶击着装满木模的黄土，噼里啪啦，一串响声停歇，他轻轻端起一页光洁平整的土坯，扭着犍牛一样强壮的身体，把土坯垒到一起，返回身来，给手心喷上唾液，又提起石夯，捶啊捶起来……

他要续娶。没有女人的小院里的日月，怎么往下过呢！他才三十岁。三十岁的庄稼汉子，怕什么苦吃不得吗？

十四五年过去了，康田生终于没有续上弦。

他在小河两岸和南源北岭的所有村庄里都承揽过打土坯的活计，从这家那家农户的男主人或女当家的手里，接过一枚一枚铜圆或麻钱，又整串整串地把这些麻钱和铜圆送交给联保所的官人手里，自己也搞不清哪一回缴的是壮丁捐，哪一回又缴的是军马草料款了。

他早出晚归，仍然忙于打土坯挣钱，又迫于给联保所缴款，十四五年竟然糊里糊涂地过去了。人老虽未太老，背驼亦未驼得太厉害。而变化最大的是，勤娃已经长得和他一般高了，只是没有他那么粗，那么壮。他已经不耐烦用小碗频频到锅里去舀饭，换上一只大人常用的粗瓷大碗了；也不知什么时候学的，勤娃已经会打土坯了。

康田生瞧着和自己齐肩并头的勤娃，顿然悟觉到：应该给儿子订媳妇了呢！

二

勤娃在舅家，舅舅把他送给村里学堂的老先生。老先生一顿板子，打得他把好容易认得的那几个字全飞走了。他不上学，舅舅和舅母哄他，不行；拖他，去了又跑了；即使不得不动用绳索捆拿，他一得空还是逃走了。

"生就的庄稼坯子！"听完表兄表嫂的叙述，康田生叹一口气，"真难为你们了。"

勤娃开始跟父亲做庄稼活儿。两三亩薄沙地，本来就不够年富力强的父亲干，农忙一过，他闲下来。他学木匠，记不住房梁屋架换算的尺码。似乎不是由他选择职业，而是职业选择他，他学会打土坯，却是顺手的事。

在乡村七十二行手艺人当中，打土坯是顶粗笨的人干的了，虽不能说没有一点技术，却主要是靠卖力气。勤娃用父亲的那副光滑的柿树木质的模子，打了一摞（五百数）土坯，垒了茅房和猪圈，又连着打了几摞，把自家被风雨剥蚀得残破的围墙推倒重垒。这样，勤娃打土坯出师了。

活路多的时候，父子俩一人一把石夯，一副木模，出门做活儿。活路少的时候，勤娃就让父亲留在屋里歇着，自己独个去了。

他的土坯打得好。方圆十里，人家一听说是老土坯客的儿子，就完全信赖地把他引到土壕里去了。

这一天，勤娃在吴庄给吴三家打完一摞土坯，农历四月的太阳刚下原坡。他半后晌吃了晚饭，接过吴三递给他的一串麻钱，装进腰里，背起石夯和木模，告辞了。刚走出大门，吴三的女人迎面走来，一脸黑风煞气："土坯摞子倒咧！"

"啊？"吴三顿时瞪起眼睛，扯住他的夯把儿，"我把钱白花了，饭给你白吃了？你甭走！"

"认自个儿倒霉去！"勤娃甩开吴三拉拉扯扯的手说。按乡间虽不成文却成习律的规矩，一摞土坯打成，只要打土坯的人走出土壕，摞子倒了，工钱也得照付。勤娃今天给吴三家打这土坯时，就发觉土泡得太软了，后来想到四月天气热，土坯硬得快，也就不介意。初听到吴三婆娘报告这个倒霉事的时光，他哑了一下嘴，觉得心里不好受。可当他一见吴三变脸睁眼不认人的时候，他也来了硬的："土坯不是倒在我的木模上……"

吴三和他婆娘交口骂起来。围观的吴庄的男女，把他推走了。骂归骂，心里不好受归不好受，乡规民约却是无法违背的。他回家了。

"狗东西不讲理！"勤娃坐在小厦屋的木凳上，给坐在门槛上的父亲叙述今天发生的事件，"他要是跟我好说，咱给他再打一摞，不要工钱！哼！他胡说乱道，我才不吃他那一套泼赖！"

康田生听完，没有吭声，接过儿子交到他手里来的给吴三打土坯挣下的麻钱，在手里攥着，半晌，才站起身，装到那只长方形的木匣里，那是亡妻娘家陪送的梳妆盒儿。他没有说话，躺下睡了。

勤娃也躺下睡了。父亲似乎就是那么个人，任你说什么，他不大开口。高兴了，笑一笑；生气了，咳一声。今天他既没笑，也没叹息，他就是那样。

勤娃听到父亲的叫声，睁开眼，天黑着，豆油灯光里，父亲已经把石夯扛到肩膀上了。他慌忙爬起，穿好衣裤，就去捞自己的那一套工具，大概父亲应承下远处什么村庄里的活儿了。

"你甭拿家具了。"父亲说，"你提夯，我供土。"

说罢，父亲扛着石夯出了门，勤娃跟在后头，锁上了门板。村庄里悄悄静静，一钩弯镰似的月牙悬浮在西原上空，河滩里蛙声一片。

"爸，去哪个村？"

"你甭问，跟我走。"

勤娃就不再说话，马家村过了，西堡，朱家寨……天麻明，走进吴庄村巷了。父亲仍不停步，也不回头，从吴庄的大十字拐过去，站立在吴三门口了。勤娃一愣，正要给爸爸发火，吴三从门里走出来。

"老三，还在那个土壕打土坯吗？"

吴三一愣，没好气地说："我还打呀？"

"你只说准，还是那个土壕不是？"

"我另寻下土坯匠了。"

勤娃早已忍耐不住（这样卑微下贱），他忽地转过身，走了。刚走开几步，膀子上的衣服被急急赶上前来的爸爸揪住了。一句话没说，父子俩来到勤娃昨日打土坯的大土壕。

"提夯！"康田生给木模里装饱了土，命令说。

勤娃大声唉叹着，提起石夯，跳到打土坯的青石台板上。刚刚从夜晚沉寂中苏醒过来的乡村田野上，响起了有节奏的青石夯捶击土坯的声音。

太阳从东原顶上冒出来，勤娃口渴难忍。往昔里，太阳冒红时光，主人就会把茶水和又酥又软的发面锅盔送到土壕来。今日算干的什么窝囊事啊！

乡村人吃早饭的时光到了，土壕外边的土路上，踽踽走过从原坡和河川劳动归来的庄稼汉，进入树荫浓密的吴庄村里去了。爷儿俩停住手，爸爸从口袋里取出自带的干馍，啃起来。勤娃嗓子眼里又干又涩，看看已经风干的黑面馍馍，动也没动，把头拧到一边，躲避着父亲的眼光，他怕看见爸爸那一双可怜的眼光。他第一次强烈感到了出笨力者的屈辱和下贱，憎恨甘做下贱行为的父亲了。

农历四月相当炎热的太阳，沿着原垴的平顶，从东朝西运行，挨着西原坡顶的时光，五百数目为一摞的土坯整整齐齐垒在昨日倒坍掉的那一堆残迹旁边。父子俩收拾工具和脱掉扔在地上的衣衫，走出土壕了。

"给老三说，把土坯苫住，当心今黑有雨。"父亲在村口给一位老汉捎话，"我看今晚有雨哩，你看西河口那一层云台……"

"走走走走走！"勤娃走出老远，粗暴地呵斥父亲，"操那么些闲心做啥？"

勤娃回到家，一进门，掼下家具，就蹲在灶锅下，点燃了麦草，湿柴呛得鼻涕眼泪交流，风箱板甩打得噼啪乱响。他又饿又渴，虚火中烧。父亲没有吭声，默默地在案板上动手和面。要是父亲开口，他准备吵！这样窝窝囊囊活人，他受不了。

"康大哥！"

一声呼叫，门里探进一颗脑袋，勤娃回头一看，却是吴三，他一扭头，理也不理，照旧拉着风箱。父亲迎上前去了。

"康大哥！实在……唉！实在是……"吴三和父亲在桌前坐下来，"我今日没在屋，到亲戚家去了。回来才听说，你又打下一摞……"

"没啥……嘿嘿嘿……"父亲显然并不为吴三溢于言表的神色所动情，淡淡地应和着，"没啥。"

"你爷儿俩饿了一天，干渴了一天！"吴三越说越激动，"我跟娃他妈一说，就赶紧来看你。我要是不来，俺吴庄人都要骂我不通人性了。"

"噢噢噢……呵呵……"康田生似乎也动了情，"咱庄稼人，打一摞土坯也不容易，花钱……咱挣了人的麻钱，吃了人的熟食，给人打一堆烂货，咱心里也不安宁哩！"

"不说了，不说了。"吴三转过脸，"勤娃兄弟，你也甭记恨……老哥我一时失言……"

怪得很，窝聚在心胸里一整天的那些恶气和愤怨，一下子全都消失了，勤娃瞟一眼满脸憨笑着的吴三，不好意思地笑笑，表示自己也有过失。他低头烧锅，看来吴三是个急性子的热心人，好庄稼人！他把爸爸称老哥，把自己称兄弟，安顿的啥班辈儿嘛！反正，他是把自己往低处按。

"这是两把挂面，这是工钱。"吴三的声音。

"使不得！使不得！"父亲慌忙压住吴三的手。

"你爷儿俩一天没吃没喝……"

"不咋不咋……"

勤娃再也沉默不住，从灶锅间跳起来，帮着父亲压住吴三的手："三叔……"

第二天，吴庄一位五十多岁的乡村女人走进勤娃家的小院，脸上带着神秘的又是掩藏着的喜悦，对康田生说，吴三托她来给勤娃提亲事，要把他们的二姑娘许给勤娃。乡村女人为了证实这一点，特别强调吴三托她办事时说的原话："吴三说，咱一不图高房大院，二不图车马田地，咱图得康家父子为人实在，不会亏待咱娃的……"

按照乡间古老而认真的订婚的方式，换帖、送礼等繁文缛节，这门亲事终于由那位乡村女人做媒撮合成功了。康田生把装在亡妻木匣里那一堆铜圆和麻钱，用红纸捆扎整齐，交给五十多岁的媒婆，心里踏实得再不能说了——太遂人愿了啊！

婚事刚定，壮丁派到勤娃头上。

"跑！"康田生说，"我打了一辈子土坯，给老蒋纳了一辈子壮丁款，现时又轮着你了！"

勤娃拧着眉，难受而又慌恐："我跑了，你咋办？"

"你跑我也跑！"康田生说，"哪里混不下一口饭？只要扛上木模和石夯！"

勤娃逃走了。半年后，他回来了，对村里惶惶不安的庄稼人说，解放了！连日来听到南山方向的炮声，是追打国民党军队的解放军放的。他向人们证实说，他肩上扛回来的那袋洋面，是在河边的柳林里拾的，国军失败慌忙逃跑时撂下的⋯⋯

三

日日夜夜在心里挂牵着的日子，正月初三，给勤娃婚娶的这一天，在紧迫的准备、焦急的期待中来到了。明天——正月初三，寂寞荒凉了整整十八年的康田生的小庄稼院里，就要有一个穿花衫衫、留长头发的女人了。他和他的儿子勤娃，无论从田野里劳动回来，抑或是到外村给人家打土坯归来，进门就有一碗热饭吃了。这个女人每天早晨起来，用长柄竹条扫帚扫院子，扫大门外的街道，院子永远再不会有一层厚厚的落叶和荒草野蒿了，狐狸和猫豹子再也不敢猖獗地光临了（有几次，康田生出外打土坯归来，在小院里发现过它们的爪迹和拉下的带着毛发的粪便，令人心寒哪）！肯定说，过不了几年，这个小院里会有一个留着毛盖儿或小辫儿的娃娃出现，这才算是个家哩！在这样温暖的家庭里，康田生死了，心里坦坦然然，啥事也不必担忧吧！

乡亲们好！不用请，都拥来帮忙了。在小院里栽桩搭席棚的，借桌椅板凳的，出出进进，快活地忙着。平素，他和勤娃在外的时间多，在屋的时间少，和乡乡党们来往接触少。人说家有梧桐招凤凰，家有光棍招棍光，此话不然。他父子一对光棍，却极少有人来串门。他爷儿俩一不会耍牌掷骰子，二不会喝酒游闲。谁到这儿来，连一口热水也难得喝上。可是，当勤娃要办喜事的时候，乡党们还是热心地赶来帮忙料理。解放了，人都变得和气了，热心了，世道变得更有人情味儿了。

今天是正月初二，丈人家的表兄表嫂吃罢早饭就来了。他们知道妹夫一个粗大男人，又没经过这样的大喜事，肯定忙乱得寻不着头绪，甚至连勤娃迎亲的穿戴也不懂得。勤娃自幼在他们屋里长大，和娘老子一般样儿。他们早早赶来为自己苦命早殁的妹妹的遗子料理婚事。

康田生倒觉得自己无事可干了。他哪里也插不上手，只是忙于应付别人的问询：斧头在哪儿放着？麻绳有没有？他自己此刻也不知斧头扔到什么鬼旮旯里去了。麻绳找出来的时光，是被老鼠咬成一堆的麻丝丝。问询的人笑笑，干脆什么也不问，需要用的家具，回自家屋里拿。

康田生闲得坐不住，心里也总是稳不住。老汉走出街门，没有走村子东边的大路，而是绕过村南坡梁，悄悄来到村东山坡间的一条腰带式的条田上。那块紧紧缠绕着山坡的条田里，长眠着他的亡妻，苦命人哪！

坟堆躺在上一台条田的塄根下，太阳晒不到，有一层表面变成黑色的积雪，马鞭草、苍耳、芨芨草、蒿子、枯干的枝叶仍然保护着坟堆。丛生的枳树枝条也已长得胳膊粗了，快二十年了呀！

康田生在条田边的麦苗上坐下来，面对亡妻的坟墓，嗫嚅了半天，说："我给你说，咱勤娃明日要娶亲了……"

他想告诉亲爱的亡妻，他受了多少磨难，才把他们的勤娃养育大了。他给人家打下的土坯，能绕西安城墙垒一匝。他流下的汗水，能浇灌一分稻子地。他在兵荒马乱、疫疬蔓生的乡村，把一个两岁离母的勤娃抓养成小伙子，够多艰难！他算对得住她，现在该当放心了……

他想告诉她，没有她的日月，多么难过。他打土坯归来的路上，不觉得是独独儿一个人，她就在他身旁走着，一双忧郁温存的眼睛盯着他。夜里，他梦见她，大声惊喜地呼叫，临醒来，炕上还是他一个人……

四野悄悄静静，太阳的余晖还残留在原坡和蓝天相接的天空，暮霭已经从南原和北岭朝河川围聚。河川的土路上，来来往往着新年佳节时月走亲访友姗姗归来的男女。

康田生坐着，其实再没说出什么来。这个和世界上任何有文化教养的人一样，有着丰富的内心感情活动的庄稼汉子，常年四季出笨力打土坯，不善于使用舌头表达心里的感情了。

再想想，康田生有一句话非说不可："你放心，现在世事好了，解放了……"

他想告诉她，康家村发生了许多亘古闻所未闻的吓人的事。村里来了穿灰制服的官人，而且不叫官人叫干部，叫同志，还有不结发髻散披着头发的女干部。财东康老九家的房产、田地、牲畜和粮食，分给康家庄的穷人了。用柳木棍打过他屁股的联保所那一伙子恶人，三个被五花大绑着押到台子上，收了监。他和勤娃打土坯挣钱，挣一个落一个，再不用缴给联保所了……

他叹息着：你要是活着，现时该多好啊！

康田生发觉鼻腔有异样的酸渍渍的感觉，不堪回想了，扬起头来。

扬起头来，康田生就瞅见了站在身旁的儿子勤娃，不知他来了多久了。

"我舅妈叫我来，给我妈……烧纸。"勤娃说，"我给我爷和我婆已经烧过了，现在来给我妈……"

唔！真是人到事中迷！晚辈人结婚的前一天后晌，要给逝去的祖先烧纸告祷，既是告知先祖的在天之灵，又是祈求祖先神灵佑护。他居然忘记了让勤娃来给他的生母烧纸，而自个儿却悄悄到这里来了。

勤娃在墓堆前跪下了，点着了一对小小的漆蜡，插在坟堆前的虚土里；又点燃了五根紫红色的香，香烟袅袅，在野草和枳树的枯枝间缭绕；阴纸也点燃了，火光扑闪着。

勤娃做完这一切，静静地等待阴纸烧完。他并不显得明显地难受，像办普通的一件事一样，虽然认真，却不动情。康田生心里立即蹿起一股憎恶的情绪。想想又原谅自己的儿子了。他两岁离娘，根本记不得娘是什么模样，娘——就是舅母！

康田生看着闪闪的蜡烛，缭绕的香烟，阴纸蹿起的火光，心里涌动着，不管儿子动情不动情，他想大声告慰黄泉之下的亡灵：世道变了。康家的烟火不会断绝了。康田生真正活人的日子开始啰！祖先诸神，尽皆放宽心啊！

四

勤娃脸上泛着红光，处处显得拘束。因为乡村里对未婚男女间接触的严格限制，直到今天，结婚的双方连看对方一眼的机会也没有过，使人生这件本来就带着神秘色彩的喜事，愈加增添了神秘的色彩。平常寡言少语甚至显得逆愕的勤娃，农历正月初三日，似乎一下子变得随和了，连那双老是像恨着什么人的眼睛，也闪射出一缕缕羞涩而又柔和的光芒。

长辈人用手拍打他剃得干干净净的脑袋，表示亲昵地祝贺；同辈兄弟们放肆地跟他开玩笑，说出酸溜溜的粗鲁话；他都一概羞涩地笑笑，不还嘴也不介意。

舅母叫他换上礼帽，黑色细布长袍，他顺情地把借来的礼帽，戴在终年光着而只有冬季包一条帕子的头上，黑细布长袍不合身，下摆直扫到脚面。无论借来的这身衣着怎么不合身，勤娃毕竟变成一副新郎的装扮了。

按照乡村流行下来的古老的结婚礼仪，勤娃的婚事进行得十分顺利。

勤娃完全昏头昏脑了，他被舅家表哥牵着，跟着花轿和呜哇呜哇的吹鼓手，走进吴庄，到吴三家去迎亲。吴三还算本顺，没有惯常轿到家门口时的讨价还价。当勤娃再跟着陪伴的表兄起身走出吴三家门的时候，唢呐和喇叭声中忽闪忽闪行进的轿子，已经走到村口了。那轿子里，装着从今往后就要和他过日月的媳妇。

回到康家村，女人和娃娃把他和蒙着脸的新媳妇一同拥进小小的厦屋，他一把揭去媳妇脸上蒙着的红布，就被小伙子们挤到门外去了，没有看清楚，只看见一副红扑扑的圆脸膛，他的心当时忽地猛跳一下，自己已经眼花了。

媳妇娶到屋了，现时就坐在小厦房里，那里不时传出小伙子和女人们嘻嘻哈哈的笑闹。所有亲戚友人，坐过午席，提上提盒笼儿告别上路了，一切顺顺当当。只是在晚间闹新房要新娘的时候，出了一点不快的风波。

勤娃和新娘被大伙拥在院子里，小伙子们围在他俩周围，女人们挤在外围，小院里被拥挤得水泄不通。新婚三天里不论大小，不管辈分，任何人有什么怪点子瞎招数儿，尽都可以提出来，要新娘新郎当众表演。这些不断翻新花样，几乎带有恶作剧的招数儿，不文明，甚至可以说野蛮，可是，乡村里自古流传不衰，家家如此，人人皆然。老人们知道，对于两个从来未见过面的男女，闹新房有一层不便道破的意思：启发挑逗两个陌生的男女之间的情欲。

勤娃还不是了知这层道理的年龄的人。人家要他给新娘子灌酒，他做了，人家要新娘子给他点烟，他接受了。人家叫他"糊顶棚"，他迟疑了。

勤娃知道，所谓"糊顶棚"，就是在舌尖上粘一块纸，再贴到媳妇的口腔上腭里。他看过别人家耍新娘时这么玩儿过，临到自己，他慌了。

有人打他的戴礼帽的头。谁把礼帽一把摘掉了，光头皮上不断挨打。哄哄闹闹的吼声，把小院吵得要抬起来了。有人把纸拿来了，有人扭他的胳膊了。他把纸粘在舌尖上，只挨到媳妇的嘴唇上……总算一回事了。

一个新花样又提出来："掏雀儿"。要勤娃把一条手帕儿从新娘的右边袖口塞进去，从左边袖筒拉出来。他觉得，这比"糊顶棚"好办多了。他则动手，新娘眼里闪出一缕怨恨他的眼光。勤娃愣愣地想，这有什么关系呢？于是就有人挟住新娘的两条胳膊……勤娃的两只手在新娘胸前交接手帕的时候，他触到了乳房，脸上轰地一热，同时看见新娘羞得流出眼泪了。勤娃难受了，他此刻才意识到自己太傻了。

"掏着雀儿没？"

"雀大雀小啊？"

勤娃低下头，羞愧得抬不起头来，哄闹声似乎很遥远，他听不见了。

他猛地抬起头，掼下手帕儿，挤出人堆去了……

忽的一下，人们"哗"的一声走散了，拥挤着朝门外走了，小伙子们骂着，打着呼哨，院子里只留下新娘，呆呆地站在那里。

"啊呀，勤娃！你真傻！"舅母怨他，"闹新房耍媳妇，都是这样！你怎的就给众人个搅不起？"

"这娃娃！愣得很！"父亲也惶惶不安，"咱小家小户，怎敢得罪这么多乡党？人家来闹房，全是耍哩嘛！你就当真起来？"

"去！快去！把乡党叫回来，赔情！"舅母说，"把酒提上去请！"

"算哩。"舅舅说，"夸不过三日，笑不过三日。只要往后待乡党好，没啥！明日，勤娃把酒提上，走一走，串串门，赔个情完事。"

……

勤娃进了自己的新房，父亲已经在小灶房里的火炕上安息了，舅舅和舅母也安睡了。小院的街门和后门早已关严，喧闹了一天的小院此刻显得异常静寂。

媳妇坐在炕沿上，低眉颔首，脸颊上红扑扑的，散乱的两绺鬓发垂吊在耳边，新挽起的发髻上，插着一支绿色的发针，做姑娘时被头发覆盖着的脖颈白皙而细腻。勤娃早已把闹房引起的不快情绪驱逐干净了。他不像舅母和父亲那样担心失掉乡党情谊，他要保护他的媳妇不受难堪，乡党情谊能比媳妇还要紧吗？屁！

他坐在椅子上，说什么呢？他找不到一个可以和她搭讪的话茬儿，而心里却想和她说说话儿。久久，他问："你……冷不？"

她头没抬，只摇一摇。

"饿不饿？"

她仍然摇摇头。

他又没词儿了。他想过去和她坐在一块儿，搂住她的肩膀，却没有勇气。

"你怎么……刚才就躁了呢？"

她仍然没有抬头。

"我……我看他们，太不像话！"他说，"怕你难受。"

"你……傻！"她抬起头来，爱抚地剜了他一眼，"你该当和他们……磨。你傻！"

他似乎一下子醒悟了。他在村里也看过别人家闹新房的场景，好多都是软磨硬拖，并不按别人出的瞎点子做的，滑过去了。他没有招架众人哄闹的能力……直杠人啊！"你傻！"新娘这样说他，他心里却觉得怪舒服的。男人跟女人怎样好呀？他猛地把媳妇搂到怀里。

"啊哟！"媳妇低低地一声叫，压抑着的痛苦。

他放开手，媳妇的左臂吊着，一动不动。他把她的胳臂握断了吗？天啊，她是泥捏的呢，还是他打土坯练出了超凡出众的臂力？他吓坏了。

"一拉一送。"媳妇把胳膊递给他，"我这胳膊有毛病，不要紧的，安上就好。拉啊——"

胳膊又安上了。他站在一边，不敢动了。

她却在他眉心戳了一指头："你……傻瓜……"

五

农历正月里的太阳，似乎比以往千百年来所有正月里的热量都要充足，照耀着秦岭山下南原坡根的小小的康家村的每一座院落，勤娃家的小院——康家村里最阴冷荒凉的死角，如今也和康家村大大小小的庄稼院一样，沐浴在和煦温暖的早春的阳光下了。

新婚之夜过去了，微明中，勤娃没有贪恋温适的被窝，爬起来，动手去打扫茅厕和猪圈了。笼罩在两性间的所有神秘色彩化为泡影，消逝了。昨天结婚的冗繁的仪式中，自己的拘束和迷乱，现在想起来，甚至觉得好笑了。他把茅厕铲除干净，垫上干土，又跳进猪圈，把嗷嗷叫着的黑壳郎赶到一边，把粪便挖起，堆到圈角，然后再盖上干黄土，这样使粪便窝制成上等肥料，不致让粪便的气息漫散到小院里去。

做着这一切，他的心里踏实极了。站在前院里，他顿时意识到：过去，父亲主宰着这间小院，而今天呢？他是这座庄稼院的当然支柱了。不能事事让父亲操持，而应该让父亲吃一碗省心饭了！他的媳妇，舅母给起下一个新的名字叫玉贤，夫勤妻贤，组成一个和睦美满的农家。他要把屋外屋内一切繁重的劳动挑起来，让玉贤做缝补浆洗和锅碗瓢勺间的家事。他要把这个小院的日子过好，让他的玉贤活得舒心，让他的老父亲安度晚年，为老人和为妻子，他不怕出力吃苦，庄稼人凭啥过日月？一个字：勤！

他拄着铁锨，站在猪圈旁边，欣赏着那头体壮毛光的黑壳郎，心里正在盘算，今日去丈人家回门，明天就该给小麦追施土粪了，把积攒下的粪土送到地里，该当解冻了，也是他扛上石夯打土坯的最好的时月了。

他回到院里，玉贤正在捉着稻黍笤帚扫院子，花袄，绿裤，头顶一块印花蓝帕子。他的心里好舒服啊，呆呆地看着这个已经并不陌生的女人扫地的优美动作。怪得很啊！她一进这小院，小院变得如此地温暖和生机勃勃。

"勤娃！"

听见父亲叫他，勤娃走进父亲住的屋子，舅舅和舅母都坐在当面，他问候过后，就等待他们有什么指教的话。

"勤娃。"父亲掂着烟袋，说，"你给人家娃说，早晨……甭来给我……倒尿盆……"

勤娃笑了。

"这是应该的。"舅母说，"你爸……"

"咱不讲究。咱穷家小院，讲究啥哩！"父亲说，"我自个儿倒了，倒畅快。我又不是瘫痪……"

勤娃仍然笑笑，能说什么呢，爸是太好了。

太阳冒红了，他和玉贤相跟着，提着礼物，到丈人吴三家去回门。

走出康家村，田野里的麦苗，渐渐变了色，温暖的阳光照耀着坡岭、河川，阴坡里成片成片的积雪只留下点点残迹，柳条上的叶苞日渐肥大了。

"玉贤——"

"哎——"

"给你……说句话……"

"你说呀！"

"咱爸说……"

"说啥呀？"她有点急，老公公对她到来的第一天有什么不好的印象吗？

"咱爸说……"

"说啥呀？你好难肠！"

"咱爸说，你往后……甭给他……倒尿盆！"

"噢呀！"玉贤释然吁出一口气，笑了，"咋哩？"

"不咋。"勤娃说，"他说他自个儿倒。"

"俺娘给俺叮嘱再三，要侍奉老人，早晨倒盆子，三顿饭端到老人手上，要双手递。要扫院扫屋，要……"玉贤说，"俺妈家法可严哩！"

"俺爸受苦一辈子，没受过人服侍。"勤娃说，"他倒不习惯别人服侍他。"

"咱爸好。"玉贤说。

两人朝前走着，可以看见吴庄村里高大的树木的光秃秃的枝梢了。

六

平静的和谐的生活开始了。院子里的榆树枝上，绣织着一串串翡翠般的榆钱，一只花喜鹊在枝间叫着。玉贤坐在东院根西斜的阳光里，纳着鞋底。后门关着，前门闭着，公公和丈夫，一人一把石夯，天不明就到什么村里打土坯去了，晚上才回来。她一个人在小院里，静得只能听见麻绳拉过布鞋鞋底的"嗞嗞"声。有点寂寞，她想和人说说闲话；不好，过门没几天的新媳妇，走东家串西家，那是会引起非议的。她就坐着，纳着，翻来覆去想着到这个新的家庭里的变化。感觉顶明显的，是阿公比亲生父亲的脾气好。父亲吴三，一见她有不顺眼的地方，就骂。阿公可是随和极了。他从来不要求儿媳妇对自己的照顾和服侍，打土坯晚上回来，锅里端出什么就吃什么。平时在家，她请示阿公该做啥饭？宽面还是细面？干的还是汤的？阿公总是笑笑，说："甭问了，你们爱吃啥做啥。"她在这个庄稼院里，似乎比在亲生娘老子跟前，更畅快些。人说新媳妇难熬，给勤娃做媳妇，畅快哩！

勤娃也好。勤快，实诚，俭省，真正地道的好庄稼人。她相信在结婚前，母亲给她打听来的关于勤娃的人品，没有哄她。他早晨出门去，晚间回来，有时到十几里以外的村里去打土坯，仍然要赶回来。他在她的耳边说悄悄话："要是屋里没有你，我才不想跑这冤枉路哩！"

昨天晚上发生的事，很不寻常。

勤娃打土坯回来，照例，把当日挣的钱交给老人。老人接住钱，放在桌上，叫勤娃把媳妇唤来。玉贤跟着勤娃，来到阿公的住屋。

阿公坐在炕上，看一眼勤娃，又看一眼玉贤，磕掉烟灰，说：

"从今往后，勤娃挣下钱，甭给我交了，交给贤娃。"

老人不习惯叫玉贤，叫贤娃，倒像是叫自己的女儿一样的口吻。玉贤心里忽然感动了，连忙说："爸，那不行！你老是一家之主……"

"一家人不说生分话。"老人诚恳地解释，"我五十多岁了，啥也不图，只图得和和气气，吃一碗热饭。这日月，是你们的日月，好了坏了，穷了富了，都是你们的。日子怎么过，家事怎样安排，你们要思量哩！勤娃前日说，想盖三间瓦房，好，就该有这个派势！三间房难也不难。爸一辈子打土坯挣下的钱，盖十间瓦房也用不完，临到而今还是这两间烂厦房。咋哩？挣得多，国军收税要款要得多。现时好了，咱爷儿俩闲时打土坯，不过三年，撑起三间瓦房！"

"爸，还是把钱搁到你跟前……"勤娃说。

"你俩都是明白娃嘛！爸要钱做啥？还不是给你攒着，干脆放你们箱子里，省得我操心。"老人把亡妻留下的那只梳妆匣儿，一家人的金库，一下子塞到勤娃怀里，作为权力的象征，毫不迟疑地移交给儿子了，"小子，日月过不好，甭怪你爸噢！"

勤娃流泪了，说："爸，你迟早要用钱，你说话，上会，赶集……"

"嗨！你还不知道吗？"老人爽快地笑着，"爸一辈子只会打土坯，挣汗水钱，不会花钱。"

现在，那只装着爷儿俩打土坯挣来的钱的梳妆匣儿，锁在箱子里的角落里。玉贤觉得，这个家，真是自己的家了。她在娘家时，村里的媳妇们，要用一块钱，先得给女婿说，再得给阿公阿婆说，一家人常常为花钱闹仗。她刚过门两月，老阿公一下子把财权交给她手上了，是老人过于老好呢？还是……

她看看太阳已经上了东墙墙头，小院里有点冷了，也该当去做晚饭了，勤娃和阿公晚间回来，都想喝一碗玉米糁糁暖胃肠的。

街门"吱"的一响，妇女主任金嫂探进头来。

"玉贤，政府号召妇女认字学习哩。乡上派先生来扫除文盲，办冬学，你上不上？"

玉贤早就听人说要办冬学扫除文盲的传言，今天证实了。她觉得新鲜，人要是能认识字，该多有意思哟。心里虽然这样想，嘴里却说："这事……我得问一下俺爸。"

"你爸不挡将，勤娃也不挡。"金嫂说话办事都是干脆利落，"人民政府的号召，哪个封建脑瓜敢拉后腿？"

"挡不挡也得给老人说一下。"玉贤矜持而又自谦地说，"咱不能把老人不当人敬。"

"好媳妇，真个好媳妇。"金嫂笑说，"我先给你报上名，谁要是拉后腿，你寻我！"

金嫂像旋风一样卷出门去了。

"好事嘛！认字念书，好事咯！"康田生老汉吃着儿媳双手递上前来的玉米糁糁，对站在桌边提出识字要求的玉贤说，"我不识字，勤娃小时也没念成书，有一个人会认字了，谁哄咱也哄不过了。"

阿公虽然不识字，并不像村里特别顽固的那些老汉们封建。玉贤并不立刻表现出迫不及待的样子，故意装出对上冬学的冷漠，免得老人说她不安分在小庄稼院过生活了，心野了："要上让他去上。我一个女人家，认不认得字，没关系……"

"啥话！新社会，把妇女往高看哩！"老公公大声说，"我和勤娃忙得不沾家，想学也学不成。"

她达到目的了，服侍阿公吃饭，给勤娃把饭温在锅里。勤娃得到天黑才能回来。春三月，正是翻了身的庄稼人修屋盖房的季节，打土坯的活儿稠，勤娃把远处村庄里的活儿干了，临近村庄的活儿，让老阿公去干。真的学会了读书识字，那该多有意思啊……

康田生喝着热乎乎的玉米糁糁，伴就着酸凉可口的酸黄菜，心里很满意。对新媳妇过门两三个月的实地观察，他庆幸给儿子婆下了一个好媳妇，知礼识体，勤勤快快，正是本分的庄稼人过日月所难得的内掌柜的。日常的细微观察中，他看出，媳妇比儿子更灵醒些。这样一个心性灵聪的女人，对于他的直性子勤娃，真是太好了。他心甘情愿地把财权过早地交给下辈人，那不言自明的含义是：你们的家当，你们的日月，你们鼓起劲来干吧！他爽快地同意儿媳去上冬学，也是出于这样的考虑，让聪明的玉贤学些文化，日后谁也甭想捣哄勤娃了。保证在他过世以后，勤娃有一个精明的管家。俗话说，男人是耙耙，管挣；女人是匣匣，管攒；不怕耙耙没刺儿，单怕匣匣没底儿。庄稼人过日月，不容易哩！

七

在一个陌生的村庄外边的土壕里，勤娃丢剥了棉衣，连长袖衫也脱掉了，在阳春三月的阳光下，提着二三十斤重的青石夯，一下重砸，又一下轻间，青石夯捶击潮湿的土坯的有节奏的响声，在黄土崖上发出回响。打土坯，这是乡村里最沉重的劳动项目之一。对于二十出头的康勤娃，那石夯在他手中，简直是一件轻巧自如的玩具。他打起土坯来，动作轻巧，节奏明快；打出的土坯，四棱饱满，平整而又结实。在他打土坯的土壕愣坎上，常常围蹲着一些春闲无事的农民，说着闲话，欣赏他打土坯的优美的动作。

勤娃整天笑眯眯，对打土坯的主人笑眯眯，对围观的庄稼人笑眯眯；不管主人管待他的饭食是好是糟，他一概笑眯眯。活儿干得出奇的好，生活上不讲究，人又和气好说话，他的活儿特别稠，常常是给这家还没打够数，那一家就来相约了。

他心里舒畅。在喝水歇息的时候，他常常奇怪地想，人有了媳妇，和没有媳妇的时光大不一样了。身上格外有劲，心里格外有劲，说话处事，似乎都觉得不该莽撞冒失了，该当和人和和气气。人生的许多道理，要亲身经历之后，才能自然地醒悟；没有亲身经历的时光，别人再说，总觉得蒙着一层纸。

打完土坯，他吃罢晚饭，抹一把嘴，起身告辞。

"明天还要打哩，隔七八里路，你甭跑冤枉路了。"主人诚心相劝，实意挽留，"咱家有住处。你苦累一天，早早歇下。"

"不咧！"他笑着谢绝，"七八里路，脚腿一伸就到了。你放心，明日不误时。"

他走了，心想：我睡在你家的冷炕上，有我屋的暖和被窝舒服吗？

他在河川土路上走着，夜色是迷人的，坡岭上的杏花，在蒙蒙月光里像一片白雪，夜风送来幽微的香味。人活着多么有意思！

"你吃饭没有？"玉贤招呼说。

"吃过了。"他说。

"今日怎么回来这样迟？"玉贤问。

他笑而不答，从贴身的衬衣口袋里掏出一摞纸币来，交到玉贤手上。

玉贤数一数，惊奇地问："这么多？"

"我两天打了三摞。"他自豪地笑着，"这下你明白我回来迟的原因了吧！"

"甭这么卖命！甭！"她爱怜地说，一般人一天打一摞（五百块儿），已经够累了，他却居然两天打了三摞，"当心挣下病！"

"没事，我跟耍一样。"他轻松地说。她愈心疼他、体贴他，他愈觉得劲头足了，"春天一过，没活儿了。再说，我是想早点撑起三间瓦房来。"

春季夜短，两口睡下了。

他忽然听到里屋传来父亲的咳嗽声，磕烟锅的声音。回来晚了，父亲已经躺下，他没有进里屋去。他问："你给咱爸烧炕了没？"

"天热了，爸不让烧了。"她说，"你怎么天天问？"

"我怕你忘了。"

"怎么能忘呢。"

"老人受了一辈子苦。"他说，"咱家没有屋里大人，你要多操心爸。"

"还用你再叮嘱吗？"玉贤说，"我想用钱给老人扯一件洋布衫子，六月天出门走亲戚，不能老穿着黑粗布……"

"该。你扯布去。"他心里十分感动。

静静的春夜，温暖的农家小院，和美的新婚夫妻。

"给你说件事。"玉贤说，"金嫂叫我上冬学哩。我不想去，女人家认那些字做啥！村长统计男人哩，叫你也上冬学，说是赶收麦大忙以前，要扫除青年文盲哩！"

"我能顾得坐在那儿认字吗？哈呀！好消闲呀！"他嘲笑地说，"要是一家非去一个人不可，你去吧。认俩字也好，认不下也没啥，全当应付差事哩！"

八

吴玉贤锁上围墙上的木栅栏门，走在康家村的街道里了。结婚进了勤娃家的小院，她很少到村子中间的稠人广众中走动过。地里的活儿，父子俩不够收拾，用不上她插手。缸里的水不等完，勤娃又担满了。她恪守着母亲临将她出嫁前的嘱咐：甭串门，少说是非话，女人家到一个村子，名声倒了，一辈子也挽不回来。在娘家长人哩，在婆家活人哩！

她到康家村两三个月来，渐渐已经获得了乖媳妇的评价。她走在仍然有些陌生的街道里，似乎觉得每一座新的或旧的门楼里，都有窥视自己的眼光。做媳妇难，她缓缓地大大方方地走过去，总不可避免拘谨；总算走到村庄中心的祠堂门前了，这是冬学的校址。门口三人一堆，五个一伙，围着姑娘和媳妇们，全是女人的世界。

她走进祠堂的黑漆剥落的大门了，听勤娃给她介绍康家村的人事状况的时候说，这是财东康老九家的祠堂，历来是财东迎接联保官人的地方。康家村的穷庄稼人路过门口，连正眼瞧一眼的勇气也没有。一旦被传喝进这里，就该倒霉了。这是一个神秘而阴森的所在，那些她至今记不住名字的康家村的老庄稼人，好多缴不起税款和丁捐，整夜整夜被反吊在院中那棵大槐树上……现在，男人和女人在这儿上冬学了，男人集中在晚上，女人集中在后晌。

祠堂里摆着几张方桌和条桌，这是临时从这家那家借来的。玉贤在最后边一张条桌前坐下了，听着妇女们唧唧喳喳说笑，她笑笑，并不插嘴。

金嫂和村长领着一位先生进来了。她从坐在前边的两位女人的肩头看过去，看见一位年轻小伙儿白净的脸膛，略略一惊，印象里乡村私塾里的先生，都是穿长袍戴礼帽的老头子，这却是个二十左右的年轻娃娃，新社会的先生是这样年轻！只听村长介绍说先生姓杨，并且叫妇女们以后一律称呼杨老师。

村长说他有事，告辞了。金嫂也在一张方桌边坐下来，杨老师讲课了。

玉贤坐在后面，她有一种难以克服的羞怯心理，不敢像左右那些女人们扬着头，白眨白眨着眼睛仔细观看新来的老师的穿着举动，窃窃议论他的长相。她一眼就看见，这是一张很惹人喜欢的小白脸，五官端正，眼睛喜气，头上留着文明头发，有一绺老是扑到眼睛上头来，他一说话，就往后甩一甩，惹得少见多怪的乡村女人们吃吃地笑。玉贤只记得爷爷后脑勺上有一排齐刷刷的头发，父亲这一辈男人，一律是剃光头，文明人蓄留一头黑发，比剃得光光亮亮的头还要好看多了。

老师讲话了，和和气气，嘴角和眼梢总带着微笑，讲着新社会妇女翻身平等的道理，没有文化是万万不行的。讲着就点起名字来了。

　　他在点名册上低头看一眼，扬头叫出一个名字，那被叫着的女人往往痴愕愕地坐着不应，经别人在她腰里捅一拳，她才不好意思地忸怩着站起——她们压根儿没听人叫过自己的名字，倒是听惯了"牛儿妈""六婶""八嫂"的称呼，自己也记不得自己的名字了——引起一阵哗笑。

　　在等待中，听到了一个陌生的而又柔声细气的男子的呼叫"吴玉贤"的声音，她的心忽地一跳，低着头站起来，旋即又坐下。

　　点过名之后，杨老师在黑板上写下"妇女解放，男女平等"八个字，转过身来领读的时候，那一双和气的眼睛越过祠堂里前排的女人的头顶，端直瞅到玉贤的脸上，对视的一瞬，她忽地一下心跳，迅即避开了。她承受不了那双眼光里令人说不出的感觉……教的什么字啊，她连一个也记不住！

　　不过十天，杨老师和康家村冬学妇女班上的女人们，已经熟悉得像一个村子的人一样了。除了教字认字，常常在课前课后坐在一起拉家常，说笑话，几个年龄稍大点的婶子，居然问起人家有媳妇没有，想给他拉亲做媒了。

　　杨老师笑笑，说他没有爱人，但拒绝任何人为他提媒。他大声给妇女们教歌，"妇女翻身"啦，"志愿军战歌"啦。课前讲一些远离康家村甚至外国的故事，苏联妇女怎样和男人一样上大学，在政府里当官，集体农庄搭伙儿做庄稼，简直跟天上的神话一样。

　　玉贤仍然远远地坐在后排的那张条桌旁，她不挤到杨老师当面去，顶多站在外围，默默地听着老师回答女人问长问短的话，笑也尽量不笑出声音来。她知道，除了自己年纪轻，又是个新媳妇这些原因以外，还有什么迷迷离离的一种感觉，都限制着她不能和其他女人一样畅快地和杨老师说话。

　　杨老师教认字完毕，就让妇女们自己在本上练习写字，他在摆着课桌间的走道里转，给忘了某个字的读音的人个别教读，给把汉字笔画写错了的人纠正错处。玉贤怎么也不能把"翻身"的"翻"字写到一起，想问问杨老师，却没有开口的勇气。一次又一次，杨老师从她身边走过去了。

　　"这个字写错了。"

　　杨老师的声音在她旁边响起，随之俯下身来，抓住她捉着笔的手，把"翻"字重写了一遍。她的手被一双白皙而柔软的手紧紧攥着，机械地被动地移动着，那下颌擦着她耳朵旁边的鬓发，可以嗅着陌生男人的鼻息。

"看见了吗？这一笔不能连在一起！"

杨老师走开了，随之就在一个长得最丑的婆娘跟前弯下身，用同样的口气说："你把这字的一边写丢了，是卖给谁了吗？"

婆娘女子们哄笑起来，玉贤在这种笑声中，仿佛自己也从紧张的窘境里解脱了。

……

年轻的杨老师的可爱形象，闯进十八岁的新媳妇吴玉贤的心里来了……

她坐在小院里的槐树下，怀里抱着夹板纳鞋底，两只唧唧鸟儿在树枝间追逐，嬉戏。杨老师似乎就站在她的面前，嘤嘤地多情地笑着。他在黑板上写字的潇洒的姿势，说话那样入耳中听，中国和外国的事情知道得那么多，歌儿唱得好听极了，穿戴干净，态度和蔼，乡村里哪能见到这样高雅的年轻人呢！

相比之下，她的男人勤娃……哎，简直就显得暗淡无光了。结婚的时候，她虽然没有反感，也绝没有令人惊心动魄。他勤劳，诚实，俭省；可他也显得笨拙，粗鲁，生硬；女人爱听的几句体贴的话，他也不会说……哎，真如俗话说的，人比人，难活人哪！

新社会提倡婚姻自由，坚决反对买卖包办，这是杨老师在冬学祠堂里讲的话。她长了十八岁，现在才听到这样新鲜的话，先是吃惊，随之就有一种懊悔心情。嫁人出门，那自古都是父母给女儿办的。临到她知道婚姻自主的好政策的时候，已经是康勤娃的媳妇了。要是由自己去选择女婿的话，该多好哇……那她肯定要选择一个比勤娃更灵醒的人。可惜！可惜她已经结婚了，没有这样自由选择的可能了……

杨老师为啥要用那样的眼神看她呢？握着她的手帮她写"翻"字的印象是难忘的，似乎手背上至今仍然有余温。唔！昨日后晌，杨老师教完课，要回桑树镇中心小学去，路过她家门口，探头朝里一望，她正在院子的柴火堆前扯麦秸，准备给公公做晚饭。杨老师一笑，在门口站住。她想礼让杨老师到屋里坐，却没有说出口。公公和勤娃不在家，把这样年轻的一个生人叫到屋里，会让左邻右舍的人说什么呢？她看见杨老师站住，断定是有事，就走到门口，招呼一声说："杨老师，你回去呀？""回呀。"杨老师畅快地应诺一声，在他的手提紧口布兜里翻着，一把拉出一个硬皮本子来，随之瞧瞧左右，就塞到她的怀里，说："给你用吧！"她一惊，刚想推辞，杨老师已经转身走了。那行动举止，就像他替别人给她捎来一件什么东西，即令旁人看见，也无可置疑。她不敢追上去退还，那样的话，结果可能更糟。她当即转过身，抱起柴火进屋去了。应该把本本还给人家，这样不明不白的东西，她怎么能拿到上冬学的祠堂里去写字呢？

他对她有意思，玉贤判断。康家村那么多女人去上冬学，他为啥独独送给她一个本本呢？他看她的眼神跟看别的妇女的眼神不一样。他帮她写字之后，立即又抓住那个长得最丑的媳妇的手写字，不过是做做样子，打个掩护罢了。

已经有了几个月婚后生活的十八岁的新媳妇吴玉贤，尽管刚刚开始会认会写自己的名字，可是分析杨老师的行为和心理，却是细致而又严密的。她又反问自己，人家杨老师那样高雅的人，怎么会对她一个粗笨的乡村女人有意思呢？况且，自己已经结过婚了……蠢想！纯粹是胡猜乱想。

肯定和否定都是困难的。她隐隐感到这种紊乱思想下所潜伏的危险性，就警告自己：不要胡乱猜想，自己已经是康家小院里的人了，怎么能想另一个男人呢？婚姻自由，杨老师嘴巴上讲得有劲，可在乡村里实行起来，不容易……

事情的发展，很快把农家小媳妇吴玉贤推向一个可怕而又欣喜的地步——

轮着玉贤家给杨老师管饭了。她的丈夫勤娃给二十里远的关家村应承下二十摞土坯，说他不能天天往回赶，路太远了。公公在临近的村庄里打土坯，晚上才能回来。他早晨出门时，叮嘱说："把饭做好。人家公家同志，几年才能在咱屋吃一回饭，甭吝啬！"她尽家里有的，烙了发面锅饼，擀下了细长的面条。辣子用熟油浇了，葱花也用铁勺炒了，和盐面、酱醋一起摆在院中的小桌上。

杨老师走进来，笑笑，坐在院中的小桌旁边，环顾一眼简陋而又整洁的小院，问她屋里都有什么人，怎么一个也不见。她如实回答了公公和丈夫的去处，发觉杨老师顿时变得坦然了，眼里闪射出活泼的光彩，盯着她笑说："那你就是掌柜的了。"她似乎接受不了那样明显地挑逗的眼光，低头走进灶房里，捞起勺子舀饭。这时候，她的心在夹袄下怦怦怦跳，无法平静下来。

她端着饭碗走到小院里，双手递到杨老师面前。杨老师急忙站起，双手接碗的时候，连同她的手指一起捏住了。她的脸一阵发热，抽回手来，惊觉地盯一眼虚掩着的木栅门，好在门口没有什么人走动。杨老师不在意地笑笑，似乎是无意间的过失；坐在小凳上，用筷子挑起细长的面条，大声夸奖她擀面的手艺真是太高了，他平生第一次吃到这样又薄又韧的细面。

"杨老师，你自个儿吃。俺到外屋，没人陪你。"玉贤说着，就转过身走去了。

"你把饭也端来，咱们一块儿吃。"杨老师说，"男女平等嘛！怕啥？"

"不……"玉贤停住脚，他居然说"咱们"……

"哈呀！咱们成天讲妇女要解放，还是把你从灶房里解放不出来。"杨老师感慨地说，"落后势力太严重了……"

她已经走进自己的小房里，从箱子的包袱里取出那天傍晚杨老师塞给她的硬皮本本，现在是归还它的最好时机了。她接受这样一件物品意味着什么呢？她走到杨老师跟前，把那光滑的硬皮本放到杨老师面前的小桌上，说："俺用不上……"

"唔……"杨老师一愣，扬起头看她，眼里现出一缕尴尬的神色，脸也红了，愧了，解释说，"我看你的作业本用完了……就买了这，你不……喜欢的话……"

"俺用不上。"玉贤看见杨老师尴尬的样子，意识到自己的行为太唐突了。她不想回答自己究竟喜欢不喜欢这只硬皮本本，只是把交还它的动机说成是用不上，"你们文化人……才当用。"

"哈呀！好咧好咧！"杨老师听罢，已经完全体察到一个自尊的农家女人的心理，脸上和眼里恢复了活泼的神态，"没有关系……"

玉贤走进小灶房，坐在木墩上，等待着杨老师吃完饭，她再去舀。在娘家的时候，屋里来了客人，总是由父亲和哥哥陪着吃饭，她和母亲待在灶房里，这是习惯，家家都是这样。

她坐着，心里忐忑不安，浑身感到压抑和紧张，当她愈来愈明晰地觉察出杨老师一系列的举动的真实含意时，她倒有些怕了，警告自己：拿稳！可是，心里却慌得很，总是稳不住……

这当儿，小灶房里一暗。玉贤一抬头，杨老师走进小灶房窄小的门道，手里端着吃光喝净了面条的空碗，自己舀饭来了。

"咦呀！让客人自己舀饭，失礼了。"玉贤慌忙从灶锅下的木墩上站起，伸手接碗，"你去坐下，我给你送来。"

"新社会，不兴剥削人嘛！"杨老师抓着碗不放，笑着，盯着她的眼睛笑着，"自己动手，吃饱喝足。"

"使不得……让我舀……"

"行啦行啦……自己舀……"

两只手在争夺一只碗，拉来扯去。

玉贤的腰部被一只胳膊搂住了，"不……"声音太柔弱了，没有任何震慑力量，忽地一下涌到脸上来的热血，憋得她眼花了，想喊，却没有力气，也没有勇气，嘴唇很快也被紧紧地挤压得张不开了……她的一双戴着石镯的手，不由自主地钩到陌生男子的肩膀上……

九

又是一钩弯镰似的月牙。田野迷迷蒙蒙，灰白的土路，隐没在齐膝高的麦田里。远处秦岭的群峰现出黑幢幢的雄巍的轮廓。早来的布谷鸟的动情的叫声，在静寂的田地和村庄的上空倏然消失了。岭坡的沟畔上，偶尔传来两声难听的狐狸的叫声。

勤娃甩着手，在春夜温馨空气的包围中跨着步子。他谢绝了打土坯的主人诚心实意的挽留，吃罢夜饭，撂下饭碗，往家赶路了。他有说不出口的一句话，因为路远，三四天没有回家，他想见玉贤了。二十里平路，在小伙子脚下，算得什么艰难呢！屋里有新媳妇的热炕，主人家给他临时搭排的窝铺，那显得太冷清了。他走着，充满信心地划算着，自开春以来，已经打过近百摞土坯了，父亲交给玉贤掌管的那只小梳妆匣儿里，有一厚扎人民币了。这样干下去，只要一家三口人不生疮害病，三年时光，勤娃保准撑起三间大瓦屋来。那时光，父亲就绝对应该放下石夯，只管管家里和田里的轻活儿了，或者，替他们管管孩子……新社会不纳捐，不缴壮丁款，挣下钱，打下粮食全归自己，只要不怕吃苦，庄稼人的日月红火得快哩！

勤娃走进康家村熟悉的村巷，月牙儿沉落到山岭的背后去了，村庄笼罩在黑夜的幕帐之中了。惊动了谁家的狗，干吠了几声。

他站在自家小木栅栏门外，一把黑铁锁上凝结着湿溜溜的露水，钥匙在父亲的口袋里。他老人家大约刚刚睡下，要是起来开门，受了夜气感冒了，糟咧。不必惊动老人……勤娃一纵身，从矮矮的土围墙上，跳进自己的小院里了。

他轻轻地拍击着屋门板上的铁栓儿。深更半夜叫门，不能重叩猛砸，当心吓惊了女人，勤娃心细着哩！

"来咧……"女人玉贤在窸窸窣窣穿衣服，好久，才开了门。

"怎么不点灯？"勤娃走进屋，随口说。

"省点……煤油……"玉贤颤颤地说。

"嗨呀！"勤娃笑了，"黑咕隆咚，省啥油嘛！"随之"啪"的一声划着了火柴。

屋里亮了。勤娃坐在炕边，吁出一口气，他觉得累了。

"你还吃饭不？"玉贤坐在炕上，问。

"吃过了。"勤娃说，盯着玉贤的煞白的脸，惊得睁大眼睛，"你……病咧？"

"没……"玉贤低下头，"有些不舒服……"

他伸手摸摸她的额头，说："不见得烧……"

"不咋……"

他略为放心。脱鞋上炕的当儿，他一低头，脚地上有一双皮鞋。他一把抓起，问："这是谁的？"

玉贤躲避着他的眼睛，还未来得及回答，装衣服的红漆板柜的盖儿"哗"的一声自动掀起，冒出一个蓄留着文明头发的脑袋。

"啊……"

勤娃倒抽一口气，迅即明白了这间屋里发生过什么事情了。他一步冲到板柜跟前，揪住浓密的头发，把冬学教员从柜子里拉出来。啪——一记耳光，啪——又一记耳光，鼻血顿时把那张小白脸涂抹成猪肝了；咚——当胸一拳，咚——当胸再一拳，冬学教员软软地躺倒在脚地，连呻吟的声息都没有；勤娃又抬起脚来。

冬学教员挣扎着爬起来，"扑通"一声，双膝跪倒在勤娃脚下了。

勤娃已经失去控制，抬起脚，把刚刚跪倒的杨先生踢翻了，他转身从门后捞起一把劈柴的斧头，牙缝里迸出几个字来："老子今黑放你的血！"

猛然，勤娃的后腰连同双臂死死地被人从后边抱住了，他一回头，是父亲。

老土坯客听到房里不寻常的响动，惊惊吓吓地跑来了，不用问，老汉就看出发生了什么事了。他抱住儿子提着斧头的胳膊，一句话也不说，狠劲掰开勤娃的手指，把斧头抽出来，"咣当"一声扔到院子的角落里去了。他累得喘着气，把癫狂状态的儿子连拽带拖，拉出了房子，推进自己住的小灶屋。

"你狗日杀了人，要犯法！"

"我豁上了！"

"你嚷嚷得隔壁两岸知道了，你有脸活在世上，我没脸活了！"老汉抓着儿子胸前敞开的衣襟，"你只图当时出气，日后咋收场哩？"

这是一声很结实也很厉害的警告。勤娃从本能的疯狂报复的情绪中恢复理智，愣愣地站住，不再往门外扑跳了。

"把狗日收拾一顿，放走！"老土坯匠说，"再甭高喉咙大嗓子吼叫！"

"我跟那婊子不得毕！"勤娃记起另一个来。

"那是后话！"

父子二人走到厦屋的时候，冬学教员已经不见踪影，玉贤也不见了。临街的木栅门敞开着，两人私奔了吗？勤娃窝火地"嗯"了一声，怨愤地瞅着父亲。他没有出足气，一下子跌坐在炕边上。

老汉转身走到前院，一眼瞅见，槐树上吊着一个人。他惊呼一声，一把把那软软的身子托起，揪断草绳，抱回厦屋，放到炕上。忽闪忽闪的煤油灯光下，照出玉贤一张被草绳勒聚得紫黑的脸，嘴角涌出一串串白色的泡沫，不省人事了。

勤娃看见，立时煞白了脸，"哎——"的一声怨叹，跌倒在厦屋脚地，也昏死过去了。

"我的天哪……"康田生看着炕上和脚地的媳妇和儿子，不知该当咋办了，绝望地扑到儿子身上，泪水纵横了。

十

勤娃躺在炕上，瞪着眼珠，一声连一声出着粗气。父亲已经给打土坯的主人捎过话去，说儿子病了，让人家另寻人打土坯。

他没有病，只是烦躁，心胸里源源不断积聚起恶气，一声吁叹，放出来，又很快地积聚起来。

真正的病人现在强打起身子，倒不敢沾一沾炕边。玉贤头疼，恶心，走一步心就跳得嗵嗵嗵。她用一条黑布帕子围着脖子，遮盖着被草绳勒出一圈血印的脖颈，默默地扫院，悄悄地在前院柴火堆前撕扯麦秸，默默地坐在灶锅前烧火拉风箱。

红润润的脸膛变得灰白，低眉搭眼地走到公公跟前，递上饭碗，声音从喉咙里挤不出来。她又端起一碗饭，送到勤娃跟前："吃饭……"

勤娃翻过身，一拳把碗打翻了，破碎的碗片，细长的面条，汤汤水水在脚地上泼溅。

他恨她恨得咬牙，打她的耳光，撕扯她的头发。晚上，脱了衣服，他在她的身上乱打。打得好狠，那双自幼打土坯练得很有功力的胳膊，在她的身上留下一坨坨黑疤和红伤。他不心疼，觉得一阵疯狂地发泄之后，心里稍稍畅缓一些。她不躲避，忍受着应该忍受的一切报复，这是应该的。她只是捂着脸，不要让那双铁锨一样硬邦的手给她脸上留下伤痕，身上任何地方，有衣服遮着，让他打好了。

康田生坐在自己的小屋里，听着前边厦屋里儿子抽打媳妇的响声，坐不住了，那每一声，就像敲在他的心口。他走出门，蹲在门前的小碌碡上，躲避那不堪卒听的响声。可是，一袋烟没有抽完，他又跳下碌碡，走进小院了，他不敢离远，万一闹出意外的事来就更怕人了。

春光是明媚的，阳光是灿烂的，房屋上空的榆树和椿树的叶子绿得发青，岭坡上的桃花又接着败落的杏花开得灿红了。而这个岭坡下的庄稼小院里，空气清冷，阳光惨淡，春风不止。

整整三天过去了。

儿子和媳妇都失了脸形，康田生本人也因焦虑和减食而虚火上升，眼睛又黏又红，像胶锅一样睁巴不开了。他愈加想到这个破裂的家庭里，自己所负的支撑者的责任了。怎么劝儿子，又怎么劝媳妇呢？他一看见儿子痛不欲生的脸相，自己已经难受得撑挂不住，哪里还有话说得出来呢？他知道儿子遇到的不幸在人生中有多重的分量。对于儿媳，那张他曾经十分喜欢的红润的脸膛，如今连正眼瞧一瞧的心情也没有，看了叫人恶心！老汉抽着烟，睁巴着黏糊糊的眼睛，寻思怎么办。对儿媳再恨再厌，他不能像儿子那样不顾后果地愣下去。他想和什么人讨讨对策，然而不能，即使村长也不能商量，这样的丑事，能说给人听吗？他终于想到了表兄和表嫂，那是自己的顶亲的亲戚，勤娃的养身父母，最可信赖的人了。

他仍然觉得不敢离开这个时刻都可能出事的家，让顺路上岭去的人把话捎给表兄，无论如何，要下岭来一趟，勤娃病了，病中想念舅舅……

十一

"就这。"康田生把家中发生的不幸从头至尾叙说一遍，盯着表兄的长眉毛下的明智的眼睛，问，"你说现时咋办呀？"

"好办。"表兄一扬头，"把勤娃叫来。"

勤娃走进来了，眼睛跌到坑里了，一见舅舅，扑到当面，"呜"的一声哭了。田生老汉把头拧到一边，不忍心看儿子丧魂落魄的颓废架势。

"头扬起来！甭哭！"舅父严厉地说，"二十岁的大人了，哭哭溜溜，啥样式嘛！"

"我……我不活了……"勤娃一见舅舅，心里的酸水就涌流不止，用拳头砸着自己的脑袋，"我……哎……"

舅父伸开手，啪啪，两记耳光，抽到勤娃鼻涕眼泪交流着的扭曲的脸上，厉声骂："指望我来给你说好话吗？等着！"

勤娃哭不出来了，呆呆地低着头站着。

康田生吃惊了，瞅着表兄下巴上一撅一撅的花白胡须，没见过表兄这样厉害呀！他忙把勤娃拉开，按坐在小木墩上。

"你妈死得早，你爸咋样把你拉扯这大？亲戚友人为你操了多少心？你长得成人了，人高马大了，不说成家立业，倒想死！"舅父训斥起来，"死还不容易吗？眼一闭，跳到河里就完了。值得吗？"

父子二人默声静息，不敢插言。

"那——算个屁事！"舅父把那件丑事根本不当一回事，"大将军也娶娼门之妻！我在河北财东家杂货铺当相公，掌柜的婆娘就和人私通，掌柜的招也不招，只忙着生意赚钱！咱一个乡村庄稼汉，比人家杂货铺掌柜还要脸吗？"

勤娃似乎一下子才醒悟，这样的丑事绝不是他康勤娃一个人遇到了，比他更体面的人也遇到了。他讷讷地说："我心里恶心……像吃了老鼠……"

"事情……当然不是好事。"舅父把话转回来，"这号丑事，张扬出去，你有啥光彩？庄稼人，娶个媳妇容易吗？那不是一头牛，不听使唤，拉去街上卖了，换一头好使唤的回来。现时政府里提倡婚姻自由，允许离婚，你离了她，咋办？再娶吗？你一个后婚男人，哪儿有合适的寡妇等着你娶？即使有，你的钱在人家土壕里，一时三刻能挣来吗？啊？遇到事了，也该前后左右想想，二十岁的人啦，哭着腔儿要寻死，你算啥男子汉……"

"对对对！实实在在的话。"康田生老汉叹服表兄一席切身实际的道理，自愧自己这几天来也是糊涂混乱了，劝儿子说，"听着，你舅的话，对对的。"

"吃了饭，出去转一转，心眼就开畅了。"舅父说，"明天把石夯扛上，出去打土坯！舅不死，就是想看见你把瓦房撑起来。"

勤娃苦笑一下，这是他近日来露出的头一张笑脸，尽管勉强又苦楚，仍然使老父亲心里一亮啊！

"记住——"舅舅瞅瞅勤娃，又瞅一眼康田生，压低声音叮嘱，"再甭跟任何人提起这事。你祖祖辈辈子子孙孙都在康家村，门面敢倒吗？"

康田生连连点头。

"勤娃。"舅舅叫他的名字，悄声郑重地说，"在外人面前概不提起，在屋里可不敢松手！女人得下这号瞎毛病，头一回就要挖根！此病不除，后祸无穷！"

听着舅舅前后不大统一的话，勤娃这阵儿才真正叹服了，睁着苦涩的眼睛，盯着舅父花白胡须包围中的薄嘴唇，等待说出什么拯救他拔出苦海的好法子来。

"你——再甭打她了。你打得失手，她寻了短见，咋办？再说，打得狠了，她记恨在心，往后怎样过日子？"舅父说，"你去找她娘家人，让她爹娘老子收拾她，治她的瞎毛病。省得……"

"唔唔唔，好好好！"康田生老汉对于表兄的所有谈话都钦服，一生只会摔汗水出笨力的老土坯客，对于精明一世的表兄一直尊为开明的生活的指导者，"我当初想过这一招儿，又怕伤了亲戚间的和气……"

"他女子做下伤风败俗的事，他还敢嘴硬！"舅父说着，特别叮嘱勤娃，"这件事，不能松饶了她；可跟人家爹娘说话，话甭伤人……"

勤娃点点头，感激地盯着舅父。这个养育他长大，至今还为他的不幸费心劳神的长辈人，似乎比粗笨的亲生父亲更可亲近了。

舅父站起来，在门口朝前院喊："玉贤——"

玉贤轻手轻脚走到舅父面前，低头站住，声音柔弱得像蚊子："舅——你老儿……来咧！"

"快去给舅做饭。"他像什么事也不知道，也或者是什么都知道了而毫不介意，倚老卖老地说，"吃罢饭，你爸和勤娃还要劳动哩！"

十二

半缺的月亮挂在河湾柳林的上空，河滩稻田秧圃里，蛙声此起彼伏，更显出川道里夜晚的幽静。勤娃迈开大步，跳过一道道灌溉水渠，沿着河堤走着。他避开土路，专门选择了行人罕至的河滩，要是碰见熟人，问他夜晚出村做啥，可能要引起猜疑的。

他憋着一口闷气，想着见了丈人和丈母娘，该如何开口说出他们的女儿所做下的不体面的丑事？舅父教给他的处理此事的具体措施，似乎是一种束缚，按他的性儿，该是当着她家老人的面，狠狠骂一顿他们的女儿辱没了家风。他走进熟悉的吴庄村了。

这样的夜晚赶到亲戚家里去，本身就是一种不祥的征兆。丈人吴三，丈母娘和丈人家哥，一齐围住他，六只眼睛在他脸上转，搜寻和猜测着什么，几乎一齐开口问：屋里出了什么事？这么晚赶来，脸色也不好……

勤娃看着老人担惊受怕的样子，心里忽地难受了。因为给吴三打土坯而订下了他的女儿，婚前婚后，两位老人对他这个女婿是很疼爱的。常常在他面前说，玉贤要是有不到处，你要管她，打她骂她都成。他们是正直的庄稼人，喜欢勤娃父子的勤劳和本顺，很满意地把自己的小女儿嫁给他了。往常里，丈母娘时不时地用竹条笼提来自己做下的好吃食……现在，事情却弄到这样的地步，他们听了该会怎样伤心！

勤娃看着两位老人惊恐的眼色，说不出口了，路上在心里聚起的闷气，跑光了。他猛地双手抱住头，长长地唉叹一声，几乎哭了。

"有啥难处，说呀！"丈母娘急切地催促。

"唉——"勤娃又叹出一声，实在太难出口了。

丈人吴三坐在一边，不再催问。他从勤娃的神色和举动上，判断出了什么，就吩咐站在一边的儿子说："你去，把你妹叫回来！"

丈人家哥走出门，他觉得话好说了，这才哽哽巴巴，把玉贤和冬学教员的事说了。丈母娘羞惭得骂起来，老丈人吴三却气得浑身颤抖，跌坐在椅子上，说不出话了。

"我回呀！"勤娃告辞，"女儿出门，怪不了老人。我不怪你二老，你们对我好……"

"甭走！"丈人拉住他，"等那不要脸的回来再说！"

勤娃坐下了。

"你狗日做下好事了！"吴三一看见走进门来的女儿，火暴性子就发作了，"你说……"

玉贤站在当面，勾着头，不吭声。

这种不吭声的行为本身，就证明了勤娃说出的那件丑事的可靠性。吴三火起，两个巴掌就把女儿打倒了。

"甭打！爸……"勤娃拉住丈人爸的胳膊。

"不争气的东西！"丈母娘在一旁狠着心骂，"在娘家时，我给你说的话，全当刮风……"

"狗日至死再甭进俺家的门！"丈人哥骂。

玉贤没有同情者，在这样的家庭里，她不指望任何人会替她解脱。她的父母，都是要脸面的正经庄稼人。她做下辱没他们门庭的丑事，挨打受骂是当然的。她躺在地上，又挣扎站起。

"跪下！"吴三吼着。

玉贤太屈辱了，当着勤娃和父母哥哥的面，怎么跪得下去呢？这当儿，父亲吴三一脚把她踢倒，她的腿腕儿疼得站不起来了。

吴三从墙上取下一条皮绳，塞到勤娃手里："勤娃，你打——"

勤娃接住皮绳，毫不迟疑地重新挂到墙上的钉子上，劝慰吴三："算哩……"

丈母娘向勤娃暗暗投来受了感动的眼光。

吴三又取下皮绳，一扬手，抽得只穿件夹衣的玉贤在地上滚翻起来，惨痛而压抑的叫声颤抖着。

勤娃自己在打玉贤的时候，似乎只是被一股无法平息的恶火鼓动着。当他看着丈人挥舞皮绳的景象，他的心发抖了，看着别人打人，似乎比自己动手更觉得残忍。他抱住了吴三的手。

"甭拉！让我把这丢人丧德的东西打死！"吴三愈加上火，扑跳得更凶，"你不要脸，我还要！"

勤娃猛然想到，他刚才不该留在这儿。丈人留他，就是要当着他的面，教训女儿，以便在女婿面前，用最结实的行为，洗刷父母的羞耻。他要是不在当面，吴三也许不至于这样手狠。他劝劝吴三，就硬性告别了。

十三

玉贤吹了昏黄的煤油灯，脱完衣服，就钻进被窝里了，她怕母亲看见她身上的不体面的伤痕。母亲似乎察觉了她的行为的用心，从炕的那一头爬起来，"嚓"的一声划着了火柴，煤油灯冒着一柱黑烟的黄焰，把屋子里照亮了。

母亲揭开她盖的被子，"哎哟"一声，就抱住她的浑身四处都疼痛的身子，哭了。她的身上，腿上，有勤娃的拳头留下的乌蓝青紫的淤血凝固的伤迹，又摞上了父亲用皮绳刚刚抽打过的印痕，渗着血。她是母亲身上掉下来的肉，母亲心疼自己的骨肉，哭得很伤心。

玉贤没有想流眼泪的心情，疼是难以忍受的疼啊！凡是被拳头或皮绳抽击过的皮肉，一挨着褥子，就疼得想翻身，翻过去，那边仍然疼得不能支撑身体的重压。可她没有哭。那天晚上勤娃的突然敲门，她吓蒙了，此后所发生的一切，似乎是在梦中，直到她的阿公粗手笨脚地把一根生锈的大号钢针从鼻根下直插进牙缝，她才从另一个世界回到她觉得已经不那么令人留恋的庄稼小院。现在，母亲的胸部紧紧贴着她的肥实的臂膀，眼泪在她的脖根上流着。她不想再听母亲给她什么安慰。她想静静地躺着，静静地想想，她该怎么办。在和勤娃住了近半年的新房里，她不能冷静地想，时时提心那铁块一样硬的拳头砸过来，甚至在夜晚睡熟之际，他心里怄气，会突然跳起，揭开被子，把她从梦中打醒。现在，她的父亲吴三当着勤娃的面，打了，也骂了，给自己挽回脸面了。她应该承受的惩罚已经过去，她想静静地想一想，往后怎么办？

"唉……嗨嗨嗨嗨嗨……"母亲低声饮泣，胸脯颤动着。她生下这个女儿，用奶水把她养得长出了牙齿，就和大人一样啃嚼又硬又涩的玉米面馍馍了。她和吴三虽则都疼爱女儿，却没有惯养。自幼，她教女儿不要和男娃娃在一起耍；长大了，她教女儿做针线，讲女人所应遵从的一切乡俗和家风。一当她和吴三决定以三石麦子的礼价（当时顶小的价格），约定把女儿嫁给土坯客的儿子的时候，她开始教给女儿应该怎样服侍公婆，特别是没有婆婆的家里，应该怎样和阿公说话，端饭，倒尿盆，应该怎样服侍丈夫，应该怎样和隔壁邻居的长辈相处，甚至，平辈兄弟们少不了的玩笑和戏闹，该当怎样交付……家内家外，内务外事，她都叮嘱到了，而且不止一次。"教女不到娘有错。"她教到了，玉贤也做到了。在玉贤婚后几次回娘家来，她都盘问过，很满意。从康家村的熟人那里打听来的消息，也充分证明土坏客家的新媳妇是一个贤惠的好媳妇。可是，怎么搞的，突然间冒出来了这样最糟不过的丑事……母亲流完了眼泪，就数落起来："你明明白白的灵醒娃嘛，咋的就自己往泥坑屎坑里跳？"

已经跳下去了，后悔顶啥用呢？玉贤躺在母亲身边，心里说，我死都死过一回了，现在还想用什么后悔药治病吗？

"你上冬学的事，为啥不给我说？"母亲追根盘底，"你个女人家，上学做啥？认得俩字，能顶饭吃，能当衣穿？人自古说，戏房学堂，教娃学瞎的地方……你上冬学上出好名堂来咧！"

她仍然不吭声。她需要自己想想，别人谁也不了解她的心情和处境。

"给你定亲的时光，我托你姨家大姑在康家村打听了，说勤娃父子都是好人。老汉老好，过不了十年八载，过世了，全是你和勤娃的家当。勤娃老实勤谨，家事还不是由你？这新社会，不怕孬人恶鬼，政府爱护老实庄稼人。你哪一样不满意？胡成精？"母亲开始从心疼女儿的口气转换为训诫了，"人嘛！图得模样好看，能当饭吃？我跟你爸过伙的时候，总看他崩豆性子不顺心，一会儿躁了，一会儿笑了。咋样跟这号人过日月？时间长了，我揣摸出来，你爸人心好，又不胡乱耍赌纳宝，为穷日子卖命。我觉得这人好哩！娃家，你甭眼花，听妈说，妈经的世事……"

她不分辩，也不应诺，静静地躺着。

"在咱屋养上十天半月，高高兴兴回家去，给你阿公赔不是，给勤娃说说好话。"母亲说，"往后，安安生生过日子，一年过去，没事了。人心都是肉长的嘛！"

母亲不再说话，叹息着，久久，才响起鼾息声。

玉贤轻轻爬起，移睡到炕的那一头。

屋里很黑，很静，风儿吹得后院里的树叶嚓嚓地响。

当她被蒙着眼脸抬到一个陌生的地方，被陌生的女人搀进一个陌生的新的住屋，揭去盖脸红布，她第一眼看见了将要和她过一辈子日月的陌生的男人。她心跳了，却没有激动。这是一个长得普普通通的男人。不好看也不难看，不过高也不过矮。几个月来的夫妻生活，她看出，他不灵也不傻。她对他不是十分满意，却也不伤心命苦。对给她找下这样的女婿的父母，不感激也不憎恶。他跟麦子地里一根普通的麦子一样，不是零星地高出所有麦子的少数几棵，也不是夹在稠密的麦稞中间那少数的几枝矮穗儿。他像康家村和吴庄众多的乡村青年一样普普通通。她也将和那许多普普通通的青年的媳妇一样，和勤娃过生活。自古都是这样，长辈和平辈人都是这样定亲，这样撮合一起，这样在一个炕上睡觉，生孩子……

她第一眼看见杨老师的时候，心里就惊奇了。世上有穿戴得这样合体而又干净的男人！牙齿怎么那样白啊！知道的事情好多好多啊！完全不像乡村青年小伙们在一起，除了说庄稼经，就是说粗俗的男人和女人之间的酸话。杨老师留着文明头发的扁圆脑袋里，装着多少玉贤从来也没听说过的新鲜事啊！苏联用铁牛犁地，用机器割麦，蒸馍擀面都是机器，那是说笑话吗？烂嘴七婶当面笑问：生娃也用机器吗？杨老师就把那些能犁地能割麦的照片摊给大家看，并不计较七婶烂嘴说出的冒犯的话。他总是笑眯眯的，笑脸儿，笑眼儿，讲话时老带着笑，唱歌时也像在笑。

她对他没有邪心。她根本不敢想象这样高雅的文明人，怎么会对她一个乡村女人有"意思"呢？她第一次感受到他的不寻常的目光时，他捉着她的手写翻身的"翻"字时，她都没有敢往那件事上去想。直至他接饭碗时连她的手指一起捏住，她也只想到他是无意的，直到他一把搂住她的腰，她瞬息间就把这些事统一到一起了。她没有拒绝，因为突然到来的连想也不敢想的欢愉，使她几乎昏厥了。

"我爱你，妹妹……"

他说了这句话，就把嘴唇压到她的嘴唇上。那声音是那样动人的心，她颤抖着，本能地把自己戴着石镯的手勾到他的肩头上。

她从来没有听一个男人这样亲昵地把她叫妹妹，也没人说过"爱"这个字。勤娃只说过"我跟你好"这样的话，没有叫过她"妹妹"。勤娃抚摸她身体的手指那么生硬。杨老师啊……

她挨勤娃的拳头，咬牙忍受了。她是他的女人，他打她是应该的。父亲打她，也咬牙忍受了，她给他和母亲丢了脸，打她也是应该的。可是，她虽然浑身青痕红斑，却不能把自己再和勤娃连到一起。她为可亲的杨老师挨打，她没有眼泪可流。

她如果能和勤娃离婚，和杨老师结婚的话，她才不考虑丢脸不丢脸。婚姻法喊得乡村里到处都响了，宣传婚姻法的大体黑字写在庄稼院房屋的临街墙壁上，好些村子里都有被包办婚姻的男女离婚的事在传说。她和杨老师一旦正式结合，那么还怕谁笑话什么呢？如果不能和杨老师结婚，继续和勤娃当夫妻，那就一辈子要背着不能见人的黑锅了。

她得想办法和杨老师再见一面，把话说准，之后她就到乡政府去提出离婚。现在无法再上冬学了，和杨老师见一面太难了，但总得见一面。不然，她心里没准儿，怎么办呢？

在康家村要找到和杨老师见面的机会，是不可能的。在娘家，比在阿公和勤娃的监视下要自由得多。杨老师是行政村的中心小学教员，在桑树镇上，想个借口到镇上去，越早越好……

十四

爷儿俩半年来又第一次自造伙食了。老土坯客看着儿子蹲在灶锅前点火烧锅，沤出满屋满院的青烟，重手重脚拌磕得碗瓢水桶乒乓响，心里好难受。昨晚，他坐在炕头上，等见勤娃从丈人家告状回来，叙说了经过。他对吴三的仗义的行为很敬佩，心里又暗暗难过。相亲相敬的亲家，以后见了面，怎么说话呢？他痛恨这个外表看来腼腆，内里不实在的媳妇，给两个安生本顺的庄稼院平生出一场祸事。他更恨那个总是见人笑着的杨先生，你狗日为人师表，嘴里讲什么男女平等，婚姻自由，难道就是让你自由地去霸占老实庄稼人的女人吗？他恨得咬牙！三五天来家庭剧烈的变化，给饱经过孤苦的老土坯客的刺激太沉重了，他一生中命运不济，性情却硬得近乎麻木，对于一切不幸和打击，不哭也不哀叹。可是，当生活已经充满希望的时候，完全不应出现的祸事却出现了的时候，老汉简直气得饭量大减，几天之间，白发增多了。他恨那个给他们家庭带来灾难的白脸书生！后悔那天晚上拦阻勤娃太早了；虽然不敢打死，至少应该砸断狗日一条腿！

他活到五十多了，不图什么，只图得有吃有穿，儿辈可靠。可是，如今却成了这样不酸不甜的苦涩局面了。

勤娃烧好开水，把两个蒸馏得热透的馍馍送到老汉面前，老汉忽然想到自己在刚刚死了女人以后，不习惯地烧锅做饭的情景，难道儿子勤娃又要钻厨房拉一辈子"二尺五"了吗？啊啊！老汉看见儿子愁苦的面容，几乎流下泪来。

勤娃拿了一个馍馍，夹了辣椒，远远地蹲在门外的台阶上，有味没味地慢腾腾地嚼着。

他担心勤娃，比自己要紧。他迅即抑制住自己的感情波动，用五十多岁老人的理智和儿子说话：

"勤娃——"

"嗯！"勤娃应着。

"明天出门打土坯去。"老汉说，"她爸她妈指教过她了，算咧！只要日后好好过日月，算咧。"

"……"

"人么，错了要能改错，甭老记恨在心。"他劝慰，"咱的家当还要过。你舅的话是明理。"

勤娃没有吭声。老汉从屋里走出来，想告诉儿子，他已经给他在南围墙村应承下打土坯的活路了。这时村长走进门来，后面跟着一位穿制服的女干部，胸膛上两排大纽扣。

"老哥，这是县文教局程同志，想跟你拉一拉家常。"村长说，"你们谈，我走了。"

"我叫程素梅。"程同志笑着介绍自己，很大方地坐到老汉炕边上，态度和蔼，和蔼得叫见惯了旧社会官人们凶相的老土坯客反倒不知如何是好了。她说，"我想来和你老儿坐坐。"

老汉心里开始在猜摸，程同志究竟找他来做啥？一般乡上县上的干部来了，总是和村长接手，和他一个只会打土坯的老汉有啥家常好拉的呢？

她问他家里都有什么人，分了几亩地，和谁家互助，老汉都答了。最后，程同志把弯儿绕到老汉最担心的那件事上来了，果然。

"没有啥！"老汉的嘴很有劲地回答，"杨先生教妇女识字有没有啥问题，咱不知道咯！咱一天掮上石夯打土坯，谁给管饭就给谁家卖力，咱没见过杨先生的面，光脸麻子都不知……"

"勤娃同志，你没听人说什么吗？"程干部转脸问，"甭怕。"

勤娃摇摇头。

"康大叔，你老儿心放开。"程同志说，"新社会，咱们把恶霸地主打倒了，穷人翻了身，可不能允许坏人再欺侮庄稼人，糟蹋党的名誉。咱们的干部，有纪律，不准胡作非为……"

这些话说得和老汉的心思刚刚吻合，他觉得这个清素淡雅的女干部完全是可以信赖的，可以倾诉自己一生的不幸和意料不到的祸事。可是，他的话出口的时候，完全是另外的意思：

"杨先生胡作非为不胡作非为，咱不知道嘛！他在哪里胡作来，在哪里非为来，你到哪里去查问。咱不知情咯！"

老汉忽然瞧见，勤娃的脸憋得紫红，咬着嘴唇，担心儿子受不住程同志诚恳的劝导，一下子说出那件丑事，就糟了。新社会共产党的纪律虽然容不得杨先生的胡作非为，可自己一家的名声也就彻底臭了！他急中居然不顾礼仪，把儿子支使开：

"南围墙侯老七等你去打土坯。快去，再迟就要误工了。"

勤娃猛地站起，恨恨地瞅了父亲一眼，走出门去，撞得旧木板门咣啷一声响。

"这娃性子倔……"老汉不自然地掩饰说，盼她快点走。横在老汉心头的这一块伤疤，无论是恶意地撞击，抑或是好心地抚慰，都令人反感，任何触及都是难以忍受的痛苦。

"没关系。回头我再来。"程同志很耐心地说。

"甭来了。"老汉很不客气地拒绝，心里说，你一个穿戴和庄稼院女人明显不同的公家干部，三天五天往我屋跑，那还不等于告诉康家村人，康田生屋里出了啥事啊？老汉今天一见到她，心里的负担又添了一层，意识到这件丑事，尽管尽力掩盖，还是闹出去了，要不，县上的这位女干部怎么会来到他的小院呢？即使外面有风传，他们一家也要坚决捂住。"咱庄稼人忙。实在是……我跟勤娃，啥也不知道咯！"

程同志脸上明显现出失望的神色。失望归失望，却不见反感或厌恶。她是做党的干部纪律的监督工作的。严肃的职业使她年龄轻轻儿就已经养成严肃而又和蔼的禀性。此类问题在她的工作中，不是第一次，不说庄稼人吧，即是觉悟和文化都要高一级的工人和干部，在这样的丑事临头的心理矛盾中，往往也是同样首先顾及自己和儿女的名声。这样，就把造成他们家庭不幸的人掩蔽起来了。

十五

紧张的体力劳动，给心里痛苦痉挛着的庄稼汉勤娃以精神上极大地解脱。他走进侯七家打土坯的土壕，胳膊无力，腿脚懒散，浑身的劲儿叫不起来。侯七在一旁给木模装土，不断投来怀疑的不太满意的眼光。勤娃像受了侮辱——勤劳人的自尊。他暗暗骂自己一声，提起石夯，砸了下去，一切烦恼暂时都被连珠炮似的石夯撞击声冲散了。

劳动完了，烦恼的烟云又从四面八方朝他的心里围聚。吃罢晚饭，他快快地告诉侯七，自个有病了，另找别人来打土坯吧！侯七盯着面色郁闷的勤娃，没有强留。他扛着木模和石夯走出村来。

勤娃懒散地移着步子，第一次不那么急迫地往家赶了；赶回家去干什么呢？甭说玉贤不在家，即使在，那间小厦屋也没有温暖的诱惑力了。

浪去！勤娃鼓励自己，一年四季，除了种庄稼，农闲时出门打土坯，早晨匆匆去，晚上急忙回，挣那么几块钱，从来舍不得买一个糖疙瘩，一五一十全都交到她手里，让她积攒着，想撑三间瓦房……太可笑了！你为人家一分一文挣钱，人家却搂着野汉睡觉……去他妈的吧！

勤娃已经叉开通康家村的小路，走上官路了。

这样恼人的丑事，骂不能骂，说不敢说；和玉贤关系好不能好，断又断不了，这往后的日月怎么过？既然程同志赶到家里来查问，证明他的父亲和舅舅要他包住丑事的办法已经失败，索性一兜子倒出来，让公家治一治那个瞎熊教员，也能出口气。可是，他爸却一下把他支使开了。

勤娃开始厌恶父亲那一副总是窝窝囊囊的脸色和眼神。窝囊了一辈子，而今解放了，还是那么窝囊。他啥事都首先是害怕，不敢高声说话，不敢跟明显欺侮自己的人干仗，自幼就教勤娃学会忍耐，虽然不识字，还要说忍字是"心上能插刀刃"！他现在有些忍不住了！

沿着官路，踽踽走来，到了桑树镇了。

夜晚的乡村小镇，街道两边的铺店的门板全插得严严的，窗户上亮着灯光，街上行人稀少。勤娃终于找到了可以站一站的地方，那是客栈了。

门里的大梁上吊着一盏大马灯，屋里摆着脚客们的货包。大炕上，坐着或躺着一堆操着山里口音的肩挑脚客。

"啊呀！这是勤娃呀？"客栈掌柜丁串串吃惊地睁大着灵活的小眼睛，"来一碗牛肉泡饼，还是荤油臊子面？"

"二两酒。"勤娃说，"晚饭吃过了，再来一碟花生豆儿。"

"啊呀，勤娃兄弟！"丁串串愈加吃惊了，"好啊！我知道，这二年庄稼人翻身了，村村盖房的人多了，你打土坯挣钱的路数宽了！好啊！庄稼人不该老没出息，攒钱呀，聚宝呀！临死时一个麻钱，一页瓦片也带不到阴间！吃到肚里，香在嘴里，实实在在……掌柜的，给康家勤娃兄弟看酒……"

丁串串长得矮小、精瘦，声音却干脆响亮，说话像爆豆儿，没得旁人插言的缝隙。他唤出来的，是他的婆娘，一个胖墩墩的中年女人，同样笑容满面地把酒壶和花生摆到勤娃的面前了："还要啥？兄弟。"

"吃罢再说。"勤娃坐下来。

花生米是油炸的，金红，酥脆，吃到嘴里，比自家屋里的粗粮淡饭味儿好多了。酒也真是好东西，喝到口里，辣刺刺的，进入肚里以后，心里热乎乎的。接连灌了三大盅，勤娃觉得心里轻松多了。怪道有钱人喜时喝酒，闷时也喝酒！他觉得那股热劲从心里蹿起，进入脑袋了，什么野汉家汉，丑事不丑事，全都模糊了，也不显得那么重要了。

"再来二两！"勤娃的声音高扬起来，学着丁串串的声调，呼唤女掌柜，"掌柜的，买酒！"

女掌柜扭动着肥大的臀部，送上酒来，紧绷绷的胖脸上总是笑着。勤娃从腰里掏出一卷票子，抽出两张来，摔到桌上，好大的气派！女掌柜伸手接住钱，眼睛却直勾勾地盯着他把那一卷票子塞到腰里去。

"还有床位么？"勤娃干脆捉住白瓷细脖酒壶，直接倒进喉咙，咂咂嘴，问着还站在旁边的女掌柜。

"有啊！"女掌柜满脸开花，"要通铺大炕，还是单间？兄弟倒是该住单间舒服。"

"好啊！我住单间。"勤娃满口大话，一壶酒又所剩不多了，支使女掌柜，"给我开门去！"

他妈的，我康勤娃也会享福嘛！酒也会喝，花生豆儿也会吃。往常里倒是太傻了哩！

"勤娃兄弟，床铺好了——"女掌柜在很深的宅院里头喊。

"来了——"勤娃手里接着酒壶，朝院里走去。脚下有些飘，总是踩踏不稳，又撞到什么挡路的东西上头了，胳膊也不觉得疼。那些坐着或躺在通铺大炕上的山里脚客，在挤眉弄眼说什么，勤娃不屑一顾地撇撇嘴角。这些山地客，可怜巴巴地肩挑山货到山外来卖钱，只舍得花三毛票儿躺大炕，节省下钱来交给山里的婆娘。可他们的婆娘，说不定这阵也和谁家男人睡觉哩……

"在哪儿？"勤娃走进昏黑的狭窄的院道，看着一方一方相同的黑门板。

"在这儿。"女掌柜走到门口，"我给你铺好被子了。"

勤娃走到跟前，女掌柜站在窄小的门口，勤娃晃荡着膀臂进门的时候，胳膊碰到一堆软囊囊的东西，那大概是女掌柜的胸脯。

女掌柜并不介意，跟脚走进来："新被新床单，你看……"

勤娃一看，女掌柜穿着一件对门开襟的月白色衫子，交近农历四月的夜晚，已经很热，她半裸开胸脯上的纽扣，毫不在乎地站在当面，勤娃一笑："好大的奶子！"

"想吃不？"女掌柜嘻嘻一笑，一把扯开胸脯，露出两只猪尿泡一样肥大的奶头，"管你一顿吃得饱！"一下子搂住了勤娃。

勤娃本能地把脸贴到那张嬉笑着的脸上。

"瞎熊！"女掌柜又嘻嘻一笑，嗔声骂着，转过身，走出门去。

丁串串正好走到当面，站住脚。

"勤娃喝多了，在老嫂子跟前耍骚哩！"女掌柜说，丁串串哈哈一笑，忙他的事情去了。

勤娃往腰里一摸，啊，那一卷票子呢？啊呀！脑子里轰地一下，一瞬间的惊恐之后，他就完全麻木了，糊涂了。

"哈哈哈……啊哈哈哈哈！"勤娃从门里蹦出，站在院子里，"一把票子，几十块！只摸了一把奶！太划不来了……哈哈哈哈……"

他豁脚扬手，笑着喊着，从后院蹦到前房，又冲到门外。

"这瓜熊醉咧！"女掌柜也哈哈笑着说。

"大概屋里闹仗，生闷气。"男掌柜丁串串给那些山地脚客说，"这是方圆十多里有名的土坯客，一个麻钱舍不得花的人。今日一进门就不对窍嘛，大半是家事不和，看起来闹得很凶……"

丁串串说着，吩咐女掌柜："你去倒一碗醋来，给灌下去……"

十六

月亮半圆了，村外的田地里明亮亮的，似乎天总是没有黑严。玉贤匆匆沿着宽敞的官路走着，希望有一块云彩把月亮遮住，免得偶尔从官路上过往的熟人认出自己来。

经过一夜一天的独自闷想，她终于拿定主意：要找杨老师。在娘家屋比在勤娃家里稍微畅快些。一直到喝毕汤，帮母亲收拾了夜饭的锅灶，她才下定决心，今晚就去。

父亲一看见她就皱眉瞪眼，扔下碗就出门去了，母亲说到隔壁去借鞋样儿，她趁机出了门，至于回去以后怎样搪塞，她顾不得了。

桑树镇的西头，是行政村的中心小学，杨老师在那儿教书。月光下，一圈高高的土打围墙，没有大门，门里是一块宽大的操场，孤零零立起一副篮球架。操场边上长着软茸茸的青草，夜露已经潮起，她的脸面上有凉凉的感觉。

一排教室，又一排教室。这儿那儿有一间一间亮着的窗户，杨老师住在哪里呢？问一问人，会不会引起怀疑呢？黑夜里一个年轻女人来找男教员，会不会引起人们议论呢？

左近的一间房门开了，走出一位女教员，臂下夹着本本，绕下台阶过来了。她顾不得更多的考虑，走前两步，问："杨老师住哪里？"女教员指指右旁边一个亮着的窗户，就匆匆走了。

走过小院，踏上台阶，站在紧闭着的木门板外边，玉贤的心腾腾跳起来。她知道她的不大光明的行动潜藏着怎样不堪设想的危险结局，没有办法，她不走这一步是不行的。

她压一压自己的胸膛，稳稳神儿，轻轻敲响了门板。

"谁？"杨老师漫不经心的声音，"进。"

玉贤轻轻推开门，走进去，站在门口。杨老师坐在玻璃罩灯前，一下跳起来，三步两步走过来，把门闭上，压低声音问："你怎么这时候来了？"

他怎么吓成这样了呢？脸色都变了。

"见谁来没有？"杨老师惊疑不定地问。

"见一个女先生来。"玉贤说，"我问你的住处。"

"她没问你是谁吗？"

"问了"

"你怎样说的？"

"我说……是我哥哥……"

"啊呀！瞎咧！人家都知道，我就没有妹妹嘛！"杨老师的眼睛里满是惊恐不安，"唔！那么，要是再有人撞见问时，说是表妹，姨家妹妹……"

玉贤看见杨老师这样胆小，心里不舒服，反倒镇静了，问："杨老师，我明白，这会儿来你这儿不合时，我没办法了。我是来跟你商量，咱俩的事情咋办呀？"

"你说……咋办呢？"杨老师坐下来了。

"你要是能给我一句靠得住的话……"玉贤靠在一架手风琴上，盯着杨老师，认真地说，"我就和勤娃离婚！"

"那怎么行呢！"杨老师胡乱拨拉一把头上的文明头发，恐惧地说，"县上教育局，这几天正查我的问题哩！"

"我知道。"玉贤说，"今日后晌一位女干部找到我娘家，问我……"

"你咋样回答的？"杨老师打断她的话。

"我又不是碎娃，掂不来轻重……"

"噢！"杨老师稍微放心地吁叹一声，刚坐下，又急忙问，"不知到勤娃那里调查过没有？"

"问了。"玉贤说，"听她跟我说话的口气，他也没给她供出来……"

"好好好！"杨老师宽解地又舒一口气，眼里恢复了那种好看的光彩，走到她面前来，"真该感谢你了……好妹妹……"

"要是目下查得紧，咱先不要举动。"玉贤说，"过半年，这事情过去了，我再跟他离！"

"你今黑来，就是跟我商量这事吗？"

"我跟他离了，咱们经过政府领了结婚证，正式结婚了，那就不怕人说闲话了，政府也不会查问了。"玉贤说，"我想来想去，只有这条路。"

"使不得，使不得！"杨老师又变得惊慌地摇摇手，"那成什么话呢！"

"只要咱们一心一意过生活，你把工作搞好，谁说啥呢？"玉贤给他宽心，"笑，不过三日；骂，不过三天！"

"你……你这人死心眼！"杨老师烦躁地盯她一眼，转过头去说，"我不过……和你玩玩……"

"你说啥？"玉贤腾地红了脸，几乎不相信自己的耳朵，"这是你说的话？"

"玩一下，你却当真了。"杨老师仍然重复一句，没有转过头来，甚至以可笑的口吻说，"怎么能谈到结婚呢！"

玉贤的脑子里轰然一响，麻木了，她自己觉得已经站立不住，一句话也说不出来，嘴唇和牙齿紧紧咬在一起，舌头僵硬了。

"甭胡思乱想！回去和勤娃好好过日月！他打土坯你花钱，好日月嘛！"杨老师用十分明显的哄骗的口气说着，悄悄地告诉她，"我今年国庆就要结婚了，我爱人也是教员……"

他和她"不过是玩玩"！她成了什么人了？她至今身上背着丈夫勤娃和父亲吴三抽击过的青伤紫迹，难道就是仅仅想和他玩一玩吗？她硬着头皮，含着羞耻的心，顶过了县文教局女干部的查问，就是要把他包庇下来，再玩一玩吗，玉贤可能什么也没有想，却是清清楚楚看见那张曾经使她动心的小白脸，此刻变得十分丑陋和恶心了。

"我不会忘记你的好处，特别是你没有给调查人说出来……"杨老师这几句话是真诚的，"我……给你一点儿钱……你去买件衣衫……"

玉贤再也忍受不住这样的侮辱，一口带着咬破嘴唇的血水，喷吐到那张小白脸上，转身出了门……

十七

月亮正南，银光满地，田野悄悄静静。

玉贤坐在一棵大柳树下，缀满柳叶的柔软的枝条垂吊下来，在她头上和肩上摆拂。面前是一口装着木斗框架的水井，应该结束自己的生命了！一低头，一纵身，什么都不要想了！

也许明天早晨，菜园的主人套上牲畜车水的时候，立即就会发现她……十里八村的男人女人，就该有闲话好说了。啊啊！她将作为一个坏女人永远留在村民们的印象里……

她忽然想到了阿公，那个在她过门不到两月时光就把"金库"交给儿媳掌管的老人，小河一川能数出几个这样老好的老人呢！多少家庭里娶下媳妇，父子，兄弟，妯娌闹仗分家，不都是为着家产和金钱吗？她太对不住阿公了，如果能见一面，她会当面跪下，请求老人打她。那样，她死了，会轻松一些。

她想到勤娃了。他笨手笨脚，可搂起她的双臂是那样结实。他讷口拙舌，可说出的话没有一句是空的。他从外村打土坯回来，嘿嘿笑着，从粗布衫子的大口袋里头掏出钱来，很放心地交到她手上，看着她再装到阿公交给她的那只梳妆盒子里……

她对不起阿公和勤娃。她没脸面再去盯一眼这样诚心实意待她的人。她应该立即跳进井里去！

她对不住阿公和勤娃。应该在离开阳世的时候，对自己已经觉悟到的错事悔过，补一补心，再死也不迟啊！

她站起来，冷漠地盯一眼透着月光的井水，离开了。她从田间的小路重新走上官路，从桑树镇上穿过去，直接回家，免得回到娘家，父亲没完没了地责问，死了也该是康家的鬼！

玉贤走到桑树镇上了，街上已经空无人迹。经过客栈门前的时候，门口围着一堆人，嘻嘻哈哈，哄哄闹闹。她本想转过头去，这个客栈，早听人说过，是个乌七八糟的地方，丁串串开栈挣钱，婆娘卖身子挣钱。

"哎呀！喝了醋就醒酒了！"

"灌！"

"把鼻子捏住！"

又是什么人喝醉了，玉贤走过去了。

"我——不——喝！"

玉贤听到被灌着醋的喝醉了的人的吼声，猛然刹住脚——怎么像是勤娃的声音呢？

"毒——药——"

这回听真切了，是勤娃。天哪！他怎么跑到这个鬼栈里来了呢？她的心紧紧地收缩下沉，意识到她害得勤娃变成什么人了！

玉贤折回身，跑到人堆前，拨开围观的人堆；从门里射出的马灯的亮光里，看见勤娃被一个人紧紧挟住，丁串串正给他嘴里灌醋。勤娃咬着牙，闭着眼，醋水撒了一脸一胸膛，满身泥土。玉贤一下扑上去，抱住勤娃，哭喊出来："我的你呀……"

丁串串和众人停住手，议论纷纷。

玉贤扯起衣襟，擦了勤娃的脸，抓住一只胳膊，架在她的脖子上，另一只手紧紧搂住勤娃的腰，几乎把那沉重的身躯背在身上，拽着拖着，离开丁家栈子，走上了官路……

　　　　　　　　　　1982 年 9 月 18 日至 11 月 3 日写改于灞桥

蓝袍先生

　　我的启蒙老师徐慎行先生，年过花甲，早已告退，回归故里，住在乡下。他前年秋末来找我，多年不见，想不到他的身体还这样硬朗。

　　他住在原上的杨徐村，距我居住的小河川道的村子，少说也有二十里远，既不通汽车，也不能骑自行车。他步行二十余里坡路，远远地跑来，我的第一反应是要我帮他什么事情。他接过我递给他的茶水和卷烟，坐稳之后，首先说明他没有什么事，只是找我闲聊。他确实只是闲聊。整整一个下午过去，天色将暮时，他顶着一只细草帽又告辞了。他说他在三个多月前埋葬了老伴，过了百日，算是守完了节，心里实在孤寂得受不了，才突然想到来找我聊聊的。我信了他的话。老伴初逝，女儿出嫁，男娃顶班在县城小学教体育，屋里就剩下他一个人，怎能不感到孤独和寂寞！我心里也有一缕悲怜的气氛了。

　　腊月里，入冬以来的头一场好雪，覆盖了原坡和河川，解了冬旱，大雪封锁了道路，跑小生意的农民挂起秤杆，蒙住被子睡觉了。大雪初霁的中午，奇冷奇冷，徐慎行先生又走进我的院子，令我惊叹不已。他的身上和胳膊肘上，膝头和屁股上，沾着融雪的水痕和泥巴，两只棉鞋灌满了雪粒，湿溜溜的了，可以肯定，他在坡路上跌翻过不知多少回，又是孤独和寂寞得受不了了吗？

　　"我有一件事，要跟你商量。"

　　徐慎行先生呷了一口茶，就直截了当地开了口。他的脸上泛出红光，许是跋涉艰难累得冒汗的原因，而眼里却泛出一缕羞怯的神色，与六十岁人的气色很不协调。他终于告诉我，说是别人给他介绍下一个五十多岁的老婆，他已见过一面，颇以为合宜，可是两个女儿和儿子均是一口腔反对，没法说服他们。他自己当然不好直接与女儿商议，只好托亲友给儿女做解释。他的大女儿嫁到小河川道的周村，与我的住处相距不远，人也认识，于是就想让我去给他做大女儿的解释工作。

我不假思索，一口应承下来。

第二年春天，草木发芽了，一直没有见他的面，不知他的婚事进展如何，我倒有点惦念不下。我和他的大女儿以及女婿都是熟人，话可以敞开说，我说了许多条该办的好处，譬如徐老先生的吃饭穿衣问题，生病服药问题，家务料理问题，统都解决了，对于儿女们，倒是少了许多负担。又解释了儿女们最为担心的一个问题：老汉退职薪金的使用，会不会被那个老婆子揽光卡死了？终于使他们夫妇点了头，表示不再出面干涉，我也算是给启蒙老师尽了一点心。我随之就担心他的二女儿和儿子的思想通了没有？据说主要阻力在二女子身上，她不出面，却纵容唆使弟弟出面闹事……

徐慎行先生来了，时在河川和坡原上的桃花开得正艳的阳春三月。他一来，我从他的眼里流露出来的羞怯神色就猜出了结果。

"我想忙前把这事办了。"他说，"到时候，你能抽空来坐坐。"

我很乐意地接受了老师的邀请。

他坐下喝茶、抽烟，说那个老婆的脾气和身世。从他的语气里可以听出来，他是很满意的。说到她的人样，她的长相，他说能看出她年轻时很俊……

我实在想不到，夏收之后，他第四次来到我家的时候，又是一脸颓唐的神色，先叹息了三声，说那件事最后告吹了！

我很惊诧，忙问他，到底哪儿出了差错？谁又从中坏事了？

"谁也没有坏事，也没有啥差错——"他淡淡地说，"是我不办了！"

"为——啥？"我不得其解。

"唉——"他摇摇头，叹息着，不抬头，"我事到临头，又……"

既然他觉得不好开口，我也就不再强人之难，于是就聊起闲话。他轻轻摇着扇子，眯着眼，扯起他三十多年教书生涯中的往事，一阵阵叹息，一阵阵动情……

我送他走之后，心里很不好受，感到压抑，一种被铁箍死死地封锁着的压抑，使人几乎透不过气来，而他却在那道无形的铁箍下生活了几十年，至今不能解脱……

读耕传家

南原上的村庄，不论是千二八百户的大村，抑或是三二十家的小庄，村巷整齐，街道规矩，家家户户的街门沿街巷开设，坐北一律坐北，朝南一律朝南，这一家的东山墙紧紧贴着那一家的西山墙，而自家的西山墙又紧挨着另一家的东山墙，拥拥挤挤，不留间隙。俗话说，亲戚要好结远乡，邻居要好高打墙。家家户户在自家的庄院里筑起黄土围墙，以防鸡刨狗窜引起纠纷和口角。院墙临街的中间开门，门上很讲究修一座漂亮的门楼。

那儿的农民十分注重修饰门楼。日子富裕的人家修建砖木门楼，多数人家则是土木门楼。无力修建门楼的人家，就只好在土围墙上凿开一个圆洞，安一个荆条编织的篱笆门，防贼亦挡狗，生人进入任何一个村庄，沿着街巷走过去，一眼溜过两边高高矮矮的各姿各式的门楼，大致就可以划出各家的家庭成分了。不过，这是解放初期的旧话。现在，门楼的规模和姿式，已经与土改时定的那个成分关系不大了；如果按着旧的习惯去猜度，准会闹出牛头不对马嘴的笑话来。

门楼正中，一般都要挂门匾，门匾上镌刻四个大字。这四个大字的选择，实际是这个门楼里的庄稼主人的立家宣言。解放后，庄稼人心劲高涨，对门楼上的门匾的选择，免不了受时风的影响，土地改革时，好多人喜欢用"发展生产""发家致富"；合作化时又时兴"共同富裕""康庄大道"；三年困难时期又流行起"自力更生""勤俭持家"；及至"四清"和"文革"运动接连不断的十余年中，诸如"红日高照""万寿无疆""斗争为纲""真学大寨"等政治口号，确实风靡一时。

解放前门楼题匾的内容，可就单调得多了。凡是能修建得起砖木门楼或稍微像样的土木门楼的殷实人家，题匾上的立家宣言，十之八九都选用"耕读传家"四字，其用意是显而易见的。我们杨徐村，在南原上的稠如星海的乡村里，只算个中小型村庄，二百多户农家中，门楼修葺得最阔气的是大财东杨龟年家的。水磨青砖，雕梁画栋，飞檐翘角，俨然一座富丽堂皇的四角亭子。门楼下蹲着两只青石雄狮，墙上刻着飞禽走兽。门楼正中，在象征着吉祥永久的鹤鹿图像中，刻下四个篆体"耕读传家"的题字，与团团祥云相谐调。杨龟年的大儿子在咸宁县政府做官员，家里有百余亩河川水浇地，整整两槽高骡大马，真是有耕有读，宣言与实际相一致。其余那些虽然也能修得起土木门楼的殷实户，也东施效颦地题下"耕读传家"的门匾，却大都是有耕无读，名实不符，甚至一家老少尽是些目不识丁的粗笨庄稼汉子。但作为立家宣言，自然主要是照亮后世，无读书人的缺憾，必当由后辈人来弥补。

杨徐村另一户能修得起砖木门楼而且名副其实的"耕读传家"的人家，当推我家了。

我爷爷徐敬儒，对"耕读"精神的尊崇，甚至比杨龟年家还要纯粹。杨龟年的大儿子在县府供职，主要是为官而不从读了，二儿子从军耍枪杆子而鲜动笔杆子了；家里的庄稼全靠长工和短工播种和收割而无须杨龟年动手抬脚。我爷爷徐敬儒，那才是"耕读"精神的忠诚信徒和真正的实践者。

我爷爷徐敬儒，人称徐老先生，是清帝的最末一茬秀才，因为科举制度的废止而不能中举高升，就在杨徐村坐馆执教，直到鬓发霜染，仍然健坐学馆，也不知出于什么的思想影响，我爷爷把门楼上那副"耕读传家"的题匾挖掉了，换上一副"读耕传家"的题匾，把"耕"和"读"的位置作了调换。字是我爷爷亲笔写的，方方正正，骨架嶙峋，一丝不苟，真柳字体，再由我父亲一笔一画凿刻下来。我父亲初看时，还以为我爷爷笔下失误，问时，爷爷一拂袖子，瞪了爸爸一眼，没有回答。我父亲不敢再问，却明白了是有意调换而不属笔误，该当慢慢地去体味，低下头小心翼翼地凿刻起来。

更有一件蹊跷的事。我爷爷垂老之时，对我父亲兄弟三人作了严格分工，一人继承他坐学馆，体现"读"；二人做务庄稼，体现躬耕；世世代代，以法累推。这样的分工，兄弟三人还勉强接受得了，临到爷爷咽气时，又留下严格的家训，可以归纳为"三要三不要"的遗嘱。其训示曰：教书的只做学问，不要求官为宦；务农的要亲身躬耕，不要雇工代劳；只要保住现有家产不失，不要置地盖房买骡马。

兄弟三个瞪大眼睛，你瞅瞅我，我瞪瞪你，不知所措了。他们三个正当成年，早就想着齐心合力一展宏图，在杨徐村与杨龟年家争一争高低。近几年间，杨家兵强马壮，置田盖房，百业兴旺，已成为方圆十里八村新兴的富户。眼看着杨家小河涨水似的暴发起来，兄弟三人对父亲拘拘谨谨的治家方针早已多所不满，又不敢说，想不到老先生活着时限制他们的手脚，临走前还要把他们死死地捆绑在这点小家业上。老先生似乎早已揣摸算计到三个儿子的心数儿，怕自己走后儿孙们有恃无恐，干脆一句话说死：不遵从父训者，孽种也！不许给他上坟烧纸。兄弟三人只好委屈隐忍，不理解的也要执行，遵循老先生的遗训，耕田的亲身躬耕垄亩，坐馆的潜心静气研读圣贤诗书。村里人把我爷爷这种古怪的治家训诫编成顺口溜："房要小，地要少，养个黄牛慢慢搞。"当作笑话流传。

嗬呀！到得杨徐村一解放，杨龟年家耍枪杆子的老二死在解放军的枪口之下；当县官的老大囚在人民的监牢当中；家里的深宅大院，高骡子大马以及水地旱田全部分给杨徐村的贫雇农了。我至今也忘不了那个晚上的情景，我爸兄弟三个，捧着我爷的神匣，磕头作揖，又哭又笑，简直跟疯癫了一样。夜静以后，兄弟三个又跑到村后的祖坟里，趴在我爷的坟堆上，啃啊！扒啊！恨不得掘开坟墓，把留下"三要三不要"遗训的先知先觉的老祖宗的尸骨抱在怀里亲一百次！该怎样感激老祖宗——比诸葛孔明还要神明的老祖宗啊！亏得他早已看破红尘，留下严格的治家遗训，使得儿孙后辈免遭杨家的洪祸！我们家定为上中农成分，虽然不是工作组依靠的对象，却也不在被打击被孤立的剥削阶级的圈子里，这已经是万幸了！

我爷爷瞑目前五年，已经选定我父亲做他的接班人，去杨徐村的私塾坐馆执教。据说，老先生在长期的观察中，觉得我伯父工于心计，善于谋划，带一股商人的气数。二伯父脾气拗倔，合当是一介武夫。我父亲自幼聪灵智慧，既不像伯父那么诡，也不像二伯父那样倔，深得老先生钟爱器重，加之对我父亲的面相也满意（用我爷的话说，天庭饱满，眉高眼大，肤色滋润），于是就在他年过花甲之后，由我父亲坐上了私塾里那把黑色的令人敬慕的太师椅子。

我依稀记得，爷爷死后，父亲脱下了蓝色长袍，换上了一件藏青色布袍，一来表示给爷爷的亡灵守志守节服孝，二来标志着他已过而立之年，该当脱下青年时期的蓝色长袍了。我的印象十分深刻，爷爷死后，父亲似乎一下子变成了另一个人，那眉骨愈加隆起，像横亘在眼睛上方的一道高崖，眼神也散净了灵光宝气，纯粹变成一副冷峻威严的神气。在学堂里，他不苟言笑，在那张四方抽屉桌前，正襟危坐，腰部挺直，从早到晚，也不见疲倦，咳嗽一声，足以使那些调皮捣蛋的学生吓一大跳。来去学堂的路上，走过半截村巷，抬头挺胸，目不斜视，从不主动与任何人打招呼。别人和他搭话问候时，他只点一下头，脚不停步，就走过去了。回到家中，除了和两位伯父说话以外，与俩伯母和七八个侄儿侄女，从不搭话。除了两位伯父，没有不怕他的。

父亲从学堂放学回来，一进街门，咳嗽一声，屋里院里，顿然变得鸦雀无声，侄儿侄女们停止了嬉闹，伯母和母亲烧锅拉风箱的声音也变得低匀了。我和堂兄堂弟们要是打仗吵架，一不小心，父亲站在当面时，无须动手动脚，他只用眼一瞅，我们就都不敢出声了。他倒是从来不动手打孩子，可也从来不对任何人表示哪怕是少许的亲昵。我似乎比堂哥堂弟们更怯着父亲。

我现在唯一能解释父亲这种性格变化的原因，是爷爷死后父亲在这个十五六口人的大家庭里的地位的变化。爷爷死时，意外地打破了长子主事的传统法则，把全部家事委于父亲来统领。据说爷爷怕伯父太诡而远伤乡邻近挫兄弟，怕二伯父脾气暴烈而招惹家祸，于是就由排行最末的父亲统领这个家庭。他要领导两个哥哥和两个嫂嫂，要处理三兄弟三妯娌以及九个侄儿侄女和亲生儿子的种种矛盾，要处理这个家庭与远远近近几十家新老亲戚的关系，要处理与杨徐村二百多户同姓和异姓的乡邻的关系，真是太复杂了！我当时尚不能体味父亲的种种难处，只觉得他的脸上，笑颜永远消失了。

尽管父亲在这个家庭里严于律己——母亲、姐姐、弟弟以及我，宽以待人——伯父、伯母以及堂兄堂妹，家庭里的摩擦总不会间断，只是没有公开闹到分家的程度。大伯本来对父亲统领家事就觉得有失面子，再加上三条遗嘱死死捆住了他的手足，终日憋气。他的大儿子已经长大，意欲送到西安去学生意，因为父亲坚持遗训而不能成行，有气无处发泄，就哄唆直杠子二伯发难。父亲一切都看得明白，只是隐忍，不予理睬二伯的恶火，大伯也就无法了。

这样下去，终非久远之计，父亲不能眼看着这个以礼仪之风在全村享有最高乡誉的家庭，在自己手中闹出分崩离析的结局，令杨徐村人耻笑。他断然决定，从学堂里告退回家，统领家事。他自己在学堂执教，一心难为二用，顾了学堂顾不了家，顾了家庭又怕贻误人家子弟的学业。更重要的是，在他一天三晌坐在学堂里的时候，家里和地里，给大伯留下了毫无顾忌地唆弄是非的太大的时空环境。这样，在我刚刚交上十八岁的时候，父亲就把我推到他坐过的那把黑色的太师椅上了。

蓝袍先生

父亲选定我做他的替身去坐馆执教，其实不是临时的举措，在他统领家事以前，爷爷还活着的时候，就有意培养我作为这个"读耕"人家的"读"的继承人了。只是因为家庭内部变化的缘故，才过早地把我推到学馆里去。

我有一个姐姐，已经出嫁了。一个弟弟，脾气颇像二伯，小小年纪就显出倔拗的天性，做教书先生的人选，显然不大合适，"人情不够练达嘛"！父亲再无选择的余地，尽管我也是差强人意，也没有办法了。如果说父亲也暗藏着一份私心，此即一例：大伯父的二儿子灵聪过人，然而父亲还是选择了我。

读书练字，自不必说了，对我是双倍的严格。尤其是父亲有了告退的想法之后，对我就愈加严厉了，那柳木削成的木板，开始抽打我的手心，原因不过是我把一个字的某一画写得离失了柳体，或是背书时仅仅停磕了几秒钟。最重要的是，对我进行心理和行为的训练，目标是一个未来的先生的楷模。"为人师表！"这是他每一次训导我时的第一句话。

"为人师表——"父亲说，"坐要端正，威严自生。"

我就挺起胸，撑直腰杆，两膝并拢。这样做确实不难，难的是坚持不住。两个大字没有写完，我的腰部就酸酸的了，两膝也就分开了，猛不防，那柳木板子就拍到我的腰上和腿上，我立即坐直，几次打得我几乎从椅子上翻跌下去，回头一看，父亲毫不心疼地瞅着我。

"为人师表——"父亲说，"走有个走势。走路要稳，不急不慢。头扬得高了显得骄横，低垂则委靡不振。两目平视，左顾右盼显得轻佻……"

我开始注意自己走路的姿势。

"为人师表——"父亲说，"说话要恰如其分，言之成理。说话要顾及上下左右，不能只图嘴头畅快。出得自己口，要入得旁人耳……"

所有这些训导，对于我这样一个刚刚十七八岁的人来说，虽然很艰难，毕竟可以经过日渐长久的磨炼，逐步长进。最使我不能接受的，是父亲对我婚姻选择的武断和粗暴。

对于异性的严格禁忌，从我穿上浑裆裤时就开始了。岂止是"男女授受不亲"，父亲压根儿不许我和村里任何女孩子在一块玩耍，不许我听那些大人们在一起闲时说的男女间的酸故事。可是，在我刚刚十八岁的时候，父亲突然决定给我完婚了。他认为必须在儿子走进学堂之前做完此事，然后才能放心地让我去坐馆。一个没有妻室的人进入神圣的学堂，在他看来就潜伏着某种危险。

父亲给我娶回来多丑的一个媳妇呀！

婚后半个月，我不仅没有动过她一指头，连一句话也懒得跟她说，除了晚上必须进厢房睡觉以外，白天我连进屋的兴趣都没有。我却不敢有任何不满的表示，父母之命啊！

父亲还是看出了我的心意，有一天，把我单独叫进他住的上屋，神色庄严。

"你近日好像心里不爽？"

"没有。爸。"

"我能看出来。有啥心事，你说。"

"爸，没有。"

"那我就说了——你对内人不满意，嫌其丑相，是不是？"

"……不。"

我一直未敢抬头，眼泪已经忍不住了。

"这是我专意儿给你择下的内人。"父亲说。我没有想到。他说，"男儿立志，必先过得美人关，女色比洪水猛兽凶恶，且不说商纣王因褒姒亡国，也不说唐王因贵妃乱朝，一个要成学业的人，耽于女色，溺于淫乐，终究难成大器……"

我惊讶地抬起头，看了父亲一眼，那严峻的眉棱下面，却是满眼的赤诚，坦率的诚意，使我竟然觉是自己太不懂事了。大丈夫立国安家成学业，怎能贪恋女色！我长到十八岁，从来没有听过怎样对待婚娶的道理，父亲今天第一次坦诚地对我训导，我悟出人生的道理了。

父亲当即转过头，示意母亲。母亲从柜子里取出一件蓝袍，交给我，叫我换上了。我穿上那件由母亲亲手缝的蓝洋布长袍，顿然觉得心里咯噔一声，沉重起来，似乎一下子长大成人了！服装对于人，不仅是御寒的外在之物。穿起蓝袍以后，抬足举步都有一种异样的庄重的感觉了。

父亲领着我走出上房的里间，站在外间里。靠墙的方桌上，敬着徐家祖宗的牌位，爷爷徐敬儒生前留下一张半身照，嵌镶在一只楠木镜框里，摆在桌子的正中间。父亲亲手点燃大红漆蜡，插上紫香，鞠躬作揖之后，跪伏三拜，然后站在神桌一侧，朗声道："进香——"

我走前两步，站在神桌前头，从香筒里抽出五根紫香，轻轻地将一捋整齐，在燃烧着的蜡烛上点燃，小心翼翼地插进香炉，哆嗦的手还是把两支弄断了。重插之后，我垂首恭候。

"拜——"父亲拖长声喊。

我抱起双拳，作揖。

"叩首——"

我跪在祖宗神牌前，磕了三个响头，就抬起头，等待父亲发令。

父亲从腰里掏出一片折叠着的白纸，展开，就领着我向祖宗起誓：

"不孝孙慎行，跪伏先祖灵前。矢志修业，不遗余力。不慕虚名，不求浮财，不耽淫乐。只敬圣贤，唯求通达，修身养性，光耀祖宗，祈先祖护佑……"

父亲念一句，我复诵一句，及至完毕。我呆呆地站在灵桌前，诚惶诚恐，不知现在该站还是该走开。父亲紧紧盯着我，说：

"明天，你去坐馆执教！"

由我代替父亲坐馆的仪式是在文庙里举行的。时值冬至节气。一间独屋的庙台上，端坐着中国文化的先祖孔老先生的泥塑彩像。屋梁上的蛛网和地上的老鼠屎被打扫干净了。文庙内外，被私塾的学生和热心的庄稼人围塞得水泄不通。杨徐村最重要的最体面的人物杨龟年，穿着棉袍，挂着拐杖，由学堂的执事杨步明搀扶着走进文庙来了，众人抖抖地让开一条路。

我站在父亲旁边，身上很不自在，心里却潜入一股暗暗的优越来。这儿——文庙，孔老先生的圣像前，排站着杨徐村所有的头面人物，我也站在这里了。门外的雪地上，挤着那些粗笨的却又是热心的庄稼人，他们在打扫了房屋以后，临到正式开场祭祀的时候，全都自觉地退到门外去了。

杨步明主持祭祀，首先发蜡，然后焚香，接着在杨步明拿腔捏调的诵唱中，屋里屋外的所有参与祭奠的村民，无论长幼尊卑，一律跪倒了，油炸的面点、干果，在杨步明的诵唱中摆到孔老先生面前。整个文庙里，烛光闪闪，紫香弥漫，乐鼓奏鸣，腾起一种神圣、庄严、肃穆的气氛。

执事杨步明把一条红绸递给杨龟年，由杨徐村最高统治者给我的父亲披红，奖掖他光荣引退。杨龟年双手捏着红绸，搭上父亲的右肩，斜穿过胸部和背部在左边腋下系住。我一看，父亲连忙跪伏下去，深深地磕拜再三，站起身来的时光，竟然激动得热泪盈眶。这个冷峻的人，竟然流泪了。他硬是咬着腮巴骨，不让眼泪溢出眼眶。我是第一次看见父亲流泪。往昔里，我既看不到父亲一丝笑颜，也看不到一滴泪花。那泪眼里呈现出从未见过的动人之处，令人敬服，又令人同情。这个严厉的父亲，从来也不会使人产生对他的同情和怜悯；他的脸色和眼神中永远呈现着强硬和威严，只能使人敬畏，而不容任何人产生怜悯。现在，他的脸上像彤云密布的天空扯开一道缝儿，露出了一绺蓝天，泻下来一道弱柔动人的阳光。

父亲简短地说了几句真诚的答谢之词，执事杨步明代表所有就读的孩子的家长向父亲致谢，并对我的上任多所鼓励。杨龟年没有讲话，只是点点头，算是最高的赏赐了。

奠祭活动一结束，我随着父亲走出文庙。刚一出门，那些老庄稼人就把父亲围住了，拉他的袖子，拍他的后背，摸抚那条耀眼的红绸，说着听不清的感恩戴德的话。我站在旁边，同样接受着老庄稼汉们诚心实意的鼓励的话，心里很激动，由爷爷和父亲在杨徐村坐馆所树立起来的精神和道义上的高峰，比杨家的权势和财产要雄伟得多！我从今日开始，将接替父亲走进那个学馆，成为一个为老少所瞩目的先生了！

那把黑色的坐椅，那张黑色的四方抽屉桌子，能否坐得稳？一直到将来再交给我的尚未成形的某一个后代，大约至少要二十多年吧？二十多年里不出差错，不给徐家抹黑，不给杨家留下话柄，不落到被众人撵出学堂，何其容易！要得到一个善终的结局，就必得像父亲那样……

乡村的私塾也放寒假，每年农历的冬至节气就是下学日，祭过老祖宗孔老先生之后，就放假了。

过罢正月十五，私塾又开学了。我穿上蓝布长袍，第一次去坐馆，心里怎么也稳实不下来。走出我家那幢雕刻着"读耕传家"字样的门楼，似乎这村巷一夜之间变得十分陌生了，街巷里那些大大小小的树木，一搂抱粗的百槐，端直的白杨，夏天结出像蒜薹一样的长荚的楸树，现在好像都在瞅着我，看我这个十八岁的先生会不会像先生那样走路！那些拥拥挤挤的一家一户的门楼里，有人在窥视我的可笑的走路的姿势吧？唔呀！从我家的街门口到学堂去，要走到街心十字，再拐进南巷，距离不近哩！不管怎样，我已经走出街门了，没有再退回去的余地了，只有朝前走。这时候，像面对一个十分面熟而又确实读不出字音的生字时顺手掀开字典，我想到了父亲走路的姿势。我多少次看见父亲来去学堂时走在村巷里的身姿，而他训导我的如何走路的条文倒模糊了。

我抬起头，像父亲那样，既不仰高，也不低垂，两目平视，梗着脖根，决不左顾右盼，努力做到不紧不慢，朝前走过去。

"行娃……唔……徐先生……"杨五叔笑容可掬地和我打招呼，发觉自己不该在今天还叫我的小名，立即改口，脸上现出失误的歉疚的神色，"你坐馆去呀？"

"噢！对。"我立即站住，对他热诚的问话表示诚意的回答，站下以后，却又不知再该说什么了。我立即意识到，不该停下脚步，应该像父亲那样，对任何人的纯粹出于礼节性的见面问候之词，只需点一下头，照直走过去，才是最得体的办法……我立即转身走了。

走进学堂的黑漆大门了，三间敞通的瓦房里，学生们已经把教室打扫得干干净净，摆满了学生自己从家里搬来的方桌和条凳，排列整齐，桌子四周围坐着年龄差别很大的学生，在哇啦哇啦背书。今日以前的七八年里，我一直坐在这个学堂的左前排的第一张桌子上，离安在窗户跟前的父亲的那张教桌只隔一个甬道。这个位置是父亲给我选定的，从第一天进入这学堂接受父亲的启蒙，直到我今天将坐在窗前教桌的位置上，一直没有变动过。我打第一天就明白，父亲要把我置于他的视力首先所能扫描到的无遮蔽地带……现在，那个位置坐上新进入学堂的启蒙生了。

除了新添的几个启蒙生，教室里坐着的全是那些春节以前和我同窗的本村的熟人、同伴、同学，有的个子比我长得还高还壮实，我今天看见他们，心里却怯了。我完全知道他们和我父亲捣蛋的故技，尤其是杨马娃和徐拴拴两人，念书笨得跟猪差不多，却尽有鬼点子捣蛋。我一进门就瞅见他俩的诡秘的脸相，倒有点怯场了。那些不怀好意的脸相！

我立即走向那张四方教桌，偏不注意那几个扮着怪相的脸。我在父亲坐过的那把直背黑漆木椅上坐下来，腰似乎自然地挺直了，父亲就是这样挺着身坐。我回忆父亲的工作程序，坐下，先把桌上的四宝摆整齐，抹干净桌子，再掀开书本，或者在砚台里磨墨。一当听到教室里有异常的响动，就转过头来，扫视一遍，待整个学堂里恢复正常的气氛，再低头看书或者练习写字。

父亲一般是先读书的，后晌上学时才写字，我也应该这样做，只是今天例外，读书是难得专注的，写字肯定对稳定情绪更好些。我在父亲用过的石砚台上滴上水，三只指头捏着墨锭，缓缓地研磨。磨墨也该像个先生磨墨的姿势，不能像下边那些学生乱磨，最好的姿势当然只有父亲磨墨的姿势了。

墨磨好了。桌子角上压着一叠打好了格子的空影格纸，那是学生们递上来的，等待我在那些空格里写上正楷字，他们再领回去，铺在仿纸下照描。我取下一张空格纸，从铜笔帽里拔出毛笔，蘸了墨，刚写下一个字，忽然听到耳边一声叫：

"行娃哥——"

我的心一扑腾，立即侧转过头去，看见本族里七伯的小儿子正站在当面，耍猴似的朝我笑着："给我题个影格儿。"

教室里腾起一片笑声，唔！应该说学堂。

笑声里，我的脸有点发热，有点窘迫，也有点紧张。学童入学堂以后，应该一律称先生，怎能按照乡村里的辈分儿叫哥呢！可他是才入学的启蒙生，也许不懂，也许是忘记了入学前父母应有的教导吧！我就只好说："你放下去吧！"他回到位置上去了，笑声消失了。

我又转过头写字，刚写下两字，又一个声音在我耳边响起：

"蓝袍先生——"

我的脑子里轰然一声爆响，耳朵里传来学堂里恣意放肆的哄笑的声浪。我转过头，看见一张傻乎乎愣笑着的脸，这是村子里一个半傻的大孩子。他的嘴角吊着涎水，一只手在背后抓挠着屁股，得意地傻笑着，和我几乎一般高的个子，溜肩吊臂，像一个不合卯窍的屋架，松松垮垮。这个老学生，念了七八年了，字认不下二百，算盘打不到"三归"，只是家底厚，又是他爸唯一的顶门立户的根，就这么在学堂里泡着。这个傻瓜蛋儿，打破他的脑袋，也不会给我起下这样一个雅号的，我立即追问："谁叫你这么称呼我？"

教室里的笑声戛然而止，静默中潜伏着许多期待。

"他……他不叫我说他的名字。"傻子说。

"你说——他是谁？"我冷眼追问。

"我不敢说——他打我！"傻瓜怕了。

"我先打你！看你说不说！"我说。

我从桌上摸过板子，那块被父亲的手攥得把柄溜光的柳木板子，攥到我的手里了，心里微微怵忐了一下，我就毫不退让地说："伸出手来！"

傻子脸色立时大变，眼里掠过惊恐的阴影，把双手藏到背后去了。

我从他的背后拉过一只左手，抽了一板子，傻子当下就弯下腰去，用右手护住左手号啕起来："马娃子，×你妈！你教我把人家叫'蓝袍先生'，让我挨打……呜呜呜呜呜……"

我立即站起，一下子瞅住杨马娃，这个暗中专门出鬼点子捣乱的"坏头头"。不压住这个杨马娃，我日后就难得在这张椅子上坐安稳。我命令："杨马娃，到前头来！"

杨马娃虎不失威，晃一下脑袋，走到前头来了。他个子虽不高，年岁不小了，也是个老学生。他应付差事似的朝我草草鞠了一躬，就站住了。

"是你给他教唆的吗？"我斥问。

"没有。"他平静地回答，早有准备。

"就是你！"傻子瞪着眼，"你说……"

"谁能作证呢？"杨马娃不慌不急。

"……"傻子急迫地瞪着眼。

"不要作证的人！"我早已不能忍耐这种恶作剧还在继续往下演，"伸出手——"

杨马娃伸出手来。他的眼里滑过一缕冤枉的无可奈何的神色，既不看我，也不看任何人，漫不经心地瞅着对面的墙壁。

我抽一下板子，那只手往下闪了一下，又自动闪上来，没有躲避，也听不到挨打者的呻唤。我又抽下一板子，那只手依然照直伸着。我有点气，本想经过教训他解气，想不到越打越气了。那只伸到我跟前的手，似乎是一只橡皮手，听不到挨打者的呻吟，更听不到求饶声了，我突然觉得那只手在向我示威，甚至蔑视我。教室里很静，听不到一丝声响。我感到了两方的对峙在继续，我不能有丝毫的动摇，不然就会被压倒，难得起来。我也不吭气，谁也不看，只看着那只要击中的手。我记得父亲打板子的时候就是这样，从来不看被打者的脸，更不听他们的呻唤和求饶，只是打够要打的数字。我抽下五板子了……

傻子突然跪倒在地，抱住我的板子，哭喊说："先……先先先生！马娃叫我叫你'蓝袍先生'，我说你要打手的，他说不会，你和俺俩都是在一块念下书的，不会打手的。他就叫我跟你耍玩，叫'蓝袍先生'……我往后再不……"

我似乎觉得胳膊有点沉，抬不起来了，再一想，如果马娃一直不开口，我能一直打下去吗？倒是借傻瓜求情的机会，正好下台，不失威风也不失体面。

傻瓜先爬起来，深深地鞠了一躬，跑下去了；杨马娃则不慌不忙，文质彬彬地鞠了躬，慢慢走回到座位上去了。

我重新坐好，提起毛笔，题写那张未写完的影格儿，手却在抖。我第一次执板打人，心里却没有享受打人的畅快，反倒添加了一缕说不清的滋味……

萌动的邪念

无论如何，对杨马娃的一顿板子，彻底划开了我和同伴、同学之间的界线，那些心存侥幸企图开我的玩笑的人，那些想试试新上任的先生的脾气软硬的人，全都得出了自己应该得到的结论，学堂里的秩序按照父亲过去的模式继续下来了。

杨马娃退学了。挨打的当天后晌，他就没有再来上学，扛着镢头跟他爸上坡挖地去了。迅速地从村子各个角落反馈到我耳朵里的反映，却是绝对的一边倒。没有任何人同情杨马娃，听说连他爸也骂他不知深浅。执事杨步明当天下午跑到学校，给我撑腰："打得好！念了几年书，连个礼性儿也不懂，没有一点儿规矩！不打的话，明日该翻天了！"他故意用大声说话，让那些坐在学堂里的娃娃都听见。不光执事杨步明，几乎所有送子入学的庄稼人，在我来去的街巷里，一律支持我动板子的举动。不过，我心里明白，不尊师长的越轨行动是不会有人同情的，所以并不觉得意外。

对杨马娃的退学，我也不觉得遗憾。按照我爷爷在这个学堂里开创的独特的教程（后来又经过了我父亲的补充），启蒙生从一二三四五开始识字，然后学《百家姓》，中年级学《七言杂志》，大约三年时间。附加的课程是珠算，先学加减，后学《九归》。三年时间里，那些穷庄稼汉的后代，学会了日常生活惯用的杂字，会打一手算盘，就走出学堂跟他们的父兄做庄稼去了，或者到西安某个铺店、作坊当相公（学徒）去了。留下为数不多的一些富裕户的子弟，接着就开《论语》，步步深造。这一套教程，从爷爷创立，颇受庄稼人欢迎，可以说贫富皆宜，有普及也有提高，照顾了"面"又保证了"点"。杨马娃早该退学去做庄稼或当相公去了，只是生得矮小，父母疼其体力不支，就叫他在学堂多混几年……迟早是要走的。

两月过去了，没有发生什么意外，秩序正常，执事杨步明对我父亲几次夸赞："栽培有方！"父亲自然很欣慰。我的自我感觉也甚好。我从村中走过去时，可以踏出缓急有致的脚步了，再不紧张了。我在教桌前端直坐一晌，看书或授课，不再觉得腰酸腿困了。人说，我活脱就是二十年前我爸的原样儿！连脾气也跟我爸一模一样了。

我也意识到我的脾性儿变了。我小时爱笑，妈说我长了一副笑面菩萨的脸儿，而且一笑脸颊上就有两个酒窝，我爸为我的爱笑没少训过我，说我长了一副没棱角的脸，尤其讨厌我脸上的那两个倒霉的酒窝……现在，我改掉爱笑的毛病了，酒窝自然也就极少出现了。我面对一伙性格各异的学生，没有威慑的力量是不行的，父亲说绝不能跟学生嘻嘻哈哈，笑了就失掉威势了。另一个不便说出口的原因，我自打媳妇一娶进门，就笑不出来了。

她是坐着轿子来的，在伴娘的搀扶下走进厢房，我一把揭开她的盖脸的红布，狂跳着的心一下子沉下去了，再也跳不起来了。我实在无法预料，父亲会给我娶回来这样一个媳妇。当然，父亲那种奇特的理论，我不敢顶撞，想想我现在在杨徐村的地位，想到徐家三代人在杨徐村所树立的威望，我觉得心里十分沉重，我不能给祖先丢脸，更不能耽于女色而使徐家的门楼上的"读耕"精神毁断于我手，这个女人的位置和比重一下子给划开了。

我从学堂放学回家，她就怯怯地招呼我："先生，用饭。"她从来也不敢正眉正眼地看我的眼睛。当我发觉她在注视我的时候，我一回头，她立即把眼光避开了。她不会撒娇，只会烧火、洗锅、刷碗、缝衣、做鞋。我不说话，她也不说话，大约是怕说得不合适，我见了她就没有话说了，所以小厢房里总是静悄悄的。

配偶的不甚称心和夫妻感情的不甚融洽，为新承担的教书工作的热情和兴味所冲淡，我觉得十分喜欢教学。这一方面的如愿与另一方面的不如愿掺和着，我就这么过，也没有感觉到活不下去，生活虽显得古板，却也平静。

我的平静的心境突然被打破了！

这天放学时，天下着雨，大雨点子在院子的积水上打出一片白花花的水泡。大学生们不顾雨大路滑，缩着脖子跑出学堂去了，院子里响起一阵杂乱的扑哧扑哧的脚步声，只有几个小娃娃躲在门口的房檐下，不敢出去。我站起来，舒展一下腰身，走到房檐下，劝那几个小娃娃再等一会儿，雨住了再走。这时候，一个穿着旗袍的女人走进学堂院子来了，撑起的红纸雨伞遮住了她的头脸。我却早已认出，这是杨龟年的二儿媳妇。我返身走回学堂，在椅子上坐下。

这个女人走到学堂门口，她的儿子已经扑到她的膝前，抱住了她的腰。她一面摸着孩子的头，笑容可掬地说："把这把伞给你先生送去，你跟娘打一把伞就行了。"

我立即从椅子上站起，推辞，要她和孩子一人打一把伞，我到雨住了再走。她的儿子把伞放到桌子上，跳出门，她牵着他的手，转身走了，在院子的泥水里，小心地挑选可以下脚的地方，走出院子去了。剩下的三五个小娃娃，大约估计到他们的父母不会送洋伞或草帽来，就冒雨跑了。

学堂里静下来，剩我一个人，看着桌子上那把红色油漆纸伞。我拿起伞掂掂，却嗅到一股淡淡的香味，那是脂粉一类东西的诱人的气息。我坐在椅子上，眼前浮现着两只水汪汪的眼睛，如果不是这样近距离地看见她的眼睛，我真不知道世界上有这样好看的眼睛。她穿一件紫红旗袍，披着鬈发，细皮嫩肉，不过二十四五岁，旗袍紧紧包裹着丰腴的胸脯和臀部。我突然奇怪地想，如果我有这样好看的一个女人，难道真的就会荒废学业了？

雨小了，漾漾的雨雾从浓密的树梢笼罩下来，院子里昏暗了。我最后看了那把红伞一眼，终于没有用它，锁上门，走回家去。

大约过了十天，或者半月，她牵着孩子的手走进学堂来了。站在我的教桌前，斥说儿子想逃学，她把他亲手牵来了。我让她的儿子归座。她却不走，从腰间摸出一块纸，摊开在我眼前的桌子上，问："徐先生，这个字怎样念？"

我一抬头，发觉她并没有瞅字，而是瞅着我的眼睛，那眼里有一种令人动心的神色。我忙回答了那个字的读音，就把脸避开了。她笑笑，说声"劳驾"就走出门去了。

从这以后，每当我从杨龟年家门楼前走过的时候，就忍不住扭头瞥一眼那深宅大院。往昔里，我和父亲一样，是不屑于瞅一眼这角亭式的阔绰的门楼的。瞥一眼，其实什么也没有看到。这一天，终于在门口撞见她了。我向她点一下头，就走过去了，她却又叫了一声："徐先生——"我停住脚，转过身。

"孩子肚子疼，后晌不能上学了。"

"那好。让娃儿在家养息。"

"缺下课……"

"娃儿病好了，我给补。"

"真麻烦你了！"

"不客气。"

我回到家中，那两只水汪汪的眼睛在我眼前忽闪飘浮；我在学堂，那两只眼睛又在字里行间眨动……

这天晚上，我回到家，看见父亲脸色不悦，从地里犁地回来，把犁杖重重地磕摔在台阶上。他回到家中，已经和大伯二伯一样亲身躬耕了。是累得心生烦躁了吗？

直到夜深人静，大伯二伯和堂兄弟们都睡定了，父亲终于把我叫进上房里屋，关了门，压住声儿，严厉得怕人："你和那个臭婊子有啥好说的？嗯？"

我像当头挨了一砖，眼前都黑了，说："她给孩子请假……"

"我不要你回话！"父亲站起来，可怕的鹰一般的眼睛，"我只想给你说一句，那个婊子再找你搭话，你甭理识！那是妖精，鬼魅！你自己该自重些！"

我低下头，简直无地自容，好像我已经和那个女人真有过什么苟且之事，其实不过就是说了两三次话，都是说的关于她的孩子念书的事，每一次也都是那么简单的几句。我想分辩、解释，不光是父亲盛怒之下，难于容纳，而是我自己感到有口难张，羞于启齿了。

"走吧！"父亲负气地一摆手。

我不知是怎样从父亲住的上房里屋回到自己的厢房的。躺下之后，怎么也睡不着，心里烧躁憋闷，脑袋嗡嗡响。

这个女人，是杨龟年的二儿子在河南娶下的小老婆，因为战事吃紧，送回老家来了。杨龟年压根儿不知道儿子在外已经娶下小婆娘，气得吹胡子瞪眼，无奈那女人引着一个可爱的小孙孙，毕竟是杨家的后代，才收容下来，心里却见不得这个操着异乡口音的女人。那个经明媒正娶的大婆娘对于这个妹妹，更是恨入牙根了。这个女人在杨家，没有援助也没有同情，活得没滋没味儿，村里人说她夜夜都偷着哭哩！村里人不明底细，纷纷传说，杨龟年的二儿子从河南送回来的洋婆娘，是抢霸的一位良家女子；有的却说得截然相反，说她原本是开封府里一家妓院的窑姐儿……

无论父亲的态度怎样生硬，叫人难以忍受，但冷静之后，我就不能不暗暗慑服父亲那洞察细微的眼睛，我虽然没有和那个洋婆娘有任何拉拉扯扯的事，可从心里反省，那双水汪汪的眼睛确实弄得我有点神不守舍。如果不是父亲警告，长此下去，即使不会发展到做出什么有损门风的丑事，也极其危险，任何一点半句风言浪语都可能毁了我，毁了父亲，毁了徐家几代人守节持仪所建树起来的家风……父亲直接砸向我脑门的这一砖头是狠的，也是及时的。

我的心在收缩，被那个洋女人搅起的一缕纷乱的云霓，消散了。我再也不理睬那个被父亲骂作妖精、鬼魅的女人，甚至连村中一切年龄尚轻的女人也都一概不予搭理。我不能让桃色亵渎徐家贞节的门楼……

杨徐村解放了，人民政府给杨徐村派来三位先生，真是令我大开眼界。他们穿四个兜的短褂，戴着八角制帽，废止了我的教程，给学生发下西北军政委员会编的课本，设语文和算术课，另开音乐、体育和图画，其中一位年轻的女先生，教孩子唱歌，张着嘴唱呀唱，令我目瞪口呆。

我自动辞职了。没有办法，我不会算术，连那些阿拉伯字也没见过；语文科的新课本，虽然是浅显通俗的白话文，我却教不了。我离开了那个祖孙三代执教的学堂，让位给那三位新派来的新先生了，跟父亲去种地。我的蓝袍脱下来了，做务庄稼穿它太不方便啰！

半年后，一天后晌，我和父亲在村西官道边的田地里翻耕靠茬地，乡政府的通信员送来一张通知，要我到城南的师范学校去进修。去不去？敢去不敢去？该去不该去？我拿不定主意，不知该怎么办。父亲也拿不定主意，自从那三位新先生进入杨徐村，父亲不止一次地讥诮说："蹦蹦跳跳，行走唱唱喝喝，男女不分，见谁都想搭话，啥好先生的样子！"现在他明白，师范学校培养出来的先生肯定都是那个样子，我将来也可能就是那个样子，他拿不定主意了。为此事，他专门走访了一回县教育科，回来后就拍了板：去！

临行的前一晚，我坐在父母住的上房里屋里，悉心听取父亲的临行教诲，怎样和先生说话，该当如何与同窗相处，远离家乡，一切都需自己检点。母亲又接着叮嘱生活上的琐屑事，忌食生冷食物，加减衣服要注意。我的那位媳妇呆呆地站在一旁，惶惶不安的样子，一直没有插嘴，这时问了一句："我该给先生准备哪件衣服出门？"

我一愣。这是一个暂时被父母连同我自己都忽略了的事，该穿短褂呢？还是长袍？我想了想，没有主意。看看母亲，母亲又瞅瞅父亲，看来也是不知该穿哪样才合适。父亲正在桌上磨墨，沉思一下，抬起头来，对我说："穿蓝袍。"

我有点疑惑："爸，我看咱村来的那三个新先生，都没穿长袍。解放了，不兴穿长袍了。"

"解放了，没听说不准穿袍子！"父亲讥诮地说，"你看那三位洋先生，穿个短褂儿，又那么短！前裆后臀无遮无盖，有失大雅。为人师表，成何体统！"

结论下定了：穿蓝色长袍。我的媳妇就退出去，准备我明日的行装去了。

父亲已经磨好墨，拔开毛笔帽儿，在砚台盖儿上再三地顺着毛笔尖，然后猛然悬起手腕，在一张硬纸上写下两字：慎独。等得墨迹干涸，交到我手上，严厉而又含蕴不露地瞅着我。我双手接住父亲题示给我的嘱咐，夹在那只折叠小皮夹里，装在贴身的内衣口袋里，表示一定要在远离父亲的陌生环境里，一切都谨慎行事，尤其是独自一人，不在父亲的视觉之内的地方……

第二天晨曦中，我背着行装，上路了。走出村子好远的时候，我一回头，隐约看见村口的大路边，兀然站着父亲的高大的身影，因为背向从东山泛出的晨光，他像一截黑幢幢的古塔岿然不动……

我转过身走了，心里忐忑不安，脚步也有点慌匆，等待我的那个世界会是什么样子呢？我无法具体想象……无论如何，这次出门，成了我一生中的第一次重大的转折……

我不会说话，也不会走路了

当我站在教室的前头，班主任把我介绍给全班同学的时候，我简直都要窘死了。

班主任王先生领我走进插着"速成二班"的木牌的教室的时候，整个教室里腾起一阵笑声，笑的声浪几乎把我掀倒了。我立即低下头，这个见面礼太令人难堪了。班主任挥挥手，缓声和悦地劝止大家，不要笑，然后简要地向大家介绍我的名字、年龄，希望大家和我互相帮助，搞好学习。我低着头，对班主任也不满了，面对一个生人，这些人这样狂笑乱说，太没礼仪了呀！你做先生的不予严厉训导，只是淡淡地劝止，像什么话？在你介绍的时候，教室四处仍在嘀嘀咕咕议论，这像什么话？什么教学秩序？太松懈了！

班主任介绍完毕，一位男学生站起来，表示欢迎我加入这个集体，他大约是班长。他也是随随便便的样子："欢迎徐慎行同学到我们班学习，为速成二班争光，为祖国的教育事业贡献力量！归结一句话，我代表全班同学，欢迎……蓝袍先生！"教室里立即腾起一阵喧闹的声浪，鼓掌声和笑声搅和在一起，乱极了！

我听到班主任王先生也在笑。我不能容忍他的笑，他毕竟是先生。他笑毕说："同学们不要笑，也不要给新同学乱起绰号……"

我现在才明白大家嬉笑的原因了，笑我的蓝布长袍和头顶的礼帽。我一下子意识到我和所有同学的差异，男生女生一律穿制服或便衫，头顶八角制帽，女生留齐脖短发或双辫儿。在杨徐村，那三位新先生的装束成为众人稀奇和议论的话题，成为我父亲讥诮的怪物。在师范学校速成二班的教室里，我的装束却成为老古董怪物了！好在班主任此时指给我一个空位子，我立即从讲台上走下去，逃脱这个被众人嬉笑着的尴尬地方。我走到座位跟前，那个位子上坐着一个女生，她朝我笑笑，表示欢迎与我同桌。我的心里猛地一跳，这女生长得太漂亮了，又是一双水汪汪的眼睛。我不敢多看一眼，脑子里立即反射出杨龟年二儿子从河南遣返回杨徐村的那个洋婆娘来，立即反射出我的父亲的警告：妖精！鬼魅！关于这个同桌女生，这个妖精鬼魅，却成了对我一生影响深重的人，我后头再说和她的纠葛吧！

我不看她，在自己的座位上坐下了。从书袋里取出学习用具，放在桌子抽斗里。这时，我的头皮一凉，礼帽被谁摘掉了。

我临行前刚刚剃过头，光光净净的秃头一定很难看，教室里又响起此起彼落的笑声。欺人不欺帽！我生气了，愤恨地扭过头，寻找恶作剧的人，我甚至不惜要撕破面皮，给他个对不起了，哪有这样开玩笑的？我没有找到帽子，却看见一张张开心的笑脸全都瞅着我的旁边。我一回头，看见礼帽正戴在她——我的同桌的头顶，装模作样地向大家扮鬼脸。

我不知所从了。那顶黑呢礼帽扣在她的头顶，底下露出一排长长的黑发，似乎不觉滑稽，倒使她显得十分好看了。我聚集在心里的火气发不出来了，也不好意思从她头上动手取过来。正在我犹豫的短暂一刻里，不知后排谁从她的头顶揭去了，戴在自己的头上。之后，我的礼帽就被许多手抢来夺去，轮换戴在男生和女生的头顶。我无法忍受这样的侮辱，生气地端坐在凳子上，负气地不予理睬了。

她大约终于感觉到自己的行为有点过分，离开座位，从教室的一角里抢到帽子，从背后过来，扣到我的头上，说声"对不起"，就坐下了。

我一动不动，也没看她，以无言表示我的气怒。太没教养了！一个大姑娘，刚与人见第一面，就把别人的帽子抢过去，戴到头上，像什么话？疯张野教！

还有使人难堪的事。吃饭要赶到饭堂去，端上饭碗，拿着筷子排队，依次到窗口去打饭。我站在队列里，心里很别扭。前头已经打了饭的学生，因为没有餐厅，一堆一伙蹲在院子里，一边吃饭一边说笑，女学生也夹在一堆，张着填满饭菜的嘴巴笑。我很不舒服，这些经过两年速成进修的男生女生，很快都要为人师表了，却是这样不拘礼仪。我在家时，父亲自幼就训诫我关于吃饭的规矩，等上辈人坐下后，自己才能坐；等别人都拿起筷子后，自己才能捉筷；等别人动手在菜盘里夹过头一次菜后，自己才能夹；吃饭时不能伸出舌头，嘴也不能张得太大，嚼时不能有响声；更不能在填着饭菜时张口说话。现在，瞧这些将来的先生们吃饭时的模样吧！张着嘴笑的，脸颊上撑起一个疙瘩的，满院子里是一片吃喝咀嚼的唧唧嚓嚓的声音，完全像乡间庄稼人在村巷里的"老碗会"，没有一点儿先生应有的斯文。

我打了饭，捧着碗，怎么也蹲不下去，就索性端回教室里来。走过一排排教室，我听见背后有压抑的嘻嘻的笑声，猛一回头，看见屁股后头尾随着一串同学，在模仿我走路的姿势，挺着腰，仰着头，迈着可笑的八字步……他们哄然大笑了。我真没办法，我觉得他们粗野无礼，他们却觉得我好笑，处处拿我开心哩！我回到教室，气得食欲也没有了。

我至今忘记不了我在师范学校集体宿舍里度过的第一个夜晚。

这种集体宿舍，我第一次见到。一排房子，两边开窗，钉成两排木板通铺，中间留一条走道，楼上又有一层。每个人把自己的褥子折成窄窄的一绺，挤挤拥拥铺满了床铺。我在我们班的辖区里铺上了铺盖被褥。天气虽是深秋季节，却不见冷，一个个小伙子，脱得只穿一条裤衩，在走道上擦洗，光着身子把脏水倒到室外的渗水井里。

我心里更觉别扭，坐在床铺上，看着一个个男性特征暴露无遗的身体，很替他们难为情。我自懂事以后，就没有在外边过夜。即使夏天，父亲也不许穿短袖和短裤，连布袜布鞋也要穿戴整齐，不许不能暴露的肌肉露出来。现在，看着这么多赤裸裸的男性肌体，我更觉得难于当面脱下衣服，解开裤带了。

我悄然脱衣，迅速钻入被筒，却无法入睡，嬉笑吵闹声像戳乱了麻雀窝，好多人逗能说笑，引逗大伙发笑。

熄灯铃响过，马灯被宿舍舍长一口吹灭，宿舍里静下来。

一个细小沙哑的却是清晰的声音在宿舍里传播，像人们在夜静时听到的国外电台的播音——

"南山里有座古寺院，住着一个老和尚和一个小和尚，老和尚领着小和尚，终日念经诵道，修身养性，一心要修行成仙。小和尚原是老和尚拾来的被人遗弃了的一个孤儿，无家无根，在老和尚膝前长大了。老和尚对他十分钟爱，管教也非常严格，每逢正月十五古寺的香火祭日，就把小和尚推到后殿，锁起来，不许他看见进香的女人，以免诱惑。小和尚长到二十岁，还没见过异性，十分纯真。老和尚非常得意自己培养出一个心灵纯净的真人，绝不会被世俗的情欲所浸染。

"为了试验这个小和尚的纯洁性儿，老和尚领他下山来，走进了繁华热闹的西安东大街。

"老和尚突然发现，小和尚不见了，一回头，小和尚站在十字路边，呆呆地盯着一个漂亮女子出神，口角的涎水吊到胸膛上。老和尚一见，气得脸都扭歪了，疾步走上去，又不好当着大街上的人发作，就狠狠地说：'是魔鬼！'

"小和尚傻乎乎地笑着：'魔鬼多可爱呀！我要一个魔鬼……'"

宿舍里，楼上楼下腾起一片压抑着的笑声。我的心里一悸，似乎那个说故事的人，是专门影射我的编撰。那个沙哑的声音还在继续——

"老和尚领着小和尚回到寺院，狠狠教训了三天三夜，说那个魔鬼如何可恶、可憎。小和尚不知心里如何，嘴头上表示憎恶那个魔鬼了。老和尚平气之后，就想到自己教育方法上的缺点，只采取隔离的方法不行，应该让小和尚在女人窝儿里锻炼出铁石心肠来。

"老和尚在进香之日，让小和尚和自己一样盘腿坐在祭坛两边，合手闭目。为了试探小和尚看见进香的女人是否春心浮动，他在小和尚的腿上平放了一只鼓。为了避免小和尚的疑心，他给自己的腿上也放了一面鼓。

"进香的女人络绎不绝，老和尚微微启动眼皮，看见小和尚两眼闭得紧紧的，自己就合上眼。不一会儿，老和尚听到对面'咚'的一声鼓响，心里一震，暗自骂道：'这小子春心动了！算我白费了训诫的工夫！'睁眼看时，那小和尚的眼还是闭得严严的，嘴角流出涎水来了。正气恨间，又连续听到两声鼓响……

"进香完毕，游人走尽。老和尚追问：'什么东西敲鼓？'小和尚低头不语，羞惭难当，不好说话。

"小和尚十分佩服师父练成了真功，始终未听到鼓响，就跪下请罪。请罪之后，还不见老和尚起来，他就献殷勤，去搬老和尚腿上的鼓。不料——鼓的那一面，被戳了个大窟窿……"

突然爆发的笑声，终于招来了值勤教师的禁斥。

我的脸上热臊臊的，这些没有教养的人，将来要做为人师表的教员，却在宿舍里讲这样下流的故事，太粗野了！我总疑心故事的说者，是在影射我，不，简直是侮辱我的人格！

我很苦闷，孤单。我走路，有人在背后模仿，讥笑；我说话，有人模仿，取笑；我简直无所适从，连说话也不知该怎样说了，路也不会走了。我最头疼的是音乐课和体育课。我一张口唱歌，大家就笑，说我的声音是"撇"音，连音乐老师都笑。体育课更难受，我穿着长袍接受体育老师的篮球训练时，体育老师先笑得直不起腰来……每逢上这两门课，我就请病假。

漫长的一月过去了，我没有快乐，也没有温暖，一切习性全乱了套。为了躲避众人的讥笑，我整天待在教室里不出门，以避免外班的学生的讥诮的眼光。我失去学习下去的信心了，想想两年时间，真是难得磨到底。我终于下决心退学，回家当农夫务庄稼去。

早晨一进教室，我看到后墙壁的黑板前，围着好多同学在观看。这块黑板是"生活园地"，登载本班的好人好事的宣传阵地，大约有什么消息了。我走到跟前一看，在"新同学简介"栏内，写着一段取笑我的话。因为这个速成班的学生，参差不齐，不断地有从各方介绍来的学员插入，所以这儿开了一方"新同学介绍栏"。有人把介绍我的文字作了修改，变成这样：

"徐慎行，字孔五十六。男性，二十二岁。籍贯：山东孔府。人称蓝袍先生，实乃孔家店的遗少……"

整个教室里的同学都咧着大嘴朝我笑。

我不好发作，走出教室，向班主任请了病假，回来收拾了书籍用具，就向班长说一声请过病假的话，回到宿舍。

我捆了行李，在校园里静寂下来的时候，背起行装，从后门走出去。匆匆走过学校所在的山门镇的街巷，就沿着小河的低矮的河堤向东走去。我像抖落了满背的芒刺，终于从那些讨厌的讥诮的眼睛的包围中逃脱了。说真的，他们看不惯我，我还看不惯他们呢！他们容不下我，我心里也容不下他们那些粗野少教的行为！

走着走着，我听到背后有人呼叫我的名字，而且是一个女人的声音。我一回头，就惊奇地站住了，我的同桌田芳正气喘吁吁地奔上来。

"你……为啥要走？"她奔过来，站住，双手叉腰，气喘不迭，水汪汪的眼睛里，气愤、惊讶以及素有的柔情，"嗯？偷跑了？"

"我不想进修了。"我心死而气平。

"那不行，你得回去跟班主任说一声。"她放下一只手，另一只手还叉在腰里，"连纪律性儿都没有！"

"你是什么人？"我不在乎，"管我？"

"我是班干部！"她理直气壮。

我才记起，她是班里的宣传委员。我不屑地笑笑说："我要回家务庄稼去了！"

"国家刚解放，到处缺乏人民教员。"她说，"政府到处搜集有点儿文化的青年，集中培训，也满足不了乡村学校的需要。你倒好……当逃兵！"

我想，既然国家这样需要我，你们为什么欺侮我？我依然瞅着远处，执意要走。

"共产党毛主席领导我们闹革命，翻身了，解放了，自由了！大伙在一块学习，多高兴！"她在给我宣传，"咱们班的同学，都是些穷人家的孩子，要不是解放，能这么自由吗？你怎么能回去呢？"

这些大道理，早听惯了，然而由她一泻而出，却不是说教，有真情在。她见我还不回头，就从我的背上扯被子，说："我从山门镇看病回来，看见你从街东头走出去了，我就撵你。我不撵你，我就失掉班干部的责任心了。你要是一定要走，也该跟我回去，给班主任打个招呼……"

我只好跟她走回学校。

自由多么美好

从师范学校的操场上朝南望去，可以看见挺拔雄伟的秦岭的峰峦；从眼前逐渐漫坡增高到山根的广阔的平原上，星散着大大小小的被树木的绿叶笼罩着的村庄；小河川道里，挑着稻捆的农民从木板搭成的便桥上忽闪忽闪走过去；田间小路上，农民拉着装满包谷棒子的小推车朝邻近的村庄走去。沉到平原西部的太阳，在落沉下去之前，向平原上的人们投射过来热情的最后的一瞥，把瑰丽的红光洒满村庄、田野、河水和挑担拉车的农民的脸上，秦岭陡峭的崖壁上红光闪耀。

我坐在操场边角的草地上，温习算术。我的语文课似乎不成多大困难，算术就吃劲了。因为是速成班，课程相当重。要命的是那些实际并不复杂的算题，我用心算就可以得出正确的结果，可是一用算术的严格的算式计算，就全乱了套。我自然把学习的重点搁在算术上。

"呀！你找了个好清静的地方！"

是田芳，不用抬头也听得出她的声音，不过，我还是扬起头来，而且很快。我慌忙站起，看着她抿着嘴嗤笑着，倒不知该说什么了。该请她在草地上坐下呢？还是就这么站着？我对于女性有一种无法克服的惶恐感，一见着女人，尤其是单独和一个漂亮的女人在一起，我总是感到心里很紧张。

"跟你商量一件事。"她说。

"好的好的。"我诚惶诚恐。

"坐下谈吧。"她先坐下来，"这么站着多难受。"

我在离她三二步远的草地上坐下，拘束得手脚不知该怎么摆着才好。她似乎很自在，双手抱着膝头，坐得很舒服，看着我，像欣赏一只惊疑不安的小兔子。她说："想请你给咱们的'班级生活'板报写字，你愿意服务吗？"

她是班委会的负责宣传工作的委员，编排更换教室后墙上那块"生活园地"板报。我忙说："我……当然愿意服务，只是我的字儿写得欠佳。"

"'欠佳'！只是'欠'一点儿。"她笑着，没有什么讥诮的意思，抠我的字眼，"我的字写得根本说不上'佳'不'佳'！"

"我写得不好。"我已经注意自己口头用语中那些文绉绉的词句，尽可能和大家一样用生活常用的词儿，一紧张时就又冒出一个半个生涩的词句来，"真的，我的字写得不怎么好。"

"你的字写得多漂亮！"她感叹着，流露出欣然羡慕的神色，"咱们班主任王教师都说，你的字儿比他写得好，在整个师范里，也是首屈一指，你还谦虚什么呢？"

我没有再做谦让的姿态。她真诚地对我的书法的赞扬，尤其是由她传递的班主任王老师的溢美之词，使我很受鼓舞。我的字，从五六岁时起，父亲就有计划地对我进行训练了，先照父亲写下的影格描摹，然后临帖，先柳后欧，先楷后草，常常因为我一撇一竖不像真柳真欧而训斥我。在这个速成班里，我的字是无与伦比的。我说："我尽力为之。"

这件事已经谈妥，我想她该走了。她却坐着不动，忽然盯住我的眼，问："你为啥一天到晚不和我说话呢？"

我的心里又一悸，这样直截了当的问话，使我措手不及，不知怎样回答。班主任王老师指定我和她同坐在一条长凳上，共用一张桌子，至今有两个月了，我没有主动和她说过一句话。到底是什么原因呢？我自己一时也说不清楚。

"我文化水平低。"她说，"你瞧不起我吧？"

我遭到误解了，连忙说："我……没有没有！"

"那……我是老虎、是魔鬼吗？"她讥讽地说，"怕我吃了你！？"

我的脸轰然发热了，不由得低下头。我想起了在宿舍里听到的那个老和尚和小和尚的故事，老和尚威吓小和尚时把女人说成是魔鬼，我似乎就是那个可怜的小和尚了。我和她坐在一条长凳上，听讲或做作业，我从来也没有敢大胆地扭过头去注视她的脸。她长得太漂亮了，漂亮得使我不敢看她的那双水汪汪的眼睛。我只是在她不在意的时候，装作漫不经心地注视过她的眼睛和脸膛儿，其实我很想和她说话，和她对视，像她和班里的任何男生一样大大方方交谈或者开玩笑。我不行。越有这样想法，我却越要摆出一副毫不在意毫不动心的神态。我的心里有一道森严的壁垒，坚硬的外壳，对一切异性实行习惯性的排斥与反弹，我只好掩饰说："我这人……不善辞令！"

"好啊！'不善辞令'！"她笑了，"你何必那么拘拘束束呢？你自个儿不觉得难受吗？我呀！一天不笑几场，不唱几场，心里就憋得难受。"

"我太……古板。"我说。她的话正说到我的痛处，其实我比她说的还要痛苦。我被她拉回学校，班主任王老师在班里严肃地批评了那位恶作剧的学生，大伙也不再当面把我当作笑料了，可也没有人和我亲近，我的孤寂的心并没有得到拯救。我说："我不会交际……"

她笑着，恳切地说："咱们速成班，在一块儿不过两年，大家难得遇在一搭，毕业后就各自东西南北地去工作了，再见面也难了。你甭摆出那么一副老学究的样儿好不好？甭老是做出一派正儿八经的样儿好不好？走路就随随便便地走，甭迈那个八字步！说话就爽爽快快地说，甭那么斯斯文文地咬文嚼字！你看……我心里有话都端给你了！"

我难为情地笑笑，我想象不出，我斯斯文文说起话来和迈着八字步，走起路来的样子究竟可笑到怎样的程度，却明白大伙对我摆出正儿八经的老学究的样子是不屑一顾。我想告诉她，走惯了八字步倒不会随随便便走路了，咬文嚼字的说话习惯也难于一下子改过来，我的父亲苦心孤诣给我训诫下的这一套，像铁甲一样把我箍起来。我说："改是要改，一下子还是改不掉！"

"先把你的蓝布长袍脱下吧！"她说。

"那我穿什么？"我问。

"'列宁服'，而今时兴。"

"我能穿'列宁服'吗？"

"当然能。"她肯定地说，"你正年轻，身段也好，穿一身'列宁服'，保险好看。"

"有卖现成的吗？"我受到鼓舞，尤其她说我身段好，肯定在她看来，我的身材长得并不难看，"山门镇上能买到不？"

"你把长袍改一改。"她说，"山门镇上有个裁缝铺，花一点儿钱改成'列宁服'还能剩一点儿。"

"那我现在就去！"

"咱们一块儿去，我给你参谋。"

三天以后，吃罢晚饭，回到教室，她向我挤一挤眼，使我有一种暗中默契的喜悦。她在和我到裁缝铺去改做衣服回来时，给我说，暂时保密，一俟"列宁服"穿到身上，让速成二班的男女同学大吃一惊吧！我知道她挤眼的意思：今天是取衣服的时限日。我早已按捺不住一种稀奇的心情，就和她走出学校的大门。

那个秃顶的老裁缝，取出改好的衣服，又取出剩余的布头，交给我。

"试试。"她说，"看看合身不？"

我有点儿难为情，当着她的面脱袍子，不大雅观，就说："我回去试。"

"在这儿试试，有不合尺寸的地方，老师傅看了也好改。"她说。

"试试吧！"老师傅也这样说。

我不好推辞，就背过她，脱下蓝布长袍来，尽管我袍子下有两层衬衣衬裤，心里还是止不住惶惑，似乎这蓝袍一揭去，我的五脏六腑全部暴露无遗了。

她提起那件改制的蓝色"列宁服"，帮我穿上，又帮我结上纽扣，我感觉到了那只灵巧的手指的温柔。我一低头，胸前两排纽扣，一排是扣着的，另一排完全是装饰品，两条宽大的领条分别摆在脖下两边。

"到镜子前头去照照。"师傅说。

我站在穿衣镜前，自己看见了陌生的自己，竟然不好意思了。说真的，我在镜子里第一次发现，我的模样是很俊的，眉骨耸高了，脸上的棱角也明显了，再不是像我父亲骂我的那样一种女子气儿的少年了。只是那个酒窝，在我不好意思的羞怯中又隐隐现出来。我看见她站在我背后，一眨不眨地看着镜子里头的我的脸，她发觉之后，有点儿惊慌地摆开头去了。

"挺好。"她说，"刚合身。"

我听到她的话，有点不满足，甚至怅然若失。她怂恿我改做衣服时，曾经热烈地赞扬过我穿上"列宁服"一定很好，因为我的身段好。我现在穿上了，自己已经觉得确实很好的时候，她却平淡地只说"挺好。刚合身"。我希望听到她热烈的欢呼，却没有了。

无论如何，我感到一种从来没有过的轻松。我像卸下了钢铸铁浇的铠甲，顿然感到浑身舒展了。天呀！走出裁缝铺的门，踏上山门镇石板铺成的街道，我居然不会走路了！脱掉蓝袍，穿上"列宁服"，那个八字步迈不开了，抬脚举步十分别扭，她刚出门，看着我的走路的样子，扑哧一声笑了，像是压抑了许久似的，我才理会了，她在裁缝面前保持着与我的谨慎的距离，不敢说出太热情的话来。

"呀！衣服换了，路也不会走了！"我也自嘲地说。

"放开走！随随便便走！想蹦就蹦起来！"她说，像是和谁赌着气，"你敢不敢蹦起来？试试你的胆子，徐老先生？"

她在激我，开我的玩笑，我心里一急，伸手在她肩上打了一下，立即就愣住了。天哪！简直不可思议，在这个栈铺拥挤的街镇上，我居然和一个女生打打闹闹！

"好啊！蓝袍先生敢动手打一个女学生了！真是进步了，解放了！"她讥诮地斜过我一眼，使人感到亲切的讥诮呀！她说，"再勇敢一点儿，蹦起来！"

我鼓了鼓勇气，连着蹦起来三次，蹦起来，挥一下手臂，落到地上的时候，我脸红耳赤，索性不去看街道上那些市民的脸色。我对她说："我今天才解放了！"

"对对对！"她连声附和，也很激动，"为啥不蹦呢？为啥不说不笑不唱呢？旧社会，尽让别人尽性儿蹦了，尽情儿笑了唱了，而今解放了，轮着我们妇女了！"

"我可不是妇女！"我分辩说。

"你比妇女还封建！"她哈哈笑着。

"我究竟是什么且不管，"我也笑着说，"反正我自由了！自由多么好哇！"

"唱歌吧！"她说，"有勇气，跟我唱着走过去！"

"我不会唱……"我不承认我没有勇气。

"跟我顺着溜吧！"她说着就唱起来。我和她并排走着，顺着她唱的音调溜唱：

> 解放区的天是明朗的天，
> 解放区的人民好喜欢。
> ……

临近校门的时候，她突然站住，回过头来，煞有介事地说："你把八字步全忘了！"

我心里一惊，真的，唱着歌走过街道的时候，我的脚步从八字步里解放了，自由了！

第二天，我按照她的吩咐，在教室后边的黑板上换写"生活园地"的内容。她把一篇编成的稿子交给我，我要按照这篇稿子的内容和长短安排版面，在阅读这些稿子时，我发现了一个刺眼的题目：

蓝袍先生穿上了列宁服

我问："谁写的？"

她说："我。"

我不知我为什么要问谁写的！如果不是她写的，我就不愿意让它公之于全班？我自己一时也说不清楚，反正我捏着粉笔走向板报了。

整个教室里，为这篇文章欢腾起来。

还　俗

田芳一天没有来上课，我的心里很不自在。

她病了，躺在女生宿舍里，一整天也没有进教室的门，也没有到饭堂里去吃饭。我看见班里几个女生在一起，给她打饭，送饭。我问一个女生，田芳怎么了？要紧不要紧？她支支吾吾，只说病了，像是有意回避别人的关心，我也不好意思再问下去。

我感到孤单了。一只长条课桌，过去坐着我和她，两个已经成年的速成班的大学生，感到了拥挤，也感到桌子的面积过于狭窄。现在，我一个人坐在长条凳上，觉得这桌子太宽绰了。

她的书籍和作业本子静静地躺在桌斗里，墨盒儿寂寞地蹲在桌子的右角上，这些被她的手指抚摸、使用过的工具，全都失去了生气，使我看见时就有一种惆怅之感。我挪过那只四方形的黄铜墨盒，打开，垫着的丝棉团儿上留下她用毛笔挤压的坑凹，墨汁干了，我把刚刚磨好的一砚台墨汁便倒了进去，干瘪的丝棉团儿被墨汁泡得膨胀起来。我把墨盒合上，重新放到她自己平常搁置墨盒的固定位置上——桌子靠墙边的右角上。我忽然在桌子与墙的夹缝里发现了一根头发，就用手指轻轻儿抽出来。

头发很黑，像墨，又很柔软，这是从她的头上脱落下来的，她自己大概很不注意，更不可惜，她有那么多的黑乌乌的头发，垂在脸颊和后肩上。我忽然真切地感到了用手抚摸她的脖颈上的头发的印象，就把那根头发悄悄地夹在日记本里。

没有了田芳的速成二班教室里，也显出明显的差别来。往常上课之前，教师走进教室门之前的三分钟的等待中，田芳领大家唱歌。她从我的耳畔唱出一支歌的头一句，叫声一、二，于是教室里就腾地响起歌声来。我分明感觉到她口中掀起的轻柔的气浪对我的耳朵和脸颊的冲击，随之就跟着大家唱起来。今天，第一节课前，因为没有人领唱而默然了，第二节课开始前，由班长临时代替田芳领唱，我总觉得有点别扭，燃不起大家唱歌的热情。纵然唱起来了，歌声却死气沉沉，缺乏生气。

我坐在课堂上，眼睛瞅着在讲台上讲得满头大汗的老师，心里却想，田芳病得一定很重，她那样热情奔放的人，怕是不病到十分厉害的境况，是不会躺下的。宽大的集体女宿舍里，现在只躺着她一个人，一定很孤寂，我要是陪坐在她的床边，肯定会使她的心情宽舒一点儿。我也乐于坐在她的旁边。

我决定在午休时去看她。好容易上完四节课，草草吃完午饭，我回到教室，放下碗筷，班级篮球队队长拉住我，要我写几张篮球比赛的布告。我只好埋头书桌，拔开毛笔。

球赛是一场校际比赛，由我们速成二班对县中的校队。我们班的篮球队是师范的冠军，威震县城。我们的篮球队队长有一个雄心勃勃的计划，要征服县城里的所有单位的篮球队。我已经迷上篮球运动了，虽然我的球技水平根本不够上场的资格，却是这支生龙活虎的球队的一个不可或缺的成员。我每次写海报，我的字是可资赢人的，即使在藏龙卧虎的古县城里，我写的海报前常常围着一堆并不喜欢篮球运动的遗老遗少，品评我的墨迹，使速成二班的篮球队也增加了半分光彩。我的主要职责是替运动员们当衣服架子，他们上场时，匆匆地脱下衣衫或裤子，甩到我的怀里，我一律搭到肩上，不会弄脏，也不会丢失。我从开场一直看到结束，从不中途退走，让运动员放心。篮球赛结束后，我替他们用网袋背球儿，和他们一边议论着刚刚结束的战斗，走到小镇街道外边的小河里，洗一洗。为此，篮球队队长破例吸收我为篮球队的球员，虽然根本不是指望我上场。我穿上了一个最大号码——26号的背心，胸膛上有两个用红布轧成的大字"速成"，既是我们班的班名，又意味着在赛场上速战速决的作风。自然是我的笔迹。

写完海报，我就急忙往女生宿舍走去，下午有球赛，我不能不去，缺了我，队员们的衣服搁哪儿去！走到女生宿舍门口，我有点犹豫起来，那个门里是女性的独立王国，即使再开通的人，甚或是冒失鬼，也会在这个门前放轻脚步，思考一下。我从来也没有进过女生宿舍，倒有点儿丧失勇气了。

"噢呀！慎行，快来！"我们班的王艾艾正好出门来倒水，看见我，快嘴快舌，"田芳刚才还问你哩！"

我的所有顾虑全都在王艾艾的几句话中烟飞云散了，跨上台阶，跟着王艾艾走进门，由她引着我一直走到田芳的床铺边，我却急得说不出一句话。

她倚在被子上，向我笑笑，说其实并不要紧，明天就可以上课了。我已学得稍微聪明了，知道女同学有些不便说出口来的疾病，也就只是关照她按时服药，悉心养息，不问病症。

我坐在她旁边的床边上，看见她的脸色有点黄，眼圈上有一道模糊的晕圈，头发有点散乱地压在被子上，病容的脸颊似乎更加婉丽动人，令人陡生怜惜之情。我忽然想到我早晨捡到的她的那根头发，不由得心悸了一下，竟然觉得鼻腔酸渍渍的。看着左右坐着的本班的几位女同学，我强忍住涌动的眼泪。

"我刚才还问你哩！"她淡淡地笑笑。

"有啥要我做的事吗？"我问。

"离元旦剩下一月时间了，校学生会要各班给元旦晚会准备节目。"她款款地说，忽然眼睛一亮，"咱们班出四个小节目，一个大节目，想排《白毛女》，让你参加演出……"

"啊呀！天爷！我……"我惊慌地摆手。

"其实，你的嗓子挺好的，只是没有训练。"她并不急，似乎早就料到我的反应，依然缓缓地说，"把嗓子练顺了，声音挺好。"

几个女同学也都附和着，说我的嗓门不错。我从来也没想到过登台演戏，很不踏实，仍然推辞。几个女同学七嘴八舌，简直说成了非我莫属的情况。王艾艾问："派他支哪个角儿呢？"

田芳笑笑说："黄世仁，怎么样？"

"不行不行！"我腾地红了脸。

"他不用排就会迈八字步！合适合适！"王艾艾冲着我，在走道上转起八字步，"慎行呀！演吧！"

"这次演出要评奖。"田芳说，"咱们要给速成二班争取荣誉。"

我忐忑不安地垂下头。

"我病好了咱们就开始排练。"田芳说，"你甭怕，我给你排戏！"

我支吾一声，自己也没听清说的什么。我想推辞，又怕她不高兴；接受吧，又实在觉得是笨鸭子上架，太难为了。想到在排戏的较多的课余时间里，我可以和她在一起，又觉得十分快乐，于是就算默认了。

我坐在她的床边，明显地感觉到女生宿舍的异常气氛，比男宿舍干净、整洁，飘着一丝淡淡的粉脂的气味，诚恳地劝慰她安心养病，我就告辞了。

晚自习时，我隐隐得知，田芳的家里大约出了什么事。她的父亲昨天到学校来找她，送走父亲时，有人看见她和父亲憋着气，晚上在宿舍偷偷哭过，今天早晨就起不了床了。究竟发生了什么事，她没有给谁说过，属于一种猜测。

我想不出她会有什么大不了的事。

第二天早晨，她来上课了，我的心里竟是一种急切的期待之情。上早自习了，好多同学从教室里走到外头去，在庭院里的柳树下，在学校的围墙根，朗读或者背诵语文课文。我也喜欢在院子里早读，空气清爽，也不干扰别人。今天早晨，我没有出去，就坐在位子上，我在暗暗等待着田芳来上课。

她来了，走进教室时，屋里的几位同学都和她打招呼，问候她的病情。她笑笑，一律表示感激，说自己今天精神好多了，不要紧。

她向自己的座位走来，我已经早早站起，像是迎接她归来。她走到我跟前，照例笑着，坐到靠墙的位子上。我忘了问她病况，也随之坐下，心里很踏实了。

"头不疼了吧？"

"不疼了。很好。"

她说她好了，我就再也找不出什么问候的话，不说又觉得心里别扭，很想说上一番热心的关照的话："天气凉了，要注意冷暖变化，甭大意。"

她有那么不长不短的一会儿时间，以一种异样的目光盯着我的眼睛，听我说话，忽而眼睛一闪眨，那种异样的光消失了，又恢复了和一般同学说话时一样普通的神色。那种异样的目光出现的时候，我的心忽闪忽闪跃动了，胸腔里阵阵发热，像一束电石的火光闪烁了一下，我有生以来从未有过的一种奇妙的心灵颤动。

"谢谢。"她说这句话时，虽然是诚恳的，却没有那种撞动我的心灵的目光。

又过了两天，晚饭后，她召开第一次排演会议，所有参与演出的演员和伴奏、服装、道具人员都参加了，四十来名学生的速成二班，几乎人人都派着了用场。伴唱组的女生，伴奏组的拉胡琴的、打大鼓的、敲锣打梆子的，人才应有尽有。那个拉头把胡琴的打大鼓的男同学原先当过吹鼓手，喇叭和铙钹，全都能来两下，由他负责伴奏组的训练，缺少的人才由他教导。

我被分配演黄世仁，竟然成了真的。田芳饰演喜儿，在剧中我和她处于两个对立的阶级的地位，毫无感情上的共鸣，使我很遗憾。我甚至忌妒起班长刘建国来，他演大春，正面人物，脸上抹红，又有许多和喜儿表示特殊感情的戏剧情节。我还是服从了田芳的分工，使她不至为难，再去调整扮演角色，浪费时间。而要在一个月稍多点的时间里排出这一大本戏来，真是够紧张的。

田芳表现出她的对于文娱工作的非凡的组织才能。她要求在五天内全部背过唱词，一周后在一起对词，下来花十天时间排演动作，第四周结合伴奏全面排演。她精神振作，热情极高，同学们都愿意听她的吩咐。

她是够忙的了，既要指挥大家排演，又要自己支角儿，而且是贯穿全剧的主角。我们每个演员，在背会唱词以后，就给她打招呼，向她面背一遍。然后，她一边弹风琴，一句一句给我们教唱词，一句一句纠正音韵不准的唱段。我看不到她自己背诵喜儿的唱词的时候，但我并不担心，似乎整个剧本早就扎在她的脑子里。

黄世仁的唱词儿不多，却有点怪腔怪调儿，唱起来十分拗口。《北风吹》和《红头绳》两段，几乎每个同学都会哼会唱了，而生活中很少有谁喜欢哼一哼黄世仁的腔调。我对扮演黄世仁这个角儿的兴味提不起来，音调更觉得唱不准了。

"甭急，慢慢来！"

她用脚踩着风琴踏板，双手按着琴键，侧过头来，对我说。大约是看出了我的不耐烦情绪，反倒不厌其烦地和着琴声，唱了一遍又一遍，给我示范，给我纠正。我一边跟着独唱，一边盯着她弹琴的动作，端庄、自然、优美，我的心情很快就稳定下来。

我的热情陡地高涨了，精神异常兴奋，心情特别舒畅，几乎每天晚饭后总是第一个走进学校的小礼堂这个临时借用的排练场，替她做些组织工作，做些零碎的杂事。由她提议增补我为剧团的副团长，大家一致拍手赞同。我和大伙相处得很好，进入我来到师范学校之后的最佳精神状态。

新年临近了，排练也进入最后的关键时刻。一场意料不及的事发生了，田芳——我们剧团的团长，《白毛女》剧中的灵魂，被一伙一时搞不清的野蛮的家伙绑架了，在师范学校酿成了一场严重的"田芳事件"……

拳头之歌

上午的后两节课是作文。王老师在黑板上写下《第一场雪》的题目之后，简单地提示了几句，就走出门去了。

我正在起草稿，忽然看见一个老头走进教室门来，肩头背着褡裢，脸上冻得皱巴巴的。在教室里瞅着一个个男生和女生低垂写字的脑袋。我看他那倔倔的神气有点可笑，这是谁的家长来了呢？他瞅了半天，也没有瞅见要找的对象，就叫道："芳芳！"

田芳猛地扬起头，急忙拢了笔，显出慌慌的样子，离开座位，从走道上走到前头，把老头儿引出教室去了。

那老汉大概是她的父亲，我猜测，从他叫她名字的口气可以判断出来，村乡里那些老农民，叫自己的亲生儿女时都是这种神气，而且不分场合，一律像是在自家屋里呼儿唤女。他来找她，并不稀奇，班里的同学从四面八方汇拢到这个小镇上，一律住宿，一年半载不回家，常常有这个那个的家长找到学校来。少数是家里出了事，父亲或母亲病重了，需得回去看看；多数是给儿女送衣送钱，借机看看自己可爱的儿子或女儿。

田芳跟她父亲出门以后，我的心里却不安了。她的父亲找她，我有什么好说好想的呢？自己也奇怪了。她抬头看见她父亲的那一瞬间，眼里泄出一道惊恐的神光，随之转换为一种憎恶的气色了，随之一切都消失了。她的父亲，即使猛来乍到，也不应该令人那样惊恐吧？更不应该有憎恶的样子显现。我猜不出其中原因，心里却有点焦躁，有点担心。

我竟而至于不能继续描绘入冬以来第一次降雪的壮丽景色了，越想，心里越加焦躁了。人对于可能发生的祸事是不是有一种先兆性的心理反应，我说不清，反正我心里已经毛躁得难以在作文本的小格子里写字了。

我拿起茶杯，佯装到水房里去打水，走出教室，甬道上没有田芳和她父亲的影子，一排排教室里，传出这个那个教员的讲课的声音。她大概把父亲引到宿舍里去了，我在水房里打了水，慢步朝回走，忽然看见打铃的校工刘大根跑过来，朝我说："你们班的田芳给人拉走了！"

"谁？"我大吃一惊。

"一帮人！"刘大根说，"我从街道上过来，碰见一帮人把她往马车上拉！"

"在哪儿？"我的心里涌起一股火来。

"山门镇南头……"

我甩了水杯，拔脚就跑了。我蒙了，闹不清究竟是怎么回事，那个叫她的是什么人呢？她为啥要跟他走呢？我只觉得她不能被拉走，怎么会有这种事呢？我奔出校门了。

街道上似乎有人已经在议论什么，我直朝小镇南头跑去，果然看见围着一堆人，议论纷纷。我奔到跟前，大车上站着七八条大汉，扭着田芳，田芳在挣扎，又跌倒在车帮上，几个人趁势压住她。我大喊一声："不准抢人！"田芳猛地回头，哭喊："快——慎行……"赶车的人大约感到事不宜迟，哗的一声甩起鞭杆，马拉着大车跑起来了。

我追着马车跑。马车跑得并不快，我追到马前头，面对奔马，毫无办法，我自小没有摸过牲畜，更不会驾车，不知怎样才能使奔驰的马车停止下来。那个赶车的汉子，一挥长鞭，我的头顶一声响亮的鞭声，鞭鞘正抽在我的左脸上，火辣辣地疼。在我被抽得晕头转向的一瞬间，马车哗的一声跑过去了。

我摸一把脸，继续追，愤怒与急迫中，我从地上摸起一块半截烂砖头，离开马车稍远一点，跑过奔马，回过头来，照准驾辕的红马的脑袋，鼓足全力甩出砖头，一下子击中了马的鼻梁骨，那红马尖叫一声，前蹄腾空跃起，前头挂鞘的两匹马站住不动了。赶车人用鞭杆砸辕马的屁股，红马摇头摆尾，抑起蹄子乱踢，马车停下了。我立即扑上马车，又被一个汉子推下车来。赶车人也跳下车，朝我愤怒地抡起拳头。我已经忘记了危险和孤身无援，迎着他冲上去。这是一个中年汉子，力气很大，却笨拙，我闪过他那沉重的一拳之后，就在他的脸上砸了一下，大约打中了他的眼睛，他立即丢下鞭杆，双手捂住眼睛，蹲在地上了。这是我平生第一次打人，还真的尝到了一点打击对手的痛快。

"打这个野男人！"

听到一声吼，从车上跳下三四个汉子来，从四面包围了我。我不知该怎样对付，头上一下，腰里一下，我被打得无法防备，忽然朝车上喊："田芳！快跑！"就被打倒在地上了。

"打这个野男人！"

我被打倒在地上，有人坐压着我的脊背，我爬不起来。他们在骂谁？野男人？是谁？是把我当田芳的野男人打吗？

街巷里一阵呼喊，一阵杂乱的脚步声。坐在我背上的那个汉子蹦走了，我爬起来一看，速成二班的男女同学赶来，正在大车周围的街道上摆开了打架的阵势。力量对比一下子发生了绝对的变化，那几个汉子被学生包围住，打得乱爬乱滚。

我跑到马车跟前，看见几个女同学已经解开田芳被绑捆着的双手，扶着她从车上走下来。我看见她的泪痕斑斑的脸颊，忽然心里难过了，流下泪来，一句话没说出口，就跌倒在地上，昏迷了……

我的手被一只温柔的手攥着，紧紧地攥着，我真舍不得那只手松开，离去。我睁开眼，是田芳握着我的手，周围坐着一伙男女同学，她当着大家的面攥着我的手，似乎没有什么不好意思，我也觉得这本来没什么，就该这么攥着。

我依稀记得，我是在山门镇的医疗所里被救醒的。大夫给我包扎之后，又给我吃了几片药，说是催眠的，我就睡到天色傍晚了。

我感到口渴，张张嘴，没有说话，她就意识到了，用一只瓷匙给我嘴里喂水。我看到她从盛水的搪瓷缸里舀起一匙水，用嘴吹吹凉，就准确地喂到我的嘴里。我静静地躺着，闭上眼睛，听着那咝咝的吹气声，等待那挨近到嘴唇上来的勺子。我真想抱住她，把头埋在她的胸前，和她痛哭一场。

"你知道不？县公安局把狗日的逮了三个！"班长刘建国说，"我们速成二班这下打出威风喽。太不像话嘛！已经解放了，竟敢抢人！"

我心里很痛快，抓了他们三个，真是叫人痛快。我坐起来，浑身疼痛，背后垫着被子。

"哈呀！了不起，真是了不起！"篮球队队长说，"咱们的蓝袍先生会打架了，真是了不起！想想你刚来时的那般斯文……"

大伙瞧着我笑。我也笑了。田芳抿着嘴儿，也瞅着我笑，说："他打什么呀！尽挨了打！"

我挨了打，被打得头破血流，鼻青脸肿，可我也打了一拳，砸了一砖头。我那一砖头砸得多准！正好击中了辕马的鼻梁骨，使飞奔的马车停住不转了。我仅仅打出的一拳又何等的威风，何等的准确，一下子砸得马车把式蹲到地上，双手捂住眼睛，抢不成鞭杆了。我平生没有跟别人打过架，没有体验过打人的滋味，现在才发觉，打人也有乐趣，特别是当你出于一种卫护弱者（这弱者又是你顶要好的同学）的义愤的时候，用拳头击中对方的身体，就会产生一种无与伦比的痛快的滋味。我久久地回味着那一拳击中马车把式时的情景，而把自己得到的几倍的报复忘记了。

"他们怎么敢在光天化日之下抢人？"我问，"田芳，到底是怎么回事？"

"那是她婆家来的一帮子蛮汉，要抢田芳回去拜堂——结婚！"一个女同学代替她说，"甭问了，让田芳又难过。"

我又忍不住问："到教室来找你的那个老汉是谁？你怎么就跟他走了？"

"那是我爸。"田芳说，"我爸在我十岁时就把我许给人家，卖了八石麦子。我而今不愿意这桩事了，他说让我拿出八石麦子还人家。我说我工作以后，逐年还，全部还清。俺爸这一关先打不通，跟人家合在一起，要把我送给人家哩！他不单是粮食问题，还说我丢人丧德，损了他的面子……"

我大致明白了缘由，也不想再细问了，怕引她伤心。这样的婚姻状况，在我们速成二班，不仅是田芳一个人的痛苦，好多男生女生都有类似的遭遇。班里早已有几位学生解除了婚约，还有一些人正在酝酿，两个速成班正在形成一股离婚和解约的风潮。

"打这个野男人！"

那个从马车上跳下来的汉子呼喊着朝我奔来，把我当野男人打，现在想起来，似乎也并不觉得有什么不好意思。当时，田芳被绑在车楗上，不知听到这句恶毒的话了没？

"田芳……"我想安慰她几句，却又不知该说什么好，临到嘴边，却说到其他事情上去，"咱们的戏还排练没有？"

"今天……停了。"田芳说，"你的伤势要是到时不能恢复，就难演出了。现在想调换谁来演，来不及了！"

"你先说你怎么样？"我担心她的精神刺激太重，能不能上台，"能上台吗？"

"我能。"她说，"我才不把他们当回事儿哩！反正甭想我进他们的门！"

"我也能！"我说，"你给大家继续排演吧！我一定能上台！"

元旦晚会通宵达旦，夜半时，食堂里给全体师生准备下一顿丰盛的年饭。《白毛女》是压轴戏，排为最后一个节目，吃过年夜会餐之后再化妆也是来得及的。我就坐在大礼堂里，欣赏着各个班里的文娱节目。田芳另有一个独唱，我期待着。

终于轮到她了，她站在台上。穿一件红袄，沉静而大方。几天前，由她引起的轰动一时的打架事件，使她成为全校瞩目的人物。现在，她站在台上，让全校师生瞩目，不知出于什么心理，哄哄乱乱的大礼堂倏地静寂下来。她唱起来了——

旧社会
好比是黑咕咚咚的枯井万丈深

井底下

压着咱们老百姓

妇女在最底层

看不见太阳看不见天

数不清的日月数不清的年

做不完的牛马受不尽的苦

谁来搭救咱

会场里十分静，静得使人感到压抑，压抑得人想喊，想叫，想蹦起来狂呼狂喊！我的眼泪流下来了。我听见有人抽泣。不知是哪个班的女同学，开始附和着田芳在台下唱起来，很快地漫延到各个角落，男生们也唱起来，整个大礼堂里，回荡着这曲《翻身歌》——

共产党，毛泽东

他领导咱全中国走向光明

从此砸断了铁锁链

妇女就成了自由的人

……

我扬起头，张着嘴，忘情地唱着，眼泪从脸颊上流进嘴角里来了，咸涩涩的。我是个先生。我是那个小和尚！我是受压迫的妇女！我是一个被父亲禁锢成了没有七情六欲的木偶！我……今天成了……自由的人……了！

新浪潮拍击下的老农民

积雪覆盖着原野，乡村间的大路上。午间融雪时踩踏得稀烂的泥巴，夜间又冻结成硬块了，路面坑坑洼洼，绊绊磕磕。道路朝南，沿着漫坡而上的原野延伸，在雪地上像一条随意丢下的皮绳，曲曲弯弯。

我们三人——班长刘建国、班主任王老师和我——一行，冒着渭河平原数九隆冬的清晨时分凛冽的寒风，正沿着这条乡村大路朝南走，要赶到一个叫田家寨的村子去，找田芳的父亲田茂荣老汉。我们将交给他四百块钱，由他再交给把田芳许订给的那一方的家长，偿还他接受过的彩礼或者说聘金，从经济上彻底割断捆绑着田芳的绳索。这是怎样一件令人鼓舞的壮举！

四百块钱装在我的书包里，沉甸甸地挂在我的肩上，那无异于几百颗腾腾跳跃着的心，我怎能不感到沉重呢！

新年晚会上，我们的《白毛女》歌剧获得了极大的成功，田芳的名字消匿了，那些认识或不认识她的外班的同学，那些教她或根本没有教过她的老师，见面都亲切地叫她白毛女了，我们班的同学更不用说了。戏剧里的白毛女已经获得了新的生活的权利，获得了幸福自由的爱情，现实生活中的白毛女——田芳，笼罩在心灵上的封建的乌云还没有消散。

虽然发生过轰动小镇的抢劫田芳的事件，她的父亲仍不改口，绝不许她毁弃三媒六证确定过的与大张村的婚约。对她压力最大的不是她的父亲，她说她将永不回家，甚至断绝父女关系，也决不回到"黑咕咚咚的万丈深的枯井"里去了。对她压力最大的是八石麦子，她的父亲把她许订给大张村所接受下的聘礼，早已被全家老少吃掉了，变成粪土，施到田地里去了。八石麦子，一石十斗，一斗三十五市斤，整整两千八百斤，折合人民币三百多块钱哪！

一场募捐活动在师范学校掀起来了！

想起这场募捐活动的前前后后，我至今仍然激动不已。起初，只是我们篮球队几个同学的举动，想不到竟然扩大到整个学校里去了。那天与县武装部的篮球赛结束以后，我和队长何长海回校的路上，闲扯着已经过去的田芳被抢劫的事。我说，我要是有三四百块钱，我就愿意拿出来，解除她心上的债务。何长海说，咱们球队凑一凑，能不能凑够呢？十来个篮球队队员在一块凑来凑去，不过几十块钱，远远不够。回到学校后，消息传给班里的男女同学，大家纷纷向我捐款。紧接着，外班的同学也赶到我的宿舍、我的教室里来捐款，甚至有十几位老师也捐了……啊呀！短短的三四天内，我的书包里装进了五百多块钱，超过需要的数目了。我和班主任王老师商量之后，决定把多余的一百多块钱退回那些捐数最高的老师和学生，留下四百元足够了。

"为了砸断封建锁链！我捐三块……"

"再不能容忍我们的姐妹做封建婚姻的牺牲品！我捐一块……"

"为了解放，为了自由！我捐……"

那一张张男生和女生的脸在我眼前叠印，那一声声慷慨激昂的话在我耳畔响着，永生难忘！大伙不仅是同情田芳的遭遇，而是一种共同的时代要求。

刚刚获得解放和自由的新中国的第一代青年，强烈的反封建的意识是共同的要求。这些师范学校的学生，尤其是速成班的学生，来自社会底层，不单是仇恨地主资本家，尤其仇恨封建的婚姻。好多人与田芳有类似的遭遇，离婚和解除婚约，在师范学校不仅不会被人耻笑，而会得到普遍的支持和同情。

"你离婚了？"

"离了！"

"完全弄零干了？"

"零干了。你呢？"

"我刚提出来，正离哩！"

"赶紧离了！重新自由去……"

这是公开的交谈，不会令人议论……田芳这样的引人注目的白毛女，得到热烈的募捐就是不奇怪的事了。

我按按书包，四百块人民币正在手心，我的心止不住一阵发热，隆冬原野上清晨凛冽的寒风也不那么厉害了。

我们三人走进田家寨，几经打问，终于找到田芳家的门口。

两间厦屋，连个围墙也没有，一眼就可以看出，这是一家十分贫苦的农民。我们三人站在厦屋门口，一个女人走出来，大约四十出头，一眼就可以断定是田芳的母亲，脸形太相像了。她一看见这三个穿戴不同于庄稼人的陌生人，先愣怔了一会儿，有点惊恐地问："寻谁？"

王老师说明了我们的身份，田芳母亲脸上的惊恐立时消失了，却更加慌。她把我们让进屋，却无法使我们坐下来。炕上的一张破烂的被子下，围坐着四个娃子和女子，地上竟然没有一个可供人坐下的凳子。她擦擦手，闪身出了门，再进门的时候，端着一条长凳，大约是从邻家借来的。不管怎样，我们三人挨排儿在长凳上挤着坐下了。

她张罗着倒水、取烟，取来了一只装着烟末的木盒子，却找不到烟袋。王老师点燃自己的纸烟卷，劝她再甭麻烦了。她在灶锅下的木墩上坐下，却不知该说什么好。没有经见过世面，也没有和公家的干部打过交道的农家妇女，常常都是这个样子。王老师尽管很和气，问她家里的状况，她头不抬，烧着火，简短地答上一句，半天又没话了。田芳的父亲拾粪去了，她告诉我们，随之就指使坐在炕上的儿子去找。

老汉回来了，头上裹着一条黑布帕子，鼻子冻得红红的，一进门，大声说："三位先生来了！抽烟——"把那个短杆旱烟袋依次让给我们三人，随之在门槛上坐下来。

"三位有何贵干？"他仰头问。

王老师和他谈起田芳的婚事，给他解释新社会婚姻自由的道理。老汉低着头，抽着烟，做出一种耐心听着的姿态。一当王老师停住口，他仰起脸，做出深明大义的神气，说："新社会好，咱农民拥护共产党。儿女的婚嫁之事，应该由家里管，政府和学校管这些事做啥？"

王老师又耐心给他解释学校应该管的原因。

"言而无信，不知其可也。"田芳的父亲说，"你们都是有知识的人，比我懂得多，我跟人家说下一句话，三媒六证，邻里皆知，而今一水冲了，我在田家寨还算不算人？"

我心里暗暗吃惊。这个老农民，一身黑色家织粗布棉袄棉裤，补丁摞着补丁，肘头露出变成黑色的棉花絮子，一脸皱折，鼻尖上吊着清凌凌的水一样的鼻涕滴子，捉着烟袋的手指像树皮一样裂开着口子，嘴里却吐出一串一串半生不熟的词句。我早已从田芳口里得知，她的父亲是个一字不识的粗笨庄稼汉。一个大字不识的粗笨庄稼汉子，谈起话来，却要讲信义，夹杂些半通不通的古文词。如果是我的父亲这样讲话，也不足怪，而田芳的父亲却叫我奇怪了。

王老师索性问起八石麦子的事。

"有这事。"田芳的父亲一口应承，"家家的女子都卖钱，家家的儿子订媳妇都花钱。我吃了人家的麦子，我不昧良心……"

王老师又讲道理，说那根本不是昧良心的事。我也就一手掏出四百元钱来："这是我们同学和老师的一点儿心意，目的只有一个，让田芳能安心读书，再甭逼她上轿了……"

老汉瞪大眼睛，瞅着我递到他眼前的一厚扎票子，愣住了。他显然没有料到我们的这个举动。愣了半天，忽然醒悟了似的，猛地伸出双手，把我的手推开，并且站了起来："这不能，这不能呀！"

"我们是为了田芳的前途……"我说。

"为了啥也不能失信！"老汉说。

"你要是不收，我们就——"王老师看看说服不下，就使出我们路上商量好的最后的一招，"交给乡政府，由乡政府交给大张村那家人。当然，这样一来，媒人和你难免就不好看了。你知道，上次抢人，县上扣了大张村三个人，刚刚释放……"

"哎呀！"田芳的父亲颓然坐在门槛上，双手抱住头叹息。

王老师示意我把钱放下，我瞅瞅那张破烂的用麻绳扭着腿儿的小桌子，上面摆着盆盆罐罐，把钱放下了。

"我们走了。"王老师站起来说。

田芳的父亲抬起头，看见桌子上的那一摞钱，没有推辞，脸上露出愧疚不堪的神色，张开双手，挡住门："说啥也不能走……不吃饭了，再坐坐……"

我们又坐下了。

"唉，三位同志……"他摆摆头，一脸诚恳的又是慌愧的神色，"解放了，已往的礼性全部不合时了吗？"

王老师笑了："也不是这么说。你，一个贫农，翻身了，扎实种你的地，把日子往好里过，顾那么多臭礼性做啥？"

"解放了好！确实好！不拉兵了，不抽税了，官人不欺百姓了，确实好！可这新社会——"田芳的父亲现在显出一个老庄稼的天真来，说，"全都没大没小了么？男女不分了么？不顾脸面了么？"

王老师哈哈笑着，摇摇头。

"你看——"老汉举出例证来，"俺田家寨，有五个姓氏，田姓是主，其余是后来添进来的。人说，'歪胡家，捣秦家，恶鬼出在刘、李家，仁义礼智大田家。'而今，田家人也不讲礼义了！你看看，那些男男女女，这个离婚呀，那个自由呀！闹得全都乱了套……当然，咱连咱的女子也没管得住！"

"你为啥要管人家哩？"王老师笑着问，"人家年轻人，听啥不听啥，自己有主意了！你拿那些老封建思想管人家，肯定管不住！"

田芳的父亲叹息："咱们人老几辈儿没跟人胡说白道过，穷是穷，可没做下让人指脊背的事……"

"你把我压迫了一辈子！"田芳的母亲说，"而今孩子压不住了……才好！"

"你——"田芳的父亲红了脸，"我看我活不成了！"

"穷得叮当响，臭礼性倒多！"女人更加壮起胆子，"土改时，工作组分给咱一张桌子，两把椅子，他呢？晚上悄悄给人家送回去，让民兵抓住了，审了半夜，说他跟财主有勾搭，他只说……我不能白受不义之财……你们三位听听，这就是他的礼性！"

......

告别了田芳的父母，我们三人重新返回来。太阳升起在冬日灰蓝的天际，寒气消散了，道路上开始松冻，泥泞布满乡间大道。我们三人回味着刚才和田芳父亲的有趣的谈话，说着笑着，走到漫坡顶上。

眼前是渭河平原的壮丽的原野，坦坦荡荡，一望无际，一座座古代帝王、谋士、武将的大大小小的墓冢，散布在田地里，蒙着一层雪。他们长眠在地下宫殿里，少说也有千余年了，而他们创造的封建礼教却与他们宫廷里的污物一起排到宫墙外边来，渗进田地，渗进他的臣民的血液，一代一代传留下来，就造成了如我的父亲和田芳的父亲这样的礼义之民吗？

归来已觉不是家

接到父亲一封信，我才记起，离开家庭已经四五个月了。父亲关心我的学业，我的身体，问我是否恪守着"慎独"的嘱咐。父亲的很合规范的文言体书信，功夫独到的小草墨迹，把一个遥远的记忆勾回到我的心里来了。那么熟悉，却又那么陈旧。

班级之间的篮球比赛正在进行，我继续履行我的衣服架子的职责，父亲的信装在口袋里，赛场上激烈的竞争牵动着我的神经。有人在拉我的胳膊，我一回头，是田芳。什么事，等不到球赛结束吗？我实在不能从这紧要关头走开。她却拉着我的袖子，硬把我从人窝里拽出来。

"告诉你一件事。"她说，"县宣传部来人通知学校，让我们的《白毛女》歌剧下乡宣传演出。"

"真的吗？"我忙问。

"真的。"田芳说，"王老师刚才告诉我，让我叫你去，商量一下。"

"什么时候演出呢？"我问。

"寒假里。"田芳说，"马上要放假了。"

我和田芳找到王老师的房子，完全证实了这件事。这无疑是一件光荣的任务，王老师也很高兴，问我有什么困难。我说什么困难也没有，只是应该回一趟家，放假后就没有时间了。王老师批给我两天假，让我考试前赶回学校，下周就要期终考试了。

"你这次回去，你爸可能要认不出你了。"王老师笑着说，"你把老先生能吓一跳！"

田芳瞅着我，抿着嘴笑。我也笑了。

从王老师房子出来，我又朝操场走去，仍然惦记着速成二班的最后的胜输。田芳狠狠拽了我一把："那么球迷呀！我还有事儿跟你说。"

我只好站住。

"你把募捐时记下的花名单给我。"她说。

"要那做啥？"我问。

"有用。"

"干啥用？"

"你别管。"

"你不说清楚，我不给你。"

她无奈了，只好说："我要保存下来。待我毕业以后，有了工资收入，我要加倍给每一个募捐的同学偿还！"

"噢！这样——"我说，"这样……不好。"

"为什么不好？"田芳说，"我心里实在过意不去，很不安呀！"

"那样……起码在我，就伤心了！"我说。

"你伤什么心呢？"她问。

"我们募捐，完全是出于一种对封建婚姻的反抗。"我说，"那些外班的同学，有的根本和你连一句话也没说过，你也不认识他们，他们为啥自动捐款呢？你想想……"

"我明白。"她说，"即使这样，我也应该偿还。同学们的心意我明白……"

"当然，怎么处理这件事，由你决定。"我说，"不过，你千万别给我……偿还什么钱！"

"那……好吧！"她沉吟说，"你把那个名单给我，我要保存，比什么东西都珍贵了！"

"这倒好！"我说，"我抄出一份给你，我也保存一份。过多少年，看见这名单的时候，心里会是怎样呢？啊……这是几百颗心呀！"

"你说得多好！"田芳眼里浮出动人的泪光，声音低低的，抖颤着说，"比金子还贵重的心呀！"

从学校吃罢早饭就动身，回到东原上的我的老家杨徐村的时候，暮云四合了。冬日天短，又是步行，八九十里路走回来，整整用了一天时光。我的心情很好，离家几近半年，家里会是一种什么样子呢？

我站在门口，门楼兀立在寒冷的暮色里，那令整个家族引以为自豪的"读耕传家"的门匾题字，有点孤寂，也有点过时皇历的冷漠。我走进院子里去了。

院子里发生了很多变化。我和我的媳妇住的那间厢房，传出牛粪和牛尿的混合气息，我一探头，就看见一头黄牛正在槽头嚼草舔料。走进上房，父母住的房子从中间隔开了，分成两间住屋。父亲正在小小的南间屋的火炕上坐着，抽着烟，母亲在炕的另一头坐着。天气寒冷，人都坐在炕上了。

昏黄的煤油灯焰下，父亲伸着脑袋，辨认着我。我叫了他一声。他惊喜地从炕上下来，坐在椅子上，就从头到脚打量着我。母亲也溜下炕来，走出门去，从门外领着我的媳妇进来了。

"先生，你擦擦脸。"她把洗脸水放到我面前。

她还叫我先生，这是结婚以后她对我的称呼，而今我不是先生，是师范学校的学生了，她还那么叫，听来已经恍若隔世了。

"先生，你想用啥饭？"她在身后问。

"随便做点儿吃的。"我说，听见她又在问母亲，究竟该做什么饭。我的答复反倒使她为难了。母亲总算点出清汤细面的食谱，她轻轻走出屋子去了。我心里清楚，她的言语和行为举止，全是结婚后到我家里养成的。请人洗脸叫"擦脸"，洗手叫"净手"，吃饭也说成"用饭"，全是我父亲的家规。这些我过去司空见惯的东西，现在听来倒有一种好笑的味道了。

父亲在灯下伸着脖子，瞅着我的衣服，我这才想到，我从家里走出去时，穿的是一件蓝袍，小包袱里装着一件备换的蓝袍，头上戴的是礼帽。父亲现在是第一眼看见我穿着的列宁服和头上的八角帽子，就那么狠看。

"你把蓝袍换了？"父亲问。

"换了。"我心里有点忐忑，父亲会生气吗？"我是用蓝袍……改的这身衣服。"

"改了好！嗯，改了好！"父亲笑着点头说，"而今先生不兴穿袍子了。"

我的心里高兴了，父亲也在随着生活的变化而变化，我坐在炕边上，和父亲聊起家常。

在我离家的半年里，家庭分化瓦解了。父亲很伤心，说人心不古了，民风不朴了，连我的两位伯父也在家庭内部捣他的鬼。土改时，兄弟三人感激涕零地抱着我爷爷的神匣儿哭笑一场之后，看看再无什么风险，政府一股劲鼓励庄稼人发展生产，二位伯父把爷爷死时留下的遗嘱统忘记了，要买牛，要置地，要增盖房屋，再不听父亲的指挥了，把爷爷确立的我父亲的主事位置不当一回事了。争论时有发生，矛盾难以掩盖，终于分化瓦解了。

"鼠目寸光！"父亲简单地给我叙述完这种变故，不屑地说，"你大伯、二伯，全是鼠目寸光！"

我一时弄不清家庭里的谁是谁非，不好掺言，也觉得没有多少意思，既然过不下去，各家过各家的日月，也没有什么大不了的事。

"不管怎样，你该去给大伯、二伯问安。"父亲说，"家里分家归家里，你在外边读书，全当过去在一起过那个样子，该走的路要走到，该行的礼要行全，不要跟这些人一般见识。"

我点点头，就去看大伯。

大伯住在上房东边里屋，正在吃晚饭，放下筷子，忙让我坐。一句关于家庭矛盾的话也不提，只是夸赞我出息了，完全像个新社会的干部的模样了。

"这新社会真是好！"大伯说，"国民党的官人一进村，吓得百姓鸡飞狗跳墙，躲的躲了，跑的跑了，跑得丢了鞋子也不敢拾！而今共产党的干部一进村，老百姓一呼啦就围上了，胡拉乱谝，到饭时争着往屋里拉……我的天，那天正在碾子上说闲话，老杨同志顺手从我嘴里拔下烟袋，塞到嘴里就抽！你看看而今的公家干部多亲……"

我也很感动。解放初期，受惯了国民党官匪欺压的老百姓，对共产党干部的作风最敏感，谈论也最多，我虽已不惊奇，却仍然很感动。

"好好念书，日后好好干工作。"伯父说，"你能在外边干事，咱徐家人都光彩！"

我告别大伯父，又走进二伯父的屋门。

二伯父正在给牲口拌草，扔下搅草棍子，把我引到他住的厢房里："屋里地方窄，没处坐，你坐炕边上。"

"你走时咱是一家，回来变成三家了。"二伯父笑着。这样毫不掩饰地说出分家的现实，反倒使我觉得实在。他笑着说，"天下水朝东流，弟兄们再好难到头。我看呢，分了也好，免得好多麻烦。谁有啥本事谁就成自家的精去！"

我与二伯的想法很接近，就笑着赞同他。

"二伯一辈子说话不会拐弯。"二伯直着脖子说，"你爸过去管家还管得住，而今管不住了。咋哩？新社会了嘛！他在家里想当家做主哩，人家公家干部大讲大唱男女平等哩！所以，过去你爸在屋里说话，没人不服，而今就不服了！惹得他自己也是一肚子气……我说分了好！"

"分了好！"我附和二伯说，"我爸那些管家的规矩，肯定行不通了，越往后越行不通。"

"对！大侄子，你跟二伯看了一步棋。"二伯说，"比方说，政府派干部到咱村，成天宣传说，要发展生产哩！你爸还是按照你爷爷在世时的主意，'房要小，地要少，养头老牛慢慢搞。'不合党的政策嘛！我也不满意。这不，刚一分家，我就买下一头好母牛，一年生一头牛犊，就是半个家当……"

二伯是个耿直的庄稼汉子，我一向很喜欢他，对他坦诚的说话也特别觉得实在。

"做梦也想不到的太平年月！"二伯父说，"不拉兵，不收税捐，一年交屁大一点儿公粮，庄稼人做梦也没敢想的好世道呀！大侄子，二伯说句结实话，而今谁再过不好日月，不光得不到邻里同情，反是要被人耻笑！咋哩？肯定是懒家伙！"

我被他的憨气逗笑了，弟弟过来叫我吃饭。

我回到父亲住的上房里屋，坐下吃饭，一碗清汤细面，十分可口。吃罢饭，我向父亲汇报了师范学校的学习情况。父亲也不显出惊奇，他大约对新社会的诸多变化已经习以为常了。他淡淡地说："人家新学堂那样教，你就那样学吧！反正，不管新学堂老学堂，总而言之一句话，还是韩愈说的，'传道授业解惑也！'当学生，求学问，还是要记住'业精于勤荒于嬉，行成于思毁于随'。这话，新学堂不至于反对吧？"

"学校里提倡努力学习，老师抓得很紧。"我说，"我们的学习还是很紧张的。"

"紧张了好。"父亲说，"要成学问，不刻苦不行。"

我问他分家后，忙得过来忙不过来。

"屋里的事都有我撑着，你弟也行了。"父亲说，"你专心念你的书。记住，要处处留心，别胡乱张狂！"

我的心一震。我在学校的生活状况，父亲显然还不了解，还在给我打预防针。

"村子里有些人好张狂！"父亲鄙夷地说，"一个大字不识，满世界跑来跑去开会！有几个年轻女人，黑天半夜跑着开会，张狂得要上天了！前日听说，那个杨发奎入党了！那么一个二杆子货，共产党居然看中那号人……"

我的心里潜入一股冷气。父亲看不惯的人和想不通的事，我却在师范学校也是有过之而无不及。他对于那些满世界跑着去开会的男人和女人的非难，令我反感，我听不顺他对这些人的讥讽，就劝他说："农民刚刚翻了身，高兴……你可是别给人家泼冷水，别说风凉话儿……"

"我说他干什么？"父亲不屑地说，"我只看着这些人张狂，啥也不说！你——"父亲瞅着我，"在学校里，要慎行慎言！我看到村里这些人的疯张劲儿，才提示你……甭张狂！"

我低头喝水，避开了父亲逼人的眼光。

"我给你写的那张'慎独'的字，还记着没？"

"记着。"

"你去歇息吧。"父亲说。

我走向自己的住屋。原来的厢房变成牛圈了，我的住屋迁到和父亲一墙之隔的上房西屋的北间。

"先生，你喝茶。"我的媳妇说。

"我自己倒。"我说。

"先生，你洗脚。"

"我自己一会儿再洗。"

我坐下，还是接住她倒下的茶水。她坐在炕边上，又纳起鞋底儿，并不看我。我坐在椅子上，一时也没说话。我忽然想抽一支烟，尽管我从来没尝过烟味儿，现在却很想抽一支烟。我对她说："你以后不要叫我先生了。"

"那……"她抬起头，旋又低下，"叫什么呢？"

"叫我名字。"我说。

"那像啥话？"她慌然说。

"早就不兴叫先生了！"我说。

"我在屋里叫。"她说。

我不再坚持了，她对我的过分尊敬，甚至带着根深蒂固的畏怯，使我很难受。她自愧貌丑，又没有文化，那种卑怯的眼光使我浑身都不自在。我忽然想到田芳，那手按琴键给我一句一句纠正唱音的姿态，那在师范学校礼堂里唱《翻身歌》的动人情景……一个念头在我脑子里像一道电光闪耀了一下，匆匆消失了，我自己也被震住了：如果我提出和她离婚，她会怎么样？我的父亲会怎么样？这个家庭会怎么样呢？

第二天，我就离开了，而且心情是那样急切，渴求立即回到那个温暖的集体之中去。

六十年里的二十天

短短的二十天寒假里，按照县宣传部安排得满满的演出顺序和路线，我们在乡下演出歌剧《白毛女》。我记忆最深的一件事，是第一场演出，我就挨了一砖头。

那个村子叫歇驾村。传说唐朝一位皇帝打猎跑到这里，人困马乏，在此做过一段休息，进了午餐之后，就奔马追猎到终南山下去了。现在，歇驾村变成薛家村了，其实村子里连一家姓薛的人家也没有。

薛家村住着一位县委的副书记，在那儿搞互助合作的试点工作，群众觉悟高，各项工作都是县上的一面红旗，第一场演出搁在薛家村，是理所当然的。在县委副书记的眼皮下，在这样先进的村子演出第一场，我们演出时的心情是不难想象的，认真极了。

薛家村是个大村，又是一个行政村里的中心自然村。村中间有个年久历深的老戏楼，台下坐着或站着黑压压一片人，临近的房顶上、矮墙上、树杈上，全都趴着观众，这样大的场面，我心里真有点怯场。

整个演出还是顺利的，群众秩序也很好，百十名民兵在维持着哩！事情出在《娘娘庙》那场戏里。当我（黄世仁）和狗腿子穆仁智到娘娘庙里避雨，遇见白毛女，被白毛女追打时，台下骚动起来了，像雷一样滚动着"打！打"的吼声。我已忘记了自己是徐慎行，我像黄世仁一样胆战心惊，假戏真做了。当我逃到台角时，我听到一声怒吼："打这狗日的！"随之，我的腿上就挨了重重的一击，跌倒了。

事态很快被民兵控制住了。我必须立即爬起来再逃，不然就给白毛女抓住了，抓住了就不好办了，剧情无法往下发展了。我看了一眼脚下的半截砖头，却没有站起来，慌急中，我用手爬着，逃进后台去了。

演出结束后，县委副书记在台上和我们一一握手，他对我说："你挨了一砖头，说明你演得像。这一砖头，是群众对你的最高奖赏！"他的生硬的陕北口音，使我觉得亲切极了。

短短的接见之后，那些给我们管饭的社员已经拥在台前，争着领我们去吃饭。田芳被几个姑娘拉拉扯扯，争着往她们的屋里拉，发生争执了。我是一个恶霸的扮演者，自然不会是受欢迎的角色。这时间，一个小伙子挤上前，问："谁个刚才演黄世仁来？"我一应声，他拖住我的胳膊就走。

黑暗里，我跟他走过陌生的村巷，进入一个小小的独间住屋，只有他的母亲在座。我刚一落座，老人要我把腿伸出来，在一只粗碗里倒下白酒，用火点燃，敏捷地在碗里蘸上燃烧着的酒液，在我的伤口上擦洗。她的指头上带着蓝色的火苗，一下子揾到我的挨过砖头的青疤上，灼烫得我龇牙咧嘴。

"我……"小伙子很难受地说，"我实在忍不住了……扔了一砖头！"

哦呀！原来打我的竟是他！

"你打得好！"我拍拍他的背，"这是给我的最高奖赏！"

他不好意思地笑了，就给我端上饭来。

鸡蛋臊子面，我吃得好香，也确实饿了。

母子二人看着我吃饭，说给我一个令人流泪的伤心事。他的姐姐，给村里一家财东的二少爷糟践了，跳了井了！他的父亲一气之下，卧炕不起，年底也去了……他把戏台上的我当成残害得他家破人亡的薛家村的恶霸打哩！

田芳来了。

她看我的伤，用手轻轻按按，问我要不要到邻近的镇卫生所去看大夫，我说大娘已经给我治了。她不知道这儿刚刚讲述过一个悲惨的往事，随口问："大婶，屋里就你娘儿俩？"

"噢！"大娘应着。

"你媳妇呢？到娘家去了？"田芳问。

"还没哩……"小伙子红着脸说。

"你怎么还不给人家娶媳妇？"田芳笑着说，嗔怪的模样，"你真性凉呀！"

"正……自由哩！"大娘瞅一眼儿子，"我说他，你自由也自由快一点儿！慢格腾腾的，还不如老早时包办来得快……"

小伙子羞怯地低下头，我和田芳都忍不住大笑了。屋子里洋溢着喜悦的气氛，我的心头十分轻松，田芳坐在哪儿，哪儿就特别欢乐。

"让我看看你的对象，行不行？"田芳问。

小伙子嘿嘿笑着说："俺妈乱说的……"

大娘却抿不住嘴了："刚才跟我在屋做饭，这面……就是人家闺女擀下的……"

"好哇，慎行，你真有福！"田芳冲我笑着，"你吃了那位新人的面条了，肯定香吧？我来晚了……哈哈哈！"

告别了那母子二人，我和田芳往回走。

街巷里很黑，看不见路面，坑坑洼洼的村巷里的道路，夜间走起来，低一脚高一脚，垫得我挨过砖头的腿一阵阵疼痛。我小心翼翼地迈着脚，她走在我的旁边，很自然地用手挽住了我的胳膊。

我没有拒绝，倒希望这段通到我的住处的路更长点儿，好让那只温柔的手多挽扶我一会儿，我反倒不想说话了，静静地走着。她也没有说话，扶着我的左臂的手抓得更紧了。

她被什么东西磕绊了一下，往前一跪，险乎跌倒，抓着我的手，把我也拽得趔趄两步，黑暗中踩到一块石头上，垫得我的腿伤钻心似的疼痛，"哦哟"一声，弯下腰去，半天站不起来。

她轻轻地惊叹一声，双手扶住我的胳膊，把我扶起来，就把我的胳膊架到她的肩膀上，她另一只手搂着我的腰，几乎背着我往前走。我的腿伤不痛了，却舍不得让她松开手。我感觉到她的腰部的体温了，温馨的气息扑到我的耳根。我的心在胸膛里狂跳，浑身热烘烘的，脚下乱踩乱踏，也不知道疼痛了。我有一种莫名其妙的想法，如果就这样互相抱扶着走向断头台，我会从容得连一丝痛苦都没有。

我抬起左手，大胆地搂住了她的腰。她似乎轻微地战栗了一下，没有说话。我感到呼吸不畅，心要跳出喉咙来了，我猛然折过身，把她搂住了，在我的嘴唇碰到她的嘴唇的时候，我几乎昏厥过去……

我躺在炕上，无法入睡，身下是房主人烧得热乎乎的火炕。同炕挤着的几位演员已经拉起鼾声，油灯下，可以看见鼻尖上沁出的细密的汗珠。我吹熄灯盏上的昏黄的煤油焰火，躺在被窝里，心还在咚咚咚地狂跳。这就是爱情吗？这样的爱情产生的心火，简直要把我熔化了。

我的父亲按照他的家规和独创的理论，给我娶回来的那位媳妇，即使新婚之夜，我们连一句话也没有说，各人抱着各人的胳膊睡到天明，我连一丝"邪念"也没有产生。

有一个倾心的人儿，怎么可能荒废学业呢？怎么可能就变成沉溺于淫乐而失丢江山的商纣王或唐明皇呢？我现在不仅觉得父亲的理论荒谬无稽，简直令人可笑，令人憎恶了！我翻身坐起来，点着了油灯。

我穿着衬衣衬裤，也不觉得冷了，跳到炕下，打开那只小提箱，翻出那张临行时父亲写给我的嘱咐。

慎独！

看见这两个字，我的心里紧缩了一下，昏暗的灯光里，似乎隐现出父亲的严峻的脸色。我最后看了一眼，就把那张书页大小的又细又薄的宣纸提起来，在灯火上点着了。

"折腾啥呀！还不睡——"同炕的王友民咕哝了一句。

"咒符！"我说，"咒符！"

他翻了个身，又呼呼睡去了。王友民早已离婚了，正在跟饰演大嫂的郑王莲恋爱，早已谈妥了，只等两年期满，就去领结婚证。他万事如意，睡得好香。

我看看脚下，那张烧过的宣纸变成一团黑色的纸灰，在地上滚动，滚动，碎了。我的心里松解了，束缚我的心的最后一道咒符粉碎了。

我没有心思入睡，就着煤油灯的灯光，我打开日记本，记下了这个终生难忘的日子。一个结过几年婚的人，爱情却刚刚苏醒……

我翻翻日记，查到了我寄出离婚申请的日子，正好十天了。从家里返回学校的路上，我就在八九个钟头的步行中思索着这件事，而终于下了决心了。回到学校的当天晚上，我就写下了离婚申诉，第二天就从山门镇的邮政代办所发出去，寄给县法院了。我已经得知，法院接到的此类民事案子堆积如山，最快也得两个月以后才能传审，那时候该是第二年春天了。

可怜的媳妇！我再也憋不住，心里叹息着，要恨，你恨我爸去！要骂，你也该骂他！他不仅苦害了你，也苦害了我！他把你和我塞进一间屋子，就完事了！如果不解放，我和你就糊里糊涂过一辈子了！解放了，兴得自由了，我的心箍不住了，我要是不享受自由的权利，就亏负了这个梦想不到的解放了！但愿你……也能找个可心的男人，两人都好……

第二天，我们到史家坪去演出。演出结束后，我和田芳走到村后的小山坡前来了，这是我和她头一次有意的约会，而且是她约我来的。

我挨着她的肩膀坐下，搂住她的肩头。

她挣脱我的手："我给你……看样东西。"

她打开手电，从口袋里取出一叠折叠着的格子纸，写满密密麻麻的钢笔字。她只露出末尾一页的名字。我一看，是工工整整的刘建国三个字，心里一惊，忙问："这是什么？"

"他给我写的信。"田芳沉静地说，"这是第五次了！"

"你……怎么办？"我急忙问。

"你还用问吗？"她瞅我一眼，从口袋里掏出一匣火柴来，划着了。

刘建国的信在燃烧。

我的心也在燃烧。

我高兴得像狂了一样，抱住田芳，我能听见自己的心跳的声音，也听见了她的心跳的声音，我的手叉进她的松软的头发，比丝绸还要柔软的头发。她静静地伏在我的胸前，闭着眼睛，两只胳膊像铁箍一样搂着我的脖子，我才知道这个爱着我的人的手臂，这样有劲。

在这个县所辖属的广阔的平原上和深深的秦岭大山里，都留下我们速成二班演出队员的脚印。每一个演出点儿的村子里，平原上的大路边，山区的小溪旁，也都留下了我和田芳的亲吻和偎依。压抑得愈久愈重的心，一旦获得自由，就以加倍强烈的热情迸发出来。有几次，我吻过她的脖子上，留下了淤血的痕，整得她给脖子上围上一条毛巾才遮掩过去。她却并不责怪我吻得太狠，照样把脸颊、脖颈和我偎贴在一起……

二十天寒假的巡回演出，太短暂了。春节也是在陌生乡村的演出中度过的，我也不觉得有什么遗憾，这是我一生中最愉快的时期。当然，你只有了解了我的后来的不幸，才会觉得这二十天时间，事实上是我一生六十年生活中活得真正像个人的二十天！

父与子

阴历四月，中午的太阳已经很有力量，我和同学们围蹲在食堂外的浓荫下吃饭，父亲来了。

他站在院子里的阳光下，四下里瞅着，我看见了，连忙跑上前。我要给他打饭，他坚决不要。我引他到宿舍里去歇息、喝水，他也不去，他要我跟他到山门镇上去。

我跟他走出校门，在山门镇的青石铺成的街道上走着，我发现他苍老了，大约刚交五十，鬓发全白了。从见面到进小镇的一家茶棚，他没有露出一丝笑颜。我的心里乱猜测着，出了什么事呢？

叫了一壶茶，他喝了一口，放下茶盅，也不看我，也不说话，直到一壶茶喝完，站起身又走。我问他要到哪里去，他说走走看吧！

走出街道，在小河边的一棵柳树下，父亲站住了脚，从肩上取下布褡裢，放在地上。我也在他旁边坐下来。

"我今日来，只问你一句话。"父亲说。

我没有话说，期待着。

"你要离婚？"父亲直接问。

"嗯。"我觉得没有必要隐瞒，同时又奇怪，法院还没有传禀我，父亲怎么知道了呢？

"不离行不行？"父亲冷静地问。

"爸，你听我说……"我想给他摊开思想。

"不，其他闲话可以不说。"父亲说，"我只要你说声'行'或'不行'。"

"不行。"我只好也直言相告。

"那好！"父亲伸手从口袋里摸出一把剃头刀，拉开锋利的刀刃，"你先收了我的尸首，办了白事，再去离婚，再去办红事！"说罢，就抬起了握着刀柄的手。

我大惊失色，一把抓住父亲捉刀的手，吓得魂飞魄散，连忙说："爸！有话好说……"

他依然不动声色，冷声静气地问："没有多余的话好说！你只说'离'或'不离'！"

"不……离……"我无所选择了。

"不离的话，你跟我到县法院去。"他说。

"做啥？"我问。

"撤回你的状子！"父亲说。

"我不离婚就算了，撤不撤没关系！"我说，"或者改日我写信去，消了案就完了。"

"不！"父亲说，"我要亲眼看着你把状子撤下来，交给我，我好存着。待我死的时候，好做蒙脸纸啊……"

父亲已经"哇"的一声哭了。这是我平生头一次看见父亲的哭。他哭了三声，突然收住，用手帕擦擦脸和眼，从地上背起褡裢，又恢复了素有的冷静，说："走！"已经扯开步子走了。

如果近旁有一口水井，我可能会一扑跳下去！我的脑子里嘣嘣乱响，是绷紧的神经折裂的声音。我想到了田芳，我的心爱的人儿，我不能跳井，也不能一气之下撞死在身旁的柳树上，下来再说下一步吧！我硬着头皮，费了多大劲儿，才跨开了这屈辱的一步。

"咱们父子今日也许是最后一次见面。"父亲说，"我也不是小娃娃，我知道，今日撤回状子，明日你还会再寄。我今日给你把话说透彻，日后不管何年何月何日，一旦我在家接到法院的传票，就是我的丧期死日。我好坏是个懂点文墨的老朽，说这不是吓唬你！"

我的心沉到冰窖里去了。

他说，昨天晌午，县法院两位办案人员到家里调查时，他都要气疯了。等那两干部一走，他给褡裢里悄悄装进一把剃头刀，就上路了，走了半天一夜，找到学校，本没打算再回去。他说我的离婚案件，把徐家几辈人积下的阴德全给羞辱了，他再没脸在杨徐村见人了！

我信父亲的话不是吓我，他是注重面子的，讲究礼义的，我提出的离婚的事，对他无异于晴天霹雳。我说服不了他，他也觉得无法再说转我，于是就只有拿出剃头刀子来。

我和父亲都搞错了，法院里欢迎自行销案，却不发还诉状，要存档的。父亲看着人家注销了案子，才咂着舌头走出门，他想死时做蒙脸的纸是得不到了。

回到学校，已经放晚学了。

田芳一眼就看出我的神色不好。晚饭后，我和她顺着小河弯曲的河岸散步。夕阳涂金，河岸边齐膝高的麦苗，绿茸的稻秧，叶儿上闪着晚霞的金光。散落在麦田里的桃树，毛桃儿结得蒜瓣儿似的，招人喜欢，我的心里却泛不起诗意来。

"老人来，出了什么事呀？"她着急了，"你说呀！我也好帮你出个主意。"

我说不出口。

"你觉得不好说的事，就不要说了。"她很贤明地说，"我只是劝你一句，无论什么事，都想得开一点儿，不要愁眉愁眼的。新社会了，还能有多大的事呢？"

她显然没有料到我的困难的严重性。这种局面，迟早要让她知道，再为难也不能不说清楚。我终于向她叙说了今天父亲来的举动。

"哈呀！这么点儿事，就压得你抬不起头来了？"她撇撇嘴笑笑，嘴角荡出一缕不在乎的神气说，"老封建家长都是这一套办法！我要跟大张村解除婚约，我爸把铡刀提起来，先往我脖子上砍，我跑了。他又砍自个儿，我妈一拉，他就扔下了，谁也没砍！全是这一套……"

"我的父亲，跟一般庄稼人不一样。"我向她说明我父亲的心性和脾气，"那可不是吓人的。"

"动真格儿的也甭怕！"田芳说，"慢慢来。没有斗争，就没有自由。我来上学时，俺爸就是挡道。他料定我一上学，订下的婚事就毕咧。我跑到我姑家，要了一床被子，就上学来了。现在，我上学了，和大张村的包办婚姻也解决了。要是我无论在哪个节口上一退让，我就被大张村圈住了。"

"我爸的思想，特顽固！"我说，"我没见过他那样顽固的人。"

"慢慢来。"田芳说，"再顽固的人，经得多了，见得广了，会慢慢开窍的。"

"我想毕业以后，咱们就结婚。"我说，"我是一天……也离不得你……"

"你给我念过一句古诗，意思说只要俩人心心相印，在不在一块儿，没啥关系。"她盯着我的眼睛说，"那句诗怎么说？"

"两情若是久长时，又岂在朝朝暮暮。"我说了一遍，似乎觉得憋闷的心里透出一点儿松活的缝隙来，"我……像一只关在笼子里的鸟儿，好容易飞到蓝天上去了，哪怕被雷电击死在空中，也不会自己重新钻进笼子去！"

"那你愁什么呢？"

"我只怕离开你。毕业后……"

"毕业了，分配了，都在本县，见面有多难呢？"

"我想天天见到你，永不分离！"

"你又来了……又岂在朝朝暮暮！"

父亲接连着写来三封信，要我回家，而且要我至少每个月回一次家。我不能忍受了，我找到舅家，向我舅舅说明了原委。我已经向他做出了让步，如果他对我逼得太紧，我也可能拿起剃头刀子的；他的下一封逼我的信，可能就是我的蒙脸纸；他把我逼死了，那个媳妇也就不会在徐家门楼待下去了；把我逼死了，他可能在杨徐村更不好活人了！

舅舅是个胆小人，怕真的酿出人命来，劝了我，又立即跑到杨徐村去找我爸我妈，把我的话传过去……果然有效，父亲再没有来信催逼我回家。

僵局就这样保持着，谁也不退让，也不进攻。任何一方的进攻或退让都可能打破僵局，但谁也没有这样的表示。我相信我会撑到底的，甚至用年龄的优势来等待对方——父亲。一直到我在师范学校修业期满，甚至在我工作了两年的时间，这种僵局一直维持不动。

毕业离校的前一晚，我和田芳难分难离。我们坐在山门镇旁边的小河边的一棵大柳树下，有多少话要说呀，临了却什么也不想说，啰唆的嘱咐显得毫无必要，彼此完全已经心知了。一切最动人的语言都显得那么不精确，也缺乏力量，都不足以确切地表述我的依恋之情，一切依恋之情都融化在无声的信任之中了。初恋时的心的探询，如山瀑一样迸发的热烈的倾慕的话，颤抖着的感情的波浪，全都归于一种生死相依的明澈的无言状态里。她依偎着我，我偎依着她，亲吻是深沉而强烈的，却不像初恋时那么疯狂和如痴如呆，心的交流要比语言的交流准确得多。

我们挽着手，在河边的沙滩上漫无目的地走着；在沙滩的草地上坐下来，仰望星空，倾听河水在夜间发出的清脆的响声，感受大地在夜幕笼罩下的均匀迷人的呼吸……直到黎明的晨曦照亮秦岭群峰当中最高的那座峰巅的时候，我把一条精心写就的纸签送给她，那上面写着她喜欢的一句古词：两情若是久长时，又岂在朝朝暮暮。她送给我的，也是那一句古词，而且是用绿色的丝线绣扎在一块儿白布上的。那块儿白布中间，两颗重叠在一起的心的图饰，用的是红色的丝线扎成的。

有这样一件信物揣在我的怀里，父亲怎么能撑持得过我呢？

我没有料到，生活急剧发展的浪潮，一下子把我冲得丧魂落魄，完全陷入灭顶之灾……父亲竟然胜利了！

惑　惶

我成了右派。

详细告诉你我怎么当了右派的细枝末梢意思不大。不过，于今想起来我只觉得我当时太傻了！

仅仅是因为一句话，我说了校长一句"好大喜功"的话，却付出了二十多年的代价——生命的代价呀！

我真是太傻了！那年暑假，县里把小学教师集中在县一中里"鸣放"时，当时报纸上已经对右派进行反击了，我是抱着反击右派的决心去参战的，结果自己被弄成了右派。

我们学校新提拔的校长，就是我在师范进修时的同班同学刘建国。我俩一同分配到县西的牛王砭小学，他在速成二班当班长时，已经是学校里为数不多的几个学生党员之一。毕业后工作了一年就转正为正式党员了，第二年就提拔为牛王砭小学的校长。他鼓励我要大鸣大放，要起带头作用。我很信任他，不仅因为他是我的老同学，重要的是他是我的入党介绍人。我经他介绍，已经获得通过，正在预备期经受考验，他的话我是完全信赖不惑的。我除了猛烈地反击储安平对新社会的污蔑之外，对改进我们学校的工作也鸣放了一些意见，说校长刘建国有些好大喜功的话，就是那些意见中最尖锐的一条，祸就从此惹下了。

我现在也搞不清这是不是刘建国对我设下的圈套？他当时鼓励我"鸣放"是十分真诚的，说我们不仅是老同学，而且是在同一个岗位上战斗，应该把珍贵的礼物——意见，直言不讳地讲出来，帮助他改进牛王砭小学的领导工作，这不仅是老同学的关系，而且是对我的重要考验，我信下了。我和他在速成二班进修时，同学们对他在政治上的坚定，工作上的积极表现，没有不佩服的，只是有点好大喜功，这影响了他在同学中的威信。到牛王砭小学工作以后，尤其是在他当了校长以后的半年中，教师们私下的议论就很明显了，主要还是这一点毛病。我曾经不止一次在和他的闲聊中给他提示过，他也不反感。可是，当我在"鸣放"大会上正式当作一条意见讲出来以后，居然变成了"攻击党的领导"！

刘建国找我谈话，说他冒着风险替我辩解，领导小组才将我定为"中右"，要是搁在其他人身上，有十个我就会定成十个"极右"了。我没有被发落到农场去劳改，而是仍回原单位接受监督改造。

我重新回到牛王砭小学的时候，这所我十分喜欢的小学对我来说变得陌生了。我的预备党员被取消了，我也不能再任高年级毕业班的班主任，而是带一些"地理""自然常识"之类的副课。没有多久，任何课也不能带了，让我打铃、烧开水、扫院子，完全变成工友了。

世界上的许多事，都是第一次留给人的印象最深刻，三五次以至数年累月以后，就习以为常了。我第一次牵着麻绳撞击吊在学校院中那棵槐树上的铜铃的时候，看着一个个男女教师走出办公室，端着教案和粉笔盒走向教室的时候，我想应该立即去自杀！当工友还有一件重要职责，每天给校长和教务主任送三次开水，教员们的开水是自己到开水房里去打。我第一次给校长刘建国送开水的时候，提着水壶，站在门外，又想到了自杀！我硬着头皮推开门，他从办公桌上拧过头来，也有点儿不好意思，慌忙站起，接住我的水壶，说："我的水……你甭送了！"我的心里感到一种被知的委屈，真想痛哭一场。当我再送去开水的时候，我也自然了，他也自然了，随后就一切都习以为常了，甚至我推开门，放下水壶，直到走出门，他连头都不抬起来。

小学校设备简陋，没有餐厅。我打过吃饭的铃声，教员们就到小灶房里买了饭，围成一个圆圈，蹲在院子里吃饭。这个时候，是学校里教师们之间最活跃的时刻，一边吃一边聊，尽是各班学生中的洋相和趣闻。我没有勇气再和大家蹲到一起去度过这轻松愉快的时刻，我总是等那些熟悉的说笑的声音消失以后，才拉开门，端上碗，到小灶房里去吃最后一份饭，好在炊事员杨师傅总不会忘记我。当我端着已经不那么热乎的饭菜走回自己的住屋的时候，我又想到了应该自杀！

我能得到的唯一安慰，是田芳留给我的那件信物。我晚上打过熄灯铃之后，躺在我的小住房里，趴在枕头上，就摸出那个绣扎着那句动人心魄的古词的白布，眼泪就涌流出来，滴在那两颗重叠着偎依着的心的图案上。

我们最后一次见面，是在县一中的"鸣放"会期间，那是我们毕业以后的又一次难得相聚的机会。后来，当我被宣布为"中右"时，她的惊恐并不在我之下。那天晚上，我被监护着，无法与她相会。我想立即向她诉说这一切变化的由来，心情十分迫切，却不能单独自由来去了。直到"鸣放"会结束那天，她来到我们小组住宿的地方，帮助我捆被子，却不说话，我看见一滴一滴的泪水滴在捆扎被子的白色线绳上。捆完之后，我没有勇气看她一眼，低着头，懊丧地等待她开口。她没有告别，就走了，当我抬起头来，只看见她闪出门口时的一个背影。

当我回到学校，打开被子，发现有一张小纸条：

我真想打你……你太叫人想不到了！
我永远等你！

我真希望她抽打我，不是用手，而是用皮绳或者木棍，狠狠地抽打我，我在这亲人的抽打中才能得到一点负罪的解脱。

我天不明就爬起来扫地，而且尽量不扫出声响，以免惊醒正在酣睡的教师。我一天不是三次而是不计次数地给主任和校长打水，接着给所有教师都送水到房间。我打扫了院子，又自动去打扫厕所，教员厕所和学生厕所。我捡来好多烂砖头，把小灶房和走道之间的泥路铺接起来，使教师们下雨天来打饭时不踩泥水。我烧完开水，就捡尚未烧尽的煤渣儿，节约开支。我帮炊事员杨师傅洗菜，涮锅。总之，从天不明爬起来到打过熄灯就寝的铃声，我不使自己有一刻钟的闲歇时间。我想向全校一切人，校长、教导主任、男女教员、学生以及炊事员，用我的不懈的努力，证明我改造的诚心。我的老同学刘校长给我谈过，要认真改造，争取重新做人。我要用诚恳的行为，赎回我的原罪。我渴望重新做一个人的心情越强烈，我表现出来的改造的心意就越诚恳。我甚至觉得这个六七百名师生的学校里的杂务太少了，不够我表现。

过了一年，没有人找我谈一谈我改造得怎样了。我有点急，又不敢流露出来。这天，刘建国把我叫到他的房子，对我说：

"你这一年的表现不错，同志们反映好。"

我的心扑扑直跳，做人的出头之日到来了吗？我按捺不住激动的心情，向他做出一个感激涕零的笑，却说不出话来。

"你的行动表现了你的决心。"刘建国说，"可你心里怎么想的呢？你应该向党表示一下。"

我的心又慌乱了，行动和内心难道不一致吗？我忙说："什么时候表决心呢？"

我知道，这个时候，社会上已掀起一个"向党交红心"的运动，学校里早已刷上大红标语了。教师们每天下午开会，向党交心，我没有资格参加会议，只是埋头杂务。刘建国校长让我向党交心，我终于有了一个向全体教师剖白自己的机会。我一夜没有睡好觉，把那个发言稿看了一遍又一遍。我一定要把自己的错误思想深刻地自我批判，争取早日拿起象征着人的标志的教案本来。

第二天下午，当我把自己狠狠地批了一通，狠得我痛哭起来的时候，我觉得我的确轻松了一下。紧接着是大家的评议，第一个人的发言之后，我就没有眼泪可流了，随之而起的争先恐后的发言，一个比一个激烈。没有一个人提及我做了许多不属于我做的事。没有一个人说我表现过哪怕是一分的改造的诚意，而是对我说过的那句反党言论——好大喜功的话，重新进行批判，甚至比"鸣放"会上定我"中右"时的气氛还要严厉，火力还要猛烈。有人在分析我的反动言论的根源时，说我本身就是一个不纯洁分子，生活作风有问题……

我彻底垮台了。我回到自己的小房子里，一头就栽倒了。我又犯了一个错误，把自己的罪行看得太轻松了，尤其是把时间的概念完全弄错了。想重新做人，远得看不到头哩！我浑身没有一丝儿劲了。人的绝望，就产生于这种迷茫之中。我坚决自杀！

打过熄灯铃儿，我插了门，第一件事就是给田芳写信。我拔开毛笔帽儿，在红格白纸上写下一个"芳"字的时候，眼泪就糊住了眼睛。我听见敲门声，慌忙收拾了纸笔，拉开门扣儿。门外站着刘建国校长。

这是他第一次走进我的"工友室"，坐在一只椅子上，很关切地问："思想压力很大吧？"

我抬起头，看见他很诚恳的关切人的脸色，不过，我觉得实际上已经没有压力了。当我一心想通过无休止的劳作来争得重新做人的权利的时候，我的心头压力很沉重；当我从"交红心"会上走回小房子，觉得永远也难得出头之日的时候，就绝望了；绝望了，反倒没有压力了。我苦笑一下，垂下头。

"同志们的分析，不是完全合乎实际。"刘建国说，"关键是你应该有一个正确态度，有则改之，无则加勉。"

我没有抬起头，又苦笑一下，我该怎样做到"无则加勉"这样纯正的心理修养的境界呢？我现在希望他走开，不要跟我谈话。我要处理我急切处理的事，给田芳写信。我应酬说："我明白。"

"明白了就好，你明天继续'向党交红心'。"他说。

"还……"我猛然扬起头，还没完呀？我只说这就完了，明天还要……我说，"我今天讲了我心里话，明天还讲什么呢？我把自己心里的话都交出来了……"

"同志们不满意啊！意见很大咧！"他用一种假借的口吻说，"比如你的婚姻问题，好多人议论纷纷，你……"

"这与我的罪有啥相干呢？"我打断他的话，"我是包办婚姻，婚姻法上规定过的不合理婚姻。我在师范进修时，你完全了解情况，你当时也支持我离婚……"

"情况在不断地发展变化嘛！"刘建国说，"同志们现在认为你不仅政治上反动，生活作风也有问题，看来任何事情都不是孤立的。生活作风的腐化，必然导致政治上的……你应该在明天'交红心'时，深刻地挖一挖思想根子……"

"怎么能说成生活作风腐化呢？"我说，"田芳，我和她的关系好，可俺们没有……越轨的行为。再说，田芳也是贫农的女儿，她怎么会将我腐化了！我搞不清了。"

"你不了解她。"刘建国说，"这个人，有很多优点，也比较轻浮。她向我……我拒绝了！后来，在她入团时，我到她们村里去了解情况，党支部介绍说，她爸旧社会在西安混荡，收拾下一个没来历的女人，有人说是……窑姐！"

我的天啊！田芳的母亲有人说是窑姐，田芳被刘建国看成了轻浮的女子，于是就将我腐化成反党的右派了！难道就是要我明天在"交红心"会上这样去揭根子吗？我忽然记起，田芳当着我的面，焚烧刘建国的第五封求爱信的情景，谁更可靠呢？

刘建国走了以后，我再次插上门，掀开墨盒，拿起毛笔。坚决割断和田芳的关系，越早越快越好。我无出头之日的指望，田芳不能真的等我一辈子。我知道，任何劝解她的道理都无济于事，只会招来她对我的更深的依恋。必须找到最狠毒的恶言秽语，骂她一个狗血喷头，才能遏止她朝我跳动的心。我找不出这样一个词来，我想给她安一个不好的毛病也找不到。我忽然想到刘建国刚才的话，只有他才能想到的话，此刻帮了我的忙。我咬着牙，大约把嘴唇都咬破了，血滴在信纸上，却没有感觉到疼痛，信纸上留下一行罪恶的墨迹：

"你妈是个窑姐，你把资产阶级思想传给我，将我腐化了……"

第二天，在又一次"交红心"会上，我只是机械地重复着一句话："我没有红心。我是颗黑心，反党的狼心狗肺，请大家批判……"我成了一节没有知觉的木桩，任凭四方的污言秽语朝我脸上泼来，而于心不惊了。

这天晚上，我用一条捆书的细绳合了几股，使它可以负起我的重量，挂上了房梁，在我把头伸进去的时候，心里竟是安详的。当田芳接到我的信时，也许同时就听到了我的死讯，她会憎恨我；憎恨我，比恋着我好；于她也好。

我没有死，当我恢复知觉时，才知道把我从另一个世界拉回这一个世界的人，竟然又是刘建国。他是一个细心的人，成熟的人，早已看出我"神色反常"，悄悄地防着我了。我不想感激这位救命恩人，倒憎恶他了。

死讯惊动了几十里外的父亲，他惊慌失措地赶到牛王砭小学里来了。一来，先抽了我两个耳光……

这下该信我的话了

父亲推开门，在门口站住了。

我正坐在桌前，抬起头，看见父亲苍白的鬓发，惊急气恨的眼色，就慌忙站起来，去找椅子。我的房子，变成学校的小库房了。办公桌上堆满一摞摞教案本和剩下的课本，垒着粉笔盒子，墙角堆着一捆稻秸扫帚和葛藤编成的簸箕；地上放着两只木箱，装着篮球、杠铃、跳绳一类体育用具；那把椅子上，也搁着前几天刚购置回来的羽毛球拍和跳棋盒儿。整个小房子里，只有我栖身的一块窄窄的床和一把坏腿椅子闲着。我想把那稍好点的椅子腾下来，刚走出一步，父亲的巴掌就抽到我的脸上了——

"啪！啪！"连续两下。

父亲第三次举起巴掌的时候，被陪着他走进门来的刘建国校长拉住了。他按着他的肩膀，使盛怒的父亲在那把坏腿儿椅子上坐下。他说了一席安慰父亲也安慰我的话，就走出门去了。

我在凌乱得像个狗窝的床铺边坐着，垂下头，挨过抽打的脸颊烧辣辣的。我没有料到父亲会以耳光和我见面，却也没有惊慌失措。我第一眼看见他从门口走进来，真慌乱得不知如何是好，该怎么向他说明白我的处境，这一切的由来？他的两巴掌打过之后，我的心反倒安静了，不必再向他作任何解释了。我的父亲，在我的记忆中，很少对我表示过亲昵，微笑都稀少得像旱季的雨星儿，更没有通常家庭里父子间的嘻嘻哈哈了。然而他也没有动过拳脚，没有像一般粗庄稼汉和儿女们亲近时没大没小，生气时又动手动脚，骂出一串串秽言污语。他不苟言笑，也不打骂，常是冷着脸教给我怎么说话和待人。今天，他抽我耳光了，两下。

我坐着，低垂着脑袋。我成了右派，成了打杂的工友，我刚刚被旁人从房梁上的绳套里救下来……我开不得口。父亲也没有开口，我能听见他很粗的喘气声。

父亲端坐在椅子上，没有问我为啥上吊，也没有劝解，用压抑着的口气说："你把我写给你的那两字拿出来。"

慎独！我到师范学校去进修的前一晚，父亲临行时写下的嘱言，我后来当作可笑的废物焚烧了。现在想到这个嘱言，我的心猛然一震，更加抬不起头来，就支吾说："毕业时……弄丢了……"

"丢了！哼！丢了！"父亲悻悻地自问自答，"这下你该明白那两字的意思了！"

我早就明白那两字的意思，要谨慎，尤其是单身独处时，一切都要慎重，时时刻刻都要谨慎从事，包括言，也包括行。我的名字是父亲给起的，慎行就是这意思；我弟弟的名字也是父亲给起的，叫慎言，还是这意思。我在进入师范学校进修以后，父亲自幼给我心理上设起的防护堤，被新的生活的浪潮一节一节冲垮了，我既不慎言，也不慎行了。老师和同学们都说我从封建桎梏下脱胎成一个活泼泼的新人了。现在，父亲，以毫不疑惑的语气说的话，证明了他的正确和我的失败。叫我想，他此刻有更多的话可以说了，譬如说，如果在说话时慎重地考虑一番，什么话该说，什么话不该说，那么今天就不会是这样的局面了。如果在决定给新任的刘校长提意见之前，慎重地考虑一下这种行动的不好的后果，那么，今天也就不会落入这种尴尬的局面。如果……那么……父亲完全可以以胜利者的姿态教训我；如果把我的话在心里稍微当一点子事儿，那么也就不会自寻苦吃了。我想，父亲一定想这样说，也完全可以这样说。可他没有这样说，只是问他写下的"慎独"的嘱言，让我自己去想想。

"病从口入，祸从口出。"父亲沉吟着，"谁都明白这道理，谁也难身体力行。图得一时馋嘴而染病，图得一时畅快而招祸……"

我心里痛苦极了，自从遭祸以来，我耳朵里灌进的全是严厉的批判反驳的正言义辞，没有一个人解析我提意见的真实动机。现在，父亲用他的处世哲学来替我刨根溯源时，我仍然不能服气，心里有一个可怜的声音在叫着"冤枉"。我对父亲说："'鸣放'会上，县长，教育局长，都到会上来做报告，动员我们要'大鸣大放'，说'帮助党整风'，'是每个党员和干部的革命责任心强不强的大问题'。我是人民教员，革命干部，又是预备党员，怎能不听党的话呢？我……"我又说不清了。

"我一辈子只求自己善处独身，不问人过。"父亲说，"我管不了别人——

哪怕男盗女娼，我也无力管约。我只求自己做一个正人君子……"

"党章上批评的就是这样的思想。"我不能同意父亲的话，抱屈地说，"党要求每个党员要开展积极的思想斗争，不能只是洁身自好，我是预备党员，我听党的话……"

"这个话你该问自己，怎么回事？"父亲并不觉得我有什么委屈，反而直挖我的心底，"我不是预备党员，不懂党的规矩；你是，你也懂，你说为啥？"

我说不清为啥。我虔诚地拥护"大鸣大放"和"反右派斗争"，却没有想到自己会是一个右派。我自己成了右派，也没有丝毫的异议怀疑反右斗争的偏颇。这样，我处于痛苦之中。即使处于痛苦之中，也不能重新接受早已听得心烦耳腻的父亲的处世哲学，经从我心里被荡除出去的陈腐发霉的东西了。但是，不管造成我的这种结局和处境的原因如何解释，而结论却正好证明了父亲的正确。

"我也不想再说这事了，说也迟了，无用了，于事无补了。"父亲此刻平静下来，一种世故的平静，"我想过了，君子不吃后悔药。你也甭太难过。不能做先生，那就当农夫。回乡务农，自食其力。'人到无求品自高'哇！"

我苦笑一下，告诉他，新社会的人民教师，是有组织性的，一切要听从教育局的调拨安排，不像旧社会做私塾先生，愿意受聘即去，不愿受聘就不干。

"那么，现在安排你做什么事？"

"打铃、扫地……"

"打铃扫地就打铃扫地，总没判你死刑吧？"父亲倒显得不大在乎，"你愿意打铃扫地就在学校打铃扫地，不愿意打铃扫地了回家去务农。你要再想死，先给我招呼一声，让我跟你娘先死，你把俩老人埋葬了，再死不迟。让我跟你娘给你抬棺下葬，你良心上能过得去？"

我的心里阵阵发酸，终于忍不住，哭出声来。我们父子间平时很少这类骨肉情长的交谈。我看见了他的白发，他的苍老的脸，虽然像过去一样严峻而死板，毕竟因为垂暮的神色令我醒悟出自己对家庭的责任了。我真想放声痛哭一场，无遮无掩，痛痛快快地放开喉咙大哭一场。

"我没有力气来搬你的尸首了。"父亲淌着泪，却说着这样凄惨绝情的话，"我也不会让杨徐村的乡亲来搬尸。你日后怎样活人，自己想想吧！我的话你不听，'子大不由父'。我也管不上了！"

他要走，我也没有实心挽留。我在学校的这种低下的处境，他也没有脸面再待下去。我送他走上那条爬上东原的官路时，看着他拄着一根粗劣的手杖——实际是一根树枝——缓缓走去的步态，我可怜起他来了，狠狠地捶打自己的胸脯，我落到一种怎样的地步？学校里把我当作不忠诚分子，父亲也把我当作叛逆者，我算一个什么东西呢？

晚饭以后，校园里呈现出一种松懈下来的恬静的气氛，教师们有的提着水壶，懒洋洋地迈着步子到水房里去打水，或泡茶喝，或羼成温水擦身，再不像上课时那匆匆急急的样子了。有的教师在槐树底下下象棋，有的在井台上洗衣服，谁的舒悦的笛声在一排排教室之间缭绕。我关好开水炉，就提上铁锨和扫帚，去打扫厕所，这是清除师生们排泄物的最佳时空。

"徐慎行，你出来——"

天哪！田芳在喊我！我手中正在便池里掏挖的铁锨掉在地上，眼前一黑，我差点跌到屎尿池子里去了。我跌倒在墙上，那炸雷一样轰击我耳膜的余音还在回荡，心慌乱不止，我几乎被震昏了。

"徐慎行，你出来——"

我无处躲，又无处逃，从再次响起的声音判断，她就堵在男厕所的门口。我自发出那封臭骂她的信以后，就没有再想过还会和她相见，偶然的相遇也许不能排除，有意找我的事，大大出乎我的预料，我捂着良心和为人的道德，向她脸上泼去了多么脏的东西！我无脸见她，也不想再作解释。我要她永远恨我，甚至鄙视我，都比依恋我更好……我惶惶然从厕所门里走出来，做好了挨耳光的精神准备。

我一走出厕所门，就看见一双愤怒的火燃烧得痛苦不堪的眼睛，我立即低下头，再不敢看了。她在看见我的最初一瞬，身子微微颤抖了一下。不容我多想，我就听见一声吓人的呵斥：

"我要批判你！到这边来——"

她的非常举动使我忐忑不安，她要批判我？我当了右派也有一段时间了，她现在才想起来要批判我？我机械地走到那个小花坛前头，随她站住了。这是学校里最显眼的地方，房檐下的墙壁上挂着一只大钟，下面写着四个仿宋红字：按时到校。有几个教师站在远处看着。

"徐慎行，你身为人民教师，预备党员，恶毒反党，攻击社会主义，我坚决要批判你——"

她站在那里，离我有两米远的地方，一本正经地对我进行面对面的批判。我垂下手，低着头，不做任何表示。我听见从两边纷沓而来的脚步声，好多教师围过来看热闹了。

　　"你想自绝于人民，愚蠢透顶！党和人民花了多大代价培养了你，你不知向人民向党报答恩情，反而反党、自杀，你的良心何在？"

　　我的心在颤抖，头上冒出汗来，这些司空听惯的批判语言，今天由她对面说出来，我痛苦极了，惭愧极了！周围已经围了许多教师，凡是闻听到消息的人，都来看热闹了。我不知道校长刘建国在不在场？我没有抬头的勇气。

　　"你不服气吗？说你反党，你不服气，用自杀来威胁别人，谁吃你那一套！你要明白，党不是抽象的存在，在学校，代表党的就是校长，你恶毒攻击校长，就是反党——"

　　"田芳，你啥时间来的？"我听见刘建国校长的声音，稍抬一下头，就看见他走到田芳跟前，一副老同学间热诚的口气，"你胡来啥哩！走，快到我房子坐……"

　　"我是专门来批判他的坏思想的。"田芳说，"我和你是老同学，和他也是老同学。他和你分配在牛王砭小学，不协助你好好工作，反而攻击党！我看哪，他这个家伙纯粹是想往上爬！借着整党之机，攻击你，自己再爬得高些……"

　　我的天哪！我想爬高吗？我想借着整风弄倒别人自己往上爬吗？我明白我有许多毛病，却还没有如此恶劣！

　　"唔！你的心情可以理解……"刘建国说。

　　"你多虚伪啊！"田芳指着我说，不听刘建国的劝解，而且气更足了，"我们同学两年，我怎么当时就没有发觉呢？你假装积极，实际是想往上爬，不惜攻击同志和领导，踏着别人爬上去，你多虚伪啊！你……速成二班出了你这个右派伪君子，是全班同学的耻辱……"

　　"行啦行啦！田芳——"我听见刘建国的声音，似乎有点尴尬，不自然，"走吧走吧！到我房子坐坐——"

　　"我要赶回学校去，没时间坐了。"田芳说，"我以速成二班同学的名义警告你，老老实实交代，老老实实改造，老老实实做人！历史从来不包庇虚伪的人……"

　　她走了。我听见她的脚步声朝门口走去，才敢抬起头来，她又回过头，给刘建国说："我一有空儿，就来批判他！"说罢，昂起头，走出学校大门去了。

我一回头，看见刘建国有点发黄的脸色，眼里罩着一层憎恨的气色，气憋憋地走了。那些围观的教师们，有的莫名其妙，有的在神秘地交头接耳，不光是在嘲笑我吧？

我又走回男厕所，抓过锨把儿，心里猛然豁开，似乎此刻才完全醒悟，她是在旁敲侧击，痛骂的并不是我。骂我批判我，用不上伪君子这个名词，对这个名词更敏感的人，应该是他——刘建国校长。我竟然有一种从未有过的痛快，好像我骂了我想骂的人一样解气，痛快。我的胳膊上陡然涨起力气来，戳得那装着屎尿的便池哐啷哐啷响……

大约过了十天，她又来了，故技重演。这次她来时，我正在房子里躺着。她在门外叫我的名字，大喊大叫要我"接受批判"。我慌忙跑出来，又站到挂钟下的小花园旁边。她又把我狠狠地批判一番，痛骂一番，挖苦讽刺，比第一次更尖酸了。我低着头，听着她的连挖带损的话，心里舒服极了。

刘建国这回也不客气了："你不能随便来批判人呀！要批也得通过组织……"

"我一看见这个虚伪的家伙，眼都黑了！连组织手续也忘了……对不起！"

她走了，没有去刘建国的房子办组织手续，也没有进我的房子，竟自走了。

她又来了两次。几乎所有教师都知道她的举动中的真实含义，刘建国也更是恼恨。这样下去，又怎么办呢？她第五次来的时候，我在房子里听见她的叫我的声音，便从后窗跳出去，逃走了。

她再没有来。

自觉进入

我收到田芳一封信。她只字不提她几次赶到牛王砭小学来批判我的事，既不解释这种举动的真实动机，也不询问后来产生的效果，纯粹是对于我的那封恶毒地骂她的信的答复。

她在信中说，如果不是信的末尾附着我的名字，她会百分之百地判断成刘建国写的呢！在她拒绝了刘建国的求爱信以后，刘建国就说过一句类似的话。狐狸吃不着葡萄，就说葡萄是酸的，甚至说葡萄的祖宗更酸。她不计较我，是因为她认为那恶毒的信并非我的真心……

　　我实在忍受不了这种感情的折磨。我应该立即奔到她的面前，跪下，说明我的真心，让她抽我、打我。我抓着信纸，贴在脸上，像贴着她的手，饮泣不止。我流够了眼泪，冷静一点儿之后，我就给她写回信了。

　　我写道，我仍然坚持前信的看法，解释也没用。而且宣布，从今往后，我再也不写回信，不看来信，接到即投之以炬；我再不和她见面，一切都到此为止……

　　不要骂我心硬吧！我成了什么人？简直不是人了呀！我怎么能牵连着她跟着我受苦？只有用最冷酷的斧头砍断俩人的纽带，除此无法使她和我的心分开。我只能这样做。

　　她又来过几封信，我咬着牙扔进烧水的炉膛里，连拆也不拆开。她后来又找我两次，我仍是从后窗逃避了……我相信我的举动是为着她好。

　　她到牛王砭小学来批判我的行动，完全撕开了我和刘建国之间的那一层老同学的关系。即使我当了右派，刘建国表面上仍然是关心我的，他说，要不是他关照，我不会定为"中右"，早该定成右派，发落到农场去劳改了。他说，他并不在意我当众说他"好大喜功"的话，只是我的话说得不是时候，在右派猖狂向党进攻的时候，我的话正投合了右派的需要，性质上就变成右派反党大合唱的一个音符了，并不是对他刘建国本人的威信有何伤害……我最初相信这些话，也相信刘建国，即使我当了右派，我也相信他说的主要是在非常的背景下说了不合适的话。现在，自从田芳来过几次以后，刘建国再也不对我说什么了，他冷着面孔在院子里喊："怎么搞的？院子脏成这样？"那无疑是在大庭广众中谴责我没有尽到扫地的义务。

　　他对我给他每天送水再也不觉得不好意思，甚至连头也不从报纸上抬起来。

　　每月一次的改造汇报，他都亲自主持，在全体教师面前，我把自己骂一通，让教师们再批判。尽管我觉得那些污水脏物是自己吐到自己脸上的，教师中有几位总是还嫌我吐得少。刘建国过去还要肯定我一点儿进步，越到后来，反倒一丁点儿也不肯定了，总是强调我思想深处的东西，尚没有触动。我已经从记不清多少次的改造检查中得出一个结论，真诚的检讨和应付差事的检讨得到的实际效果是一样的。你真诚地批判自己，他说你没有"触动思想根子"；你应付差事地乱骂自己一通，他照样说你没有"触动思想深处的肮脏东西"。我索性不再伤脑筋了，居然也能做到面对众人检讨时"脸不改色心不跳"了。

我烧水、打铃、扫地、打扫厕所，替炊事员杨师傅烧火、择菜、洗锅涮碗。我与任何人也不主动说话，而当别人问我一句话时，我竟然感到一种荣幸，似乎我的身价也提高了。久而久之，我完全接受了"右派"的既成事实，自己也没有一丝信心把自己当人看了。过去，有的学生骂我一声"右派"，我心里忐忑一下，现在已经于心不惊了，甚至莫名其妙地对喊着"右派"的学生笑一笑，讨好似的笑一笑。

和我接触得最多的是炊事员杨师傅。本来，帮他添煤看火、洗锅涮碗，是我为了表示改造的诚意而主动承担的额外的事，时日一长，他倒把我当成半个炊事员了。活儿稍一紧，他就叫我，甚至骂骂咧咧地在院子里喊："徐慎行，你狗日的钻到老鼠窟窿去了吗？火灭屎咧！"或者是："徐右派！没水咧！你不绞水，挠屎去啦吗？"我一听见他的喊声，就去烧火，就去井台上绞水。我也不恼，也不说明我正在忙着其他活儿，好像我真的躲到老鼠洞里偷闲，或者是在做下流的事——挠屎去了。

他也有对我好的时候，那往往是他受了校长的批评的时候，就会对我十分诚恳，把两倍于定量的饭菜塞到我面前，赌气地说："吃！不吃白不吃！你不吃，指望刘建国那个杂种说你的好话吗？妄想！甭那么不顾死活地干！你指望刘建国给你说好话，摘帽子吗？妄想！那个杂种没有人的心肝！狼心狗肺！你怕他，我不怕他……"

他有时对我又十分恶劣，那往往是他受了刘校长表扬的时候，就会对我瞪起三棱子眼睛："你狗日的一天磨磨蹭蹭的，不好好改造，你死到阴司也不是个好鬼！人家刘校长跟你是同班同学，瞧人家而今在啥位位上敬着？你而今在啥洞儿里蜷着？共产党是人民的大救星，你敢反党，真没看出，你后脑勺上长了一根反骨……"

然而更多的是他既没受到刘建国的批评也没受到表扬的时间，他就一边揉着面团，一边斜着眼儿，说着损我的话。他一个人做饭，许是太寂寞；教师们一般不屑于和他有过多的交往，没有共同的语言；他于是就把我当作开心的对象："徐慎行，听说你的本事很大的咧！能写能画，吹拉弹唱，是个全才咧！听说你能倒背《论语》，学问深沉咧！你没事干了，挠挠屎去嘛！怎么就要长嘴长舌地提意见？这下倒好！放着人民教师的位位不能坐，跟我这号下苦人烧锅燎灶，侍候人家。本来该着我这号受苦人侍候你哩！"

他有时又显出很下流的样子："你这家伙艳福不小哩！那个装模作样来批判你的女先生，长得多疼人哪！听说你跟她念书时，'咕咚'在一搭？嗨！你说实话，你跟她×来没有！哈呵！甭脸红哇！只要摸她一把奶，死了也值了！"

我要是不能忍受而抽身走掉，他就会大喊大叫："这贼驴日的右派又钻到哪达去了？不看看火都灭咧！真是顽固……"

我索性不说话。无论他骂、他损，我都权当是狗放屁。我最怵火的，是他到刘校长面前对我的揭发。刘校长经常通过他了解我的言行。祸从口出，我记下了这个千古名言。时日一长，我甚至能对着他骂我损我的脸孔傻傻地笑笑，讨好地笑笑。

我的妻子的变化更富于戏剧性。

我自那年暑假成了右派，就没有回家去过。我怕见父亲，怕见杨徐村的父老兄弟，尤其怕见我的妻子淑娥。我不知该怎么办，和田芳断绝了，我更愿意孤身独处，在这种情况下，我觉得最难处理的关系是她。离婚吧，我正是政治上遭难的时候；回去与她凑合着过吧，我心里觉得自己太下贱了，连个人味儿也没有了。

寒假里，我没处去了，想在学校待着，刘建国安排了轮流护校的人员，居然没有我，更不容许我整个一个假期都待在学校了。他不放心我，怕我纵火或爆炸吧？我在寒冷的腊月里，回到了有点儿陌生的家乡杨徐村。

村子里的临着街巷的墙壁上，有用白灰刷写的大幅标语："社会主义好！""保卫社会主义江山，反击右派进攻！"我几乎再不敢东张西望，低着头进了自己的门楼。

我踏进院子，听见小灶房里有啪嗒啪嗒的风箱声。我的妻子淑娥大约听见脚步响，从小灶房里探出来，看见我，站直了身子，问："你找谁？"

她装作不认识我了。我也不知该怎么对付这种局面，避开她的恶恨的眼光，径直往里走。

"噢！这是有名有望的徐老先生的好儿子呀！我这笨人笨眼，倒认不得了！"她在灶房门口拍打着手，拍打着膝盖，大吁小叹，揶揄着说，"听说你干阔了，从'左派'升成右派了！真气魄呀！给徐家争下光了！"

我的心像是给扎了一锥子，疼得几乎窒息了。我走进自己的住房，瘫痪似的跌坐在椅子上，脑子里麻木了。

她又赶进房里来，手插在腰里，站在门口，嘲弄地撇着厚厚的嘴唇："你怎么一个人回来了？你的白毛女呢？那个野婆娘呢？"

"你……"我的血一下子冲到脑顶，忽地站起，拳头捶在桌子上，"你再……胡说一句？！"

"在我面前凶，算啥本事？"她根本不怕，反而挺挺腰，"有本事在学校里发凶去！"

我想到我在学校的屈辱，顿然软了，坐了下来。

"你的右派，也不是我给定的，在我跟前凶啥呀！"她得势了，"你压迫了我整十年，欺侮了我整十年，我低声下气跟你整十年了！够了！你而今落下个大右派，跑回老窝儿来了，要是不当右派，你还是钻在野窝儿不回来……"

"那……"我说，"你也用不着这样。你不愿意了，随你的便！"

"离婚！"她随口说，"我找个农民，他也不弹嫌我人丑没文化。我早受够了，离……"

"好，既然离婚，再甭说了。"我说，"明天去办手续，各走各的。"

"谁不离就不是娘养的！"她跳起来，更加不可抑制，"我现在就去社长那儿开介绍信！"

她走出门去了。

屋子里很静，父母亲不知做啥去了。屋里没人，我一个人坐在屋子里，开始抱怨父亲，如果当初不是他用剃头刀威胁，何至于此！这个张淑娥，过去像个绵软的蛾子，总是怯怯地看我，从来也没有高声说过一句气话，开口总是叫我"先生"，像旧戏里的侍女一样低声下气地服侍我。现在，她变成一只凶恶的黑蛾了！扑拉着翅膀，大喊大叫着要和我离婚，从门口沿着街巷喊过去了！我想，这下子，杨徐村人都知道我们的家丑了。

父亲和母亲走进院子，脸色惊恐，问问我和她闹仗的原因，叹息一声，也不再说谁是谁非，只是母亲连连挥手："快去快去！把她拉回来。让她在街道里大喊大叫，打粪场上的人跟戏台下一样，真是丢尽人了……"

直到天黑，母亲也没能把她拉回来。她在粪场喊，说她坚决要离婚，随之又赶到社主任家，哭一阵子喊一阵子，说要是社主任不给她开离婚介绍信，她就不回家……

连续三天，她从早骂到晚，到社主任家要离婚介绍信。我的父亲是个好面皮的人，这下气得躺下了，茶饭不进。母亲跟前撺后，给儿媳妇说好话，劝解，急得都哭了，仍然不济事。俩老人惊叹：怎么也想不到腼腼腆腆的淑娥，一眨眼变成羞耻不顾的母老虎了。唉唉！

最后只得由我出面，去给社主任说话，我说了话，他才给她开了介绍信。

第二天一早，她洗脸梳头，催我到县法院去离婚，我心里冷冷地跟她上了路。

走进县城，走过一家饭馆，她说："给我买饭，我饿了！"

我忽然有点难受，可怜起她来了。她跟我结婚整十年了，这是第一次进饭馆吃饭。我忽然觉得我过去对她太……我买好饭，炒了几个小饭馆里最好的菜，从窗口取出来，放到桌子上。她倒神气，右腿压着左腿，二郎担山坐在桌旁，等着我端来菜又端来米饭，像是报复似的瞅着我："你来服侍一回我吧！"

"给我取盐来！"她支使我。

我从另一张桌子上取来盐碟儿，给她。

吃罢饭，她率先走出去，我在后面跟着。走到县百货公司跟前，她走进去了，站在柜台前，对售货员说："取一双雨鞋。"她试试大小，然后对我说："开钱！"我连忙给售货员开了钱，心里不由得又酸酸地像潮起醋了，这是我跟她结婚以来第一次亲手给她买东西。

"走，你领路。"她出得门来，精神抖擞，"你认得法院的路。"

我走到法院门口，回头一看，不见她的影子，她大约是第一次进县城，该不是在大十字走错路了吧？我慌忙去找，跑遍了县城的东关西关，又跑了南关和北关，没见她的踪影。从午间找到午后，我的两腿酸困，只好往回走。走过十里平川，路经一条小河的时候，我在桥头上看见她冻得发紫的脸。

"你……"我站在她跟前，气呼呼地说不出话，"你……怎么在这儿？"

她缓缓地站起来："我在这儿等你。"

我看见她的脸色不好，说话也柔气儿了，忙问："你不是要我跟你到法院吗？"

"到法院做啥？"她装傻卖呆。

"离婚呀！"我说。

"离婚？我才不干那号傻事！"她说，"我要叫杨徐人都知道，我也敢离婚！这几年你要跟我离婚，女人们都下眼看我，说男人不要我了。现时，我也不要男人了！其实，我哪能真去离婚哩！"

我一下子瘫坐在河边的枯草地上，她在村子大叫大喊，到社主任家大哭大闹，原来是为了挽回她的可怜的面子啊！

她哭了，用袖子揩揩眼泪，一甩头，就踏上了木板搭成的独木桥。

我从干枯的草地上站起，走过去，踏上小桥。冬日惨淡的夕阳的红光，在蓝色的河水里投下淡淡的血红……

我的那间小房子

牛王砭小学坐落在一道砭坡下，门前是一条小河，砭坡上排列着大大小小几十个村庄。缓坡上是纵横摆列着的极不规则的田地，陡坡上生长着一岁一枯荣的杂草酸枣棵子。那些随处可见的红石子堆砌的卯坎，一年四季都裸露着干燥的红色，令人看了难受。村庄周围那些低洼的土层厚而水分足的地方，一团团桃杏的花云，象征着这贫瘠砭坡地带四季中最轻松活泼的季节。冬天里有大雪降落的日子，这砭坡也会呈现出刚柔互济的气魄。顶入不得眼的是夏末秋初，一场旷日持久的干旱，把坡地上的草木渴死了，干枯了，树木早早落了叶子，玉米苗儿尚未抽出缨花来，就拔掉喂牛了。整个山坡上，像火烧火燎过一样，看去使人难受。

只有学校门前的这条河川，一年四季里都使人能感受到大自然的美的韵味。即使在干旱炙烤得砭坡上到处冒烟起火的焦灼时节，河川里也生机盎然。

一条条自流灌渠，把河水曲曲折折地引进玉米地、棉花田和瓜园里。一架架黄牛或青骡拉着的叮当叮当响着的解放式水车，把清凉的地下水车上来，灌进刚刚显旱的田地。

我常常打开后窗，坐在我的小房子里，看砭坡和河川四季景色的自然转换。

学校坐南向北，三排土木结构的房舍，用木椽裹打起来的黄土围墙上，春天有小草小蒿冒出来，入夏稍遇干旱，便率先枯死。校园里有粗大的洋槐，阴凉极厚，春五月的洋槐花香透校园的每一个角落，晚饭后常有教师在树荫下品茶或下棋。三排房舍，教室与教室之间夹着教师的寝室兼办公室，因为房舍欠少，皆是三人或四人一室，一人一张床，一张办公桌，中间只留一个走道出入。似乎没有谁嫌太挤，条件限制，只能如此。只有校长刘建国一人一室，因为是一校之长，负有某些秘密的工作责任的需要，大家也没有异议，也更不会说成特殊化。

我最初在后排的一间房子，因为是小学高年级的班主任，所以稍为优待，三人一室。初年级的老师和科任老师，一般是四人聚居。自从我当了右派以后，就搬出了那个三人一室的办公室，颇有点儿依依不舍。三人虽然拥挤点儿，因为脾气相投，处得挺和睦，早晨不怕睡过头，晚上熄灯后可以聊天听闲话，从来不觉得孤寂。

学校的东边，有一排坐东向西的小房子，不做教室，只让人住的小房间。南头两间是灶房，接住两间是水房，第五间就是我后来搬入的房子。第六间是原来的工友韩民民的住房，他因为我的替代而升为事务员了。最后一间是炊事员的住屋。

韩民民是从农村招聘的工友，只在扫盲班里粗识一些常用字，会拨算盘珠儿，人却极灵聪。除了打铃搞卫生，因为上级没有拨调专职事务员，每逢开学结业的大忙日子，常是韩民民帮助买课本以及教案、粉笔、墨水一类杂物。他最喜欢的是替校长刘建国传达开会或什么临时通知，到各个房子去说一遍。小伙子年轻，有点儿爱面子，常在上衣口袋里插两根钢笔，小分头用水抿得熨熨帖帖，努力要把自己提高到一个教员的规格，而不致使人觉得他不过是勤杂工。我的落难，使他得到了做梦也想不到的天赐良机。我来打铃、烧水、扫地之后，他就成为专职事务员了。他住在隔壁，杂物却依旧堆在我住的房子里，不腾不挪，每逢给教员发教案、粉笔和笤帚，就到我住的房子里来拿。令我感到安慰的是，他尚相信我这个右派不会破坏公物，也不担心我偷盗。

"徐慎行——"他过去一直称我徐老师，说不上尊敬，这是学校里教师之间的习惯称呼。现在他直呼其名了，我也能想得通，"我在供销社把炭买好了，你去拉回来，这是票据。我还要去……"要去办的事自然很多，他很忙。

我就拉起那辆学校里甚为宝贵的架子车，从牛王砭供销社把炭拉回来。

每一次我做改造汇报的时候，第一个站起来说我交代不彻底的总是韩民民。他说某日某次我的铃儿晚打了整整一分钟，又说某日我打扫过的厕所里把脏物遗在了站台上，还有某一回的开水没有足滚。他是看见刘校长把鸡蛋冲成了一碗糊汤得到反证的，因为足滚的开水冲出的鸡蛋是呈絮状的。他的揭发往往使刘建国显出不耐烦，大约是他的讨好太显露，又在众人面前，而且讨好讨不到点儿上。不管怎样，我也无法记清某日某次的铃儿是否准时，水是不是足滚，厕所里是否遗落下脏物，我都一律做出诚恳接受的姿态：我一定改正，欢迎大家监督……

出门干活，闭门思过，谁的房子我也不想去，怕因此而玷污别人，于自己也惹是生非。我关住门，躺在窄窄的床铺上，看吊着蛛网的顶棚，看房子里堆得满满的杂物，废弃的粗壮的麻拧的井绳，破了口的蔫瘪的篮球，散了架的克郎球盘，缺杆少珠儿的毛算盘，都从墙壁上、地角里、桌子下朝我瞪着可笑的眼睛。我初来时的寂寞，而今觉得这堆积有用和无用物品的小库房，是我借以安身立命的最恬静的角落了。

如果韩民民推门进来取什么东西，我立即从床上翻起来，站到地上，等着他取到东西走出门去，我再闭上门。他进这间小房，从来也不打招呼，推门而入，端直而出，如入无人之境，我也不觉得他对我有什么不恭。我有一条理由可以排解这种疑惑：房子本来就是韩民民的库房，他进自己的库房，自然不必敲门或打招呼这一套麻烦手续了。

我躺在床铺上，不由得思索回味我的父亲给我起下的这个名字：慎行。由此又联想到弟弟的名字慎言，以及父亲临别时嘱咐我的座右铭：慎独。言语和行为，在一个人单身独处的时候，应该慎而又慎，就是这个意思。这个意思，我只有现在才体味到它的颠扑不破的正确性。回想在师范学校的生活，我真有点儿不敢相信自己，我多么轻狂啊！想唱就唱，想说就说，想玩儿就玩儿个痛快，简直跟疯了一样啊！如果我当时起码在心里给父亲的嘱言保留下一个小小的角落，在"鸣放"会上有一点儿警策的作用，我就对自己的言论谨慎了，就不至于说出刘建国"好大喜功"的意见来，就不会有今天的这种蹲不下又站不直的难受处境了。

我如果彻底被打成右派，不是"中右"，跟右派们一起劳改，也许"猪崽不笑老鸦黑"了。唯其因为我是"中右"，比右派在性质上有轻重的差别，倒成了糟事。把我继续留在学校使用、改造，生活在许多好人中间，我就愈加顾影自怜了。我的体会是，站不直也蹲不下的这种屈腿弯腰的姿势，比站着或蹲着都更难忍受，大约是人的姿势中最难耐久的一种姿势了。

我再不能不慎言慎行了。

我取出笔和墨盒，墨盒干涸了，毛笔也干涸了，用水泡一泡。我找到一块儿书页大小的硬纸蘸了墨，写下了对自己的警告：慎独。我把它贴在床头，使我无论坐着或躺着都能看到。我感到了内心的惶恐，绝对需要这样一张护身护心的神符来佑护我，再甭出乱子。

过后两天，刘建国走进我的房子，一来就瞪着两只煞有介事的眼睛，在我桌边的墙上扫视，而终于停在床头的墙上。他严肃地看一阵子，并不是欣赏我的书法，转过身说："这个东西给我。"他未经我应诺，已经从墙上撕下来了，一句话也未说，径自走出门去了。

当天晚上，临时召开教师会，提前让我做改造汇报。没有人对我的汇报感兴趣，对"慎独"两字的批判一下子就成为会议的中心议题。我预知，会议之前，教员们早已得到批判的目标了。其余人的分析可以略去，刘建国的分析是校长的水平，自然高了一筹，深了一层——

"'慎'什么'独'？你的错误难道是不'慎'的结果吗？如果不从思想根源、阶级立场上彻底改造，怎么'慎'得住呢？这种封建修养的方法，怎么能救得了你的反动灵魂呢？"

我的头上冒汗了。这些尖锐深刻的批判，使我连喘气的力气都没有。我回到房子，躺在床上，我父亲尊为至明的处世哲学，也不管用了。我想钻在这张护身符下求得安宁，反而招灾惹祸了，怎样才能拯救我的小命？

我清楚记得，这张座右铭贴上床头后，只有韩民民来过我的房子，一定是他报告了，为了这个座右铭，我整整交代了三个晚上……

三四年过去了。

我被通知说，可以任课，按教师对待了。

我竟然感动得热泪盈眶。

不过，半月没过，我就陷入自身的烦恼。为了体现按教师对待的精神，把我从那间小库房调出来，插入一个二人居住的教师宿舍。学校里增添了一些房舍，教员住得稍松了。我在这个宿舍里不仅黑天睡不着，白天也不自在。我总是处于一种高度的紧张状态，惶惶不可终日。莫名其妙地对人家笑，对同宿舍的老师或到这个宿舍来的老师说下的话，一律说："对对对！"其实许多话我根本就没听清内容，嘴里却不由自主地"对对对"地应诺着，惹得大伙发笑。我愈发窘了，也愈紧张了。

我去上课，突然觉得我不会说话了。我的脑子里的语言仓库全部关闭了，一个词儿也拿不出来，而且十分紧张。尽管我带的是地理课，也不敢讲，急得头上冒汗，只会照课本往下念，学生已经乱得像一窝雀儿了。

一按教师对待，我就要参加许多会议，这是更难受的时刻。往常，我是右派，一月里做一次改造汇报，坐在一个偏旁的角落。现在，和别人坐得近了，我很紧张；坐得远了，又显出我不太合群，会议室没有我坐的座位了。尤其是非做不可的表态性发言，我未说先流汗，总怕说错了什么……

我向校长赵永华提出要求：让我做事务工作，让我再回到我的那间兼做库房的小房子。我再三解释，不是使性儿，也不是有什么不满意见，而是事务工作更适宜于我干，保证干好。

刘建国在一年多以前，调县文教局当人事干部去了。赵永华调来也一年多了，我很少跟他有什么接触，只是偶尔听见韩民民在炊事员杨师傅跟前嘟嘟囔囔新校长的什么话，我就觉得他可能在赵永华跟前不如在刘建国手下感到畅快如意。赵永华听了我的要求，很随便地说："你如果觉得事务工作更合适，你就干，别人还看不上这工作哩！"他告诉我，正好韩民民要调走，到县文教局的物资供应点上去，学校正好缺事务员。

一经赵永华允诺，我当下就把被卷儿行李搬回了我的那间小库房卧室。一躺下来，我闭上眼睛，浑身都舒适了。我忽然想到了蜗牛，蜗牛钻在它的壳里一定很舒适。要是打碎螺壳，把它牵出来，它可就活不了啦。我刚搬进这小库房时，感到压抑，感到杂乱，感到孤寂，想到和高年级那两位教师同居一室的愉快时光。久而久之，我像蜗牛一样适应了螺壳，蜷缩在螺壳式的小库房里才舒服，到别的房子里反而觉得活不了啦！

我去买煤，买了煤就亲自拉回来，绝不让从生产队里雇来的校工小朱干这些。我常常抢在小朱前一步打了铃，打罢又向小朱道歉，全是我过去打铃打下习惯了。尽管如此，我觉得十分满意，我虽不带课，却是事务员，事务员也是教职工，和教师一般对待。

有一件事伤了我的心。

大伙都去县上听报告，赵永华让我看门。看门其实正适合我的心愿，我怕开会，怕在会上遇见熟人，更怕遇见速成二班的老同学，尤其是怕碰见田芳。可是那天晚上，大伙听完报告回来，我才知道，会上有一个震动全国人民的消息，说我们国家发现了一个"大庆油田"。教师们为猜测这个油田的具体地址而争论不休，谁也说不服谁。我后来才知道，这样重要的报告，上级规定有几种人不能听，以免给帝修反泄密。我自然属于那几种不准听的人中的一种。

我暗暗警告自己，老老实实蜷在螺壳里吧！甭张狂，还是没有资格和一般教师同样对待哩！还要——慎独！

哦！故园，故园

徐慎行同学：

  定于本月二十日上午在母校举行学友聚会，请您拨冗参加。

专此

致礼

速成二班
1980 年 8 月 12 日

我的手颤抖着，泪水模糊了眼睛，擦一擦，又涌流出来了。速成二班……速成二班……我的那个速成二班啊！像一道急骤的电闪的亮光，把我尘封的脑壳炸乱了，把我的心抖底搅翻了。

多么遥远而又亲切的记忆——速成二班！速成二班——多么温暖而又自由的天地！我的心里一闪出这个名称，几乎承受不下它带进我霉腐的心室里的清新温润的春风，要昏厥了。

田芳，一想到速成二班，第一个蹦到我面前的就是田芳。那个白毛女，那个从我身上揭掉了蓝袍礼帽的田芳，她肯定要参加这个老同学的聚会的。缺了她，该会多么令人扫兴。不会缺她的，我安慰自己，甚至猜度这个别出心裁的聚会就是她出的点子呢。

八月二十日，一年中极其普通的一天，不是新年佳节，也不是纪念性节日，我渴盼这一天的到来，比小时候盼望过年的心情还要焦急。

微明中，牛王砭小镇掠过凉飕飕的晨风。我乘头班公共汽车进了县城，又换乘去山门镇的公共汽车，终于站在师范学校的门口了。

校史悠久的师范学校已经改为师范专科学校，属于大专建制了。砖拱木顶门楼变成了四方水泥立柱的钢条大门，从大门通到教学区和宿舍楼的窄窄的砖铺甬道，已经改换成水泥路面了。迎面是一幢三层教学大楼，外观十分漂亮，原先的一排排平房大多已拆除。二十五年的时间，毕竟使我感到了惊奇的变化。

树杈上挂着一块硬纸板，画着一只箭头，把聚会的地点指向后操场。暑假里没有学生，路道上和花坛里，落着一层树叶，有点儿荒凉和空寂，而我的心仍然止不住激动起来了。

操场的围墙根，高大的洋槐树组成一道屏障，在草地上投下浓密的阴凉，这是我们亲手栽植的，栽时不过酒杯那么细，而今已经桶粗了。草地上，站着或坐着一堆人，在聊着天。我走到跟前，听见有人在叫我的名字，有几个人跑上来，握手，搂肩……老天爷，一个个全都变成老汉老婆儿了！

我止不住热泪滚滚，和伸到我面前的一双双手紧紧握着，看着一副副皱纹巴巴的脸，我无法与印象中的那些青春焕发的脸膛联系起来。流逝的岁月给我心里留下的巨大的差异无法弥合，他们的心里也是这样感受这四分之一世纪的时间差的吧？我从他们一个个瞧着我的惊异的眼神里看得出来：你怎么老成这样子了？哈呀！瞧你，秃顶多厉害！

我握住了一双手，心里一震，那双细软的手也在用劲儿握着我的手。我相信，闭上眼睛，我也会准确地判断出田芳的手来，她的眼角有细密的几缕纹络，鬓角有几丝银白，而那双眼睛，似乎还是二十五年前的那双眼睛。当我们的眼光相碰的一瞬，我的心似乎一下子沉下去了，脑子里也中止了一切思维。我没有向她问好，她也没有问我好。我们竟然相对无言，默默地呆站着，手却握得粘在一起了。

我和她在草地上坐下。几位同学围住我，问我平反了没有？问我的孩子的安置状况，我也很关心他们的工作和家庭。田芳坐在我旁边，她什么也不问。我也没有问她，丈夫在哪儿工作，几个孩子，工作或是上学。我不问不是因为我了解，其实我什么也不知底儿，不知底儿也不想知底儿。

"你……身体……好吧？"我终于问。

"还好。"她笑笑，"你也……好吧？"

我点点头，又流泪了。

录音机在播放着优雅的舞曲，篮球队队长何长海已经和一位老太婆——二婶的饰演者跳起舞来，又有三五对儿舞伴也跳起来了。田芳对我说："咱们跳跳吧？"

我有点儿慌乱，连忙摇头摆手。

有几个同学在吆喊，催促我和田芳上场，他们或多或少知道我和田芳的遭遇，催促的意思是很明显的。我涨红了脸，对田芳说："你跟他们跳吧，我上不了场了！"

田芳跳起来，和另一同学跳起来了。我坐在草地上，点燃一支烟，看田芳踏着舞步。

有人又出新点子，让大家每人出一个节目，或唱或说，或演或变魔术，谁也不得脱空儿。

有人提议，让田芳演唱白毛女，她不客气，跳起来，也不扭捏，有点遗憾地说："就我一个人唱？"

我这才想到，饰演大春的刘建国没有来。他没有来，也没有谁提及，我也不想在这个场合提到这个人。这个饰演正面角色的人啊，在生活中几十年来也一直是正面角色，而大伙现在谁也不想问他为什么不来。饰演杨白劳的人儿已经进入另一个世界，听说在七八年前患下了肺癌。大伙也不愿意提及他，因为太令人伤惨了。于是，有人提出，让我和田芳演唱《扎红头绳》一节。我又惊恐万分，连连摇手，多少年来，我连话都说不顺口了，岂能唱歌？

"唱吧？"田芳看着我说，"你太拘束了。"

我摇摇头，又摆摆手。

田芳无奈了，也不勉强，就唱了一段。唱完，她又走回来，坐在我的旁边，说："你太拘谨了！拘谨得……叫我又想到'蓝袍先生'！"

我的心里一悸。我身上的蓝袍早已脱掉了，而我的心哪，又被蓝袍罩得死死的了。我苦笑一下，说不出话。

有人在接着唱，有人即兴赋诗吟诵。有人说幽默笑话。有人耍小魔术变戏法。喊啊笑啊，气氛热烈极了。轮到我，我什么也拿不出来。有人出恶招："什么也不会，那就学熊猫儿在地上打个滚好了！"

我窘迫得六神无主。田芳也笑着，随口说："讲句笑话吧！你真的连一句笑话也不会讲？"她提醒了我，急迫中，我首先想到了《老和尚与小和尚》的笑话故事，那是我在刚到师范学校来的头一晚，在集体宿舍里听到的……我刚讲完，有人在哄笑中大喊：

"让老和尚永远寿终正寝！"

"小和尚们，去和'魔鬼'拥抱哇！"

有几位同学尚未赶来，野炊午餐还得再等一会儿。我已得知，午餐是大伙随意带来的罐头、面包、点心、饮料和各种水果。我是空手来的，想到山门镇上去买点儿礼物，田芳就和我散步同去了。

我和她走进校园，不约而同地走到速成二班的教室前，那里的平房虽然没有拆除，也已经隔间垒墙，分为三室，变成教师宿舍了。门口垒着蜂窝儿煤，火炉上蹲着小锅，吱吱响。我默默地瞅着这座房子的窗户，又想流泪。我的神经变得如此脆弱，简直不能抑制了。

田芳敲响了一间房子的门板。

门开了，一位年轻白净的小伙儿站在门口。

"这儿……原来是我们的教室。"田芳说，"我们想进去再看看……打搅您了。"

那青年初听时有点惊诧，随之就点头笑了，爽快地邀我们进屋。

我随着主人走进门。屋里一张双人床，一只双人沙发，靠墙的地方支一张桌子，桌上摆着钟表、花瓶、电视机。一个披着长发的女子从沙发上站起，礼让我们坐下。

"我们俩的那张课桌，大约就在这个位置上吧！"田芳站在那个桌子旁，回过头来问我。

"唔……就在那儿！"我应了一声。

"你过来……坐坐……"田芳说着，把一只椅子挪好，自己坐在靠墙的位置上，"让我们再回味一下……当年的学生生活……"

我走到桌前，在椅子上坐下了。我坐得端端正正，扬起头来，却看不到黑板，墙上挂着几张笔迹欠火候的条幅。我的胳膊肘碰到田芳的胳膊肘了。我不由得回过头，看到了她的一汪注满泪花的眼睛，从遥远的天空传来了一声声动人心魄的声音——

……你为啥不跟我说话？

……你的字儿写得多好呀！

我们静静地坐了一会儿，站起来，向男女主人歉意地笑笑，就走出这间屋子。

"再不会重返……当年的情景了！"我说。

"梦……二十五年……"田芳摇摇头。

我和她踏着走道上的落叶，走出校门，进入山门镇街道了。街道依旧狭窄，沿街的破旧的木房子有的拆除了，竖起一座高楼，鹤立鸡群似的。走到一家服装店门口，我和她都停住脚。现在，无论如何比当时那个一间门面，一个裁缝师傅，一台缝纫机的小裁缝铺气派得多了。

田芳拉着我，到这个小铺店里来，把那件蓝袍脱下来，由裁缝师傅改成了列宁装。我穿上列宁式新装，戴上了八角帽，路也不会走了，八字步全乱了套。田芳和我走着，看着我的样子直笑。她说："跳起来吧！蹦啊！你敢不敢？"我跳起来了，蹦起来了，街巷里的行人把我当疯子看，我也不管，只觉得我轻松了，自由了，再也不能按八字步迈步了，蹦蹦跳跳起来了……

"你现在又拘谨起来。"田芳瞅着我说，"使我又想起你穿着蓝袍时的样子……"

我悲哀地叹口气，说不出话。

"你现在还敢蹦起来不敢？"她笑着问。

我惶惶然连忙摇头。

她没有使我为难，朝前街走去。

我和田芳再回到操场草地上的时候，聚会的主持人宣布午餐开始，各式罐头打开了，糕点包子解开了，酒瓶盖子被咬开了。一切可以临时作为盛酒用具的瓶盖、水杯全都注上了酒，一齐举起来：速成二班万岁！

主持者向大家宣布了一个数字：

师范速成二班：四十一名学生，死亡四人，其中一人死于"文革"武斗，三人死于疾病。现在本地区工作三十人，另七人随家随夫调外省或外地。聚会通知了三十人，实到二十九人，其中三人抱病赶来。

唯一的缺席者：刘建国。

谁也没问刘建国为什么不来。

主持者在大伙的静默中提议：为死去的四位同学祭酒。

清凌凌的酒液泼在草地上，散发出一股清香。

主持者又进行下一项动议：向县委提出一项意见，请领导人把刘建国从教育局调开，随便调到县委所属的任何一个部门去，只要不在教育系统就行。他现在还在任教育局副局长，有他在那个位位上，我们会觉得心里不舒服。就是这一条要求。至于全县的中小学教师有多少人被他整了，不必计算，应该向前看，不咎前账。但请把他调开，让教员们再不要听见他的令人讨厌的声音……

鼓掌。呼叫。一个个全都签上了名字。

我捉着笔的手在发抖，终于写上了我的名字。二十五年来，我第一次向这个老同学表示了愤怒……

咒 符

一觉醒来，老鼠在顶棚上奔马。

一只老鼠跑起来，像野马驰过草原；一群老鼠奔跑起来，追逐起来，拼杀撕咬，就像万马奔腾。

我刚刚从梦里醒来，一身虚汗，月亮照在南窗的窗格上，屋里静得可以听见窗外大地的呼吸，老鼠的追逐和嘶叫把一切都破坏得淋漓尽致。

我在黑暗中摸到烟，摸到火柴，火柴划着的一瞬，顶棚上的老鼠收敛了。我抽着烟，闭眼躺着，等待天明……

我平反以后，孩子顶替我去工作了，女儿早已出嫁，屋里只剩下我和老伴。老伴早已不再称我为先生，看我也不再是怯怯的神色，她手插在粗壮的腰里，指挥我去种地，干一切过去由她自觉承揽的家务，初时有报复的意味，后来就成了习惯。

"你一天唉声叹气做啥？"她问我，"想那个野婆娘了吗？"

我说我背着右派的包袱，叹气成了习惯了。

"右派怕啥？只要给工资，啥屎派还不是一样叫！"她不在乎地说，"我看当个右派倒不错，你变得规矩了，再不敢跟野……"

我不能发火。我要是一张口分辩，她会大喊大叫，故意让左邻右舍都听见。

"你去洗衣服吧？"她吩咐我，"我腰疼了。"

农村里，男人洗衣服的习惯还不普遍，我抱着衣服走向井台的时候，男人女人都在拿眼睛瞟我。我硬着头皮也就过去了。

"你来擀面吧。"她说。

我学会了做饭。

我明白，她不光是为了享受，其实她倒不是懒女人。她要我洗衣，要我做饭，就会在村人尤其是女人伙儿里提高她的身份，她觉得过去的状况太叫别人瞧不起她了。

我退休回家之后，她也变得好起来了："咱俩种那二亩地，够吃了。你领下的退休钱，够花了。只要你再不想野……我好好待你，咱欢欢乐乐过到死……"

说下这话一年，她突然死了，跌了一跤，心肌梗死。

我一个人躺在这个祖传的屋子里的炕上，听老鼠奔马。

别人给我介绍下一个女人。连子女都反对，说我快六十岁的人了，难道连面子也不顾了？娃他舅更是怒气冲天，说我败坏了徐家读书识礼的门风……

我的老姐和小妹子看我生活艰难，劝我的儿子和女子，加上你给我大女儿做工作，总算勉强同意了。

我的这件事，按说该办成了。可是，事到临头，要我办这事的时候，我又动摇了。要问为啥？我也说不清……我总觉得我还在牛王砭小学那间小库房里蜷着。那间小库房，容不得旁人进去，打破里面凝结的空气。同样，我也在离开那个小库房以外的其他地方，感到了不自在。尽管我退休回到家里，我的心，似乎还在那个小库房里蜷曲着，无法舒展了。田芳能够把我的蓝袍揭掉，现在却无法把我卷曲的脊骨捋抚舒展……

我送我的启蒙先生到山坡下。

春风吹绿了河川，也吹绿了原坡，又是杏花纷谢桃花呈艳的阳春三月。坡地上的麦苗绿色葱郁，塄坎上的杂草蓬蓬勃勃，只有沟壁间的断崖的红石土色，显露着黄土高原地区残破丑陋的面貌。

他朝坡上走去，回他的原上那个杨徐村去了。他的背脊躬起来，一步一踩，缓缓地沿着蜿蜒的坡间小路走上去。

我的心似乎也被什么东西箍住了。

1985 年 8 月至 11 月草改于西安东郊

四妹子

上篇

一

从延安发往西安的长途汽车黎明时分开出了车站的铁栅大门。四妹子额头贴着落了一层黄土尘屑的窗玻璃，最后看了送她出远门上长路的大大和妈妈一眼——妈跟着车跑着哭着喊着甚叮嘱的话，大也笨拙地跑了几步，用袖头擦着眼泪——脑子里却浮现出妈给她掏屎的情景。

妈把碾过小米的谷糠再用石磨磨细，就成了黄沓沓的糠面儿，跟生长谷子的黄土的颜色一模一样。妈给糠面儿里掺上水，拍拍捏捏，弄成圆圆的饼子，在锅里烙熟的时光，四妹子爬在锅台上就闻到一股诱人的香味。待她把糠面饼儿咬到嘴里，那股香味就全然消失了，像嚼着一口细沙子，越嚼越散，越嚼越多，怎么也咽不下去。妈就耐心地教给她吃糠饼子的要领：要咬得小小一点儿，慢慢地嚼，等口里的唾液将糠面儿泡软了，再猛乍一咽。她一试，果然咽得顺当了，尽管免不了还是要伸一伸脖子。糠饼子难吃难咽倒也罢咧，顶糟的是吃下去拉不出来，憋得人眼发直，脸红青筋暴突，还是拉不下来。拉屎成了人无法克服的困难，无法卸除的负担，无法解脱的痛苦。无奈，她只好撅起屁股，让妈用一只带把儿的铁丝环儿一粒一粒掏出来，像羊羔子拉出的小粪粒。

妈妈一边给她掏着，一边叮嘱她，糠饼子一次不能吃得太多，多了就塞住了，而且一定要就着酸菜吃，酸菜性凉下火。她不相信。既然妈能教给她合理吃糠的办法，妈自己为啥还要大给她掏屎呢？有一次，在窑洞旁侧的茅房里，她看见妈撅着白光光的屁股，双手撑着地，大大嘴里叼着烟袋，捏着那只带把儿的铁丝环儿，一边掏着，一边说着什么怪话，逗得妈哭笑不得，狠声咒骂着大。大一看见她，忽地沉下脸，厉害地呵斥她立马滚远。又有一回，她又看见妈给大掏屎的场面，大的架势很笨，双手拄在地上，光脑袋顶着茅房矮墙上的石头，撅着黑糊糊的屁股，大声呻唤着。她已经懂得不该看大人的这种动作，未及妈发现，就悄悄躲开了。

小时候，让母亲给她掏屎倒也罢了，甚至觉得妈那双手掌抚摸着屁股蛋儿时有一种异常温暖的感觉，及至她开始懂得羞丑的时候，就在母亲面前脱不下裤子来了。她找到邻居的娥娥姐姐，两人躲到山旮旯里，让娥娥姐给她帮忙，娥娥姐也有需要她帮忙的时候。

公共汽车在山谷中疾驰。四妹子一眼就能看出，车上的乘客大致可以分成两类，一种是穿戴干净的公家人，一种是本地庄稼人。倒不完全是服装的差异，也有几个穿四个兜干部装的农村小伙子，一搭眼就可以辨出也是吃糠的角色。那些干部或者工人，总之是公家人的那一类乘客，似乎比庄稼人这一类乘客消化能力强，从一开车不久，这类人就开始嚼食，有的嚼点心、蛋糕、面包，有的啃苹果啃梨，嚼着啃着还嘟囔着不满意的话，延安的点心没有油，是干面烧饼啦！延安的蛋糕太次毛，简直比石头还硬啦！那些和四妹子一样的庄稼汉乘客，似乎都吃得过饱，吃得太满意，不嚼食也不埋怨，只是掂着旱烟袋，吐出呛人的烟雾。

四妹子自然归属不嚼不怨的这一类。看别人吃东西是不体面的，听别人嚼蛋糕（尽管硬似石头）和苹果的声音却是一种痛苦，再听那些嘟嘟囔囔的埋怨的话简直使人要愤怒了，她就把眼睛移向窗玻璃。秃山荒梁闪过去，树蓬子闪过去，贴在地皮上的黑羊白羊也闪过去了。

她能记得的头一件事是替妈抱娃娃。娃娃总是抱不完，刚抱得弟弟会跑了，母亲又把一个妹妹塞到她手里；她刚教得妹妹会挪步，炕上又有一个猴娃娃哭出声来了，等着她再抱。生长在农民家里的老大，尤其是女孩子，谁能免得了替妈妈抱引弟弟妹妹的劳举呢！当妹妹能抱更小的弟弟的时候，大把一只小背篓套在她的肩膀上，装上灰粪上山，装着谷穗下山，晚上躺在炕上，肩膀疼得睡不下。妈说，时间长了就好了。背了两年，她的肩膀还是疼。

大说，背过十年二十年就不疼了，而且亮出自己的肩膀。四妹子一看，大的两边肩膀上，隆起拳头大两个黑疙瘩，用手一摸，比石头还硬。大说，只有让背篓的套环勒出这两块死肉疙瘩来，才能背起二百多斤重的灰粪上山。四妹子很害怕，肩膀上要是长出那样两个又黑又丑的死肉疙瘩真是难看死了。

她的贴身同座是一位中年女人，属于爱嚼的那一类，特别爱说话，不停地询问四妹子是哪个县哪个公社哪个村的人，又问她到西安去做什么，问得四妹子心里发慌了，会不会是派出所穿便衣的警察呢？她只说到西安找亲戚，再就支吾不语了。

在她背着妹妹在小学校里念五年级的那年，家里来了一个陌生的跛子，说一口可笑的外乡话，第二天就引着二姑走了，妈叫她把跛子叫姑夫。她瞧不起那个跛子，凭那熊样就把可亲可爱的二姑引跑了。她也瞧不起二姑了，再嫁不下什么人，偏偏就要嫁给那个一条腿高一条腿低的跛子吗？这年春节前，跛子姑夫来了，带来了满满三袋白面，四妹子平生第一次给肚子里装满了又细又韧的面条，引着跛子姑夫满山满沟去逛景，再不叫跛子了，只是亲热地叫姑夫。姑夫告诉她，他们那儿一马平川，骑自行车跑两三天也跑不到头；平川里净产麦子，麦秆儿长得齐脖高，麦穗一拃长，一年四季全吃麦子，半拃厚的锅盔，二尺长的宽面条，算是平常饭食。左邻右舍那些曾经讥笑二姑嫁了个跛子的婆姨们，纷纷串到窑里来，求妈给二姑捎话，让二姑在一年净吃麦子的关中平原地方给她们的女子找个婆家，跛子也成，地主富农成分也成。即使是两条长腿的贫农后生能咋？还不是伸长脖子咽糠，撅着屁股让人掏屎！四妹子十八九岁了，现在搭乘汽车到西安，二姑和跛子姑夫在西安的汽车站接她，然后再转乘汽车，到二姑家住的名叫杨家斜的村子去，由二姑给她在那儿的什么村子找一个婆家……为着这样一个卑微的目的，四妹子怎么好意思开口说给同座那位毫不相干的中年女干部呢？

同座的女干部不仅爱嚼食，而且爱嚼舌，听口音倒是延安本地人。她说她离开延安二十几年了，想延安呀，梦延安呀，总是没得机会回来看一看。这回回来，真是重新温习了革命传统，一辈子也忘记不了。四妹子却听得迷迷糊糊，不知这位女干部何以会有这样奇怪的心情。四妹子知道，单她们刘家峁百十户人家中，现在在外做县长以上官儿的人就有三十多个，他们回到刘家峁的时候，也说着和这位女干部相像的话。四妹子却想，如果现在让他们吃糠饼子，撅着屁股让旁人给掏屎，他们就……

车过铜川以后，四妹子猛然惊叫一声——哦呀！在她眼前，豁然展开一个广阔无际的原野，麦苗返青，桃花缀红，杨柳泛绿。这就是跛子姑夫吹嘘的那个一年四季净吃麦子的关中平原吗？呀——麦苗多稠！呀——村庄多大！呀——多高的瓦房！唔！老家那些沿着崖畔排列的一孔孔土窑，在这平川地带连个影子也寻不到。

二

四妹子在杨家斜二姑家住下来，没出半月，相继有四家托人来提亲。

对每一位跨进门槛来的提亲说媒的男人或女人，二姑一律都笑脸迎接，热情招呼，款声软气地探问男方的家庭成分，兄弟多少，住房宽窄，身体状况，结果却没有一家中意的。四家被提起的对象中，一户地主，一户富农，成分太高。另两户倒好，都是目下农村里最吃香的贫农成分，其中一个是单眼儿，一只眼蒙着萝卜花。对前三户有着无法掩饰的缺陷的家庭，二姑当面对媒人回答清楚，不留把柄儿，然而谢绝的语言是婉转的，态度十分诚切。结亲不成人情在，用不着犯恼。第四户人家是贫农，又是独子，男娃也没有什么大缺陷，二姑动心了，专门出去到一位亲戚家打问了一下，才知那男娃是个白脸瓜呆子，顶多有八成，人叫二百五，小时害过脑膜炎。二姑回到家，当下就恼了，当着跛子姑夫的面发泄恶气："尽给俺侄女提下些啥货呀？地主富农，瞎子瓜呆子，乌龟王八猴的货嘛！俺侄女这回寻不下好对象，就不嫁……"

听到这些候选者的情况，四妹子难过地哭了，太辱贱人了！二姑转过脸，换了口气，安慰四妹子说，物离乡贵，人离乡贱哪！要不是图得杨家斜村一年有夏秋两料收成，她才不愿意嫁给跛子姑夫做媳妇呢！跛子姑夫顺着旱烟袋，听着二姑毫不隐讳地奚落他的话，也不恼，反而在喉咙里冒出得意的哼哼唧唧的笑声，斜眼瞅着二姑笑着，那意思很明显，说啥难听话也没关系，反正是两口子了。

二姑告诉四妹子，关中这地方跟陕北山区的风俗习惯不一样，人都不愿意娶个操外乡口音的儿媳妇，也不愿意把女子嫁给一个外乡外省人，人说的关中十八怪里有一怪就是：大姑娘嫁人不对外。近年间乡村里运动接连不断，无论啥运动一开火，先把地主富农拉上台子斗一场。这样一来，地主富农家的娃子就难得找下媳妇了，人家谁家姑娘爱受那个窝囊气呀！高成分的子弟在当地寻不下媳妇，也不管乡俗了，胡乱从河南、四川、甘肃以及本省的陕北、陕南山区找那些缺粮吃的女人。这些地方的姑娘不择成分，甚至不管男方有明显的生理缺陷，全是图得关中这块风水地。四妹子听着，心里就觉得渗入一股冷气，怪道给她提亲说媒的四家，不是高成分，就是人有麻达。既然关中这地方的人有这样的风俗，她最后的落脚怕是也难得如意。想到这儿，四妹子低头伤心了。

二姑说，事情也不是死板一块，需得慢慢来。二姑表示决心说，反正绝不能把侄女随便推进那些地主富农家的火坑，也不能搡给那些缺胳膊少眼睛的残废人。有二姑做靠山，有吃有住，侄女儿尽可放心住下去，等到找下一个满意的主儿。跛子姑夫也立即表态，表示他绝不怕四妹子夺了口粮，大方地说："甭急！忙和尚赶不下好道场。这事就由你二姑给你办，没麻达！你在咱屋就跟在老家屋里一样，随随便便，咱们要紧亲戚，跟一家人一样，甭拘束……"姑夫倒是诚心实意，四妹子觉得二姑嫁给这个人，虽然腿脚不美，心肠倒还是蛮好的。

此后，又过了十来天，居然没有谁再来提亲。二姑说，村里已经传开，新来的四妹子眼头高，不嫁有麻达的人。甚至说，不单地主富农成分的人不嫁，条件不好，模样不俊的贫农后生也不嫁。这显然是以讹传讹，歪曲了二姑和四妹子的本意。二姑倒不在乎，说这样也好，免得那些乌龟王八猴的人再来攀亲，也让村人知道，陕北山区的女子不是贱价卖的！四妹子心里却想，再这样仨月半年拖下去，自己寻不下个主家，长期在二姑家白吃静等，即使跛子姑夫不厌弃，自个儿也不好受。口粮按人头分，虽然关中产粮食，也有标准定量。她却苦于说不出口。

焦急的期待中，第五个媒人走进门楼来了。

连阴雨下了三天，滴滴答答还不停歇，四妹子正跟二姑在小灶房里搭手做饭，跟二姑学着用擀面杖擀面，有人在院子里喊跛子姑夫。二姑探身从窗口一看，就跑出灶房，笑着说："刘叔，你来咧，快坐屋里。"随之就引着那人朝上房走去。四妹子低头擀面，预感到又是一个说媒的人来到，心里就咚咚咚跳起来，那擀杖也愈加不好使。在陕北老家，虽然有个擀杖，却长年闲搁着，哪里有白面擀呀！年下节下，弄得一点白面，妈怕她糟践了，总是亲手擀成面条。现在，二姑教她擀面，将来嫁给某一户人家，不会擀面是要遭人耻笑的。关中人吃面条的花样真多，干面、汤面、柳叶面、臊子面、方块面、雀舌头面、旗花面、麻食子、碱面、乒乓面、棍棍面……

四妹子擀好了面，又坐到灶锅下点火拉风箱，耳朵不由地支棱着，听着从上房里传来的听不大清楚的谈话声，耳根阵阵发烧，脸蛋儿阵阵发热，心儿咚咚咚跳，浑身都热躁躁的了。

"四妹，你来一下下！"

四妹子脑子里"嗡"的一声，手脚慌乱了。往常有媒人来，都是二姑接来送走，过后才把情况说给侄女儿。今日把她喊到当面，够多难为情！她拉着风箱，说："锅就要开了——"

"放下！"二姑说，"等会再烧！"

她从灶锅下站起来，走出小灶房的门，拍打拍打襟前落下的柴灰，走进上房里屋了，不由得低下头，靠在炕边上。

二姑说："这是冯家滩的刘叔，费心劳神给你瞅下个对象，泥里水里跑来……你听刘叔把那娃的情况说一下，你自个的事，你自个儿尺谋，姑不包办……"

"我把那娃的情况给你姑说详尽了，让你姑缓后给你细细说去，我不说了。"刘叔在桌子旁边说，口气嘎巴干脆，"这是那娃的相片，你先看看是光脸还是麻子。"

四妹子略一抬头，才看见了刘叔的脸孔，不由一惊，这人的模样长得好怪，长长的个梆子脸，一双红溜溜的红边烂眼，不住地闪眨着，给人一种极不可靠的感觉，那不停地闪眨着的红眼里，尽是诡秘和慌气。她急忙低下头。

二姑把一张相片塞到她手里："你看看——"

四妹子的手里像捏着一块燃烧着的炭，眼睛也花了，她低头看看那照片，模样不难看，似乎还在笑着，五官尚端正，两条胳膊有点局促地垂在两边，两条腿一样长，不是跛子……她不敢再细看，就把那相片送到二姑手里。

"等我走了，再细细地看去！"刘叔笑着说，"就是这娃，就是这个家当，你们全家好好商量一下，隔三两天，给我一句回话。愿意了，咱们再说见面的事；不愿意了，拉倒不提，谁也不强逼谁。大叔我说媒，全是按新婚姻法办事，自由性儿……"

"好。刘叔，我跟娃商量一下，立马给你回话。"二姑干脆地说，"不叫你老等。"

"那好，把咱娃的相片给我一张。"刘叔说，"也得让人家男方一家看看……"

唔呀！四妹子居然没有单人全身的相片。二姑唉叹自己也太马虎了，四妹子到来的一个多月里，竟然忘记了准备下一张全身单人照片。叹息中，二姑忽然一拍手，记起来去年她回娘家时，和哥哥嫂嫂以及四妹子照的全家团圆的相片来，问媒人，能行不能行？

"行行行！"刘叔说，"只要能看清楚都成！"

二姑迅即从厦房里的镜框中掏出相片，交给刘叔。四妹子很想看看这张相片，又不好意思再从刘叔手里要过来，记得自个傻乎乎地站在母亲旁边，笑得露出了门牙……

刘红眼吃了饭，又踩着泥水走了。

二姑这才告诉她，刘叔说的这门亲事，是下河沿吕家堡的吕克俭家的老三。家庭上中农，兄弟三个，老大教书，老二农民，有点木工手艺，老三今年二十二三岁，农民。

姑婆这阵儿插言说："吕家堡的吕老八呀，那是有名的好家好户，人也本顺。"

四妹子想听听二姑的意见。

二姑说："上中农成分，高是高了点儿，在农村不是依靠对象（依靠贫农，团结中农，斗争地主富农），也不是斗争对象，不好也不坏，只要不挨斗争也就没啥好计较的了。反正，咱们也不指望好成分吃饭。这个娃嘛！从相片上看，也不难看，身体也壮实。农业社就凭壮实身体挣工分。你看咋样？"

四妹子已经听出话味儿，二姑的倾向性是明显的。她琢磨一下，这个成分和这个没有生理缺陷的青年，已经是提起过的几个对象中最好的一位，心里也就基本定下来。她说："姑，你看行就行吧！"

"甭急。"二姑说，"待我明日到吕家堡背身处打听一下，回来再说，可甭再是个二百五！"

第二天傍晚，二姑汗流浃背地回来了，说："我实际打问了一程，那家虽然成分稍高点儿，那娃他爸人缘好，德行好，确是个好主户。那娃也不瓜，听说是弟兄仨里顶灵气的一个……"

四妹子看着二姑高兴的样子，溢于眉眼和言语中的喜气，心里就踏实了几分，羞羞地说："二姑要是说好，那就好……"

"咱先给刘叔回话，约个见面的日子。"二姑说，"见了面，谈谈话，要是看出他有甚毛病，瓜呆儿或是二愣，不愿意也不迟！"

当晚，二姑就把跛子姑夫指使到冯家滩去了，给刘红眼叔叔回话，约定见面的日子。

<h1 style="text-align:center">三</h1>

二姑说，头一回跟男方见面，叫做背见。

四妹子这才明白了关中乡村里目下通行的定亲的程序。背见是让男女双方互相看一看，谈一谈，如果双方对对方的长相基本满意，同意定亲，随后就举行正式的见面仪式。因为头一次见面的实际目的只是使双方能够直观一下，带有更多的试探的性质，成功的把握性不大。所以，背见时不声张，不接待亲朋好友，不许左邻右舍的人来凑热闹，也不管饭招待，只是清茶一杯，香烟一包，悄悄来，悄悄去，时间一般都选择在晚上，以免谈不拢时反而造成风风雨雨，于男女双方都不好听。

背见虽然不声不响，却是顶关键的一步，一当男女双方都给介绍人说声"愿意"以后，终身大事就这样定下来了，随后的订婚和结婚的仪式，虽然热闹，终究只是履行一种形式或者说手续罢了。四妹子感到了紧张、压抑，甚至莫名的慌慌张张，和她前来见面的会是怎样一个人呢？

二姑一家人也都显出紧张和神秘的气氛。天擦黑时，二姑早早地安顿一家大小吃罢夜饭，洗了碗，刷了锅，把案板上的油瓶醋瓶擦拭得明明亮亮，给两只暖水瓶里灌满开水，就着手扫了里屋，又扫了前院。从前院到后院，从地上到案板上，全都干净爽气了，一扫平日里满地柴火、鸡屎的邋遢景象。

跛子姑夫从二姑手里接过一块票儿，摸黑到村子里的代销店买回来一盒大雁塔牌香烟，连同剩余的零票儿一齐交给二姑，就坐在木凳上吸旱烟。二姑把零票儿装进口袋，就对姑夫说："你也要看一眼呀？"那口气是排斥的，很明显，二姑不希望跛子姑夫在这种场合绊手绊脚。跛子姑夫也不在意，憨厚地笑笑，叮嘱二姑说："我看啥哩！只要四妹子愿意，我看啥哩！虽说婚事讲个自由，年轻人没经验，你好好给娃把握一下，甭弄得日后吃后悔药，让乡党笑话。就这话，我到饲养场去了。"二姑也意识到事情的分量，诚心诚意对跛子姑夫点点头，姑夫掂着烟袋，低一脚高一脚走到院子里，出街门的时候，沉稳地咳嗽了两声。

姑婆也不甘心被排除在这件重要的事情之外，混浊的眼珠里闪出温柔慈爱的光来，对四妹子叮咛着，像是对自己亲孙女一样说："娃家，这是你一辈子的大事，不敢马虎。会挑女婿，不挑那些油头粉面的二流子，专挑那些实诚牢靠的后生，跟上这号后生过一辈子，稳稳当当，不惹邪事。你看哩么！实诚人和滑滑鱼儿，一眼就能看出来……"四妹子羞涩地笑笑，低下头，心中更加慌惶，一眼怎能辨出实诚人或是滑头鬼呢？

"妈吧！"二姑亲切地喊，又明显地显示出逗笑的口气，"你有这好的眼头，好呀！今黑请你给看看，是实诚人还是滑滑鱼儿……"

"看就看，当我看不来！"姑婆喂喂皱纹密麻麻的嘴唇，回头却叫孙子和孙女，"铁旦儿，花儿，跟婆睡觉！没你俩的事，甭蹦来蹦去尽绊搅人！让人家生人见了，说咱家娃娃没规矩……"

铁旦和花儿正蹦得欢，不听姑婆的话，二姑在每个屁股上狠狠地扇了两下，厉声禁斥："滚！跟你婆睡去！胡蹦趷啥哩！刚扫净的地，又弄脏了！刚收拾整齐的桌面，又拉乱咧……"

姑婆把孙子和孙女牵到里屋火炕上去了。

二姑坐下来，瞅着四妹子的脸，像不认识侄女似的，愣愣地瞅着。四妹子看出，二姑眼里有一种异常沉重，甚至是担心的神色。这种神色，四妹子很少发现过。自到二姑家近乎俩月里，她明显地可以看出，二姑精明强干，早已熟知关中乡村的一切风俗习惯，连说话的口音也变了，夹杂着关中和陕北两地的混合话语，她在这个家庭里完全处于支配者地位。钱在二姑手里攥着，一家人的穿衣和吃饭以及日常用度，统由二姑安排。跛子姑夫一天三晌回家来吃饭，吃罢饭就回饲养场去了，晚上也歇息在那里。姑婆一天牵着两个孙子孙女，像母鸡引护着小鸡儿，在村子里转，任一切家务和外事，都由二姑去决定、去应酬。二姑已经变成一个精明强干的家庭主妇了，许多事都是干干脆脆，很少有优柔寡断的样子。

二姑压低声儿，对侄女说："四妹子，今黑定你的大事，姑心里扑扑腾腾的，总也搁不稳定。你看，你妈你大远在山里，把你送到姑这儿，姑想跟谁商量也没法商量。这事要是定下，日后好了瞎了，咋办？好了大家都好，瞎了我可怎样给你大你妈交代……"

"姑！"四妹子当即说，"我来时，跟俺大俺妈把啥话都说了，不会怨你的。我也不是三岁五岁的鼻涕娃娃……你放心……"

"四妹子！"二姑更加动情地说，"话说到这儿，姑就放心了。一会儿人家来了，你大大方方跟他说话，甭让人家小瞧了咱山里人。那娃我也没见过，你看姑也看，你愿意姑也就愿意，你不愿意姑也不强逼你……"

"二姑，我知道……"四妹子有点难受了，像面临着生死抉择似的，而又完全没有把握，为了不使二姑心里难受，她说，"我知道……"

"好。"二姑说，"去！把你的头发梳一梳，把那件新衫子换上，甭让人说咱山里人穷得见面也穿补丁衫子……"

四妹子有点不好意思，扭怩了一下。

"去！洗洗脸，搽点雪花膏。"二姑催促她，"怕也该来了。"

四妹子走进二姑的厦屋，洗了手脸，从一只小瓶里挖出一点儿雪花膏，搽到脸上，感觉到脸发烧。她找出化学梳子，梳刺上糊着黑乌乌的油垢，就把它擦净，化学梳子又现出绿色来。镜子上落了一层尘灰，也擦掉了。她坐在电灯下，对着这只小圆镜，看着映现在镜片里的那个姑娘，嘴角颤颤地笑着。

她像是第一次发现自己长得这样好看，眼睛大大的，双眼皮虽不那么�明显，却确实是双眼皮；鼻梁秀秀的，不凹也不高，恰到好处。只是脸颊太瘦了，要是再胖一点……她不好意思地笑着，一下一下梳着头发，头发稍有点黄，却松松散散，扑在脸颊两边；她心里对镜子里那个羞涩地笑着的人儿说，啊呀！今日给你相女婿哩！也不知是光脸还是麻子……

院里一阵脚步响，随之就听见二姑招呼说话的声音，接着听见刘叔的嘎巴干脆的搭话声，最后是一个陌生女人的声音。脚步声响到上房里屋去了，四妹子的心在胸膛里咚咚咚跳起来，放下梳子，推开镜子，双手捂住脸颊，不知该怎么办了。

她给自己倒下一杯水，喝着，企图使自己的心稳定下来。上房里传来二姑和那个陌生女人异常客气的拉话声，心儿又慌慌地跳弹起来。难挨难耐的等待中，四妹子听到二姑唤她的声音。

四妹子走出厦屋，略停一停，就朝上房里走去，踏进门槛，一眼眺见电灯下坐着四五个人，她就端直盯着介绍人说："刘叔，你来咧！"

刘红眼哈哈一笑，立即站起，指着一个坐在条凳上的小伙子说："这是吕建峰，小名三娃子。"那小伙子也羞怯地笑笑，忙低了头。四妹子心里扑通一下，其实根本没敢看他。刘红眼又指着一位中年女人说，"这是三娃子的大嫂子，今黑你俩要是谈好了，也就是你的大嫂子……"四妹子羞得满脸火烧，忙坐到一边的凳子上，浑身不自在，也不敢看任何人，其实心里明白，她自己才是别人相看的目标，那个吕建峰就是跟着他大嫂子来相看她的。

"一回生，二回熟，三回就不要我老刘了！"刘红眼坐在桌子正中的位置上，对着那边的吕建峰和他的大嫂子，又转过头对着这边的四妹子和她的二姑，说着联结两边的话，"事情也不复杂。新社会，讲自由自愿，咱们谁也甭想包办，让人家四妹子和三娃子敞开谈。这样吧！四妹子，三娃子，你俩到前头厦屋去说话，省得俺们在跟前碍事，俺们在上屋说话……"

二姑以主人的身份，引着客人和四妹子回到厦屋里，礼让客人在椅子上坐下，倒下一杯茶水，递上一支烟，客人接过又放下，说他不会抽。二姑看一眼侄女儿，就走出去了。

四妹子坐在炕沿上，看着自己的脚尖，不好意思抬起头来。那位坐在椅子上的客人，从压抑着的出气声判断，他也十分紧张和局促。

四妹子等待对方开口。

对方大约也在等待她开口。

小厦屋里静静的，风吹得窗户纸嘶嘶嘶响。

四妹子稍微抬起头，看一眼桌旁椅子上的客人，心中一惊，连忙低下头，是那样一个人呀！黑红脸膛，两条好黑好重的眉毛，一双黑乌乌的眼睛正盯着她的脸。她突然想到一块铁，一块刚刚从砧子上锻打过的发蓝色的铁块。她想到这人脾气一定很硬，很倔，很……

"俺屋人口多，家大，成分也不怎么好……"

四妹子终于听到了对方的一句话，实实在在，净说他家的缺短之处。人口多而家大，是女方选择对象时的弹嫌疵点，人都想小家小户吃小锅饭，成分高就更是重大障碍了。可这些问题，四妹子早就知道，已经通过了。她没有吭声，等待对方再说，第一句话就给她一个印象：这人挺实在……

一句话后，客人又沉默了。四妹子心里一转，会不会是因为自己没搭腔，没对他说的话表示态度而顿生疑窦了？要不要赶紧表白一下？

"我对你……没意见……"

四妹子想搭腔表白的想法顿时打消了。她想笑，几乎有点忍不住，就用一只手捂住嘴，不致笑出声来，令客人难堪。刚刚说了一句话，第二句就表示"没意见"了，是太性急了呢？还是太老实了呢？老实得令人可笑。啊呀！

四妹子的脑子里顿然飞来一团乌云：这小子大概是个傻瓜蛋儿吧？

二姑前几天曾经给他说过一个真实的笑话。杨家斜一个姑娘跟临近村一个小伙去背见，谁也不好意思开口，呆坐了一袋烟工夫，那小伙忍不住了，就要开口，他想拣一生中最有趣的事说给姑娘，显示一下自己的见识，想来想去，想到了他舅舅领他在西安动物园看过一回老虎。他想，姑娘肯定没见过老虎，用老虎镇一镇她，就说："我见过老虎嘞！比牛犊还高还大！你见过吗？"姑娘一愣，两人谈婚事，关老虎屁事呢？小伙子得意了，说："咱俩一结婚，叫俺舅把咱俩引到动物园，再看一回老虎……"姑娘瞅着那个得意忘形的傻眼傻样儿，心里起疑雾了。正在姑娘心中纳闷叫苦的时候，小伙突然站起来，耸起鼻子，左嗅嗅，右闻闻，随之就释然傻笑起来："怪事！我说这屋里今黑怎么有一股香味儿？原来是你身上香……"姑娘一听，吓得蹦出屋子，丢下媒人和陪她去的老婶子，一口气跑回杨家斜来。

四妹子听了二姑说的笑话，笑得肚子疼。现在，她似乎有一种不祥的预兆，眼前的这位小伙，活脱就是那位用老虎吓人的傻瓜蛋儿。她瞅一眼他，他低着头看着自己的手，不开口。如果他继续说话，她就可以进一步观察他的成色，如果他就这么坐下去，怎么办？四妹子拿定主意，要引逗他说话。

"你今年多大咧？"

"二十二。"

"你在哪儿念过书？"

"初中刚念了一年，就停课闹革命了。"

"后来呢？"

"后来就回吕家堡了。年龄小，队里不准去上工，我就割草挣工分，到年龄大了些，就跟社员干活。"

她不问了，他也就不说了。看来不是瓜呆子，四妹子的疑雾消散了。他是害羞呢？还是那号不爱说话的闷葫芦？她此刻倒是希望他能问她点什么，可他依旧不开口。

"你还没说……对俺……有意见没？"

他大约只关心这一句话。四妹子心里又有点想笑，决定不立即正面回答他，逗一逗这位长得魁梧壮大的汉子，看他会怎样？她说："我至今连你的名字都不知道，能有什么意见呢？"

"噢！我叫吕建峰。"他红了脸，解释说，"我是说……你愿意不愿意……"

"你好性急呀！"四妹子说。

客人腾地腠红了脸，更加局促不安了。

刘红眼出现在门口，把她和他又叫回上房里屋。刘红眼眨巴两下眼皮："长话短叙，夜短，明日还都要劳动。现在，你俩见也见了，谈也谈了，三对六面，只说一句话……"

屋里静声屏息。

"我没意见。"吕建峰先说了。

四妹子立即感觉到所有人的眼睛都盯着自己了，终身大事就这样定了！一旦定了，甭说结婚后离婚，订婚后要解除婚约也不光彩哩！她对他现在说不上什么，说不上缺点也说不上优点，没有什么能促使她迫切地要求与他结合，甚至没有什么能促使她急切地说出"我没意见"的话来。她终于没有说出话，只是点点头。

"好！顺顺当当，大家欢喜。"刘红眼一拍手，从凳子上跳下来，站在屋子中间，宣布说，"扯布，定亲！"

得到了最满意的结果，刘红眼领着吕建峰和他大嫂，走出院子，消失在村口蒙蒙的月光里。

姑婆也很满意，兴致勃勃地拍着四妹子的脊背，发着感叹："新社会多好！先见面，再说话，后出嫁，心里踏踏实实。俺那会儿……唉！直是进了人家厦子，盖头一揭，才亮宝……"

四妹子觉得，毕竟比姑婆那会儿好多了。

四

背见之后是正式见面。背见在女方家悄悄进行，正式见面仪式在男方家里举行，要待承亲戚和好友，亲朋好友来时要带礼物，一件成衣或一节布料，主家要摆席面，仪式是庄严而严肃的。

四妹子跟着二姑，到吕家去出席见面仪式。

麦苗吐穗了，齐摆摆的麦穗直打到人的胸脯上。太阳冒红，四妹子觉得身上热躁躁的了，脸上渗出细密的汗珠子。

"见了人家老人，要叫爸，要叫妈，甭学那硬嘴子，和人白搭话。"二姑叮嘱她说，"我新近得知，这家人讲究礼行，家法规矩严，甭让人家头一回见

陈忠实自选集

212

面就说咱山里人不懂礼行。"

"嗯。"四妹子应着，心里不由得毛乱起来。上回背见，她是主家，他是客人，这回她是客人了，实际是供吕家大小以及他们的亲朋好友看的，看他们的三娃子瞅下了个什么模样的媳妇。啊呀！听说吕家人口多，家族大，亲戚朋友也不少，这种被人观赏的场面该是多么难堪……

"放稳当，甭慌！"二姑说，"人都有这一回难场，过去了也就过去了。"

三天前，按照刘红眼约定的日子，二姑陪着她，跟吕建峰和刘红眼到西安去扯布，这回由吕建峰的二嫂陪着。经过两头周旋，刘红眼告知二姑，由男方出二百块钱扯衣料，不管买多买少，质量好坏，以二百元为限额。五个人厮跟着，坐公共汽车进西安，转一座百货大楼，又转一座百货大楼，买了几件衣服之后，二姑悄悄提示她，要拣两件值钱的料子，吕家兄弟三个，妯娌们多，日后过门了，要再添件好衣服，不说大人舍不舍得花钱，单说妯娌们咬得你就受不了，这是最浅显的道理。必须在订婚扯布时，狠心买几身好衣服，男方受疼得也硬受。四妹子担心，不是说定二百块钱吗？二姑说她傻，那不过是个纸糊的围墙，你要买，他就得买，不买了，他们首先怕婚事塌了火，当然，也不能没个远近乱要。

四妹子茅塞顿开，勇敢地向毛料柜台走去，她一眼瞅中那卷毛哔叽，就站住不动了。

"走，四妹子。"刘红眼并不走上前，远远地喊。

四妹子站住不动，抚摸着毛哔叽布卷。

"四妹子，到北大街去，那儿刚修建下一座百货商场，货全好挑。"二嫂走上前来说。

四妹子故意不看她，站着不动。

四妹子听到刘红眼和二嫂在窃窃商议。她依然站着，如果她硬要买，他们会怎样继续耍花招儿？二姑也悄声给她壮胆："不去！就要这！"

刘红眼和二嫂以及吕建峰三人都围上来。轮到吕建峰说话了，他是主事人："这太贵，不扯！"

四妹子说："我就喜欢这布料。"

吕建峰说："喜欢你去买，我不买了！"说罢，转过身，把皮兜往二嫂怀里一塞，走掉了。

四妹子像是受了侮辱，转过身，把二姑一拉，说："刘叔，俺也走咧！"

刘红眼急忙拉住四妹子的胳膊。

二嫂从楼梯口把吕建峰也拽过来。

"这主意我拿了！买！"二嫂说，"四妹喜爱这料子嘛，爱了就买么。为这点事闹别扭，划不来。买买买！"

一件哔叽料儿扯下来了。

吕建峰皱着眉头掏了钱，老大不高兴。

四妹子想到这事，心里觉得挺伤心。一抬头，猛然看见村口拥着一堆大姑娘小媳妇，几个小女子唱歌似的叫着四妹子的名字，她们在村口必经之地截住看她……

"抬起头走路，谁也甭搭理。"二姑说。

四妹子跟着二姑，从叽叽咕咕嘻嘻哈哈的夹道中走过去，直到刘红眼把她们引进吕家院子。

刘红眼引着四妹子，先走进上房里屋，指着一位老汉说："这是你爸。"四妹子看也不敢看一眼，轻轻从嘴里挤出一个"爸"字。刘红眼又指着一位老婆说，"这是你妈。"四妹子又叫了一声"妈"。刘红眼又引着她到正堂客厅，这儿聚着好多人，刘红眼一一指给她：这是你大嫂、二嫂、大哥、二哥、姨妈、姨伯、大姑、大姑夫、二姑、二姑夫……她就一一叫过。那些人听着她叫，不好意思地应着，随后，刘红眼把她交给吕建峰，让他把她引到僻静的厦屋去。

他引着她，推开厦屋门，招呼她坐在椅子上。他从暖水瓶里倒下一杯水，递到她面前，说："喝点儿水。"

四妹子没有抬头，接住了水杯。

他在把茶杯递到她手里时，歪一下头，悄声怨艾地说："那晚在你家，你给我连水也没让一杯。"

四妹子一抬头，看见他佯装生气的眼睛，立即争辩说："倒了水咧！"

"那是二姑给我倒的，不是你。"他说。

"谁倒都一样，只要没渴着你。"她说。

"不——一——样！"他拖长声调，煞有介事的郑重的口气，一板一眼地说着，随之俯下身，眼里闪射着热烈的神光，"不管咋样，我今日完全彻底为你服务。"他对她滑稽地笑笑，就走出门去了。

四妹子坐在小厦屋里，心在别别地跳。这个陌生的家，就是她将来的家，她将与刘红眼刚才一一介绍过的那些爸呀妈呀哥呀嫂呀在一个大锅里搅勺把儿，在一个院子里过日月。他似乎不像背见时留给她的憨乎乎的印象，而变得有点儿像另一个人了。是的，在他们家里，他出出进进都活泼泼的，说话还有点滑稽，竟然记着她没有亲手给他倒茶水的事，可他那晚只会说"没意见"……

这间小小的厦屋，盘着一个土炕，炕上铺着粗家织布床单，被面也是黑白相间的花格家织布料，桌子上和桌子底下的地上，堆着两三个拆开的马达的铁壳，红紫色的漆包线，螺钉，锥子，钳子等，混合着机油和汽油的气息充斥在小厦屋里。四妹子虽然嗅不惯这股气味，却对屋子的主人顿生一种神秘的感觉。

大嫂进来了，拉她去吃饭。

早饭是臊子面，听二姑说，关中人过红白喜事，早饭全是吃臊子面。她和那些亲戚坐在一张桌子上，二姑坐在贴身的同一条长凳上，吕建峰跑前奔后，给席上送饭。他把一碗臊子面先送到坐在上首的刘红眼面前，然后送给二姑，然后送给四妹子，然后送给其他亲戚，次序明确。四妹子又想起他说的没有给他倒水的话来。他又端着空盘出去了。

大家都十分客气，彬彬有礼，互相招呼、推让，谁也不先动筷子，只有刘红眼带头发出第一声很响的吸吮面条的声音之后，随之就响起一阵此起彼落的吸食面条的声浪。声音像扯布，嗤啦——嗤啦——四妹子最后才捉住筷子，轻轻挑动面条，尽量不吃出声音……

刚刚吃罢饭，四妹子又被大嫂引进厦屋，背见时已经见过一面，并不陌生。大嫂长得粗壮，大鼻子大眼阔嘴巴，完全以主人的神气说话："四妹子，你看看，你的女婿娃儿给屋里净堆了些啥？你一看就明白，我三弟是个灵巧人儿哩！"

门外腾起一阵叽叽嘎嘎的笑声，大嫂忙迎出去。四妹子从门里看见，一伙姑娘媳妇拥进房里，正在看那些布。那些几天前扯回来的布，现在放在上屋里的桌子上，供人欣赏。想到那天扯布时为那件毛哔叽发生的纠葛，她心中至今感到别扭，他一甩手竟走了！为了节省几十块钱，他宁愿与她吹！她就值那一件毛哔叽料子吗？

那些媳妇姑娘看够了，议论够了，就像洪水一样拥进厦屋来，欣赏她来了。她们全都用一种奇怪的眼光盯着她看，压着声儿笑着，窃窃私议着。不知谁从门口叫了一声："多漂亮的个人儿呀！"全都哈哈嘎嘎笑起来。她们也不坐，互相搭着肩，拉着手，只是从头到脚盯着她看。四妹子被看得不好受，也无法回避，不过没有人调笑。二姑说，订婚时是不兴许胡说乱闹的，只许来看，看买下的衣料，看媳妇的人品，那就让人看吧！

这一拨姑娘媳妇看够了，嘻嘻笑着议论着走出门去了，另一拨媳妇姑娘又拥进来看……整整一个大晌午，川流不息，四妹子和买下的那些衣物展览在这儿，供吕家堡的女人们欣赏，品评，嘻嘻哈哈笑，直到摆上午席来，那些女人才哗然散去。四妹子又被大嫂拉上饭桌，没有食欲。她顿然悟觉出来，订婚的这种场面，是一种舆论形式，向全体吕家堡村民以及吕克俭的新老亲友宣布，吕建峰订下了这个媳妇，日后要再反悔，那就承担众人的议论吧！

午饭以后，又有人来继续观赏。四妹子实在受不了了，悄悄催促二姑："回吧！"二姑劝她耐心，说这里就是这号风俗，谁家女子都免不了这一回，尽管她们看别人，她们终有一天也要被人看，被人欣赏的。

直到日压西山，四妹子和二姑在吕建峰全家人和亲戚的簇拥中走出门来。两位老人在门口停步了，几位亲戚送到街巷里也停步了。大嫂和二嫂一直陪送到村口，再再道歉，说没有招待好客人，再再叮嘱，路上慢行。出村以后，四妹子长吁一口气，身上的芒刺全都抖落干净了。她忍不住说："刘叔，你也回吧。"

刘红眼哈哈一笑："我的任务还没完成哩！"

吕建峰落在最后，胳膊上挎着一只大红包袱，说："刘叔，让她们顺手捎回去……"

"胡说！"刘红眼瞪起眼睛，"哪有让人家自己带回去的道理？这是你娃子给人家四妹子的聘礼聘物，必得由你送去，才见诚意。你只图简单，连规矩也丢失了……"

十天没过，刘红眼又踏进二姑家门来，是一家人正在吃夜饭的当儿。刘红眼带来吕家的动议：五一结婚。只是出于一条非常现实的考虑，赶在夏收前结了婚，可以分一份口粮，而夏季的麦子是一年的主要口粮。刘红眼设身处地地说："其实，这样也好，吕家多分一份口粮，你这儿也减少了负担。四妹子在你这儿住着，既不能分口粮，连工分也挣不成。吕老大倒是想得周到，迟早是一家人咯……"

"先让四妹子说话。"跛子姑夫倔倔地说，声明他并不嫌弃妻子的侄女吃他的口粮，"咱家不管粮多粮少，有咱吃的，就有四妹子吃的，这能见外？四妹子在咱家，就是咱家的娃嘛！"

"赶得太紧！"姑婆也发表声明，"订婚上下才几天……"

"你看呢？"二姑瞅着四妹子。

"姑……你看着办……"四妹子低着头。

"你说结就结，你说不结咱就不结。"二姑很干脆，"反正在咱家住一年半载，有你的吃，也有你的穿，你姑夫刚才说了……"

四妹子想，反正迟早都是过吕家去，在那儿名正言顺分得一份口粮，就是吕家堡的一个社员了，可以上地挣工分了。住在二姑家，虽然姑婆和姑夫不会怕她吃了粮食，终非长久之计。关中这地方粮食虽则比陕北富裕，也是按人口定量分配，谁家也没有三石五石的储存。有点剩余粮食，看得宝贝似的，悄悄地都卖给粮贩子了，一斤麦子卖到五毛多，一斤包谷也卖二毛八。她若住仨月半年，吃掉的粮食卖多少钱呢？五一结婚虽然紧迫了点儿，终究有这回事。她头没抬，却是很肯定地说："就按刘叔说的办。"

刘红眼又急忙忙赶到吕家回话去了。

跛子姑夫站起来，慨然说："既然这样，也好，早结了早安心过日月，两头都好。"他又专门说给二姑，"人家吕家不是送给三个礼吗？"二姑点点头。

四妹子不知姑夫提这礼钱干啥，一愣。那是二百四十元钱，一个是八十块，正好三个。关中订婚专门施用的单位，一个礼等于八十。

"这些礼钱，一个也甭留，全部给四妹子办成嫁妆。"姑夫说，"四妹子是咱侄女，远离二老，咱就给娃办得体体面面的，甭叫人笑话！"说罢，就朝饲养场去了。

二姑深情地望着走出门去的姑夫一拐一歪的身影，忽然流出泪来，搂住四妹子的肩膀，动情地说："看见了没？你姑夫脚腿不好，心好。姑就是这点福分……"

五

五一出嫁！

一家人全都自觉地投入到四妹子出嫁的准备事项中去了。二姑把吕家买下的衣料，一包袱提到杨家斜大队缝纫组，给四妹子量了身材，把冬夏春秋四季的衣服就交给缝纫组去做了，二姑再三叮咛缝纫组会计，必定要在四月三十日以前交货。二姑又跑到大队木工房，定做下一对箱子，尺寸要大号的，颜色要油漆成红色，黄色镀铜锁扣，必须在四月三十日前漆干交货。定价五十块，二姑叮嘱会计，年终从分配中扣除。跛子姑夫毫无怨言，再三说这是应该的。吕家给的三份聘礼二百四十元，一分未动，由二姑指使姑夫到镇上邮政代办所寄回陕北老家去了，这儿终究比那儿日子好过点。每办完一件事，二姑都要掐着指头计算一下距离五一所剩的时日。她与一般庄稼汉男女一样，习惯用农历计时，农历和公历的时日差异弄得她糊里糊涂，说这个鬼阳历把她倒给弄癫了。她亲自到镇供销社去扯被面，选择洋布床单，不惜花费自己的库存。嫂子和哥哥离得远，照顾不上，她是四妹子的姑姑，权当是父亲和母亲，一定要按村里一般人家打发姑娘的规格打发四妹子，要尽量弄得体面。

四妹子也不知自己该做什么。二姑给她说，要给吕家老人做一对枕头，给两个哥哥和两个嫂子一人做一双单鞋，还要给吕建峰做一双单鞋，作为进吕家门的见面礼，在结婚那天要供宾客欣赏，一看新人的孝心，二看新人的针线活儿手艺，马虎不得。四妹子扎鞋帮、纳鞋底，麻绳勒得掌心里麻辣辣疼。她给二姑说，眼看要到五一了，太紧张，干脆买塑料鞋底算了。二姑严肃地告诉她，这见面礼必须手工做，不能用机器制品代替，不然人家会说你心意不诚，还要说你不会针线哩！关中人讲究大，得入乡随俗，不能马虎。看看四妹子的难色，二姑又瞅见了跛子姑夫，把一副纳鞋底的夹板塞给跛子姑夫，叫他喂过牛闲下时赶一赶紧。跛子姑夫欣然从命，笑笑说，我纳得不好，将来怕毁了四妹子在吕家的名誉！姑婆自觉担当起做饭扫地和管娃娃的家务，她说她一生没抓养过女儿，没享过打发姑娘出嫁的福，这回算是尝到了。四妹子现在更多地体味出来，二姑嫁了多好的一户人家，跛子姑夫人厚道，姑婆待人也亲畅，再也不觉得姑夫的腿脚有什么不好了。她扎着鞋帮，心中暗暗祈愿，要是吕家的老少也像跛子姑夫一家人就好了，就算四妹子烧了香、念了佛了！

时光老人脚步不乱。五一国际劳动节，全世界劳动阶级的喜庆节日，姗姗到来。

四妹子被二姑叫醒，爬起来就穿衣裳，刚抓起衫子，却瞥见枕边整整齐齐搁着一叠新衣服。这是二姑昨晚特意叮咛过的，今天要从里到外全部换上没上过身的新衣。她把手里的那件黄色仿军衣上衫搁下了。

她脱下了日夜不曾下身的背心，就看见了自己的赤裸的胸脯，心跳了。似乎从来也没有留意，胸脯这样高了，那两个东西什么时候长得这样大了！她捞起新背心，慌忙穿上了。

四妹子不知道自己该去干什么。她蹲到灶下去烧火，二姑把她拉起来，说一会儿就会落下满头柴灰。她去扫地，姑婆又夺了扫帚，说她今天压根儿不该动这些东西，应该去好好打扮一下，静静坐着，等着吕家迎亲的马车来。

她坐在屋子里，透过窗户，可以看见院子里的葡萄架嫩绿得能滴下水来。天空高远，白云和蓝天相间，窗户吹进凉丝丝的晨风。她忽然想到大了，也想到妈了，连同弟弟和妹妹。大也许和妈正在窑洞里念叨着哩！他们无法来看着女儿出嫁，把自己的责任完全放心地交给二姑了，又怎么能不操心呢？

四妹子又想到妈妈给她掏屎的情景……

"怕该来了！"二姑说，"四妹子，把脸再洗洗，把头发梳梳……"

四妹子猛然倒在二姑怀里，想哭，眼泪随之就涌流下来："姑，我想大，想妈咧！"

二姑紧紧抱着她的肩膀，也哭了："你就哭几声吧！我的苦命的女子……"

四妹子再也忍不住，哭起来，出了声。

二姑贴着她的脸，一动不动，让她哭一场。女儿离娘，难免痛哭一场。她现在既是姑又做娘啊！看着侄女儿哭得浑身颤抖，她劝她要节制，哭红了眼睛就不雅观了。

"姑……"四妹子哭溜着声儿，"我离不得……你……"

"傻话！"二姑疼爱地说，"天下女子都要出嫁……"

"姑……"四妹子说，"我总觉得……跟梦里一样……"

"都这样。"二姑平静地说，"都这样。"

都这样，四妹子止了哭声，还在抽泣，既然都这样，她也就这样。

门外有人慌急地说，吕家迎亲的马车来了。四妹子一惊，脑子里迷蒙蒙变成一片空白。二姑把她一推，说："快！快去洗脸梳头！拿出高高兴兴的样儿来。我去招呼人家……"

四妹子坐在马车上，周围坐着二姑家左邻右舍的姑娘们。她们被二姑拉来，陪伴她出嫁，也到吕家堡去坐一次席，吃一顿好饭。

马车在关中平原的公路上行进，马蹄铁在黑色的柏油公路上敲出清脆的有节奏的响声。沿着公路两边排列的高大的白杨树，叶子闪闪发亮。路边一望无际的麦子，麦穗摆齐了，现出灰黄的颜色。布谷鸟从头顶上掠过去，留下一串串动人的叫声。进入初夏时节的关中平原，正如待嫁的姑娘一样青春焕发，有一种天然的迷人的气韵。

快要进入吕家堡的时候，马车赶上了那些抬彩礼的小伙子。他们给吕家兴致勃勃来帮忙，抬着她的全部嫁妆头前走了。哎呀，看看，他们把被单围在腰间，花枕巾搭在头上，粉红色门帘围成裙子，花衫花袄穿在身上，打扮得妖里妖气，嘻嘻哈哈朝村里走去。陪伴她的一位嫂子说："这是这儿的风俗，你甭恼。都这样。"二姑把隔壁一位媳妇请来陪伴她、保驾她，不懂的事由这位嫂子指导、应酬。

吕家堡村口被人围得水泄不通。四妹子低下头，听不清那些人的笑声和议论的话。马车从一街两行夹道欢迎的吕家堡男女中间一直走过去。鞭炮声噼噼啪啪骤然爆响，马车停了，四妹子抬头一瞧，车正停在吕家街门口。

四妹子朝车下一看，两位已经见过面的嫂子，笑逐颜开地伸出手来，扶她下车。车下的地上，铺着一层麻袋，两位嫂子搀着她，缓缓踏过一条麻袋，又一条粗线口袋接着向大门铺过去，踏过的麻袋被陌生的汉子揭起来，又铺到前头去了。昨晚上，二姑告诉她，按照关中地方的风俗，出嫁时从娘家到婆家的路上，新鞋的鞋底是不能沾土的，从娘家屋被人背上马车，再踏着铺垫的口袋、麻袋一类东西，一直走进洞房里去。旧社会是讲究铺红毡的，而且坐轿；现在马车代替了花轿，红毡也被装粮食用的麻袋和口袋一类东西代替了。二姑特别叮嘱说，如果下车时发现没有铺垫物，那就给他们不下车，请也不下，拉也不下，直抗到主家铺好路，不然就失了身价了。四妹子沿着麻袋和口袋铺就的小道儿走到门口，往前就断了，既没有口袋，也没有麻袋，两个汉子腋窝下挟着口袋和麻袋、示威似的乜斜着眼睛，仰头抱肘望天。搀扶她的大嫂在她耳根悄悄说："快拿出'份儿'来！"四妹子心中顿然醒悟，从口袋里掏出两个用红纸包着伍毛票儿的"份儿"，交给大嫂。大嫂给那两个汉子一人手里塞一个，在他们的头上和腰里抽一巴掌，嗔骂着："快铺！贪货！"那俩汉子得意地把纸包塞进衣袋，就猫下腰去铺道儿了。当四妹子抬脚跨进大门的一瞬，心里咯噔一下，这就是自己的家了，真跟做梦一样啊！

走到厢房门口，两扇漆刷成黑色的门板关死了，几个女子在门里喊着要"份儿"。二嫂又从她手里接过两个红纸包，从启开的门缝塞进去，同时用肩胯一扛，门开了，一把把四妹子拽进去，门口呼啦一声拥进来一伙青年男女，几十双手一齐伸过来，喊着"给份儿"！喊着她们的功劳，挪了嫁妆了，挂了门帘了，抬了箱子了，打了洗脸水了……四妹子被挤在墙旮旯里，动不得身，几个女子已经动手在她兜里掏。混乱中，不知哪个没出息的东西在她屁股上狠狠捏了一把……

四妹子由大嫂二嫂引到院子里，空中架着席棚，临时搭成的主席台前，他已经早站在那儿了，拘束不安地歪着身站着，席棚下的桌子边，已经坐满了亲戚友人，准备开席吃饭。婚礼是新风俗和旧礼仪的生硬的掺和。她和他先朝领袖像三鞠躬；再由主持婚礼的一位干部模样的人宣读结婚证书，更是绷平脸儿的官腔官调；再接着由她和他齐声朗读贴在领袖像两侧的语录，一边是"千万不要忘记阶级斗争"和"农业学大寨"两句，另一边是领袖赞颂"青年人是八九点钟的太阳"那段。这三段语录，四妹子早就听顺耳了，可是临到自己要一个字一个字去朗读的时候，却结结巴巴起来。她不敢不念，就嗫嚅着，蒙混过关了，好在并没有人讲认真。婚礼一项一项进行下去，也没有太难堪的事，她照着勉强都做了，没有多少意思，晕晕乎乎还是像在做梦，梦中又想起妈给她掏屎的情景……

院子里的席棚下，十张方桌上的食客全都操起竹筷，紧张地在盘里碟里抄菜，客客气气地推让着烧酒瓷壶，腾起一片杂乱的咀嚼食物和说话的声响。大嫂牵着她，二嫂牵着她，去向客人敬酒。刘红眼坐在主席台前首桌上席，得意扬扬接过四妹子斟下的一杯酒，脖子一仰，红眼眨闪几下，忙坐下吃菜去了。他撮合成了这一桩婚姻，理应受到客主宾朋的尊重，现在是最荣耀光彩的时刻。四妹子手里提着烧酒壶，吕建峰提着酒瓶，一席挨一席敬过去，大嫂和二嫂向她介绍席面上的所有重要的亲戚，大舅、大妗子、二舅、二妗子、大姑、二姑、姨妈、姨夫，一一介绍下去。四妹子一下也记不准这么多亲戚，只顾给小小的酒盅里斟了酒，再走到另一个桌子边……

四妹子被两位嫂子牵着，一一送亲戚出门，上路，到村口，把回着糕礼的竹笼或提兜交给大舅或姨妈，看着他们在村外的土路上姗姗走进落日的昏光里，再转回家来，送另一家……

天刚落黑，街门口不断走进吕家堡的男女。吕建峰和他的两个哥哥，分头到村子的东头西头和南巷去邀请那些行过"份子礼"的乡亲乡党，他们花了一块钱的份子礼钱，作为乡亲情谊。现在悠悠走进院来，在老公公热情而毕恭毕敬的招呼声中，款款落座，说着逗笑的话。一会儿，席间坐得满盈盈的了，菜和酒都端上去了。刚开席，院子里大声笑闹起来。那些老庄稼人把老公公抱住了，压倒了，涂抹了一脸红颜色，像个关公了；老婆婆也被女人们封住了，从锅灶下摸来锅底的烟末，抹得老婆婆满脸就像包公。院子里的笑闹的声浪简直要把席棚掀起来……吕建峰领着她，到席间又去敬酒，那些老庄稼汉友好地伸出巴掌，打吕建峰的脑袋，说些笑骂的话。他一律笑笑，缩头缩脑躲避那些来自左右的友好的袭击。待他领她逃回新房里的时候，天啊！窄小的厦屋里已经拥满了年轻人，炕上横七竖八躺着的，坐着的，炕下脚地上拥挤得没有她站脚的地方了。她站在门外，正迟疑间，被一只手猛力一拉，拽进门去了，七嘴八舌一齐朝她进攻：

"来！给我点烟。"

"唱歌唱歌！"

"哈！给我勒一下裤带，新娘子……"

她被簇拥着，和他站在人窝中间。她很紧张，无所适从，好多张嘴脸朝她嘻嘻笑着，有的嘴角叼着纸烟，撅着嘴，伸到她脸前，要她给他们点火。她不知该不该点，他立时划着火柴，要去点，被谁打掉了。他只好把火柴塞到她手里，让她满足闹房者的要求。她划着火柴了，刚够着烟，却被叼着烟的调皮鬼吹灭，好不容易才点燃了一支支烟卷，后面又有人挤过来……

"抓长虫吧！"有人喊。

"掏雀儿吧！"又有人叫。

四妹子低下头，不好意思看任何人，心儿抖抖地跳。昨晚，姑婆给她说，关中结婚的风俗，三天不分老少辈分儿，可以说笑耍闹，特别是闹房，是新娘子最难熬的一关。顶难为的就是"掏长虫""掏雀儿"几个花样。"掏长虫"是要新娘把一只手绢从新郎的一只腿脚塞进去，从另一条腿下拉出来；同样，"掏雀儿"却是要新郎把一只手绢从新娘的一只袖口塞进去，从另一只袖口掏出来。两只手交接手绢的部位，正是人身体最隐秘的羞涩地带。姑婆说，这是老辈子传留下来的鬼花样，而今不兴这么闹了，有些村子还在耍，得防备防备，免得临场惊慌失措，不到万不得已，决不从命。姑婆又千万嘱咐，无论如何，不准变脸也不兴恼怒，得罪下人是要伤主家面子的，这也是老辈子传留下来的规矩……现在，吕建峰被闹房的小伙子压倒了，扭胳膊的人使劲扭住他的双臂，压腿的人压死了他的双腿。有人把一只手绢塞到她的手里，推推搡搡，吆喝着要她去"掏长虫"。四妹子臊红了脸，低着头，扔掉了手绢。怎么好意思呀！这当儿，门口挤进一位干部模样的青年，说："让她唱唱歌儿吧！甭耍那些老花样了。要是传到公社去，当心挨头子！现在正在批'回潮'哩！甭在风头上惹祸……"

厦屋里鸦雀无声了，扭着压着他的胳膊腿脚的人同时松了手，也没有人推搡她了。小伙子们互相瞅着，做着鬼脸。四妹子此刻倒真的觉得无所适从了，突然，不知谁喊了一句："绑了！"几个人一齐动手，不由分说，一条麻绳把她和他面对面捆绑在一起，推倒在炕上。哗的一声，小伙子们拥出门去了。那位干部模样的青年立时红了脸，悻悻地转身走去了。

她和他捆在一起。她压在他的身上，动弹不得。他羞红了脸，喘着粗气，一股陌生的男人的气息扑到她的脸上。她迈过脸，不好意思看他，她的脖子又酸又疼，稍一松懈，就会碰到他的鼻子。大嫂哈哈笑着走进来，解开了绳子。她抚摸着被捆得烧疼烧疼的胳膊，不好意思说话。大嫂说："咱爸叫你俩去一下……"

里屋正堂的方桌上，一对红漆蜡闪闪发亮，墙壁上贴着一张画，是一只回头吼叫着的老虎，桌上支着两个神匣，匣子里各有一根木板主柱，写着一行黑字。老公公坐在桌旁的椅子上，庄严地说："给你爷和你婆烧一炷香，让你爷你婆在阴世知晓，他们的三孙子完婚了。"

吕建峰从香筒里抽出三支香，在漆蜡上点燃，恭恭敬敬地又显得笨拙地插到香炉里了。

四妹子也抽出三支香，在漆蜡上点烧的时候，胳膊抖抖地晃，插进香炉时，却把一支弄折了，她的心里更慌了。

她和他并排站在神桌前，鞠躬、下跪、磕头、三叩首。

做完这一切，老公公一句话也没说，就挥手示意她和他退下。

重新回到厦屋，还没坐稳，二嫂端来两碗饭，递给她和他，说："合欢馄饨，快吃。吃了睡觉。"她不饿。从早晨起来到现在，她没有一丝一毫饥饿的感觉，看着他已经端起饰有金边的小碗儿吃起来，她也挑动了筷子，刚一张嘴，咯嘣一声，咬出一枚一分钱的硬币来。二嫂惊叫说："啊呀！有福气，头一口就咬上了……"大嫂也蹦进来了，嘻嘻笑着，惊叹她是个有福气的媳妇。

四妹子才明白，吃到这个硬币的人，是福气的象征，不过似乎以往并没有享过什么福，吃糠饼子不算福气吧？让妈给自己掏屎算什么福气呢？也许，从今天开始，预示着她将要享福了吧？

"吃下去！快吃！"大嫂催促着。

"这是规矩，不吃不行，日后不吉利。"二嫂说得很严重。

四妹子看见，他很为难。二嫂把她咬出来的硬币塞到他手里，要他吃到嘴里去，他不好意思把那只沾着她的口液的硬币填进嘴里去。大嫂催促他，二嫂已不耐烦，疼爱地打他的脑勺，逼他。她心里一阵发紧，偷偷盯着他，他究竟吃不吃呢？他要是不吃，就是……四妹子一侧头，看见他把硬币一下子填到嘴里，不知为什么，她的心儿忽激一闪，身上热躁躁的了。两个嫂子哈哈笑着，收拾了碗筷，走出去了。

她坐在炕上，低着头，心里有些紧张，胸脯感到憋闷，呼吸不畅。结婚仪式完了，给死去的爷和婆烧过香叩过头了，合欢馄饨也吃下了，现在，还有什么新的或老的风俗习律要她去做呢？二嫂刚才说"吃了馄饨就睡觉"，大约再没有什么事了？她坐在炕边上，瞧一眼坐在桌旁的他，他有点失神地盯着对面的墙壁，也不说话。

咣当一声，临街的大门关上了，院子里响过一阵沉稳的脚步声，响到上房里屋里去了，有一声威严的咳嗽，是老公公。

又接连着两声吱扭吱扭的门扇响，大约是大嫂和二嫂在关门。

哄闹熙攘了一天的小院，完全静息了，五月夜晚的温馨的风，送来洋槐花的香气，小院里静极了。

他站起来，转身关上门，咣当！小厦屋与小院也隔绝了。

"铺炕。"他对她说。

她没有抬头，略一迟疑，就转身上炕。炕上的被子、褥子和单子，被闹房的小伙子揉搓得乱糟糟的。她动手撕平了褥子，又铺平了床单，绽开了被子，把一只绣花枕头摆平，又抱起另一只枕头的时候，作难了，两只枕头该摆在一头呢？还是该摆到炕的那一头？

她正犹豫间，愈觉胸脯憋闷，呼吸不畅了，稍一回头，突然看见，他已经脱得一丝不挂，正转过身去摸电灯开关拉线，咔嚓一声，电灯灭了。她随之被他抓住胳膊，压倒了。他撕她的衣服，撕她的裤带，一只粗硬的手伸到胸脯上来了，他那么有劲地搂抱住她，那么莽撞蛮横地进入她的身体了。她几乎晕昏了……

六

太阳挨近地天相接的地方，变得双倍的大起来，整个西部天空都变成了红色，远处的地面上腾起一层红色的雾障。头顶的天空，缕缕轻纱似的云丝似动非动。绿色的麦穗和麦叶，也变成紫红色的了。顺着灌渠排列的杨柳林带，静静地在蓝天上扯开一排绿色的屏障。渭河平原初夏时节的傍晚，呈现出富丽堂皇的气度。四妹子在田间大路上走着，又想起家乡此时的情景，太阳早早被门前那座荒草丛生的黄土山峁遮住了，天却久久黑不下来。

他——吕建峰，她的女婿，现在和她并排走着，一副漫不经心的散散涣涣的神气。

按照这儿的风俗，结婚的第二天，夫妻双方要到女方的娘家去回门，带上好酒、点心等四样礼物，去看望养育过女儿的老人。丈母娘和丈人爸必定要欢天喜地地热情接待女婿和女儿，七碟子八碗不屑说，临告别时的一碗荷包鸡蛋是断不能少的。四妹子的大和妈远在陕北，千里之遥，无法向心爱的女婿娃儿表一番老人的心意，也没有福分接受女婿的敬奉之情，这一切全都由二姑来代替，二姑真是跟大和妈一样亲哪！现在，她和他到二姑家回门完了，正双方赶天黑前回到吕家堡去。

她在他身边走着，尽管已经有过昨天晚上的夫妻生活的第一夜，人生最神秘的大事已经失去了神秘的色彩，她依然感到局促。从她和他背见到昨晚，不过一个月时间，统共也就说下不过十来句话。她不摸他的脾性，也没有达到那种离不得的程度。她想和他说话，仍然羞口难开，说不清的重重顾虑。

"二姑待人好哇！给我吃那么多鸡蛋，我都要吃不进去了！"他说。

"可你……还是吃下了。"她说。

"呢！你知道不知道？"他神秘地闪着眼皮，做出一副认真的模样，"丈母娘为啥要给女婿吃鸡蛋？"

"你是新客呀！"她不在意地说。

"不对不对。"他摇摇头，诡秘地笑笑说，"那是给女婿加料，盼得女婿上膘，晚上好多来几回……"

"啊呀……"四妹子听见这样赤裸裸的丑话，立时飞红了脸，羞得蹲下去，双手捂住脸，在路边的杨树下呆住了。

他哈哈一笑，走过来拉她的胳膊，趴在她的耳边说："话丑理端，跟庄场上给种牛加料是一回事……"

"啊呀！"四妹子听见他越说越粗鲁，忽地站起来，用手打他的脊背。他笑着跑着，她追着他打。

一条大渠横在眼前。

他一跷脚，从大渠上飞越而过。她站在渠边，看看又看看，没有勇气跷过去。

"叫声哥，我背你。"他在对岸说。

她转过身，朝原路往回走去，她给他示威，看他怎么办。她头也不回，加快了步子，一副回娘（姑）家去的死心塌地的走势。一阵奔跑的脚步声响起来，他终于堵在她面前了，嘻嘻哈哈笑着，装出一副可怜相："好你哩！你要是走了，我今黑可只好搂着枕头睡了。"

四妹子真是哭笑不得，那么腼腆的吕建峰，现在尽是酸溜溜的话往外冒。她用拳头打他的肩膀，他不躲避，哈哈笑着："用劲打！真舒服啊！女人打人真舒服哟……"

她和他顺着渠沿走，柳树浓厚的阴凉下，幽暗起来。他说下一串串粗鲁的话，着实叫她羞了，却也叫她和他亲近了。她很想贴着他的肩膀走，却不好意思，而第一次想亲近这个关中男子的心思，毕竟萌生了。

"你知道这个大渠叫什么吗？"他指着大渠里的悠悠的清水问她。见她不答，他就炫耀起来，"这是泾惠渠的一个大支渠。泾惠渠，你听说过吗？嗬！历史书和地理书上都有记载，是我们这儿的李先生修的。李先生，关中地方的农民都知道……"

"不就是一条水渠！"她故意淡淡地说。

"一条水渠？一条什么样的水渠呀！"他被她轻淡的口气反而激将起来，"多大呀！多长啊，浇多少地啊！打多少粮食啊！有了这条渠，关中地方才旱涝保收咧！你想想，这是在解放前，在清朝吧？啊呀，反正是在旧社会修起来的，容易吗？听说李先生在北京念过书，还留过洋，是大水利专家。你们那儿……有这样的水渠没有？"

四妹子哑口了。陕北家乡有一眼望不透的黄土山包，光秃秃的，旱季里连草也枯死了，哪儿有这样平的地，这样清凌凌的渠水，这样为民造福的李先生？如果有这样好的水和地，她会跑到这儿来找他吕建峰吗？

"你们陕北有'信天游'。"他讨好她说，"真的，我在初中念书时，语文老师说'信天游'是陕北的民歌。我听广播上唱过，真好听。不过，老是只唱那五首，听多了也就烦了。"

"我们陕北的好东西多着咧！"四妹子自豪地说，"就说这信天游吧，多得谁也数不清，哪儿只是广播上唱的五首！"

"你唱一段给我听。"他很诚恳地说。

"你叫我一声……姐吧！"她有机会报复他了。不过，刚一说出口，自己先脸红了。

"姐——哎——"他大声嘶吼起来。

四妹子猛然一惊，惊慌失措地瞧瞧四面，有正在引水浇地的农民正愣愣地瞧他俩。

"姐哎——"他又连着叫，而且回过头来，抱怨说，"你为啥不应声哩？"

"啊呀！快别叫了！"四妹子恐慌地说，"旁人要把你当疯子了！"

"那……该你唱歌了。"他装出傻瓜相。

四妹子被他撩拨得真的想唱歌了，心儿忽闪闪跳，瞄一眼身旁这位关中大汉，故意装出的傻愣愣的模样，她觉得挺有趣，挺可爱。她略微镇静一下，压低声儿唱起来——

> 提起个家来家有名
> 家住在绥德三十里铺村
> 三哥哥爱见个四妹子
> 你是我的心上人
> ……

"啊呀！真好！"他眼睛里闪着奇异的光彩，感叹着，"这是你随口编的不是？"

"不是。"四妹子说，"老早就有的。"

"那怎么把咱俩都唱上了？"他问，"你是四妹子，我在俺家为老三，人都叫我三娃子，你倒亲得叫我三哥哥……"

"啊呀！我可不知道你叫啥……三娃子！"四妹子抱屈地说，"俺可只知道你叫吕建峰。"

"巧合巧合！"他大不咧咧地说，"再唱一首吧！最好……唱段更酸的。"

四妹子不由得瞟他一眼，唱起来——

　　　　你想拉我的手
　　　　我想亲你的口
　　　　拉手手呀哼
　　　　亲口口
　　　　咱二人旮旯里走

他突然站住脚，抓住她的手，两只大眼里烧着火焰，痴呆呆地说，声音都抖颤着："你唱得……真好！四妹子，我想拉你的手，也想亲你的口，咱俩好好过一辈子！"

四妹子瞧瞧四周，悄声说："人来了。"

他丢开她的手，颤抖着声音："四妹子，我知道你受了苦，你们陕北人日子都苦。我会好好照顾你的。"

四妹子的心忽闪忽闪跳起来，这个粗壮的关中大汉尽管说得笨拙，却很真诚。她现在真想扑过去，贴在他的宽阔的胸脯上，使自己的心儿有个牢靠的依托。在她还没有鼓起勇气的时候，他已经把她抱离地面，搂到他的怀里，那双胳膊简直要把她的腰拘断了。

天色完全暗下来。

四妹子就伏在他的怀里，双手钩着他的脖子。她的心里踏实极了，幸福极了。她达到自己那个想来确实卑微的目的了——与能吃难拉的糠饼子告别。她找下一个可心的女婿，身体壮健，不是残疾人，而且喜欢她，这比那些众多的同乡女子（包括二姑）只能找到一个聋子或跛子的境况好出得远了。

今晚回到吕家堡，在那个已经并不陌生的小院里，明天将开始她的新的生活，不再是客人，而是吕家的一个成员了，是吕家堡大队一个正儿八经的社员了。可以想到，今晚睡在那间小厦屋里有新被褥铺盖的上炕上，将要比昨晚美妙得多……

中 篇

七

乡谚说，老子少不下儿子的一个媳妇，儿子少不下老子的一副棺材。

给三娃子建峰的媳妇娶进门，游结在克俭老汉心头的疙瘩顿然消散了。三个儿子的三个媳妇现在娶齐了，作为老子应尽的义务，他已经完满地尽到了；至于儿子回报给他和老伴的棺材，凭他们的良心去办吧！他今年还不满六十，身体没见啥麻缠病症，自觉精神尚好，正当庄稼人所说的老小伙子乇岁，棺材的事还不紧迫，容得娃子们日后缓缓去置备。

真不容易啊！自从这个操着陕北生硬口音的媳妇踏进门楼，成为这个三合院暂时还显得不太谐调的一个成员，五十八岁的庄稼院主人就总是禁不住慨叹，给三娃子的这个媳妇总算娶到家了，真是不容易啊！

吕家堡的吕克俭，在本族的克字辈里排行为八，人称吕老八，精明强干一世，却被一个上中农成分封住了嘴巴，不能畅畅快快在吕家堡的街巷里说话和做事。上中农，也叫富裕中农，庄稼人卑称大肚子中农。政府在乡村旳阶级路线是依靠贫农下中农，团结中农，打击孤立地主、富农。对上中农怎么对待呢？没有明文规定，似乎是处于两大敌对阵营夹缝之中，真是说不清是什么滋味了。队里开会时，队干部在广播上高喉咙粗嗓门喊着，贫下中农站在左边，地富反坏右站到右边，阵势明确，不容混淆。这种时候，这种场合，吕老八就找不到自己应该站立的位置了。在这样令人难堪的时境里，吕克俭已经养成一种雍容大度的胸怀，心甘情愿地瞅到一个毫不惹人注目的旮旯蹲下去，缩着脑袋抽旱烟。

这种站不起又蹲不下的难受处境，虽然不好受，时间长了，也就习惯了。最使老汉难受的两回事，毕竟都已过去了。五〇年土地改革定成分，三十出头的年轻庄稼汉子吕克俭，半年时间，把一头黑乌乌的短头发熬煎得白了多一半，变成青白相杂的青丝蓝短毛兔的颜色了。谢天谢地，土改工作组里穿灰制服的干部，真正是说到做到了实事求是，给他定下了富裕中农的成分，而终于保住了现有的土地、耕畜和三合院住房。他拍打着青丝蓝兔毛似的头发，又哭又笑，简直跟疯了一样，只要不被划成地主或富农，把这一头头发全拔光了又有啥关系！

万万没想到，十来年后又来了"四清运动"。这一回，历时半年，吕克俭的青丝蓝兔毛似的头发脱落了一多半，每天早晨洗脸时，顺手一搓，头发茬子刷刷掉在水盆里。吕家堡原有的三户富裕中农，一户升为地主，一户升为富农，两位已经佝偻下腰的老汉，被推到那一小撮的队列里去了，作为惩罚，每天早晨清扫吕家堡的街巷。谢天谢地，吕克俭又侥幸逃脱了，仍然保持着原有的上中农成分，这一回，他没有丝毫的心思去感激那些"四清干部"的什么实事求是的高调了。没有把他推到地主富农那一档子里去，完全出于侥幸，出于运气，从贴近工作组的人的口里传出内幕情报，说是为了体现政策，不能把三户上中农全部升格为地主富农，必须留下一户体现政策，不然，吕家堡就没有上中农这个特殊地位的成分了。

"四清运动"结束后，吕克俭摸着脱落得秃秃光光的大脑袋，对老伴闪眨着眼皮，说出自己的新的人生经验："你说，工作组为啥在三户上中农成分里，专选出咱来'体现政策'？咱一没给工作组求情，二没寻人走门子，为啥？"老伴不答，她知道他实际不是问她，而是要告诉她这个神秘的问题。果然，吕老八很得意地自问自答："我在吕家堡没有敌人！没有敌人就没有人在工作组跟前乱咬咱，工作组就说咱是诚心跟贫下中农走一条道儿的。因此嘛！就留下咱继续当上中农。"

这是吕克俭搜肠刮肚所能归结出来的唯一一条幸免落难的原因。得到这个人生经验，他无疑很振奋，甚至抑制不住这种冲动，跑到院子里，把已经关门熄灯的儿子和媳妇以及孙子都喝叫起来，听他的训示：

"看明白了吗？甭张狂！你只要一句话不忍，得罪一个人，这个人逢着运动咬咱一口，受得！人家好成分不怕，咱怕！咱这个危险成分，稍一动弹就升到……明白了吗？咱好比挑了两筐鸡蛋上集，人敢碰咱，咱不敢碰人呀！我平常总是说你们，只干活，甭说话，干部说好说坏做错做对咱全没意见，好了大家全好，坏了大家全坏，不是咱一家受苦害，用不着咱说长道短。干部得罪不起，社员也得罪不起。咱悄悄默默过咱的日月，免遭横事。这一回，你们全明白了吧？不怪我管家管得严了吧？"

一家人全都信服老家长了。

"四清"收场，"文革"开锣，吕家堡村的工分一年年贬值，成分却日渐升价。贫农下中农的成分越来越值钱，地富成分且不说，中农也不大吃香了，上中农几乎无异于地主富农。吕克俭为三娃子的媳妇就伤透脑筋了，旁的条件且不谈，一提上中农这个成分，就使一切正常的女子和她们的家长摇头摆手。谁也拿不准，说不定明天开始的某一运动，就轻而易举地把上中农升格成富农或地主了，谁愿意睁眼走进这种遭罪的家庭？眼看着三娃子上唇的汗毛变成了黑糊糊的胡须，脸颊上日渐稠密地拥集起一片片疥子疙瘩，任何做家长的都明白孩子的身体发育到了该结婚的紧迫年龄，却只能就这么拖着……谢天谢地，杨家斜村突然来了这个陕北闺女，不弹嫌上中农成分，他抓紧时机，三下五除二，当机立断，办了。

经过对新媳妇进门来一月的观察，克俭老汉发现，这娃不错，勤苦、节俭、似乎是意料中的事。从贫瘠的陕北山区到富裕的关中来的女人，一般都显示出比本地人更能吃苦，更能下力，生活上更不讲究。四妹子已经到地里开始上工，干活儿泼势，不会偷懒，尤其在做计件工分时，常常挣到最大工分。这个新媳妇的缺陷也是明显的，针线活儿不强，据说陕北不种棉花，自然不会纺线织布了。灶锅上的手艺也不行，勉强能擀出厚厚的面条，吃起来又松又泡，没有筋劲儿。据说陕北以洋芋小米为主，很少吃麦子，自然学不下擀面的技术的。所有这两条，作为关中的一个家庭主妇，不能不说是两个令人遗憾的不足，不过，有精干纺织和灶事技能的老伴指教，不难学会的。最让吕老八担着心的，是这个陕北女子不太懂关中乡村甚为严格的礼行，譬如说家里来了亲戚或其他客人，应该由家长接待，媳妇们在打过招呼之后就应退避，不该唠唠叨叨。四妹子在大舅来时，居然靠在桌子边问这问那，有失体统。譬如说在家里应该稳稳当当走路，稳稳当当说话，而四妹子居然哼着什么曲儿出出进进，有失庄重。所有这些，需得慢慢调理，使得有点疯张的山里女子，能尽快学会关中的礼行，尤其是自己这样一个上中农家庭，更容不得张狂分子！

不管怎样，吕老八的心情，相对来说是好的。在棉田里移栽棉花苗儿，工间歇息时，队长向大家宣传大寨政治评工的办法，他坐在土梁上，噙着旱烟袋，眼睛瞅着脚旁边的一个蚂蚁窝出神。蚂蚁窝很小，不过麦秆儿粗细的一个小孔，洞口有一堆细沙，证明这洞已经深及土层下的沙层了。有几只蚂蚁从洞里爬出来，钻到沟垄里的土块下去了，又有一个一个小蚂蚁衔着一粒什物钻进洞去了。他看得出神，看得津津有味，兴致十足，把队长说的什么政治评工的事撂到耳朵后边去了。

吕老八继续悉心观察蚂蚁。这一群小生灵，在宽阔的下河沿的田地里，悄悄凿下麦秆粗细的一个小洞，就忙忙碌碌地出出进进，寻找下一粒食物，衔进洞去，养育儿女，快快乐乐的。蚂蚁没敢想到要占领整个河川，更没有想到要与飞禽争夺天空，只是悄悄地满足于一个麦秆粗细的小洞。人在犁地或锄草的时候，无意间捣毁了它们的窝洞，它们并不抱怨，也没有能力向人类发动一场复仇战争，只是重新把洞再凿出来，继续生活下去。

吕老八似乎觉得自己就是一只蚂蚁了，那麦秆粗细的窝洞无异于他的那个三合院。在宽阔肥沃的下河沿的川地里，他现在占着那个仅只有三分多地的三合院，每天出出进进，忙忙碌碌。随便哪一场运动，都完全可能捣毁他的窝洞，如同捣毁这小小的蚂蚁窝一样。

吕老八不易让人觉察地笑了笑，笑自己的胜利，外交和内务政策的全部胜利。他和他的近十口人的家庭成员，遵循忍事息事的外交政策，处理家门以外的一切事宜，几十年显示出来的最重要的成效，就是没有在越来越复杂的吕家堡翻船。只是保住这一条，吃一点儿亏，忍一点儿气，算什么大不了的事呢。

在村子里，他是个鳖一样的人，不争工分，骂不还口，似乎任谁都可以在他光头上摸一把。而在家里，吕老八却是神圣凛然的家长。他治家严厉，家法大，儿子媳妇以及孙子孙女没有哪个敢冒犯他的。媳妇们早晨给他倒尿盆。媳妇们一天三顿给他把饭双手递上来。媳妇们没有敢翻嘴顶碰他的。十口之家的经济实权牢牢地掌握在他的手中，一切大小开销合理与否由他最后定夺。这样富于尊威的家庭长者，在吕家堡数不出几个来，就说那个队长吧，讲起学大寨记工分办法来一套一套的，指挥起社员来一路一路的，可是在家里呢？儿媳妇敢于指名道姓骂他，他却惹不下。吕老八活得不错。

他的眼睛从蚂蚁窝上移开了，漠然盯着农历四月晌午热烘烘的太阳，心里盘算已定：该当给三儿子进行一次家训，让他明白，应该怎样当好丈夫，这个小东西和媳妇刚厮混熟了，有点儿没大没小的样子。一个男人，一旦在女人眼里丢失了丈夫的架势，一生就甭想活得像个男人，而且后患无穷。吕家堡村里，凡是女人当家主事的庄稼院，没有不多事的。女人嘛，细心倒是细心，就是分不清大小、远近、里外。必须使这个明显缺乏严格家教的山区女子，尽快接受吕家的礼行，使她能尽快地谐调统一到这个时时潜伏着危险的庄稼院里来……训媳莫如先训子。

八

晚饭吃罢，帮大嫂洗刷了一家人的碗筷，把小灶房收拾清白，锁上门，四妹子揭开自家厦屋的洋布门帘，看见三娃子正坐在椅子上看书，她轻脚蹑步走到他背后，双手蒙住他的眼睛。三娃子从底下伸过手来，在她腰里搔了一把，她不由得放开手。他却就势把她按倒在炕上，搔她脖窝和胳肢窝，痒得她忍不住嘎嘎嘎笑着，在炕上打滚，讨饶，他却不饶，依旧使劲挠她搔她。这时候，屋里传来老公公呼叫"建峰"的声音，他吐一下舌头，缩一下脖子，走出门去了。

四妹子整理一下衣襟，跳下炕来，捞起纳布鞋鞋底的夹板，婆婆在把麻和抹褙子的布交给她的时候，郑重交代了，从今往后，三娃子的衣服鞋袜统由她管了，要是穿得太脏，或者穿着露出大拇指的烂鞋，村人不笑男人，而要笑话他的媳妇了，男人的穿戴是女人的面皮。婆婆又婉言替她计划，应该在新婚的头一年里，叼空做下够男人和自己穿五年的布鞋和棉鞋，以防一年后怀里抱上娃娃，就忙得捉不住夹板了。这是任何一个新媳妇都难得避免的事，趁早准备好，做得越多日后越轻松。四妹子很感激老婆婆对她的指教，决心在孩子出生以前，先把鞋准备充足，免得日后发紧迫。

进得这个家庭以后，她和建峰很快混熟了。熟悉了，便更喜欢他了。这个关中小伙子，身体长得健壮，模样也不赖，高眉骨，高鼻梁，条形脸，很有男子汉气魄。他不大说话，尤其在村子里，从不多嘴多舌参与队里的什么纠纷。他在屋里也不大说话，尤其跟老公公说话更少。他在小厦屋里，和她枕在一只枕头上，却轻声细语说这说那，说他在中学念初中时，物理和数学总是考满分，毕业那年，刚碰上"文革"，没能参加高中和中专考试，就回家来了。他家的成分高点，自知不敢在村里参与什么活动，就在家里看闲书，竟然对电机摸出门道了，学会修理马达了。

四妹子初到这个家庭一月来的印象，没有什么不满意的事。这个家庭的生活是令她满意的，早饭一般喝包谷糁子，午饭总要吃一顿细面条，晚饭也是喝包谷糁子，馍馍通常是玉米面捏的，但逢年过节，总会吃到麦子面馍馍。粗粮虽然多了点，总都是正经粮食啊！不像在老家陕北，总吃糠，顶好是洋芋，而洋芋在关中人的餐桌上，是菜不是主食。

她的建峰身怀绝技，常常给队里修理马达，挣一份技术工，他原来就在自己的小厦屋修理，婚后挪到大队一间空房里去了。没有马达需要修理的时候，他就去大田里出工。晚上，他从来不出去串门，也不和其他小伙子们凑热闹，只是抱着那本电工技术书看得入邪。她就坐在他旁边的小凳上，抱着夹板锥纳鞋底，轻轻哼他喜欢的陕北民歌的曲调，小两口热热火火。这个十口之家的大家庭的大事，比如用粮计划，比如经济收支，比如应该给某一家亲戚应酬的礼物，统由两位老人操心，用不着她费心。她在这个看来庞大的家庭里，其实最清闲了，轮着她上工的时候，自有妇女队长来通知。要说当紧的事，倒是该尽快学会各种面条的擀法，以及纺线织布的技术。关中产棉花，人为了省钱，不买洋布，仍然习惯于纺线织布，穿衣做鞋或做被单。

家里的饭，是由三个媳妇轮流做的，每人一月。现在轮大嫂做饭，她有空就给大嫂帮忙，一来自己闲着，干点烧锅洗碗的活儿也累不了人，二来是跟大嫂学习擀面做饭的技术，熟悉熟悉这个家庭吃饭的习惯。轮过二嫂之后，就该轮着她了。她已大致明白，每顿饭动手之前，大嫂先请示老婆婆，做啥饭呀？老婆婆负责调节食谱。饭做熟之后，先舀出两碗，第一碗先端给老公公，第二碗再端给老婆婆，自然都需双手。然后再给孩子们舀齐，一人一碗，打发完毕，才给平辈的弟兄和妯娌们舀了。第一茬舀过，第二茬则由各人自己动手，大嫂只负责给两位老人续舀，以及给够不着锅沿的孩子舀饭，这是规矩，难也不难，四妹子渐渐就懂得了。

没有了吃的忧愁，又有一个基本可心的女婿，四妹子高兴着哩。至于这个家庭的上中农成分，于她似乎没有太大的关系，入党才讲究成分的高低，招工才论成分的好坏，这些事儿她压根儿想也没想到，只是希求有粮吃有衣穿有房住，有一个能得温饱的窝儿活下去，原本就是抱着这样卑微的目的从陕北深山里跑到这大平原上来的呀！

建峰被老公公叫进里屋去好久了，还没见回小厦屋来，说甚大事，要这么长时间呢？

一阵蔫踏踏的脚步响，门帘一挑，建峰进来了。四妹子一眼瞅出来，他皱眉耷眼，不大高兴，和刚才出门去的时候相比，两副模样。家里遇到甚事了吗？四妹子猜想，也有点紧张。

建峰从暖水瓶里倒下一杯水，坐在椅子上，喝了一口，叹了口气，出气声不大匀称。

四妹子忍不住，小心地问："咋咧？"

"咱爸训了我一顿。"建峰悻悻地说。

"训你甚？"四妹子问，"你做下啥错事咧？啥活儿没干好是不是？"

"说我没家教。"建峰说。

"没家教？"四妹子听了，不由得问，"怎么没家教了？"

建峰叹口气，又喝了口水，没有解释，半晌沉默，才说："日后，你甭唱唱喝喝的了。"

"咋哩？"四妹子睁大眼睛，突然意识到老公公一定说了自己的好多不是，忙问，"我口里哼个曲儿，犯着谁啦？"

"咱爸说咱家成分不好，唱唱喝喝，要让别个说咱张狂了。"建峰传达老家长的话说，"咱们成分不好，只顾干活儿，甭跟人说东道西，指长论短，也甭唱唱喝喝……"

"统共就轮着我上了三晌工，只有那天后晌放工时，我回家走在柳林里，哼了几句。"四妹子说，"咱家成分不好，连一句曲儿都不能哼呀？我在自家厦屋哼几句，旁人谁管得着呢？管得那么宽吗？"

"咱爸讨厌唱歌。"建峰说，"咱爸脾气倔，见不得谁哼哼啦啦地唱喝。"

"那好，不唱了。"四妹子叹口气，试探地问，"除了不准唱歌，咱爸还说啥来？"

"咱爸说，走路要稳稳实实地走，甭跳跳蹦蹦的。"建峰说，"让人见了说咱不稳重。"

"不准唱，不准蹦。"四妹子撇撇嘴，"还有啥呢？"

"还有……甭串门。"建峰说。

"我没串过门呀！"四妹子说，"连一家门也没串过，我跟左邻右舍不熟悉，想串也没处去。"

"咱爸说，大嫂二嫂的屋里也尽量甭串。"建峰说，"各人在各人的厦屋做针线活儿，串过来串过去不好。"

"还有啥呢？"四妹子赌气似的问。

"咱爸说，男人要像个丈夫的样儿，女人要像个媳妇的样儿。"建峰说，

"不准嘻嘻哈哈，没大没小的。"

四妹子不吭声了，麻绳穿过布鞋鞋底的嗤嗤声在小厦屋里格外清晰，不准唱歌，不准嬉笑，不许在村里和人说话，也不许在自家屋串大嫂和二嫂的门子，那么，她该怎样过日子？她在陕北家乡，上山背谷子背得腰酸肩疼，扔下谷捆子，就唱喝起来了。在娘家时，虽然吃的糠饼子，油灯下，她哼着忧伤的曲儿，哼一哼也就觉得心里舒和了。有时候，她哼着，母亲也就随着哼起来了，父亲坐在窑外的菜园子边上，也悠悠地哼起"揽工人儿难"来了。她没有想到，哼一哼小曲儿会不合家法，甚至连说话，走路，都成了问题，是关中地方风俗不一样呢？还是老公公的家教太严厉了？

她现在才用心地思量这个家庭所有成员的行为举措来，才有所醒悟，老公公早晨起得早，在院子里咳嗽两声，很响地吐痰之后，大嫂和二嫂的门随着也都开了。老公公一天三晌扛着家具去出工，回家来就喂猪，垫猪圈，起猪圈里的粪肥。他噙着短烟袋，可以在猪圈里蹲上一个多钟头，给那两头壳郎猪刮毛，搔痒，捉虫子。

老公公总是背着一双手进院出院，目不斜视，那双很厉害的眼睛，从不瞅哪个媳妇的开着或闭着的屋门。四妹子进得这个家一月多来，没见过老公公笑过，对大嫂和二嫂那样的老媳妇也不笑，对大嫂和二嫂的五个娃娃也不笑。娃娃们总是缠老婆婆，很怯爷爷，甚至躲着走。大哥在外村一所小学教学，周六后晌回来，和父母打过招呼，晚上和大嫂在自家的厦屋里，也是悄没声儿的，住过一天两晚，周一一早就骑着车子上班去了。二哥是个农民，有木工手艺，由队里支派到城里一家工厂去做副业工，几个月才回来一回。二哥回来了，也是悄悄默默的，不见和二嫂说什么笑什么，只是悄没声儿地睡觉。

四妹子回想到这些，才觉得自己确是有点儿不谐调了。她曾经奇怪，一家人整天都绷着脸做啥？说是成分不好，在队里免言少语也倒罢了，在自个儿家里，一家人过日月，从早到晚，都板着一副脸孔多难受啊！现在，她明白了，老公公的家法大，家教严。这个上中农成分的家庭，虽然在吕家堡灰下来了，可在那座不太高的门楼里，仍然完整地甚至顽固地保全着从旧社会传留下来的习俗。她不能不遵奉老公公通过她的女婿传达给她的教诲，这是第一次，如果再这样下去，可能就会发生不愉快的事。她刚到这个家庭才一月，不能不注意老公公对她的看法和印象……

"这有啥难的？"四妹子轻淡地说，"从明日开始，我绷着脸儿就是了。"

"咱家的规矩，凡家里来了客人，亲戚也罢，外边啥人也罢，统统都由老人接待，晚辈人打个招呼就行了，不准站在旁边问这问那。"建峰继续给她传达老公公的家法，"咱爸说，前一回二舅来了，你在旁边说这说那，太没得礼行……"

四妹子臊红了脸，她想分辩，又闭了口，建峰说的是老公公的旨意，向他分辩有什么用呢！那天二舅来了，她给倒下茶水，问候了两句，本打算立即退下来，好让老公公陪二舅说话。可是，二舅问她在陕北哪个县，哪个公社，离延安多远，还问那儿的气候、物产、社员的生活。二舅在西安一家什么信箱当干部，人挺和气，不像老公公那样令人生畏。她在回答了二舅的问话以后，也问了些二舅在西安的生活情况的话，平平常常，之后就赶忙给二舅做饭去了……万万没想到，老公公对这件事上了心，说她不懂礼行了。看来，除了上工劳动和做饭吃饭以外，在这个家庭里，最好什么也甭说，什么也甭管，想到这儿，四妹子加重语气，带着明显的赌气的口吻说："赶明日我绷紧脸儿，抿着嘴儿就是了！"

九

和老公公的一次正面冲突终于发生了。

夏收夏播的忙迫时月过去了，生产队里的活儿却不见减少，只是比收麦和种秋这些节令极强的活儿不显得那么紧火罢了。天旱得地上冒火，建峰日夜轮流在河川浇灌刚刚冒出地皮的包谷苗儿。她和两位嫂子常常同时被派到棉田里去锄草，去给棉苗"抹裤腿""打油条""掏耳屎"。老公公自不必说了，也是一日三晌不停歇。老婆婆坐在场院里的树荫下，看守刚刚分下的麦子，要撵偷吃的鸡或猪，要用木齿耙子搅动，晒得一咬一声嘎嘣脆响，就可以放心地储藏起来了，不出麦蛾子也不生麦牛了，一家人的粮食啊！

这天晌午，四妹子正在棉花行子里给棉花棵子"掏耳屎"，一个回家给娃喂罢奶来到棉田的嫂子告诉她，二姑来了。四妹子给妇女队长请了假，奔回村子来。

二姑坐在街门外的香椿树下，四妹子叫了一声"二姑"，就伸手从街门上方摸出钥匙，开了锁，把二姑让进院子。屋里没有人，她引着二姑坐进自己的小厦屋。三句话没说完，她抱住二姑哭了，竟然忍不住，哭出声来了。

"是建峰……欺侮你来？"二姑问。

"呜呜呜……"她摇摇头。

"公公婆婆……骂你来？"二姑又问。

"呜呜呜……"她仍然摇摇头。

"俩嫂子……使拐心眼来？"二姑再问。

"呜呜呜……"她哭得身子颤抖着。

二姑搂住她，就不再问了，眼泪扑嗒嗒掉下来，滴在侄女的头发上。

四妹子想哭。一家老少，没人打她，也没人骂她，吃也是尽饱吃，没有什么能说得出口的委屈事，可她说不清为啥，只是想哭。她躺在二姑怀里，痛痛快快哭起来，倒不想说什么了。

她绷着脸上工，绷着脸在小灶房里拉风箱或擀面条，绷着脸给二位老人双手端上饭去，绷着脸跟大嫂、二嫂说一句半句应酬话，甚至和建峰在自己的小厦屋里也绷着脸儿……她觉得心胸都要憋死了。

自从那晚老公公对建峰训导之后，建峰的脸儿也绷起来了，比她还绷得紧、挺得平。他不仅跟她再不嬉笑耍闹了，连话也说得少了，常摆出一副不屑于和她亲近的神气，即使晚上干那种事的时候，也是一句不吭，生怕丢了他大丈夫的架子，随后就倒过去呼呼大睡，再也不像刚结婚那阵儿搂着她说这说那了。

四妹子感到孤单，心里憋闷得慌慌，吃饭无味，做活儿也乏力，常常在田间歇息的时候，坐在水渠边上，痴呆呆地望着北方，平原远处的树梢和灰蒙蒙的天空融为一体。她想大了，也想妈了，只有现在，她才明显地感觉到了公公婆婆和亲生的大大妈妈的根本差别。在这宽阔无边的大平原上，远远近近数不清的大大小小的村庄里，没有她的一个亲人，除了二姑，连一个亲戚也没有。她常常看见大嫂和二嫂的娘家兄弟姐妹来看望她们和孩子，她俩也引着孩子去串娘家，令人羡慕。她们可以把自己的欢心事儿说给娘家亲人，也能把自己的委屈事儿朝父母发泄一番，得到善意的同情和劝慰，然后又在夕阳沉落时回到这个令人窒息的三合院来。四妹子无处可去，只有一个二姑家，又不能常常去走动，二姑一人操持家务，也不能经常来看她。她的心胸间汇集起一个眼泪的水库，全部倾泄到二姑的胸前了。一家人全都出工去了，时机正好，她可以痛痛快快哭一场，而不至于被谁听见。

哭过一场，心胸间顿然觉得松泛了，头却因为哭泣而沉闷，和二姑说了会子话，问了跛子姑夫和姑婆的身体，又问了杨家斜夏收分得的口粮标准，劳动日带粮的比例，看看太阳已经移到院子中间，该做午饭了。她要去请示婆婆，中午做什么饭，为了不致使婆婆看出她哭过，就用毛巾蘸了水，擦了脸。

因为二姑的到来，因为倒出了胸间汇集太多的泪水，她的心情舒悦了，轻盈地走过吕家堡的街巷，来到村子北边的打麦场上。刚刚经过紧张的夏收劳动的打麦场，现在清闲下来了，一页一页苇席把碾压得光光净净的场面铺满了，新麦在阳光下一片金黄。她远远望见，婆婆正和一位老婆婆在阴凉下说闲话。走到当面，她欢悦地向家庭长者报告："妈，俺二姑来咧。"

"来了好。"婆婆盯她一眼，说，"你招呼着坐在屋里。"

"妈，晌午做啥饭呀？"四妹子问。

"做糁子面。"婆婆淡淡地说。

四妹子心里一沉，忙转过身，快快地朝回走。屋里往常来了客人，不管是大舅二舅，或是俩嫂子的娘家亲戚，免不了总要包饺子，擀臊子面，最起码也要吃一顿方块干面片子。四妹子的二姑来了，也算得吕家的一门要紧亲戚，婆婆却让她做糁子面。糁子面，那是在糁子稀饭里下进面条，是庄稼人节约细粮的一种饭食，大约是普遍重视的中午这顿饭里最差的饭了。

四妹子往回走，心里好不平啊！这是对她亲爱的二姑的最明显的冷淡接待了。论说二姑也不稀罕吃一顿饺子或者臊子面，人家在自家屋也没饿着。这是带着令人难以承受的冷淡和傲慢，甚至可以说是把亲戚不当人对待的明显的轻侮。她的刚刚轻松了的胸膛，现在又憋满气了。

她重新回到屋里时，注意掩饰一下自己的愤恨，不使二姑看出来，免得使她难受，万一让二姑觉得受到怠慢而一气走掉，那就更难收拾了。她让二姑歇在屋里，自己钻进灶房去做饭。

大嫂和二嫂从棉田里放工回来了。二姑从屋里出来，和两位嫂子说话。俩嫂子见有客人来，都洗了手，到灶房里来帮忙。这也是一条家规，凡有客人到来，不管轮着谁值班做饭，大家都要插手帮忙，以表示对客人的敬重，也给任何客人造成一种三妯娌齐心协力、家事和谐的气氛。

"你咋给锅里拂下糁子了？"大嫂惊问。

四妹子低头在案板上擀面，没有吭声。

"咋能给二姑吃糁子面呢？二姑常不来。"二嫂也责怪她。

四妹子讷讷地说："咱妈叫做的……"

俩嫂子互相看一眼，再不说话了。

四妹子切好面条，听见院子里响起熟悉的脚步声，知道公公回来了，就把下面的事交给两位嫂子，自己走出小灶房，向公公低低地说："爸，俺二姑来……"话音未落，二姑已经从小厦屋出来，笑着搭话问候："你放工了？"

老公公"嗯"了一声，放下手里的铁锨，没有朝里屋走，转过身说："你歇下。"随之就走出二门，跳进猪圈里，蹲下身去了。

四妹子愣住了，老公公的冷淡与傲慢是这样毫不掩饰，甚至故意给客人难看的举动，使她无措手足了。二姑脸上立时浮出尴尬的神情，悻悻地笑笑，只好再转身走进小厦屋。

往常里，家里有亲朋来，老公公平时绷紧的脸上就呈现出热切的笑颜来接待，立即放下手中正在忙着的一切活儿，把客人领到上房里屋去，喝茶、抽烟、拉家常。现在，老公公蹲在猪圈里，矮墙上冒起一缕缕蓝色的烟雾，不见有出来的征兆。

直到舀好了饭，老公公才在她的催促下跳出猪圈，走回里屋，坐在他往常招待客人的桌子旁。二姑也在两位嫂嫂的谦让中走向桌子的另一侧。

"快吃。"老公公总算开口招呼客人了，"家常便饭，甭见怪。"

二姑装出毫不在意的样子，端起碗来。

大嫂提出让她去替换婆婆回来，老公公立即制止了："算了，你给她端去一碗算了，她说她不回来了。"

四妹子心里又一沉，老婆婆连二姑的面也不见，这更是注意礼行的老婆婆所少有的举动。

别别扭扭吃罢饭，二姑就告辞了。

送走二姑，四妹子回到厦屋，趴在被子上，哭不出也吃不下饭，越想越觉得窝气，太作践人了呀！

后晌，她在地里干了一后晌活儿，仍是想不通。晚饭后，她走进老公公的里屋，低着头："爸，我明日想到俺姑家去……"

老公公盯她一眼，没有说话，低头点燃一袋烟，扬起头来，就佯装出毫无戒备的口气说："好么！按说夏忙毕了，去散散心也对。可眼下队里正浇地，棉田管理也紧火，等忙过这一阵儿，棉花打杈过头遍，地也浇完了，你再去。"

四妹子靠在婆婆的炕边没有说话。

吕老八很满意自己对这个小媳妇的回答。今天中午，他放工回来，顺路到麦场上看看麦子晒干的程度，老伴告诉他，三媳妇的二姑来了，三媳妇和她二姑在厦屋哭成一团。她说她回家去喝水，听见人家哭，没敢惊动，悄悄又退回到晒麦场上来了，吕老八一听就火了。

吕老八心里说，你三媳妇在你二姑怀里哭，必是说俺吕家亏待了你嘛！让邻舍左右听见了，还不知猜疑什么哩！再说，你作为二姑，到俺屋来不劝自己侄女，竟陪着哭，好像俺吕家真的压迫你的侄女了！再说，亲戚来了，不先与主人打招呼，钻在自家侄女厦屋，成啥礼行？你侄女不懂礼行，你做大人的也不懂？你既然不尊重俺屋的规矩，我就不把你当上宾待！

他很赞成老伴的举动：用糁子面招待！

作为回敬，他拒不邀她进上房里屋，躲在猪圈，让你凉着去！

吕老八盯着朝他提出走娘（姑）家要求的三媳妇，心里已经意识到，她给他示威。他慢待了她的二姑，有气说不出，要走娘（姑）家去了。他不硬性拒绝，只是说话儿忙，这在任何人听来，都是完全站得住脚的理由。让她和她二姑都想一想，为啥主家慢待了她？往后就不会乱哭一气了。

四妹子站在炕边，话从心里往上攻了几次，都卡在嘴边了，她想问，为啥慢待二姑？又不好出口，要求到二姑家去的示威性的举动，被老公公轻轻一拨，就完全粉碎了。她转过身，往出走去，决心留给他们一副不满意的样子，也让老公公想想去。

婆婆却在她出门的时候说："三娃子的棉衣棉裤该拆洗了，甭等得下雪才捉针……"

十

四妹子躺倒了。

昨天晚上，老公公婉转而又体面地拒绝了她的要走姑家的要求，她的第一次示威被悄无声息地粉碎了，她回到厦屋里，早早脱了衣裳，关了门，拉灭了电灯，躺在炕上，眼泪潸潸流下来，渗湿了枕头。

院子里很静，大嫂和二嫂，一人抱一张席箔，领着娃子到街巷里乘凉去了，老公公和婆婆也到场边乘凉去了，偌大的屋院里，现在就剩下她一个人了。三伏天，屋里闷热得像蒸笼，她的心里憋满了太多的窝囊气，更加烦闷难忍。她想放声痛哭一场，却哭不出来，如果哭声惊动四邻，惊动了聚集在街巷和场边乘凉的男女老少，那么，她和老公公的矛盾就公开化了。她似乎还没有勇气使这种矛盾公开化，如果公开化了，很难有人同情她的。到这个家庭几个月来的生活，她已经大致了解到这个家庭在吕家堡是富于实际威信的。庄稼人被接连不断的政治运动和频频更换的政治口号弄得昏头晕脑，虽然不能不接受种种运动和种种口号对人们生活秩序和习惯的重大影响，可是对于绝大多数农民来说，他们依然崇尚家庭里的实际和谐。吕克俭虽然作为大肚子中农被置于吕家堡的一个特殊显眼的位置上，时刻都潜伏着被推入敌对阵营的危险，令一般庄稼人望而心怯，自觉不自觉地被众人孤立起来了。然而，对于吕家的实际生活，却令众多的庄稼人钦敬，甚至奉为楷模，用一句时兴话说，是模范文明家庭。人都说老公公知礼识体，老婆婆是明白贤惠人，两位老人能把一个十多口人的家庭拢在一起，终年也不见吵架闹仗，更不与村人惹是生非，这在吕家堡的中老年庄稼人眼里，简直羡慕死了。这样一个在众人眼里有既定影响的家庭，如果因为自己的到来而吵架，而闹别扭，她即使有理也说不清了，她将会很自然地被人看作是搅槽鬼了。

二姑受到带有侮辱性的待遇，她说不出口，说了别人也还是要说二姑不懂礼行的，她只有眼泪，悄悄默默地淌。

四妹子听到脚步声，又听到敲门声了，是建峰。他白天黑夜在地里浇水，匆匆回家来，抱着大碗扒饭，嘴一抹就下河川去了。他负责四五眼机井上抽水泵的安全运转，发生故障及时修理，正常运行时，就躺在井台的树荫下睡觉，浇地的社员三班倒换，他是白天黑夜连轴转。听见他的脚步声，她没有拉灯，摸黑拉开了木门闩，随即爬上炕去，面向墙壁躺下了。

她听见他走进厦屋，顺手闭上门，拉亮了电灯。明亮的电灯光刺得她的眼睛睁巴不开，她用双手捂住，心里却在想：你老子今日把我二姑作践了！他也许不知道这件事，她猜不准，他的老子究竟给他说过没有？她一时又拿不定主意，要不要向他诉诉委屈？

他坐在椅子上，咕嘟咕嘟喝下了她晾在茶缸里的冷水，啪的一声关了电灯，咣当一声关上了木门闩子，她就感到了他的有劲的双臂。她依然面向墙壁，双臂拘着胸脯，拒绝那双手的侵略。

他一句不吭，铁钳一样硬的手掌把她制伏了……他满足了，喘着气又钩起短裤，溜下炕，拉开门，一句话也没说，脚步声又响到街门外去了。

没有欢愉，没有温存，四妹子厌恶地再次插上门，几乎是栽倒在炕上。

婚后的一月里，她对他骤然涨起的热情，像小河里暴涨的洪水一样又骤然消退了。自从那晚老公公对他训导之后，他就变成一个只对她需要发泄性欲的冷漠的大丈夫了。他不问她劳动一天累不累，也不问她身体适应不适应关中难熬的三伏酷热，更不管她吃饭习惯不习惯，总之，他对她的脸儿绷得够紧的了。她的月经早已停了，她几乎减少了一半饭量，有几次端起碗来，呕得汤水不进。他知道她怀上了，却说："怀娃都那样。听说过了半年就好了……"她想吃点酸汤面条，老婆婆没有开口做出这样的指令，她也不敢给自己做下一碗。一大家子人，怎么好意思给自己单吃另喝呢？她想吃桃儿，桃月过去了，一颗桃儿也没尝过。她想吃西红柿，这种极便宜的蔬菜，旺季里不过四五分钱一斤，老公公咬住牙也不指派谁去买半篮子回来。现在，梨瓜和西瓜相继上市了，那更是不敢想象的奢侈享受了……他从来也不问她一声，怀了娃娃是不是需要调换一回口味？

她到这个家庭快半年了，大致也可以看出来经济运转的过程，老公公把生产队里分得的粮食，统统掌管在自己手中，一家人吃饭的稀稠和粗细粮搭配，由老婆婆一日三顿严格控制。上房里屋的脚地，靠东墙摆着四个齐胸高的粗瓷大瓮，靠南墙和西墙摆着两只可墙长的大板柜，全部装着小麦，玉米则盘垒在后院的椿树和榆树的树杆上。据说每天晚上脱鞋上炕以前，老公公像检阅士兵的总统一样，要揭起每一只瓷瓮的凸形盖子，打开木柜上的锁子，看看那些小麦，在后院的玉米垒成的塔下转一圈。不过她没有发现过，许是村里人的戏谑之言。她确实看见过老公公卖粮的事，那是夏收前的青黄不接的困三二月，人睡定时光，屋里院里一阵自行车链条的杂乱响声之后，悄悄地灌了小麦，又灌了包谷，那些陌生人的自行车货架上搭着装得圆滚滚的粮食口袋，鱼贯地从院子推出街门去了。她趴在窗台上，约略数出来，十一口袋。她明白，目下粮食交易的市价，小麦卖到六毛，包谷卖到二毛七八，各按一半算，也有五百多块。这时候，建峰从里屋回到厦屋，头发上和肩头扑落着一层翻弄粮食的细末尘土。老公公做得诡，一次瞧准时机，把全部要卖的粮食一次卖掉，神鬼不知。不像村里一般庄稼人，见了买主就想卖，一百也卖，二百也卖，反显得惹眼。每年的这一笔重大收入，压在婆婆的箱子底儿，难得再出世。

另一笔较为重要的收入，就是养猪。政府禁止社员养羊、养牛、养蜂，视为资本主义的"尾巴"，只允许养猪。毛主席"关于养猪的一封信"，用套红的黄色道林纸印出来，家家户户屋内都贴着一份，是县上统一发下来的。老公公从地里回到屋里，扔下家具，就蹲到猪圈口的半截碌碡上，点燃旱烟袋，欣赏那头黑壳郎。直到交给公社生猪收购站，装着七八十块钱回来，再愈加耐心地侍候那只两拃长的小猪崽。

第三笔重要收入，是大哥的工资。听说大哥的工资是三十九元，每月七日开支以后，必定在开支后的那个星期六回家来交给老公公，然后再由老公公返还给他十九元，作为伙食费和零用钱，抽烟，买香皂或牙膏一类零碎花销。老公公留下二十元，作为全家统筹安排的进项。老公公禁止儿子回家来买任何孝顺他老两口子的吃食。一来是家大人多，买少了吃不过来，买多了花销不起，于是在家里就形成一种大家都能忍受的规矩，无论谁走城上镇回来，一律都不买什么吃食，大哥二哥的娃娃自然也不存任何侥幸。屋里院里从早到晚，从春到夏，都显得冷寂寂的，没有任何能掀起一点欢悦气氛的大事小事。

大嫂和二嫂，渐渐在她跟前开始互相揭短。二嫂说，这个屋里，大嫂一家顶占便宜了。大嫂一家五口，四口在吕家堡吃粮，每年的口粮款几近三百，而大嫂做不下二百个劳动日，值不到一百块，大哥交的二百来块钱，其实刚刚扣住自己家室的口粮，谁也没沾上大哥的什么好处，老公公明明知道这笔账该怎么算，还是器重大哥，心眼偏了。二嫂还说，大哥最精了，小学校教员的伙食，月月没超过十块，而给老公公报说十五块，一月有九块的赚头了。二嫂说他们两口子最吃亏了，两人一年挣五六百个劳动日，少说也值三百元，而四个人的口粮不到三百元，算来刚好扣住，而六百个劳动日秋夏两季可带的小麦和包谷就有六百斤，六百斤小麦和包谷黑市卖多少钱？老公公心里明白这笔账怎么算着，却不吭声，老也不记老二的好处。

二嫂这样算，大嫂却有自己的算盘。大嫂说，二哥订娶二嫂的七八百块钱，全是她的男人的钱，老二不记大哥的好处，有了媳妇就忘了拉光棍的难受，反倒算计起大哥了，跟着二嫂一坡滚！大嫂说，老二人倒老实，净是二媳妇鬼精。老二有木匠手艺，跟队里的副业组在城里十八号信箱做工，每月五十七块钱，给队里交四十块，计三十个劳动日，留十七块伙食钱，而实际上连五块钱也用不了。咋哩？民工自己起伙，粮由家里拿，自己只买点盐醋就行了，十七块伙食费都给自家省下了。更有叫人想不到的事，民工利用星期天或晚上加班，挣下钱就是自己的，不交队里，也没见老二给老公公交过。

二嫂搂下的私房钱谁也摸不清，净是苦了她的老大，被老公公卡得死死的，每月上交二十块，一年到头也买不起一件新制服，她的男人是小学校里的教员中穿戴最破烂的一个……

四妹子心里反倒有了底：这个家庭里，其实最可怜的是她和男人建峰了。两位嫂嫂，都有一点使老公公无法卡死的活路钱，而她和老三建峰真是被彻底卡死了。她和他在队里劳动，年底才决算，不管长出短欠，统由老公公盖章交办。这个家里通过各个劳动力挣来的粮食，也由老公公统一管理，卖下的余粮钱不作分配。她和老三连一分钱的支配能力也没有，而两人的劳动所得在这个家庭里却是最多的，花销却是最少的……吃亏吃得最多了。

结婚几个月了，公公和婆婆没给过她一分钱，老公公且不说，老婆婆难道不知道，起码需得买一扎卫生纸吧？总不能让人像老辈子女人那样，在潮红时给屁股上吊一条烂抹布吧？从二姑家出嫁时，二姑塞给她五块钱，就怕她新来乍到，不好张口向老人要钱，买扎纸啦，买块香皂啦。五块钱早已花光用尽，总不能再去朝二姑开口要钱吧？建峰睁开眼爬起来去上工，放工回来抱着大碗吃饭，天黑了就脱衣睡觉，从来也不问她需要不需要买一扎纸，纯是粗心吗？

他对她太正经了，甚至太冷了，他只是需要在她身上得到自己的满足，满足了就呼呼呼睡死了，她没有得到他的亲昵和疼爱，心里好委屈啊！

在老家陕北，有个放羊的山哥哥，他和她一起放羊，给她上树摘榆钱，给她爬上好高的野杏树摘杏子吃。她和他在山坡上唱歌，唱得好畅快。他突然把手伸到她的衣襟下去了，在她胸脯上捏了一把。她立时变了脸，打了他一个耳光。山哥哥也立时变了脸，难看得像个青杏儿，扭头走了。她自己突然哭了，又哭着声喊住他。他走回来，站在她面前，一副做错了事的愧羞难当的神色。她笑了，说只要他以后再不胡抓乱摸就行了。他跑到坡坎上，摘来一把野花，粉红色的和白色的野蔷薇，金黄金黄的野辣子花，紫红的野豆花，憨憨地笑着，把一枝一枝五颜六色的花儿插在她的头发上，吊在发辫上。可惜没有一个小镜子，她看不到自己插满花枝儿的头脸，他却乐得在地上蹦着，唱着。

她想到他了，想到那个也需要旁人帮忙掏屎的山哥哥，心里咯噔跳了一下。

这样过下去，她会困死的，困不死也会憋死的。没有任何经济支配能力，也没有什么欢愉的夫妻关系，她真会给憋死的。

她终于决定：向老公公示威！

她睡下不起来，装病，看老公公和婆婆怎么办？看她的男人吕建峰怎么办？

窗户纸亮了，老公公沉重而又威严的咳嗽声在前院的猪圈旁响着，大嫂和二嫂几乎异口同声在院子里叮咛自己的孩子，在学校甭惹是生非，孩子蹦出门去了。院里响起竹条扫帚扫刷地面的嚓嚓声，那是二嫂，现在轮她扫地做饭了。老公公咳嗽得一家人全都起身之后，捞起铁锨（凭铁锨撞碰时的一声响判断），脚步声响到院子外头去了，阿婆和大嫂也匆匆走出门上工去了，院子里骤然显得异常清静，只有二嫂扫地时那种很重很急的响声。没有人发现她的异常反应，他们大约以为她不过晚起一会儿吧？这倒使四妹子心里有点不满足，她想示威给他们看看，而他们全都粗心得没有留意，没有发觉，反倒使她有点丧气了。

"四妹子，日头爷摸你精屁股了！"二嫂拖着扫帚从前院走到她的窗前，笑着说，"快，再迟一步，队长要扣工分了。"她催她上工。

终于有人和她搭话了，不过却是不管家政的二嫂，她的主要目标不是二嫂而是老公公和老婆婆，转而一想，二嫂肯定会给两位家长传话的。她没有搭话，长长地呻唤一声，似乎痛苦不堪，简直要痛苦死了。

"噢呀！那你快去看看病。"二嫂急切的声音，她信以为真了。二嫂又说，"你现时可不敢闹病，怀着娃儿呀！"

"不咋……"她轻淡地说，却又装得有气无力的声调，"歇一晌……许就没事咧！"

"可甭耽搁了病……"二嫂关切地说，"不为咱也得为肚里的小冤家着想……"

四妹子又呻唤一声，没有吭声，心想，必须躺到两位老家长前来和她搭话，才能算数。看病？空着干着两手能看病吗？二嫂即使不是落空头人情，属于实心实意的关照，也解决不了她的问题，她能给她拿出看病的钱吗？

四妹子决心躺下去，茶水汤米不进，直到这个十几口的大家庭的统治者开口……

十一

　　清晨的空气凉丝丝湿润润的。河川里茂密的齐胸高的包谷苗子梢头，浮游着一层薄纱似的轻柔的水雾。渠水哗哗流淌，水泵嗡嗡嘶叫，浇地的庄稼人互相问答的声音，听起来格外清爽。这是三伏溽暑里一天中最舒服的时辰。

　　四妹子的示威取得了决定性胜利，老公公支使三娃子带她到县地段医院去看病。

　　四妹子坐在自行车后架上。她的男人吕建峰双手紧握着借来的这辆已经生锈的自行车车把，有点紧张又有点吃力地踩着脚踏子，在吕家堡通往桑树镇的土石公路上跑着。路道坑坑洼洼，两条被马车碾出的车辙深深地陷下去，铺着厚厚的被碾成粉末的黄土。自行车车轮颠颠蹦蹦，几次差点把她颠跌下来，尽管这样，四妹子的心情还是畅快的。她在打麦场上，在棉田的垅畔里，常常听见村里那些媳妇们津津有味地叙说男人带她们逛西安、浪县城的见闻，她现在就坐在三娃子的腰后，去桑树镇逛呀！想到自家去桑树镇的公开理由是看病，四妹子又有点懊丧。

　　前日早晨，她躺在被单下，一直躺到一家人纷纷收工回家吃早饭，也没起来。先是建峰回到厦屋，听说她病了，倒是一惊，让她到大队医疗站去看看病，她翻了个身，没有吭声。他催得紧了，她才冷冷地说："没钱。"他说大队医疗站免费医疗，看病不收钱。她听了，更加冷声冷气地说，"要五分钱挂号费。我没有，你有没？"顶得他半天回不上话来，他身上也是常年四季不名一文。

　　老婆婆撩起门帘，走进来问："害咋？"

　　四妹子软软地欠起身："头疼、恶心……"

　　"到医疗站去看看。"

　　老婆婆在桌子上搁下一枚五分硬币，叮当一响，转身走出去了，尽到了老辈子人对晚辈儿媳很有节制的关怀。

　　她到医疗站去了，交了五分挂号费，那两位经过公社卫生院短期训练的医生，热情而又大方地给她开下不下两块钱的药片和药水，回家又躺下了，一直睡到昨天天黑。她忍着饥饿，没有吃一口饭，早饿得四肢酸软，头昏脑涨，口焦舌燥，嘴唇上暴出一层干裂的死皮，真的成了病人了。建峰惊声慌气地问："医疗站的药不投症？"她呻唤一声，不予回答，何必回答，其实那些药全都塞到炕洞里去了。老婆婆又来问过一次，随之就把建峰唤回上房里屋，终于传达下老公公的决定，让他带她到桑树镇的县地段医院去看病。

费了这么大的周折，付出了两天难耐的饥饿做代价，才争得了今日逛一逛桑树镇的机会，想来真叫人心酸。如果不是她装病，而是老公公大大方方给她几块钱，让她出去畅快一天，她大概会不停声地要叫"爸"了。无论如何，她达到目的了，尽管争得的手段不那么光明正大，她还是感到了一种报复后的舒心解气。

从土石公路转上通桑树镇的黑色柏油公路以后，车子平稳了。两天没有吃饭，心里饿得慌慌，腰也直不起来了。她觉得自己变得像一片落叶，轻飘飘的，在哪儿也站立不稳。她倚势趴在他的后背上，一只胳膊搂住他的腰，乳房抵着他的单衫下蠕蠕扭动着的脊梁骨。离开吕家堡村很远了，熟人见不到了，不怕难为情了。路面平整了，车子也平稳了，他踏得也轻松了，这才问："你难受得很吗？"

"嗯……"她恹恹病态地应着。

"忍耐一下，马上到医院了。"他脚下踏得更快了，车子呼呼呼飞驰。

四妹子的脸无力地贴靠在他的宽阔的脊背上，他当她真的病下了，急慌慌带着她往桑树镇医院赶着。他虽然对她冷冷淡淡，却怕她病，更怕她死。他老实，一丝一毫也没有觉察出她的用心来。她问："咱爸给下你多少钱？"

"五块。"他轻轻喘着气，不假思索地说。

"要是不够开药钱呢？"她问。

"那……"他略微顿一顿，"咱爸说，一般头疼脑热的病，五块够咧。咱爸说，要是麻烦病，需得再看，那他再给咱……"

"要是花不完呢？"四妹子试探着问，"剩下块儿八毛的，还要交给咱爸吗？"

"当然……按说应该交给老人。"他说，"咱屋家大人多，没有规矩不成。用时朝老人要，花过剩下的该交回去。"

"咱爸还查验药费发票吗？"她挑衅地问。

他不吭声了。似乎于此才意识到她的问话里的弦外之音，含有对他老子的某些讽喻、某些嘲弄、某些不恭，他不回答了。

她也不问了，盘算着怎样充分地使用装在他口袋里的那五块票子，如果花去一大部分买下些她并不需要的药片和药面儿，太可惜了。县地段医院不是吕家堡大队医疗站，每一粒药丸都要算钱的。

桑树镇逢集日，男人和女人把街道上拥塞得满满的，她跳下车子，扶着他在人窝里挤。走到医院门口，她拽住了他的车子，说："先吃点饭，我饿了。"他说："看完病，消消停停地吃饭，再迟，怕要挂不上号了，"她执拗地说："不要紧。先吃点饭。"他无可奈何地调转过自行车来。

她终于扫视到一家国营食堂，走进门口一瞅，她的胃猛地掀动起来，扭得心口儿微微地痛了——她瞧见了饸饹。在一只大瓷盘子里，堆着小山一样高的饸饹，紫红色的条子，在服务员抓起时颤悠悠地弹着，她觉得自己完全可以吃掉那一座饸饹垒成的小山。饸饹是用荞麦面压的，而荞麦正是陕北家乡的产物，在家时，过年过节总能吃上一顿。关中不产荞麦，恰恰成为食堂里的商品饭食了。大热天，吃一碗凉饸饹，该多惬意啊！

他买下两碗，搁在桌上，诚恳地催她快吃。

她多多地调上醋，凉生生的饸饹从冒烟起火的喉咙滚进翻搅着的胃部，她噎得打起嗝来，这才抬起头，不好意思地瞧瞧他，她才发觉他自己并没有吃，手里捏着一块干得炸开口子的馍馍，啃着，看着她吃。她停住筷子，紧紧地盯着他的眼睛："你咋不吃饸饹？"

他歉意地笑着说："我……吃馍就行咧！"

她心里忐忑一下，他只给她买下两碗，自己啃干馍，想省下几个钱来。她心里动了一动，随之就愤怒了，从他手里夺下馍来，塞到布袋里，把那一碗饸饹推到他面前，狠狠地瞧着他，直到他端起碗，提起筷子，憨憨地笑着低头吃起来。

她看见他吃得很香，很馋，一碗饸饹只挑了三五次筷子就挑光了。她伸出手不容置辩地说："把钱给我。"他没有吭声，从口袋里掏出钱来，交到她手上。

她接过那一沓折叠整齐的整块票儿和零毛毛票子，转身就走到买票的窗口，一下子又买下四碗来，堆到桌子上，对着他惊恐的眼睛说："你吃，我也吃。"

他小声嗫嚅说："要是不够看病咋办？"

"吃饱再说。"她埋头畅快地吃起来。

她吃下三碗饸饹，似乎肚子里还可以装进三碗。她没有再去买，留下空隙再吃点别的久已渴盼的东西。她走在前头，他推着自行车跟在她后面。她在一个卖西红柿的小车前停住了，问了价，又还了价，买下三斤，装进帆布袋里，等不得用水洗，只用手绢儿擦一擦，就吃起来了。她塞给他两个，他满眼疑虑，没滋没味地吃着。直到她停站在一个西瓜摊子前，而且花掉一块八毛钱买下一个整个西瓜的时候，他吓得简直要哭了："看病咋办呢，钱花完了……"她说："我有办法，你甭急，先吃瓜……"

她和他蹲在瓜摊上的小桌前，三下五除二，吃完了一个西瓜。

她吃饱了，浑身都恢复了力气，心满意足了，做梦时不知多少回梦见吃着杏儿、桃儿、西瓜，醒来时枕头上沁着一片口水，今日算是畅畅快快地享了口福。看着郁郁不乐的他，她觉得他太傻了，傻得令人可怜，令人憎恨。再次走到医院门口，他咕哝说："药费肯定不够了！"

"算咧！不看病咧！"她说。

他回过头，惊疑地瞪大了眼睛。

"我的病……好咧！"她笑着说，"西瓜和饸饹，比药灵哩！"

他大概现在才明白上了她的圈套，一下子没有了力气，顺势在医院门口旁的槐树下蹲下来，深深叹了一口气，有点生气地低下头。

她也想歇一歇，就在地上坐下来，瞅着他有苦难言的样子，悄悄说："怎么办？买吃了这些东西，没开下一张发票，回去怎么给咱爸交账呢？"

他不计较她的挖苦，反倒问："你真格没病？"

"现在……有病也没钱看了。"她揶揄地说，"想想回去怎么交账？"

他闷下头，又不吭声了。

"这样——"她说，"你甭作难。这五块钱，算是我借咱爸的，你给他说下，我迟早给他还了。"

"不不不——"他尴尬地笑笑，"不是这个话嘛！"

"建峰——"她低低地叫，"我说的是真话，不是耍笑你。我今日敢花五块钱，实在是馋得受不了啦！你知道，我有了，三四个月了。我也不知道，自肚里有了这东西，嘴里馋得……"

"你该早说……"建峰说。

"早说啥？你不知道，咱妈也不知道？"她说，"可我连……"她说不下去了，委屈得想流泪。看着街道上拥拥挤挤的男男女女，她忍住了泪，说，"你不替我想，也该替自个儿的后代想想。我要是生下来个瘦猴猴，你就后悔了！"

建峰闷下头，轻声叹息一声。

"我给你怀了娃娃，瞎好没人问我一句。我恶心得吃不下饭，你妈不管，你也不管。"四妹子气恨地诉说着，"你爸养的那头老母猪，怀下猪娃了，他一天三晌给喂食饮水，给搔痒痒捉虱子……我连一头母猪也不如！"

"四妹子，你听我说——"建峰急了，忙解释说，"我实在没一分钱，有心也用不上，再说……我也不懂该做啥。"

"没钱归没钱，话该有一句吧？"四妹子并不接受他的解释，"你爸封建到连一句话也不许你跟我说吗？"

建峰又低下头，难受地叹息着，闷了半晌，委婉地说："咱爸脾气不好，面冷，家法也大，我也没法子，可你慢慢就会知道了，咱爸心好，昨黑给我说，看病剩下钱了，叫我给你买些想吃的东西。咱爸说，屋里家大人多，不好给你另喝单吃，借这回看病，想吃啥买啥……"

"嗬！多大方！"四妹子冷笑一下，"就给下五块钱，真要看了病，能剩几毛？还'想吃啥买啥'哩！"

"咱家……唉！没钱！"建峰说，"粮食卖下五百块，全给亲戚还了账，是为我娶你拉下的烂账……"

"穷也罢，富也罢，反正我进你家门楼快半年了，今日头一回花下五块钱。"四妹子淡淡地说，"你给老人说，今日我乱花的钱，算我借下的，我日后还给他。这样——你也好交账咧！"

十二

五块钱，把一个和睦贤良的十口之家搅得人仰马翻了！自信而又威严的家长吕克俭老汉，气得心口疼了，躺在炕上起不来了。

克俭老汉躺在炕上，脑子里不时浮出那不堪回味的一幕场景——他刚从地里走回村子，就瞅见自家门楼下围挤着一堆人，这是乡村里某个家庭发生了异常事件的象征。他心里一紧，外表上仍然不现出慌张，走到门楼下的时候，就听见院子里的对骂声：

"看你也是个野货！山蛮子！卖×换饭吃！从山里卖×卖到平川来咧！"二媳妇的声音。

"我卖×，你也卖×，你妈也……"三媳妇的声音。

"你×大揽得宽！把人嘴缝了！山里货！"大媳妇的声音。

吕老八气得脖颈上青筋暴突起来，走进院子，扔下手中的家具，凛然天神似的站立在院子中央，瞅着三个正搅骂成一团的儿媳妇。尽管他凝眉怒目，架势摆得凛然威风，三个媳妇仍然不见停歇，谁也不饶过谁一句，这就使他气上加气，火上添火。往常里，要是谁和谁犯了口角，甚至是老大和老二的孩子吵架，只要他往当面一站，眼睛冷冷一瞅，交火的双方立马屏声敛息，停口罢手。现在，三个媳妇居然当着老公公的面，嘴里争相喷出不堪入耳的秽言恶语，把老家长不当一回事。他劝又不想劝，骂又不好骂，一时又断不清谁是谁非，看着街门口拥来更多的看热闹的婆娘女子，吕克俭家的门风扫地了，关键是应该立即停止这种辱没家风门面的臭骂。他气急中捞起一只喂鸡的瓦盆，"哗啦"一声摔碎在台阶上，随口喷出一句："难道都不知道顾面子了哇？"

这一摔一吼，果然有效，大媳妇率先闭了口，走回自己的屋子，二媳妇也不见出声了，在案板上擀着面，使用了过多的力量，撞得案板咚咚咚响。最后收场的是三媳妇，在两位嫂嫂已经不出声的时候，还喊了一句："想合股欺侮我，没像！"说罢，扭转身回厦屋去了。吕克俭对三媳妇最后多骂一句的表现，留下很糟糕的印象，吵架的双方，除了是非曲直之外，总是老好的人先停口，最后占便宜的一般都是歪瓜裂枣。他对三媳妇的印象尤其反感，虽然三个媳妇都骂得不松火，但三媳妇用蛮声蛮气的山里话骂人更难听。甚至到他后来弄清了这场家务官司的直接责任并不在三媳妇的时候，仍然不能改变对她的那个不好的印象。

吕老八当晚就弄清了原委，二媳妇听村里人说，三媳妇根本没进医院门，小两口进了馆子又坐西瓜摊子，尽吃海浪了一天，就无法忍受了，先说给大嫂，俩人说着说着就骂起来，说这"外路货不懂礼俗家规"啦！"山蛮子不会居家过日子"啦！"吕家倒霉就该倒在这小婊子身上"啦！正说得骂得热乎，四妹子下工回来，到灶房里去喝水，听见了，随之就开火了。

吕克俭老汉当着三个媳妇的面作了裁决，大媳妇和二媳妇不该私下乱骂，对谁有意见，要说给他或她们的婆婆，由家长出面解决。三媳妇花钱太大手大脚了，下不为例。老汉很开明地说，他给三娃子已经说清白了，看病交过药费，剩下块儿八毛，吃点瓜瓜果果，主要是有了身子。而把五块钱全部吃光花净，太浪费了。大媳妇和二媳妇都不吭声，算是接受了他的裁决。三媳妇呢？居然当着他的面说："这五块钱，我给建峰说了，日后我还。"老汉对她印象更坏了，听不进道理的蛮霸货嘛！

老汉躺在炕上，一道无法摆脱的阴影悬在心中：分家。这个由他维系了几十年的家庭，一个在吕家堡难得再找出第二家来的和睦的家庭，现在出现了无法弥补的裂口。老汉明白，无论妯娌，抑或婆媳，即使夫妻之间，一旦破了口，骂了娘，翻过脸，再要制止第二次和第一百次翻脸骂娘，就不容易了，就跟第一次通过水的渠道一样顺流了，要紧的是千万不能有翻脸破口的头一遭。这种事发生发展的最终结局，只有一条路可寻，那就是分家，兄弟们拔锅分灶，各人引着各人的婆娘娃娃去过日月。吕克俭几十年来看着吕家堡百余户人家都这样一家分成两家或三家，全无例外，现在，轮到他自个儿主宰的这个庄稼院了。

必须采取切实的措施来堵塞这种事件重演，虽然艰难，为时尚未太晚。他在把三个媳妇当面裁判一番之后，立即采取第二步措施，让队里进城办事的会计捎话给二娃子，叫他礼拜天回来，无论如何也要回来。

星期六晚上，大儿子从学校休假回来了，二儿子天擦黑时也回来了，三娃子本身就在家里。喝罢汤后，他把三个儿子叫进里屋，瞅着三个横看竖看都十分顺眼的儿子，老汉一下子觉得不好开口了，鼻腔里潮起一股酸溃溃的东西。大儿静淑，二儿暴烈，三儿蔫扑邋遢，他熟悉他们的秉性简直比对自己更清楚，不管他们在外工作或在家务农，也不管他们与外人如何交往，回到家中，他们对他一律恭敬，听说顺教，没有哪个翻嘴顶撞，这也为吕家堡的一切老庄稼人羡慕。现在，他对他们怎么说得出那句"分家"的话呢？

未等他开口，大儿子先作了自我责备，把责任揽到他的内人身上，进而推到自己对家偶教育不严的根源上。二儿子效法其兄，说自己做工在外，没有能够制止自己的婆娘。只有老三蔫蔫地低垂着脑袋，没有说话。

老汉却估计出来：儿子们尚没有分家的明显征候，于是就说："我看……趁早分了，免得日后搅得稀汤寡水，倒惹人笑……"

未及说完，三个儿子一齐反对，词恳意切。克俭老汉这才使出最真实的用心："既然你们兄弟三人都不想分，那我就给你们再掌管一段家事；既然你们都不想分，那就把自家屋里人管好，再不准像前几天那样混骂混闹了……"

此后多日，这个家庭从骤然而起的僵硬的气氛中渐渐恢复过来，恢复了平素那种不淡不咸的气氛，一月之后，就看不出曾经发生过的矛盾的痕迹了。

一件意料不到的打击突然降至，把吕克俭老汉一下子打蒙了——他的三娃子的媳妇被推到吕家堡的戏楼上，斗争了一家伙！

看着三儿媳妇被民兵拉上吕家堡村当中的那幢戏楼，吕克俭老汉吓坏了，也气坏了。他很快得知，三儿媳妇偷偷贩卖鸡蛋，投机倒把，走资本主义道路，被公社里抓获了。

半月前，落了一场雨，秋田的旱象缓解了，包谷也开始孕穗了，农活儿少了，除了管理棉花，再没有什么大的活路了。为了缓解家中的矛盾，他让老伴以关怀的姿态支使三媳妇去杨家斜二姑家住一住。万万没料到，她在二姑家跟着二姑偷偷干起了贩卖鸡蛋的违法的营生。

老汉胆战心惊，终日价一副大祸临头的不祥心理。天爷！解放二三十年来，吕老八经历了多少运动而保住了上中农的成分没有升格为富农或地主，全凭的是严谨和守法。这个陕北来的三媳妇，居然敢于冒险惹祸，势必殃及这个十口之家的老老少少的安全，怎么得了！

尤其令老汉气恨的是，斗争会后的第二天，在一家人惊魂未定的情况下，她居然天不明起来，又贩鸡蛋去了。

吕老八扶着犁把儿，吆喝一声黄牛，心里盘算着怎么办。他忽然意识到，这种灾祸的根源，全是自己铸成的大错！

自己原来想，陕北人日子过得苦，来到关中，不过是为了混一碗饱饭吃，有包谷馍馍和白面面条，那些山里女人就觉得进了天堂了。现在看来大错特错了，这个四妹子不仅不懂关中的礼行和规矩，而且性子野，爱唱歌，花钱大手大脚，骂人比本地女人骂得更难听。老汉忽然联想到"闯王"，那个东奔西杀的李闯王就出在陕北。穷则乱世。这个自小生在吃糠咽菜的穷山沟里的三儿媳妇，自然无法养成遵规守俗的涵养了，活脱就是个失事招祸的女闯王！

这样下去，怎么得了？她自己脸皮厚，挨斗争不在乎，暂且不说，由此而引起整个家庭的灾祸，怎么办？上中农这个岌岌可危的成分，说升就升高了。老汉近三十年来没有一天敢松懈过对全家成员的警告：甭张狂！咱的成分麻达！现在，这个灾星倒自己寻着祸闯……

当夕阳从原楞上消失以后，暮色渐渐浓了，他卸了牲畜，扛着犁杖下坡的时候，一个主意形成了：坚决分家。尽快尽早分开，免得一个老鼠害了一锅汤。这个山蛮子媳妇，看来压根儿就不是个顺民百姓，是一匹从小没有驯顺的野马，一个祸害庄稼院的扫帚星！

十三

满天星光，没有月亮，星星很稠很密，大的小的明的暗的，闪闪眨眨，像搅乱了的芝麻、麦子、黄豆和包谷，大大小小的颗粒混杂掺和在一起，互相辉映又互相重叠。

人说地上有多少人，天上就有多少颗星。一个人占着一颗星，一颗星就在天上注册着一个人。一颗星儿落了，那是天爷从他的大注册簿上把一个人抹掉了，地上的那个人也就死了。四妹子抬头瞅瞅天空，哪颗星星是她的呢？无法辨认，谁也无法帮助她确认出属于自己的那一颗星来。不过，小时候听大大说过，人大了星儿也就大了亮了，人小了星儿也就小了暗了。天上那些顶大顶亮的星星，就是当今世界上那些大人物的象征，主席、总理、总统、省长们都占着一颗。庶民百姓呢？自然只能占有那些稠如牛毛缺光少亮的芝麻粒儿似的星星，四妹子究竟占有哪一颗星星无法确认，也无关紧要，总是有那么一颗吧！不亮就不亮吧！自己原本不是总统，也不是省长，怎么会指望占有一颗大而亮的星星呢？令人心里窝气的是，老公公和婆婆在背地里咒她为扫帚星，那是一颗带着晦气的令人讨厌又令人毛骨悚然的灾星！

北岭高低起伏的曲线和南原的刀裁一样的平顶，划开了天上和人间的界线。沟坡间那些奇形怪状的峁坎沟壑，都变得模糊难辨了。川道里似乎更黑，分不清棉田和包谷地。沿着灌渠和河堤排列的杨柳林带，像一道道雄伟的城墙巍然屹立在河川里，只能辨出树梢像锯齿一样参差不齐的轮廓。青蛙在河滩的水草里吵成一片，夜愈显得静了。山坡上偶尔传来一两声狐狸的难听的叫声，在山崖上引出回声，回声倒显得柔气了。

四妹子左胳膊上挎着竹条笼儿，右手甩荡着，在河川的土石大路上急匆匆跨着步子。她刚刚卖掉一笼子鸡蛋，攥下一笔款子，走起来脚下生风。她想放开喉咙，在夜风湿润的河川里亮一亮嗓子，无疑是很惬意的，又能给自己壮一壮胆子。然而她终于没有开口，要是被躲在某个旮旯里的歹徒听到了闻声赶来，反而自招麻烦。她更加有劲地迈开双脚，更加欢实地甩开右臂，急急赶路。

感谢二姑，指给她这样一条生路。

她天不明时爬起来，趁黑溜出吕家堡村子，沿着河川越来越细的土石路，一直走进去，到那些隐藏在山坡背沟里的村庄去收买鸡蛋；或者涉过小河，走过川道，爬上北岭，到老岭深处的人家去进行此类交易。愈是交通阻隔的偏远的山村，鸡蛋也就越便宜，河川里一块钱买七个八个，在那儿就可以买到十个以上了。收买下一笼子鸡蛋，在夜深人静时分赶回吕家堡，睡过一觉，就爬起来，又趁着天黑溜出村子，赶到城郊去，那儿有几家聚居着工人和他们的家属的大工厂，他们需要鲜蛋。她成全了他们家需要用鲜鸡蛋补养身子的老人和孩子，她也就赚下钱了，一天收购，一天出售，两天完成一个赚钱的周期，除去风雨天和必须到生产队出工的日子，一月里总可以完成六七个这样的周期，每一个周期可以赚下十块左右，有这样的收入实在不错了。

跑路，她不在乎，忍饥受渴，也都罢了，最大的危险是被人抓住后没收了"赃物"，就会把一月辛苦的赚头全部贴赔进去了。到处都是警惕的眼睛，任何意料不及的凶兆随时都可能发生。她现在已经深谙此道，一次又一次成功地收买下鸡蛋，一次又一次地出手，也就一次又一次地达到赚钱的目的了。她不无得意。

她已经熟悉原坡和北岭上大大小小的百余个村庄，以及那些村庄大致的经济状态和人际关系。哪个村庄富裕，哪个村庄穷困，哪个村庄干部管得紧，哪个村庄干部闹矛盾，还有哪个村庄压根儿没人管，到收麦子时还扶不起一个队长来。在这方面，四妹子也许比县委书记或公社的头儿们还要善于用心，还要了解得多哩！那些干部强而又管得紧的村子是禁区，说不定一个什么积极分子一瞪眼抓住她的笼子，就全完蛋了。鸡蛋是被定为统购统销的仅次于粮棉油的二类物资哩！她小心地躲开那些村庄，而放开胆子走进那些干部不大先进或根本没有干部的村子，像走亲戚一样大大方方走进某一户山民居住的小院，借喝一碗水的时间，与那户的男当家或女主妇聊起家常，如果观察判断出这个家庭里没有共产党或共青团的成员，她就提出买鸡蛋的事来。一般说来，这些人是乐于把自家瓦罐里攒下的宝贝鸡蛋拣出来，装进她的笼子里的，因为她比公家收购的官价要高一些，一块钱有二至三个鸡蛋的差别。山民们除非迫不得已，是不会放过高价而低就的。尽管到处宣传说鸡蛋交售给公家光荣，是支援革命，支援亚非拉，直到她把这些宝贝鸡蛋"支援"给城里人的肚子以前，时时都潜伏着危险。供销社的人在车站和渡河的甬道口值班，专门检查偷贩鸡蛋的二道贩子。进入工厂家属区域，常有好事的工人或是居委会的干部出面拦截，很难说他们是为了支援亚非拉或是自己图得便宜，因为他们往往把拦截得到的鸡蛋就地分赃，按公家的价格给她付钱。她可就倒霉了，两天的工夫和往返二百余里的艰难全都白费了，真正是无代价地"支援"给那些比她生活更有保障的工人老大哥或老大姐了。

她被公社供销社的管理人员逮住过一次，从此就只走小路而避开大路了。她在工厂家属区被拦截过两次，从而更加小心翼翼了，对心怀不轨的家伙绝不揭开竹条笼上的蓝布巾子。一次又一次成功地冲过层层封锁堵截，她愈加老练周密，愈少出现差错。因为已经赚下了一个令人鼓舞的数目的票子，即使偶遇不测，也不会过分伤悲，全不像刚起手时被没收了鸡蛋那样难过。权当没有这一次买卖，权当这两天在生产队出工了，权当自己被小偷割了腰包，跑路受累又算得什么了不得的事呢？权当没跑！

至于吕家堡大队批判她的投机倒把的大会，她才不在乎哩！批判一下有什么关系？站一站戏楼怕什么？批判完了，她回家照样端起大碗吃饭，掰开馍馍蘸上油泼辣子吃得有滋有味。她兜里有钱啦！那些批判她的人，尽管说得天花乱坠，却不能供给她买一扎卫生纸的票子！她的公公气得吓得吃不下饭，却照样不给她一块零用钱。两位嫂子叽叽咕咕，蹩鼻子咧嘴讥笑她，却绝不会把她们的私房钱匀出百分之一来给予这个陕北山区来的穷妹子。她不指望他们，也不想在他们面前低声下气，她要自己去挣钱。只要不抓进监牢，批判一下算什么大事哩！脸皮算什么？就是抓进新社会的大牢，一天还要管三顿饭呢！

四妹子发觉，不仅她的公公婆婆哥哥嫂嫂胆小怕事，谨小慎微（上中农的成分压在头上，情有可原），而吕家堡的男人女人似乎都很胆小，一个个循规蹈矩，安分守己，极少有敢干冒犯干部的事。在陕北老家，学大寨没人出工，干部们早已不用批判这种温和而又文明的形式了，早已动起绳索和棍子，公社社长和县上的头头脑脑亲自下到村子里来，指挥村干部绑人打人，逼人上水利工地。四妹子虽然没受过，见的可多了。地处关中的吕家堡的村民，一听见要把某人推到戏楼上去批判，全都吓坏了，全都觉得脸皮难受了。似乎这儿的人特别爱面子，特别守规矩。

四妹子心里感激二姑。她跟二姑寻到了这个不错的挣钱的门路。二姑悄悄跟她谋算说，你甭太傻！你跟姑不一样，你姑夫兄弟一个，打烂补囫全是我和你跛子姑夫的家当。你家里兄弟三个。俗话说，天下的水朝东流，弟兄们再好难过到头。终究是要分家的。人家老大老二都有收入，分了家不怕。你和建峰最小，没有私房，说一声分家，你连一双筷子都买不起，那时再看俩嫂子瞅你的恓惶景儿吧！你的那个公公，叫"成分"给整怯了，又摆一身臭架子，你犯不着跟他闹仗打架，免得人笑话，可也不能空着两手傻乎乎地往下混。你得给自己攒钱，以备分开家来，手头不紧，心里不慌。

二姑给她的谋划是最实际的了，比她自己所能想到的还要长远，她只不过是因为买不起一扎纸一块手绢仨桃俩枣闹气罢了。她现在完全不依赖二姑的"传帮带"了，自己独立行动，进山爬岭收买，钻进工厂家属区出售鸡蛋，而不需跟着二姑，两人目标太大，行动不便。

说来好笑！吕家堡那个大队长组织社员开她的批判会，他的老婆却偷偷来朝她借十块钱，说是二女儿坐月子，她要买四样礼物去看望。一个慷慨激昂地念着发言稿批判她的女团员，她的母亲也来朝四妹子借过十块钱，说是最小的儿子日渐消瘦，脸皮发黄，要到大医院去检查。一般来说，她不给任何人借钱，不致造成自己有很多钱的印象。但是，这俩女人来借的时候，她很爽快地借给她们了。她暗暗地怀着一种报复的恶毒心理，把钱塞到对方手中。让你们的大队长老汉和会写批判稿子的女儿想想吧！四妹子不大光彩的赚钱行为，给你们却帮上忙了！下回批判我的时光，再多用几个厉害的词儿吧！

四妹子走着，甩着胳膊，因为两头不见日头，往返一百余里，全是逃躲大路而专寻小径，她累了，远远眺见吕家堡村子里尚未熄灭的一两个亮着灯光的窗户，腿愈觉沉重了。她看见一个人对面走来，不由得停住脚，要不要躲避一下？是不是队长派了民兵来堵截？

四妹子正猜疑不定，却听见那人远远地呼叫她的名字，竟是建峰。他来干什么？来接她吗？从来没有过的举动呀！村里又要抓她吗？不管怎样，她走不动了，扑塌一下坐在路边的青草垴坎上。

建峰走过来，站在她当面，难受地说："分……分家了！"

四妹子一愣，猛地站起："啥时候分了？"

"今黑间。"建峰说，"刚刚分毕，我就出村来找你了。你看，咱俩……咋办呀？"

四妹子不屑地盯了建峰一眼，很不满意他那难过的神情，对着黑天的旷野大声说："分了好！好得很！我就盼这一天哪！"

十四

　　四妹子头上包着一块布巾，避免刷墙的浆水溅到头发上，身上和脸颊上却已经溅满一片白土合成的白色泥浆了。她站在一个条桌上，桌上搁一盆白土浆水，用一把短柄糜子笤帚蘸上浆水，再漫刷到墙壁上去。已经刷过而且干涸了的黄土泥巴墙壁，闪现出一缕淡雅的白色，白色中似乎有一缕不易察觉的极淡的绿色，愈加显得素雅了。

　　"建峰！给盆儿里添点浆水。"

　　她站在桌子上，看着门外台阶上的建峰喊着，他正在那儿盘垒锅台，听见她的叫声，放下瓦刀，搓搓沾着泥巴的手，走进门来了。他有点不大悦意地说："你看，我也正忙着。你从桌子上下来，添了浆水，再上去刷，省得你停着我也停着。"

　　她斜瞅他一眼："你不知道？我上下方便吗？"

　　他瞅瞅她的腹部，缩一下脖子，做出一副顿然悟觉的神气，快活地笑笑，把浆水从铁桶里舀出来，倒进桌子上的盆儿里。

　　"给我把头巾扎紧。"她说着蹲下身。

　　建峰又转过身来，笨拙地扯开她的头巾，拴着，她又喊太紧了。他笑笑，又给她再松一松。他问："还有什么事吗？"随之压低声儿，调笑地问，"裤带儿松了没？要不要我给你拴一拴？"说罢，爱昵地在四妹子的腰里捏了一下，又把手伸到她的脸上摸着。

　　四妹子没有拒绝，突然惊声叫道："你爸来咧！"

　　建峰立即缩回手。四妹子看着他难堪的神色，却嘎嘎嘎笑起来，揶揄地说："老人家这下管不着我们了！"她又把糜子笤帚蘸上白土浆水，在墙壁上漫起来。

　　四妹子昨晚就弄清了分家的始末。

　　由老公公出面，请来了大队里的调解委员和小队队长，作为官方代表；又依照族规，请来了本族里的长辈和婆婆的娘家弟弟——建峰的三舅，由这三方面的人共同裁决这个即将土崩瓦解的家庭的重大事宜。依照约定俗成的村规，分家时必须由家长出面约请干部和长老儿，晚辈人是无权的，也请不上场来的。

在家庭内部，老公公只允许三个儿子出席，三妯娌连列席的资格也没有。在老汉看来，分家是吕家父子兄弟间的事，商量也罢，吵闹也罢，总而言之都是一母所养，他总是比较好控制他们。妯娌们毕竟是外姓人，没有一个共同的奶头连接她们呀！不能让她们来多嘴多舌，争多论少。

在干部、长辈人和舅舅面前，吕老八外表上没有一丝沮丧和气恨的神色，而是和颜悦色，谦恭地给客人让烟递茶，像是请他们来恭贺吕家的什么喜事似的。他提出分家之事时，也不像一般庄稼人唉声叹气、悲愁满面，一开始就陈述家庭的全部矛盾，说明非分不可了，而且总是责怪儿子不孝、媳妇不贤。吕老八笑容可掬，精明练达，闭口不提儿子和媳妇的不是，反倒夸了大媳妇，又夸二媳妇，连他痛恨的三媳妇也冠冕堂皇地夸赞了几句，随后便把分家的原因统统归于"自个儿老了，想过几天清静日子"上头来。这是一个绝妙的中性理由，不伤害任何人。老汉诚恳而又质朴地说："各位！我这个家庭，现在十几口人哪！十几口人的家当不简单咧！啊呀呀！我都六十岁了，管这么大的家务，实实劳不下来咯！记性差远了！比方说，前日上街去，一路都念叨着给老二媳妇兄弟结婚要买的被面，一进街，在猪市上转了一圈儿，背着个小猪娃回来了，把被面忘得死死的了……你看看，丢三落四，怎么能成……"

老汉说得动情，把想分家的真实原因隐藏在心底。

三个儿子，不管心里怎样想，表面上一致反对分家，全部责备自己没有尽到应尽的家庭责任，也没有管教好妻子和儿女，让亲爱的父母费心太多了。

大队的调解委员和小队的队长无意间相对一瞅，眼目交流着这样一种意思：人家父子如此融洽，兄弟间这般通情达理，好像咱们来故意要拆散人家……

只有三个儿子的舅舅敢于面对现实，他早已不耐烦姐夫和外甥们的虚伪唠叨，插言道："啥话甭说了，就说分家怎么分吧！"他转过头，对吕老八说，"哥，你把你的想法说出来，合适了，就那样办！不合适了，再商量。说吧！"

克俭老汉早已谋划好了分家的方案。其实，而今分家是最简单不过的事了，没有土地，只有房屋，储存的粮食一家几斗都几斗，没什么意思。关键在于老人的赡养，必须搁到实处。经过多日的反复思谋，他终于把经过无数次修订和斟酌的方案从心里端了出来——

"咱家三间上房，四间厦子。你们兄弟三人，按说分成三份就行了。我跟你妈说了几回，你妈说，'三个娃子都是好娃，三个媳妇都是好媳妇，跟哪个都亏不了咱俩老人。'可跟着无论哪家，都要加重负担。所以说嘛，俺俩人干脆谁也不跟，在俺俩老人能干动活儿的时候，不要你们侍候。我一想，你妈说的对着哩！这样，暂时得按四家分。怎么个分法哩？三间上房，一明两暗，实际明间是走道，不能住人安铺。这两间大房，归我和你妈住，明间给老三建峰。四间厦房呢？老大老二，你俩一家占两间。这个明间说是分给老三，实际不能住咋办？老大老二，你俩每人给老三筹备一间厦房的材料，让老三朝队里申请一块新庄基地，盖两间厦子。我和你妈，活着时单吃另做，死了时由老大老二负责后事。老大管我，老二管你妈，我跟你妈下世以后，这三间上房，你俩一人一间半，算是补偿给你们的埋葬费，棺板钱……"

老汉声音颤抖，说不下去了……

四妹子听着建峰的话，对后来的结局不甚关心了。她能看出，建峰在叙述这一切的时候，除了要告诉她分家的经过和结果以外，还有一个重要的目的，就是诚切地解释和劝诫，让她接受这个结果。他说："好儿不在家当，好女不在嫁妆。全凭自己挣哩！不能指靠老人……"四妹子只是想了解一下分家的情况，而对结果却不甚重视。她嗤笑一下，说："即就咱爸偏心眼儿，把三间上房和四间厦子全部给咱，又能怎样？那些房子是些什么好房呀！椽朽了，墙歪了，我还看不上眼哩！"建峰听了，惊疑地瞪起了眼睛。

"你一会儿去给咱爸说，分给咱的那间上房（明间）咱不要，也不要大哥二哥给咱准备材料。"四妹子盯着建峰说。建峰眉头拧着，越拧越紧。她说，"咱们自己盖。要紧的一件事，倒是该当立马给队里写一份申请，要求给咱拨划一院新庄基。"

"钱呢？"建峰睁大眼睛。

四妹子爬上炕，打开箱子，取出一厚叠人民币来，摔到建峰怀里："我挨批判斗争，就换来这些钱……"

建峰捏着钱，却没有扭动指头去数它，久久地瞅着，泪花涌出来了。他的妻子，他的媳妇，他的这个四妹子，背着公家人，也背着自家屋里的老人和兄嫂，甚至背着自己，起早摸黑，做贼一样地贩卖鸡蛋，攒下了这么多钱！他不仅没有疼爱过她，而且冷言冷语地训斥她，怕她给他家惹下灾祸……现在，他捏着这一摞大大小小的票子，手儿抖了，心儿也颤了。他猛然把刚刚爬下炕来的四妹子搂进怀里，贴着她的脸啜泣起来。

四妹子一早爬起来，就走进四婶家里去。四婶三女一儿，女儿出嫁了，儿子上完大学，恋爱下一位女同学，在西安居家过日子。四婶在西安住了不到一月，就跑回吕家堡来，说她住在城里，顶困难的是拉屎，在那个房屋里的小厕所蹲不下去……四婶一个人住了一院房，两间厦屋空闲着。她一张口，四婶就应承了，而且爱昵地打了四妹子一巴掌，说什么给房租的话，太小瞧她了，四婶说难得她来住，有个伴儿，也能拉闲话了。

她立马动手打扫厦屋，指使建峰盘垒锅台。当她和建峰整整忙到天黑时，所有的家当都从老屋搬迁到村子西头四婶家的厦屋里来了。一切安置停当，她最后才收拾炕面，铺上苇席、铺上褥子、单子，今黑夜就要在这里下榻了。这里，远离那位家法甚严的老公公，她可以和建峰说话，可以说甜蜜的悄悄话，可以笑，也可以唱，再不担心老公公训斥了。她从心底里感到解放了。

她在他盘垒的新锅灶下点燃了麦草，沤出一股黄烟。风箱是临时借来的，锅也是借下的。她轻轻拉着风箱，心里舒坦极了。她在老家陕北没拉过风箱，那里全是吸风灶。她在公公的眼皮下拉风箱，心里总是很紧张。现在，她悠悠地拉着风箱，火苗一扑一闪，第一次觉得作为一个家庭主妇的自豪了。建峰蹲在锅台前，看看前边，又站起看看后边，问她吹风顺不顺。她不说话，只用眼睛回答他，妩媚而柔情：很好很好！一切都好极了！

她温下一锅水，舀下一盆，让他洗一洗身子。他坐在矮凳上，吸着一支烟，说："我累死了，先歇一下。你先洗吧！瞧哇，四妹子，你浑身上下抹得像个灶王婆了！"

她关了门，与四婶隔绝了，四婶有早睡早起的习惯，已经睡下了。她脱了衫子，又脱了裤子，在电灯光亮里，脱得一丝不挂，在水盆里畅快地洗起来。

"转过来，对着我洗。"建峰说。

她依然背对着他，说："你不怕冒犯……你爸的家法吗？"

一句话顶得建峰没法开口了。

她痛快淋漓地搓洗着身子，已经明显肥胀起来的乳房抖颤着。她听见建峰走到她背后的脚步声。他讨好地说："我给你擦擦脊背……"

"你不怕冒犯你爸的家法……"

"不许再提说那些话！"

她听见一声吼。她被他铁钳一样硬的双手钳住了肩头。他把她猛然扳转过来。她看见他一双恼羞成怒的脸孔。她吓住了。稍一转想，她又喜了，从来没见过他的这一副凶相，倒是像个凶悍的男人！"不准再说……"他紧紧瞅着她的眼睛，依然凶悍。她意识到自己几次三番的揶揄的话，惹恼了他了。她瞬间变得缠绵而又温柔，撒娇似的撅起嘴唇，眉眼里滑出并非真心挖苦他的忏悔，在他涨红的脸上亲了一口，就把毛巾塞到他的手里，昵喃地说："要给人家擦背，还这么凶呀！我的三哥哥……"

夏夜的温热的风，吹动四婶家院子里的梧桐的叶子，嚓嚓嚓响，屋后坡崖上的蝈蝈吱吱吱叫。屋里刚刚刷过的白土浆水，散发出一股幽幽的泥土气息。

"四妹子，再甭说那些话了……"

"嗯……"

下篇

十五

在四婶家的厦屋里借住了半年时光，秋收一结束，四妹子就在生产队拨划给她的新庄基地上盖起了两间新厦屋。到阳历年底，新屋的地面还没有完全干透，她就千恩万谢过四婶，与建峰高高兴兴搬进自己的新屋。虽然四婶真心实意地挽留他们继续住下去，坚决把她塞给的房租钱再塞回她的口袋，四妹子还是毫不动摇地搬进自己的新厦屋里住下了。她已经临产了，隆起的肚子十分显眼，按医生推算的预产期已经到了。关中乡村有一大忌讳，孩子必须生在自家炕上，绝不能不自觉不知趣而惹人心里烦恼呀！也真是神差鬼使似的，刚搬过来的头一晚，黎明时分，孩子落草了。

四妹子疲倦极了，躺在炕上，一动也不想动。屋子里新鲜的泥腥味儿，混合着屋顶的新椽新檩条所散发的木头的气味。孩子有了，那个满脸黄毛的小子就躺在身边。房子也有了，她的血就渗在这土木结构的新厦屋尚未完全干透的脚地上。她终于有了自己的窝，自己亲手筑成的窝呀！多不容易！

老婆婆在院子里那间草草搭成的小灶房里扯着风箱。一会儿，她给她端来一碗煮成豆腐脑一样软的鸡蛋。一会儿，她又给她端来熬煮得恰到好处的小米米汤，一碟用熟油泼过的咸菜，几块烤得金黄酥脆的白面馍片儿。她吃着、嚼着，看着婆婆露出在头帕下的银白的头发、慈祥虔诚的神态，她涌出眼泪来了。她的亲爱的生母远在陕北的山旮旯里，尚不知她已经给她生下一个小外孙了。按照关中地区乡村的风俗，婆婆服侍月婆是义不容辞的责任，因为儿媳给她生下了孙子，把本门里的继承人又朝前延伸了一代。四妹子礼让婆婆和她一起吃饭，婆婆拒绝了，她推诿说一会儿还得给老公公做饭，急匆匆地走了。婆婆够忙的了，一双解放脚要来回奔跑在老屋和新厦之间的村巷里，一天要做六顿饭，然而看不出她有什么厌烦情绪……一个新生命的诞生，把她和她的积怨冲淡了。

"这碎崽娃子的鼻子多棱骨呀！"

四妹子坐在炕头吃着饭，婆婆已经解开儿子的包单，重新换上一条尿布，瞅着孙子的脸儿，笑吟吟地赞赏那个鼻子。四妹子一扭头，那小子挤眯着双眼，满脸是茸茸的黄毛，鼻子也看不出有多么棱骨，甚至有点丑不堪睹。她第一次看见刚刚脱离母体的婴儿，真是不大好看，婆婆却看不够似的笑吟吟地看着。

"你爸让我看看娃儿的鼻子高不高。"婆婆动情地说，借机也巧妙地传达了老公公对这件喜事的问候，尚未出月，他一个男人家不能进入儿媳的"月子屋"。婆婆说，"你爸那人穷计较，他说自小看大哩！凹凹鼻子的人，多是苦命人，没得大出息。高鼻宽额的男娃娃，才能出脱个男子汉大丈夫！唔——这崽娃子的额颅也宽得很！"

"妈吔！你干脆说他日后能当省长算咧！"四妹子说。她也动情了。不管这孩子将来成龙成虫，老婆婆和老公公的真心疼爱已经在孩子刚刚落草的第一个早晨就表现得够充分了。她恨不起婆婆也恨不起公公了。她一把抱住婆婆的脖子，亲昵地呢喃着，"妈……妈吔……"

两位嫂嫂也拿着鸡蛋来了，礼仪性的探望。

二姑当天后晌就来了，破了俗，本该三天之后才能来。她迫不及待，带着小米、大米、红豆、鸡蛋和红糖以及上等细面馍馍，装满了两个竹条笼儿，用挑担挑来了。

建峰皱着眉头，看着儿子的脸："好难看呀！一脸黄毛！"他傻愣愣地说，"电影上那些刚生下的娃儿，又白又胖……"他又笑了，猛地贴着她的脸说，"不管怎样，咱的种嘛！"看见二姑进来，他慌张地站起来，羞得不知所措。

二姑夜晚没有回家，和四妹子睡在一起，叮咛她怎样给孩子喂奶、换尿布，决不能在坐月子的时日里做活儿做饭，更动不得冷水，那是要留后遗症的。其实，这些事儿婆婆早给她叮咛过了。二姑又悄悄说，不准建峰和她来那事，为了保险，让婆婆晚上和她陪睡，也好照管孩子……

这个小生命来到这间泥瓦小屋的时候，中国大地上刚刚发生过一场惊天动地的震动，"四人帮"垮台的强大冲击波，在一幢幢新墙老壁上回荡。然而这个鼻梁骨多棱骨的碎崽娃子，却无法领受他的年轻父母和备受艰辛的爷爷、奶奶心头的强烈感受。

儿子睁眼了，眼睛好大。儿子会笑了，咧开漂亮的嘴唇，黄毛早已褪净，白格生生的脸蛋子招人忍不住吻他。鼻梁隆起，像爸爸更像爷爷。儿子会翻身了，翻到炕底下，摔得额头上隆起一个疙瘩，婆婆狠声骂她不经心、儿子会坐了，会立了，会牵着大人的手挪步了……终于，他自己在新庄基前的土路上能跑步了。

　　整整一年半的时间里，四妹子怀里挟着娃娃，为他擦屎，给他喂奶，防备他翻跌摔倒。她出不了远门，连工分也挣不成了。她管孩子。她做饭扫院，完全成了出不了大门的家庭妇女了。她真有点急了。

　　吕家堡的世事全乱了套。那些在"四清"和"文革"中受整挨挫的干部和社员，那些被补定为地主富农的"敌人"，白天黑夜跑上跑下，跑公社，跑县政府，在吕家堡东跑西跑更不在话下，急头急脑地要求给自家平反，甄别，赔偿损失，退还房屋。那些整过人的人终日里灰头灰脸了。那些受过整的人，自然结成了一种联盟，在一切场合里互相呼应，互相撑腰，对付那些整过他们的人还在继续玩弄的新的招数。为了扩大阵线，几次有人走进四妹子的新屋，可着嗓子骂那些还在台上的干部简直不是人，简直连六畜也不如，把他们整惨了，譬如四妹子贩鸡蛋的事，他们也斗她，没收鸡蛋，现在应该要求公开平反，退还损失。

　　四妹子表示热烈的响应，然而却没有实际行动。她无心。她想，斗了批了已经过去了，平反也给不了她任何实际的好处。没收过的十来块鸡蛋钱，退了也没多大意思，她已经瞅着了一笔生意，无心管它平反不平反的事了。

　　她从旁人口中得知，南张村大队为了给平过反的人退赔经济损失，把库存的储备粮拿出来卖哩，每斤二毛钱，却不零售，嫌麻烦，最少起数是一千斤。好多人看着便宜，却没有现款。四妹子的心按不住了。

　　她把娃子塞给婆婆，说她要出远门了，娃子已经断奶，只需给他喂点羊奶和馍馍就行了。她跑到二姑家，开口借下五百块钱，当天晚上就到南张村买下了一吨半小麦，装上了雇来的北张村大队的小拖拉机，连夜拉到桑树镇面粉加工厂，小麦就变成了一袋一袋摞得山高的面粉。赶天明，她站在小四轮拖拉机驾驶员的后边的连轴上，不断地叮嘱小伙子小心驾驶，在车辆行人越来越稠密的城市近郊的公路上奔驰，目的是火车西站。那儿聚居着铁路工人、搬运工人，大多是重体力劳动者，比农村人的饭量还要大，公家定量配给的粮食常常吃不到月底，她在过去卖鸡蛋的时候，曾经义务为几户搬运工在村子里偷偷买过粮食。

市场早已解冻，活跃起来，粮食也上市了，小麦降到三毛五一斤，她现在决定把面粉按小麦的价值出售，因为她购买的小麦便宜。关键要快快出手，多拉多跑一次，比在价格上死抠要有利得多了。果然，满载面粉的小拖拉机在那些小草棚区一停下来，就有人打问，就成交了，一顿饭工夫，倾销一空了。

她脖子上挂着一只帆布包，收来的钱全都塞进去，来不及清数。直到卖完，她看着装得鼓鼓的帆布包，竟不敢动手数了，更不敢从脖子上卸下来。

她把驾驶员领到就近一家饭馆，管饱吃了一顿，又回到车上。她把一张大团结塞给驾驶员，作为对他的犒赏，至于运费，将来与北张村生产队一次结清。

她对他说："赶回南张村，再买一吨半小麦，连夜到桑树镇加工，赶明日一早再来，我再给你十块，怎样？两天两夜不睡觉，撑住撑不住？要是撑不住，我另找拖拉机。"

"没问题，嫂子！"小伙子把钱装进腰包，恭敬地叫她嫂子，虽然以前并不认识。他说，"加工小麦的时光，我正好可以睡觉，你可是连轴转啊！只要你撑得住，我没一点儿问题，走吧！直接去南张村？"

"南张村。"四妹子说。

"你不回家去看看？"

"不回了。"

连着三天三夜，车轮子不停转，人也不停手脚。第四天清早，她卖完了面粉，照例给小驾驶员在小饭馆买了饭吃，她破例塞给他二十块钱，小驾驶员毫不客气地塞进腰包说："感谢嫂子！我送你回家吧！"她摇摇头说："不。到桑树镇。"他就头也不回地开到去桑树镇的路上了。四妹子坐在小拖斗里，瞅着小驾手落满黄尘的脑袋，心里想，她给他钱，叫他开哪儿他就开到哪儿。他开北张村生产队的拖拉机，队里给他计工分，每天有一块钱出车补贴，连工分价值合起来超不过两块钱，她给他十块，最后这回给二十块，他自然能算得来哪个多哪个少，他帮她卖面，还叫她嫂子。她扶着拖斗上的栏杆儿迷迷糊糊睡着了。

她被他摇醒，桑树镇到了。她把小麦加工后的麸皮存放在面粉加工厂的仓库里，有一千多斤哩。她给公社奶牛场打电话，依公家的价格卖给奶牛场。奶牛场场长喜悠悠地骑着自行车跑来，办完了手续，把钱交给四妹子，就去提货了。四妹子把钱同样塞进帆布袋里，旋即跳上拖拉机，给小驾手说："现在开到你们北张村，给队里交车费，一切手续全完了。"

天擦黑，四妹子脖子上挂着那只鼓鼓的帆布袋儿，走进吕家堡村子。广播上又在传人开会，大约还是给什么人平反的事。她冷漠地转过身，从一条背巷走向自己的小院。她一脚踏进门，建峰从炕上翻身跳下来，像看一个不速之客一样从头到脚打量着她，惊吓得眼里失了神："我的天啊！你干啥去了？我就差点没去监狱寻你了！你看看，你成了啥模样？"

她坐在木凳上。成了什么鬼模样呢？她从柜子上拉过小圆镜儿一照，自己也认不出自己了。她的头发像从面粉和黄土里摆拂过一般，黄里透白，污垢把鼻梁两边的洼儿都填平了。嘴唇燥起一层干黑的皮屑，而眼睛像是充了血的火球。三夜四天，她没有睡觉，也没有洗脸，卷入一种疯狂的兴奋之中，直到南张村的储备小麦处理完毕。

建峰已经端来一盆水，放在脚地，让她洗。她草草洗了脸，把脖子上的书包卸下来，扔给他，说："你数数。"自己就势倒在炕上。

建峰解开书包，吓得奔到炕边，把她猛地拉起来，搂着她的肩膀："你抢人来？"四妹子淡淡地笑笑，推开他的手，就躺下了。

建峰数完钱，码完大票小票，锁进箱子。把四妹子的鞋袜脱掉，把低垂在炕边的腿脚扶上炕去，帮她脱了棉衣、棉裤，再把被子盖严。他脱了自己的衣服，贴着她睡下来，把她搂在怀里，轻轻地捶着她的背说："我的……你呀！你……真个是个……闯王！"

四妹子睡得好死！

建峰突然想起父亲。妈妈和爸爸，一天三回跑过来，问她的确凿消息，现在还悬着心哩！他爬起来，穿好衣服，外锁上门板，急匆匆跑回老屋里，悄悄告诉两位老人，说她完完整整地回来了。从她头上和身上落下的面粉看，她确实是做了那桩生意。建峰在四处打问媳妇的下落时，有人说在去西安的路上见到她坐在拖拉机上，车上装着面粉，而南张村处理储备粮的事无人不晓，这是很容易联想到一起的事。爸和妈都吓得什么似的，一再叮嘱说："挣下几个钱算了。心甭太狠！目下乱世，甭看政策宽了，说不定啥时月又杀回马枪！"

妈说："快把娃娃抱回去，跟他妈睡去。娃儿三天三夜没见妈妈的面，刚才还跟我要他妈哩！"

建峰笑笑说："算咧！她已经睡下了。她太累了，回到家，没脱鞋就睡着了。让她好好歇一宿，甭叫这碎货捣乱……"

妈妈的嘴角撇了撇，不言而喻的眼色在说，你倒会心疼媳妇。

十六

这一年的春节，小两口过得红火，过得热闹。四妹子给她和建峰制作了一身新衣新裤，都是当时乡村里最时兴的"涤卡"布料，而头生儿子更不用说了。酒肉衣食的丰盛和阔绰，并不能掩盖小两口之间的分歧，从大年三十晚上包饺子时开始争论，一直到过罢小年——正月十五元宵节，这场争论仍在继续。四妹子打算办一个小型家庭养鸡场，她既可照管孩子，又能免去四处奔波，收入也不会错的。建峰则主张到桑树镇开一个电器修理铺店，让她给他记账、管孩子、做饭，根本用不着养什么鸡呀猪呀的。

"让我去当老板娘？哈呀！我这心性可服不下！早晨给你倒尿盆，一天三顿给你做饭，晚上给你数钱，这……舒服倒是舒服，可我会闷死的。"

"你养鸡能挣多少钱嘛！那些刚出壳的小鸡，买十只活不了一只，你去问问隔壁邻居的婶婶嫂子就知道了。"

"这你就甭管了，我已经把一本'养鸡知识'念得能背过了，我按科学办法养鸡，婶子和嫂子们只会老土办法……"

这种争论一直在进行。大年初一，两口子吃着肉馅饺子，互相都想说服对方；两口子抱着孩子，背着礼物去给二姑拜年的路上，又争得七高八低；眼看着过了正月十五，新年佳节的最后一个小高潮也过了，还是谁也说服不下谁；最后，双方只好互相妥协又各自独立：建峰到桑树镇去办他的电器修理门市部，四妹子在家里创办她的家庭养鸡场。她和他达成两条协议：一是在他去桑树镇之前，帮她盘垒两个火炕，作为饲养小鸡的温床，她一个人干不下来。二是她要求他每天晚上都回家来睡觉。他说，那么下雨下雪呢？她说，下雨下雪也要回家来。他说，这规程订得太死了吧？稍微灵活一下行不行？她说，不能灵活。她和他结婚好几年了，吵也吵过嘴，闹也闹过别扭，晚上总是在一个炕上睡觉，成了习惯了，他要是不回来，她就会睡不踏实。他仍然希望能有百分之一的灵活性儿，或者说特殊情况。她干脆一句话说死，百分之一的机动灵活性儿都不许有，想拉野婆娘了吗？一句话噎得建峰红了脸，再不争取什么灵活性儿了。

正月十六日，一般乡村男女还都没有从新年佳节的醉意和慵懒中振作起来，欢乐的气氛还没有从乡村的街巷里消散殆尽，四妹子和建峰已经干得大汗淋漓了。

　　她给他供给泥巴，他提一把瓦刀在盘垒火炕。他是个聪明的乡村青年，心灵手巧，她只要说出关于这个火炕的用途和想要达到的目的，他就能合理地安排火口和烟囱，而且能调节火炕的温度。看着已经初具雏形的火炕，她是满意的。她用铁锨挖泥，送到他的手下。他需要一块瓦碴垫稳土坯，她立即递给他。他给她帮忙，她显得驯服而又殷勤。

　　他接住她递来的瓦碴片子，垫到土坯下，稳实了。他说："晚上要能这么听说顺教就好啰！娃他妈，明白吗？"

　　她猝不及防，正在于自己一心专注的事儿，他却说起晚上的事儿。她在他脸上爱昵地拍了一巴掌，就把手上的泥巴抹在他的脸上了，随之哈哈大笑，笑他的五花脸儿的滑稽相。

　　四妹子一次买回来五百只小鸡，把吕家堡的男人女人都惊动了。这里的女人，虽说家家养鸡，顶多也不过十来只，全是春天用老母鸡孵化出来，小鸡借着老母鸡的温暖的翅膀渐渐长大，谁也没有把握把那些用机器孵化的小鸡抚弄长大。人们全拥进她的院子，挤进她的厦屋，伸手摸摸炕壁，瞧着炕上拥来挤去的雏鸡，出出进进，在小院里，在大门外的土场上，议论纷纷。

　　三间厦屋，只留下一间作为她和建峰睡觉生活的用地，而把两间都辟做鸡舍了。三条大火炕，占据了两间厦屋的脚地，中间只留一条小甬道。五百只小鸡吱吱叫着，吵成一片，屋里很快就出现了一股鸡屎的气味。

　　门前榆树上的榆钱绿了又干了，河川里的麦子绿了又黄了。紧张的夏收一过，炎热的三伏酷暑使庄稼人有空追寻阴凉的时候，那些女人们串门串到四妹子家里来，全都惊奇得大呼小叫起来。

　　多么可爱啊！用竹棍围成的鸡圈里，一片白格生生的雪一般的羽毛，在争啄食物，在追逐嬉戏，高脖红冠的大公鸡追逐着漂亮的母鸡，不避人多人少，毫不知羞地跳到母鸡背上交媾。整个小院里，全都用竹棍儿围成栅栏，只留下一块儿小小的空地。

　　四妹子热情地接待一切前来观看的婶婶和嫂子们，耐心地回答她们的询问，并不在意某个心地褊狭的女人眼里流泻出来的忌妒的神色。成功本身带来的喜悦和自豪，足以使人对一切世俗采取容忍和宽让的胸怀。

刚刚交上农历八月，一声震惊人心的母鸡的叫声从后院响起，四妹子掀开栅栏门，跑进鸡圈，惊吓得母鸡刮风一样奔逃。她跑到鸡窝跟前，那窝里有一个白亮亮的鸡蛋，抓到手里，这才看见，那粉白的蛋壳上留着丝丝血痕。她的眼睛被溢出的泪水模糊了，一个无法压抑的声音在心里回荡：开产了！开产了！

　　不到半月，三百只母鸡相继开始产蛋，从早到晚，母鸡向她报告下蛋的叫声此落彼起，不绝于耳。她把一盆一盆搅和好了的饲料撒进食槽，捧着一篮又一篮鸡蛋走出栅栏门来。她须臾也不敢离开屋院，真是太忙了。最迫切的一件事是，鸡蛋无法推销出去，堆在家里不行呀！

　　她终于和建峰商量决定，请老公公和婆婆过来帮忙。虽然婆婆帮她带娃娃，收鸡蛋，然而毕竟不是靠得住的。她要跟二位老人正式交谈一番，要两位老人靠实靠稳到她的小院里来照料内务，她隔一天两天就可以出去卖掉鸡蛋了。她在村子里的代销点买了蛋糕、卷烟、茶叶和酒，一共四样礼物，让建峰用挎包装着，走进熟悉的老公公的住屋里去了。

　　第二天一早，四妹子挑回一担水回来，看见老公公蹲在台阶上抽旱烟，她忙招呼老公公坐到屋里，老公公却磕掉烟灰，捞起她刚刚放下的挑担要去挑水。她对他说："爸，你腿脚不便了，让我去挑，你给鸡拌食吧！"

　　她告诉老公公，包谷糁子、麸皮、鱼粉、骨粉和几种微量元素的配方比例，老公公说他记不住，还是让他去挑水好了。她不让，说："爸，我要是出门卖鸡蛋，你还得喂鸡。其实不难，我给你把配方写在墙上，掺配一两回也就记住了。"说着，她动手示范了一下，在木缸里按比例放足了各种饲料，搅拌均匀，然后让老公公把饲料端进鸡圈去。老公公刚要动手推开栅栏门，她忙喊："爸吔！在门旁边的石灰里踩一下。"

　　老公公回过头来，迷茫不解："踩石灰做啥？"

　　四妹子说："消毒。"

　　老公公不耐烦了，放下盛满饲料的盆子，索性走回来："嫌我有毒？你自个儿送进去！"

　　四妹子笑了。老公公心里犯了病了。她笑着解释："爸吔！我送进去，也要踩踏一下石灰。我每一回进鸡圈，都要过这一番消毒手续的。你老甭犯心病，这是防疫要求，不敢违犯。"

　　老公公好像听进去了，再次走向鸡圈的栅栏门儿，在石灰堆里踩踏了一下，端起盆子，走进去了。

四妹子挑着水桶走出门，忍不住笑了。老天爷，她在指拨着老公公啊！他居然听她的话了！他是吕家堡屈指可数的几个精明强悍的庄稼把式，总是别人询问他的时候多，在乡村的庄稼行里，没有难得住他的活路或技术。他又是一位家法特别严厉的家长……然而她吩咐他要做的卫生防疫制度，他却遵守了。

四妹子再挑回一担水来。刚进街门，她听见老公公大声严厉地指使老婆婆说："在石灰堆里踩踏一下。脚上有毒。卫生防疫不敢马虎。记住，每回进鸡圈，喂食也好，收鸡蛋也好，不管我在不在跟前，都要在石灰堆里把鞋底子蹭一蹭。"

四妹子笑了。

老公公闻声扭过头，也不好意思地笑了，大声解嘲地说："你甭看我老脑筋。我信科学哩！那年，政府把化肥送来，没人敢买敢用。好些人说，咱用大车给地里送粪，麦子还长不好，撒那么几斤白面一样的东西，还能指望长麦子吗？我买了用了，嗬，那一年，就咱家的麦子长得好！我信……"

吃了一点干馍，喝了几口开水，四妹子把两个垫着麦草的鸡蛋筐子绑捆在自行车上，对两位老人说："十二点时喂一次，五点钟再喂一次，按比例搭配饲料。鸡蛋要及时拾了，窝里堆得多了，就容易压破了。"说完，她把车子推出街门，儿子闹着要跟她去。婆婆好劝歹劝，才把那号啕大哭的小子拉扯走了。

四妹子跨上车子，清晨的风好凉爽啊！

十七

每天早晨，天刚放亮，老公公和老婆婆就前后相随着来到四妹子的鸡场，动手清理鸡场里的脏物，打扫卫生，然后挑水拌料，像工人上班一样及时。有时候老人来的时候，她和建峰还在酣睡，听见老公公故意惊扰他们的咳嗽声，慌忙爬起，奔到院子，拉开街门门闩，把等候在门外的二位老人迎进门来，心里常常很感动。

建峰擦洗了脸，推动车子，匆匆走出街门，赶到桑树镇自己开设的电器修理铺去了。

四妹子隔上一天两天，就要赶到南工地去卖鸡蛋。这个南工地，实际是一家兵工厂，兴建之初，是建筑公司的南工地，工厂建成后，建筑工人早已撤走了，当地村民仍然不习惯叫兵工厂的名字××号信箱，仍然称做南工地。前几年，四妹子倒贩鸡蛋的时候，从来也不敢光顾这家兵工厂的家属院，宁肯多跑二十几华里路，送到人际陌生的西安东郊的工人聚居区去。南工地的大门口有警卫，而家属院的门口往往有供销社派来的干部，专门在那儿盯梢，专抓敢于偷卖鸡蛋的人……现在，南工地大门口外的水泥路两边，全是临近村庄出售农副产品的农民，各种应时蔬菜、瓜果、鲜肉和鲜蛋，一摊紧挨一摊，沿着大路铺开下去。有人在路旁盖起小房子，出售生活用品；饭馆、理发店、酒馆，也开始营业了。四妹子到这里来出售鸡蛋，再不必担心供销社干部来没收鸡蛋了，真是感慨系之！

　　她隔一天顶多隔两天来卖鸡蛋，太费时了，把鸡场的繁重的劳动全都搁到两位老人肩上了。她与南工地的职工食堂的采购员认识了，达成协议，每天后晌给食堂送三十斤鸡蛋，每斤价格随着市场价格的浮跌而升降，一般低于市场一毛钱。食堂图得省事，又捡了便宜，又保证能吃到最新鲜的鸡蛋，四妹子也省去了整晌整天在那儿坐待买主的麻烦，两相满意。她在后晌给南工地送一趟鸡蛋，早上和中午就能悉心照管鸡场了，也能使两位老人稍事歇缓了。为了确保这种关系得以持久，四妹子就用一只盒子装上三五十个鸡蛋，送给那位采购员。

　　四妹子养鸡获得成功，获得了令人眼热心热的经济效益，消息不胫而走，四处传扬，终于有一天，一位陌生人走进院子来了。

　　来人自我介绍说，他叫解侃，干脆叫他小解好了。他说他是城里报社的记者，专门采访她来了。四妹子听着介绍，把他递给她的记者证还给他，看着他白净的脸膛上，却蓄着一撮小胡须，黑茸茸的，头发披在后脖颈上，这是很时兴的男青年的打扮。她突然扬起头，对正在拌料的老公公说："爸哒！这位同志寻你哩！"说着，就从老公公手里扯过木锨。老公公迷惑地瞅着那位穿戴打扮与乡村人相去太远的年轻人，坐到树荫下的小桌旁，一边招呼客人喝水，一边警惕地用眼睛瞄着他在兜里掏笔记本和钢笔。四妹子装作什么也不曾留意，在木盆里翻搅饲料，心里却想，老公公在家里是一尊至高无上的神，三个儿子和三个儿媳以及孙子们，都不能违拗他，他和晚辈人之间有一道威严的台阶，然而面对这样一个小小年纪的外来人，一个记者，老公公

眼里除了警惕和戒备之外，还有一缕害怕的神色，是一种在佯装的大方掩遮
之下的复杂的表情。她听见老公公和小记者很不顺畅的答问——

"老同志尊姓大名？"

"吕克俭。"

"多大年龄？身子骨还好吧？"

"好好！六十多了。"

"你什么时候开始想到创办家庭鸡场？"

"唔……大概在过年那阵儿。"

"你不怕……'砍尾巴'吗？"

"砍啥尾——巴？"

"资本主义尾巴。你过去受过砍尾巴的苦吗？"

"那……当然还是怕。"

"你又怎么克服的呢？"

"我……"

四妹子看见，老公公局促不安地搓弄着小烟袋，结结巴巴，鼻尖上冒出
细密的汗珠子。他求救似的瞅一眼四妹子，希望她快出场，回答这个洋人的
问询。四妹子偏是装作没有看见，继续做自己的事。她听见，记者又问技术
方面的事，怎样防疫，怎样喂食，怎样解决雏鸡死亡的困难……老公公终于
不耐烦地站起来，从她手里夺过木锨，说："你去给他说去！"

她应答了记者的提问，送走了客人。过了两天，县妇联主任和公社妇联
主任乘坐吉普车来登门做调查研究，四妹子又把两三位女领导人引到老公公
面前，要老公公回答她们感兴趣的一切问题，弄得老汉更加不好意思。直到
妇联主任表示够关心之后，乘车离去，老公公迫不及待地责问四妹子说："你
这个娃呀！你办的鸡场，人家来了就该你应酬嘛！你把我推到人面儿上，我
又不知道那些什么'温度'、'食量'、'成活率'的事，净叫我受洋罪……"

四妹子扬起头，装出一副傻样儿说："凡是外面有客人来，理当你老人家
接待应酬，这是咱家的规矩。俺小辈人咋能多嘴多舌……"

"呃……嘿！"老公公噎住了，反而说不上话来。他现在才明白了三儿
媳妇的心计，意在报复他对她的二姑的那次不礼貌接待。她可真是心眼多端。
老汉又一时不好意思否认自己的家规和家风，气闷闷地抽起烟来。

四妹子怕老公公真的犯了心病，又装作毫不介意地说："爸吔！其实我是

故意让你跟那些干部多接触接触。我看你总是怵那些干部，你接触多了，也就明白，他们是干部，可也是人，没啥好害怕的……"

那位记者的文章在报纸上一发表，四妹子的小院里就更加热闹，好多有组织的代表团前来参观，从早到晚络绎不绝。县委书记和县长来了，大加赞扬，说她是他们领导下的河口县的第一个养鸡专业户，应该大大地宣传一番，她给全县的妇女蹚开了一条致富的门路，无疑是一个典型。有人要请她介绍经验，有人要总结她的最新材料。有人来说要写她的报告文学。有人要她填一张表，补选县人民代表……

她被热情的波浪包围着，冲击着。她不能离开屋院了，给南工地食堂送鸡蛋的事也办不到了，老公公主动承担了。

老公公第一次给南工地食堂送鸡蛋回来，把一根甘蔗塞给孙子，然后从内衣口袋掏出钱来，交给她。她从老公公手里接过钱的时候，突然想起刚到这个家庭以后，老公公给她五块钱并且因为她花掉了而闹出家庭纠纷的事。现在，老公公向她交钱了。

这天晚上，吃罢晚饭，一家人都在逗着小儿子取笑，四妹子从抽屉里取出五十块钱，对老公公说："爸吧！你和俺妈给我帮忙整一月了，这是我给你们二位老人的工资，每人按二十五元一月，这是五十块。日后，养鸡场发展了我再给您增加……"

一家人全惊呆了。老公公瞅着她，半天才说："这算啥话？啊？这算啥话！一家人，还发工——资？那我跟你妈不是成了你长工了？"

老婆婆也附和说："你不怕人笑话吗？失情薄意的！"

建峰却不开口。

四妹子说："我不能让您二老白干呀！社会主义的分配原则是：按劳取酬。您干了就该有报酬，这是合情合理的事。"

"哈呀！哪有老子挣儿子的钱这号事？"老公公说，"我要钱做啥？只要你们过得好……"

四妹子却毫不动摇："你要是不收钱，我就不好让您二老继续干下去了。我就要另外在村里雇人……"

老公公更加吃惊，睁大眼睛："你可不敢胡来！虽说目下政策宽了，雇人可是剥削，是共产党头号反对的事！"他自解放以来，最担心的就是怕被升格为地主——剥削阶级，而乡村里作为剥削的最主要标志，就是雇工。

"我不怕。"四妹子说，"我给人家开工资。我也不知道这算不算剥削。"

"既是这话，你先甭着急雇旁人。"老公公把五十块钱接过来，"我就收下这钱，免得你再雇旁的人来，日后万一有人追究起来，我说是给儿子帮忙，也留一步退路……"

过了几天，那位解记者又来了，询问鸡场的发展。四妹子却想，记者们消息都很灵通，就探问可不可以雇工和雇工算不算剥削的事。记者似乎还没有获得这个具体问题的权威答案，说得含含糊糊。由此却引出了四妹子给公公婆婆开工资的事，解记者大感兴趣，追根刨底，问得四妹子简直都无法回答了。几天之后，报纸上就有一条显赫的标题——

　　媳妇给公婆发工资
　　中国农村家庭结构的质变

四妹子接到解侃寄来的报纸，看了，看得似懂非懂。她真服了这个耍笔杆子的，一件在自己看来毫不起眼的小事，让他给分析出那么多的意思来，真是了不起！

这年到头，四妹子给两位老人做了一身新衣服，而且买回一台电视机。大年三十晚上，一家老少欢聚一堂，真是"春满乾坤福满门"。包完饺子，四妹子就说出了下一年的发展计划，她算了养鸡卖蛋的账，获利虽不少，还是不理想。她要买一台孵化雏鸡的机器，那利润比养鸡强多了、大多了。她说，政府现在宣传鼓励农民搞好家庭副业，好些乡村女人眼见她养鸡得了利、发了财，都眼热手痒了，来年春天的雏鸡无疑会是紧俏货。四妹子说："这一步棋瞅准了，下手要早，单是忙前这一季，赚上万把块钱不成问题。"

老公公不由得愣愣地盯住了三儿媳妇，心里暗暗佩服。这个陕北女人对明年可能出现的小鸡热销的估计完全对头，趁此机会孵化小鸡是有眼光的。他想热烈地肯定儿媳的这"一步棋"，临到开口时，却说成了这种话："这步棋倒是看准了。我说嘛！要那么多钱做啥？就这三百母鸡，收入的钱够吃够穿够用了，算咧！一下子抓到那么多钱，万一日后政策上有个闪失，钱多反倒成了祸害了……"

"从目下形势看，政府号召农民挣钱发家哩！广播上从早到晚都在说这号话。"建峰插言说，"至于日后会不会变卦，怕是神仙也难预料。"他说这话，用的是一种不介入的清高语调，没有明显的倾向性。

"变了卦再说变了卦的打算。现在允许咱挣钱我就要挣。"四妹子毫不动摇，"爸吔！你甭怕，万一日后把我当新地主斗争，连累不了你的，你是我雇来的长——工嘛！"

老汉扭过头笑了。

"买下孵化器，就得雇人了。"四妹子说，"需要好几个人哩！"

"不敢！"老公公坚决反对，"共产党允许农民挣钱，可不准雇长工呀！这是明摆着的道理，你甭胡来。"

"那怎么办？"四妹子也不敢坚持，"可那孵化器，一装上鸡蛋，黑天白日不能离人，要控制温度，要翻捣鸡蛋。小鸡出来了，要喂食喂水，还要检查种蛋……"

"让建峰回家来帮忙。"婆婆说。

"我正在钻研修理电视机的技术哩！"建峰说，"我见不得那些毛草货！一看见鸡呀蛋呀，就烦，一听母鸡叫唤，脑子就晕了……"

"那……这样吧，让你大嫂二嫂过来干吧，还有那几个侄儿侄女，都能干活了。"老公公想出了万全之策，"一来可以免去雇工剥削之嫌，二来也成全了你的两个哥哥。你们的日月过得好了，也帮他俩一下。你大哥教书挣那几个工资，现时看起来就不如养一窝母鸡了……"

四妹子同意了。老公公的话，她不能不同意，那毕竟是亲兄弟啊！

新年的钟声响了，悠扬，雄浑……

十八

兄弟三家联合经营的养鸡场办起来了。

一台浅蓝色的崭新的孵化器买回来了，在靠着街门一侧的土打围墙前，临时修盖起两间油毛毡苫顶的泥皮房子做机房。第一窝雏鸡的孵化工作从选择种蛋开始，直到小鸡破壳而出，四妹子几乎寸步不离。春节前，当她产生了随之决定了要走这一步棋的时候，她就赶到二十里远的紫坡国营养鸡场去，在那里从选择种蛋到小鸡出壳看了一个全过程。她自己掏钱在国营养鸡场的职工食堂搭伙，无代价地跟班劳动，陪着值夜班的工人一起值班。现在，她在自己家里开始第一窝小鸡的孵化工作了。

她告诉侄女雪兰和二嫂，在电灯光下，可以看到蛋壳内有一个黑点的鸡蛋是受过孕的种蛋，而没有黑点的蛋是水蛋，孵不出小鸡来的。她告诉她们怎样控制孵化机的温度，直到帮她们辨识那支温度计上的刻度。侄女雪兰毕竟有点儿文化，多说两遍也就记住了。而二嫂则白眨着一双眼睛，今日刚记住一点儿，睡过一夜又忘了。这个骂大街一骂三天可以不骂重样话的愚蠢的二嫂，却总是记不住机器上头那些旋钮的名称和作用，最后只好换由她的二女子小红来替代。四妹子带着两个侄女，终于孵出第一窝小鸡来，两个侄女高兴得把刚刚出壳的第一只小鸡抢来夺去，在她们的脸上抚摩，甚至用嘴亲那细茸茸的乳白色的绒毛。

对这件事最称心的要数吕克俭老汉了。

老汉从早到晚，没有闲暇的工夫。他搅拌饲料，打扫鸡圈，背上大笼到河沟里去挖水芹菜，那是母鸡最喜欢吃的青饲料了。挑满一笼青草，夕阳隐没，凉飕飕的山风吹着肌肤，老汉点燃一袋旱烟，在沟坎上美滋滋地抽着。

三个儿子又合为一家了。在春节期间，由他出面，又由他主持，终于促成了三兄弟三妯娌的联合。他原先只是想让老大和老二的女人或儿女过来给老三家帮忙，由三媳妇给开工资，一来免去了雇工剥削的嫌疑，二来使老大老二家也增加经济收入。当他提出这个对无论哪个儿子都只有好处而没有坏处的想法时，做教员的大儿子却提出三家联营。这样就彻底解除了雇工之嫌，而且可以使鸡场进一步扩大，增加自己也增加老三家的收入。譬如说，不仅搞孵化小鸡，原先的蛋鸡完全可以由现有的三百只扩大到七八百只，甚至上千只。老二也拥护大哥的办法。老汉把这种想法和四妹子一说，四妹子开头似乎有点不大乐意，随之就爽然应承了，说："两位哥哥既然说出口了，我就同意这么办。"

又是由老大出主意，由四妹子出面向公社信用社贷款，因为四妹子目下有了名声，任何单位都愿意支持这个新生事物，而由他或老二贷款，就困难多了。他把一切都经过细的考虑，由四妹子出面申请，将款子贷到老大女人和老二的名下，作为老大老二的投资，再把鸡场现有的活鸡作价入股，这个鸡场就属于三家联营了。

现在，三个儿子和三个妯娌以及孙儿孙女们，都奇迹般地统一在一个目的上了，出现了一种空前的繁荣兴旺谐调的局面，这是老汉梦想过而始终没有实现过的一种生气勃勃而又融洽的家庭气氛。他不愿意看见一个儿子富得流油而另一个儿子穷困难过，三个儿子齐头并进，这是最使人舒心的事了。由于三家联合的形成，老汉自觉停止了继续领取工资，只说由儿子们凭良心给他供给吃穿就行了。他有使不完的劲，心情也是从未有过的舒展和畅快，现在不大提阶级斗争了，看来短期内不会有人在他的成分上再为难了，"四清"补定的几家地主和富农成分又恢复了中农。他想看见自己三个儿子都成为吕家堡最富裕的家庭，至于自己要不要挣儿子们的钱，有什么意思呢？

这个三家联营的鸡场，把分裂的三兄弟三妯娌又扭结在一起了。老大在临近的小学校教书，过去一直是食宿在校，周六才回到家中过礼拜。现在，他每天傍晚骑自行车赶回家来，匆匆吃一碗饭，就自动在鸡场寻活儿干，直到半夜。

老汉背起一笼青草，在夕阳余晖中，走下山沟来了，回去铡碎了好喂鸡啊！

四妹子却感到了一种威胁。她已得知，仅是这个不足两万人口的小小公社里，已经有三家农民办起了孵化场，看来瞅着这步棋的，不只是她一个人。竞争是明摆在眼前的。吕家堡村街巷里最显眼的墙壁上，并排贴着那三家出售小鸡的广告。而国营紫坡养鸡场的广告也派推销人员下乡来逐村张贴，什么"本场有十五年孵化小鸡的历史，经验丰富，小鸡健壮，成活率高达98%"等等。人们尊崇习惯，习惯是紫坡养鸡场的小鸡最保险了。

四妹子琢磨好久，找到大哥，把一厚扎红绿纸摊在桌上，让当教员的大哥书写广告。

她只考虑了一条：保活。凡是买四妹子家的小鸡，由四妹子负责指导饲养，负责治病，免费医疗，随叫随到。这一条，是最致命的一条，那些不懂小鸡喂养技术的农妇们，最怯小鸡死亡，而小鸡的确是难以喂养的。

这一条，不仅打败了另外三家竞争者，而且把紫坡养鸡场也打败了。他们无法取得农村女人的信任，她们一股脑拥到四妹子的屋院里来了，小鸡供不应求。有人宁愿等到下一拨儿小鸡孵出再买，而不想在旁的什么地方买来。

四妹子因此却惹下了麻烦。那些从来都是依赖老母鸡的翅膀哺养小鸡的农妇们，总是不习惯于科学喂养小鸡，控制不了温度（这是关键），也控制不了食量，弄得小鸡常常发病，甚至死亡。她只得按广告上说的去做，给人家的病鸡治理。有时候刚刚睡下，有人来敲门，说是小鸡有毛病了，她就跟来人连夜赶到人家村子里去……由于她的指导，挽救了成千上万的小鸡的生命，四妹子的名声大振，农妇们简直尊称她为"鸡大王"了。随之成正比的是，她的小鸡的销路愈来愈好，令人鼓舞。

四妹子太累了，她销售出去的小鸡越多，她的负累也就越重，有几次，她不得不骑上自行车赶到七八十里以外的秦岭山根下，去挽救那些从她那儿买下的小鸡的生命。她很累，却不厌烦。她自己也搞不清哪儿来的这样高的心劲。她只是确凿地意识到了，自己能挽救十只小鸡的生命，反过来就可能增加一千只小鸡的销售量。虽然治病跑路不要钱，而更大的收入却早已流进了联营鸡场的账本。她受到那些接受她施治的家庭主妇的最热情的招待，常常使她处于一种扬眉吐气的愉快心境中，听着那些推心置腹的又是啰啰唆唆感激谢恩的话，四妹子一次又一次觉得她这个异乡女人在当地人中间活得像个人了。有一次，在本村给一位妇女的小鸡治病，而那位妇女的丈夫曾经是吕家堡党支部的宣传委员，他领导过对她的贩卖鸡蛋行为的批斗，而且说话十分尖刻。她恼恨他。她现在给他家的小鸡治病，特别用心，当她第二次专心用意去询问小鸡病情的时候，那位主妇眉开眼笑，一面夸她技术高明，心肠也好，一面就数落那个男人，屁事也干不响，连人家个妇女也不如。四妹子心里十分痛快，一种得到报复的舒悦。

家庭内部的矛盾却在她东颠西跑的时日里酝酿着，像乌云在迅猛地凝聚。

这一天午后，五月的骄阳悬在头顶，火一样的阳光炙烤着已经变了黄色的麦穗，紧如救火的夏收即将开始，应该准备镰刀了。四妹子骑着自行车，在浑如金碧辉煌的麦海里穿行。她的心情十分好，她是胜利者。她绝对压倒了三家竞争对手，出售的小鸡高过他们一倍，收入自不在话下。该当暂时告一段落了，一当开镰，庄稼汉男女就没有空闲和耐心去抚弄那些弱不禁风的小鸡了。她的孵化器里的最后一茬小鸡今天开始出售，售完了今年就该收场了。

她把车子撑在门外，防备后响又有什么人来请她去防治鸡病。走进街门，连一口水也顾不得喝，端直向孵化房走去，不知今天售出了多少小鸡？必须在搭镰收麦之前把这一茬小鸡销售完毕。她走到小窗下时，猛地刹住匆急的脚步，那里头正传出肆无忌惮的嘲骂她的声音。她的大侄女雪兰和二侄女小红伙同她的二嫂，三个人一唱一和，正说到热火处——

"咱是长工。"二嫂的声音，"人家从早到晚骑上车子满天满地游逛，咱给人家从早到晚熬长工。"

"本来就是个野货！"雪兰的声音，"山蛮子！不懂规矩！白天黑夜骑着车子跑，谁知能跑出啥好事来……"

"能登报受表扬嘛……"小红说。

"怕是单为登报，单为卖鸡儿不会有这么大的精神吧？一个山里野女人……"二嫂说。

四妹子的脑子麻辣辣地疼，像接连挨了几棍。她像受到突然袭击的野兽，不加任何思索，扑进门去，一句话也说不出口，迎面就在二嫂的那张嬉笑着的胖脸上打了一拳，不等那张脸反应过来，又一拳砸上去了，鼻血涌流下来。

最先反应过来的是小红，一看妈妈挨打，立即蹦起，在四妹子第三拳还未落下之前，就把她推到一边去了。小红随之扑上来，和四妹子扭打在一起。她扯着四妹子的头发，四妹子扯着小红的前襟。小红的前襟嘶啦一响，两只从未见过人的小乳房晾了出来。她羞了，一狠劲，把一撮头发从四妹子的头上拽下来了。

小红的妈妈已经反应过来，母狼一样扑过来，抱住四妹子的一条腿。四妹子猝不及防，摔倒在地上的木槽里，小鸡被压死一片。她也不顾了，因为她的裤子被扯破了，一只手抓向她的下身，一阵钻心疼痛之后，就昏死了。

吕克俭正在清理铡草场地，听见声嘶力竭的叫骂声，扔下长柄竹条扫帚，颠跑过来，刚踏进孵化室的小门，就瞅见一副惨不忍睹的景象：孙女小红被扯破了衣衫，裸露着胸膛；二媳妇被血水糊浆的脸孔；大孙女儿雪兰披散头发，嘴角淌血；三媳妇四妹子被撕光了裤子的屁股下鲜血斑斑，屁股下压着被踩踏死掉的小鸡……吕克俭不由得怒吼一声："都不要脸了吗？"

克俭老汉扛着一把双刺镢头，一只手提着装满开水的瓦罐，头上戴一顶由黄变黑的蘑菇帽儿，走出街门，走过村巷，沿着吕家堡背后的山沟走上坡去了。夏收以后，吕家堡生产队的土地按照人口重新分配到户了。尽管他觉得不敢相信世事会发展变化到这种地步，还是不失时机地用牛把那两块稍微平缓的坡地犁了一遍，剩下两块陡峭的坡地，黄牛拖着犁杖是难得站立得住的，只有靠他用镢头去开挖。挖开地表一层，曝晒整个一个伏天，杂草晒死了，生土晒成熟土了，地表松软了，秋后好播种小麦啊！

兄弟三家联营的养鸡场散伙了。成千只正在产蛋和即将开产的母鸡全部卖掉了。从早到晚不绝于耳的嘎嘎嘎的叫声没有了。吕克俭老汉早已离开三儿子的屋院，重新回到自己的老窝，连同他的老伴。想到那鸡场的红火走运的日子，真是令人叹惋，简直不堪回首，却无论如何又忍不住回味。

挖下一镢头，翻起一块巴着草根的干硬的土疙瘩，一下一下挖下去，身后就摆满了大小各异的黄褐色的土块。即将进入三伏的太阳，像一个正在燃烧的火盆扣在背上，汗水滴在脚下刚刚挖起来的干土块上。干得累了，他提着镢头，缓缓走到沟坡边沿一棵山榆底下，扔下镢头，抱起瓦罐，咕嘟嘟灌下半罐子凉开水，坐在花花拉拉的阴凉下，掏出烟袋来。老大太鬼了！鬼到这种不顾乡邻口声的地步了。他在心里怨愤地咒骂大儿子。

将鸡场现存的全部母鸡卖掉的主张，是大儿子提出的，将孵化器也卖掉了。除掉归还贷款，将所有盈余的利润，全部按劳力分配。这个分配方案一提出，老二和他的女人立即表示积极拥护，三媳妇只能少数服从多数，一个指头扭不过五个指头。按这个办法分配以来，老大的女人和女儿雪兰，老二的女人和女儿小红，自然都按两个劳力参加分配。老大本人因为每天放学回来参与鸡场劳动，也争得了半个劳力参加分配，这样，老大一家有两份半劳力，老二一家有两份，只有老三媳妇四妹子单臂独手，仅仅占了一份。每当想到这个悬殊巨大的分配结果，吕克俭老汉就十分懊恼，甚至痛恨自己，千不该万不该，不该在当初把老大老二拉扯到三媳妇的养鸡场里去。好心干下了蠢事，亏了人家三媳妇哇！人家四妹子辛苦一场，好心一场，结果把钱全让两个狠心的哥哥和嫂嫂搂挖去了。太不仁不义了哇！

克俭老汉现在十分厌恶自己的大儿子。在算计分配方案的家庭会议上，老汉万万没有料到，大儿子从制服口袋里掏出一个蓝皮本本来，当着弟弟、弟媳和侄女儿的面，流水般念着他在周日和每天后响在鸡场参加劳动的时间，甚至细密到从几点几分干到几点过几分，一天不落，一分钟不差。这个突兀的举动，令弟媳、弟弟和侄女们目瞪口呆，然而最感意外的还是克俭老汉自己。老汉死瞪着眼瞅着大儿子不紧不慢地读着，翻过一页又是一页……他忽然觉得不认识这个大儿子了，与几十年来心目中那个知书识礼的先生判若两个人了。

老汉死瞪着眼睛瞅着那个蓝皮本本，压着厌恶的火气忍耐着，听大儿子像给学生念书一样念着枯燥的时间流水账，心里骂，真是爱钱不顾脸啊！怎么好意思拿出这个狗屁本本来念呢！老汉死瞪得眼花了，那蓝皮本本变幻成一只脱毛烂肉的死老鼠，多看一眼就令人心里作呕。

真个亏了三媳妇四妹子，挨了肚里疼，有苦说不出。人家娃娃辛辛苦苦创下的家业，全让哥哥嫂嫂们分赃盗包一空了！

酷伏天气，原坡沟壑间流荡着炙人的热浪。天空灰蒙蒙的，却又不见一丝云彩。草叶枯焦了。沟道里的泉水断流了。他望着河川里一道一道分割开来的田块，顿然悟觉到自己犯了一个深重的过错，拍打着额头，独自叹惋着——

天下之大，世事之纷，总归还是古人说的有远见，分久必合，合久必分，而今正是分的趋势。地分了，牛分了。吕家堡的公有财产包括大队办公室的房子都折价分配给个人了。现在的人心是朝着分字转，分得越小越好，分得越彻底越满意。在这样大水决堤般的时势里，自己却逆时背向，把已经分了家的三兄弟联扯到一起，岂能有完美的结局？岂不愚蠢透顶！

吕克俭老汉虽然一再叹惋自己审时度势中的失误，却并不减轻对大儿子的厌恶情绪。即使"分"字下带着"刀"，你毕竟是教育人的先生呀！怎么好意思从自己亲兄弟的碗里抢肉吃呢？你自个不仁不义也罢了，反而把老人也装进口袋了，抹成五花脸儿了，让三媳妇四妹子会产生疑心，说你们爷儿们合谋算计俺……

老汉几次踅摸到三儿子的门前，没有勇气走进去，见了老三家的怎么开口说话呢？他只是叮嘱老伴，让她去多多宽慰三媳妇……可自己这样长久下去也不是办法，终究放心不下。

他瞅着原坡下的吕家堡，静静地贴在小河南岸的坡根下，浓密的树梢中露出新房旧屋的脊瓦。村子西边收割过麦子的空地上，一拨一拨人在拉车运土，那是新近划拨的庄基地。在秋收前的三个多月农闲时日里，可以修盖新房。那一片变得很小的人里头，有他的两个儿子，老大和老二。老大利用暑假，正带领全家人在挖垫地基，准备盖造新房了。老二也辞了合同，领着老婆娃娃，和老大竞赛似的干着。他们都有钱了，都要盖置新房了……唉！

十九

四妹子躺在炕上，平心静气地养伤。她一来是养愈被两个嫂嫂和侄女抓破的皮伤，二来是想躺下来歇息一下。她太累，骑着自行车没黑没明地跑，跑了整整一个春天，半个夏天，真是太累了。

建峰暂时封闭了在桑树镇上开设的电器修理铺的门板，回到家里来，专意侍奉她。他笨拙地给她端饭、倒水，坐在炕边上，口齿拙讷地说着宽心的话。他把他在桑树镇修理电器挣下的钱悉数交给她，企图弥补她被两位哥哥坑去的资财。她笑笑，摇摇头，示意她并不在乎那些损失。他们是他的亲哥哥，一个奶头下吊大的亲兄弟，他对他的两位见钱黑心的哥哥无可奈何，也不好在她面前过多地谴责他们的不光彩行为，只是一心一意盼她尽快康复。她不断听到他的真诚的劝慰："算咧！你为咱家受够苦了，现在该当享点福了。我在桑树镇修理电器，收入还可以，保险养得住你。你就跟我到桑树镇去，管点零碎事，免得再东颠西跑，咱们也能日日夜夜在一块儿……"四妹子听着，心里很舒服。

一位副县长来看望她。县长说他听到四妹子的鸡场垮台的消息，十分震惊，大为惋惜。这个全县最早出现的专业户，正是目下县政府要在全县推行的榜样，想不到竟然垮台了。县长询问垮台的原因，四妹子不想再诉冤枉，就漠然笑笑，搪塞过去，使县长终究不得其解。县长说，一定要总结经验，重搭戏台另开锣，绝不能让全县的第一个养鸡专业户垮台，影响太坏了。他征询四妹子的意见，需要什么机械，需要什么物资，需要多少资金，他都一手包了，负责给她优先解决……她只是感激地笑笑，说她什么也不要。

县长不解地瞅着她，说因为政府刚刚开展发展专业户的工作，好多好多人都要求贷款，各级银行应接不暇，而四妹子却把送上门来的好事一概拒绝，是不是灰心丧气了？四妹子仍然笑笑，说她还要过生活，也还要做事的，只是暂时还不需要钱。

县长临走还叮嘱她："什么时候有了困难，物资的或钱款的，只需给我打个电话……"

记者解侃也闻讯赶来了。

他是个急性子，又是个热心肠，急头急脑地抹着汗，就追问起鸡场倒闭的经过。四妹子仍然轻描淡写地说说，并不掏根兜底儿。这使解记者很着急，甚至激动了，说他可以把她的委屈公之于世，动员社会舆论的强大力量，惩罚破坏专业户的人。如果需要到法院打官司，他可以出庭作证。

解记者仗义执言的热血心肠，依然没有打动四妹子的心，她还是淡淡地笑笑。她被他逼问急了，只是说："没啥！权当我没挣钱，权当我尽了义务，权当像过去偷贩鸡蛋被没收去了……"

解记者默然了，点燃一支烟抽起来，这篇文章怎么写呢？往昔里，他第一个发现了吕家堡的四妹子，把她作为一个经济变革时期的典型人物推上了报纸，成为本报宣传的第一份关于专业户这个新生事物的报道，产生了广泛的影响，提高了他在报社的威信，那篇通讯稿在全国也算较早报道专业户的有影响的文章之一。几年里，关于四妹子的发展，他写过不下十篇通讯了。她买下电视机，他就及时写下《庄稼人也能看电视了》。她买了一辆轻型凤凰自行车，他就写下一篇《凤凰飞进寻常百姓家》。她买了孵化器，他就写下《电母鸡》的风趣十足的通讯等等。现在，他该写她的什么呢？写她破产吗？前不久他刚发表过一篇《三兄弟联合办鸡场》的通讯，说扩大了生产的农民有自愿组织联合再生产的趋势云云。

解侃说：“你能详细地把鸡场倒闭的过程说说，自己可以总结经验教训，我也可以拔出一些规律性的东西，对正在兴起的专业户都有好处……”

四妹子说：“我不想总结了。鸡场倒闭了算了。我不爱为过去的事情伤脑筋。过去了的事，我全都不管了。我只想日后的事该怎么办？”

解记者忙问：“那好，你谈谈日后的新打算，也好哇！”

四妹子笑笑：“暂时保密。”停停，她有点不好意思地说，“你以后甭写我了……我是个农村妇女……你写我写多了我不好受……”

解侃不无遗憾，不无丧气，真没办法。

四妹子静静地躺了三天，伤不疼了，体力也恢复了，有点儿躺不住了。三天来，建峰围着她打转转，表现出一种笨拙的又是真诚的关心。她向他抬招手，他顺从地走过来。她指指炕边，他顺从地坐下。她努努嘴，向他撒娇了。他抱住她，亲着她。

她说：“建峰，你不嫌怨我闯事惹事吗？”

他憨厚地笑笑，把她搂得更紧了。

她说：“我想起我自小受苦，从陕北来到关中，我……真想哭，又……哭不出来。”

他听着她在他胸前嘤嘤地说着，自己倒先流出泪来了。

这当儿，院子里响起一声咳嗽，是老公公给他们打招呼，老掌柜的要进晚辈人的屋子了。她挣脱开他的搂抱，俩人端端正正坐着。

老公公走进厦屋，坐在木椅上，沉默半晌，才问：“好些了？”

她说：“好了。”

老公公说："噢！好了就好！"

四妹子忽然感动了。这是踏进吕家门槛几年来，第一次听到老公公知疼知冷的话。平素里，老公公摆一副家庭长者高不可及的威严架势，各啬到从不说一句问候儿媳的话，总是由婆婆来传达他的关照。老公公终于走进她的卧室，问候病情来了。她忽然想到亲生父亲，那个比老公公更穷，然而却和气得多的大大！

"过去的事，甭想了。"老公公说，"千错万错都怪我……"

"根本不怪你，爸。"四妹子忙说，"我早都不想它了。自打那天晚上分配完毕，我就不想了。吃亏也罢，占便宜也罢，就这一回了。我已经不想它了。"

"不想了好！"老公公说，"日子怎么说也比以前好过了。"

"爸吨！"四妹子叫，"我想跟你商量一件事。"

吕克俭老汉扬起头，期待着。

"我想承包大队那个果园。"四妹子说，"需得一个看门的可靠人手……"

建峰瞪起眼："你还不死心呀，啊呀呀！我还怕你伤心哩！你这几天躺在炕上原是盘算这号事……"

四妹子说："我盘算了三天。那果园百十亩地，苹果、梨和葡萄刚挂果，队里管不好，现在又要承包出去，甭说现有的果树，单是利用这块地养鸡养蜂养奶牛，想想会弄出多大的世事！"

吕克俭老汉惊呆了，半天说不出话来。三天里，他沉浸在一种难言的痛苦当中，替三媳妇四妹子难受，谁料想她本人并没有伤心伤情，而是在谋划着承包大队里那百亩果园的事。哦呀呀！这个陕北女人，真厉害！

"这回——"四妹子说，"我要正儿八经地雇用工人，按月开销工资。果子未上市前，工资暂欠，果子一上市，按月照发，我要……"

"保险能赚钱吗？"吕克俭老汉不无担心，"大队里决定果园承包半月了，没人敢应承，听说人都怕烂包……"

"全在自己管理哩！"四妹子说，"我这几天划算来划算去，怎么划算都划得来。爸吨！你只要答应给我看大门，旁的事就甭操心了。"

夏日的傍晚，夕阳涂金。

四妹子走在宽阔的柏油公路上，旁边走着她的男人建峰，她俩岔开公路，走上通往果园的上石大路。他不放心她病愈出门，陪她走着。

包谷苗子铺满大地，渠水欢畅地流淌着，公路两旁高大的白杨迎风起舞，蓝天涂一抹艳丽的晚霞，几朵白云也染成红色了。

"你还舍不得那个电器修理部吗？"

"当然，你也是舍不得果园呀！"

"好，各人干各人的吧！"

"唉！你总是跟我合不到一条辙上！"

土石大路两边，绣织着野草、马鞭草、营草和三棱子、香胡子，拥拥挤挤地生长在路边上，车前草却居然长到路中间来，任车碾马踏人踩，匍匐在地上，继续着自己顽强的生命。

四妹子拔起一株车前草，对建峰说："这草叫什么名字？"

"车前草，你也不认得？"建峰不屑地说。

"这草——"四妹子说，"叫四妹子！"

建峰眨眨眼，理会了什么似的，没有开口。

四妹子走到果园的木栅门口，忽然又想起妈妈给她掏屎的痛苦情景，那令人毛骨悚然的可怕的谷糠饼子啊！

她回瞧一眼建峰，走进果园。一眼望不透的苹果树、梨树和葡萄藤蔓……她张开双臂，大声喊：

"砸不烂的四妹子，又闯世事来了……"

1986 年 8 月至 9 月草改于白鹿园

短篇小说

信任

一

　　一场严重的打架事件搅动了罗村大队的旮旯拐角。被打者是贫协主任罗梦田的儿子大顺，现任团支部组织委员。打人者是"四清运动"补划为地主成分、今年年初平反后刚刚重新上任的党支部书记罗坤的三儿子罗虎。

　　据在出事的现场——打井工地——的目睹者说，事情纯粹是罗虎寻衅找碴闹下的。几天来，罗虎和几个"四清运动"挨过整的干部的子弟，漂凉带刺，一应一和，挖苦臭骂那些"四清运动"中的积极分子；参与过"四清运动"的贫协主任罗梦田的儿子大顺，明明能听来这些话的味道，仍然忍耐着，一句不吭，只顾埋头干活。这天后晌，井场休息的时光，罗虎一伙骂得更厉害了，粗俗的污秽的话语不堪入耳！大顺臊红着脸，实在受不住，出来说话了："你们这是骂谁啊？"

　　"谁'四清运动'害人就骂谁！"罗虎站起来说。

　　大顺气得呼呼儿喘气，说不出话。

　　罗虎大步走到大顺当面，更加露骨地指着大顺臊红的脸挑逗说："谁脸发烧就骂谁！"

　　"太不讲理咧！"大顺说，"野蛮——"

　　大顺一句话没说完，罗虎的拳头已经重重地砸在大顺的胸口上。大顺被打得往后倒退了几步，站住脚后，扑了上来，两人扭打在一起。和罗虎一起寻衅闹事的青年一拥而上，表面上装作劝解，实际是拉偏架。大队长的儿子四龙，紧紧抱住大顺的右胳膊，又一个青年架住大顺的左胳膊，一任罗虎拳打脚踢，直到大顺的脸上哗地蹿下一股血来，倒在地上人事不省……这是一

短篇小说

291

场预谋的事件，目睹者看得太明显了。

一时间，这件事成为罗村街谈巷议的中心话题。那些参与过"四清运动"的人，那些"四清运动"受过整的人，关系空前地紧张起来了。一种不安的因素弥漫在罗村的街巷里……

二

春天雨后的傍晚，山清水秀，空气清新；块块云彩悠然漫浮；麦苗孕穗，油菜结荚；南坡上开得雪一样白的洋槐花，散发着阵阵清香，在坡下沟口的靠茬红薯地里，党支部书记罗坤和五六个社员，执鞭扶犁，在松软的土地上耕翻。

突然，罗坤的女人失急慌忙地颠上塄坎，颤着声喊："快！不得了……了……"

罗坤喝住牛，插了犁，跑上前。

"惹下大……祸咧……"

罗坤脸色大变："啥事？快说！"

"咱三娃和大顺……打捶，顺娃……没气……咧……"

"现时咋样？"

"拉到医院去咧……还不知……"

"啊……"

罗坤像挨了一闷棍，脑子嗡嗡作响，他把鞭子往地头一插，下了塄坎，朝河滩的打井工地走去，衣襟的襟角，擦得齐腰高的麦叶刷刷作响。

打井工地上，木柱、皮绳、镢、锨胡乱丢在地上，临近的麦苗被攘践倒了一片，这是殴斗过的迹象。打井工地空无一人，井架悄然撑立在高空中。

从临时搭起的夜晚看守工具的稻草庵棚里，传出轻狂的说话声。罗坤转到对面一看，三儿子罗虎正和几个青年坐在木板床上打扑克哩。

罗坤盯着儿子："你和大顺打架来？"

儿子应道："嗯！"

罗坤问："他欺负你来？"

儿子不在乎："没有。"

"那为啥打架？"

于是，儿子一五一十地述说了前后经过，他不隐瞒自己寻事挑衅的行动，倒是敢作敢当。

罗坤的脸铁青，听完儿子的述说，冷笑着说："是你寻大顺的事，图出气！"

儿子拧了一下脖子，翻了翻眼睛，没有吭声，算是默认。那神色告诉所有人，他不怕。

罗坤又问："我在家给你说的话忘咧？"

"没！"儿子说，"他爸'四清'时把人害扎咧！我这阵不怕他咧！他……"

罗坤再也忍不住，听到这儿，一扬手，那张结满趼甲的硬手就抽到儿子白里透红的脸膛上——

"啪！"

儿子朝后打个闪腰，把头扭到一边去。

罗坤转过身，大步走出井场，踏上了暮色中通往村庄的机耕大路。

这一架打得糟糕！要多糟糕有多糟糕！罗坤背着手，在绣着青草的路上走着，烦躁的心情急忙稳定不下来。

贫协主任罗梦田老汉在"四清运动"中是工作组依靠的人物，在给罗坤补划地主成分问题上，盖有他的大印。在罗坤被专政的十多年里，他怨恨过梦田老汉：你和我一块耍着长大，一块逃壮丁，一块搞土改，一块办农业社，你不明白我罗坤是啥样儿人吗？你怎么能在那些由胡乱捏造的证明材料上盖下你的大印呢？这样想着，他连梦田老汉的嘴也不想招了。有时候又一想，"四清运动"工作组那个厉害的架势，倒有几个人顶住了？他又原谅梦田老汉了。怨恨也罢，原谅也罢，他过的是一种被专政的日子，用不着和梦田老汉打什么交道。今年春天，他的问题终于平反了，恢复了党籍，支部改选，党员们一口腔又把他拥到罗村大队最高的领导位置上，他流了眼泪……

他想找梦田老汉谈谈，一直没谈成。倔得出奇的梦田老汉执意回避和他说话。前不久，他曾找到老汉的门下，梦田婆娘推说老汉不在而谢绝了。不仅老贫协对他怀有戒心，那些"四清运动"中在工作组"引导"下对干部提过意见的人，都对重新上台的干部怀有戒心。党支书罗坤最伤脑筋的就是这件事。想想吧，人心不齐，你防我，我防你，怎么搞生产？怎么实现机械化？正当他为罗村的这种复杂关系伤脑筋的时候，他的儿子又给他闯下这样的祸事……

三

罗坤径直朝梦田老汉的门楼走去。当他跨进木门槛的时候，心里做好了最坏的准备，准备承受梦田老汉最难看的脸色和最难听的话。

小院停着一辆自行车，车架上挂着米袋面包和衣物之类，大约是准备送给病人的。上房里屋里，传出一伙人嘈嘈的议论声：

"这明显是打击报复……"

"他爸嘴上说得好，'保证不记仇恨'，屁！"

"告他！往上告！这还有咱的活处……"

说话的声音都是熟悉的，是几个"四清运动"的积极分子和梦田的几个本家。罗坤停了步，走进去会使大家都感到难堪。他站在院中，大声喊："梦田哥！"

屋里谈话声停止了。

梦田老汉走出来，站在台阶上，并不下来。

罗坤走到跟前："顺娃伤势咋样？"

"死了拉倒！"梦田老汉气哼哼地顶撞。

"我说，老哥！先给娃治病，要紧！"罗坤说，"只要顺娃没麻达，事情跟上处理。"

"算咧算咧！"梦田老汉摇着手，"棒槌打人手抚摸，装样子做啥！"

说着，跨下台阶，推起车子，出了门楼。

罗坤站在院子当中，麻木了，血液涌到脸上，烧臊难耐，他是六十开外的人了，应当是受人尊重的年龄啊！他走出这个门楼的时光，竟然不小心撞在门框上。

走进自家门，屋里围了一脚地人，男人女人，罗坤溜了一眼，看出站在这儿的，大都是"四清运动"和自己一块挨过整的干部或他们的家属。他们正在给胆小怕事的老伴宽解：

"甭害怕！打咧就打咧！"

"谁叫他爸'四清运动'害了人……"

"他梦田老汉，明说哩，现时臭着咧！"

这叫给人劝解吗，这是煨火哩！罗坤听得烦腻，又一眼瞥见坐在炕边上的大队长罗清发，心里就又生气了：你坐在这里，听这些人说话听得舒服！他和大队长搭话，大队长却奚落他说："你给梦田老汉回话赔情去了吧？人家给你个硬顶！保险！你老哥啊！太胆小咧！简直窝囊！"

罗坤坐在灶前的木墩上，连盯一眼也不屑。他最近以来对大队长很有意见：大队长刚一上任，就在自己所在的三队搞得一块好庄基地。这块地面曾经有好几户社员都申请过，队里计划在那儿盖电磨磨房，一律拒绝了。大队长一张口，小队长为难了，到底给了。好心的社员们觉得大队长受了多年冤屈，应该照顾一下，通过了。接着，社办工厂朝队里要人，又是大队长的女儿去了，社员一般的没什么意见，也是出于照顾……这该够了吧？你的儿子伙着我的三娃，还要打人出气，闯下乱子，你不收拾，倒跑来给女人撑腰打气。"把你当成金叶子，原来才是块铜片子！"

罗坤黑煞着脸，表示出对所有前来撑腰打气的好心人的冷淡。他不理睬任何人，对他的老伴说："取五十块钱！"

老伴问："做啥？"

"到医院去！"

大队长一愣，眼睛一瞪，明白了，鼻腔里发出一声重重的嘲弄的响声，跳下炕，径自走出门去了。屋里的男人女人，看着气色不对，也纷纷低着眉走出去了。

罗坤给缩在案边的小女儿说："去，把治安委员和团支书叫来！叫马上来！"

老伴从箱子里取出钱和粮票，交给老汉："你路上小心！"

罗坤安慰老伴："你放心！自个也甭害怕！怕不顶啥！你该睡就睡，该吃就吃！"

治安委员和团支书后脚跟着前脚来了。

罗坤说："你俩把今日打架的事调查一下，给派出所报案。"

治安委员说："咱大队处理一下算咧！"

"不，这事要派出所处理！"罗坤说，"这不是一般打架闹仗！"

团支书还想说什么，罗坤又接着对她说："你叔不会写，你要多帮忙！"

说罢，罗坤站起身，拎起老伴已经装上了馍的口袋，推起车子，头也不回，走出门去。蒙蒙月光里，他跨上车子，上了大路。

四

整整五天里，老支书坐在大顺的病床边，喂汤喂药，端屎端尿，感动得小伙子直流眼泪。

梦田老汉对罗坤的一举一动都嗤之以鼻！做样子罢了！你儿子把人打得半死，你出来落笑脸人情，演得什么双簧戏！一旦罗坤坐下来和他拉话的时候，他就倔倔地走出病房了。及至后来看见儿子和罗坤亲亲热热，把挨打的气儿跑得光光。"没血性的东西！"他在心里骂，一气之下，干脆推着车子回家了。

大顺难受地告诉罗坤，说他爸在"四清运动"中被那个整人的工作组利用了。"四清"后，村里人在背后骂，他爸难受着哩！可他爸是个倔脾气，错了就错下去。"四清运动"的事，你要是和他心平气和说起来，他也承认冤枉了一些人，你要是骂他，他反硬得很："怪我啥？我也没给谁捏造咯！'四清'也不是我搞的！盖了我的章子吗？我的头也不由我摇！谁冤了谁寻工作组去……"

罗坤给小伙子解释，说梦田老汉苦大仇深，对新社会、对党有感情，运动当中顶不住，也不能全怪他。再说老汉一贯劳动好，是集体的台柱子……

第七天，伤口拆了线，大顺的头上缠着一圈白纱布出院了。罗坤执意要小伙子坐在自行车后面的支架上，小伙子怎么也不肯。"你的伤口不敢挣！医生说要养息！"罗坤硬把小伙子带上走了。

"大叔！"大顺在车后轻轻叫，声音发着颤，"你回去，也要难为虎儿……"

罗坤没有说话。

"在你受冤的这多年里，虎儿也受了屈。和谁家娃耍恼了，人家就骂'地主'，虎儿低人一等！他有气，我能理解……"

罗坤心里不由一动，一块硬硬的东西哽住了喉头。在他被戴上地主分子帽子的十几年里，他和家庭以及孩子们受的屈辱，那是不堪回顾的。

小伙子在身后继续说："听说你和俺爸，还有大队长清发叔，旧社会都是穷娃，解放后一起搞土改，合作化，亲得不论你我……前几年翻来倒去，搞得稀汤寡水，娃儿们也结下仇……"

罗坤再也忍不住，只觉两股热乎乎的东西顺着鼻梁两边流下来，嘴角里感到了咸腥的味道。这话说得多好啊！这不就是罗坤心里的话吗？他真想抱住这个可爱的后生亲一亲！他跳下车子，拉住大顺的手："俺娃，说得对！"

"我回去要先找虎儿哩！他不理我，我偏寻他！"小伙子说，"我们的仇不能再记下去！"

俩人再跨上车子，沿着枝叶茂密的白杨大路，罗坤像得了某种精神激素，六十多岁的人了，踏得车子飞快地跑，后面还带着个小伙子哩。

可以看见罗村的房屋和树木了。

五

罗坤推着自行车，和大顺并肩走进村子的时候，街巷里，这儿一堆人，那儿一堆人，议论纷纷，气氛异常，大队办公室外，人围得一大伙。路过办公室的时候，有人把他叫去了。

办公室里，坐着大队委员会的主要干部，还有派出所所长老姜和两个民警，空气紧张。大队长清发须毛直竖，正在发言："我的意见，坚决不同意！这样弄的结果，给平反后工作的同志打击太大！他爸含冤十年……"

罗坤明白了。他瞥了一眼清发，说："同志，法就是法！那不认人，也不照顾谁的情绪！"

罗清发气恼地打住话，把头拧到一边。

罗坤对姜所长说："按法律办！那不是打击，是支持我工作！"

姜所长告诉罗坤，经上级公安部门批准，要对罗虎执行法律：行政拘留半个月。他来给大队干部打招呼，大队长清发坚持不服判处。

"执行吧，没啥可说的！"罗坤说，"法律不认人！"

民兵把罗虎带进办公室里来，小伙子立眉竖眼，直戳戳站在众人面前，毫不惧怕。直至所长拿出了拘留证，他仍然被一股气冲击着，并不害怕。

清发重重地在大腿上拍了一巴掌，把头歪到另一边，脖上青筋暴起，突突跳弹。

罗坤瞧一眼儿子，转过脸去，摸着烟袋的手，微微颤抖。

就在民警把虎儿推出门的一刹那，一直坐在墙角、瞪着眼、撅着嘴的贫协主任梦田老汉，突然立起，扑到罗坤当面，一扑踏跪了下去，哭了起来："兄弟，我对不住你……"

罗坤赶忙拉起梦田老汉，把他按坐在板凳上。梦田老汉又扑到姜所长面前，鼻涕眼泪一起流："所长，放了虎娃，我……哎哎哎……"

这当儿，在门口，大顺搂着虎儿的头流泪了，虎儿望着大顺头上的白纱布，眼皮耷拉下来，鼻翼在急促地翕动着。

虎儿挣脱开大顺的胳膊，转进门里，站在爸爸面前，两颗晶莹的泪珠滚了出来：“爸，我这阵儿才明白罗村的人拥护你的道理了！”说罢，他走出门去。

六

罗村的干部们重新在办公室坐下，抽烟，没人说话，又不散去。社员们从街巷里、大路上也都围到办公室的门前和窗户外，他们挤着看党支部书记罗坤，那黑黑的四方脸，那掺着一半白色的头发和胡楂，那深深的眼眶，似乎才认识他似的。

罗坤坐在那里，瞧着已经息怒而略显愧色的大队长，和干部们说：

“同志们，党给我们平反，为了啥？社员们又把我们拥上台，为了啥？想想吧！合作化那阵咱罗村干部和社员中间关系怎样？即便是三年困难时期，生活困苦，咱罗村干部和群众之间关系怎样？大家心里都清白！这十多年来，罗村七扭八裂，干部和干部，社员和社员，干部和社员，这一帮和那一帮，这一派和那一派，沟沟渠渠划了多少？这个事不解决，罗村这一摊子谁也不好收拾！想发展生产吗？想实现机械化吗？难！人的心不是操在正事上，劲儿不是鼓在生产上，都花到钩心斗角，你防备我，我怀疑你上头去了嘛！

“同志们，我们罗村的内伤不轻！我想，做过错事的人会慢慢接受教训的，我们挨过整的人把心思放远点儿，不要把这种仇气，再传到咱们后代的心里去！

“罗村能有今天，不容易！咱们能有今天，不容易！我六十多了，将来给后辈交班的时候，不光交给一个富足的罗村，更该交给他们一个团结的罗村……”

办公室门里门外，屏声静气，好多人，干部和社员，男人和女人，眼里蓬着泪花，那晶莹的热泪下，透着希望，透着信任……

1979 年 5 月于小寨

尤代表轶事

　　鸡冠岭下，小河岸边，有个尤家村。这儿的村民有句俗话：人过一百，形形色色；有的爱穿红，有的爱穿黑；有的爱唱戏，有的爱做贼；有的爱守寡，有的爱拉客；有的心善，有的缺德；有的白日里正经八百儿，半夜却偷着和儿媳妇掏灰……尤家村是个人过千口的大村庄，这形形色色的人物自然都不乏实例；只是在出了"尤代表"这位人物之后，才使所有奇人异事相形见绌，黯然失色。

　　来到了尤家村，在田野上劳动休息的闲聊中，社员们谈论尤代表，笑声解除了劳作的疲倦；在东邻西舍互相串门的火炕上，尤代表很自然地又成为开心的话题。父母训示儿女的时候，也习惯拿出尤家村男女老幼都能看得见、摸得着的这位人物来做鉴戒。

　　尤代表几乎无所不在！

　　这是个人物……

东沟"猿人"

　　"四清"工作组组长老安同志，从炕上跳下来，在炕和桌子之间狭窄的空当里踱步。他刚从一户社员家吃罢早饭回来，等候着两名组员，约定中午去访问一户至今没有照过面的贫农。

　　老安同志踱着步，心里发急，进村快一个月了，揭露尤家村党支部书记尤志茂以及大队和小队所有干部的政治、经济问题的各种形式的会议，开了几十场，还是没有抓到什么大问题。这是怎么搞的呢？

　　工作是够细致、够扎实的了。他和组员们对尤家村所有贫农和下中农社员，挨家挨户访问过了，进门先问寒问暖，忆苦思甜；扫地担水，搭手做活；

坐在炕头上，一点不怕虱子钻到裤腰里去。可是，一谈及大小队干部的问题，那些正在诚恳地憨笑着的男人和女人，立刻变得拘谨起来，吭吭巴巴，话不成串……

第一次下乡的这位城区的文教局长，几天来心里很不安，夜里常常失眠。县"四清"总团每周一期的《四清战报》，登载着多少显赫的战果！相比之下，尤家村的工作进展是迟缓的，只能算是下游了。这儿——尤家村——的干部真没有问题吗？不会！因为绝不会存在一个风平浪静的世外桃源。那么，是工作方法不入窍呢？还是群众落后呢？还是像"战报"上一再警告的"某些同志"思想右倾呢？他的脑皮发麻了……

政治上和经济上出不了战果的局面，无论如何，是不能再继续下去了。他从昨晚到今天早晨，连着开了工作组全体干部会，分析了原因，决定进一步发动群众……

就在早晨的会议上，一户一户分析了所有贫农和下中农社员的情况以后，他忽然发现，访问中漏掉了一户贫农。是谁呢？经过认真查问，才打听到村子东边沟里居住着一户居民。他决定带两个组员亲自去访问，以弥补工作上不该有的粗疏。

两个组员相继到来，一个是热情高、干劲大、文化低的小马，从外县农村抽调出来的积极分子；另一个是城里来的大学生小郭。

三个人出了村，沿着一条窄窄的小路，顺着东沟往上走。五月天，沟里一派鲜绿，桃树上结满一串一串毛茸茸的桃子，柿树上的方形花蕾含苞待放，野花点点，蜂蝶嗡嗡。老安和两位小将无心赏景，一路走着，一路瞧着，寻觅那位独居东沟的阶级兄弟的住室。

走上一道坡梁，在沟西岸的崖坎下，有柱青烟袅袅升起，那儿有一孔窑洞。三人相对一看，加快了脚步。

老安和两个组员走进窑洞，看见脚地铺着一窝麦秸，胡乱堆着一疙瘩棉花套子。三个大块礓石上支着一口小铁锅，烧过的柴灰一直铺到窑洞口。一个衣着褴褛的人，跪在地上，对着小铁锅下的火堆，吹着火，洞里弥漫着呛人的柴烟，三个人同时咳嗽起来。

那个人从锅下抬起头来，烟火熏得满脸油腻，抹着一道一道烟灰，只是那一双白仁多黑仁少的眼睛扑闪着灵光。他从地上站起来，看见这么多穿制服的工作人员，吓得瑟瑟抖着，站在原地一动不动，狐疑地打量着站在面前的来人。

老安笑着，和蔼地问："你叫什么名字？"

"尤喜明。"声音也有点颤抖。

"啥成分？"老安更加和气地问。

"贫贫儿的贫农哇！"尤喜明带着感情回答。

"你在这儿住了几年了？"

"七八年了。"尤喜明叹一口气。

"大小队干部没有人过问你吗？"

"唉……"尤喜明不知如何回答，欲言又止。

"你不要怕！"老安说。

尤喜明眼里转过一缕亮光，摆出一副难言的苦楚神情："人家谁管咱嘛！"

"你怎么弄成这光景？"老安十分动情地问，"你说说你的身世，让俺们受受教育。"

"唉！一言难尽！"尤喜明流下泪来，"我少年丧父母，地主尤葫芦霸占了我的地，国民党几次拉我当壮丁。解放了，翻了身，媳妇可跟咱离了婚，干部尽欺侮咱……"

这无疑是一个苦大仇深的贫农了，老安和两个组员不约而同交换了一下眼色，心里沉重得很，他压抑着感情，感慨地说："看吧！在社会主义的尤家大队，生活着一个原始人！尤喜明同志过的是猿人一样的生活。"

小马气愤地说："当权派尤志茂，新房旧房四大间。对比太强烈了！"

小郭感触更深："农村阶级分化，想不到严重到这种地步！"

窑里的柴烟散去了，明亮起来，老安揭开小铁锅，正煮着半锅包谷糁子。窑里仅有的一只小瓷瓮里，装着半瓮包谷，这就是全部家当了。他反过身来，对两个青年组员说："你去找尤志茂，叫他先给尤喜明弄些粮食！"说着，庄重地解开裤带，把套在外面的一条裤子脱下来，送到尤喜明手里，蓬蓬泪花，颤颤声音："把你那条破裤子换了……阶级兄弟……"

尤喜明"哇"的一声哭了，"扑通"跪倒在地，紧紧抓住安同志皮肤细腻的双手，泣不成声："你们……真是救命……恩人……"

"快起来！快！"老安双手把尤喜明拉起来，坐到麦草上，"你有苦，就诉说吧……"

"天不灭尤"

一直把工作组三位同志送到沟底，再送到尤家村东头的村口，尤喜明被六只手一齐挡住，才难舍难分地停住脚。看着三位同志的背影被村巷里的柴火垛子遮住了，他才转过头，顺沟走上来，回到被安组长称为原始人穴居的窑洞。

"天不灭尤！"

站在洞门口，他几乎脱口喊出从心底层涌出的这一句感叹来。

"哈呀！我以为今生永世出不了东沟呢！"尤喜明欣喜难抑，想到工作组要他明天上台揭发控诉尤志茂，他的心里失掉了平衡，总是稳不住，总想往上蹦："我尤某，要上尤家村的高台上说话了！嗬呀……"

他突然明显地感觉到窑洞太窄小了，进洞出洞要低头弯腰。奇怪，从腰际到脖颈，似乎插进去一根硬棍，头低不下去，腰也弯不下去。窑洞里太寂寞、太曲卡了。站在窑洞外面的小坪场上，眼底的东沟，似乎一下子也变得丑陋而又窄狭，难以容置老尤五尺之躯了！

明天要开尤家村运动以来的第一场群众大会，斗争党支书尤志茂，尤喜明第一个发言、控诉，老安说是"打头一炮"！轰开局面！怎么讲呢？老安对他抱着多大的热情和希望呀！

他坐下来，心里有点发虚，老安人生地不熟，一身知识分子的天真气儿，好哄骗。可是明天一上台，台下尽是尤家村男女，谁不知道他尤喜娃的根根筋筋？

他简直抑制不住自己已经花白的头发下面的思维的潮水，那些被人嘲笑了多少年的很不光彩的往事，此刻却顽固地翻上心来……

大约是解放那一年，二十三四岁的尤喜明已经卖过五六次壮丁了。每一回，他把卖的身价钱往腰里一揣，连着在小镇上的饭馆里饱餐几天，然后听候命令开拔到任何地方去，不难受也不流泪。不出半月，尤喜娃又活脱脱地出现在尤家村，向愚陋笨拙的庄稼汉讲述逃离壮丁队伍的惊险经历……

"那是拿小命换的一口饭吃……"尤喜明对土改工作队队长哭诉，眼泪鼻涕交加，"我孤儿喜明，没一丁点儿办法……"

这是实情。富于同情心的尤家村父老向穿灰制服的老八路干部证实了这一点，农会主任尤志茂也证明同龄人尤喜明说的是实情。于是，在分配地主财产的时候，尤喜明得到两间厢房。积极得令庄稼人眼花缭乱的尤喜娃，拍着胸膛："共产党，工作组，是我再生父母！我老尤……为革命，刀山敢上，火海敢跳……"

"喜娃，该收心过日子了。"土改工作队撤离后，农会主任尤志茂好心劝告说，"岭上沟岔村有个女人，结婚没过一年，痨病男人死了。你要是中意，让你嫂子给说说……"

"能成能成！"尤喜明迫不及待，"只要人家不嫌咱，咱嫌人家啥哩！"

农会主任的女人拉线做媒了。起初，那女人畅畅快快同意了。过了两天，大约打听到尤喜明某些根底，又不大满意了。尤喜明急了，他恳求农会主任亲自去，用自己在小河两岸所拥有的威望去说服那个动摇不定的女人。尤志茂去了，稳住了那个女人的心，最后拉个把把儿，说要"再尺谋尺谋"！

尤喜明还是不放心，"再尺谋"下去，怕是麻烦了。趁天黑，他上了岭，亲自找那个小寡妇去了。满嘴喷泉一样涌出新鲜而又进步的名词，热诚而又动人的保证，加之二十多岁时那张曾经是青春焕发的脸膛吧，尤喜明居然征服了小寡妇的心。以至在小寡妇送他出门的时候，他敢于一下把寡妇压倒在门外的麦草垛子旁……

"我老尤……"尤喜明结了婚，喜气洋洋，拍着胸膛。

在西安大兴土木的建设热潮中，尤喜明是尤家村第一个表现出对新分得的土地并不那么眷恋的农民，进城做民工了。他能说，能跑，好活跃！不出一年，被建筑单位吸收为正式工人，领起民工施工了。

"离婚！"穿上一身蓝制服，上身的口袋里插着两支明晃晃的钢笔帽儿的尤喜明，瞪着眼，嘴硬牙更硬，对搂着已三岁儿子的媳妇说，"你是个寡妇！我和你没感情！"

离婚以后，尤喜明把土改分的两间厢房拆了，木料和砖瓦，全部变卖干净，出了尤家村，再没回来。

也不知什么地方走了岔儿，尤喜明牵扯进一件贪污案，被解职了，背着铺盖卷儿回到尤家村，去向尤志茂报到。

"你看你，弄下这事！"已经是农业社主任的尤志茂惋惜地说，"当年你离婚，我劝你，你不听。你拆房卖房，我劝你，你还不听。现在咋办？吃的社里可以先给你分些粮食，住处呢？"

"我老尤，能享得福，也能受得罪！"尤喜明似乎并不像尤志茂那样忧心忡忡，反而想得开，"住处，我看好了一个地方，社里东沟那个看守庄稼的窑洞，平时空闲着，让我先住下……"

"唔！那个……"尤志茂记起来了，"那窑太小，离村庄又远……"

尤喜明在东沟住下了，一住就住了七八年。每年冬季到来的时候，人民政府的民政部门发下救济款和棉花棉布来，尤志茂在开会研究救济对象的时候，照例先给东沟的居民留过一份，然后再一家一家评议。

"喜明，有一份棉布棉花，社里给你缝成棉衣了，你到妇女主任那儿去领。"尤志茂说。

"我算着也该来咧！"尤喜明一点不愧。

在"瓜菜代"的年月，尤喜明倒庆幸东沟这个绝好的住所了，甭说黑夜，大白天偷豆挖薯，也不会担心有谁发觉。他是尤家村少数几个没有浮肿的人中的一个……

现在，尤喜明坐在窑洞口，想着多半生的不平凡的经历。他从来是个只瞻前不顾后的汉子，过去的事从来不回想。在尤家村的人看来，尤喜明睡在烂窑洞里，要是想起卖掉的房子，想到撵出门的媳妇和儿子，该是后悔死了吧？其实，尤喜明本人从来是不吃后悔药的。要不是工作组老安叫他明天上台"轰头一炮"，他才不会想起那些已经无法挽回的往事呢！回想，是为了如何说得合体些，让老安信以为真！

绝对不能提那些最不光彩的事！尤喜明想，可是，尤志茂是个不错的支书呢！单是对他本人，也没啥过不去的事咯！真正回想起来，在尤家村体贴照顾他尤喜明的，还要算尤志茂呢！想到这些，他的热情和勇气往下降，凭啥斗争尤志茂支书呢？安组长说尤志茂是走资本主义道路的当权派！那段很长的话他记不住，而意思是说，他就是当今尤家村的尤葫芦，新地主！

"怕是要搞二回土改！"尤喜明这样估计当前的运动，"要是这回事的话，我老尤就不客气了！"

尤家村大队当中，有一幢戏楼，这是1956年合作化后头一个好年成里盖的。

尤喜明坐在台上，和老安肩膀贴着肩膀，他的心里热乎乎的。平时，尤家村男女们谁拿正眼瞧一眼自己呢？看着站在台角的尤志茂，他心里好笑，你把戏楼盖起来，怕是只知道自己站在台上传达上级决议的吧？没料到今日吧？好！现在你站端！立直！手顺裤缝垂下……台下那么多惊奇的眼光在瞅他，瞅吧瞅吧！尤喜明是在台子上坐的人物，不是在东沟烂窑洞窝蜷的……

宣布开会以后，老安同志走到台前，沉痛中带着义愤："在社会主义的尤家村大队，至今生活着一个原始人！尤喜明同志过着什么样的生活？惨不忍睹！走资派把贫农社员迫害到什么程度了？简直跟猿人一般……"

安组长动了感情，说不下去了："现在，请尤喜明同志控诉……"

尤喜明忽地站起，走到台前，瞧一眼老安，用凄楚而委屈的声音喊说："贫下中农阶级兄弟们……"一语未了，"哇"的一声哭了，凄惨震人。在擦眼泪的时候，他看见老安的脸上露出满意的表情，这一声哭到要紧处了。

尤喜明刚要说话，台下却传来一片笑声，他有点慌。安组长立即走到台前："笑什么？这是阶级感情问题！"

笑声反而更大更响了，从台子的前边到后边，左边到右边，卷起一阵阵笑的声浪。尤喜明感到笑声太刺耳了，却不知道为什么。

工作组员小马从台下跑上来，在工作组长老安跟前说悄悄话，老安立时脸变了，愠怒地瞅着尤喜明。尤喜明不知出了什么事，只看见安组长死死盯着自己的下身，他一低头，天啊！多少年没有穿过制服裤子了，今天穿上老安昨日送给他的制服裤子，却忘记了关前门……

尤喜明毕竟是尤喜明，他急中生智，猛地转过身，扑到尤志茂当面，挥起拳头，照准支书的胸膛，就是一记顶心捶："你害得我好苦啊！"

台下的笑声戛然而止，没有人笑得出来了，成千双男人和女人的眼睛离开尤喜明的裤裆，一齐转向在台口挣扎着爬起来的尤志茂。尤喜明扣好裤子的扣子了，只见老安眼里向他射来生气的目光，停了好一阵，老安重新宣布说："现在，由尤喜明同志继续控诉……"

"我要革命"

尤喜明的行为又得到报偿，他再次分得了两间厦房。这是原尤家村党支部书记，运动后期补定为漏划地主分子尤志茂的两间西厢房。

实在想不到，做梦也梦不到的嬷事啊，果真来了二次土改！尤喜明从东沟的"猿人洞穴"里搬进这两间新房的时候，简直跟幻梦一般，不过多费了几星唾沫儿，甩了几串眼泪水水……

晚上，尤喜明钻进软和的被窝，美美地睡了一觉。第二天，再到他居住过七八年的东沟的窑洞去上班。那被安组长称做原始人的洞穴的门口，现在挂着一个白底黑字的木牌，成了阶级教育展览馆，每天接待着一批又一批前来接受教育的学生、干部、工人和战士。尤喜明现身说法，成了专职讲解员了。

尤喜明站在洞里，面对着拥挤在洞里洞外的观众，背诵着大学生小郭给他编好的台词："革命的工农兵同志们！这就是走资派尤志茂残害我的罪证……"

那件又破又脏的衫子和裤子，那床烂得分不清里子和面子的棉被，现在都顺窑壁挂着，用塑料膜儿严严地罩起来。支着小铁锅的三块礓石也按原样摆着，只是把铺散在脚地上的柴灰清除干净了。尤喜明指着那一件一件展品，哭溜着腔调儿："我过的是原始人的生活。我今天才获得解放。"接着，他就挥动胳膊，呼两声口号，完了，由他们自由看去。

寂寞了不知多少世代的东沟，一下子红火起来，长蛇似的队伍，从洞口一直排到沟底，激昂慷慨的口号声迎接太阳照进东沟，又送着太阳落下西边的原坡。好多善男信女，架不住这现场实物的强烈刺激，用手绢抹着眼泪，慷慨地在窑洞里丢下钱、粮票和衣物，表示对阶级兄弟真诚的同情……

直到最后一批参观者下了山坡，尤喜明这才坐在洞门口的石墩上，从腰里摸出八分钱一包的"经济牌"烟卷来，美美抽上一口，心里好笑：人都知道串村走巷的野大夫卖的是假药，可偏偏人都爱买！管屎它！咱只要一天挣十工分就对咧！不推车，不捉把儿，在凉窑里说几句话，比公家的干部少操心多啰！嫽！

东沟里寂静下来，尤喜明的耳边也清静了；清静了，反倒觉得无聊了，几天来不愉快的心事又翻腾起来。

尤志茂的成分一定秤，财产一分过，老安就给尤家村重新安置干部呢。大小队原来的四五十个干部，差不多是一竿子打净了，可是给大队重新安排的干部中，没有尤喜明的名字。盼到给他所在的四小队安排干部时，又没有提到他！新发展的第一批党员，已经报到县"四清"总团待批，还是没有尤喜明的名字啊！他起初伤心，继而气愤。现在在东沟里想起来，简直要骂出来："他妈的！跟土改那阵儿一屎样儿！轰场面的时光用得我，选干部的时光一脚踢远！"

着实令尤喜明伤心、生气。土改时，他头一个敢于冲进地主尤葫芦的房里去，抽他两个耳光……临到土改结束，他只落下个空有其名的贫农代表。这回"四清运动"——二次土改，眼看又是啥干部也当不上了。现在只剩下贫协组织的干部没有定点儿，他想，许是给他留着一个位位吧？难说！老安对他越来越冷淡了，那次斗争尤志茂的大会刚一结束，老安神情严肃地批评他，怎么能动手打人呢？又是当着全村社员的面？此后，他越积极老安对他越冷淡，再没有头一次到东沟那么热乎了。好多天了，连他一次面也见不上……

"得找他谈谈意见！"尤喜明站起来，下了沟，进了村，端直走进老安住的农家小院。老安被几个人围着，回答着询问，眼睛熬得红红的，头发蓬乱了，人也瘦了，黑了。"四清运动"要收尾了，安组长忙着收摊……

询问事情的人走完以后，老安才走到他跟前，事务式地问："喜明，你有什么事？"

没有事就不能来了吗？尤喜明一听那冷淡的口气就想躁，他拿出一副激烈的架势，大声说："我要革命！"

安组长一愣，扑闪着近视镜片下面的眼皮，半晌，才说："你要革命，那好啊！没有人阻挡你革命嘛！"

"我要干革命工作！"尤喜明的声音更响了。

"你在东沟当讲解员，这就是革命工作嘛！"

"我要……"尤喜明说不出心里要说的话。

"哎哎！老尤！"安组长开始耐下心来，"具体说，你到底要什么？"

尤喜明这才坐下来，紧紧盯住安组长的眼睛，问："安组长，你说，我的斗争性咋样？"

安组长有点窘迫，说："不错……不错！"

尤喜明进一步逼近："立场坚定不坚定？"

"没有人说你不坚定嘛！"安组长说，"你要说什么事，有什么要求，直说吧！"

"为啥安排大小干部，没有我的份？"尤喜明干脆亮出底儿。

"唔……"安组长近视镜片下面的眼睛瞪得老大，半张着的厚厚的嘴唇说不出话来，他大概能料事万千，却料不到尤喜明会明目张胆提出要当干部的要求！

"当不当干部，一样革命嘛！"安组长从迷茫中醒悟过来，应付说，"不能人人都当干部……"

"好我的安组长哩！"尤喜明忽然变了腔调，难受地说，"我为革命打响了头一炮，轰倒了尤志茂；我回回开会发言，揭发问题；我不害怕得罪人；运动结束了，我要是不挂个干部的名号，旁人愣烧臊我，'积极了一来回，也没……'你看，在贫协组织里头，能不能给我挂个名号……"

"啊！贫协？贫协的干部今天下午刚刚选好。"安组长已经厌烦了，口气中很明显表示出对尤代表的轻蔑，说，"再不要争了……"

完咧！完咧！尤喜明从头凉到脚，和土改走的一道辙，他被甩开了，像甩开什么讨厌的东西一样。他想再乞求，门口走进一个社员，叫老安去吃晚饭。尤喜明叹一口气，站起来，像什么事也没有发生，畅快地说："老安，没有啥！我随便和你聊聊，没事！你放心，革命，咱照样干……"他已经走到尤家村的街巷里了。

前沿阵地

一场连一场干霜，打落了小院里那棵大柿树的叶子，入冬了。尤喜明再不必担心冬季里忍饥受寒了。天一黑，他就躺进软和的被窝里，炕上铺的，头下垫的，全是尤志茂给儿子结婚准备下的三面新的褥子被子。小厢房的顶棚，用新苇秆和新苇席绑扎得严严实实，炕上的三面墙壁，贴着花纸围。躺在这样舒适的为迎接新娘子的新屋里，尤喜明一根连着一根抽着"经济牌"纸烟，要是能把这间新屋那个未来的女主人也分配给他，最好此刻就躺在他的身边，那……尤喜明鼻腔里痒痒儿，打了两个冲天揭地的喷嚏。

他睡不稳实了，索性坐起来，靠着窗户，对面的厢房里的人这会儿干什么呢？他拉开了小窗子的木门。

小院里很静，风吹着地上的落叶，沙沙沙响。

运动刚结束后，这个小院里呈现的混乱和悲怆的气氛，似乎很快被一种无言的和谐所代替。地主分子尤志茂，一个人在柿树下吃饭，吃罢，女人从地上收拾空碗空碟，他就一袋接着一袋抽旱烟。天冷了，还是这样，现在他还不睡觉，一柱烟锅的火光在柿树下闪亮，是他当干部形成了熬眼迟睡的习性呢？还是对他的倒台、家产的被分心怀仇恨呢？准是后头这一条！难受你就难受吧！也该让我老尤享享福，甭光恨我吧，是"四清运动"——二次土改给我带来了幸福……

尤志茂的大儿子尤年从兼做伙房的厢房里出来，钻进那间搭着麦草顶子的柴火棚棚去了。房产被分了，屋里睡不下，他在柴火棚棚里过夜。这小子平日进进出出，嘴噘脸吊，从早到晚不说一句话。看见尤喜明的时候，立即把头扭到一边去。眼看着要过门的新媳妇因为成分的变化而断然退婚了，他不恨死他尤代表才怪呢！恨不要紧，只怕这冷娃想媳妇想急了，一旦动起手脚，还不把他尤喜明拆卸了零件吗！得避着点儿！

他奇怪，这一家人为啥不吵架闹仗呢？原大队会计在"四清"中挨整垮台了，退赔了七八百块钱，成分可没有改变，比尤志茂挨得轻多了，会计的婆娘整天和男人闹仗，跳井呀，上吊呀，扯到公社离婚呀！这个小院里要是吵架干仗多好，尤喜明隔着窗子就会有好戏看……全是因为尤志茂有个好女人，她一天三晌照样出工挣工分，回到屋里喂猪喂鸡。她不弹嫌男人变成地主分子了，照样一日三顿，把饭食端到柿树下，双手递到尤志茂手上，给他说宽心话。在屋子里又规劝毛毛躁躁的儿女……

尤志茂的好女人洗刷过锅碗，从门里出来了，解下围腰，在台阶下拍打前胸和后襟的灰尘，噼噼啪啪响着……四十出头了，胖胖儿的身材，墩墩儿的个子，胸膛高高儿，屁股蛋圆圆儿……她拍打干净，领着女儿莲莲到后边的窑里去了，此后就不再出来……和这样贤惠而又温存的女人睡一辈子，尤志茂前世给神烧过碌碡粗的香吗……和这么好的女人在一起，就是流落街头，头垫佛脚睡庙台，大约心里都是甜蜜蜜的吧？尤喜明想着，触景生情，一种无法摆脱的空虚和孤独袭上心头，他即使睡到金銮殿里，心里能有人间的温暖吗？唉唉！由于运动过去了，尤家村不开会了。社员们又是白天上工，晚上睡觉。运动后出现的复杂的人事关系，很少有人串门对闲话了。尤代表现在住在村子中间，出出进进街巷，大人小孩都不理他，年轻女人们见他过来，故意转过脊背来……运动完了，革命凉了，尤代表也不兴时了……

尤志茂从柿树下站起来，背着双手，缓缓走过院子，进入对面的厢房了，"咣当"一声关了门。夜更静了，尤喜明叹一口气，从窗口上转过脸，溜进被窝，眼皮发困发涩，一切美妙的想象只有托梦了……

窗下一阵轻轻的脚步声，夜深了，是谁在走动？尤喜明睡意全消，爬起身来，从窗缝看出去。

一丝蒙蒙的月光，隐隐绰绰看得见小院里的柿树和柴火堆的轮廓。有个人朝院里走进去，肩上扛着半口袋粮食，轻手轻脚走到窑门口，把口袋放下来，靠放在门框上，转身又走出来。走过窗口的时候，尤喜明认出来了，竟是贫协主任尤福来。

"贫协主任，你干的好事！阶级立场跑到什么地方去了！"尤喜明早已气从心起，这个抢占了他的干部位置的尤福来算什么东西！斗争尤志茂的时候，他出过什么力，能比得上尤喜明吗？结果却把贫协主任的位位占去了。他在心里骂："怪道在没收财产时，尤志茂被分了个盆干瓮净，现在还有得吃的，原来有人偷偷儿相赠呀！"

尤喜明轻轻拉开门，从对面传来尤志茂沉重的鼾声。他走到窑门口，窑里寂然无声，那个好女人和她女儿正在梦中。他提起那半口袋粮食，一摸，是碎颗子——麦！他蹑手蹑脚走回屋子，关上门，解开来，那黄亮亮的麦粒里夹着一个纸条：

"分得你的粮食，我吃不下去。"

"丧失立场！"尤喜明在心里喊，"你贫协主任给地主分子退回胜利果实，是什么立场？和谁穿连裆裤？和谁坐在一条板凳上？"

应该把粮食放回原处，保持现场。立即把治安主任、党支部书记叫来，看你尤志茂咋说？看你尤年小子，见了我还敢瞪眼不瞪？看你贫协主任尤福来怎么下台？

他抓住口袋，想重新结口的时候，那黄亮亮的麦粒却从眼睛里拔不出来了。何必呢？神不知，鬼不觉，凭空里拾得七八十斤麦子，不是美事吗？细粮仅够磨一套了，今冬明春，年下节下，光喝包谷糁子怎么受得了！他提起口袋，朝装麦子的那个已经空空的柜子走过去，心里的火气早已烟消云散了。"你尤福来吃不下去，我尤喜明能吃下去！天天晚上有人来送，我就能过个好年了。"

走到柜子跟前，尤喜明又犹豫了：如果把这半口袋麦子扛到公社去，放到安书记面前，他会怎么说呢？尤喜明和尤福来，谁是革命的，不就对比明白了吗？说不定贫协主任这个位位得让给我呢！也许会受到奖励，说不准还会在报上扬名哩！傻瓜傻瓜，怎么能贪图半口袋麦子而失此良机呢！

尤喜明主意铁定，重新扎好口袋，忽地一下扛到肩上，反身锁上门，扯开大步，走过沉睡的街巷，出了尤家村，踏上通公社的大路。他走着，格外有劲，在睡梦里的尤家村人，明天早晨，你们一揉眼起来的时候，就会听到一个爆炸性的消息……

"好吧，你把粮食放到这儿，回去休息吧！"安书记听完尤喜明的汇报，平静地说。

尤喜明心里凉了。安书记为啥不惊奇呢？他苦心费力从尤家村跑到公社，半夜三更，十几里路，连一句赞扬的话都没有！阶级斗争被我抓住，送到你安书记面前，你却冷冰冰地不起兴儿！尤喜明好气馁！忽而一想，他明白了，安书记从尤家村撤走以后，被上级留在公社当党委书记，尤福来是他亲手安排下的干部。现在尤福来投降了地主尤志茂，揭发出来，于他有什么光彩呢？噢噢，明白了！出门时只朝一边想，没想到另一边有丝丝蔓蔓的瓜葛呢！他后悔不该白白损失了送到口边的粮食。

"好吧！你回去休息吧！"安书记催促说。

"那好，这事咋办呢？"尤喜明不甘心，"阶级斗争，尤家村特别复杂，我住在尤志茂对面，是前沿阵地。安书记，我睡觉都睁着一只眼睛！"

"问题由组织处理。"安书记仍不起兴，"处理以后再告诉你。"

"我也要参加这场斗争！"尤喜明说。

"需要你参加时，再通知你。"

尤喜明听得出来，安书记厌烦他，不过想快点哄他走开了事，他反而更热情地说："我等着！你啥时通知，我啥时候来！阶级斗争咱不马虎！"

尤喜明回到家中，等了一周，又等了十天，眼看半个月过去了，没见安书记的通知，也没见开斗争尤志茂的大会，也没见撤换尤福来的贫协主任职务。他急了，实在急了！得去问问安书记，阶级斗争还要不要天天抓？

他真的去公社了，走在十字路口，碰见了安书记，正骑着车子，到坡岭上几个大队去检查生产呀！

"安书记，那个案件怎么处理？"

"什么案件？"

"尤福来给地主分子送粮的案件。"

"那事……不是案件。"安书记淡淡地说，"我已经处理过了。"

"我一点儿不知道！"

"你为什么一定要知道呢？"

尤喜明难受了，安书记和他说话这么难听。他咬住问："咋样处理的？"

"批评教育。我和尤福来谈了，他认识了。"安书记平静地说着，舌头一转，反而批评教育起尤喜明来，"喜明同志，你也要注意参加生产劳动哩！"

"我接待参观的群众，从早到晚……"

"要是人少了，有空到地里去，参加劳动。"安书记说，"要注意群众影响，我听到不少意见呢！"

听着安书记肯定的口气，和那讨厌的神态，尤喜明什么也不想说了，转身走了。

参观的人也少了，寂寞的日子又开始了。

这天早晨，他突然从隔壁的半导体收音机里听到，什么文化革命开始了！他的心猛烈一跳，不由得把胳膊抡起来，走路也有劲了。他暂时还弄不清，这场运动弄啥呢？又要收拾谁呢？文化革命，那是文化人的事，农村搞不搞呢？他想着，走着，走到街巷中心的十字口，最好农村也搞，有运动才热闹！最好搞成……

分得尤志茂的麦子已经吃完了……这回真的搞起来，该吃谁的呢……

1980 年 11 月于灞桥

霞光灿烂的早晨

不管夜里睡得多么迟，饲养员恒老八准定在五点钟醒来。醒来了，就拌草添料，赶天明喂完一天里的第一槽草料，好让牲畜去上套。

他醒来了，屋子里很黑。往常，饲养室里的电灯是彻夜不熄的，半夜里停电了吗？屋里静极了，耳边没有了缰绳的铁链撞击水泥槽帮的声响，没有了骡马踢踏的骚动声音，也没有牛倒嚼时磨牙的声音。炕的那一头，喂牛的伙伴杨三打雷一样的鼾声也没有了，只有储藏麦草的木楼上，传来老鼠窸窸窣窣的响动。

唔！恒老八坐起来的时候，猛乍想起，昨日后晌，队里已经把牲畜包养到户了。那两槽骡马牛驴，现在已经分散到社员家里去饲养了。噢噢噢！他昨晚睡在这里，是队长派他看守一时来不及挪走的农具、草料和杂物，怕被谁夜里偷了去。

八老汉拉亮电灯，站在槽前。曾经是牛拥马挤的牲畜圈里，空荡荡的。被牛马的嘴头和舌头舔磨得溜光的水泥槽底，残留着牲畜啃剩的麦草和谷秆。圈里的粪便，冻得邦邦硬，水缸里结着一层麻麻花花的薄冰。

忙着爬起来干什么呢？窗外很黑，隐隐传来一声鸡啼，还可以再睡一大觉呢。屋里没有再生火，很冷。他又钻进被窝，拉灭电灯，和衣躺着，合上眼睛，却怎么也不能再次入睡……

编上了号码的纸块儿，盖着队长的私人印章，揉成一团，掺杂在许多空白纸块揉成的纸团当中，一同放到碗里，摇啊搅啊。队长端着碗，走到每一个农户的户主面前，由他们随意拣出一只来……抓到空白纸团的人，大声叹息，甚至咒骂自己运气不好，手太臭了！而抓到实心纸团的人，立即挤开众人，奔到槽头去对着号码拉牲畜。一头牛，一头骡，又一匹马，从门里牵出来了，从秋天堆放青草的场地上走过去，沿着下坡的小路，走进村子里去了。

队里给牲畜核了价，价钱比牲畜交易市场的行情低得多了，而且是三年还清。这样的美事，谁不想抓到手一匹马，哪怕是一头牛哩！恒老八爱牛，要是能抓到一头母牛，明年生得一头牛犊，三年之后，白赚一头牛了！唉唉，可惜！可惜自己抓到手的，是一只既不见号码，也不见队长印章的空白纸团……

不知从哪个朝代传留下来抓阄的妙法，一直是杨庄老队长处理短缺物资的唯一法宝。过去，队里母猪生了崽，抓阄。上级偶尔分配来自行车、缝纫机或者木材，抓阄。分自留地、责任田，抓阄。十年不遇的一个招工名额，仍然抓阄。公道不公道，只有阄知道。许多争执不下的纷扰，都可以得到权威的解决。老好人当队长，为了避免挨骂和受气，抓阄帮了忙。虽然没能得到一头牲畜，恒老八不怨队长。队长本人也没抓上嘛！

"老八，你今晚……在饲养室再睡一夜。"分完牲畜，队长说。

"还睡这儿做啥？"恒老八瞅着牛去棚空的饲养棚。

"看守财产。"

"你另派人吧！"老八忽然想到，在没有牲畜的饲养室里，夜间睡下会是怎样的滋味儿哩！

"你的铺盖还在，省得旁人麻烦……"

吃罢晚饭，老八像往常一样，在朦胧的星光下，顺着那条小路走到远离村庄的饲养场。他坐在炕头，一锅连一锅抽旱烟，希望有人来这儿说说闲话，直到他脱衣落枕，也没有一个人来叩门。往昔里，饲养室是村里的闲话站。只有伙伴杨三的儿子匆匆进来，取走了他老子的被卷，一步不停地转身走了。杨三抓到手一头好牛，此刻肯定在屋里忙着收拾棚圈和草料，经管他的宝贝牲畜哩！

杨三抓到的那头牛，是本地母牛和纯种秦川公牛配育的，骨架大，粗腿短脖颈，独个拉一犋大犁……八老汉早在心里祈愿，要是能抓到这头母牛就好了，可惜……这牛到了杨三家里，准定上膘，明年准定生出一头小牛犊。人家的小院里，该是怎样一种生气勃勃的气派……他嫉妒起杨三来了。

满打满算，杨三不过只喂了两年牲畜，却抓了一头好牛。恒老八整整喂了十九年牲畜了。"瓜菜代"那年，队里牲畜死过大半，为了保住剩下的那七八头，队长私自分到社员家保养。养是养好了，上级来人却不准分，立时叫合槽。大伙一致推选他当饲养员。经过干部社员的商议，为了给原坡上的田地施肥方便，咬着牙把饲养场从村里搬迁到坡上来了。

从新盖起的饲养场到小小的杨庄，有两华里坡路。青草萋萋的地塄上，他踩踏出一条窄窄的小路。阴雨把小路泡软了，一脚一摊稀泥。风儿又把小路吹干了，变硬了，脚窝又被踩平了。日日夜夜，牛马嚼草的声音，像音乐一样和谐悦耳。牛马的粪便和草料混合的气味，灌进鼻孔，渗透进衣裤的布眼儿……

这样的生活今天完结啰！从明天开始，他就要在自个的责任田里劳作了。晚上嘛，和贤明的老伴钻进一条被筒，脚打蹬睡觉啰！整整十九年来，他睡在原坡上的这间饲养室里，夏天就睡在门外的平场上，常常听见山坡沟壑里狼和狐狸的叫声。想起来，他自觉得尚无对不起众社员的地方。集合起来的那七八头牲畜，变成了现在的二十头，卖掉的骡驹和牛犊，已经记不清了。可惜！没有抓到一头……

挂在木格窗户上的稻草帘子的缝隙里，透出一缕缕微微的亮光。山野里传来一声声沉重的吭哧声，伴和着车轮的吱吱响，响到屋后的小路上来了。谁这样早就起来干活呢？家伙！

一听见别人干活，恒老八躺不住了。他拉亮电灯，溜下炕来，一边结着腰里的布带，一边走到门口。他拉开门闩，一股初冬的寒风迎面扑来，打个寒战，走出门来。场地上摊开的草巴巴上结着一层霜。地塄上的榆树和椿树，落光了叶子的枝丫上，也结着一层厚厚的白霜。灰白的雾气，弥漫在坡坡沟沟上空，望不见村庄里高过屋脊的树梢，从村庄通到原坡上来的小路上，有人躬着腰，推着独轮小车，前头有婆娘或女儿肩头挂着绳拽着。那是杨云山嘛！狗东西，杨庄第一号懒民，混工分专家，刚一包产到户，天不明就推粪上坡了。勤人倒不显眼，懒民比一般庄稼人还积极了。好！

八老汉鄙夷地瞅着，直到懒民和他的婆娘拐进一台梯田里。他想笑骂那小子几句，想想又没有开口。懒民在任何人当队长的时候，都能挣得全队的头份工分，而出力是最少的。懒民最红火的年月，是乡村里兴起凭唱歌跳舞定工分那阵儿……好！一包产到户，懒民再也找不到混工分的空隙了！看吧，那小子真干起来，浑身都是劲哩！既然懒民都赶紧给责任田施冬肥，恒老八这样的正经庄稼人还停得什么？回，赶紧回去。"冬上金，腊上银，正月上粪是哄人。"要是再下一场雪来，粪土就不好进地了。

恒老八返身走回屋里，把被子卷起，挟在腋下，走过火炕和槽帮之间狭窄的过道，在尽了最后一夜看守饲养室的义务之后，就要做永久性的告别了。回头一望，地上洒满草屑，以及昨日后晌抓阄分牲畜时众人脚下带来的泥土和扔掉的纸块，叫人感觉太不舒服了。老汉转过身，把被子扔到炕上，捞起墙角的竹条长柄扫帚，把牲畜槽里剩下的草巴巴扫刷干净，然后从西头扫起，一直扫到门口。他放下扫帚，又捞起铁锨，想把这一堆脏土铲出去。刚弯下腰，肩膀猛地受到重重的撞击，铁锨掉在地上了——一匹红马，扬着头，奔进门来，闯到圈里去了。

恒老八呆呆地站在原地，盯着红马闯进圈里，端直跑到往常拴它的三号槽位，把头伸进槽道里，左右摇摆，寻找草料，打着响鼻，又猛地仰起头来，看着老八，大约是抱怨他为啥不给它添草拌料。

老汉鼻腔里酸酸的，挪不开脚，呆呆地站着。红马失望地从圈里跑出来，蹄下拖着缰绳，站在老八跟前，用毛茸茸的头抵他的肩膀，用温热的嘴头拱他的手，四蹄在地上撒娇似的踢踏。

八老汉瞧瞧红马宽阔的面颊，慢慢弯下腰，拾起拖在地上的缰绳，悄悄抹掉了已经涌出眼眶的泪水。这匹红马出生时，死了老马，是他用自家的山羊奶喂大的（队里决定每天给他五角钱羊奶的报酬）。这匹母马，已经给杨庄生产队生过三头骡驹了。

"哈呀，我料定它在这儿！"八老汉一抬头，红马的主人杨大海正从门口走进来，笑着说。

"整整踢腾了一夜。嘿呀呀！闹得我一夜不敢合眼。好八叔哩，你想嘛，八百块，我能睡得着吗？"杨大海咧着大嘴，感慨地叙说，"天明时，我给它喂过一瓢料，安定下来，我才躺下。娃娃上学一开街门，它一下挣断缰绳，端直往这儿跑！"

"唔！"恒老八一听，心里又涌起一股酸酸的东西，支吾着。红马大约还不习惯在大海家窄小的住室里过日月吧，马是很重感情的哩！

杨大海表示亲近地抚摸一下红马披在脖颈上的鬃毛。红马警惕地一摆头，拒绝大海动手动脚。大海哈哈一笑，说："它亲你哩！八叔。"

"给马喂好些，慢慢就习惯咧！"恒老八把缰绳交到大海手里说，"回吧！"

"唉！要是我能抓到一头牛就好咧！"大海接住缰绳惋惜地说，"'八百块'拴到圈里，出门一步都担心。人说务马如绣花。把我的手脚捆住了，出不了门咧！女人家喂牛还凑合，高脚货难服侍……"

话是实话，八老汉信大海的话。大海是个木匠，常年在外村盖房做活儿，多不在家，屋里一个女人，要养一匹马，也是够呛的。万一照顾不周到，损失不是三块两块。

"要是你能抓到这红马，那就好哩。你一年四季不出门，又是牲畜通。一年务得一匹小驹儿，啥收入？"大海说，"却偏偏又抓到我手里。"

假话！八老汉在心里肯定。昨天大海一抓到红马，连停一步也不停，拉回屋去了。他即使真不想养，怕耽搁了他盖房挣钱的门路，也不会把马转让给别人的。敢说像红马这样的头等牲畜，一上市，准保卖过千二，净捞四百，大海是笨人吗？

"那……你转让老叔养吧！"老八故意想试探一下精明的大海，"咋样？"

"嘿嘿嘿嘿嘿！"大海笑起来，不说话了，半晌才支吾说，"暂时先凑合着。嘿嘿嘿嘿嘿……"

"快走吧，咱俩都忙。"

看着大海拉着红马，走出门，呵斥着趔趔趄趄的红马，下了坡，他返过身，咣一声锁上门，挟着被卷，走出饲养场的大院了。

天明了，初冬清晨常有的灰雾似乎更浓了。从村庄通原坡梯田的土路上，男男女女，已经穿梭般往来着推车挑担的社员。土地下户，闲了干部。不用打铃不用催，你看一个个男女腿脚上那一股疯劲儿！

恒老八下了坡，刚到村口，老伴迎面走来："你不看看，人家都给麦地上粪哩，你倒好，睡到这时光！"

"咱也上嘛！"老八说，"回去就干。"

老伴是贤明的，也不再多舌，转身就走。

"八叔——"玉琴跑着喊着，挡在当面，"我那头黄牛，不吃草咧，你去给看看——"

恒老八瞧着玉琴散乱的头发，惊慌的神色，心软了。男人在县供销社工作，她和婆婆拖着俩娃娃，还好强地要养牛。三十出头的中年媳妇，大约从来也没喂过牲口哩！现在却养牛。

不等老八开口，八婶转过身来："各家种各家的地，过各家的日月了。他给你家去看牛病，谁给他记工分？"

"你这人——"老八瞪起眼，盯着老伴，这样薄情寡义的话，居然能说得出口来，还说她贤明哩！

"好八婶哩！八叔给牛看病，耽搁下工夫，我——"玉琴难为地说，"我哪怕给你老纳鞋底儿——顶工哩！"

"净胡说！"老人摇头摆手，"话说到哪里去了。"

"嗨呀！我说笑话嘛！"八婶勉强笑笑，算是圆了场，转身走了。

在一明两暗的三间大房中间的明间里，过去是招待来客的地方，现在拴着大黄牛，草料临时搅拌在淘洗粮食的木盆里，地上堆着黄牛的屎尿。

玉琴的婆婆站在院里，慌慌乱乱地向老八抱怨儿媳妇："我说咱家里没男劳力，养不成牛。铡草起圈，黑天半夜拌草，你一个屋里家，咋样顾揽得起！玉琴偏不听，非要抓阄不可。你看看，现时弄得牛……"

"你先甭嘟囔我，让八叔给牛看看。"玉琴顶撞婆婆，"你儿子要是一月能挣回七十、八十，我才不爱受这麻烦哩！"

老婆婆噘着嘴，站在一边不吭声了。

玉琴的男人在县供销社工作，挣得四五十块钱。屋里老的老，小的小，年年透支一百多。这个好强的媳妇，在家养猪养鸡，上工挣分，比个男人还吃得苦。看看别人都抢着抓阄，她知道牛马价钱比市场上便宜，也抓，一抓就抓了一头黄牛。八叔很赞成这个泼辣勤苦的年轻媳妇。他不好参与婆媳俩的争执，径自走到黄牛跟前去了。

老八一把抓住牛鼻栓，一手拉出牛舌头来，看看颜色，放开了，又捏一捏牛肚子，摸摸耳朵，转过身来，那婆媳二人愣愣地站在那里，大气不出。他从腰里摸出一只布夹，抽下一支三棱针，抓住牛耳朵，放了血，命令道："取两只烂鞋底，点一堆火。"

老八接过玉琴递来的鞋底儿，在老婆婆点燃的麦秸火上烤着，直到烤得鞋底热烫，再按到黄牛肚皮上，来回搓揉。

"你照我的办法，就这样熨搓。"老八叮嘱玉琴说，"到吃早饭时，我再过来看看，好了就好了。不行的话，再拉到兽医站去。"

"你甭走，八叔——"玉琴担心地说，"我怕——"

"甭怕，没事。"老八笑笑，宽解地说，"牛夜里受了点儿凉气，没大病。往后把屋子收拾严点儿。"

"没事就好。老八，甭走！"老婆婆已经端着一只碗从灶房走来了，"你吃点儿。"

"啥话嘛！"老八一瞅递到胸前来的碗里，沉着三个荷包蛋，大声谢绝。

他在饲养室里多少次治好牛马的小伤小病，也就是那么回事了。给社员的牲畜小施手术，就受到这样的款待，真是叫八老汉感慨系之。他大声说："给娃娃吃！我一个老汉，吃鸡蛋做啥？"

婆媳二人，挽留不住，左右两边厮跟着，说着感恩戴德的话，送到门口。八老汉受到这样诚心实意的送行，反倒觉得别别扭扭，刚一出街门，头也不回，只摆摆手，大步走了。

恒老八倒背双手，在杨庄街道里走着。走到杨社娃庄院门口，他看见社娃年近七十的老子杨大老汉，正挑着一副担笼从门里出来。没良心的杨社娃把孤独一人的老子扔在老屋里，领着婆娘和儿子住到新盖的三间新房里来，两年多了，不给老汉一分零用钱，气得老汉到公社去告状。杨大老汉怎么在儿子的新房里出出进进呢？他不是在杨庄街道里大声嘲骂过儿子是"杂种货"吗？

杨大扔下担笼，向老八招手。

"你看狗日鬼不鬼！"杨大说，"昨日后晌抓到一头牛，不等天黑就跑过去，把我拉过来，要我跟他一起过活！"

"唔呀！"老八真是意料不到。

"想叫咱给他当马夫！"老大一针见血指出，"你当那小子良心发现咧？鬼！"

"那你为啥要过来呢？"老八笑问。

"唉！总是咱的种嘛！"老大粗鲁地说，"看着他不会侍弄牲畜，咱心里也过不去。再说，娃低头认错了，那婆娘也……唉！和儿女治得啥气嘛！"

"对对对！"老八附和说，"总是亲生骨肉哩！"

"他图得有人管牲畜，我图得能吃一口热饭。"老大说，"混到死算咧！"

老大的口气是舒悦的，老八听得出，看得到，这可真是杨庄的一桩新闻哩！人都争着干哩，老八感到一种不寻常的气氛在杨庄村巷里浮动。

"刚才，公社郑书记在门口碰见我，问你哩！"老大说，"说不定现时正在你屋等你。"

"郑书记？找我做啥？"老八说，"现在还有啥公事哩？"

老八磕了烟灰，朝村子西头走，老远就看见郑书记站在自家门口的粪堆前，帮老伴敲碎冻结的粪疙瘩，还笑着说着什么。作为模范饲养员，郑书记给他戴过花，发过奖状，现在还贴在屋里正面墙上。现在，土地分户种了，牲畜分户养了，郑书记到村里来，还有啥事可干呢？

"老杨，听大海说，你见了红马，还落了泪？"郑书记哈哈笑着，"是吗？"

老八咧着嘴，不好意思地笑笑。

"我信哩！你为那些四条腿熬费过心血，有感情哩！"郑书记蹲下来，掏出烟袋，"我倒是想，你们杨庄不分牲畜行不行？已经分槽的那些队，有利也有弊。好处是人人都经管得用心了，牲畜肯定能养好。不利的是，家家都添了许多麻烦，特别是没男劳力的家庭。不养牲畜，地不好种；养吧，很费事劳神哩！我倒是想在杨庄试一试，牲畜集体养，是否更好些？这儿，有你这个老模范，其他队比不得。"

"已经分了。"老八说，"分了好。"

"我来迟了一步。"郑书记说，"算了。"

"土地下了户，牲畜不分不行咧！"老八说，"用起来不好分配。"

他给郑书记举出一桩事例来——

去年，队里抽出两犋牲畜给社员种自留地。轮到杨串串的时候，那家伙天不明拉走牲畜，直到半晌午还不见送回来，急得八老汉赶到地里，天爷呀，老黄牛累得躺在犁沟里爬不起来，杨串串手里抢着鞭子，牛身上暴起一道道鞭子抽打后的肉梁，嘴里吊着一尺长的涎沫，浑身湿透。

"你想想，现在土地下了户，家家户户地更多了。不分行不行？"老八叙说了这件使他伤心的事，慨然告诉郑书记，"前日，队长征求我的意见，问牲畜分不分？我说分，坚决分。分了自家都知道爱惜牲畜，要不，扯皮闹仗的事才多哩！"

郑书记点点头，表示同意老八的意见："这是各队分牲畜的主要原因。"

"问题是，现在好多三十来岁的年轻社员不会喂牲畜，特别是高脚货（骡马）。"郑书记又说，"问题很普遍。我今日来，想请你到咱公社广播站，讲讲牛马经。"

"我说不了话……"老八着实慌了。

"好多人要求请你讲哩！"郑书记说，"我还想办业余农校哩！土地包产到户，社员要求科学种田心切！往常，挣不操心的工分，糊里糊涂种庄稼，土地一分到户，好多年轻人连苗子的稀稠都搞不准，甭说高产了。"

"倒是实话！"老八说。

"我还得找队长，要帮社员安排好牲畜棚圈，不能一分就不管了。"郑书记说，"一言为定，明天晚上到公社来，我在广播站等你。讲一小时两块，按教授级付款！"

太阳已经升到碧蓝的天际，雾气已经散尽，冬日的阳光，温暖灿烂，街道里的柴火堆，一家一户的土打围墙，红的或蓝的房瓦，光秃秃的树枝，都沐浴在一片灿烂的晨光里。

"跟你商量一件事。"走进房，恒老八蹲在灶锅跟前，对着扑出灶膛的火焰点着旱烟，给老伴说，"咱得买牛。"

"钱呢？"老伴停住了拉风箱的手。

"不是有嘛！"

"那是给娃结婚用的。"

"缓半年。"老八说，"先买牛。庄稼人不养牛，抓摸啥呢？"

"那得一疙瘩钱哩！"

"暂时紧一紧。一年务育一头牛犊，两年就翻身了。现时处处包产到户，牛价月月涨。"老八说，"放心，我没旁的本事，喂牛嘛，嗨嗨……"

老伴从灶下站起，揭开锅盖，端出一碗荷包蛋，放到老八面前，五十多岁的老妇人，居然嗔声媚气地说：

"吃吧！吃得精神大了，再满村跑着去给人家看牛看马……"

老八却像小孩一样笑眯了眼睛。

1982 年 5 月 15 日改定于延安

到老白杨树背后去

　　从二楼的阳台上，可以观赏这个城市北半边的夜色。绿的红的蓝的粉红色的窗帘，使万千个窗户呈现出五彩缤纷的景象。夜是安静柔蜜的。夜总是夜，星光在城市的上空显得灰暗，月亮也显得冷寂无光。城市北边横亘西东的那一架山或者说是一道原坡，逶迤伸展开去，看不见峰峦，看不清豁峪，只是一道模糊的雄伟的轮廓。山就是山，夜色里看不清峰峦和豁峪的轮廓依然是不失其雄伟。

　　我喜欢浏览异地的夜色。这个黄土高原上的北方小城，三十万男女白天奔忙在大街小巷里，夜晚就在那一孔一孔绿的红的蓝的粉红色的窗帘里头蜗居，于是就创造出这个北方小城不同于北京和广州的独自的色彩和氛围。哦！这是金关市的夜色。

　　我有点寂寞。我白天里观赏了这个小城可资骄傲的古董和现代文明的标志。这儿没有秦俑，没有唐王陵墓，却有瓷窑。这儿的瓷窑不是一般随随便便的什么破窑，而是唐三彩的发祥之地。举世闻名的唐三彩马和三彩骆驼，首先从这几个坍塌淤塞的破窑里被创造成功，还是世界第一。我在这儿住着金关市最高级的一家宾馆，享受着超越了我应该享用的规格标准。我品尝了这个古老的瓷都风味奇特的传统小吃，辣得冒汗辣得舌根僵硬的荞麦饸饹。我的心里却又怎的滋生寂寞了？我希望见到一位熟人，一位生活在这个城市多年的熟人。一位朋友，一个同学，一个旧时的同志，一个同乡，聊一聊，谈一谈，或者有幸被邀到他家去坐坐，我对这个陌生之地的陌生隔膜就完全打破了。这是我每到一个新地方的最惬意的事，说来不算奢望，有几回就真的如愿了，有几回只好留下寂寞和最终也未戳透的隔膜。

　　同行的和在金关城新结识的几个朋友在胡聊乱谈。我转进小屋，烟雾腾腾，空气浑浊，烟把儿从烟灰缸里溢出来，落在茶几上，和橘子皮花生壳混在一起。某个作家第三次结婚了，娶了个年龄相差十多岁的舞蹈新星。某走红的女作家和男人开始分居。某男作家和某女作家公开同居。性和爱和婚姻总是在一切角落里成为最畅通的话题。没听过的总想听，听到了总想说给还没听说过的人。

咣咣咣！

有人敲门。

敲门敲得这样响，完全用不着使那么大的劲儿。要么是急了，要么是个莽撞汉子。四五个人全都转过头盯着那门板，却没有谁打算立即跑过去拉开旋钮。我是觉得那门敲得太响太用劲，反倒不急于去打开它，毕竟我坐得离门最近，最终还是我拉开门。

一位女人，中年女人。她看我一眼，旋即就放弃了我，把一双灵活的眼睛扫向屋里，把坐在屋里床上、椅子上和沙发上的每个人扫描一遍，最终又把眼光落到我的脸上。我避开脸。

"这屋有个……辛程吗？"

我立即抬起头，一双疑惑不定的眼睛。眼睛的边儿和大角儿小角儿聚着皱纹，那些皱纹又几乎抹平了，像油漆匠在刷漆之前用砂纸打掉木板的沟缝儿，光了也柔了，然而总抹不掉隐藏的沟缝儿。那双眼睛虽无灵光，却很灵活，像淘洗得洁净的两只黑色套着白色的玻璃球儿。我看她看得这样仔细，却仍然认不出她是谁。我问："你认识辛程不？"

"认识，把他烧成灰我也认识。"

"那好，你就认吧！他肯定在这屋坐着。"

她朝前走了两步，站到屋子中间，又一次扫描起每一位在床上椅子上沙发上坐着的人来，却不显得任何难为情。她终于把眼光又集中到我的脸上，使我很不舒服，像面对一双汽车灯的强烈照射。她眼睛一眨，带着探试而又几乎肯定的口气说："你大概就是……"

屋子里的人都笑了。

玩笑至此，也就够了。我却惶惶然问："你是……哪位？"

"现在……该你认我了！你也好好认认吧！难道把我忘得一干二净了？真是贵人眼高……"

我简直不敢相信这就真的遇上她了……

偏斜的太阳在山坡上闪耀，酸枣棵子繁密的小叶子变黄了，胡须草的长叶晒成了灰白色。好久没有落雨了，铁刷子草顶耐旱，叶子凝聚成乌黑色。马刺蓟花儿像紫色的绣球儿缀在焦枯的满布着小刺儿的枝杆上，无精打采。蚂蚱在声嘶嗓干地叫唱。太阳太刺眼了，那焰光灼得人不敢抬头，稍微溜一眼就头晕目眩，眼前发黑。

我们躲在沟道里。沟道里有三五十株白杨树，这沟道就叫白杨沟。白杨树抖抖擞擞地冒出黄土坡沟的夹缝儿，把枝枝梢梢伸向蓝色的天空，地上就落下一大片阴凉。春天时沟里流一股水，旱季里就断流了，只有湿漉漉的沙土，津津地渗出水珠儿来。白杨独占这一方风水地，得天独厚，枝叶茂密，树干光滑滋润。沟里有小潭，水不外溢，也不见少，大约渗出来的水正好够挥发的。水潭边的软土湿泥里留着分作两半的硕大的牛蹄印，也隐现着梅花瓣儿似的野兽的足迹，许是狐狸，也许是狼。反正旱季里山坡上的水是稀罕的，放牛娃把牛赶到这里来饮水，狼和狐狸也会嗅到水的气味的。

草笼扔在一边，磨得明光灿亮的草镰也撂在地上。等太阳绕到那道高梁背后，四面山坡上不见阳光的时候，我们才动手到坬坎上去割草。

四个人围坐在白杨树荫下，抓石子儿。七颗五色的小石子，像麻雀蛋一样，褐色的、紫红的、紫黑的、乳白的，全是从沙土里掏出来，洗净泥沙。撒开来，抛起一只，再抓起地上的，接住空中落下的那颗。有单抓，有双抓，还有一二三的抓法。四个人分作两家，对门为朋友。玩起抓石子，我们三个男孩子全敌不过薇薇。轮到薇薇抓的时候，我就一眼不眨地盯着。她抛起一颗石子，再轻巧地抓起撒在地上的两颗，然后翻过手来，接住空中即将落地的那颗石子。灵巧的手翻来覆去，一张一合，石子在手掌心撞得当当作响。那眼睛低下来又翻上去，两只小辫子有节奏地跳弹着，我常常看得忘记了轮着我抓。

玩儿了三回，我就兴味索然，或者说从一开始我就热情不高，我总希望和薇薇做对儿，不光图赢。刚才开始用手心手背配对家的时候，厚儿和薇薇同出手心，而我恰恰和喜娃都出了手背。我没兴趣了，提议说："玩儿'过门'吧！"

喜娃首先响应，厚儿也同意了。薇薇不吱声，却没反对，她无疑爱当新娘子。

喜娃、厚儿和我争执起来，争先要当女婿。薇薇说还是用"猜崩猜"决赛来确定轮流做女婿的先后顺序。我胜利了。我们三人爬到火样烤晒的山坡上，选择自己喜爱的野花，准备装扮新娘子。野豆荚吊着一串串豌豆花一样的花朵，紫红发蓝，很讨人喜欢，而一想到这种野豆荚又叫狼豆荚，我就放弃了。黏草花粉红粉红，挺好看，可那枝叶上分泌出一种黏汁，碰一碰就会染上黏糊糊的东西，一定会把薇薇的头发给黏结在一起。秃子草花黄澄澄的，像去了青的蛋黄，粉嘟嘟的煞是好看，唯其名字不雅，不大吉祥，我也没摘。我爬到坡顶上，在一堆乱石岗上，看见了一片野蔷薇，红的花白的花粉红的花开得一片灿烂，花团锦簇，成疙瘩结串儿。

我捏着一把野蔷薇花儿从坡上跑下来，头上冒着汗，手指被小刺扎破了，火辣辣地疼。薇薇盘腿坐在草地上，羞答答地低着头。我手足无措了，喜娃提醒我快给新娘子插花。我跪在薇薇面前，把一枝一枝红的白的粉红的野蔷薇插到她的小辫上，头顶上。我这才发现，薇薇在我们采花的时候，在水潭里洗过脸了，头发也用水抿抹得平平整整，水津津的了。

喜娃做礼宾先生："拜天地。跪好！你俩并排跪好——"

我跪在草地上，偷偷扭过头，薇薇也跪下来，有点忸怩，显出羞答答的样子。

"一拜天神——叩首！"

我双手撑地，沙土地凉适适的，点一下头，再点一下头，一共叩了三下。薇薇缀满野蔷薇花枝的头也低下去，又扬起来，磕了三下，红的白的粉红色的花朵摇摇闪闪，甩甩蹦蹦。

"二拜地神——叩首！"

我和薇薇照例认真地叩拜三回。

"三拜祖宗神灵——叩首！"

三拜之后，我挺直跪着，不知下来该怎么举动了。喜娃长我两岁，经见多些，并不慌急，扯着悠悠的嗓门（简直跟村子里的礼宾先生二太爷的调门如出一辙）喊："奏乐——"

喜娃喊过，把双手卷成圆筒，套在嘴上，吹起喇叭唢呐调儿，呜——哇——嚓。厚儿也跟着吹起来，双奏乐。

"入洞房——"

喜娃忙里偷闲，吹着兼喊着。他喊了"入洞房"之后，我却愣着。洞房在哪儿？该往哪里走？

"到老白杨树背后去！"喜娃急嘟嘟地喊。

我还是不明白："到老白杨树背后咋办？"

喜娃不耐烦了："跷尿骚呀——"

我和薇薇悠悠走着，并肩齐排儿，那棵老白杨树变得陌生而又神秘了。跷尿骚，就是说要用一条腿从薇薇的头上跷过去！大人们结婚时，怕新娘子疯长，跷了尿骚就不再长了。我和薇薇走到老白杨树下，默默地站住了。

薇薇低着的头扬起来，头上的花串摇摆着，衬得那脸儿粉嘟嘟的，像一朵粉红色的野蔷薇，那双眼睛已少了羞怯，而涨出一缕难受的惊恐的神色，求饶似的说："哥哎！你甭跷了，我还要往高长哩！"说着，那双眼睛里潮出了泪水来，迅即溢满了眼眶，闪闪颤颤，眼看着要滴流下来。我忽然难受了，忙说："反正是玩哩！你咋就当真了？算了算了，不跷……"

她妩媚地笑了，一甩头，就跑了。

喜娃早等着，薇薇又盘腿坐下。喜娃把他采的一把野花往她头上插，我的那些野蔷薇被取掉了，扔在地上。我站在旁边，看着被扔在草地上的红的白的粉红色的野蔷薇，有一种说不清的冷寂。看着喜娃在她的小辫上和头发里插花儿，我顿然厌恶起他的手来，那手指捏着她的有点黄的辫梢，令我十分反感。我想抢上一步，把他捏弄她小辫的丑陋难看的指头砸断。我情急中终于生出一个借口，把他插到她头发上的花儿拔了，摔到沟底里。

"你……干啥？"喜娃气呼呼地扬起头。

"那黏草花，黏糊糊的，把薇薇的头发会黏成一窝麻！"我说，"你这个笨熊，采的这些烂脏花！"

喜娃傻乎乎地醒悟似的笑了。他自己也扔掉了黏草花，又一心一意把那些乱七八糟的野花插到薇薇头上。他对我说："轮你当礼宾先生了，喊吧！"

我冲口而出："我不会！"其实那几句简单的仪程是难不住我的。想到让他和薇薇拜天地做夫妻，我心里的那种别扭劲儿继续加剧。我喊不出口来。

只好由厚儿做礼宾先生。

在厚儿用双手代替喇叭吹唢呐的吹奏声中，喜娃和薇薇朝老白杨树走去。我没有吹，厚儿单独的吹奏显得很单调。我跟着喜娃和薇薇到老白杨树下。喜娃说："洞房里不许来。你刚才入洞房，我就没去。"

我知道不该来，然而我要来。

喜娃辞不动我，只好忍让了，转脸对薇薇说："你蹲下去，我要跷尿骚呀！"

薇薇难为地说："甭跷吧！我要长高……"

喜娃说："不跷尿骚，就不算玩'过门'。"

他说着，就用手按压薇薇的肩膀。我早已不能容忍，跳上前去，一拳打在他的耳根上。喜娃恼了，猴急了，转过身，回击一拳，砸在我的脑门上。我眼里金花乱冒，仰八叉跌倒在地。喜娃趁势压在我身上，气呼呼地说："你当新郎时，我给你当礼宾先生，又吹喇叭，又吹唢呐；轮我做新郎了，你啥也不干……"

我自知理亏，心里却不服气。

薇薇把我们拉开了，厚儿喊："轮我做女婿了……"

薇薇笑着哄厚儿："算了算了。你看，为做女婿都打起来咧！这样吧……你们仨把自个采的花儿，全都插到我头上……"

厚儿最小，也最好说话。他把他采的花就往薇薇的头发上插，喜娃也捅了。我也把那些野蔷薇花儿捡起来，插到薇薇的头发上。

薇薇的头发上和小辫儿上，缀满了各色各样的花儿，红的白的粉红的野蔷薇，紫红的野豆花，黄色的秃子花，紫色的马刺蓟花儿……山坡上夏季里所有的花儿都被我们三个采来，插到她的头上了。坡地上收割过小麦的碴根下残留的几枝晚熟的麦穗儿，我也把它掐来了，吊在她的两条辫梢上。她的头上缀满了五颜六色的野花儿，像个花仙，像个花神，像个山野里的花的精灵了……

"没料到你成了作——家！我那时候咋就看不出你会当作家！"

"瞎碰……"

"我那时候只觉得你很犟，'犟黄牛'……"

"沾了一点儿犟的光，也吃了不少犟的亏。"

"你小时候好强，好强得很咧！"

"沾了好强的光，吃亏也吃在好强上头。"

"犟人，好强人，都有出息，也都遭难特多。"她说，"我看电影，听广播，那些成大事的人，都是些犟人，都是些好强的人，又全都是些倒霉蛋。倒霉得要死，可还是犟……"

"唔！对……那些电影几乎千篇一律。"

"而今该你走运了，知识人儿吃香了。你的工资提了吧？"

"提了。"

"写书听说很挣钱？"

"挣是挣，也不怎么样，不及经商挣得快。"

"一个字多少钱？"

"一二分。"

"啊呀！才一二分！我听人说几毛哩！"

"……"

"家属户口进城了么？"

"进了。"

"城里分房了没？"

"分了。"

"多少平米？"

"二十多……"

"二十多平米？还算照顾知识分子？我想你该一百多哩！那怎么住得开！"

"我还住在乡下，户口进城了，没搬家，只是不种责任田了。"

"啊呀！你这个人不知打的啥主意。住在乡下做啥？离不得那个山沟？下雨街巷里烂得像猪圈。吃的还是那股泉水，听说上边村子的女人在泉水里洗裤片子……"

"我图清静……"

"噢！对咧！你怕人打扰，这倒也是。不过，我看过你一篇小说，叫《收获》。你把那个烂山沟写得好美！我咋就看不出想不起有啥好看的好美的。我就记着那洗过裤子的泉水，一想到喝那水，吃那水做的饭，就恶心，就起鸡皮疙瘩。我从你的小说里看到，还是没屎啥进步，还是人拉独轮车，还是裤子水！不就是破白杨沟吗？你可写得诗情画意。怪道人说看景不如听景……"

我有点惭愧，有点惶惶然，有点被揭穿了西洋景后的尴尬。然而，我又有点犟起来，难道我和喜娃和厚儿给你头发上和小辫上插满的香气四溢的野花不能留在心里一点什么吗？我有所期待，希望她能记得那使我永难忘记的童年在白杨沟里的嬉戏。令我彻底失望的是，她漫不经心地把话题转移了。可见，白杨沟里她插满鲜花的花的精灵花的神花的仙的形象已经统统湮没了。她在嘲弄自己家乡的贫穷落后，甚至比一位异乡人还要刻薄。我有点心酸。

"那年我回去，我舅没在家，到渭北买粮去了。我等了两天，半夜里拉回几口袋包谷来，像做贼似的。我每年都给舅家寄钱，简直是填不满的穷坑，闹得我的日子老也不得宽展。一想起来我都头疼，怎么也想不到家乡有什么可爱……我十多年没回家了，老也不想回去。"

"我这……纯粹是……文人多情……"

"你也写点城市人的小说嘛！农村小说……谁看！我反正一看见猪呀牛呀穿大襟的女人呀就烦了……"

"当然……城市总是文明……"我想把话引开，不要再说家乡的话了，"你在这儿，生活还好吧？"

"可——以。"她拖出很长的一种调门，像秦腔戏演员起唱之先的一声叫板。这声叫板的调儿，就给将要唱出的大段戏文定下了调子，或是花音慢板，或是二六板，抑或摇滚板。她说："俩娃都工作了，可以养活自个儿了。老头子跟我的工资吃不清用不完，行啰！只是老头子……不大顺心……"

"有什么不顺心的事呢？"

"按说啥事也没有，全是自生的不自在。这也看不惯，那也听不顺，广播上一句新名词就听得火冒三丈，电视上一个镜头就惹得他骂爹咒娘。我说，何必呢？人家广播上说要重用知识分子，就用呗！人家电视上演那些搂搂抱抱的戏，让人家搂去抱去，干着你屁事啦！你该拿的工资拿了，该住的房住上了，就吃点好的过个安宁日子行了……"

"他做什么工作？"

"保卫科长，几千人的大厂子的科长。虽然而今时兴文凭，保卫科长的位子还稳当着哩！再说……唉！这老头子也是个犟人，死脑筋，总说自己亏了……"

"怎么会亏了呢？"

"他当兵那阵儿，在青藏高原开车。雪下得半人深，车开不过去，旁的人都钻在驾驶楼不敢出来，这个犟家伙硬是用铁锹把几十里公路铲开了。他立了功，当年国庆就上了天安门观礼台，见了毛主席，照了相。回来就提拔了干部……"

我早就听说过她的丈夫的英雄事迹了。二十多年前，这位英雄司机，因为上过北京，因为受过毛主席的接见，凯旋以后，轰动了我们小河两岸的十里八村。亲戚和媒人挤得碰破了脑袋，竞相把自己熟悉的最好的姑娘的照片掏出来，展示在英雄面前。人如何贤淑，家教多么严格，模样最最疼人了。小镇上的照相馆因此骤然兴隆起来。英雄眼力不错，在纷如花瓣般的照片里，终于瞅中了薇薇。我那时正读中学，城市里的中学离我们的小河川道几十里远，周日回到家中，就听说了薇薇许配英雄的事。当晚，薇薇来到我家，喜不自胜："他在青藏高原开车，雪下得半人深……"我却张大嘴巴喘不过气来……

我崇拜英雄，尤其是那些舍生忘死慷慨激昂的悲壮人物。岳飞，牛虻，董存瑞，这些古今中外忠肝烈胆的英雄，一触即使我心潮激荡。可是，当我听完薇薇以完全佩服倾慕的口吻述说完这位英雄的时候，心里却怪不是滋味。我闭口不语，低下头，不想看她得意的脸。

"订下阳历年结婚哩！"

"恭喜。"

"到那天，你去送我。"

"我……上学哩！"

"阳历年学校放假！"

"放假……我也不去！"

她似乎这时才意识到我的情绪不好，忽然哑了口，出气粗了。我抬头看了一眼，她的脸憋得通红，泪水涌出来，慢慢站起，转身走出门去，我没有送她。

我很快就意识到我的毛病又犯了。我想起在白杨沟里玩"过门"时和喜娃打架的事。我稍一冷静下来就想到，其实我和薇薇没有任何契约，婚姻的事连提也不曾提过，我为什么恼怨人家订婚的事呢？我的忌妒心太强了！我真坏！我凭什么给薇薇使性子？元旦来的时候，我决定去送她，也弥补我的无礼。

按我们乡下的风俗，女子结婚时，亲门本族的人要去送嫁女自不必说，整个村子里年龄相仿的男女青年也要去送，在男方家里参加过婚礼，吃一顿丰盛的宴席，也给出嫁的女子壮一壮声威，自然人愈多愈好。薇薇是五叔的外甥女，母亲和父亲因为什么可怕的原因，双方喝毒药死了，薇薇就在舅家抚养长大了。因为这个原因，送嫁的人特别多。

五挂马车一溜排开，马头上挽着红绸，车上坐着穿饰一新的男女。我也坐在马车上，听众人嘻嘻哈哈说笑，说薇薇命大，跟下了个好女婿，小河一川十里八村谁家姑娘能嫁一个跟毛主席照过相的女婿呢？

我却想起白杨沟里的游戏来——

"入洞房。"

"洞房在哪儿？"

"到老白杨树背后去。"

"到老白杨树背后咋办呢？"

"跷尿骚。"

英雄家住水湾村。马车一进村口，新郎和一帮男女就站在那里迎接。新郎一身军装，好不威武，关公脸，剑眉，五官端正，一派英气，自负而又谦恭地礼让着客人。我简直觉得自己太穷酸了。

院里搭着席棚，棚下摆着桌椅，我们一伙送嫁的客人坐定之后，水湾村的一位干部模样的人主持了婚礼，他喊："新郎新娘就位——"

新郎和新娘先后站在主席台前。

"第一项，向毛主席像行鞠躬礼。"

两人先后转过身，向毛主席致了礼，又转过身来。英雄虽是新郎，仍然腰板挺直，保持着军人英武的姿势。薇薇却一直低头站着，脸膛红扑扑的，羞答答的样子。

"第二项，宣读结婚证书——"

我听不准那位干部念着结婚证书的干巴巴的声音。我又听见了喜娃当礼宾先生的声音。这儿进行的是革命化了的婚礼程序，喜娃却记着乡村里古老的婚典仪式。新式的或旧式的仪式全都无关紧要了，我的耳际只是轰响着一百个喜娃的声音：

到老白杨树背后去……

到老白杨树背后去……

到老白杨树背后去……

我忍受不住耳际的轰鸣了。我已经飞快地走出水湾村村巷了。我不知道自己是怎样溜出那个陌生的屋院的。我不敢再想"老白杨树背后"将会发生什么事……我憎恨那个英雄。扫几十里雪有什么了不起！如果扫雪能取得和薇薇"到老白杨树背后去"的资格，我会发誓把世界上的雪扫除光净！然而毫无办法。我那年刚刚十七岁，第一次领受到了空虚的折磨。我虽然自幼备受生活的艰辛（因此取下辛程的笔名），痛苦过、难受过、委屈过、屈辱过，却从未感受过空虚的滋味，现在有了人生的第一次空虚的感受了……薇薇和那位扫雪英雄"到老白杨树背后去"了呀……

"我们这多年里，还是可——以的。沾老头子的光，我随军当家属了，在军人服务社工作。他后来'支左'，倒是免了灾难；要是在工厂或党政部门，就是'走资派'，非挨斗不可。再后来就复员到工厂当保卫科长……没遭啥大灾横祸。不像你，一个乡村教员，还挨了批斗……"

我虽已过不惑之年，然而老毛病又发作了——我又忌妒起来。几十年来，翻来覆去的名目繁杂花样翻新的政治运动，稍有作为的人乃至毫无作为的庶民百姓，有谁能完好无损呢？我几乎没有听到谁说过他几十年来活得自在。薇薇说她和她的老头子"没遭大灾横祸"而活得基本自在，我又忌妒了！

那年冬天，大约是薇薇随军离开家乡之后第一次回归，为的给舅舅（我的五叔）奔丧。丧事完后，她和她的老头子到我任教的乡村学校来看我。她和他正好看到了我一生最狼狈最悲凉的形态。我的屋子兼办公室里贴满了大字报，门上和窗上贴着像给死人办丧事一样的白纸对联，内容是毛主席送瘟神的诗句："借问瘟君欲何往，纸船明烛照天烧。"窗角上吊着一只用白纸糊成的灯笼，那同样是乡村里给死魂野鬼照路用的丧灯。她来了，他也来了。她有点难受，眼角湿湿的。他却暗暗用眼睛瞅她，有所示意，有所警告。他对我说："你还年轻嘛！大风大浪中难免迷路。犯了错误不要紧嘛！斗私批修嘛！回到革命路线上来嘛……"

她和他走了。我送她和他出了门，走上公路，我连头都抬不起来。我想到了我偷偷逃脱他们的婚礼的举动。我想到我曾经忌妒她和他"到老白杨树背后去"了。生活实际证明她和他"到老白杨树背后去"是走对了脚步，如果和我"到老白杨树背后去"的话，她会有今天的这种风光么？我真切地感到了忌妒薇薇的阴暗心理。我痛切地感到了我的忌妒行为的卑劣。我真坏！坏得该当"纸船明烛照天烧"！像第一次感受空虚的滋味一样，我又第一次感受到了绝望的滋味。绝望是人生中最大的不自在。

她和她的老头子却活得自在！

"我这人容易满足。房子比不上教授标准，可也够住了。吃的虽不是山珍海味，一天总要炒俩菜。彩电洗衣机录音机也有了，我是满足了。我想咋也比在舅家给牛割草的日子好过了。老头子这人犟得很，对目下的新潮流扭不过弯儿，自寻烦恼，自寻的不自在……"

"他做好工厂的保卫工作就行了呀！"我劝解说，"何必……"

"我也这样说哩！"她说，"谁知他……"

她约我到她家去做客。

我谢绝了，为此而想出了许多理由，甚至谎话。

她告辞了，我送她到大门口。她很快就隐入朦胧的灯光和月色里。她一句也没提我们在白杨沟的游戏，是忘了还是根本就当作游戏而不值一顾？这样动我心魄令我空虚令我猴急更使我彻底暴露出忌妒的恶劣天性的游戏，又怎么能完全忘记完全不值一顾啊……

哦！我的白杨沟里的老白杨树哟……

1986 年 11 月 22 日于白鹿园

失重

一

吴玉山老汉悄没声儿地哭了。

老汉蹲在院子围墙西角的猪圈门口的碡磲上,双手撑着花白头发的脑袋,泪水吧嗒吧嗒滴落到裤裆下面的青面碡磲上。

玉山老汉今日才瞅住了痛哭流泪的一个好机会。老伴到她妹子家去了,儿子和媳妇也出门去了,他可以舒心地哭一场,让多日来聚积在咽喉下面的苦水畅活地流泻出来了。想到矮矮的围墙两边的东邻和西邻,他控制住自己,不能号出声来,免得他们幸灾乐祸。

老汉太痛苦了,满眼汹涌而出的泪水和同样绵绵不断流出的鼻涕以及嘴角淌出的黏液搅和在一起,擦不干,抹不净,把一张皱巴巴的脸弄得十分肮脏,黏液从下巴颏上滴下来,滴在胸襟的棉袄上,也弄得湿乎乎一片,他已经无心顾及了。

两头即将出槽的大白猪,扭着笨重的身子,在圈里蹒跚,不时扬起头来,瞅着它们的主人,鼻腔里发出哼哼的响声。笨猪也通人性,他把它们从一尺长的毛崽养成这样两个庞然大物,有了感情了。可它们毕竟不能人言呀!

他老伴的妹妹的丈夫,他的"挑担",被公安局逮了!

手铐!一双蓝铮铮的钢铁家伙,套在挑担的手腕上,寒光凛冽!挑担那一双又细又嫩的手腕,怎能招得住那钢铁家伙的箍匝呢?听说那钢铁里头带有锯刺一般的钢刺铁牙,戴的人稍一拧扭,那锯刺就越紧紧地往肉里扣呀!

玉山老汉抬起泪花模糊的老眼,就瞅见高高地耸立在小院里的二层阁楼。那被涂饰成天蓝色的门窗,天蓝色的钢棍围栏,也都嘲笑似的瞅着他。这座高高地耸立在两边低矮的庄稼院房屋之上的新式建筑，使邻人羡妒，使他自矜，多漂亮的楼房？现在对他嘲弄地瞪起眼睛了。

他突然心里一横，产生了一个十分恶毒的心计，他盼这阁楼突然倒塌，把他压死，他就再也不会痛苦了！

二

挑担姓郑，小名碎狗，官名建国，小河下沿郑寺村人。他和他先后娶走了小河北岸张家堡张老五的大姑娘和二姑娘，成了一副"挑担"。

姊妹俩只差一岁，个头长得相差无几，模样都俊，胖瘦几乎无差，乍看像一对双生。细看呢？妹妹比姐姐更水色一些。比较起来，吴玉山却更喜欢他娶的老大。他有种感觉，一种不易说清楚的感觉，居家过日子，老大更有心计些，也就更可靠一些。二姑娘的水色虽然浓一层，似乎性子太强，不好抚弄。

许是姊妹俩年龄相近，模样不分彼此，于是就形成谁也不服谁的局面。大姑娘能纺一把细线，织一手好布，二姑娘织出的花布和纺下的细线绝不比姐姐差一分成色。姊妹俩争强好胜，互不服气，少了一般姊妹之间大让小、小敬大的情分。这种微妙的关系，随着姊妹俩一前一后的出嫁，就延伸到吴玉山和郑碎狗两个男人和两个家庭的关系之间来了。

吴玉山家道小康，吃穿不愁；郑碎狗家亦属小康人家。谁料婚后一年，碎狗的二弟被抓壮丁，卖地交款，避了灾难，却没了地。祸不单行，母亲猝然而殁，一个小康家庭急骤衰败为日愁三餐的穷汉。老父亲无力挽救，把兄弟三人分开，自奔前程，免得再遭壮丁之苦。

除了一身重债，郑碎狗再没分得什么有价值的家产，他在西安一家鞋铺当学徒，学习抹褙子的手艺，只管饱肚子，没有收入。二姑娘常常在揭不开锅时，夹着小口袋来找姐姐。大姑娘同情妹妹，一升米，三升面，常有周济。时日一长，也就有点厌烦，在把米面装入妹妹张开的口袋时，忍不住奚落："日子泛长了，叫人把你周济到啥时候去？"妹妹一听，倒提起口袋，把装进云的米又倒出来，甩手走掉了，从此，再也没登过姐姐家的门槛。

吴玉山说："看看看，这下把妹子和妹夫得罪下了，既然周济人，就甭说难听话，还能落下个人情。"

妻子却不后悔："在娘家时，连一声姐也没叫过我，好逞能哩！这会儿认得我这个当姐的了！吃了人家的米面，还不领情，倒是我该向她低三下四去赔情？"

姊妹俩就这样绝了情。

吴玉山心里其实倒高兴，再不担心有人来要米讨面了。她是她的亲妹子，如果自己出面干预，妻子肯定不高兴，而妻子自己出面阻断了那个关系，倒好。实在说，"挑担"那一家，真是个填不满的穷坑……

星斗移转，世事大变。没过两年，全国解放。郑碎狗从小小的学徒一下子翻身立起，成了公家干部，穿一身四个兜的蓝布服装，年节时出现在老丈人家门楼里，和吴玉山面对面称兄道弟的时候，吴玉山一下子觉得自己脸上无光，矮了半截。老丈人再不"碎狗长""碎狗短"地奚落了，也不叫"老二"了，出前撵后叫着"建国"的名字。吴玉山很快明白，郑碎狗已经取下一个官名叫郑建国。

郑建国春风得意，满口泄出一串串新名词，叫老丈人和老农民吴玉山似懂非懂。他说新成立的市政府，已经调他当干部了。

二姑娘自然更是扬眉吐气，说话也嗲声嗲气，手也总是塞在裤兜里不往外拿，话中不断地冒出一些乡村女人难以理解的新名词，令老母亲和姐姐吃惊。自然，最尴尬的还是大姑娘，妹妹似乎早憋足了心劲，就等着这一天图得报复，那眼角总是不屑地瞟着姐姐，叫姐姐越看越不自在。

傍晚分手时，矛盾终于公开化了。二姑娘从裤兜里快快地摸出一叠票子，当着父母的面搁到桌子上，对姐姐和姐夫说："前二年受苦时，吃过姐家二斗三升面，八升小米，我都记着，现时，折价一次还清，我也去了心里的疙瘩。"

吴玉山愣住了，连连摆手，烧臊得脸孔赤红，像挨了一记耳光："这算说的哪儿的话……"

妻子煞白着脸，早已不能忍受，抓起票子，一把甩出去，满屋都是飞舞着的人民币："你男人当官了，你当官太太了，俺不眼红！甭在我跟前摆阔耍烧包！我那二斗三升白面，八升小米，权当喂了狗咧！喂给了一条喂不熟的狗……"

姊妹俩当面骂了起来。

从此，姐妹俩绝了往来。遇人说起家道，吴玉山和妻子，谁也不要提起这个挑担和妹妹，他只是零零星星听说过，挑担在解放后的十几年里，官儿从小到大，不停地往上升，至于升成几品，他也搞不清。他本来就对城里政府的官职称谓黏黏糊糊，分不清高低。他和妻子已经有了两儿一女，虽然不易，却还保持着一个小康的状态。他人极忠厚，平和，有一个中农成分，也不能在村子里当什么干部。他凭了勤谨和忠厚，人缘也好。无论谁在吴村当干部，他都是最可靠的社员，从不使奸捣蛋，人叫他"老好玉山"，他欣然领受，不管属褒属贬。一些技术性极严格的活路，譬如撒种，譬如培植稻秧，非他莫属。另有一些脏活累活，干部指派不动气壮声硬的贫下中农，往往就指派吴玉山去干。他不拨不挑，干了，干了也就挣下了大工分。无论技术性很强的农活儿或人人讨厌的脏活，都是生产队的高工分，别人也说不出意见，他的日子倒是混得严严窝窝。这样，两口子憋着气儿，从来也不去求妹妹和妹夫救助什么。

物换星移，江河改道，世事变迁——什么事都不会永远不变。

吴玉山被敲门声惊醒，再一听，确实有人敲门，一动脚，先蹭醒了睡在火炕另一头的老伴。老两口穿戴齐备，先后下炕，为了防备不测，玉山顺手捞起一根木棍，走出里屋，轻步走到街门口，由老伴先发问："谁呀？"

门外传进一声陌生而又颤惊的声音："是我，姐。"

"你是谁？"吴玉山摸不着头脑。

"我是建国，姐夫——"

老伴"哗啦"一声拉开门闩。

老两口拥着妹夫走过院子，进入里屋。电灯光亮里，才真正使吴玉山夫妇吃惊了，不由得同声惊叹出一声"妈呀"来。妹夫郑建国，脸上结着血疮，一条腿跛着，头发蓬乱，形容憔悴衣服肮脏，邋遢不堪，真是三分像人七分像鬼了。

"我遭难了。"妹夫坐下来，咕咕咕喝下一碗水，才说了话，"我今黑要是逃不出来他们就把我打死了！"

无须再细问什么，老两口就知晓了七八成，乡城里外都在闹造反，妹夫在省城当官，大半也是逃不脱，老伴已洗手和面，他给妹夫打洗脸水。

妹夫在他家后院储存柴火的小房里藏下来。

他不无担心，完全知道此种行为的可怕后果，但不能把妹夫撵出去送给那些要收拾他的人。老伴似乎已不计前嫌，尽其所有，用细面给他调养摧残得令人伤心的身子。担心是难免的，而当那些胳膊上戴着红袖章的人乘车追寻到吴玉山的门楼下来的时候，他却表现出一种异乎寻常的勇气。

"郑建国，我的挑担？不错，有这个阔亲戚。"吴玉山气呼呼地说着，骂了起来，"他当官为宦的时光，从也没踏过我的门槛！我至今也不知人家腰有多粗，官有多大咯！人家看不上咱穷亲戚，咱也不想沾他的光。他这回成了反革命，与我何干？我是有光不沾，有害不受！你们到村里打听一下，看俺村谁见过俺一家和郑建国家有一回亲戚往来？"

郑建国从柴火堆下的红苕窖里爬出来，躲过了这一关。他住下来了，随之又被姐夫和姐姐转移到他们的大女儿家。

灾难把相违近二十年的姊妹和挑担的关系恢复了，真是患难见得姊妹情。

三

似乎是对妹夫经受的灾难的补偿，起初官复原位，后来又升了，当着什么局长。

郑建国一出马上任，就把吴玉山的小儿子招为国家正式工人，后来在工厂恋下一个媳妇，小两口在居民楼上有一个虽不宽敞，却也安乐的小窝，避免了两个儿子分家争论家产的矛盾，令村人羡妒莫及。

两年分田自耕自收，吴玉山真是如鱼得水，囤里攒下成吨小麦，折子上摞下一笔小小的存款。庄稼人生活中有三件大事：娶媳妇盖房置田地，解放后只余下前两件了。吴玉山是个地道庄稼人，日夜思谋的大事，也不会超脱。不过土地虽分给他耕种，却规定不许买卖。女子嫁了，大儿子也娶过媳妇了，唯一的心愿，就是在闲置多年的小院里撑起三间瓦房来。在盖置新屋的问题上，儿子和他没有异议，甚至显得比他更迫不及待。只是在房子的形式上意见不一，他要盖木料瓦屋，可以搭木板楼，楼上可以扎粮囤，放置杂物，实用一些。儿子却坚持要盖楼板平房，干净，漂亮，能堵死老鼠。父亲很和悦地同意了儿子的意见，因为房子毕竟是为儿子盖的呀！

儿子在西安一家工厂做合同工，吴玉山亲身张罗建筑材料。他找到邻村一家三户联营的水泥预制品厂子，三十来岁的厂长接见了他。

"楼板多少钱一块？"

"得看你用多大尺寸的。"

吴玉山掐一掐自家的地基，厂长替他换算成公制米尺的尺码，正适宜用长度三米三的楼板。

"三米三的楼板，啥价？"

"三十块。"

吴玉山倒吸一口气，窝在肚里，好贵的价钱！他掏出烟锅，点着火，开始盘算，一间用十二块，每块宽一尺八，只有两丈一尺六寸的深度，扎两个小铺，太窄了。用十五块楼板，房子有二丈四尺的宅深，刚好可以扎开两个宽敞的小间。十五块楼板一间，三间需得四十五块，需得一千三百五十块人民币，这账好算。

"这价还能'活动'不能？"吴玉山问。

"能嘛！怎么不能！"三十岁的厂长扬着头，斜支着一条腿，掂着烟卷，大不咧咧地说，"谁把世事治死了？"

"咋样'活动'呢？"吴玉山探问。

"没个一定哇！"厂长掸掸烟灰，"三十块卖哩！二十块也卖哩！十块八块还卖哩！有时候一分不要白送人哩……"

吴玉山瞪起眼，警惕地瞅着这位中年农民，他一身不土不洋的装束，头发比城里人还留得长，说话二里二气，是不是在耍笑他老汉？是不是料就他掏不出买楼板的票子？他心里十分反感这位农民，厂子也不知办得咋样，不过能赚几个钱吧？看你神气得不知该咋样说话了！

"真的！"厂长大约看出他的疑惑，肯定地说，"你老汉要是能给我买来一吨平价钢材，我给你一块按二十块钱算账；你能买来两吨，我给你一块只算十块钱；你能买来三吨，我白送你四十五块楼板；你能再多买来，我给你找钱。咋样？你老汉这回不嫌贵了吧？也不必问我咋样'活动'价了！"

吴玉山还是不大明白这当中的秘密，低着头，抽闷烟，思谋这桩交易之间的关系。

"道理很简单，老汉。"厂长说，"平价钢材八百多块一吨，议价钢材一千二，黑市钢材一千七。我买不到平价货，连议价货也弄不到，按黑市货价折算，一块楼板就是三十块了。你能给我寻下一吨平价货，我就省下一半本钱。你能给我寻下三吨平价货，我权当是议价货，也节约一千多块成本，把你四十五块楼板的代价就折合进去了，所以我白送你。这下明白了吧？"

"噢！噢噢噢。"吴玉山明白过来，豁然开朗，怪道他敢白送给人楼板哩！

"你想想，老叔，看看你有哪个亲戚在政府，在工厂，或者有门道儿，能弄来平价货，议价也行哩！"厂长说，"我是不会亏你的。"

倒是厂长提醒了他，他想到了挑担。他又不便一时说破，显得迫不及待，而且还没把握性儿哩！他故意装出无可奈何的神气说："这么好的事……只可惜……咱粗笨庄稼人出门去，两眼乌黑，能认识哪位……卖钢材的公家人哩？"

"那你就掏三十块钱的价吧！"厂长说。

吴玉山站起，拍拍屁股上的尘土，慢洋洋走了。

回到家，吴玉山把这件事和老伴说了，老伴立即怂恿他去找她的亲妹夫。儿子恰好也回来了，同意母亲的意见，必须由父亲亲自出马。由儿子去找姨夫，显得不够郑重，晚辈人嘛！女人去可能说不清楚，贻误大事。

第二天，吴玉山搭车进西安去了。

真是难以想象，郑建国和妻妹表现出动人的热诚，简直使他受不了了。他听着他们争相说着热诚关照他的热言炙语；争相给他递烟沏茶；软椅子已经够软和了，两口子还是把他拉到沙发上坐下来，更软；一连端到桌子上七八盘菜，还炒，三瓶酒打开了，还在柜子里往出取……

三吨钢材，区区小事，挑担把一张亲笔写的纸条交给他，妻妹又给他的背篓里塞满了糕点、糖果、苹果和鸭梨，真是亲得不能再亲了。

他把那张纸条递给厂长。

吴玉山看见，这位腰里像固定着一根钢棍的厂长弯下腰来了，那双喜欢望着天空的眼睛对着他嘻嘻地笑，而且轻声细语地开了口，肯定地说："老叔哎！你要是再能搞到三四吨平价货，我给你白送两层楼房的楼板。"

吴玉山摇摇头，弄两层？经济力量不行哟！

"两层楼板省多少？两千多！你只需买砖和窗门，就行了。"厂长给他谋划，很诚恳，"一层平房，夏天热得撑不住哇！而今都时兴盖两层，够气派！"

到挑担家走了一趟，拿了一张纸条，就换下三间平房的楼板，一分不花。他无论如何弄不清这里头究竟使着什么神窍，而突然得到的好处却使他高兴，也使他有点不安。他的心里确实有点不踏实，因为这价值一千三百多块钱的楼板得来太容易了，太轻松了，这使一生习惯于以沉重的劳作和廉价的汗水换取极小报酬的老庄稼汉心里失去踏实感了。想想吧！他正月里逮两头猪崽，整整侍喂一年，长得好长到二百五六十斤，卖下二百元，已经高兴得什么似的，村人邻居都说他是"猪命"哩！现在，他乘公共车只花得一块多钱车费，就赚下三间平房的楼板的价值，这样赚钱发财，自然快得叫人不敢再往下想了！拾钱也得弯弯腰哩！

儿子似乎没有这种多余的复杂的负担，一听完父亲的叙说，毫不迟疑，提出要盖两层阁楼，和水泥预制品厂厂长不谋而合。儿子在外面做合同工，经见比父亲要多要广，他说外头（指城里）的人现在都是想着方儿挣钱、抓钱，说挣大钱的人其实并不出大力，而出大力的人其实只能挣小钱，言语之间，连父亲那种笨拙的挣钱办法——譬如养猪——也不无嘲笑的意味了。

吴玉山又进了一次城，找了一回建国，讨回一张纸条……三间两层楼房的九十块楼板全有了。

隔了几天，天擦黑时，一辆半新的吉普车开到吴村来，停在吴玉山家门口，走下水泥预制品厂厂长，硬把吴玉山拉上车，一直开到城里去，一定要吴玉山给他引见郑局长。

其时，夜已黑定，家属住宅楼上一片灯火，放出电视机和录音机杂混的音乐。厂长和另一位青年，把一台大彩电抬进建国的住房了，吴玉山引着路。

此后，水泥预制品厂厂长就直接和郑建国来往了，再没拉扯吴玉山去当媒介。他的儿子也辞了合同工，给水泥预制品厂当采购员了，和那个厂长十分亲密……

老汉似乎预感到，事情要坏，就坏在那里头！

四

吴玉山默默地淌了半天眼泪，心里松泛了，头却有点隐隐作痛，四肢软倦，心力和体力都十分疲惫，打不起精神。往昔里，薄雾迷蒙的早春清晨，他背一只破旧的竹条笼，走出村子，走过木板小桥，走进熙熙攘攘的桑树镇的猪羊市场的时候，心劲多高涨啊！为了逮到一头称心的子猪而又能少出一块价钱，他耐心十足地和卖主磨牙。当他背着小猪崽又精神抖擞地走回自己门楼，把捆禁得麻木的小猪放进土圈的时候，一个伟大而鲜活的希望就在心里跃动了！艰难的生活反倒使他顽强地去争取，而过分轻易的摘取反倒使他失掉了那种生活的信心。他想过，如果凭他喂猪挣钱，到死也甭想撑起这样体面的楼房。现在，自家的两层楼房竖立在小院里，十分显眼，异常醒目，唯其因为它来得太容易、太轻易，使他没有经受这个果实奋斗过程中的艰苦，现在也就失掉了得到这个果实时的快乐，使人心里缺那么一点什么说不清的东西。

现在，当他意识到这种果实是以"挑担"郑建国手腕上那个冷冰冰的钢铁手铐换来的时候，吴玉山简直羞愧得无地自容了，无脸扬头欣赏那楼房漂亮的外观了，甚至失去对猪的热情了。

掩闭着的街门嘎吱一响，老伴走进来了。

吴玉山噌地站起，观察老伴的脸色，灰塌塌的，准没好结果。她昨日就去城里妹妹家了，给那个被逮走了男人的妹妹劝慰和宽解，帮助料理家务，一个富裕安乐的家庭，完全乱套了。

"建国而今咋样？"他迫不及待追进屋里。

"还坐闷庭子哩！还没……定下啥……"老伴说，"可怜死了！全是给旁人帮忙，卖给了钢材木材，这下倒把自己的手压死了！"

吴玉山闷住头。不问了，他担心，挑担的事不会轻松卸掉。虽说有些人是翻脸不认人的角色，可水泥预制品厂厂长给他家抬的那台大彩电，却是他亲眼经见。傻子也能估摸，凡是晚上悄悄摸到妹夫家里去的那些人，谁会空手去呢？空手能弄来钢材吗？旁人不说，自己的儿子一下子被水泥预制品厂厂长拉去，偿以重薪，当采购员，凭什么呢？

"他……唉……"过了半天他才吭声，他想问，他姨怎样？怕是该哭成泪人了？临了却说不出口，他觉得自己对不住建国，也对不住娃他姨，弄得人家家里七零八散，自己却住洋楼……唉！

"他姨倒是脏腑硬！"老伴说。

"噢？"吴玉山猛乍一下抬起头。

"人家他姨到底是城里人，经得多了，见得广了，遇事不乱套套儿，心里难受当然也难受，全不像咱乡下人，遇见这号事，只是没头没脑地哭！人家他姨心数不乱——"老伴颇带着敬佩的口气说，"该寻谁就寻谁，叫他们现时站出来说话。我去了两天，只见了她一面，整日整夜在外头跑着，半夜回来了，天明又走了。我听她说了一句半句，找'打劲人'哩……"

"噢噢噢！"吴玉山点点头，心里也佩服起娃他姨来了，这号事要是搁在自个儿身上，老伴早都吓得成了没头的苍蝇——乱扑乱飞了。娃他姨有心计，撑得住，"对对对！哭顶啥哩？哭死又能顶啥哩？倒是娃他姨有主意。"

"那女子自小就有心数……"老伴以姐姐的身份说。

"怕是这多年经见得广……"吴玉山补充说,"在人家家里出出进进的人,哪个是笨佬儿?除非我!"

院里一阵脚步声,他听出来,是儿子友年。

友年走进门,身后跟着水泥预制品厂厂长。

吴玉山急忙立起,简直有点不堪等待之苦,急于要问儿子和厂长,那场官司打得怎么样?结局如何?

五

"案子还没结。现时,全看那些做证人的态度。"儿子说,"做证人要是一口咬定说没那回事,俺姨父就没有啥事了,做证人要是不……"他不说那种可以预料的糟糕结局了。

"法庭怎样问你俩?你俩怎样应答的?"吴玉山忙问。

"他法庭甭想从俺俩嘴里掏走一个有用的字!"厂长瞪起眼,轻轻地拍一巴掌桌子,"在郑局长没出事之前,公安局来人寻我,我一口就回绝了,没有!咱没给郑局长一分钱的东西!而今还是这话,没有!挑断牙筋还是没有!"

人怎样说假话?怎样把假话当真话说?就像水泥预制品厂厂长这样说。吴玉山瞧着厂长嘴硬牙硬的神气,虽然他替自己的亲戚包揽祸端,而心里却有点害怕,自己的儿子和这样的人共事,似乎潜伏着某种危险,然而他此刻还顾及不到这些。

"老叔哇!我跟你见头一面,就看出你是个实在人,讲信用。"厂长说,"我在俺村活了三十多岁,俺爸只教给我俩字的活人原则——'义气'。不讲义气的人,那就算不得人!郑局长给咱支援了钢材,咱的厂子才发展了,这是实情,我不昧良心的。咱的厂子办起来,买不下钢材,生产停顿了,工人工资开不出去,我急得想跳井!亏得你给我介绍认识了郑局长,才起死回生了!咱而今挣了钱,不瞒你说,今年真的挣下钱了,咱心里过意不去,给郑局长送一点东西,全是报恩哩!全是心甘情愿呀!现时,郑局长受难,咱挣下那些钱,也觉得寡味哩!要是放在那些小人身上,他才不管哩!只要自个儿日子过得舒坦!唉……谁要俺爸自小就教我讲义气哩……"

吴玉山老汉连连点头,这些话正投他的脾性。他一生老好,从不和人胡说八道,讲道理,重义气,最瞧不起那些红口白牙耍赖的小人。他在认识厂长至今的一二年时间里，对这个人印象说不上坏，总觉得和自己是两路人，说好听些，他是老式庄稼人，厂长是新式庄稼人，距离甚远。现在，他发现了这个厂长和自己相通的一点："义气"，觉得一下子可以通话了，接近了。

"厂长真是一条好汉！"儿子附和说，"人家法院人单独跟俺俩谈话，说厂长的贿赂行为，腐蚀了公家干部，把一些老干部都拉下水了。他不怕，比法院的人还口气硬，谁腐蚀谁来？公家允许农民办工厂，咱农民感激不尽政府的好政策！可只号召办厂，不给材料，咋能办好？郑局长响应党的号召，扶持农民致富，分给咱一点钢材，咱的厂子才活了！咱心里过不去，给郑局长送点儿点心、烧酒，这是真的！再说啥'彩电'啦，票子啦我敢拿头打赌！一下子把法院的人堵住了！"

厂长听着，很神气地吐着烟圈。

"现在的情况是这样，郑局长的案子，关键有两宗事，一宗是南郊大塔区建筑公司的麻达，一宗是城里一家街道工厂的麻达。"厂长说，"俺俩跟姨姨商量好了，城里街道工厂的麻达，由她去找人解决。大塔建筑公司的麻达，我去通融。这两个疙瘩，只要能私下'消化'掉了，郑局长就没一点儿事了，日后出来还是局长！万一不行，'消化'掉一个，问题就缩小到一万以内了，也就没太大的事咧！"

吴玉山此刻才醒悟了，自己完全是个废物，大笨蛋一个。大家都在积极地替挑担"消积化食"，拯救受难的人，自己却只会蹲在猪圈边上流眼泪，真是透顶的没出息！他现在明白了大体局势：公家要把建国打入牢狱，而许多人正在想法把他救出来，都在紧张地秘密地斗着心眼儿。想到要把建国打入大牢的人，他感到害怕，他自小就对法院有一种畏惧心理；想到厂长和娃他姨这一帮要拯救建国的人，他觉得他们厉害；而想到自己，不仅觉得自己无能无用，实实在在也是摸不着头绪，寻不见眼隙。他一时难得判断出来，究竟谁能斗过谁？

"法院还要找你哩！"儿子说，"这是让我捎回来的传票。"

吴玉山心一抖，瞅着儿子手里那张印着几行字的纸页，竟不敢伸出去接。年近六十，他一生没动过诉讼之事，而今要接受法院的传禀了！

"你啥也甭说。"儿子说，"只说不知道。"

"装糊涂。"厂长说，"你说你是个笨庄稼人，啥也不晓，任他问啥，都说不知道，叫他们来问我！"

六

天色微明中，吴玉山老汉背着一只破烂不堪的布兜，兜里装着两块锅盔，上路了。他接受法院的传禀，要去城里一家法院了。

浓霜蒙地，一片冬天的肃杀景象，干冷干冷，不见鸟雀。

往昔里，这个时光该是他扛上家伙去田地上工干活儿，今天却去打官司。

"啥也甭说，只说不知道。"

"装糊涂。任他问啥，只装糊涂！"

儿子和厂长的话在心里回旋，在耳畔轰响。

昨日黑夜，辗转反侧，简直要把火炕踢腾塌了，还是难得入眠，不管怎样痛苦，他最终还是做出了抉择：装糊涂，这是唯一的办法。吴玉山没旁的本事，装起糊涂来，真像个黏黏糊糊啥也不懂的糊涂佬儿。

他走着，脚下的土石公路蒙着霜花，虽然主意已定，料也万无一失，而脚步仍然感到沉重，提不起抖擞的精神来……

1986 年 1 月于白鹿园

轱辘子客

　　轱辘子客给派出所民警逮走了。

　　消息和黎明一起来到龟渡王村。村民们并不分辨消息的真伪更不惊诧。

　　轱辘子客是乡间对那些赌博成性的赌徒的通称。龟渡王村的人把做豆腐营生的人叫豆腐客，把做风箱绝活儿的人叫风箱客，把那些在集镇上做买主与卖主中间协调的人叫牙客，把作风不好的男人叫嫖客又把那样的女人叫窑客。把赌徒叫轱辘子客是起源于一种甚为古老的赌具。在龟渡王村当代村民的意识里，轱辘子客是专指王甲六的，谁一说轱辘子客大家就明白那是指的王甲六。

　　王甲六赌博的名声远近皆知。解放后禁绝多年以至后来出生的男女村民像看工艺品一样看见的麻将，就是王甲六不知从哪里弄回来的。米黄色，骨质，小巧玲珑，印着点点花花杠杠圈圈。那形状像缩小了百余倍的一块一块砖头。所以赌徒们根本不说打麻将而用行话说"搬几把砖头"。王甲六弄回麻将来又找不下对手，于是叫来几位对劲儿朋友，不厌其烦地教给他们麻将的玩儿法，然后就围坐在火炕上玩儿起来。王甲六的女人起初也没料到这东西会那么邪乎，不过跟扑克牌象棋一样玩儿玩儿而已，她还热情地给那些前来凑兴赏光的沏茶递烟招待哩！他们开始从一支劣质纸烟赌起，然后是一分二分的硬币，再往后就从角票发展到块票以至十块一疙瘩的票子像柿树叶子一样飘落。王甲六的女人早已懊悔不迭，满村追寻王甲六的踪迹。王甲六有时三天五天不沾家不露面，她提着菜刀满村满街寻找，声言要把狗日的手剁了。

　　轱辘子客王甲六打麻将已修炼成一身真功夫。一摆开麻将，如果没有派出所的民警和提着菜刀的女人的惊扰，他可以一直打下去，不吃一口饭也不喝一口水更不会打瞌睡，最高的纪录是五天六夜。那一晚记忆深刻，进入地道（备战年代修的）时小麦才现黄色，而当出地道时满川满原的麦子已收割过大半。他的女人扬着割麦的镰刀照他脖子砍来的时候，他巧妙地抓住她的手腕，而且把那手腕扭到背后，一直把她推进大门，然后从腰里摸出一厚扎票子塞到女人怀里说，看看能不能补上被风摇落的麦子？女人还是被那一扎砖头厚的票子镇住了，气自消了大半。王甲六赌博功夫深厚，赌技却也一般，据说根本不靠赌技而全凭运气。他有输有赢，自然也就有痛快淋漓和沮丧不堪，他赢了想赌输了更想赌。无论村人的鄙视亲友的苦劝警长的训斥以及最难对付的女人的混闹，一当看见赌友的眼色时全部烟飞云开忘记得干干净净。他的正当营生是杀猪卖肉，从农户手里买得生猪然后自宰自销，累计下来至少也有三几万元的收入了，可大都孝敬给赌徒了。他把自个儿手中的钱赌了输了又把女人的存折搜出来赌了也输了。

女人终于逮住了一回，撕着耳朵把他拖回家里，今晚输了多少？他态度和蔼满脸堆笑，没输也没赢。女人追问说，去了赌场身上自然装着钱，既然没输没赢那钱也就原数未动就该立马交出来。他依然笑着说他根本没有一块钱只是看看热闹。于是，她就扒光他的衣服，搜了里子又搜夹层，果然只搜罗到几张烂糟糟的毛票。她肯定他输光了。打得男人王甲六跳到炕上又蹿到桌子底下，她依然不停不饶地追着打着。王甲六的头上脸上隆起一个个鸡蛋似的疙瘩身上横竖交错着红血印子。王甲六实在撑不住招不起猛地拉开门闩往外逃，女人急了赶上两步一家伙砸在他的未跨过门槛的那条腿腕上。王甲六扑通一声栽倒在门外，挨打的那条腿慌急中甩脱了棉鞋，那鞋窝里哗啦啦飞出一张张十块面额的人民币少说也有七八十张。她顾不得他摔得是死是活赶紧扔下擀面杖捡拾票子。这当儿王甲六已经金蝉蜕壳似的逃走了。他并不十分难受，另一只棉鞋里还藏着五六百块，总算保存下来已属万幸。他又赶往赌场里去了。

轱辘子客刚入不惑之年。他的老子是个笑弥陀佛的屠夫杀手，生就一张笑眉笑脸，却成就了一辈子白刀子进去红刀子出来的行当。无论他怎样和善，毕竟是杀生的刀子手，下九流，入不得王氏家族的祠堂。那些吃猪肉喝猪血的族长族子族孙们入得而杀猪的他入不得，他也不曾认真地想过，不准入就不入了。王甲六生就一副俊相，俊俏的腰身俊俏的肩膀，俊俏的眉眼俊俏的脸庞，开口自带三分笑，谁见了都愿拉上几句闲话儿。人说这娃子承继了老屠夫的全部优长而又排除了老屠夫的缺陷，譬如老子的那双水眼泡儿绝无痕迹。老子入不得祠堂而甲六根本不用顾虑入不入祠堂的问题，祠堂早已改建成龟渡王大队的办公室了。

王甲六长得俊俏而命运不济。他高中刚念了一年却推迟了几年毕业，这其中正好遇着没完没了的文化大革命运动。他回到龟渡王村就参加"农业学大寨"运动。他有文化会写又能画常常帮助党团支部搞宣传工作，满村满街的墙壁上都是他写的画的标语口号和图画。他的俊俏眉眼不仅吸引男青年更吸引女青年。他很快成为青年们的领袖，很快取代了已经超龄的团支部书记而成为龟渡王村的重要角色。尽管免不了一些闲言碎语，说入不得祠堂的人的后代居然也在人前吃五喝六，但终因其霉味太重而放不到桌面子上来议。况且年过六旬的党支部王支书特别器重王甲六，明显表示出要把甲六培养成接班人的意向。王支书与刘大队长几十年来貌合神离，谁把谁也搞不掉，谁对谁也服不下，形成这种局面的根本原因在于两人所代表的龟渡王村的两大姓氏。老支书因为比大队长年龄大过十余岁而率先感到了威胁，想在王姓姓氏里培养出一个年轻人来接班，以免大权旁落，王甲六应运而至。刘耀明大队长早已明白这个底里，却不动声色。老支书说要着手培养接班人的工作，他立即表示拥护，而且由他提出培养对象王甲六。

刘耀明既厌恶老支书的狡猾又蔑视他的愚蠢。如果把王甲六安排为一个副书记，那么他就由二分之一变成三分之一了。然而目下从中央到地方都在大喊大叫培养革命接班人，自己根本不能愚蠢地表示抵制。况且王甲六的表现有口皆碑，表示异议同样是愚蠢的。他如果连这点路数都回旋不开岂能与王支书共事到今天？

他早已观察到王甲六和女青年王小妮眉来眼去意意思思。他最初一直不大在意，认为那是年轻人的事而现在却觉得有机可乘。王小妮很活泼很积极很泼辣也很漂亮，是龟渡王村学大寨运动中的"铁姑娘"。她老子王骡子却是个吃生米甚至连谷穗也嚼食的顽冥不化的拗熊，他与王甲六的屠夫老子有旧仇，尽管是解放前为地畔争执早已不复存在况且屠夫已经谢世而他仍然记着死仇。他早已向女子小妮警告过，除非王甲六当了接班人倚权借势杀了他才能成婚云云。大队长刘耀明把这一切算计得准确无误，然后就找寻一个合适的机会或者说创造那个想要得到预期目的的机会。机会总是有的。

老支书到县上开会去了，会议专题学习中央关于加速培养各级革命接班人的指示精神，会期三天。大队的工作自然由刘耀明主持，大队办公室也自然由他值班睡觉。他第一夜睡在办公室的土炕上，想着三天后王支书回来就会理由更充足地着手王甲六的任职问题的实施了。第二天晚上，他照例坐在办公室里翻报纸，满纸都是有关接班人的论述和报道。王甲六来了，和他商量青年突击队加班夜干修水库的问题，而且提出青年们要添置一个新篮球而必须经大队长批准才能开支。他大大赞扬了青年突击队学大寨的热情而且顺手就在申请买篮球的纸头上签了字。他很爽快果断而不像老支书那么啰啰唆唆。他答应了王甲六的要求之后又连连咂舌皱眉。王甲六以为他反悔了忙问究竟。他说他老舅要盖新房是夜夯地基理应去帮忙去庆贺而恰恰不能脱身。王甲六自告奋勇代替他值班。结果是刘耀明披上夹衣上原给老舅父夯地基去了，王甲六睡在大队办公室里值班。

夜半时分。大队办公室里，那个铺着公用被褥的土炕上，王甲六和王小妮正在如愿以偿初试云雨，而且不一而足。春夜里弥漫着春花春草气息的春风从纱窗吹进屋子，两个十分要好十分钟情的青春男女狂热地在那个公用土炕上没完没了地爱抚。他们庆幸得到了一个难得的机会而丝毫不知这是刘耀明设下的陷阱。

后来的事情就完全按刘耀明大队长的准确设计一步一步演进着。王骡子正睡着听见一个陌生的声音在窗外喊：老骡子你狗日还睡！你女子在办公室炕上……老骡子手提板斧，奔出大门时，后襟被老伴扯断了，光着脚一气奔到昔日的老祠堂现今的大队办公室窗根下，一斧头就劈断了纱窗，吓得两个正在柔情蜜意中的男女魂飞魄散，抱头鼠窜。而老骡子未能跳进窗子就气死在窗台上。看热闹的人围来的时候只看见办公室大炕上遗丢着王甲六和王小妮的衣裤鞋袜和擦过排遗物的烂纸……局面像打碎的瓷器一样不可收拾。

当老支书带着自信的微笑走回龟渡王村的时候，他在县上学到的理论以及深思熟虑的决策全部宣告破灭。刘耀明冷静而又谦卑地连连检讨自责，说他失职。王支书只好硬着头皮给自己圆面子，说根本不是失职不失职的问题而是王甲六的自我爆炸。自我爆炸是自林彪死于温都尔汗之后的一个时兴名词。

最惨的是王小妮。有多少个条件优越的求婚者像过眼烟云一样被她拒绝了。现在，王骡子以不顾一切的急躁情绪托亲告友为丢尽了脸面的女儿觅寻落脚之地，不管贫富不论长相瞎子跛子都不在意只要求愈远愈好，而且声言一旦嫁出就不再往来权当女儿死了没那个女儿了。龟渡王村最漂亮最活泼最积极最泼辣的"铁姑娘"终于被嫁到山里去，谁也没见过她的女婿是什么模样，据说不见比见了要好些。

其次是王甲六。他的能写会画不仅不再是一个令人羡慕的优长，而成为令人厌恶的诱人干坏事的手段，他的俊眉俊眼也变成令人恶心的流氓的标志。他长过二十五岁又长过二十八岁还没见任何媒婆媒汉为他提亲做媒。他完了，他灰得比龟孙子还灰，他比龟渡王村揪出来的地富反坏分子还灰。这原因在于，龟渡王村历史悠久，民风淳厚，仁义之乡也！他在村里实在活得太窝囊了。有一天，刘耀明大队长悄悄给他说了一桩亲事。

那个女人其实跟王小妮的遭遇大同小异。离这儿百余里的田家庄的一个女青年和下乡来帮助搞路线教育的一位干部发生了关系，名声倒了，难得出嫁，亦是托人远嫁。刘耀明当干部眼宽路熟，得到这消息，就想到了王甲六。他觉得对王甲六有一种说不出的负疚，这未尝不是一种心理慰藉。王甲六早已失了婚配选择的基本条件，饥不择食地娶回了那个失过身的女青年，就是现在拿着切面刀满村撵着要剁他手腕的女人。

多年以后，当王甲六搂着这个女人睡觉并且有了儿子又有了女儿的时候，他不止一次地想到刘耀明这个人。这个人令他憎恨得咬牙切齿又令他折服得五体投地。和王小妮的风流韵事酿成的灭顶之灾过后不久，他就知道了刘耀明在其中所做的手脚，恨不得用他爸留下的杀猪尖刀捅了那个刀条脸的家伙，然后再一刀结束了自己，免得一想到可爱的王小妮如今的下落心头刀绞般的痛楚。这个并不令他留恋的龟渡王村之所以还使他留恋，仅仅只是看着老屠夫留下的比他还小的两个妹妹和一个弟弟都未成人。当刘耀明给他又介绍下这个女人的时候，他除了平复仇恨外更多地折服刘耀明的为人。天哪！相比之下，凭他自己的无知和浅浅的涉世能主宰龟渡王村的大权么？差得太远了！令他安慰的是，刘耀明介绍的这个女人长得虽不及小妮，可也算得女人中的上品，至于婚前跟某下乡干部的勾当根本不必计较，说穿了与自己是殊途同归。平静的生活使他得到满足。这个女人诱人的身体也使他的感情渐渐平复。后来发生的事却使王甲六又一次体味到人生的另一种痛苦和开心。

无论如何，王甲六做梦也想不到刘耀明还会在他的女人身上打主意。在他看来，刘耀明是龟渡王村最厉害的一个人，他的心计和心数儿在龟渡王村可以说空前绝后，老支书根本不是他的对手。可王甲六从来不会想到刘耀明还会搞他婆娘之外的女人。那人的刀条脸上永远没有大喜大怨的时候，那刀条脸永远也看不到谄媚什么人或厌恶什么人，那刀条脸对龟渡王村的男女老少永远是帮你解决一切最困难最琐屑的愁肠事的认真诚恳的态度，你只能完全信赖而不会产生一丝猜忌。

那一年刘耀明承包了大队的砖厂，雇用了一些龟渡王村的男女青年。王甲六一时找不到挣钱的营生，又不愿意下气到刘耀明手下去挣钱。刘耀明大约看出什么而邀请他去当推销员，又请他的女人去做会计并给雇工计工计时。事情就从那时候开始起变化。

那一晚他从西安一家建筑单位回来是偶然的机遇，原先说好不回来因为事情的变化而又回来了。回来了就在砖厂刘耀明的卧室的小窗户外听到了他不想听到的那种动静和声音。他在想像老骡子一样砸碎窗框的时候却比老骡子多了一副心计也多了一份节制力。他悄悄离开了。

他离开砖厂就跑起来，奔回家门，没有惊动正在熟睡的孩子和老娘，悄悄摸出老屠夫弃置已久锈迹斑斑的杀猪刀，直奔刘耀明家。他叫开了门而且悄悄告诉那个半老女人说，刘耀明喝醉了，呕吐出血来了，要她去关照男人。他拉着惊慌失措的半老女人走出村子以后，就把尖刀的锈痕斑驳的刃子横在她的鼻尖上，威胁她跟他走绝不许胡拧呲，无论她看到什么听到什么而没有得到他的指示绝不许说话或轻举妄动……他把她像吓傻的猪一样拖到砖场的窗户下。

她听到了窗户里头床上的令人噎死的淫荡的声音，又看见鼻尖上横着的刀刃，一下子气死过去了。王甲六一刀割断她的腰带，就在窗下的台阶上拉下了她的裤子。她迅即醒转来就再也忍不住了，叫起来喊起来撕扭起来。王甲六死死压着她扬扬得意地说，现在你喊吧你叫吧声音越大越好……

紧锣密鼓似的过了一天，刘耀明在砖厂摆弄下一盘腊汁羊肉和一盘腊汁牛肉，两瓶西凤酒，邀请王甲六。王甲六和刘耀明坐在当面，心情竟是从未有过的沉静。他侮辱了刘耀明比刘耀明欺侮了他更使他觉得划算得多。他已经无所顾忌而刘耀明却顾忌甚多。他冷眼瞅着刘耀明掏出来的一厚扎票子迫使刘耀明又缩手装回口袋。刘耀明对他再不是一个可怕的蝙蝠翅膀而不过是一只癞蛤蟆。他解除了多年以来那有形无形的蝙蝠翅膀投射在心里的阴影。他报复了他想报复的一切而酣畅淋漓。他根本不计自己付出的代价因为他的代价早已付出得太多。他第一次觉得和刘耀明坐在对面没有畏怯之感了。

酒后的默契是各行其是和忘却前嫌。刘耀明继续承包砖厂一年比一年挣得多。王甲六把老屠夫杀猪刀上的锈痕磨光擦亮，无师自通地干起了白刀子进去红刀子出来的祖传营生。那个女人经过一番风流二番惊吓之后也收了心，跟着王甲六压猪腿拔猪毛卖猪肉。两个身上和手上都沾着猪毛油腥气息的肉体互相不能嗅觉，倒显出相对的安静与和谐。

王甲六日子好过了，钱多了，老娘突然仙逝，高血压致使一跤而毙命。王甲六大动响器，八挂五的乐人外加一台木偶戏，公社电影队的电影连放三晚，七寸厚的松木棺材是龟渡王村死过的老人中的最高级享受。他的两个妹妹早已出嫁不提，唯一令人惋惜的是弟弟入赘过继到县城跟前一个无男娃的人家里去了，那时候王甲六正背霉正困难正活得人不人鬼不鬼毫无办法挽留亲爱的同胞弟弟。现在，当他久久地跪在新堆成的母亲的坟堆前，茫然瞅着和新坟并列的荒草萋萋的老屠夫的旧墓堆时，心里忽然幻起一股黄烟，弥漫过头顶又迷蒙了眼睛。他久久处于一种茫然的无知觉状态。

王甲六醒过来时，看见缀满天幕的星星。星际那么浩渺又那么虚幻，离他那么近又那么远，看去什么都清清楚楚又什么都朦朦胧胧……他觉得自己可怜可笑又十分可憎。他觉得刘耀明可憎、可笑又十分可怜。

第二天早晨，他从帽子上摘下了孝布扔在炕角里，觉得为母亲守孝白布要戴过百日的仪礼也十分可笑。他没有踏上自行车走村串庄去收买肥猪。他想散心了，他想逛他妈的逛一逛了。他把千余元现钞塞进腰里就搭乘远郊公共汽车进西安逛去了。其实他在西安只逗留了半天，看见那些穿着时髦新装的年轻男女在大街上勾腰搭背的亲昵动作，忽然想到了小妮！哦！恍若隔世啊仅仅只不过十来年光景。他找到山里去，没有找到王小妮而终于弄清了可爱的小妮的下落，她在新婚之夜就走进了自己的坟墓。他在山里小镇上逛了两三天，竟然绵绵思想与小妮的魂灵陪伴……他再次回到西安城里，进电影院看不完最叫座的时髦电影而提前退场，进豪华餐厅叫来一桌酒菜拨拉不了几筷子又惶然离去……他终于如愿以偿带着一副米黄色骨质麻将回到龟渡王村里来……

王甲六现在给派出所掏厕所。派出所的一切杂事脏活儿都留给那些被抓进去的倒霉鬼干了。轱辘子客王甲六用铁勺舀挖腥臭不堪的秽物的时候，忽然想到自己四十年来的这许多劣迹，而又无可奈何，正像人总想走一条笔直的路而其实每一步都歪着一样无可奈何。他现在等待县公安局拘捕车来载他进拘留所。警长正忙着办理拘捕他的手续。午后，警长回到所里时突然通知他，尽管他属屡教不改早该收监劳改仍然再给他一次机会，今晚在龟渡王村召开村民大会，让轱辘子客王甲六和那一帮轱辘子客向村民坦白检讨保证。

轱辘子客王甲六却竟然感到小小的意外。

坐乘供销社的运货卡车，王甲六回到龟渡王村昔日的祠堂前多年的大队革委会如今的村民委员会办公室。一进院子再一进屋子，那个土炕依然盘踞在那儿。那个留下他和王小妮半宿风流一生悔恨的土炕啊！

他听见了那个熟悉的、昔日曾令他毛骨悚然而今又令他恶心的声音。嘿！刘耀明。刘耀明老了也更老到了，刀条脸上的表情比以往任何时候都更趋成熟了。刘耀明和警长又和乡长安排着今晚的大会议程。刘耀明推托让别人主持会议说自己老了不行了。警长和乡长一致说他是村长不出面主持这样的大会太不像话。刘耀明根本无法推脱就勉强接受下来了。王甲六蹲在墙角旮旯里，心里呼呼呼往上蹿火，刘耀明有什么资格主持批评教育我王甲六的大会？他龟孙子给我回话求和来不及哩！他忽然从地上蹿起来一蹦蹦到警长当面：

"警长乡长，乡长警长……我有一句话要说，龟渡王村任何一个安着鼻子安着眼睛的人主持这个大会我都诚心实意做坦白做交代做检讨，只有这个……刘耀明……没资格主持批判我的会……"

警长和乡长一齐瞪起眼睛。

乡长说："这事你管不着你只顾做检讨！"

警长说："啥时候了你还不老实！"

轱辘子客王甲六急了也豁出来了："我宁愿去坐监去劳改你们现在立即送我去县拘留所，可我绝对不愿意再听见刘耀明在我面前说三道四！"

乡长似乎听出什么蹊跷，对警长使一个眼色就做出和蔼耐心状："你甭急，你甭躁，你说说到底有什么问题？"

轱辘子客想把刘耀明从根到底连兜子翻一遍，忽然想到自己曾经用锈痕斑驳的杀猪尖刀割断刘耀明婆娘裤腰带的犯法的事，他咬着嘴唇瞪着眼睛半天说不出一句话来。再闷下去就会给乡长和警长造成无理取闹的印象。轱辘子客王甲六脑子一转就改口说："刘耀明倚仗职权承包龟渡王村集体砖厂，承包租金少得跟白占一样，你是乡长你是警长为什么不管他只抓我王甲六赌博？"

乡长骤然变色训斥说："刘耀明的问题归刘耀明，砖场承包合理不合理也不是你一个人说了算，你赌博成性屡教不改至今仍混闹不休看来真是无可救药了……开会开会立即召集村民开会！"

警长也厉色道："看来你是不想珍惜我给你的这个最后机会了？"

辘轳子客想说什么却说了风马牛不相及的话已经颓然闭起了眼睛，扑通一声跌坐在地上，嘴里喁嚅咕哝着什么话，谁也听不清，谁也不再想听他胡说什么，只顾忙活召集村民开会。

龟渡王村几年来甚为稀罕的村民大会，说定了最终还是由刘耀明主持。

1988 年 2 月 13 日于白鹿园

害羞

一

轮到王老师卖冰棍儿。

小学校大门口的四方水泥门柱内侧，并排支着两只长凳，白色的冰棍儿箱子架在长凳上，王老师在另一边的门柱下悠悠踱步。他习惯了在讲台上的一边讲课一边踱步，抑扬顿挫的讲授使他的踱步显得自信而又优雅。他现在不是面对男女学生的眼睛而是面对一只装满白糖豆沙冰棍儿的木箱，踱步的姿势怎么也优雅不起来自信不起来。

王老师是位老教师，今年五十九岁明年满六十就可以光荣退休了。王老师站了一辈子讲台却没有陪着冰棍箱子站过。他在讲台上连续站三个课时不觉得累，在冰棍儿箱子旁边站了不足半点钟就腰酸腿疼了。他站讲台时从容自若有条不紊心地踏实，他站在冰棍箱子旁边可就觉得心乱意纷左顾右盼拘前紧后了。他不住地在心里嘲笑自己，真是莫名其妙其妙莫名，教了一辈子书眼看该告老还乡了却卖起冰棍儿来了！

临近校门也临近公路的头一排教室是低年级学生，从一边的教室里骤然爆起合读拼音文字的声浪，朗朗的嫩声稚气的童音听起来十分悦耳。听到这声音使人会联想到雨后空谷的草地，青日蓝天上悠悠飘浮的白云。听到这声音使人会释化积郁的心绪，变得宽宏仁慈心地和善。每个男女都曾经发出过这样优美这样纯净这样动人的声音，后来永远发不出这样动人这样优美这样纯净的声音了。年岁递增随之使他们的嗓音一律变化了，有的变得粗暴狂放了，有的变得颐指气使了，有的变得深沉忧郁了，有的变得油腔滑调了，有的变得傲性十足酸味十足了。王老师天天都能听到这种嫩声稚气的童音合读或合唱，几十年来的每一天都在这种纯净的声音里滋养。他的面色柔和，纹路和善，明眸皓齿，鹤发银亮，全是稚气童音长期滋润的结果。直到今天轮他卖冰棍儿，王老师就有些惶惶不可终日似的踱起步来。

"王老师好运气！今日轮到你卖冰棍儿天公也凑趣儿！预报37℃，该当发财！"

历史科任老师刘伟正从大门进来，手里摆弄着几盒烟，穿一件罗筛眼儿背心，两颗男性的黑色乳头隐约可见，脚尖上挑着厚底儿泡沫拖鞋。一副悠然自在的神气，瞅着王老师说话。

王老师嘿嘿嘿笑着，表示领受了慕雅，明知刘伟从外边买烟回来，也明知历史课排不到头一节，还是要搭讪着问："噢噢！刘老师，你出去买烟了？你这节没课？"问完了立即就意识到全部是废话。

刘伟大约也知道这是废话，可以根本不回答，只顾瞅着他的冰棍箱子，然后摇摇头，哧地笑了："啊呀我说王老师呀！你把冰棍儿箱子藏在大门柱里头，外边过路人瞅不见，学生又没下课，你的冰棍儿卖给鬼呀？"

王老师说："没关系没关系，学生下课了就来买哩！"

"把冰棍箱子摆到大门外头，学生下课了卖给学生，学生上课了卖给过路的人。你把箱子摆在大门里头损失太大了。"刘伟瞅着他，端详着，忽儿一笑，"噢呀！王老师，你是害羞呀？"

王老师一下子红了脸，有点窘迫，却装出根本不是害羞的样子说："我老脸老皮了还害什么羞！"

"不害羞就好！"刘伟说，"而今可不兴害羞。你要害羞啥事也弄不成，不害羞才能挣钱升官发洋财。凡要成大事发大财者必须先接受一项心理素质训练'排除羞怯'。"

王老师已经品出刘伟话里是含沙射影，讥锋毕露，这种谈话已经超出他的素有习惯，就哑了口，不去迎合。他的职能范围是六年级甲班班主任，教授语文课，外兼六乙班语文，扩大到头他的职责只有两个毕业班的一百零三名学生。他搪塞说："啊呀！刘老师，今日轮我卖冰棍儿，班里的事你多照应一下。"刘伟是他的助手，六甲班的副班主任。

"班里没事，你放心卖你的冰棍儿。"刘伟说，"我倒是担心你的冰棍儿卖不完，化成水，你赚不了钱还得把老本贴进去。我来帮你把箱子挪到大门外头去，躲在门里不行哇！"说着，他把纸烟放到箱盖儿上，腾出手来背起箱子，又招呼王老师挪凳子。王老师一手提一个长凳，挪到大门外头，并排放好。刘伟掭稳箱子，给王老师做起卖冰棍儿的规范动作来："王老师你瞅着，一只手搭在箱子盖上，这一只手防护住钱袋，钱袋要挂在脖子上。一只脚站着另一只脚歇着，这只脚站累了再换那只脚。眼睛要瞅住过往的人，老远就吆喝一声'冰——棍儿——'弄啥就得像啥，教书你得像个先生，卖冰棍儿就得像个卖冰棍儿的架势……"

王老师被逗笑了："好好好！刘老师，我多谢你启蒙开导，我会了。"

刘伟滑稽地笑笑，摇摇摆摆走进门去了。

刘伟走了，他还是没有勇气按刘伟示范的架势去做，还是在离冰棍箱子一二米远的路边踱步，却不由得在心里品评起刘伟来了。

三十几岁的刘伟是恢复考试制度头二年考中师范学校的，一九七八年来在本乡所属的几所小学校转来转去最后算是在本校扎住了脚。他有一颗聪明透顶的脑瓜唯独缺少了一点毅力，他多才多艺学啥会啥，结果却是样样精通样样稀松。他教高年级语文嫌其浅显无味，教数学又讨厌其枯燥，最终他选择了历史科目，主要是可以不负太多的责任，升学考试或本乡统考不考历史他就没有任何压力。他已经放弃了写小说弹电子琴而对围棋兴趣正浓。他的性格有时可爱有时又执拗得不近人情。他走过的学校没有一个领导喜欢他，但事后却说那小伙子其实不错。他读过不少古今中外的野史，对一切人和事都用历史典故来佐证他的看法属天经地义。他不巴结谁也不故意伤害谁，谁要是惹下他他会把中外历史上一切奸党逆臣引来证明你与他们属一丘之貉，领导害怕他又藐视他。他在本校唯一没有犯过纠葛的人就是王老师，所以让他做王老师的副手当六甲班副班主任。王老师有时觉得这人正直得可爱聪明得可爱，有时候又觉得这人不成景戏！穿那样裸身露肉的衣服满镇子上跑，老师总得注意点仪容仪表嘛！然而他只顾结紧自己的风纪扣而绝不会去指责刘伟的涣散。

一个牵着孩子的女人买了一只冰棍走了，留下一枚五分硬币。王老师接过那五分硬币时手掌里竟有一种异样的感觉，无论如何，第一个买主已经光顾了，冰棍生意开张了。

二

入夏之前，学校买回来一套冰棍儿生产机器，这是春节后开始新学期一直吵吵嚷嚷的结果。开学后，教师们议论最多是春节期间的见闻，见闻中共同强烈的感觉是在本校教书最可怜了。张老师说他弟弟所在的工厂除了发年终奖金还发了过年所需的一切，鸡、鱼、油、菜、粉丝、黄花、木耳、猪和牛羊肉以及烹调所需的大料都每人一份发齐了，连卫生纸也发了一大捆。胡老师说他姐所在的公司除了发上述吃食外，还发了电热毯、电热杯、气压热水瓶。大家觉得学校毕竟比不得企业，于是就与本乡的学校横向比较，这个学校办个皮鞋加工厂给每个老师发了一双毛皮鞋价值三十多块，那个学校买了豆芽机卖豆芽老师们分了说不清多少钱，唯独本校什么也给老师发不出……议论从私下发展到公开，终于进入本校校务会议议事日程，冰棍机器买回来了。

原先勤工俭学让学生"学工"的两间房子彻底进行了清除，墙壁刷新了，冰棍机器安装好了。因为一开始就明确是利润性生产，自然不能指靠学生来承担。于是就得雇民工，于是就有几位以至大部分老师向校长成斌申述自己的种种艰难，要求把自己的儿子或闲在农村的妻子招来做冰棍工人。成斌校长的爱人也在农村，春闲无事，他想把身强力壮的中年爱人弄来挣一点收入，面对好多老师的申求而终于没说出口。他对所有申求者都一律说："好好好，统一研究之后再说。"成校长和吴主任研究出一个最公道的办法，让所有申求者抓阄。抓阄的结果自然是抓中的高兴抓空的也对校长没有意见，因为校长自己也抓空了。没有后门，王老师没有参加抓阄，他的三个女儿早已出嫁，一个独生儿子正在交通大学读书，令好多老师羡慕。

冰棍生产顺利而且质量不错，招来了附近村镇一些男女青年趸取冰棍儿。没过几天，几个教师向校长成斌提出建议，咱们生产冰棍却让旁人把钱赚了，倒不如让老师们自己赚。在成校长和吴主任进一步研究的时候，体育教员杨小光已经等待不及勇敢地闯过禁区，率先在冰棍厂趸了一箱冰棍儿，放在操场上的树底下，让学生们在炎炎烈日下打篮球踢足球跳绳翻杠子，然后宣布休息五分钟："每人至少一根冰棍儿，有现钱的交现钱，没现钱的跟同村同学借下，借不下的先欠着以后来校时带上就是了。"他每天有四五节体育课，销售的冰棍可以赚七八块钱。有人立即向校长成斌反映了杨小光向学生兜售冰棍儿的问题。成校长找杨小光谈话，想不到杨小光比校长更理直气壮："你生产冰棍儿是不是给人吃的？是不是只许外人吃而不许本校学生吃？你看不见那些小贩趸了冰棍就在学校门口卖给学生？这样热的天学生上体育课热得要命渴得要死，纷纷奔大门口去买冰棍儿，我这体育课还能不能上下去？我为学生服务关心学生健康给学生供应冰棍儿有什么不对？我赚了几个烟钱你就有意见了是不是？你没意见谁有意见叫谁当面给我提出来，让他来教体育课好了！我三伏能热死三九能冻死教体育算是倒八辈子霉了，你们当领导的诓说一句公道话来？"

校长成斌在连珠炮下首先乱了阵脚，立即转了笑脸换了口气对杨小光解释起来，要正确对待群众意见，有则改之无则加勉云云。好像他不是找杨小光谈问题而是做劝慰安抚工作来了。不是成斌校长软弱无能而是杨小光的一技之长教他硬不起来。他已经预感到杨小光接下来就要说出那句半是高傲半是骂人的话来："此处不养爷自有养爷处。"体育教师奇缺。过去的老体育教师因为上了年纪大都搞了后勤事务，年轻的体育教师多年来连一个也分配不到本乡的学校来。杨小光原也不是体育专业教师，他在本县参加市里的农民运动会上夺了跳高金牌，县体委珍爱这个为本县夺得荣誉的小伙，推荐到本校来做民办体育教师，而且因一技之长优先转为吃皇粮的公办教师，比那些教政治教语文教数学的教师吃香一百倍。成校长说："你教体育辛苦这一点我表扬过多次了，问题在于卖冰棍得由学校统一研究。你该晓得一句古话，'天下不患寡而患不均。'你卖冰棍别人要不要卖？所以你不必动肝火而应该心平气和地考虑一下……"

"我根本不考虑，也没法心平气和。"杨小光根本不认账，态度更硬了。"你……干脆给我的申调报告上签个字，让我走好了。你签了字我立马就走。县体委早就要我去哩……"

成斌校长连下台的余地都没有，只好尴尬地摊开手，不知所云地说："你看你，说到哪儿去了！我说的是卖冰棍的问题，你却扯起调动工作……"

王老师的宿舍与杨小光是一墙之隔，苇席顶棚不隔音响，他全部聆听了成校长和杨小光的谈话。他尚未听完就气得双手发抖不得不中止备课。他想象校长成斌大概都要气死了。他想象如果自己是校长就会说："杨小光你想上天你想入地你想去县体委哪怕去奥林匹克运动会，你要去你就快点滚吧！本校哪怕取消体育课也不要你这号缺德的东西！"他想指着那个满头乱发牛皮哄哄不知深浅的家伙呵斥一声，"你这样说话这样做事根本不像个人民教师……"然而他什么也没有说，只是实在听不下去了，走出门来，在操场上转了一圈，又自嘲自笑了，我教了一辈子书，啥时候也没在人前说过两句厉害话，老都老屎了，倒肝火盛起来了，还想训人哩！没这个必要啰！

当晚召开全体教师会，专题研究如何卖冰棍的问题。王老师又吃惊了，没一个人反对杨小光卖冰棍，连校长主任也不是反对的意思，而是要大家讨论怎么卖的问题，既可以使大家都能"赚几个烟钱"，又不致出现"不患寡而患不均"的问题。讨论的场面异常活跃，直到子夜一时，终于讨论出一个皆大欢喜的方案来：教师轮流卖冰棍儿。

三

大门离公路不过十米远，载重汽车和手扶拖拉机不断开过去，留下旋起的灰尘和令人心烦的噪响。骑自行车的男女一溜带串驶过去，驶过来，铃儿叮当当响。他低了头或者偏转了头，想招呼行人来买冰棍儿又怕熟人认出自己来。"王老师卖冰棍儿？"不断地有人和他打招呼。打招呼的人认识他而他却一时认不出人家，看去面熟听来耳熟偏偏想不出人家的名字，凭感觉他们都是他的学生，或者是学生的父亲或是爷爷。他教过的学生有的已经抱上孙子当了外公了，他教了他们又教他们的儿子甚至他们的孙子。他们匆匆忙忙喊一句"王老师卖冰棍儿"就不见身影了，似乎从话音里听不出讽刺讥笑的意思，也听不出惊奇的意思。王老师卖冰棍儿其实平平常常，不必大惊小怪。外界人对王老师卖冰棍儿的反应并不强烈，起码不像王老师自己心里想的那么沉重。他开始感到一缕轻松，一丝寂寞。

"王老师卖冰棍儿？"

又一个人打招呼。王老师眯了眼聚了光，还是没有认出来，这人眼睛上扣着一副大墨镜，身上穿一件暗紫色的花格衫子，牛仔裤，屁股下的摩托车虽然停了却还在咚咚咚响着。王老师还是认不出这人是谁。来人从摩托上慢腾腾下来，摘下墨镜，挂在胸前的纽扣上，腰里插着一只手，有点奇怪地问："王老师你怎么卖起冰棍儿来了？"

王老师看着中年人黑森森的串腮胡须，浓眉下一双深窝子眼睛，好面熟，却想不起名字："唔！学校搞勤工俭学……"说了愈觉心里别扭了，明明是为了自个儿赚钱，却不好说出口。

"勤工俭学……也不该让你来卖冰棍儿。这样的年龄了，学校领导真浑！"中年人说着，又反来问，"是派给每个老师的任务吗？"

"不是不是。"王老师狠狠心，再不能说谎，让人骂领导，"是老师们自己要卖的。"

中年人张了张嘴，把要说的话或者是要问的问题咽了下去，转而笑笑，"王老师你大概不认识我了，我是何社仓，何家营的。"

"噢噢噢，你是何社仓。"王老师记起来了。他教他的时候，他还是个细条条的小白脸哩，一双睫毛很长的眼睛总是现出羞怯的样子。他的学习和品行都是班里顶尖的，连年评为"三好"，而上台领奖时却羞怯得不敢朝台子底下去看。站在面前的中年人的睫毛依然很长，眼睛更深陷了，没有了羞怯，却有一股咄咄逼人的直往人心里钻的力量。他随意问："社仓，你而今做什么工作？"

"我在家办了个鞋厂。"何社仓说，"王老师你不晓得，我把出外工作的机会耽搁了。那年给大学推荐学生，社员推荐了我，支书却把他侄儿报到公社，人家上了大学现在在西安工作哩！当时社员们撺掇我到公社去闹，我鼓足勇气在公社门口转了三匝又回来了。咱自个儿首先羞得开不了口哇！"

王老师不无诧异："还有这码事！"

何社仓把话又转到冰棍箱子上来："王老师，我刚才一看见你卖冰棍儿，心里不知怎么就不自在，凭您老儿这一头白发，怎么能站在学校门口卖冰棍儿呢？失了体统了嘛！这样吧，你这一箱冰棍全卖给我了，我给工人降降温。我去打个电话，让家里来个人把冰棍带回去，你也甭站在学校门口受罪了。"说着，不由王老师分辩，径自走进学校大门打电话去了，旋即又出来，说："说好了，人马上来。"何社仓蹲下来，掏出印有三个 5 字的香烟。

王老师谢了烟，仍然咕哝着："你要给工人降温也好，你到学校冰棍厂去趸货，便宜。我还是在这儿慢慢卖。"

"王老师你甭不好意思。"何社仓说，"我在你跟前念书时，老是怕人笑话自己。而今我练得胆子大了哩！不瞒王老师说，我这鞋厂，要是按我过去那性子一万年也办不起来。我听说原先在俺村下放的那个老吕而今是鞋厂厂长，我找他去了，想办个为他们加工的鞋厂，他答应了。二回我去他又说不好弄了。回来后旁人给我说'那是要货哩'！我咬了咬牙给老吕送了一千块，而且答应鞋厂办起来三七分红，就是说老吕屁事不管只拿钱。三年来我给老吕的钱数你听了能吓得跌一跤！"

王老师噢噢噢地惊叹着。此类事他虽听到不少，仍是由不得惊叹。

"王老师，而今……哎！"何社仓摇摇头，"我而今常常想到你给我们讲的那些做人的道理，人的品行，现在还觉得对对的，没有错。可是……行不通了！"

王老师心里一沉，说不出话。对对的道理却行不通用不上了。可他现在仍然对他执教的六年级甲班学生进行着那样的道德和品行的教育，这种教育对学生是有益的还是有妨碍？

又一辆摩托车驰来，一个急转弯就拐上了学校门前的水泥路，在何社仓跟前停住。何社仓吩咐说："把王老师的冰棍儿箱子带走，把冰棍分给大家吃，然后把钱和箱子一起送过来。"

来人是位长得壮实而精悍的青年，对何社仓说的每一句话都要点两下头，一副俯首帖耳唯命是从的神气。他把冰棍箱子抱起来往摩托车的后架上捆绑，连连应着："厂长你放心，这点小事我还能办差错了？"

何社仓转而对王老师说："王老师你回去休息，我该进城办事去了。我过几天请你到家里坐坐，我有好多话想跟你说哩！你是个好人，好老师。"

那位带着冰棍箱子的小伙驱车走了。

何社仓重新架上大墨镜，朝西驱车驰去了，留下一股刺鼻的油烟气味。

王老师望望消失了的人和车，竟有点怅然，心里似乎空荡荡的，脑子也有点木了。

四

中午放学以后，王老师卖了半箱冰棍儿。学生们出校门的时候早已摸出五分币，吵吵闹闹围过来，"王老师卖给我一根冰棍儿"的叫声像刚刚出壳的小鸡一样熙攘不休。他忙不迭地收钱拿货，弄得应接不暇。往日里放学时他站在校门口，检查出门学生的衣装风纪，歪戴帽儿的，敞着衣服挽着裤脚的，一一被纠正过来，他往往有一种神圣的感觉，自幼培育孩子养成文明的生活习惯是小学教师重大的社会责任。现在，他已经无暇顾及这些了，收钱拿货已经搞得他脑子里乱哄哄的，而且从每一个小手里接过硬币时心里总有点不受活，我在挣我的学生的钱！因为心里不专，往往找错钱或拿错了货。这时候，他的六甲班班长何小毛跑过来："王老师，你收钱，我取冰棍儿。"王老师忙说："放学了你快回家吃饭吧！"何小毛执意不走，帮他卖起冰棍来。放学后的洪峰很快就要流过去，何小毛突然抓住一个男孩的肩膀，拽到王老师面前："你怎么偷冰棍儿？"

王老师猛然一惊，被抓住的男孩不是他的六甲班的学生，他叫不上名字。男孩强辩说："我交过钱了，交给王老师了。"小毛不松不饶："你根本没交！我看着王老师收谁的钱，我就给谁冰棍儿，你根本没交。王老师，他交了没？"

王老师瞅着那个男孩眼底透出一缕畏怯的羞涩，就证明了这男孩交没交钱了。他说："交了。"那男孩的眼里透出一缕亮光，深深地又是慌匆地鞠了一躬，反身跑走了，刚跑上公路，就把冰棍儿扔到路下的荒草丛中去了。何小毛却嘟起嘴，脸色气得紫红："王老师，他没交钱。"王老师说："我知道没交。"何小毛激烈地问："那你为什么要放走他？你不是说自小要养成诚实的品行吗？你怎么也说谎？"王老师说："是的，有时候……需要宽容别人。你还不懂。"

何小毛快快不乐地走了。

杨小光背着冰棍箱子来了，笑嘻嘻地说："王老师，换地方了，该我站前门了。"

王老师点点头，背了箱子进校门去了。回头一看，杨小光把板凳已经挪到公路边上，而且响亮地吆喝起来："冰棍儿——白糖豆沙冰——棍儿——"他才意识到，自己在整整一个上午的时间里，连一声也未吆喝过。他匆匆回到宿舍，放下箱子，肚里空空慌慌却不想进食。他喝了一杯冷茶，躺倒就睡了。

王老师正在恍惚迷离中被人摇醒，睁开眼睛，原来是何小毛站在床前。何小毛急嘟嘟地说："王老师快起来，同学们都上学来了，趁着没上课正好卖一些冰棍儿！"王老师听了却有点反感，这么小年纪的学生热衷于冰棍买卖之道，叫人反感。他又不好伤了学生的热情，只好说："噢……好……我这就去。"

何小毛更加来劲："王老师你要是累了，我去替你卖一会儿，赶上课时你再来。"

王老师摇摇头："你去做课前准备吧！我这就去卖。我不累。"

何小毛走到正在脸盆架前洗脸的王老师跟前，说："王老师，我爸叫我后晌回去时再带一箱冰棍儿，你取来，我带走，你又可以多卖一箱。"

王老师似乎此时才把何小毛与何社仓联系到一起，他说："你爸要买就到学校冰棍厂去买好了，又便宜。"

何小毛说："俺爸说要从你手里买，让你多赚钱。"

王老师听了皱皱眉，闭了口，心里泛起一股甚为强烈的反感。这个自己执教的六甲班班长热情帮忙的举动恰恰激起的是他的反感情绪，这个年仅十二岁的孩子对于经营以及人际关系的热衷反而使他觉得讨厌，然而他又不忍心挫伤孩子，于是装出若无其事的口气再次劝说："你去做课前准备吧！"

何小毛的热情没有得到发挥，有点扫兴地走出房子去了。临出房子门的时候，何小毛又不甘心地回过头来："人家体育杨老师已经卖掉三箱了。王老师……你太……"

王老师冷冷地说："你去备课吧！小孩子管这些事干什么？"

何小毛走了。王老师背着箱子朝后门口走去。后门口有一排粗大的洋槐树，浓密的叶子罩住了一片荫凉，清爽凉快。王老师坐在石凳上，用手帕儿扇着凉，脑子里却浮着何小毛父子的影像。这何小毛活脱就是多年前的何社仓，细条条的个头，白嫩嫩的脸儿，比一般孩子长得多的睫毛和深一点的眼睛，显得聪慧乖觉而又漂亮。他与他父亲一样聪明，反应迅速，接受能力强，在班里一直算顶尖，老师们一直看好他将来会有大发展。现在，王老师才明显地感觉到何小毛和他父亲何社仓的显著差异来，他父亲何社仓眼里那种总是害羞的神光在何小毛眼里已经荡然无存了，反倒是有一缕比一般孩子精明也与他的年龄不大相同的通晓世事的庸俗之气色……

"王老师，给，我买冰棍儿！"

四五个小女孩儿已经围在跟前，伸向他的手里捏着钱。王老师中断了思想立即收钱拿货。他从后门朝校园里一瞅，一串一溜的男女学生朝后门拥来，他的生意顿时红火起来。骤然升起高温的午休时分，正是冰棍以及冷饮走俏的黄金时间，孩子们趁着课前的自由活动时间来消费一只冰棍儿，是很惬意的。王老师忙不迭地收钱拿货，头上脸上冒出豆大的汗珠来，也顾不得擦擦，眼看一箱冰棍儿就要卖完了。

"王老师生意好红火！"

王老师扬起汗津津的脸，看见杨小光站在一边，体育教员结实柔韧的身体有一种天然美感，然而王老师听着那话里带有一股馊味儿，透过那眼里强装的笑容，王老师看到了底蕴的敌意。他无法猜测来意，只是应答说："唔！这会儿天气热，孩子们……"

杨小光却神秘地眨眨眼："王老师，我引你看场西洋景儿——"说着就来拉王老师的手。

王老师莫名其妙："有什么好看的！别开玩笑。"

杨小光执意拉住他的手："你去看看就明白了，可有趣儿了！"

王老师已不能拒绝，那双体育教师的有劲的胳膊拉着拽着他，朝校园旦走去。

当王老师站在一个教室窗外，看到教室里的一幕时，几乎气得羞得昏厥过去——

五

三年级丙班教室里的讲台上，站着六年级甲班班长何小毛，正在给三年级小学生作动员："同学们要买冰棍儿快到后门去！后门那儿是我们班主任王老师卖冰棍儿。王老师有教学经验，年年都带毕业班，你们将来上六年级还是王老师给你们当班主任，教语文。现在王老师卖冰棍儿，大家都帮帮忙，行行好，让王老师多卖冰棍儿多赚钱……"

王老师吃惊地瞅着何小毛，眼前忽然一黑，几乎栽倒，这个学生的拙劣表演使他陷入一种卑污的境地。杨小光现在变了脸，露出本色本意："王老师，你要是有兴趣，到各班教室都去看看，你们六甲班的班干部现在都给你当推销员广告员了……"

王老师手打颤，嘴里说不清话："杨老师……我不知……这些娃娃……竟这样……"

杨小光撇撇嘴："王老师，我可想不到你有这一手哩！往日里我很尊敬你，你德高望重，修养高雅，想不到你竟是个……伪君子！"

王老师立时煞白了脸，说不出话来。这时候何小毛已经跑出来，站在两个老师面前，毫不胆怯地说："我当推销员有什么不好不对？你上体育课硬把冰棍摊派给我们，一人一根不吃不行。你昨日上体育给同学们说今日轮你卖冰棍儿，要大家都一律买你的……"王老师听着就扬起了手，"啪"的一声响，打了何小毛一记耳光。何小毛冤枉委屈地瞪他一眼，捂着脸跑了。

杨小光愈加恼怒，大声吵嚷起来："太虚伪了嘛！王老师！学校开会讨论卖冰棍问题时，你说教师卖冰棍影响不好啦！不能向钱看啦！我以为你真是品格高尚哩！想不到你比我更爱钱，而且不择手段，发动学生搞阴谋活动……"

王老师看见已经有不少学生和教师围观，窘迫地张口结舌，有口难辩，恨不得一头碰到砖墙上去。杨小光更加得意地向围观的学生和教师羞辱他："我杨小光爱钱，可我赚钱光明正大。我心里想赚钱嘴里就说想赚钱，不像有些人心里想赚钱嘴里可说的是这影响不好那影响不佳，虚——伪！"

王老师再也支持不住，从人窝里出来，干脆回屋子里去。历史课教师刘伟一手摇着竹扇，脚尖上仍然挑着拖鞋走过来，挡住王老师不让他退场，然后懒洋洋扬起脸对杨小光说："杨小光你骂谁哩？六甲班的学生干部是我组织起来行动起来的，你有什么意见朝我提好了。"

杨小光忽然一愣："我……关你什么事？"

"我说过了是我组织六甲班干部动员学生买王老师的冰棍儿。"刘伟说，"你骂错了人，先向被你错骂的王老师赔礼道歉，然后你再来骂我。"

杨小光反而被制住了。

刘伟不紧不慢地重复："你先向王老师道歉，然后再跟我说你有什么想不通的！"

杨小光终于从突然打击里恢复过来："你刘伟甭充什么硬汉！谁使的花招谁做的手脚我完全清楚，你甭在这儿胡搅和……"

刘伟眼睛一翻也上了硬的："我是不是充得上硬汉搁一边儿。我倒是真想搅和搅和。你杨小光牛什么？不就是蹦了一下得了一块没有金子的金牌才混上个体育教师！你整日里骂这个训那个你凭什么耍厉害？领导怕你我也怕你不成？"

杨小光被讽刺嘲笑得急了，拳头自然就攥紧了，朝刘伟走过去："就这我还不想当这破教师哩！你不怕我我什么时候怕过你？甭说这小小学校，就是本县我还没怕过谁哩！"

校长成斌正在睡午觉，最后被叫醒来到现场，先拉走了刘伟，再推走了杨小光，学生和教师们也各自散了。成斌只是嘟哝着："刘老师快回房子里去，让学生围观像什么话！杨老师快去大门口卖你的冰棍儿，在学生面前吵架总是影响不好嘛！再有理也不该在学生场合吵嘛！"

王老师早在成斌到来之前已经逃回房子。

王老师坐在办公桌前，脑子里乱成一窝麻，那总是梳理得很好的银白头发有点散乱了。他没有料到卖冰棍儿会卖出这种不堪收拾的局面，他想到校务会讨论卖冰棍儿时自己说过影响不好的话，但没有坚持而放弃了，他随着教师们一样参加了轮流卖冰棍儿。他怕别的教师骂他不合群，清高，僵化，都什么时候了还拉不下面子……明年满六十本可以光荣退休了，最后一个毕业班毕业了他就该告老还乡了，临走却被一个年轻的体育教师骂成"伪君子"，他已灰心至极，再三思虑，终于拔笔摊纸写下了"退休申请"几个字，心旦铁定：提早退休！

放晚学的自由活动时间，校长成斌来了。成斌说问题全部调查清楚了，何小毛和六甲班学生干部到各班动员学生买王老师冰棍儿的举动，完全属于何小毛的个人行为，既不是王老师策划的，也不是刘伟策划的。所以，杨小光辱骂王老师是错误的。如果仅仅是这件事就简单极了，由杨小光向王老师赔礼道歉。问题复杂在王老师失手打了何小毛一个耳光，打骂体罚学生是绝对不允许的。成斌说他和吴主任研究过了，做出两条决定，王老师向被打学生家长赔情，争取何小毛的乡村企业家的父亲的谅解，然后再在本校教师会上检讨一下。如果上级不查则罢，要是查问起来，咱们也好交代，王老师也好解脱了。为此，成斌征求王老师的意见。

王老师把抽屉拉了两次又关上，终于没有把"申请退休"的报告呈给成斌校长，担心会造成要挟的错觉。对于成校长研究下的两条措施，他都接受了，而且说："你和吴主任处理及时，本来我自己打算今晚去何小毛家，向家长赔情哩！"

六

成斌校长不放心，执意要陪着王老师一起去何小毛家，向那位在本乡颇具影响的企业家赔情，听说那人财大气粗，一个老夫子样儿的王老师单人去了下不来台怎么办？刘伟也执意要去，理由是与自己有关，六甲班他任副班主任，责无旁贷，另外也怀着为王老师当保镖的义勇之气。王老师再三说不必去那么多人，何小毛的父亲其实还是他的学生，难道会打他骂他不成！结果仍然是三个人一起去了。

这是乡村里依然并不常见的大庄户院。一家占了普通农家按规定划拨的三倍大的庄基，盖起了一座二层楼房，院子里停着一辆客货两用小汽车，散发着一股汽油味儿，院里堆积的杂物和废物已不具一般庄稼院的色彩，全是些废旧轮胎，汽油桶子，大堆的块煤以及裁剪无用的各色布头堆在墙角。何社仓闻声迎出来，大声喧哗着"欢迎欢迎"的话，把三位老师引进底层东头套间会客室质地不错的沙发，已经顺应时令的变化铺上了编织的透风垫子，落地扇呜呜呜转着。何社仓打开冷藏柜，取出几瓶汽水，揭了盖儿，送给三位老师一人一瓶。

成斌校长摇着瓶子没有喝，刚开口说了句"何厂长我们来……"就被何社仓挥手打断了，何社仓豪气爽朗："成校长、王老师、刘老师，你们来不说我也知道为啥事。此事不提了，我已经知道了。我那个小毛不是东西，我刚刚训过他。咱们'只叙友情，不谈其他'。"他最后恰当不恰当地引用了《红灯记》里鸠山的一句台词，随后就吩咐刚刚走进门来的女人说："咱们小毛的老师也是我的老师来了，难得遇合，你弄几样菜，我跟我老师喝一点儿。"女人大约不放心孩子的事，只是开不了口，转身走出去了。

成校长企图再次引入道歉的话题，何社仓反而有点烦："总是小毛不是东西，这小子太胆大，什么事也敢做什么话也敢说。我像他那么大的时候，胆小得很，一到人多的地方就吓得像个小老鼠，一见生人就害羞——王老师一概尽知。这小子根本不知道害怕害羞……咱们不提他了，好好……"

王老师愈觉心里憋得慌，终于把自己要说的话说出来："社仓，我打了小毛一个耳光，我来……"

何社仓腾地红了脸："王老师，打了就打了嘛！我也常是赏他耳光吃。这孩子令人讨厌我知道。我在你的班上念了两年书，你可是没有重气呵过我……好了好了不提此事了。大家要么去参观参观我的鞋厂？"

何社仓领着三位教师去一楼的生产车间参观，房子里安着一排排专用缝纫机，轧制鞋帮，另一间屋子里是裁剪鞋帮的。夜班已经开始，雇来的农村姑娘一人一台机子，专心地轧着鞋帮头也不抬。

何小毛的母亲已弄好了菜，何社仓把三位老师重新领进会客室里，斟了酒，全是五星牌啤酒，而且再三说着谦让的话，青岛牌啤酒刚刚喝完。然后把筷子一一送到三位老师手里，敦促他们吃呀喝呀。

王老师喝了两杯啤酒，不大会儿就红了脸，头也晕了，脚也轻了，他今天只是吃了一顿早餐，空荡荡的肚子经不住优质名牌啤酒的刺激，有点失控了。

何社仓大杯大杯饮着酒，发着慨叹："我只有跟三位老师喝酒心里是坦诚的，哎哎哎！"

刘伟听不出其中的隐意，傻愣愣眨着眼。

何社仓说："王老师，我现在有时还梦见在你跟前念书的情景……怪不怪？多少年了还是梦见！我小时候那么怕羞！我而今不怕羞了胆子大了。我那个小子小毛根本不知道害怕害羞！我倒是觉得小孩子害点羞更可爱……"

王老师似乎被电火花击中，猛地饮干杯中黄澄澄的啤酒，扔下筷子，六声响应附和着说："对对对！何社仓，小孩子有点害羞更可爱！我讨厌小小年纪变得油头滑脑的小油条。"说着竟站了起来，左手拍了校长成斌一巴掌，右手在刘伟肩上重重拍了一下，然后瞅瞅这个，又瞅瞅那个，忽然鼻子一抽，两行老泪潜然而下，伸出抖抖索索的手，像是发表演说一样，"其实何止小孩子！难道在我，在你们，在我们学校，在我们整个社会生活里，不是应该保存一点可爱的害羞心理吗？"

三个人都有点愣，怀疑王老师可能醉了。

1988 年 6 月 27 日于白鹿园

两个朋友

一

王育才和媳妇秋蝉的离婚案还在民事法庭赵法官的卷宗里悬着。这场旷日持久的案件连头带尾已经持续了五个年头。王育才和秋蝉以及双方的亲戚朋友都被这场官司拖得精疲力竭，身心交瘁却又欲罢不能。

五年里王育才三次起诉，三次均被赵法官判为不予离婚。按照民事法庭现行的规矩，一经裁决为不予离婚后要再次起诉，必须有新的理由而且要在半年之后。理由总是可以找到的，唯有时间无法通融，再难熬也得熬过半年六个月一百八十多个日日夜夜。民事法庭还规定，离婚双方或一方如果不服判决进而提起上诉又被上级法院驳回维持原判，那么要再起诉除了更充分的理由之外，时间的规定要在一年之后。王育才第二次起诉就发生了这种情况，硬硬地熬了整整一年才得以第三次向民事法庭重提旧案。现在，他已经做好了第四次起诉的一切准备，主要当然是状子，另外花在排除亲戚朋友苦口婆心劝解上头的力气也比上三次更多。

王育才挟着装有离婚申诉的黑色皮包走进桑树镇民事法庭的小院时，正好碰见急匆匆去上厕所的赵法官。赵法官只是减慢了脚步而并不驻足说："老主顾又来了。"王育才苦笑一下说："我不来过不成日子。"随之装出大不咧咧的样子说，"你要是烦了，干脆给我判个离婚算球了，我也就再不麻缠你了。"赵法官已经走到小院墙角的厕所门口，一只手下意识地去解裤扣，回过头来笑笑："不烦不烦我不烦，我吃的就是这碗麻烦饭嘛！你才起诉了四回这不算个啥，经我手判的一个离婚案男方起诉了十一回，前后经过十七年。你这四五回只是一般纪录。"

王育才听了就哑了口，像是中了一位法咒无边的禅师点来的定身法，立在那儿僵住了手脚。

二

秋蝉用独轮小推车刚刚拉回一车包谷秆子，满脸淌着汗，解开捆绑的皮绳，再把干透的包谷秆子垒堆在场院里。邻居一位抱着奶娃的小媳妇半裸着胸脯，一边给孩子喂奶一边说："嫂子你而今还拉那包谷秆子做啥？我要是你连麦子都不种了。"秋蝉笑笑，继续卸下车上的包谷秆子。这种话她已经听得太多不屑解释。她去鸡场买小鸡，女人们甚或男人们见了也说："秋蝉你如今还买那些毛草子货做啥？"她去卖鸡蛋，人见了又说："秋蝉你而今咋还卖鸡蛋？你该吃鸡蛋才对哩！"她干啥人都说她不该干啥。应该吃好的，应该睡，应该逛，应该好吃好睡好逛好好享福。这其中不言自明的原因是她的男人而今挣了大钱了，钱多得乡党邻里无法猜清估准其数目，总而言之多得很。秋蝉何苦还要一篮一篮卖鸡蛋，一车一车拉包谷秆子呢？秋蝉虽然最清楚自己究竟存下多少货，绝对不像人们纷传的那么厉害，倒是确也攒下了万儿八千的存款。无论如何，她在感到虚名徒有的压力的同时也感到许多被人羡慕的愉悦。截至现在，她还不曾打算好吃好睡好逛。她继续精心养鸡继续咬紧牙关卖鸡蛋，继续拉包谷秆子当柴烧既节省了买煤的开支又烧热了火炕。育才给她买下电褥子她锁在箱子里不用。对人说是怕触电怕睡不踏实，其实是怕花了电费。电费公家收二毛二本村电管员收三毛五。电管员私抬电费而且理直气壮："而今小自一根针大至彩电哪一样价钱没翻几个跟头？要说没涨价只剩下良心反倒掉价了。我管电电不涨价难道叫我喝风吃屁不成？"秋蝉就憋足劲儿拉包谷秆子，省了煤又省了电，你涨得再贵总不抵我不用不买。

车上还剩下一抱包谷秆子没有卸下来，她的大儿子小强骑着自行车放学回来，把一只黄皮信封塞到她手里。她看看落款竟是桑树镇民事法庭几个红字就不由蹙紧了眉头，一道不祥的阴影立即弥漫过心头，她撕拆信封的手指紧张得发抖。信是一页铅印的传讯通知，要她后日到桑树镇法庭过堂，她的男人王育才提出要和她离婚，已经申诉到桑树镇民事法庭了。

说是晴天霹雳一点也不过分。秋蝉看罢传讯通知，眼前一黑险乎栽倒，一股恶心的浊气从腹腔蹿起冲到喉咙口就堵在那里。她的儿子小强一手扶住车子一手搀住母亲，吓得惊叫起来。那个给娃子喂奶的小媳妇跑过来，一边搀扶她一边瞅着掉在地上的信皮和信儿，再也不说嫂子不该拉包谷秆子的玩笑话了。秋蝉已经没有力气卸下小推车上最后一抱包谷秆子，强挣着走回家去，扑倒在炕上就号啕起来。她感到羞辱又感到委屈。她没有丝毫的精神准备，无法承受这晴天霹雳般的打击。她被最不幸的家庭灾难只一下就击昏了。她现在根本无法理清这突发的灾难的来龙去脉，只觉得自己活到了尽头，照耀她的九十九个太阳和九十九个月亮全都在一瞬间熄灭了，眼前是永不复明的黑夜。她的脑子里一片昏天黑地一片混沌。她的胸腔里骤然聚满了恶气又排泄不出，整得她几次哭得闭气，亏得隔壁邻里的女人们用针尖戳她冰凉的手指扎她冒着冷汗的鼻根，她才缓过阳气来。霎时间，这个令人羡慕的家庭的里屋和庭院，就弥漫起混乱和破败的灰暗气氛。

阿公和阿婆是在天麻麻黑的时候走进儿媳的小院的。老两口后晌上磨子，轰隆作响的磨面机房里没有闲人来传递消息。当他们头发和衣服上扑着一层白茸茸的面粉推着面袋走回家时，立即就有好心的乡邻向他们通报了儿媳秋蝉家里发生的变故，老汉顾不得掸去面粉就跑来了，女人颠着一双稀世的小脚也急火火赶来。阿婆倒是有主意："甭哭！秋蝉。他想离婚就离了？这事全由他了？他想离婚得先埋葬了我！过堂时你甭去叫我去，让他跟我说这婚咋个离法儿……"阿公坐在椅子上吸着烟，不劝也不叹。女人们纷纷离去后，阿公才说："你先甭慌，事情嘛总有个理由，明日我去把他叫回来，叫他先跟我说个理。"说到这儿，老汉才忽然想到，儿子育才住在什么地方自己根本不知道。他问儿媳秋蝉也不知道。他的儿子在西安发了大财，他们却从来也没有被儿子邀去做客，临到有了急事需要找他时却弄不清儿子的单位和地址。这一瞬间婆媳和阿公三人几乎同时想到一个人王益民。王益民是儿子育才的好朋友，育才的情况他知道的比做父母和妻子的要多得多。于是，翁婆媳三人立即统一了举措：立即去找王益民。

王益民是本村小学校教育主任，晚上宿在学校里，王子杰老汉找到家里又找到学校，堵在心里的火气就再也无法忍住不发了："益民呀！你看育才这狗日的咋么就生出六指儿来了？好端端的安宁日子一下就给搅得云天雾障！你明日领我去寻他，我只说一句话叫他先杀了我再去离婚。法院传票后日过堂只有明日一天时间了，益民你无论咋说也得抽空请假领我去寻那个狗日的东西……"王益民也很震惊，只是远远不及子杰老汉那么强烈罢了。他其实早有预感或者说精神准备，今天发生的事实不过是对于以前的某种预感的证实而已。然而他还是自然地表现出一种震惊。他首先安慰盛怒不息的老伯，然后立即答应明天去找育才，无论育才干什么忙事紧事都非得拉他回来见父亲说清道明。再下来就劝老伯不要亲自去，一旦说得不好育才拉起硬弓不回家反而更糟……子杰老汉完全信任地听取了益民冷静入理的劝告，把至关重要的切肤切心的事交给益民去办理。

三

　　王益民第二天一早就出了校门。他做好了找人的准备，所以骑自行车不乘公共汽车进城。初冬的田野已显示出冬天的肃杀和冷峻。一切变故的根源也许是从育才离开学校开始发生的。育才被一位高中同学拉去搞什么公司，他给乡政府写了停薪留职报告就去老同学兴办的一家公司做了会计。那年寒假，王育才半夜来敲他的门，说妻妹来了屋里住不开，要他学校办公室的钥匙。第二天他到学校去找他闲聊却已不见踪迹，钥匙也未留下来。他又找到育才家里，秋蝉睁大眼睛说不仅没有妹子来家更没有见育才的影子。王益民开始心生疑。他想见不着育才得不到钥匙又轮着他护校日子，于是就砸了锁子进了门。他看见满地都是带把儿的烟蒂以及糖纸糕点盒子和饮料罐子，揉皱的床单上有一污痕，那是男人的排遗物令人一见就恶心顿起。从地上尚未干涸的一堆痰迹判断，王育才昨晚还睡在这里。于是，他就完全肯定育才借他的房子干什么勾当了。直到这年春节王育才回到龟渡王把钥匙交给他的时候，他不无生气地揶揄老同学说："这把钥匙留给你做纪念吧！锁子已经砸了扔了还要钥匙干什么？"王育才连连道歉，说他忘了交还钥匙，万万料想不到第二天就乘飞机去广州出了急差。王益民想戳穿这个谎话却又碍于面子上拉不下来，只好以明白装糊涂听他大谈特谈广州的新潮新景儿。春节后新学期开始，一位老教师向王益民彻底揭开了发生在他的办公室里的秘密——

　　那天晚上轮着我和小刘老师护校。王主任你知道俺俩是老对手，下棋下到三点还落马不下来，我想拉屎就急匆匆往厕所跑。从厕所出来经过你的办公室门口时，我听见里面有打鼾声心里就奇了，王主任你啥时候悄没声儿睡到里头的？回到房子跟小刘老师一说，小刘老师说王主任也是个棋迷咋能不来观战悄悄就睡了呢？他拉着我去看个究竟，在门口窗根下听了半晌又听出一个女人睡梦中的一声呻唤。我吓得跑了，心想，王主任怎么跟老婆放着热炕不睡跑到学校来过夜？小刘老师又跑过来对我说，肯定不是王主任。咱们必须弄清楚谁睡在里头这是护校的责任。于是，我俩敲响了门板。好久才应了声，好久都没拉电灯。灯亮门开之后，万万想不到是王育才老师和一个女的。那女人你猜是谁？是吕红。我已经羞得难以和王育才老师说话。王育才老师到底是熟人，有点尴尬，可人家而今到底经见了大世面，比不得咱们这些四堵墙里圈定的"小教儿"孤陋寡闻，不开化，一会儿就没事一样掏出把纸烟来让俺俩抽，大谈神谈他出门不是飞机就是软卧，一桌饭吃掉两千多块把老广都镇住了。俺俩穷"小教儿"倒给他吹得忘了自己干什么来了……

王益民先是叮嘱白发已现的老教师，后来又叮嘱小刘老师到此为止，再不要扩大宣扬。他随之就为自己调换了办公房子。他在那间房子里莫名其妙地瞅着那天发现痰迹的地方出神，瞅着自己床单上那已经洗得绝无痕迹的地方，心里仍止不住恶心。他换了房子。他把那件床单撕成布条扎了拖把。他把被子洗了烫了仍觉得心里毛森森的，于是破费买了一条被罩把被子罩起来。自从老教师彻底揭开这桩秘事一直到他完成那一系列净化工作，心里总是叽咕着一句话：这人怎么就没羞了呢？

王益民和王育才自幼交好，从小学一直念到初中毕业，王益民被保送到师范学校而王育才考取了高中。王益民曾经后悔自己上了师范只能去教小学而失去了争取高等教育的机会，后来的生活演变却使他庆幸不已，"文革"后他被分回本乡小学有工资有商品粮，王育才返乡回家当了农民。王育才的父亲解放前当过两年保长列入专政对象，自然成了村子里最倒霉的青年。为王益民说媒提亲的人踏细了门槛，王育才家却门可罗雀无人光顾，直到王益民喜添贵子而王育才依旧孑然一身。

王益民每每看见王育才低头耷脑的样子心里就十分难受。他越来越明确地意识到，如果他再不给他帮忙想办法，王育才一辈子就完蛋了。适逢王益民被提拔为教育主任有了说话的身份也有了说话的机会，他便大胆地向公社举荐王育才到自己的学校来当民办教师。公社竟然同意了。当他把这个喜讯告知王育才时，王育才却连连摇手说自己根本不适宜做老师。

看来不是谦虚，也不完全是背着保长父亲的政治压力，主要障碍来自王育才的内向性格。王育才怕羞，这个人已经长到二十大几仍然羞羞怯怯。他从来不在任何人面前抢说一句话。几个人围在一起闲谈，他总是悄悄默默站在外围或坐在人背后静静地听着，笑也是羞怯怯的样子。像他那样羞怯的神气别说男子汉很少有，在造反精神激励下的女学生女青年也无法与他相比。他的羞怯不是强装的而是真实的，课堂上猛乍被老师点名回答问题，他未站起先兀自脸红了，脸一红眼里就潮起一缕羞怯的雾气，说话也就吭吭吧吧了。从小学启蒙一直到高中毕业的漫长的读书生活中，他从一个纤细的少年变成了一个体魄强健的男子汉自然发生了许多重大变化，唯有害羞的样子有增无减。他在整个高中阶段的学习是他认识自己的重要阶段。他的数学和理论科目总是列全年级的前茅，他对这些学科的兴味愈来愈浓。他相信自己肯定会进入名牌大学。即使这样，他在被老师表扬被同学欣羡以至嫉妒时，仍然羞羞怯怯地抬不起头来。相比之下，那些学得好同时也骄傲到蛮横的学生与他就形成了截然不同的对比，同学和老师更喜欢他爱戴他亲近他，觉得王育才那根深蒂固的羞怯里蕴藏着迷人的色彩。

王益民和王育才自小玩耍长大，村子背后的山坡和村子前面的河川处处留着他们相依相伴的足迹。他们春天背着草笼提着草镰到坡沟到河岸去割青草，冬天里像大人们一样腰缠绳索肩扛镬头到山坡上去挖柴火。他们夏天在刺丛中搜捕绿色的蝈蝈，秋天又兴味更足地逮捉蛐蛐，为此几乎踏平了山坡上的每一丛刺棵，翻遍了村子里的每一堆砖石瓦砾。他们背着母亲多掺了白面的馍馍第一次走出偏僻的小村龟渡王到桑树镇读中学的时候，几乎同时第一次意识到了友谊而且产生了继续加深这种友谊的要求。他们之间可以说完全平等完全信赖。他们能玩在一块说在一搭而不是其他。他们一个是一个的影子，一个是一个的寄托，他们之间如果有一个是异性，那么他们就完全可能是龟渡王村的梁祝而且会有一个最完美最浪漫的结局。王益民的母亲曾经对王育才的妈妈说过："他俩要是有一个生来时少带一件行李就好了。"他们俩谁也不明白那行李的真实含义，及至后来知道了其中的意味的时候，连王益民都有点羞了，王育才更是羞得连脖子都红了。

王益民曾经不止一次有意无意地思索过王育才的羞怯。育才的母亲敦厚朴实并不多见羞怯。他的父亲解放前当过两年保长，解放后自然就成了头儿。王益民对保长大叔解放前一无记忆也一无印象，打有记忆起就只记得保长大叔那张讨好巴结的笑脸。他曾经十分讨厌那张笑脸，小孩子的王益民也能觉察到那笑脸里十有九分都是虚假的强装的，只有那脸上的笑容收敛散尽的时候才现出一分真实来。印象太深了，那令人讨厌的笑脸，这位体格雄壮的中年汉子见到任何人都是柔声细气讨好巴结的口吻和神色，哪怕不是龟渡王的干部而是一位红边烂眼的麻糊婆媳甚至是一个不懂饭香屁臭的小孩，他见了都会堆出一脸笑来，老远就与人打招呼，一天到晚都关心别人的生活起居似的问人家"吃了吗"？那笑容好像孙悟空的金箍棒装在耳朵里随时都能顺手扯出来布满整个眉眼和嘴脸。可是在他们家里，保长大叔对他的妻子儿女却非但不见笑颜，从早到晚从春到冬永远是一副冷冰冰的严厉的脸孔，一家人悄悄默默地做事，悄悄默默地吃饭，悄悄默默地睡觉。很少有什么人到这个终年弥漫着肃穆冷清气氛的小院来串门。孩子们说话声高了，保长大叔就会冷冷地呵斥一声："张狂啥哩？"孩子们全都惊慌地缩了脖子哑了声息。王益民很不习惯这种压抑的家庭气氛，总是站在王育才家院墙外学几声狗叫或鸡鸣，把育才勾引出来，那是他们约定的暗号。暗号不得不时常变换，防止保长大叔识出破绽来。

记得王育才被他推荐来学校上第一节课的时候，这个老三届誉满全校的高才生面对几十个刚刚进入戴帽中学班的乡村孩子，竟然比学生紧张十倍，满脸燥红地站在讲台上，两只手不知该放在讲桌上还是该贴紧裤缝，头上的汗粒由小聚大，纷纷滚落下来。他的羞怯和紧张被学校师生们传为笑话，校长不无担心地对王益民说："王主任，你推荐来的人纵然有一肚子蝴蝶，可飞不出来也是枉然！"王益民信心很足："没关系，疏通了堵塞喉咙的障碍，蝴蝶自然就飞出来了。关键的问题是，我们明知他肚子里有蝴蝶，总比那些满肚子稻草甚至连稻草也没吃下多少的人靠得住。"校长再不坚持什么。王育才由紧张到不大紧张再到完全不紧张，他的满腹经纶满肚子的蝴蝶就随心所欲恣意舞蹈，成为小学校戴帽中学班里的权威教师。许多只能教小学而硬着头皮提到中学班任教的教师，常常是先由王育才那里趸下货第二天再到课堂上热蒸现卖。王育才的人品极好，他很少是非，只埋头于备课授课，逢有劳动他也积极踏实，甚得领导师生的尊爱。王益民也因此而放心。

大约不到一年时间，王育才陷入了初恋的情网。女方是一位刚刚从师范学校毕业的年轻姑娘，一分配到龟渡王村学校就安排到中学班任教。如果这位姑娘稍少一点虚荣心不要到中学班而是到小学班任教，那么后来的事情就不会发生至少可以推迟发生。姑娘叫吕红，初中一年级尚未读完就发生了文化大革命，后来从乡村推荐到师范读了两年书其实有一年多的时间都是搞革命大批判，切实说仍然是初一水平充其量不会超过初二，如今要给初中班任教自然不可避免洋相百出破绽百出。她就去找王育才请教，先趸来再卖出去。王育才待人极平和，从来恪守待同志一视同仁，从来恪守不参与校内派系斗争的生活原则，更不会挑肥拣瘦瞅红蔑黑，他给吕红辅导讲解就像对其他老师一样耐心认真而绝不显示自己的能耐气儿。时日一长，吕红随着知识的增长感情也开始膨胀，为了报答他为自己补习而花费的时间，几乎本能地甘心情愿地代他洗扔在床下的脏衣服，她从家里来时带点好吃的东西也往往首先想到应该送给王育才。除了补习之外，她和他开始谈一些无关教学的事甚至笑话，她待在王育才房子的时间越来越多，一当有空儿就想往那个房子跑。王育才虽然害羞但不是木头，他已远远超过晚婚年龄对男女之情更灼热却也更冷静。有一天晚上，吕红买了两斤月饼送到王育才屋子，说明晚是中秋之夜她提前向他谢恩。王育才一下子急了连连摇头说："这算干什么？我怎敢图老师们的报答呢？革命同志互相学习互相提高，怎么能送月饼呢？"说着就把吕红往门外推。在即将推出门的一瞬，吕红忽然跑进来，一下子抱住王育才的脖子就止不住哭起来了。王育才呆呆地垂着手，脖子被吕红搂得喘不过气，却没有勇气举起自己的双手拥抱对方。

这之后两人就进入热恋。吕红的红红的丰腴的面颊和他的已现青色的腮帮久久厮磨，难分难解。这桩甚为美满的婚事却被吕红的父亲给彻底破坏了。吕红的父亲是村党支书，已经听到一些风言，就找女儿吕红正儿八经训导："爸是支书你相信不会给你搞封建婚姻。你自由恋爱爸坚决支持，你选下个王育才爸也觉得那小伙子不错，可是王育才他老子是伪保长专政对象。你已经是共产党员王育才连个团员也没当过。你已经是公办教师王育才是个民办，他老子要不是伪保长还有转为公办的希望。你跟育才结了婚以后咋办？将来有了孩子也就沾上了黑斑，爷爷是伪保长你看看还能有什么出息？婚姻是一辈子的事，你自个儿冷静想想去。"

吕红陷入了痛苦而终于做出了与父亲一致的选择。王育才很快由痛苦转变为懊悔。他悔愧万分地对王益民说："我真是个十足的混蛋！我怎么刚刚活出了一点眉眼就忘记自己的小名叫个啥嘛！要不是你帮助我而今还在队里掏稀粪哩！我怎么一下子就忘乎所以了？怎么敢跟党支书的女子恋……"这些话都出自肺腑，王育才很快又冷静下来，再三向吕红表白并不责怪她。于是两人和平分手。到下一学期开始以后，吕红已经调到另一个小学去了，而且结了婚。之后不久，王育才也心平气和地完成了一桩重要的事，结婚了。王益民和他女人齐心协力把她的一个远房表妹介绍给育才，就是秋蝉。

王益民现在怀着沉重的使命和甚为急切的心情，骑车来到这座古城饭店的大门口，不禁被那堂皇的高大建筑物镇住了。天哪！那一根用大理石砌成的明柱，肯定把戴帽中学的全部家当都折掉了。

四

王育才拿出最好的香烟糖果糕点饮料招待王益民，又是随随便便的样子，正是那随便到漫不经意的样子才显出一种阔人阔气的气魄。那些好吃的好喝的好抽的高档次消费品对王育才已是家常便饭，而对王益民这样的小学教育主任就成为超级超常超前享受了。他对享受这些高档消费品感到的不是愉悦而是痛苦，那一罐铝皮饮料的价值就把他一天的工资全喝掉了。尽管花掉的是王育才的钱他仍然觉得太可惜了。王育才不等他开口就猜中了他来找他的事端，而且直言不讳地袒露了事情的全部真相："我要离婚，我要和吕红结婚。我和吕红的婚姻才是最符合道德的，我和秋蝉的婚姻是一种没有感情的死亡的婚姻。尽管我至今仍感谢你在我最困难的时候帮助我娶下一个女人，但我的感情无法从吕红身上移到秋蝉身上。我在做出离婚决定时首先想到的是你，其次才是我的父母，我知道离婚的结果首先伤害的是咱俩的友情，至于断绝父子关系我都没有什么包袱。你和俺爸俺妈骂我的话我都能猜到，但我还是决定离婚。"

王益民倒没有话说了。他一路上组织起说服王育才不该离婚的语言大军全部溃散了。王育才的坦率反倒感动了他。他知道王育才和吕红感情甚笃旧情难忘。他现在只能提出一些具体的困难来让王育才考虑："孩子怎么办？三个孩子正处于幼学阶段，既要人抚养更需要心灵上的温暖。你想想你离了婚争得了自己的幸福，其实把痛苦不是摆脱掉了而是转嫁到孩子身心上了。与其这样不如将就权当为了孩子。"

提到孩子以后王育才就哑了口，只顾抽闷烟，随之就哭了："只有孩子是无辜的，对孩子来说我是十恶不赦的罪人。我在决定离婚的过程中百分之九十九的脑筋都伤在这上头。我只能从财力上保证他们求学读书，从生活上满足他们的一切需求。当然，如果秋蝉能明白一点，我会毫不吝啬地给孩子以父爱的，只是担心秋蝉不会给我这机会。没有办法，我与吕红已经不可分割了。她也和丈夫闹翻了。我无法回头也不想回头了，我已经觉得没有吕红一天都活不下去，父母以及老朋友你根本体味不来我的这种感情。我只希望你给秋蝉多做点解释工作，一来秋蝉是你的亲戚，二来这件事是你好心促成的。你就再不必管其他事了。"

王益民再无话可说。他感到劝解毫无作用，所以就不想多费唇舌。他想骂他又骂不出来，王育才而今比过去坦率了。王育才眼里的那种羞怯已经褪净，一种冷漠，一种淡泊，一种成熟的冷峻，一种经见了大世面后的遇事不惊的老练，所有这些神色把原有的那种根深蒂固的羞怯之色覆盖了或者说排除了。他抽着育才的高级香烟，一支值二毛五分钱，相当于一斤包谷的市场价格。他一面当教育主任一面种责任田，大脑的一半装着龟渡王戴帽中学的全部教务，另一半装着肥料种子以及各种粮食蔬菜的市场价格。他已经充分感觉到王育才已经不是过去的保长狗崽子也不是龟渡王学校的"穷小教"了，无疑已经是当代社会中最活跃最气魄最会生活的人了。他想，如果王育才不来这个公司而继续在龟渡王教书，那么他会怎么样呢？他会提出与秋蝉离婚与吕红追求真正的"符合道德的婚姻"吗？再退一步说他如果继续背着保长儿子的政治压力呢？想到这儿王益民又自责起来，这种想法本身就是不好的，好像他倒希望王育才继续当狗崽子似的。

记得吕红与别人订婚以后，王育才曾经懊悔不迭地痛骂自己是癞蛤蟆想吃天鹅肉。他劝了他安慰了他，他做到了一个朋友仁至义尽的义务。他亲自跑到秋蝉家，说服了秋蝉又说服了秋蝉的父母，说王育才是个绝对的好青年，保长父亲属保长父亲，王育才本人是最可靠的。直说得秋蝉父亲下了决心，说他完全相信了，权当秋蝉不是嫁给民办教师王育才而是嫁给农民王育才，只要人可靠就行了。王育才当时很感激他们夫妇，保长两口子更是感激不尽。王益民曾经因为他对朋友至诚的帮助而心地踏实。现在，他不仅不能说服王育才反而使自己陷入为难的境地，该怎么对秋蝉说话？怎么去见秋蝉的父母？

记得王育才和秋蝉结婚的时候，他去参加乡间的婚礼，王育才邀他做伴郎，他欣然应允，把秋蝉引回来。王育才在过了一周新婚生活之后，情不自禁地对王益民说："秋蝉不错。勤快俭省，脾性也好，正适合咱这样的家庭，人家这样清白的贫农女子能嫁到咱家，我已经够了。"王益民想把这话重新说给王育才听，想想又觉得没有必要，就告辞了。

临走时，王育才叮嘱他："益民哥，你甭费心了。我知道你是个好心人，你对我的恩情我永远不忘。你在我最困难的时候给了我最大的帮助，即使我要离婚，仍然感激你给我介绍下秋蝉。你的动机百分之百是好的。现在我求你再甭跑冤枉路了，无论俺爹俺妈或是秋蝉找你，你都推开甭管，让他们找我说话。"

王益民说："这事不用你叮嘱我也不再来了。你的事你自己处理吧！"

五

王益民回到龟渡王村时，王育才的父亲王子杰老汉在村口佯装割草，实际是等待王益民。王益民说了他找育才的经过，子杰老汉听得心里松不滋滋凉不唧唧软不哝哝，气急败坏地说："益民呀你怎么糊涂了？我叫你无论如何把那狗日的拉回来，你……"王益民苦笑一下说："好叔哩！那么个大活人儿，我怎么拉得回来？"而且做出一副无可奈何的神气。王子杰老汉问清了地址，迫不及待地当晚就搭末班车进城去了。

王子杰老汉一踏上豪华的古都饭店的廊沿几乎滑了一跤，那地板太光滑了。站在门口的一男一女两个侍者看着粗手笨脚的乡村老汉爬起来不搀不扶而且嗤笑着问找谁。王子杰老汉说他找儿子王育才。他得到放行，开始爬楼梯。他敲响了二楼十九号房间，看见门缝开处露出儿子的脸，气血呼啦一下冲到脑顶，及至他跨进门去看见长沙发上斜倚着一个女人，凭感觉老汉就知道那是吕红，一下子失去控制，一甩手就抽到儿子的脸上。那女人从沙发上跳起来，拉他的胳膊，叫着："大伯有话慢慢说……"子杰老汉嗅到一股浓郁的香气，"呸"地一口吐出去，骂道："婊子！"那女人一甩手走出门去。

子杰老汉已经完全失控。他一抢手，把茶几上的香烟饮料糖果全都扫荡到地上，杯子瓶子罐子在地板上乱滚。他又一把揪住儿子系在脖颈下的紫红领带，扯着拽着往门外拉。儿子育才被勒得直翻白眼，狼狈不堪地挣扎着，以求饶讨好的口气劝父亲坐下说话。子杰老汉说："回家说！这地方我不坐！这是什么地方？婊子院！"这当儿走过来两个服务员，威胁老汉说再不停手就打电话叫警察来，子杰老汉才坐下来。

子杰老汉坐下来仍然盛怒不息地嘲骂："我以为你在城里干什么体面工作，原来是逛窑子！瞅瞅楼上楼下站的跑的都是些啥货，脸上搽的嘴唇涂的耳朵上吊的都是啥？旧社会窑子院也没有这么厉害！你住在这儿能学好？你狗日的跟我回家种地去！"

王育才只是小声劝："爸你骂我尽管骂，你甭胡乱骂人家服务员……"

"球！啥球服务员！"王子杰不买账，"我当过保长，解放了共产党把我教育好了，没料到你小子倒学坏学瞎了。我当保长也没住过这么阔气的房子！你看你龟孙子穿洋服打领带装贼更像绺娃子！你今日不回家我就死在你面前。"

王育才已经没有任何招架之力。他佯装尿尿就走出房子躲进另一间屋子，让他的公司的同志去打发丧失了理智的父亲。同时叫来一辆出租汽车连拉带哄把子杰老汉送回近郊乡村龟渡王，王育才才得以从尴尬中解脱。

解脱是暂时的。第二天，当王育才坐在桑树镇民事法庭里向赵法官申诉一条一条离婚理由的当儿，他父亲王子杰老汉正站在民事法庭大门口的街道上向赶集上街的男女揭露儿子离婚的内幕，针锋相对。王育才真诚地列出好几条足以说明他和秋蝉没有感情因而是不道德的婚姻的理由，赵法官冷静地甚至无动于衷地问了一句："既然没有丝毫的感情，那么三个孩子是怎样出来的？"一句话问得王育才张口结舌，虚汗交流。与此情此景形成强烈对比的王子杰老汉获得了完全的成功。他慷慨陈词，言真意切，一件件一桩桩历数自己在前多年顶着黑斑头的困难日月里，王育才的龟孙相可怜样儿，秋蝉怎么来到这个家，怎么贤惠，怎么勤俭，根本不多嫌这个倒霉的家庭，一下子把听他演说的男女感动了，一齐骂王育才忘恩负义不是个东西。王子杰老汉得到众人的呼应，更加来劲地斥责儿子的背叛行为，骂儿子是无情无义没有人性的畜生，是豺狼是浑蛋是陈世美是杂种。人们纷纷议论，像王育才那样的儿子如今并不少见而像王子杰这样知情仗义的老子倒是少有的。消息从桑树镇反馈回龟渡王，子杰老汉的威望空前高涨。

王益民听到这一切时很平静。他是教育主任经常读书看报，一知半解当今社会潮流总的趋向是有利于王育才追求"真正的符合道德的婚姻"的，然而乡村人依然敬佩王子杰这种重情义的侠贤心肠。他无法确定自己站在哪一边去反对另一边，只觉得自己已无能为力只好任其自然发展。

王子杰老汉时常来找他，不断把这桩离婚案的进展情况汇报给他。"法官判了不准离。"王子杰得胜似的告诉他，"看那狗日的还要咋样？"过了半年，王子杰又神色紧张地说："益民，那狗日的又告到法院了。"随之又大惑不解地问，"头回告了判下不准离就完了嘛，怎么还容得再告？没完没了了？"他显然不懂得关于离婚法律的特殊规定。过了半年老汉又得意地说："再告也是白告，赵法官还是判下个不准离婚。狗日的爱告尽管告，赵法官是个好法官，再告一百次也是白告。"这场离婚官司便旷日持久旷年持久地拖延下来，以至王子杰老汉自己也磨得发不起火来。对王益民报告案件进展时的口吻也像说别人的闲话一样："又告了……爱告告去！"

王益民甚至同情起王育才来。当离婚事件发生时他同情秋蝉是自然的事，现在他依然同情秋蝉也同情王育才。秋蝉虽然得到阿公阿婆的诚心相待全力袒护，毕竟代替不了丈夫。育才和吕红虽然感情呼应仍然摆脱不了偷偷摸摸的被动局面，理想的"符合道德的婚姻"好梦难圆。王益民的同情心产生不久，又被突如其来的一件事冲淡了，这就是吕红丈夫的来访。

吕红的丈夫是个工人，他给王益民第一眼的印象正与他的职业完全吻合。他很率直，衣服穿着很随便，上衣是一件新潮夹克，肩上和臂上以及胸部附加了许多带儿和扣儿，衬衣的领子在脖子里窝叠着。人长得粗壮，一颗硕大的头。他开宗明义地说："我来找你是听说你既与王育才交好也认识吕红，希望你劝一劝王育才也劝一劝吕红。"他声明他之所以不愿意离婚并不是离了吕红就再找不到媳妇，完全是咽不下这口气，王育才太欺侮人了。他警告说他的工友哥儿们早已不能忍受暴发户欺侮已不吃香的工人阶级，要砸断暴发户王育才的狗腿，要把王育才的眼珠挖出来当泡儿踩，只是因为他觉得为了一个吕红臭婊子犯不着让哥儿们受牵连吃官司。

自称已不吃香的"工人阶级"向王益民诉说了他和吕红成亲的经过。那时候他在省建筑三公司当工人，有三个和他同时进厂的女工追求他，只是因为全是外省籍而遭到父亲反对。父母坚决要给他找一个本乡本土的媳妇，最不行也得是个陕西人，于是吕红大得父母的欢心。他也承认他父母喜欢吕红，见了一面就喜欢上了。他不知道吕红曾经与王育才有过恋爱史，后来知道了也宽容了她。问题在于已经有了一女一男两个孩子了，吕红仍然旧情萌发，把他闪到半路地里真是哭笑两难。他让王益民给王育才捎话过去，暴发户王育才欺侮已不吃香的工人阶级是没有好下场的。

王益民又为王育才深深地担心了。他整日提心吊胆，似乎随时都可能飞来一个王育才被打残的噩讯，他想提醒他警告他又见不着王育才。他又一次找到古都饭店二楼十九号，房子早已换主儿，再也打听不到王育才的下落了。

他仍然忧心忡忡。

吕红的父亲接着来访。这位已退位的吕家村的老支书本该休养生息，安度晚年，却被女儿的婚变搅得焦头烂额。他一面痛斥女儿不检点的行为，一面又对自己过去在女儿婚事上的自作主张后悔不及。他说他完全是为了女儿吕红好而想不到弄了窝囊事。他说在当时的情况下，眼瞅着女儿与一个保长儿子结婚，不仅他做党支书的父亲通不过，亲戚朋友也没一个通得过，怎么也想不到而今世事会变成这样。老支书恳切地说："益民呀！你和叔认识也不是一天两天了，你就好心好意劝一下育才，甭瞎折腾了。都四十的人了，还能再活四十呀！四十岁的人为儿女活着，甭伤了儿女，俩人都有儿有女，折腾不起呀！只要他一收心，我收拾红红也好办了。人到事中迷，需得朋友点明要害……你权当为叔除去心病，好生劝一劝育才。"

王益民被感动了，他送走老支书，心情愈加沉重。我的天爷呀！育才要追求理想的"符合道德的婚姻"的背后，联结着多少人的焦虑忧愁和痛苦。只剩下吕红没有来找他了，所有与这桩离婚案有牵连的人都一次或多次找过他了。王子杰老汉不必说，王育才的母亲不必说，秋蝉自然也不必说。秋蝉的娘家父母找他使他十分难堪地无言以对，吕红的丈夫和吕红的父亲现在也都找过他了，两个家庭的几十个成员都被搅得吃饭不香睡觉不甜。他们都知道他和王育才是朋友，是可以解除他们苦恼的人。然而王益民却毫无办法，他根本说服不了王育才。

吕红最终也来找王益民了。这位女性的到来，才真正摇撼了王益民的心，使他大吃一惊大睁双眼惊骇不已……

六

又一个灵魂在王益民面前痛苦地颤抖。

当吕红走进龟渡王学校的大门的时候，那些认识她的老师和不认识她的新教师全都像看珍禽异兽一样瞪起了好奇的眼睛。她在龟渡王学校任教时和王育才的恋爱产生过轰动本校的效应。她停薪留职跟上王育才到某公司去挣大钱在全乡教职员中产生了轰动效应。她和王育才在某公司旧情复发的桃色事件的轰动效应扩及全县的教职工。她和王育才偷偷在教育主任王益民的房子做爱的事更使龟渡王的新老职员无人不晓。她现在敢于硬着头皮再次走进龟渡王学校的校园其实已谈不上勇气，王益民第一眼就发现这位女教师的神经有点不大正常。

吕红显然已不是当年在龟渡王学校任教时的吕红了。姑娘特有的红色从脸上褪失净尽，脸色呈一种非自然的白色，那是过多施用脂粉的结果。无论什么现代化妆品都无法挽回已失去的青春。王益民首先感到的不是这些浅显的变化而是吕红的眼睛。吕红的眼睛里是绝望和恐惧，恰如一个人得知了自己的生死簿上的秘密。吕红一坐下就说："王老师，我是实在无路可走了才来求你，现在只有你能救我了……"

王益民搞不清何以这样，就问："怎么回事？吕红，你慢慢说。"他顺手关了门。

"你的朋友王育才……是个禽兽！"吕红咬着牙说，"是个吃人不吐骨头的豺狼！"

王益民惊奇地问："你怎么也骂他？"

"他把我害得好苦！"吕红说，"我一直觉察不出他对我设着圈套……"

王益民更迷惑不解："他怎么会对你设圈套？"

吕红这才告诉他，王育才和她私下里已说好约定：他和秋蝉离婚，她和丈夫离婚。现在，自己已和建筑工人的丈夫离了婚，王育才却突然从桑树镇民事法庭抽回了起诉，不离了……

王益民愈加迷惑："那为啥？"

"报复！报复报复报复！"吕红癫狂了似的喊，"他要报复我！恶毒的报复！"

"他怎么会报复你？"王益民问，"他和秋蝉的离婚案闹了四五年了，怎么会报复你？"

"全是假的！"吕红说，"他一次一次上诉，又一次一次托人暗里给赵法官塞钱，不要判决离婚。他一直把这场假戏演到我离婚才……"

"啊呀！我的天……"王益民半信半疑。

吕红哭了："我怎么办？我已离婚了。他在耍我，他记着旧仇。他说他才出了一口气，他说君子报仇十年不晚。他说我当初欺侮了他，我丈夫也欺侮了他，我父亲欺侮了他，全都是欺侮了他有个政治黑疤……现在全都报复了！"

"我信不下！"王益民说，"我信不下去！王育才真会这样歹毒？你们恋爱失败时，他亲口给我说'并不怪责'你吕红嘛！"

吕红苦笑着摇摇头："王老师，我唯一求你一件事，你去找找王育才，说我死了。他如果还记得我对他全是一片真心，如果还能原谅我当初的动摇，权当说的'势利眼'也行，我只有一丝希望了……"

王益民突然涌起一股强大的责任感，大声肯定说："吕红你千万别急，绝对不能走绝路，也千万不敢急出毛病来。我明天就去找王育才，你一定等我见了他以后咱们再面谈……"

王益民虽然热诚有余，心中却不免打鼓，如果真如吕红所述，他能扭转王育才吗？他已经比较切实地想另一条路，设法使吕红与那个建筑工人复婚，他说："万一不行，我去找你丈夫，争取和解……"

吕红冷笑一声："那样的路我还能走吗？那比死艰难十倍！"

未等第二天王益民去找王育才，王育才当晚打电话找王益民来了。

王益民一接上电话就迫不及待："育才育才你说你现在在哪里？我有话要找你说。"

王育才却冷静地说："我们永远不会再见面了我的好朋友。你不要再问我的住址，我们抓紧时间说几句话。"

王益民有点激动，一时找不到说话的头绪。

王育才问："吕红是不是找你了？"

王益民答："是的是的，到底怎么回事？"

王育才说："吕红说给你的事是真的。我已经抽回了离婚诉状，但并不是说我要回龟渡王了。请你告诉父母和秋蝉以及孩子，请他们忘掉我，权当这世界上压根就没有过我。"

王益民急了："这到底为什么？"

王育才说："不要问'为什么'。我只告诉你，吕红已经离婚了，这是我的圈套。我要报复，我已经报复了，我和吕红恋爱失败时就等着这一天，这一天终于等到了。我当时太痛苦了，她和她父亲完全想不到被扔掉的女婿会是怎样的痛苦，我现在叫他们亲自感受一下。她的那个丈夫当时比我优越的唯一一条是家庭出身好，而吕红选择了他却舍弃了我。让她现在尝一尝此中滋味，也就理解当初我的苦处了……"

王益民实在忍不住了："你是个毒虫！王育才——你是个歹毒的家伙！"

王育才说："我曾经是个羞怯的青年……"

王益民说："假的！你的羞怯是假装的！你的骨子里是歹毒残忍惨无人道！"

王育才却依然冷静："朋友你说错了，我的羞怯是真实的。我的太多羞怯使我苦恼，现在又因为那种羞怯丧失殆尽而惋惜。"

王益民骂："你害了多少人……"

王育才说："首先是这些人先伤害了我。"

王益民回转了口吻："育才，我们甭辩嘴了。我需要冷静，你更需要冷静，你无论如何告诉我你的住址，咱们见上一面，想想挽回残局的办法，一切还不是完全无望的。"

王育才说："不必了，我明天就要走了。"

王益民又急了："你到哪里去？我敢说世界上没有容你的地方！你的良心也宽容不得……"

王育才说："我要找一个恰恰能容我的地方。我已经不想再挣钱了。顺便告诉你，我所在的这个公司纯粹是个不摊本只赚钱或者说光骗钱的公司。我对骗钱也觉得腻了。"

王益民说："你到底要干什么？"

王育才："我要找一个能使我恢复羞怯的地方去。你想想，还不明白吗？"

王益民一时转不过弯儿："我想不来！你干脆回学校来吧？"

王育才轻轻叹口气："我已经不可能再回到讲台上去训导别人子弟了，那地方太神圣，我不配。我正在钻营的这种公司也不干了，越干我越无耻。我又不想自杀，我想在我恢复了人应有的那一点羞怯之后，再论死生之事吧！"

王益民沉默了。

日子

一

发源地周边的山势和地形，锁定了滋水向西的流向。那些初来乍到的外地人，在这条清秀的倒淌河面前，常常发生方向性迷乱。

在河堤与流水之间的沙滩上，枯干的茅草上积一层黄土尘灰，好久好久没有降过雨了。北方早春几乎年年都是这种缺雨多尘的景象。

两架罗筛，用木制三脚架撑住，斜立在掏挖出湿漉漉沙石的大坑里。男人一把镬头一把铁锨，女人也使用一把镬头一把铁锨；男人有两只铁丝编织的铁笼和一根水担，女人也配备着两只铁丝编成的铁笼和一根水担。

铁镬用来刨挖沉积的沙石。

铁锨用来铲起刨挖松散的沙石，抛掷到罗网上。石头从罗网的正面哗啦啦响着滚落下来，细沙则透过罗网隔离到罗网的背面。

罗网成为男人和女人劳动成果的关键。

铁丝编织的笼筐是用来装石头的。

水担是用来挑担装着石头的铁笼的。

从罗网上筛落下来的石头堆积多了，用铁锨装进铁笼，用水担的铁钩钩住铁笼的木梁，挑在肩上，走出沙坑，倒在十余米外的干沙滩上。

男人重复着这种劳作工序。

女人也重复着这种劳作工序。

他们重复着的劳动已经十六七年了。

他们仍然劲头十足地重复着这种劳动。

从来不说风霜雨雪什么的。

干旱的冬季和早春时节的滋水是水量最稳定的季节，也是水质最清纯的季节，清纯到可以看见水底卵石上悠悠摆动的絮状水草。水流上架着一道歪歪扭扭的木桥。一个青年男子穿着军大衣在收取过桥费，每人每次五毛。

我常常走过小木桥，走到这一对刨挖着沙石的夫妇跟前。我重新回到乡下的第一天，走到我的滋水河边就发现了河对面的这一对夫妇。就我目力所及，上游和下游的沙滩上，支着罗网埋头这种劳作的再没有第三个人了。

在我的这一岸的右边河湾里，有一家机械采石场，悬空的输送带上倾泻着石头，发出震耳挠心的响声。

沙坑里，有一个大号热水瓶，红色塑料皮已经褪色，一只多处脱落了搪瓷的搪瓷缸子。

二

早春中午的太阳已见热力，晒得人脸上烫烫的，却很舒服。

"你该到城里找个营生干。"我说，"你是高中生，该当……"

"找过，也干过，干不成。"男人说。

"一家干不成，再换一家嘛！"我说。

"换过不下五家主儿，还是干不成。"女人说。

"工作不合适？没找到合适的？"我问。

"有的干了不给钱，白干了。有的把人当狗使，喝来喝去没个正性。受不了啊！"他说。

"那是个硬熊。想挣人家钱，还不受人家白眼。"她说。

"不是硬熊软熊的事。出力挣钱又不是吃舍饭。"他说。

"凭这话，老陈就能听出来你是个硬熊。"女人说，"他爷是个硬熊。他爸是个硬熊。他还是个不会拐弯的硬熊——种系的事。"

"中国现时啥都不缺，就缺硬熊。"他说。

"弓硬断弦。人硬了……没好下场。"她说。

"这话倒对。俺爷被土匪绑在明柱上，一刀一刀割。割一刀问一声，直到割死也不说银元在哪面墙缝里藏着。俺爸被斗了三天两夜，不给吃不给喝不准眨眼睡觉，直到昏死，还是不承认'反党'……我不算硬。"

"你已经硬到只能挖石头咧！你再硬就没活路了。硬熊——"

"噢！好腰——"

我看见男人停住了劳作，一只手叉在腰间，另一只手拄着铁锨木把儿，两眼专注地瞅着河的上方。我转过头，看见木桥上走着一位女子。女子穿一件鲜红的紧身上衣，束腰绷臀，许是恐惧那座窄窄的独板桥，一步一扭，腰扭着，臀也扭着，一个S身段生动地展示在凌水而架的小木桥上。

"腰真好。好腰。"男人欣赏着。

"流氓！"女人骂了一句，又加一句，"流氓！"

那个被男人赞赏着被女人妒忌着的好腰的女子已经走过木桥，坐上男友摩托车的后座，呜噜噜响着驰上河堤，眨眼就消失了。

"好腰就是好腰，人家腰好就是腰好。"男人说，"我说人家腰好，咋算流氓？"

"好人就不看女人腰粗腰细腰软腰硬。流氓才贼溜溜眼光看女人腰……"

"哈呀！我当初瞅中你就是你的腰好。"男人嘻嘻哈哈起来，"我当初就是迷上你的好腰才给你写恋爱信的。我先说你是全乡第一腰，后来又说中国第一腰，你当时听得美死了，这会儿却骂我流氓。"

女人羞羞地笑着。

男人顺着话茬说下去。他首先不是被她的脸蛋儿而是被她的腰迷得无法解脱。他很坦率又不无迷津地悄声对我说，他也搞不清自己为什么偏偏注意女人的腰，一定要娶一个腰好的媳妇，脸蛋嘛，倒在其次，能看过去就行了。

他大声慨叹着，不无讨好女人的意思："农村太苦太累，再好的腰都给糟践了。"

男人把堆积在罗网下的石子铲进笼里，用水担挑起来，走上沙坑的斜坡，木质水担吱呀吱呀响着，把笼里的石头倒在石堆上。折身返回来，再装再挑。

女人对我说："他见了你话就多了。嘎杂子话儿也出来了。他跟我在这儿，整晌整晌不说一句话。猛不丁撂出一句'日他妈的'！我问他你日谁家妈哩？他说'谁家妈咱也不敢日，干乏了干烦了撒口气嘛'！"

男人朝我笑笑，不辩白也不搭话。

三

"把县委书记逮了。"

"哪个县的县委书记？"

"我妹子那个县的。"

"你怎么知道？"

"我晌午听广播听见的。"

"犯了啥事？"

"说是卖官得了十万。"

我已不太惊奇，淡淡地问："就这事？还有其他事没有？"

"广播上只说了卖官得钱的事。"男人说，"过年时我到我妹子家去给外甥送灯笼，听人说这书记被'双规'了。当时我还没听过'双规'这名词。我妹家来的亲戚都在说这书记被'双规'的事，瞎事多多了。广播上只说了受贿卖官一件事。"

"老百姓早都传说他的事了？"

"我给你说一件吧。县里开三级干部会，讨论落实全县五年发展规划。书记做报告。报告完了分组讨论，让村、乡、县各部门头头脑脑落实五年计划。书记做完报告没吃饭就坐汽车走了，说是要谈'引资'去了。村上的头头脑脑乡上的头头脑脑县上各部局的头头脑脑都在讨论书记五年计划的报告。谁也没料到，书记钻进城里一家三星宾馆，打麻将，打了三天三夜。第三天后晌回到县里三干会上来作总结报告，眼睛都红了肿了，说是跟外商谈'引资'急得睡不着觉……"

"有这种事呀？"

"我妹子那个县的人都当笑话说哩。你想想，报告念完饭都不吃就去打麻将。住在三星宾馆，打得乏了还有小姐给搓背洗澡按摩。听说'双规'时，从他的皮包里搜出来的尽是安全套儿壮阳药。想指望这号书记搞五年计划，能搞个屎……"

"你生那个气弄啥？"女人这时开了口。

"我听了生气，说了也生气。我知道生气啥也不顶。"

"那就甭说。"

"广播都说了，我说说怕啥。"

"广播上的人说是挣说的钱哩，你说是白说，没人给你一分钱。"

"你看看这人……"

"书记打麻将，你跟我靠捞石头挣钱；书记不打麻将不搞小姐，咱还是靠掏沙子捞石头过日子。你管人家做啥？"

男人翻翻白眼，一时倒被女人顶得说不上话来。闷了片刻，终于找到一个反驳的话头："你呀你，我说啥事你都觉得没意思。只有……只有我说哪个女人腰好，你就急了躁了。"

"往后你说谁的腰再好我也不理识你了。"女人说，"我只操心自家的日子。"

"你以为我还指望那号书记领咱'奔小康'吗？哈！他能把人领到麻将场里去。"男人说，"我从早到黑从年头到年尾都守在这沙滩上掏石头，还不是过日子么！我当然知道，那个书记打麻将与咱尿不相干，人家就不打麻将还与咱尿不相干嘞！他被逮了与咱尿不相干，不逮也尿不相干嘞！"

"咱靠掏挖石头过日子哩！"女人说。

"我早都明白，石头才是咱爷。"男人说。

听着两口子无遮无掩的拌嘴，我心里的感觉真是好极了。男人他妹家所在县的那个浪荡书记，不过是中国反腐风暴中荡除的一片败叶，小巫一个。我更感兴趣的，或者说更令我动心的，或者说最容易引发我心灵深层最敏感的那根神经的，其实是这两口子的拌嘴。

他们两口子拌嘴的话所涉及的内容和范围，我都不大在意。我只是想听一听本世纪第一个春天我的家乡的人怎样说话，一个高考落榜的男人和一个曾经有过好腰的女人组成的近二十年的夫妻现在进行时的拌嘴的话。我也只是到现在终于明白，我频频地走到河滩走过小木桥来到这两口子劳动现场的目的，就在于此，仅在于此。我头一次来到他俩的罗网前是盲目的，两回三回也仍然朦胧含糊，现在变得明白而又单纯了：看这一对中年夫妻日常怎样拌嘴。

"呃！这书记而今在劳改窑的日子可怎么过呀！"男人说。

"你看你这人！老陈，你看他这人——就是个这！"女人说，"刚才还气呼呼地骂人家哩，这会儿又操心人家在劳改窑里受苦哩！"

"享惯了福的人呀！前呼后拥的，提包跟脚的，送钱送礼的，洗澡搓背的，问寒问暖的，拉马抻蹬的，这会儿全跑得不见人影了。而今在号子里两个蒸馍一碗熬白菜，背砖拉车可怎么受得了？"男人说。

"你是闲（咸）吃萝卜、淡操心。"女人说。

"他这阵儿连我都不如。我在这河滩想多干就多干，想少干就少干，不想干了就坐下抽烟喝水，运气好时还能碰见一个腰好的女子过河，还能看上两眼。他这阵儿可惨了，干不动得干不想干也得干，公安警卫拿着电棍在尻子后头伺候着哩！享惯了福的人再去受苦，那可比没享过福只受过苦的人要难熬得多吧？"

没有人回答他的发问。我没有。他的她也没有。他突然自问自答——

"我说嘛人是个贱货！贱——货！"

……

太阳沉到西原头的这一瞬，即将沉落下去的短暂的这一瞬，真是奇妙无比景象绚烂的一瞬。泛着嫩黄的杨柳林带在这一瞬里染成橘红了。河岸边刚刚现出绿色的草坨子也被染成橘黄色了。小木桥旁的男人和女人被这瞬间的霞光涂抹得模糊了，男女莫辨了。

四

应办了几件公务，再回到滋水河川的时候，小麦已经吐穗了。

我有点急迫地赶回乡下老家来，就是想感受小麦吐穗扬花这个季节的气象。我前五十年年年都是在乡村度过这个一年中最美好、最动人的季节的。我大约有七八年没有感受小麦吐穗扬花时节滋水河川和白鹿原坡的风姿和韵致了。

太阳又沉下西原的平顶了。河堤和石坝的丁字拐弯的水潭里，有三个半大小子在游泳嬉水。我看见对岸的沙滩上支撑着一架罗网。女人正挥动铁锹朝罗网上抛掷着沙石。石头撞击的刷啦刷啦的声音时断时续，缺乏热烈，有点单调。

男人呢？

那个尤其喜欢欣赏女人好腰又被嗔骂为流氓兼硬熊的男人呢？

我脱了鞋袜，涉过浅浅的河水。水还是有点凉，河心的石头滑溜溜的。我走到她的罗网前的沙梁上，点燃一支烟。

"那位硬熊呢？"

"没来。"

我便把通常能想到的诸如病啦、走亲戚啦、出门办事啦这些因由一一询问。她只有一个字回答：没。

我就自觉不再发问了。她的脸色不悦。我随即猜想到通常能想到的诸如吵架啦与邻居村人闹仗啦亲戚家里出事啦等等这些令人烦心丧气的事，然而我不敢再问。

　　她轻轻叹了一口气。

　　我还是决定发问："咋咧？出什么事了？"

　　她停住手中的铁锨，重重地深深地吁出一口气："女子考试没考好。"

　　"就为这事？"我也舒了一口气，"这回没考好，下回再争取考好嘛！"

　　她苦笑一下："这回考试不是普通考试。是分班考试。考好可进重点班。考得不好就分到普通班里。分到普通班里就没希望咧。"

　　这是我万万没有料想得到的事。

　　她这时话多了："女子自个儿不敢给她爸说。

　　"他听了就浑身都软了，连镢头铁锨都举不起来了。

　　"他在炕上躺了三天了，只喝水不吃饭，整夜整夜不眨眼不睡觉，光叹气不说话。我劝了千句万句，他还是一句不吭。"

　　"女子在哪儿念书？高中还是初中？"

　　"县中。念高一。这学期分出重点班。"

　　我也经历过孩子念书的事。我也能掂出重点班的分量。但我还是没有估计到这样严重的心理挫败。

　　她伤心地说："这娃娃也是……平时学得挺好的，考试分数也总排前头，偏偏到分班的节骨眼儿上，一考就考……"

　　"直到昨日晚上他才说了一句话：我现在还捞石头做啥！我还捞这石头做啥……"

　　"你不是说他是个硬熊吗？这么一点挫折就软塌下来了？"我说。

　　"他遇见啥事都硬，就是在娃儿们上学念书的事上心太重。他考大学差一点儿分数没上成，指望娃儿们能……

　　"他常说，只要娃儿们能考大学，他准备把这沙滩翻个个儿……

　　"他现时说他还捞这石头做啥哩！"

　　"我去跟他说说话儿能不能行？"我问。

　　"你别去，没用。"

　　我自然知道一个农民家庭一对农民夫妇对儿女的企盼，一个从柴门土炕走进大学门楼的孩子对于父母的意义。我的心里也沉沉的了。

"他来了！天哪！他自个儿来了——"

我听见女人的叫声，也看见她随着颤颤的叫声涌出的眼泪。

我瞬即看见他正向这边的沙梁走来。

他的肩头背着罗网，扛着镢头铁锨，另一只肩头挑着担子，两只铁丝编织的笼吊在水担的铁钩上。

他对我淡淡地笑笑。

他开始支撑罗网。

"天都快黑咧，你还来做啥！"她说。

"挖一担算一担嘛。"他说。

我想和他说话，尚未张口，被他示意止住。

"不说了。"他对我说。

女人也想对他说什么，同样被他止住了。

"不说了。"他对她说。

"再不说了。"他对所有人也对自己说。

"不说了。"他又说了一遍。

我坐在沙梁上，心里有点酸酸的。

许久，他都不说话。镢头刨挖沙层在石头上撞击出刺耳的噪声，偶尔迸出一粒火星。

许久，他直起腰来，平静地说：

"大不了给女子在这沙滩上再撑一架罗网咯！"

我的心里猛然一颤。

我看见女人缓缓地丢弃了铁锨。我看着她软软地瘫坐在湿漉漉的沙坑里。我看见她双手捂住眼睛垂下头。我听见一声压抑着的抽泣。

我的眼睛模糊了。

2001 年 5 月 12 日于原下

作家和他的弟弟

我曾在一部小说里说过，昼伏夜出几乎是世界上各路盗贼共有的生活习性。仅就这个习性而言，作家类同于盗贼，只是夜出工作的性质与之相去甚远罢了。这篇小说记述的作家就是一个顽固地遵循着昼伏夜出规律的人。他沉静而又疯狂地写作一夜，天色微曙时伸着懒腰打着呵欠躺到床上，直到午后才醒来。

在作家睡眠的这段时间里，最恐惧的事就是来人。来人太多了，多到一般人不可想象的程度。作家因一部小说以及由小说改编的电影爆炸，就出现了这种寻访如潮的情形。作家自然沉浸在热心者好奇者研究者的不断重复着的问询的愉悦之中，多了久了也就有点烦。烦就烦在心里，外表上不敢马虎也不敢流露出来，怕人说成名了就拿架子摆臭谱儿脱离群众了。然而作家还想写作，还想读书，即使不写不读，仅仅只想一个人坐下来抽支烟品一杯咖啡。于是，作家终于下定决心，在白天睡觉的这段时间里，拔掉电话插头，拉下了门铃的闸刀，在门板上贴一张粗笔正楷的告示：如若不是发生地震，请手下留情，下午三时后敲门。作家往往最容易在语言上出错，仅这条告示而言，就存在严重的错误，因为地震如果真的发生时，即使是四五级的中震，作家就会自己冲出门来的，任何人都不必敲门了。无论如何，这条幽默而又严峻的告示确实制止了无数只已经举起或蠢蠢欲举的手，保证了作家的睡眠。

大约十二时许，作家正沉入深睡状态，有人敲门。轻敲时作家没有听见。作家被惊醒时的敲门声，已不是敲而是捶，真如发生了失火或地震一类灾难似的。任谁都可以感同身受地去想象作家的不快甚至恼恨了：一个通夜写作而刚刚睡了三四个小时的人多么需要休息啊！

作家是聪明人。敢于无视告示而如此用劲儿捶打门板的人，肯定是有重大事由的人，所以也就不敢恼怒，甚至怀着忐忑的心情赶紧拉开门闩。站在门口的，是弟弟。二弟。

作家的第一个心理反应是，这个货又来了。

作家连"你来了"一类客套话都不说，就转身走进客厅。弟弟也不计较哥哥的脸热脸冷，尾随着进入客厅，不用让坐就坐到沙发上了，把肩头挎着的早已过时的那种仿军用黄色帆布挎包放到屁股旁边的沙发上，顺手从茶几上的烟盒里抽出一支烟来点着了。美滋滋地吐出一条喇叭状的烟雾之后，弟弟笑嘻嘻地说："哥我想你了。"

作家还没有从睡眠的恍惚里转折过来，木木的脑子里却反应出：你是想我的钱了。其实早在开开门看见弟弟的那一瞬，他首先就想到了自己腰里的钱包。这已经是惯常性的心理反应了。没有办法，他的兄弟姊妹全都生活在尚未脱贫的山区。已经给许多人提供了发展机会的社会环境是前所未有的，然而他的兄弟姊妹没有一个能够应运而出，连一个小暴发主儿都没有，更没有一个能通过读书的渠道进入城市的。他们依然贫穷。他们自觉不自觉地把骄傲的心理和依赖的眼光都倾斜到作家哥哥身上了。作家是兄弟姊妹中唯一一个走出山沟走进省会城市的出类拔萃者，而且不是一般地进入城市谋得一份普通的社会工作，而是一步步打进文坛，且走出潼关响亮全国文坛的佼佼者。作家自己有时候也纳闷：同是一母一父所生的兄弟姊妹，智商为何有如此悬殊的差别，以至怀疑自己是不是父亲的血缘……现在，作家最揪心的是，兜里没有多少钱，怎么打发这个货出门呢？小说作品走红了，由小说改编的电影更红火，然而作家的稿酬收入却少得羞于启齿，即使启齿说给兄弟姊妹，兄弟姊妹也不信。

弟弟喝了口水就坦然直言："哥，你甭怕也甭烦，我不要你的钱。我知道你名声大，钱可不多。你是个名声很大的穷光蛋。你给我钱我也不要。"

作家不由一愣，有点摸不着头脑了。

弟弟更坦率了："我想搞一个运输公司。先买一辆公共汽车，搞长途客运，发展到三辆以上就可以申报公司了。"

作家吃惊地瞅着眉色飞扬的弟弟，半天才回过神来，我们家里终于要出一个"万元户"了哇。

"你想想你能有多少钱给我？你把我大嫂卖了也买不来一辆'中巴'……"

作家终于清醒过来，甩了烟头，讥讽道："凭你这号货能搞长途客运？你是不是昨晚做梦还没醒来？"他太了解这个弟弟了。在他的兄弟姊妹中，这是他唯一可以当面鄙夷地称之为"这个货"的一个。其他几个，本事不大，却还诚实；做不了大事，做小事做普通事也还踏实；挣不来大钱，挣小钱也还扎实巴稳。唯有这个货，什么本事没有还爱吹牛说大话包括谎话，做不来大事还不做小事；挣不来大钱还看不上小钱，总梦想着发一笔飞来的洋财。连父母也瞧不起的一个谎灵儿人物。他唯一的长处是有一副好脾气，无论作家怎么损怎么骂都不恼，而且总保持一张天真的笑嘻嘻的脸。

"我知道你看不起我，不相信我。事没弄成以前谁也不信，大事弄成了人就给你骚情了，挡都挡不住。"弟弟不仅不恼，反而给他讲起生活哲学，"你前多年没成名时，谁把你当一回事？我那时候看你没日没夜地写稿投稿，人家不登给你退回来。甭说旁人把你不当个人人看，兄弟我咋看你都不像个作家。可你把事弄成了，真成个人人了，而今我咋看你都像个作家……"

作家还真的被弟弟堵住了口。这是生活运动的铁的法则。他当业余作者时，屡写屡投屡屡不中且不说，即使后来连连发过不少小说、散文、诗歌时，文坛也没人看好他，只有那部小说和小说改编的电影爆炸之后，原有的、属于他的生活秩序整个被打乱了。这个过程和过程中的生活法则，被弟弟都识破了。作家突然想到，论脑瓜，这个货还真的不笨；论心计——好的或坏的——他还真的不缺，说不定弄不来小事还能弄成大事哩！而今常常是这类人最早越出原有的生活轨道和惯性，一夜暴富。作家便松了口，半是无奈地笑笑："行啊！你想买一列火车搞运输我都没意见。你搞吧！"

弟弟笑了："现在该求你了。不要你的钱，只要你给刘县长写个字条儿，让他给银行行长说句话，我就能贷出款子来。刘县长是你的哥们儿……办这事不费啥。"

作家故作惊讶："哦！你还真动脑子了，把我的朋友关系都调动起来了……"

"而今这社会好是好，没有'关系'活不了。"弟弟说，"你不过写一张二指宽的字条儿。刘县长也不过给行长打个电话说两句话。都不算啥麻烦劳神的事咯！"

作家笑笑，夹着烟在屋子里转了两圈，给刘县长写了一张字条儿。

几天之后，作家愈来愈感到某种逼近而又逼真的隐忧。这种隐忧之所以无法排遣，在于他意识到某种危险。作家的情绪制约着思路。总是别扭，总是不能通畅，总是无法让想象的翅膀扇动起来，正在写作着的长篇巨著遇到了障碍。他终于拿起电话，拨通了刘县长办公室的号码，很内疚地说明来龙去脉，最后才点破题旨："你不知道我这个弟弟是个什么货！我给他说不清道理才把他推到你手里。你随便找个理由把他打发走算了。"

刘县长笑了："你的电话来晚了。你弟前日后晌就来了。我把他介绍给农行行长了。"

"这怎么办？"作家急了，不是怕弟弟贷不到款，恰恰是怕他贷到了款子，三天两后晌把钱赔光了怎么办！他对刘县长叙说了自己的隐忧。

刘县长不在意地笑了："银行现在不会再做这种挨了疼而说不出口的蠢事了。现在贷款手续严格了。你放心吧。"

作家放下电话时，稍微安稳了。

巧的是，电话铃又响了，是弟弟打来的。

弟弟说："哥呀，贷款是没问题的。刘县长一句话，农行行长照办。我想贷十五万，他连一个子儿不敢少给。"

作家听着弟弟狐假虎威，得意忘形的口气，心情又负累了。真要是贷下十五万元，这货把钱给倒腾光了，谁来还贷？他便郑重警告弟弟："你得考虑还贷能力……"

"害怕火烫还敢学打铁！"弟弟满腔豪气，"现在人家贷款要担保人，或者财产抵押。咱们兄弟姊妹就你日子过得好。你给我来担保。"

作家脱口而出："那就把我押上？"

"谁敢押你这个大作家呀！"弟弟哈哈笑起来，"行长倒是给我出主意，把你那本书押上。"

作家现在才放松了，疑虑和隐忧全在这一瞬间化解了。行长给弟弟出的这个主意分明是游戏，不无耍笑戏弄的意味。自以为聪明的弟弟现在还在农行行长的圈套里瞎忙着。作家既不想为贷款而负累，也不想再看弟弟揣着那点鬼心眼在老练的农行行长跟前继续瞎忙出丑。他便一语戳透："我的那本书早都卖给出版社了。版权在人家出版社，不属于我了，押不成了。"

弟弟显然不懂出版法。这个专业法律与弟弟的实际生活太隔膜了。弟弟还不死心："你写的书怎么不由你哩？你的娃娃咋能不跟你姓哩？"

"这是法律。"作家说。

"到底是你哄我哩，还是农行行长哄我哩？"弟弟的声音毛躁起来了，已经意识到那个梦的泡儿可能要碎了。

"你自个儿慢慢辨别吧。"作家说。

"那你得给我想办法。"弟弟说，"哪怕找个有钱的人，哪怕编个谎话，先让我把款贷下。"

作家再也缠不过，便说："我有一支好钢笔，永生牌的。你做押吧！"说罢挂断了电话。

冬天到来的时候，作家完成了长篇小说的上部。此刻的心境是难以比拟的，像生下了孩子的产妇，解除了十个月的负累之后的轻松和痛苦折腾之后的恬静与踏实；像阴雨连绵云开日出之后的天空一样纯净和明媚。这些比拟似乎又都不够贴切，真正的创造后的幸福感是难以言说的。

作家急迫地想回老家去。温暖的南方海滨，他都毫不犹豫地谢绝了。他迫切地想回到故乡去，那里已经开始上冻的土地，那里冬天火炕上热烘烘的气息，那一家和这一家在院墙上交汇混融的柴烟，那一家的母鸡和这一家的母鸡下蛋后此起彼伏的叫声，甚至这一家和那一家因为牛羊因为孩子因为地畔而引起纠纷的吵架骂仗的声音，对他来说都是一首首经典式的诗，常诵常吟，永远也不乏味。每一次重大的写作完成后，每一次遭遇丑恶和龌龊之后，他都会产生回归故土的欲望和需求。在四季变幻着色彩的任何一个季节的山梁上或河川里，在牛羊鸡犬的鸣叫声中，在柴烟弥漫的村巷里，他的"大出血"式的写作劳动造成的亏空，便会得到天风地气的补偿，他的被龌龊过的胸脯和血脉也会得到迅速的调节，这是任何异地的风景名胜，美味佳肴所无法替代的。他的肚脐眼儿只有在故乡的土地上才汲取营养。他回来了。

作家下火车时，朋友刘县长在那儿接站，随后便进入一家新开发出来的民间食物的餐馆。便是豪饮。便是海阔天空的大谝。便是动人的城南旧事式的回忆。作家后来提起了弟弟贷款的事，随意地问："后来他还缠没缠你？"

刘县长也是多喝了几杯，听罢便大笑起来，笑得前俯后仰，说话都不连贯了："啊呀！我的我的……作家作家……老哥老哥呀……你的你的……这个活宝活宝……弟弟呀！我现在才……才明白了……你为啥为啥把他……叫'货'……"

作家倒进一大口酒，没法说话，等待下文。

刘县长仍然止不住笑，拍着作家朋友的肩膀："任何天才天才……作家……也编不出……的……"

刘县长讲给作家一个可以作为小说结尾的故事——

你弟弟从我办公室走时，我借给他一辆自行车，机关给我配发的一辆新型凤凰车子。咱们这个小县长，天天用汽车接送上下班，我嫌扎眼，就让后勤处给每位头儿配发一辆自行车。他把车子骑走了，两天后给我还回来，交给传达室了。传达室老头儿把车子交给我的时候，我都傻眼了。车铃摘掉了。车头把手换了一副生锈的。前轮后轮都被换掉了。后轮外胎上还扎绑着一节皮绳。只剩下三脚架还是原装货。真正是"凤凰"落架不如鸡了……

作家"噢"地叫了一声，把攥在手里的酒杯甩了出来，笑得趴在桌子上直不起腰来："我的多么……富于心计的……伟大的农民弟弟呀！"

刘县长倒是止住了笑："你不还我车子倒算个屁事！你说你丢了，我还能叫你赔一辆不成？可他……偏偏耍这种把戏……"

"这就是我弟弟。常有叫人意料不到的创举，叫你哭笑不得，叫你……"

刘县长说："我看着那辆破自行车，突然就想起你常常挂在嘴上的'这个货'！我忍不住就说了你的'这个货'的称呼……才体会到这个称呼真是恰到好处……"

当日后晌，作家就回到了父母仍然固守着的家园。没有热烈，却是温馨。窑洞整个都收拾得清清爽爽。火炕已经烧热。新添的一对沙发和一只茶几，使古老的穴居式的窑洞平添了现代文明生活的气氛。父母永远都是不需要客套式的问候的，尤其是对着面的时候，看一眼那张镌刻在心头的脸就不需要再说什么了。

他随后转悠到弟弟的窑院来。

弟弟正蹲在窑门口的台阶上抽烟，笑嘻嘻地叫了一声哥就搬出一只马扎来。作家没有坐，站在院子里，看满院作务过庄稼的休眠着的土地。宽敞的院子里有两棵苹果树，统统落叶了，树干刷上了杀灭病菌虫害的白灰灰浆。一边墙角是羊圈，一边墙角是鸡舍。一只柴狗窜进窜出。是一个井井有条的、令人感到舒服的庄稼院儿。

客运汽车公司显然没有办成。那辆偷梁换柱而焕然一新的自行车撑在储藏棚子门里。所有零部件都是锃亮的，只有三脚架锈迹斑驳，露出一缕寒酸一缕滑稽一缕贼头贼脑。

作家用嘴努努自行车，说："兄弟，再去借用一回，把他的三脚架也换回来。"

"不用了，不用劳神了。"弟弟顺茬儿说，"三脚架一般不会出问题，新的旧的照样能用。"

"你也太丢人了！"作家终于爆发了。

"我丢什么人了？"弟弟一脸的诚实之相。

"我给你买不起'中巴'，买一辆自行车还是可以的嘛！"作家摊开手，说，"你怎么能这样？"

"噢哟哟哟！"弟弟恍然大悟似的倒叹起来，"这算个屁事嘛！也不是刘县长自己掏钱买的，公家给他配发的嘛！公家给他再买一辆就成了嘛！公家干部一年光吃饭不知能吃几百几千辆自行车哩！我揣摸几个自行车零件倒算个屁事！"

作家说："我现在给你二百元，你去买新车子。你明儿个就把人家的零件送回去。"

"你这么认真反倒会把事弄糟了。"弟弟世故地说，又嘻嘻哈哈起来，"刘县长根本没把这事当事……权当'扶贫'哩咯……"

作家瞅着嘻嘻哈哈的弟弟，想说什么也说不出来了，就走出了窑院。晚炊的柴烟在村巷里弥漫起来，散发出一种豆秆儿谷秆儿焚烧之后混合的熟悉的气味。作家还是忍不住在心里呻吟起来，我的亲人们哪……

2000 年秋于礼泉（2001 年 8 月 20 日重写于原下）

腊月的故事

一

这是北方乡村冬天里的一个平淡无奇的早晨。

麻雀在后院的树枝上吱吱啾啾吵成一片。这是冬天里唯一能够听到的鸟叫声。天天早晨都是在麻雀这种热烈的吵闹声中睁开眼睛，郭振谋老汉就感到自身这架运转了大半生的机器开始发动，毫不迟疑地从炕上坐起身来穿衣蹬裤。冬天里天寒地冻，田里和果园里没有什么逼紧的活路，放羊也需等得太阳出来霜花化解之后。他随着麻雀的叫声起来是一种习惯。习惯对于一个年过六十的人来说比制度比命令还难以违抗，再那么躺在炕上不仅不是享受而是别扭了。

郭振谋老汉穿着衣服结着裤带的时候，心里渐渐踊跃着一种激情，一种紧张，其实什么急事要事都没有，而那种混杂着紧张情绪的激情却逐渐充溢在整个躯体里。他不奇怪，完全能够把准这种脉象，是年气儿催的。年气儿是看不见说不清的。是期待是期盼，是结束是开始，是抖落是重新披挂？一交上农历腊月，这种年气儿就在乡村潮起了，腊月初五吃"五豆粥"，一种掺杂着五种豆子的稀饭；腊月初八吃"腊八面"，一种在大米稀饭里下进细面条也拌以炒菜的面食。每一家农户的每一只锅里舀出来的，几乎是一律的饭食。年气儿就是这样日渐一日在乡村的村巷屋院里弥漫着，把男男女女老老少少的血液蒸腾起来。郭振谋老汉准确无误地记着，这个被麻雀吵醒的黎明是腊月十九日，再过四天就是祭祀灶神的日子了。灶神是天帝委派到人间的挂不上"品"位的最小的神，却是最深入基层的神，深入到家家户户。一张木刻拓印的纸神，坐在两只大红公鸡之间，慈善的脸上最显眼的是一撮

陈忠实自选集
402

捋得顺溜的黑胡须，位置就在锅台正前方的墙壁上。灶神的职责是一年四季三百六十五天一天三顿都要观察记录每一家锅里下进去什么舀出来什么，到每年腊月二十三回到天宫向天帝述职，报告农人锅里的稀稠，天帝据此判断人间生灵的日子过得安逸不安逸。配贴在灶神左右两边的红纸对联的内容，是传承了不知多少年代的一成不变的"上天言好事，入地降吉祥"。

郭振谋老汉瞅着已经褪色已经被烟熏得发黑的灶神画像和对联，心里就想着再有三四天时间，这位灶神爷爷就该卸任了，新的一届灶神爷爷也要赴任了。昨日他在集镇的年画地摊上买了一张新的灶神画像，还是木刻拓片古香古色的那种，对联却换了几个字："上天报实账，入地细观察。"郭振谋老汉问卖画小贩，古人传下来的对联怎么敢胡修乱改？卖画小贩说，镇上那个专门印制灶神画像的老板说，去年全镇人均收入只有990块零几毛几分，镇长给县上报的是2000块零几毛几分。村哄镇，镇哄县，一路哄到国务院。得了奖，提了干，明年年尾儿再冒算……印刷灶神画儿的老板还说，镇长可以胡报冒算，灶神爷回天宫可不敢学镇长的样子，连该下的雨水都误了。卖画小贩说印灶神画儿的老板还说来，这叫对症下药。郭振谋老汉听着，同时就在心里码算自己的年终总收入，其实早都码算过不知多少回了，三代六口之家，统共毛收入也就差不多8000块，人均1300多块，在村子里算个中等偏上的家庭。镇长最终报到朱镕基总理那儿的数字却是两千还零几毛几分。他打趣地对卖画儿小贩说，咱们明日搭火车上北京找朱总理，讨要那两千块的缺额去，零头就不说了。俩人哈哈笑着，郭振谋老汉一手交了钱，挑了一张满意的灶神画儿和一副崭新的对联，分手时又撂出一句，咱也得对症下药……郭振谋拴紧裤带结好纽扣，下一步就是茅房了。

老伴还赖在炕上。老伴向来是比郭振谋早起早离炕头的，无奈小孙子的学前班放寒假，每天早晨都搂着奶奶不许离开被窝，她就依着孙子的性儿多享一会儿福。老伴儿听着老汉开开后门走向后院的脚步声也不在意，早已耳熟能详早已毫不留意，不料，老汉一声惊慌失措的叫声响起："咱的牛哩？"她一把推开孙子，裹上衣裤，奔向后院。

二

女人奔到后院时，还夹着一泡尿，也不觉得排泄的急迫了。她没有看见老汉。老汉不在后院里，也不在牛圈里。牛圈里已经没有牛了。牛槽里残留着牛舌卷舔未尽的草料。牛圈里有一堆新鲜的牛粪。没有了牛的牛圈显现出一种空前的令人腿软的空寂。女人真的双腿发软要瘫坐到地上了。她叫了一声，我的牛哇！两眼一黑就扶住圈墙的墙壁软瘫到地上。

女人的眼睛重新睁开之后，就急匆匆出了牛圈，后院的围墙已经被破开一个大豁口，足以让硕大的牛通过。我的天哪，要拆开这样大的豁口，得费不少时间哩！这墙的砖头是废砖和碎砖，是儿子从一家拆迁的破产工厂当作垃圾弄回来的。要把这些碎砖扒掉，而且不容弄出声响，得花好久时间哩，一家人却都死睡着，一任蟊贼从从容容拆墙搬砖，扭锁开门拉牛，真是睡死了哇！

墙外是麦地。一畛麦地那头是一条田间小道，是农人施肥锄草收割麦子公用的一条窄窄的小路。麦苗上落着一层厚厚的霜花，隐隐显现着老汉郭振谋的两行新踩的脚印，牛的蹄印和偷牛贼的脚印似乎看不出来，被霜花遮掩住了，证明牛最迟是在夜半之前被偷的。女人朝茫茫的麦地望去，看见老汉从小路连接大路的拐弯处走过来，他肯定是跟踪搜寻线索去了。

女人看见，老汉站到当面的时候，额头和脸上满是汗水，蒸腾着一缕缕白色的气体，像是火炉上滚开的水壶的壶盖周边冒出的白气。这么冷的天，这么冷的天的清凛大早时分，还出这么大粒子的汗，还冒这么如壶开锅滚一样的气，可见老汉心里鼓着多大的劲，抑或是心里虚弱到啥程度了。"快把汗擦了。你心里甭吃劲儿——咱人最要紧。"女人毕竟是女人。女人毕竟比男人心软。女人最先掂出来人和牛的分量和轻重。女人也毫不含糊地掂出来自己和老汉的轻重和位置。她把自己刚刚发生的两眼发黑软瘫倒地的惨事已经搁置偏旁了，真诚地关心起亲爱而又可怜的老汉了。

"牛是从这麦地里拉走的。没走小路。斜插过这一畛麦地，走到大路上的。当然，贼当然要抄近路，麦地里走起来也没响动。"郭振谋老汉分析判断，"在二狗家麦地里有一泡牛尿，沥沥拉拉尿了有十步长，牛是边走边尿的。当然，贼当然不会让牛停下尿完才赶路的。在大路上，有一堆牛粪，被踢踏得乱七八糟。牛是在那儿被推上拖拉机的，那儿有拖拉机的辙印。牛屎是贼把牛弄上拖拉机时踩踏稀烂的。当然，贼当然只顾尽快把牛弄上拖拉机逃离现场，哪还顾得脚上踩着牛屎哩！再说，天也太黑了。"

"咋办呢？"女人说，"这该咋办呢？"

尽管把贼和被偷的牛走过的路径勘察得清清楚楚，尽管把牛尿牛屎和运载拖拉机的辙印分析得头头是道，郭振谋看似一个脑袋清醒且不乏主意的人，然而在老伴问到"咋办呢"的时候，却不自觉地呻吟似的反问或自问了同样一句话：咋办呢？其实他在麦地里追踪牛和贼的线索往来的路途中，已经想到过一个又一个应当采取的紧急措施，然而，当女人向他讨要主意的时候，他却没有说出一条来，而是立即想到了儿子。在他的潜意识里，举凡家庭的重大举措，必须和儿子商量，才能得到肯定或否定以至最后做出决定。他在这个家庭里一言九鼎的时代是从哪年结束的，或者说发生易位的，记不清也说不清，反正早已不可挽救地形成现在这样的家庭格局了。他似乎此刻才想到了儿子。在这样重大的家庭灾难发生时，竟然不见儿子的面，他不可理喻地问老伴："秤砣呢？"

"还睡着。"女人说。

"这大的事都遇下咧，还睡！"

"兴许娃还不知道。"

郭振谋便从后院走进后屋，走过穿堂，又出了后屋的前门，站在院子里，对着前屋的后窗，忍不住就提升了嗓门吼："秤砣！"

"哎。"新屋新窗里传出声音。

"牛被贼偷了！"

"我知道。"

"你知道你还睡着不起来？"

"已经偷走了，我起来迟起来早都没用。"

"嗨……"郭振谋老汉右拳捶打到左掌心里，气急败坏地对女人说，"你听听！你听这话说得！就像偷了隔壁的牛——偷了隔壁的牛也该关心问问情况嘛……"

窗户里传出平静而近乎冷峻的声音："不管咱的牛隔壁的牛，贼偷了就没有了，谁来关心谁怎么关心都不顶啥，牛没有了。"

郭振谋老汉想着，话虽然倒也是这话，事虽然倒也是这事，但似乎一般人都不这样说。然而儿子秤砣就这样说。他平时也就是这样说话论事。这个狗日的什么时候开始这样说话论事，郭振谋记不得了。他的热汗已经晾干，头上的蒸气也早已偃息，紧张的心和因紧张过度而鼓足着劲的腿脚此刻渐渐松弛，出过汗的皮肤似乎浸了水的冷。他想回到后屋去。儿子一边扣着外套的扣子，一边走过来。

"总得想个办法吧？"老子说，"总不能把牛丢了咱连一句话也不说一步路都不跑吧？"

"我想不出啥办法。"儿子说，"你有啥好办法你说么，路由我跑话我也能说。"

"总得去找去寻呀。"

"上哪儿找？"

"牲畜市场。还有……托付亲戚、朋友、熟人，还有你的那么多同学，让他们留心一下，看看谁家槽头新添了牛，咱好暗里去查问。"

"我可以百分之一百告诉你——爸，牛在屠宰场里。在哪一家我估不准，但准在屠宰场里。县上有两家屠宰场，城郊有五家，杀猪杀羊杀牛，还有驴，给西安的大饭店小饭铺送货。凡是送到他们屠宰场的牲畜，一般都是随到随杀，人家连喂牲畜的食槽都不备。屠宰老板根本不问猪呀羊呀牛呀驴呀是从哪条道儿上来的——自养的贩卖的还是偷来的，只是掐一掐肥瘦，以质论价。屠宰场老板更愿意收购那些偷来的牛羊猪驴，贼急于出手贼没摊本钱可以压价收购嘛！送货的人走进屠宰场的大门，老板一搭眼就能看出来人的牲畜是自养的是倒贩的还是偷来的……现在找到屠宰场，连牛皮也认不出来了，况且人家老板就不准你翻找。"

"狗日的！"老子信下了。

"现在哪里还有偷牛自养的贼呢？"儿子说，"现在的贼也是抓时间抢速度的现代化头脑了。"

郭振谋老汉闷在那儿，打了个冷战。

老伴提议回到屋里去说话。

一家三口回到老两口居住的后屋，毕竟比院子里暖和多了。父子俩在小火炉对面坐下。女人给丈夫和儿子沏茶，弄得玻璃杯叮当响。

"总得给派出所报个案吧？"老子说。

"报也成，不报也没啥。报案和不报案的结果是一样的。"儿子说。

这是郭振谋老汉自己也知晓的事实。村子里时常发生丢羊丢猪丢牛的盗窃事件，邻近的村子也都发生过。被盗的农户主人向派出所报了案，好则来人察看一下，问问情况，在本本上记录记录，在被挖开的围墙上照一照相，然后说等着吧，将来破了其他案子也可能把这件案子带出来。结果是本村和邻村被盗窃的案子一件也没有幸运地被带出来。郭振谋老汉还是忍不住说："报还是报一下吧！兴许还有运气被牵带出来，赔不赔钱也罢了，让人心里明白一回，是个什么贼。"

"牛已经没咧，明不明心都一样。"儿子说，"光脸贼麻子贼本村贼外路贼，都是贼咯，你弄清哪一个没意思——牛是已经没有咧。"

"你不是有个同学在城里干公安吗？"郭振谋老汉突然想起来这个重要关系，直生气自己到这时候才记起这个重要关系，"让他给派出所说一说，让派出所把这事当个事办。"

"没用。"儿子说，"话当然可以说。可你也想想，一头牛顶多值两千块钱，派出所警察为这个小案得花多少钱？开警车一公斤汽油也要两块多。即便把贼逮住了，两千块钱顶多判几天拘留，又放了。派出所花那么多钱劳那么大神受那么多苦，难道就为给你明个心吗？"

"哈呀！世事真是变得没眉眼了。一头牛两千多块哪！两千多块的牛丢了都不值得报案了。那时候谁家丢一只鸡，偷鸡贼都要上会挨批挨斗的。"郭振谋老汉想到"那时候"话就多了，"那时候，猪在街道上跑鸡也在满街巷跑，生产队的牛夏天晚上不往圈里拴，就在树底下过夜，连个牛毛也没人敢偷。而今倒好，挖墙拉牛不光没人追查，还说你丢的牛折价太少不值得查，真是长见识了。"

"你不是常说'那时候'年年到头不够吃吗？你不是常说你和我妈都被饿下浮肿病了吗？"儿子眼里做出耍笑的神气，"你怎么刚丢了一头牛，又想回到生产队里过只挣工分不分钱也吃不饱的日子呢？"

"我没说饿肚子好咯。"郭振谋反驳得意的儿子，"可那时候确实没有这么多贼。"

"这号偷牛偷羊的贼不算啥，小蟊贼。"

"哈呀！你的口气倒不小。"

"不是我口气大，是你从年头到年尾只放牛种地啥也不知。我说出那些大贼来把你能吓死——"儿子说，"揣着枪抢银行，票子整捆整捆整箱整箱地弄走，这贼大不大？一个省长一个市长贪污受贿有几千万上亿的，这号贼大不大？你那一头牛值两千，你掂掂轻重大小吧！"

"再小也是贼嘛！再小也是我养大的牛嘛！"郭振谋心里还是解不开，"总不能说偷牛的贼不是贼嘛！"

"是贼，偷多偷少都是贼。"儿子说，"一个贼偷了一串麻钱，一个贼偷了皇上的金库，当然得先逮那个偷金库银库的贼——你说还去不去派出所报案？"

郭振谋老汉闷下头，抽着烟袋，仍然耿耿于怀，反问儿子："这就完了？丢了就白丢了，偷了就白偷了？"

"完了。到这儿就完了。再不提这事了。"儿子说，"你不是还要上集卖胡萝卜吗？不能丢了一头牛连年也过不成了。"

郭振谋老汉又闷住头，再说不出什么话了。

"贼也要过年哩！"儿子秤砣说。

三

不管心里自在不自在受活不受活，郭振谋老汉还是听从了儿子秤砣"该弄啥还照样儿弄啥"的话，骑上自行车上路了，加入明显稠密于往日的人流车流，奔县城去了。

年气儿愈显得浓郁了。冬日里刚刚出山的太阳也泛着温柔的光。郭振谋老汉骑着自行车的速度和姿态，让同时行进的路人感到依旧是个强健的中年人，他自个儿也感觉和十年前骑车子没有多大差别，上下车子一样轻捷自如，腿脚一如既往那样灵便，车后架上驮载百余斤胡萝卜绝不喘气。他特别自信自己的身体，似乎根本没有年逾花甲老之已至的感觉。他的饭量在那儿明摆着，肉饺子可以吃四十几个，羊肉泡馍能泡足三个烧饼，有时比儿子秤砣还要多吃半碗。狗日的秤砣居然屡屡调侃老子，说，爸的肚子是公社化生产队培养出来的肚子，能饿也能吃，胃的伸缩性很大。狗日的念书念不出名堂，把心眼儿拐到说俏皮话上了。郭振谋骑着自行车在宽阔的柏油马路上行进着，遭遇盗贼造成的两千多块的重大经济损失，渐渐在减压。"贼也要过年哩！"狗日的秤砣怎么就会说出这种实实在在的俏皮话，让人反倒没话可说了。他的双腿踩踏着自行车，心里就一遍又一遍地发出无可奈何的自慰，尿咧毛咧就算一回倒霉事儿咧！财去也许人安哩！让贼也好好过个红火年吧！

"杀羊。"

看着父亲推着自行车走出街门，秤砣回过头对媳妇杏花说。杏花正在扫院，扬起头来，平静地说："你杀。"

"你得帮我压住羊腿。"

"我不敢,我害怕刀子染红。"

"多看几回就不害怕了。"

"我不敢看,也不想看。"

"你倒像是高干家的贵重人儿。"

秤砣说着就走出街门,在街巷里吆喝吼叫来两个帮忙的乡党;又返回身来,从羊栏里牵出一只山羊,走过院子时自言自语着,贼还算是有良心的贼哩!拉了牛还给咱留下羊。秤砣把羊拴到门外土场里的树干上,又返回身来取刀子。秤砣把刀子在掌心颠了两下,就有一种炫耀的快感。这是一把藏刀,真真正正的藏刀;刃不长,把儿也不长,却是浑实实用的一种;把儿上铆嵌着铜钉,闪闪发亮,挂在墙上或佩在腰带上都是很值得观赏的工艺品;然而既能割断羊的脖子,也能割断牛的粗厚的脖颈。这是他的朋友铁蛋送他的。铁蛋在公安局工作,收缴的长刀短刀匕首无数,特意选了这把最实用最精美的刀子送他。

杏花出门倒土的时候,正好遇见最惨烈的那一幕,羊脖子底下射出一道红色的血光,她本能地尖叫一声,扔了盛着垃圾的簸箕,双手捂住了眼睛。那两个帮忙抓着羊腿的小伙子,见状哈哈笑起来。秤砣听见了媳妇的尖叫,瞥一眼立在原地捂着眼睛的杏花,对那两个帮凶说,看看,咱这位真的像是高干院里长大的千金,其实她爸跟我爸一样都是在土里刨食的主儿。

秤砣把扒过皮开过膛的羊剁开拆卸,两条后腿联结的后臀,自然是一只羊身上最好的肉,分装到两个皮实的蛇皮塑料袋里,扎了口,吊捆在自行车后架的两侧,再把剩余的羊肋羊头和下水交给杏花。杏花只是害怕白刀子进去红刀子出来时涌出的血流,等到活羊变成一堆羊肉的时候,她就安之若素波澜不惊了。杏花说,杀了一只羊,后臀送朋友,自家吃杂碎,真是够义气咧。秤砣说,哥们儿就是哥们儿。

秤砣刚跷出街门门槛儿;就跨上了自行车,奔城里去了。这是每年腊月二十前后必有的一次访友活动。他有两个朋友,两个初中念书时交结的朋友。当秤砣在家庭里说话可以算话的时候,就开始了给两个朋友送羊后腿的礼尚往来。每年春节将至,杀了羊,送两位朋友一人一块羊的后臀。今年虽然丢了一头牛,羊还在,这个约定成规的事不能破也不能中断,照送。

一个从未经见过的温暖的冬天,刚刚过去的三九里竟然下了一场细雨。

而这种如丝如缕的细雨通常是九尽以后清明时节的景象。大路两边的麦苗似乎压根儿就没有经过冬蛰，绿莹莹的景色也如同开春返青时的征象。秤砣身上已经发热了，想到即将见到久不谋面的好朋友，心里就有点儿按捺不住的兴奋。朋友真是一种说不大清白的关系，对父母对妻子不便说不想说的话，在朋友那儿就可以毫无忌讳甚至放浪形骸。他不是那种广交的性子，仅有的这两个朋友就愈交愈显出珍贵甚至神圣。然而，与这两个朋友如何形成朋友为什么会结交至今，他没有认真想过也弄不大准确，在中学一个班的五十多名男女同学里，他们三个人是怎么走到一起的，真是说不清，其实论起性格和脾气，三个人正好是三种差异很大几乎是执拗的性情。决定人与人关系远近的是不是有一种看不见嗅不出的气味？这种气味只有身体和心灵能够感知？因此才决定是排斥还是吸附？反正他和他俩在一起就感到舒畅感到亲近，分别了就会思念，思念起来就觉得溢满愉悦。

　　城市太漂亮了。两三个月不进城再进城就能看到新的更奇特的景观。秤砣每一次进城都会有一种新奇和随之而发的惊叹，然而从来也没有亲近感，如同看见别家门楼里出出进进的年轻媳妇，越是漂亮越有距离感。秤砣想，这市里的市长其实只是城圈里头的人的市长，据说市长安了亲民电话，谁家的狗叫扰乱休息谁家的下水道堵塞哪条巷道的第几根路灯灯泡被打碎了或无缘无故不发光了，都可以直拨市长的亲民电话，问题和困难一般都会在很短的时间里解决。可是自家所在的村子和周围数不清的村子，别说狗叫扰人，即使狼吃了娃娃，也没谁会想到给市长打亲民电话。一头养了整整一年的肥牛丢了，无论父亲母亲杏花和他自个儿，谁会想到打那个亲民电话呢？最终连给派出所报警也免去了。其实，自己的村子还归属市区管辖，就有点更为分明的城里人的市长的感受了。

　　秤砣走到一幢住宅楼下。铁蛋在这幢新造的住宅楼上有了一套两居室的房子。同为农村孩子的铁蛋已经在城市里有了安铺支锅的一坨住地，扎住脚也就扎下了根，再也不是市长鞭长莫及的乡里人了。他敲了门。他还不习惯按那个门铃的按钮。门开了，铁蛋媳妇开了门，一身松松散散的衣服和松松散散的姿态，突然现出惊喜和热情，把他让进纤尘不染的屋内。

　　"羊腿。"

　　秤砣进了门，手里提着羊腿，交给了铁蛋媳妇。铁蛋媳妇客气地笑着接住那个装着羊腿的蛇皮塑料袋子，说："你年年都忘不了送这。"

秤砣走到不大不小的客厅，问："铁蛋呢？"

"办案出差了。"媳妇说，"你快坐下。"

"快过年了。"秤砣说，"过年能回来吗？"

"说不准。"

"啥紧火案子过年都不能回来？"

"抢了银行了。"媳妇说，"还有一起爆炸案。都是最急的大案。"

秤砣便告辞。不说今年铁蛋办案出差不在家，即使往年铁蛋在家，他也是放下羊腿便拉上铁蛋一块去给小卫送另一只羊腿。铁蛋这位做护士的媳妇，应该说是绝无一丝可弹嫌的毛病，人的干净整洁和这套住室的干净有序融为一体，你看到她的干净清爽就联想到这屋子里的一器一物的秩序与和谐。也许这屋子和女主人和谐完美到无可弹嫌的同时，也产生一种容留不住客人的效应，起码是秤砣这号客人。真是无法说得清白，秤砣到这个新迁的居室来过不止一次了，过去他们居住的临时性平房，秤砣同样是这种感觉。绝不是护士待人冷淡，反倒是礼仪毕至客气周到面面俱全，然而秤砣还是觉得待不住。秤砣总觉得在这儿放不开，手脚似乎被一根无形的丝络缠裹着，心里也就更觉得被裹束得老大不自在。没有办法改变。铁蛋是好朋友，护士媳妇也是好人好媳妇，可他就是在这两个好人的屋子里待不住。

"我给小卫把羊腿送过去，赶天黑还要回家哩！"

秤砣已经马不停蹄地出城了。小卫所住的房子是靠近工厂围墙的一排瓦顶平房的两间。围墙那边是五六十年代建成的老式住宅楼，与日新月异变着花色的新式公寓住宅比衬着，人就会为这个曾经显赫的庞大的国营工厂生出气数已尽的惋惜。小卫住着的这一排平房，原先是厂里新来的单身青年工人的集体宿舍，秤砣在小卫刚刚进入这家工厂入住这里的集体宿舍时就来过，还住过不止一夜，太熟悉了。这儿曾经是最富生气的一隅，成百号无牵无挂的青年男女集中在这一排平房里，一股壮气和活气就形成一股巨大的气场，反倒比围墙那边的家属院更具活力。他曾经和小卫住在临时调换出来的四人一室的屋子里，喝啤酒，谝闲传，抽烟就是从这儿起步的。他对工人生活的切实感受和仰慕，就是那时候诱发的。现在，他从这家工厂破落残败的大门骑着自行车长驱直入，看守大门的老头竟然视而不见或许是连问一声的信心也没有。想想也是，这里既已无任何需要保密的产品，连值得破坏分子破坏的价值也没有了。秤砣骑车通过偌大的厂区时忍不住咂舌了，曾经令他眼热心也热过的景象，已经无可挽回地败落了，曾经在这儿体验过几个美好夜晚的乡村农民秤砣，现在发觉自己竟然对这儿有些牵挂，忍不住连连咂着嘴，表示着含蓄的痛心。

"秤砣哥——"

秤砣听见小卫叫他了。他骑车子一直骑到门口跳下来，和小卫就挽着手走进屋子。

"年年送一条羊腿！"小卫说，"我不说谢了。"

"年货办得咋样？"秤砣问。

"嗨！谁现在还办年货！"小卫说，"有亲戚来了，到饭店吃一顿，省事。城里人都这样过年。"

"乡里没有饭店。"秤砣说，"有也舍不得挨宰。自家屋里做着省。"

"麻烦！"小卫说，"人都怕麻烦。"

闲谝着，小卫媳妇端上来茶水，不像以往那么大大咧咧，倒有点往昔印象里少见的拘束和闪烁其词。秤砣首先猜疑小卫大约又欺侮媳妇了，又不好问。小卫则一如既往，一派的昂扬神气和欢畅的说话。从来也不见他忧愁过，从来也不见他皱眉挠头的动作，从来都不向人告艰难哭穷。如果城里人和乡里人都养成小卫这样的爽快，这世界就没有愁苦悲伤的面容了。

"铁蛋出差不在。"秤砣说。

"我在城里也见不上面。"小卫说，"案破不了人可是忙着。"

"厂子看去彻底不行了？"秤砣说。

"不说厂子。咱只说咱的事，咱的话。"小卫说，"谁现在还说厂子的事呢？早都没人说了。"

"那么多工人呢？现在都干啥呢？"

"鸡不尿尿总有出路咯。"小卫说，"各人有各人的活法。"

"你现在弄啥哩？"秤砣问，"收入还可以吧？"

"啥都干哩。啥能挣钱就干啥。"小卫说，"年头上给一家饭店当保安，活儿倒是不重，就跟兵马俑一样在那儿站着。可我看着那些鸟人拿着公家的钱肥吃海喝，还要咱保卫，屁股一拍不干了——眼不见心不烦。"

"那么红火的工厂，才几年时间成了这样！"

"我都不可惜你倒可惜。我的工厂我都不瞅一眼了，你倒总是提说。"

"好好好，不说了。"秤砣说。

"你今年弄得咋样？"小卫问。

"凑合。"秤砣说。他没有说丢牛的事，也许正如小卫不想说工厂的事一样。

"娃呢？"秤砣问。

"到舅奶家去了。"小卫说着，就提高嗓门对厨房里的媳妇说，"甭做饭了。咱和秤砣哥到外边去吃饭。"

秤砣当即表示反对："在家里吃自在。"

正在为到不到外边下馆子的事稍有争议的时候，门外有人说话，而且脚步声杂乱。小卫坐着不动，却用眼珠斜瞅着门板，似乎不在意，原也无法判断是不是自家的来客，一种沉稳中的不屑，只有眼角的余光显示出留意的神色。

确凿敲的是自家的门，敲门声很有修养。

小卫立马站起，两步跨到门口，拉开了门。秤砣看见四五个人站在门口，有一位中年女人，肯定是做妇女工作的什么干部。倒是这位妇女干部先说了话："要过春节了，局里领导来看望你们，这是局长——"

局长已经伸出手来，脸上配合着职业性的微笑。小卫却视而不见局长伸出的手，也不管女干部接着介绍的另三位各个方面的主管，却做出急迫的又是莫名其妙的解释："啊呀！各位领导肯定走错门了。我不是困难户，我从来都没有困难过。各位领导走错门了——肯定。"秤砣瞅着这场景，也有点惊讶，小卫从来也没说过日子难过的话，倒是永远的昂扬；如果真是到了需得救济才能过年的程度，就足以使秤砣吃惊和伤心的了。

"没错儿。是你，梁小卫。没错儿。"妇女干部说，随之就职业性或习惯性地赞颂起局长来，"局长十分关心下岗工人，一定要亲自来看望，把温暖送到每一个困……"

"哈呀！没错儿，各位领导十分关心下岗工人，我绝对相信。"小卫更加快乐地解释，"关键是咱不困难嘛！应该把温暖送给真正需要温暖的主户。"

一个中年男干部说了："小卫同志觉悟很高，为国家分忧解难，有困难都不说困难。"

"没有没有没有。"小卫更嘎气儿了，"不是觉悟高低的事，关键在我不是困难户。"

几经争议和推让，带来的过年礼物还是留下了。秤砣坐在稍远稍偏的地方，用不着说话，却看完了这一幕送温暖活动的全过程。他发觉随行的几位脸上已现出尴尬或阴影，只有局长温柔的笑还残留在脸上。秤砣看清楚了礼品，一袋标着十公斤的袋装大米，一块缠着显示喜气的红纸条的猪肉，估计有两三斤吧，还有装在信封里抽出来又装进去的两张百元票子。秤砣刚才看见那位女干部把钱从信封抽出来送到局长手里，在局长送给小卫时小卫只顾着分辩自己不属于困难户。局长把钱又交给女干部，女干部又装进信封，放到小圆桌上。在小卫媳妇送客人出门时，小卫只踩着门槛站了一会儿。秤砣在心里早已判断清楚，小卫属于需要救助才能过年的主儿是没什么错的。他太了解小卫了。他对小卫性情和脾气的把握甚至比对自己还清醒还准确。小卫自小就是个阳性子人，上学时与人打架吃了亏，还要说他"把狗日的美美捶了一顿"。他愿意别人说他行而不愿意说他不行，真不行也要说成行；他愿意别人羡慕他有钱而不愿意别人发出哪怕是真诚的怜悯，真没钱也在任何时候任何人面前都做出一副腰粗气爽的神气。今天，当着秤砣的面接受救助，这是让小卫太难堪的事。秤砣唯一所能选择的就是淡化这件事，便对重新坐在简易沙发上的小卫说："拾个啥总比掉个啥强嘛！"

"哈哈！把戏儿耍得真妙哇！"小卫仍然大大咧咧地笑着说着，"他们把工厂盗光偷垮了，今儿个可提着礼品送温暖——"

"嗨，你说你初几到我家？"秤砣岔开话题。

"你知道这是一帮什么货吗？"小卫固执地回到原来的话题。进门时三问都不谈厂子的小卫，现在有点不依不饶地说话了，"那个刘厂长，还是劳模，当着这个厂子的厂长，在外边给自己还办一个厂，凡是利润大的订单都转到他的小厂去生产。至于把本厂的外购材料弄到他的小厂有多少，谁也说不清。本厂连年亏损，他的小厂却越办越红火。工人告了，上边查了，人家从账面上早都做好了查的准备，结果只查出些鸡毛蒜皮，给了个免职处分。人家早就吃肥了，不指望当厂长挣的那几个工资了，屁股下坐的汽车比省长的汽车还高级。再说今日来的送温暖的局长吧，说是更新产品，进口设备，贷款几千万，结果产品没出厂就捂死了。结论是市场变化神秘莫测，就完了。周游了欧洲，几千万买个'死洋马'，反而从厂长升成主管局的局长了。下边工人议论说，这个局长是拿票子铺的路砌的台阶。可说归说，局长还风风光光当局长，还笑眯眯地给咱送过年的'温暖'哩！现任的厂长你猜干什么呢？准备卖地皮。地皮现在可是值钱了。等到这个厂长把地皮卖完，这个工厂就彻底消灭了。国家养了这么一杆子货，咱们小工人还能指靠这一袋米一串肉过年吗？哈哈！咱靠咱自个儿过日子。日子还过得不错。你让你的弟妹说，咱的日子过得咋样？"

"嫽着哩！"媳妇在厨房里快活地应着。

"这一声多脆！"小卫畅快地说，"秤砣哥来了，是哥们儿难得相聚的好日子，硬是让什么'送温暖'给搅砸了。好了好了，秤砣哥和他送的羊腿，真正才是送来温暖了。"

小卫媳妇已经端出几盘菜来，啤酒也倒上了。小卫对媳妇说："咱俩先敬送羊腿送来真正温暖的秤砣哥一杯——干了！"

秤砣的心底里沉沉的，有点酸，仍然做出不在意的样子对喝了酒。为了摆脱心里的那一道阴影，秤砣主动挑战喝酒，果然奏效，话多了调儿也高了。小卫一贯好喝酒，酒量却很浅，三下两下就狂声浪语起来了。

四

温馨的记忆现在不可遏制，反复咀嚼的余味却是苦涩的。

秤砣记忆里最深刻的一件事，是和小卫在这家工厂职工食堂吃的那一顿午饭。那年秤砣刚刚进入县城中学，他和小卫、铁蛋开始形成好伙伴的时候，小卫领着他和铁蛋从县城搭乘公共汽车来到城圈外沿儿的这家国营工厂。小卫的爹在这家工厂当工人。正当工厂下班时间，男女工人都是一身深灰色的工作服，许多人手里掂个铝制饭盒朝一个方向走去，欢乐的声浪把秤砣弄得不知所措。

这是秤砣第一次走进工厂，关于工厂和工人的最初的认知就是在这里得到的，跟他自小生活的乡村差异太大了。铁蛋的父母也是农民，同样是头一回进城进厂，走路的脚步都乱了。只有小卫是三人之中最优越最可资骄傲的，他的家虽然也在农村，他的母亲虽然也是农民，然而他的父亲是工人，是穿工作服吃商品粮月月领工资的工人。小卫不仅毫无拘束，反而比在学校更显得自在欢乐，就像进入自己的家一样畅快。小卫把他俩引到他爹的宿舍。他爹正在脸盆洗脸，满手满脸的香皂沫子。小卫向他爹介绍了秤砣和铁蛋，撒娇似的宣扬："我们是桃园三结义的兄弟啦！"他爹擦净的脸和眼做出一副惊讶："再添一个女同学可就成'四人帮'啦！"然后哈哈大笑。大家都笑，秤砣一下子就觉得轻松自如了。

　　小卫的爹领着三个孩子到职工大食堂去吃饭。饭是份儿饭，每人一碗混着肉片、丸子、猪皮、豆腐、粉条、白菜的杂烩菜，两个大白馒头，围在一张桌子上，那个香啊！

　　"大伯，你们天天都吃白馍肉菜？"秤砣问。

　　"逢到节日大会餐，八菜一汤。"小卫爹说。

　　"你可是天天过年哩！"秤砣说。

　　截止到那时候，储存给十二三岁的秤砣的全部生活记忆，就是过年才可以吃几天纯白面的馍馍或包子，荤腥的肉菜或掺着肉末儿的饺子。乡村娃娃需得盼望一年的这些好吃食，在小卫他爹的工厂的职工食堂里，天天顿顿都是。已经了知城乡和工农之间存在差别的初中生秤砣，第一次把这个作为未来政治理想要消灭的巨大差别切切实实体验了一回，留下了至今依然不能泯灭的印象。那么令人向往的工人，现在居然需要用救济的一袋大米一串猪肉和信封里装着的二百元钱欢度春节。阳性情人的小卫虽然拒不承认困难户，再三谢绝救济物品，无论如何也不能再现他爹做工人时的优越和自信了。

　　初中毕业以后，只有铁蛋勉强够上了高中录取分数线，秤砣和小卫都回到各自的村子。已经开始活泛起来的乡村出现了盖房热潮，秤砣跟一位瓦匠师傅学了几年手艺，最终只达到可以砌墙抹灰的水平，再复杂的工艺就弄不了。乡村建房热潮一过，秤砣彻底扔了瓦刀，买了一辆四轮拖拉机跑运输，挣了一把钱，盖成了他和杏花现在住着的三间新式水泥楼板平房。小卫回乡来大约等了三四年，等到他的爹提前退休让他顶班，一下子就成为天天顿顿都像过年的工人了。铁蛋高中毕业够不上大学录取分数线，却够着了中等专业技术学校，竟然上了省里专门培养警察的学校，三年毕业了，在市里当警察。只有秤砣还在乡村继续着乡里人的日子。工人还需靠救济的一袋米一串肉和二百元才能过年？这是乡村人秤砣无法想象也几乎是不敢相信的事；这事发生在好朋友小卫家里，就具有逼近鼻息的酸和痛了……

　　暖冬的太阳总是让人产生阳春时节的错觉。秤砣和杏花以及父亲母亲，在胡萝卜地里挖掏最后一块可以卖钱的胡萝卜。他一个人在前头抢着双刺镰头，用一层细土覆盖着的胡萝卜被挖出来，在阳光下现出红艳艳水灵灵的嫩色。父亲和母亲在他身后坐着马扎，扒掉胡萝卜上附着的泥土。杏花则蹲着挥动一把刀，嚓嚓嚓切掉胡萝卜顶头上的叶子。

"你前几天给小卫铁蛋把羊腿送去了？"父亲无话找话。

"送去了。"秤砣说。

"那俩娃娃日子混得咋样？"

"差不多。还不错。"

"城里还是好混咯！"

"会混的人混得好，不会混的人难混。"

"咋说也比乡里好混！"

"不见得。真个不见得。"

"即便不会混的人，城里有人管哩！乡里人不管混得好混得不好，没人管咯！"

"管也看怎么管哩！给你送二十斤米一串肉二百元让你过个年，可不管过了年又怎么混的事，二十斤米能吃几天？"

"那倒是。人说年好过节好过日子最难过。你说城里还有靠那点点儿东西过年的主户？"

"噢！听说的……"

秤砣便把发生在小卫家的实事说成虚泛的了，免得父亲再问。他不想把小卫的窘境晾到父亲和全家人面前，那是个阳性情的人。

冬天的北方田野里没有农活儿，也几乎见不到人，静寂容易令人倦怠沉闷，一阵儿摩托车的声响就显得格外震人。秤砣看见那摩托车从村子里驶到田间大路上来，又进入狭窄的小路朝自家的胡萝卜地跑过来，猛乍便扔了镢头叫起来："铁蛋儿！"

话音刚落铁蛋就到地头了，和秤砣甩着胳膊像是握手又像是击掌，然后就和老人以及杏花一一打招呼，然后就和大伯大妈蹲在一起扒抹胡萝卜的泥土。秤砣爸坚决制止，半是玩笑地说："这么干净这么细白的手，咋能干这号粗活儿哩！"说着就对秤砣发出不容分辩的意见："你把镢头撂下。你跟铁蛋回屋去。这儿连口水都没有咯。"

秤砣跨在铁蛋摩托的后座上。铁蛋告诉他，昨晚从南方回到家，天明时小卫媳妇就找上门来，说小卫昨日晚上被抓了。秤砣大为惊讶，问出了什么事。铁蛋看着已驶到村口便封口不说。待两人进入秤砣的大门，在前屋里坐定，铁蛋才重新开口说："偷盗。"秤砣反而不想再问，诸如偷什么在哪儿偷怎么被抓，似乎都没有什么意思了。无论在什么地方偷无论偷什么东西都没有什么差别了，关键是偷和被抓。铁蛋还是按照思维习惯给他简单介绍了事情的经过：小卫和城郊两个农村青年合伙偷了农民两头肥猪，正好被巡逻的警察撞上了，那两个当地农民跑脱了，不熟悉地形的小卫被抓住了——

秤砣听到这儿，有点按捺不住的急切，忙问："你专门来给我报这个凶讯呀？"

"哎！这事……哎！"铁蛋一声三叹，急得脸都红了，"你看看小卫……咋弄下这号事……哎……"

"好了。你甭说了。你不说比说透还好些。"秤砣点燃一支烟，"你只说咋办吧！"

铁蛋还是打破了难以出口的障碍："那天也就巧了，巡警按局里指示春节扩大巡逻区域，正巧撞上咱们的小卫。抓到临近派出所连着审问，小卫交代他已经偷过四回了，全都是农民的猪咧羊咧牛咧……现在小卫压力最大的是偷你的牛这件事……"

秤砣吁出一口气，没有一丝一缕破案的惊喜，连刚才发生的惊讶都在这一刻散失殆尽了。居然会发生这种事！这仅仅是抽半支烟以前的不可思议的惊讶，当确定这种事居然就发生了的时候，秤砣的苦笑就难以叙说了。他问："现在怎么办？"

"我就是来跟你商量这事的。"铁蛋说。

铁蛋告诉他，派出所让小卫立即交出偷盗的猪呀羊呀牛呀的赃款，不管他实价卖了多少钱，一律按市场收购价赔偿，返还农户。另外还要加罚金……大约近万元。

"我的牛钱不要返还了。"秤砣当即说。

"小卫媳妇让我来找你，就有这意思。"铁蛋说，"小卫媳妇说牛钱将来肯定要还，只是当下太紧张。"

"不要了。"秤砣说，"再不提这件事了。赶紧让小卫快回家——剩下几天就过年了。"

铁蛋说："我给小卫媳妇先凑一笔钱，赶紧把人赎回来。"

"我手里还有一千，你顺便捎给小卫媳妇。"秤砣说，"我不留你吃饭了，小卫媳妇肯定正等你哩！"

铁蛋骑着警用摩托走了。

秤砣重新返回胡萝卜地里。

"铁蛋走咧？"父亲问。

"走咧。"秤砣答。

"没吃饭就走？"

"警察总是忙。"

"来有啥事？"

"没啥事。"

"没事老远跑来做啥？"

"朋友嘛。"

"我看你说话冷冰冰的？"

"怪你没教会我说热乎话。"

2002 年 3 月 8 日于原下

猫与鼠，也缠绵

"我要见局长。"小偷说。

"你说啥？我没听清楚你再说一遍。"警察李猛乍从椅子上跳到地上，大声反问。

小偷垂下头，没有再说一遍刚刚说过的话。他相信李警察把他刚才说的话都听清楚了。他和李警察中间的距离大约也就是三米远，他蹲在墙根下，李警察跷着二郎腿坐在椅子上，他的口齿清晰吐字很真声音也大着哩，李警察不会听不清的。恰恰可能是李警察听得太清楚了，而且大大出乎意料了，一个小偷一个小蟊贼，怎么敢挑选审讯他的警察呢？而且要局长亲自来，太出格的要求。李警察从椅子上蹦到地上的举动和他佯装没有听清的反问的语气里，有惊诧，有嘲弄，有蔑视。他让他再说一遍的真实语气是，你是个什么货色你为老几你是皇上的外甥吗，居然敢叫我们局长来审讯你？小偷扬起头瞅了一眼李警察，李警察整个脸上的表情证实着他的猜测。其实，小偷在提出这个要求之前，早就预料到了李警察会有这种反应的，他自己也明白局长是不可能去审讯一个小小的小偷的。这样，小偷又垂下头，没有按李警察的命令再重复申述要局长来的要求。小偷以为不再说比说更能表明他要见局长是认真的。

"说！把你刚才说的话再说一遍。"

"你都听清了……"

"听清了也还要你再说一遍。"

"那我就再说一遍——我要见局长。"

"你再说一遍。"

"我要见局长。"

"再说一遍。"

小偷不说了。他现在不敢说了，再说脸上可能就要挨耳光或被吐唾沫了。他低垂下脑袋，看看李警察是否还坚持要他再重复那句话。

李警察放弃了。李警察一只手夹着烟卷，另一只手反叉在腰里，在屋子里踱步，竟自乐呵起来："我办了十来年案，大贼小贼都交过手了，还没见过哪个贼娃子开口先要局长亲自来。嗨呀呀呀……"

李警察嗨呀呀呀地笑着，确是把诧异、鄙夷、蔑视以及好笑等丰富的内容，都揉进那听来颇为轻淡的笑声里了。按说，平常发生的这类小绺小偷案子根本就进不了市局的门，属于案件发生地所辖的派出所的正常业务，局里办的都是上了档次的大案要案。李警察也不会上手过问的小蟊贼，居然提出要见局长，真是有点滑稽可笑了。

李警察唯一感到新鲜感到惊讶的是，这个小偷偷到了公安局里来了，偷到他的办公室里来了。这是他万万没有想到过的事。这样的案子本身就很滑稽。这样的小偷也就更滑稽。想想明天在局机关传播开以后，会是怎样的惊诧和滑稽，想想这样滑稽的案子在市民中传播开来以后会引发怎样的街谈巷议。这样滑稽的事，偏偏撞到李警察腿上了。完全是撞上了，不经意间撞上了。像他这样肩负本市大案要案侦破重任的警察，必须审讯这个给本局制造滑稽的小蟊贼了。小蟊贼居然还要见局长。嗨呀呀呀呀！李警察忍不住又笑起来。

这个滑稽的案子，撞得真是太巧了。真得相信世界上确实有这样不迟不早不偏不差恰恰巧巧的事让人撞上。

李警察明日一早要出差，自然还是追查案件线索。这种差事对他这种职业来说是家常便饭，早已习以为常，早已没有了普通人出远门前夜的精细准备和对陌生之地的新奇和激动。他在收拾几件简单的行李时，突然发现把火车票忘记在办公室抽屉里没有带回家，说好局里公车明日一早到家接他送站的。妻子说："这么晚了，算咧不去取咧，明天一早让司机把车拐进局里去拿。"他沉吟了一阵儿，最后还是决定当即去取回来。许是职业习惯，习惯里充斥着严密，不容许疏忽也不允许拖沓。他说："别让司机拐来拐去的了。我很快就取回来，不过半个小时。"他就骑上摩托车从城圈外的住宅地进到最繁华的老城区了，在办公室就撞上了这个正在行窃的小蟊贼。如果听了妻子的话明早顺路来拿火车票，这场滑稽的捉贼和审讯就会错过了，没有了。

他按局机关军事化的严格管理规定，把摩托车停在东墙下的车棚里，就走过院子，进入办公大楼的大门，轻捷地上着宽敞的水泥台阶。大楼里空空荡荡，该关的灯都关掉了，楼道里昏昏暗暗，只有厕所的灯照亮着白布门帘。他突然想到，既然楼道里的灯都关了，还开着厕所的灯干什么，给谁开呢？生活里常常就有这些盲区。他上到三楼了，一个人也没有见着，这是正常的不足奇怪的事。他走到自己的办公室门口，摸着黑就把钥匙往那个圆形黄铜暗锁的锁孔里插。准确无误地插进去了，无须解释，再熟悉不过了。他往外扭动钥匙，扭动了，门却推不开。他怀疑是否拿错了钥匙，顺手把门边墙上灯按着了，楼道里一片空前的灿亮。钥匙对着哩嘛！他心里同时想，不可能错嘛！这门的钥匙几乎跟自己身上的某个器官一样熟悉，怎么可能拿错呢。他又把钥匙捅进去，又往右边扭动一下，仍然是钥匙顺利地扭动了，门却推不开。他怀疑是不是锁子失灵了？滑丝了？可下午开门时还好着哩。他第三次扭动钥匙的时候，右肩顺势就抵到门上，用力一顶，顶不开。尽管顶不开，他却隐隐看到锁子部位的门板和门框有了一点错差的位移。这一刻，他的头发噌地一下竖立起来了。锁子和钥匙都没有问题，正是那两公分的位移证明了这一点。那就肯定是屋里有人顶着门，这人肯定不是正常的人了，黑着的灯就又证明了在屋子里潜藏的人属于什么样的人了。所有这些判断，都是李警察在用右肩一抵的瞬间完成的。他随之在接着的一瞬间就声色俱厉地叫起来："谁在里边？开门！"他已经离开门口，贴墙站着，如果有人冲出门来，他只需伸出一只脚就置对方于死地了。他又对着门喊："狗日的不想活咧？"

门依旧死死地关着。

他用肩膀抵住门板再推，隐隐听到了门里边压抑着的喘气声。他的头发又一次噌地竖了起来。他抓过号称杀人魔王的罪犯，也没紧张到头发竖立的程度，这个隐藏在自己办公室里的歹家伙，却使他两次头发竖立，如同人在野地里看见蛇和在自家床上发现蛇的感觉是决然差异的。他抵着门板的肩膀和歹家伙顶着门板的肩膀同时都在发着力，肩膀和肩膀之间就隔着一层不过几公分厚的木板，进行着殊死的较量。他又想到，如若对方猛乍抽身，他肯定会闪跌在地，歹家伙一跷就会逃出门去。他又贴着墙壁做好出脚的准备，对着屋子喊："你狗日再不开门我就挖门了。"他已拨动了值班室的电话，自然说的是悄悄话。

值班的刘警察话毕就到了。两人决定同时用手去推门板。李警察提醒刘警察，小心闪跌！然后再次把钥匙插进锁孔，往右扭。两人合力一推，那门板就一寸一寸移位。可见里面的人绝不轻易放弃，直到无奈直到大势已去，放弃了抵抗，门开了。李、刘两位警察冲进门时，全都是训练有素的规范化的捕抓凶犯的动作，直到两人看见门后地上蹲着的人，双手抱着头，毋宁说护着头顶，同时就松弛下来。李警察一把揪住那人的头发往后一掀，那人闭着眼睛的脸就呈现出来。李警察几乎失声叫道："怎么是你？你到我办公室来干什么？"刘警察也惊讶地叫起来："怎么是你？"

这是市局机关里烧锅炉的那个小伙子，在水房里干了十多年了，嘴唇和两颊上的茸茸黄毛，业已变成又黑又硬的胡楂子了。

水工从口袋里掏出一沓人民币来，放到就近处那个三角书报架的架板上，这些刚刚偷得的钱可能在兜里尚未暖热。他一步也不敢动。他不做任何分辩也不撒谎，掏出赃款来就表明他已经不做任何徒劳无益却可能招来耳光的对抗。李警察很熟练地把他的双手扭到背后，使其丧失全部反抗和报复的能力。刘警察同样老到地搜查他的每一个衣兜，尚未发现任何凶器。尽管如此，李警察还是把一副手铐扣在水工的右手腕上，同时扣住一只木椅的一条木梁子。然后就和刘警察开始审讯。你在本局院子里偷了多少次？你都偷过哪些人？你偷过多少钱？还有什么物品？你在社会上做过多少回案？就你一个人作案吗还是有同伙？是谁？诸如此类最基本的疑问都问过了。其中往往夹杂着李警察和刘警察带着情绪性的话语，诸如：你狗日吃了豹子胆居然偷到市公安局里来了！平时看去你老老实实勤勤快快憨憨厚厚的农民小伙子，怎么会是个贼？老鼠居然钻到猫窝里偷食来咧！无论李、刘两位警察怎么追问怎么损刮，水工却只有一句话回答："我要见局长。"拖得时间稍长逼得也紧了时，水工对于那句话作了修改，意思更明白了点儿："见了局长我把核桃枣儿全倒出来。"

李警察的手机响起来。是妻子打来的，问他怎么出门这么久还不见回家。他说他跟值班的刘警察说说话儿，没有什么麻缠事。他把意外撞上这个小蟊贼的事对妻子保密下来，是职业的严格纪律，已成习惯。而妻子对他这种职业所形成的担心，或者说担惊受怕，却已形成了一种心理惯性。她在电话里开始数落："你这个人出了家门就不知道回家了。你明天要出差要起早你还不知道早点回家，又没有什么正经事。"李警察口里噢噢噢应答着马上回家，同时就把刘警察拍了一把，两人走到楼梯口来商量。李警察笑着挖苦："这狗日的死咬着要见局长，该不是咱局长的外甥吧？"刘警察同样挖苦似的笑笑说："没听说过局长有这门亲戚。这货在局里烧了十多年的锅炉了，没见过跟局长有啥来往咯！不过也许万一有情况，局长有意避亲躲闲话也说不定。"李警察为难地说："这号小蟊贼的案子挂都挂不上号儿，怎么向局长开口说这话呢？怕是寻着受夯挨头子呀！"刘警察说："不管局长来不来，得让局长知道这件事。这个案子虽小，跟社会上的偷盗不一样，它发生在市局机关大院里。"李警察连连说着"对对对有道理"的话，同时也就有了主意："我给局长报告机关院内发生的偷窃案件，顺便捎带一句小偷要见他才交代问题的话，看局长怎么说就怎么办。"刘警察表示赞同。不过两人都估计到局长是百分之百不会来的。两人就商定，把小偷转移到值班室继续审讯，或者等到明天早晨上班后交给相关部门去。李警察得回家去了，明天出差有更重要的案子。

李、刘两位警察都没有料到，局长居然答应亲自来审讯。李警察愣过神儿一边关手机一边说："牛刀真的出面杀鸡来咧。"刘警察也跟着阴了一句："噢呀！说不定真个把局长的外甥扣住了，或者是局长的远门亲戚也说不定。"无论如何，有一点可以立即做出决断，李警察不能马上回家了，得陪着局长。

截止到李、刘两位警察抽着烟等待局长到来的时候，他俩同样百分之百地丝毫也不曾意识，正是他俩的这个电话，把他们的局长送进了地狱。

局长在他的二楼办公室里通知李警察去汇报案情。刘警察看守着拷着一只手的小偷水工。李警察走进局长办公室。局长坐在单人沙发上喝茶，把另一杯沏好的茶水推给李警察，同时指一指并排隔着小茶几的另一个单人沙发，让李警察坐下。李警察有点拘谨地坐下来，礼节性儿地握住了装着茶水的一次性纸杯。他刚才和刘警察在楼梯口商量该不该把小偷的要求报告局长的时候，还轻松地调侃小偷会不会是局长的外甥一类调皮话，现在却无端地拘谨甚至紧张起来了。他就从他来办公室拿明日出差的火车票说起，一直说到给局长打电话为止。他特别解释了要不要把这件事给局长汇报的两难选择。局长真诚地表示，他处理这件事处理得好，说："公安局被偷，当然不是一般的偷盗案子，你说得很对。我也是从这一点考虑，才亲自来审这个小蟊贼。他不提出要叫我来我也要来。贼娃子偷到咱们心脏里来了，闹笑话哩嘛！"

局长很平淡地做出安排："你明日要出差你就可以回家了，别影响了正经事。"李警察忙说："我年轻少睡一会儿不碍事，明天坐火车还可以睡觉。我得陪着局长，万一有事你跟前也得有个帮手。"局长淡淡地笑笑，说："这么个小蟊贼，我还对付不了哇！万一有事还有小刘在跟前，有一个人就行了。"

这样，李警察就不再坚持留下为局长当帮手的想法，看着局长把那只黄绿色的帆布挎包挂上肩头，相随着一起出门，一起上三楼，一起进入自己的办公室，对小偷说："我们局长亲自来了，你就老老实实交代你的偷盗事实吧。"然后就退出办公室，和侍候在门外的刘警察告别，就回家去了。

李警察下楼，出楼，走过院子，在车棚发动摩托车，直到驱车穿过大街小巷，脑子里就隐隐浮现着局长那只黄绿色的帆布挎包。这种帆布质地黄绿颜色的挎包，曾经在六七十年代风行整个中国，人不分男女长幼和职业，出门一律都是挎着这种包在肩头的。将军挎这种包士兵也挎这种包，教授挎这种包小学生也挎这种包，部长省长和工人农民一样都习惯挎这种包。这种包体现着绝对的平等和绝对的一律。这种包现在在城市里几乎绝迹，连贫穷落后相对不太注意装饰的乡村人也没人用了。随着一个时代的结束也结束了一种包的价值，或者说一种包的被废弃标志着一个时代的结束。然而，局长还挎着这种包。局长一年四季上班下班开会出差都挎着这种包。局长当警察时挎这种包，调办公室当副主任再升主任挎着这种包，直到跃升为副局长再到局长，几十年所有变化中唯一不变的就数这种包。他曾经亲自批示过给全局干警买一种实用型的手提式皮包的拨款报告，自己却从来也不使用那个质地不错的皮包。这种黄绿色的帆布包挎在局长肩头，早已成为本局一道迥然的风景，这种早已陈旧的过时的包在局长肩头却造成别致的新颖。人们不仅不以为它落伍，反而装满了敬重，也装满了荣誉……至于局长如何审讯小偷水工以及审讯的结果，他已经全然漠不关心了。这个小案子小蟊贼，本身不具备让他关心的分量；即使局长这样的牛刀亲自出手，也不会撕下几两肉来；只是因为发生在公安局办公大楼里才不一般，只是体现局长的一种作风一种姿态罢了，案子本身并没有多少意思。

李警察把这个撞到腿上的案子轻描淡写地说给妻子，突然意识到对他的一个重要好处。正是这个贼向妻子证明他私设的小金库里只有五百元人民币。小偷把他的大小抽屉全部翻了搜了，就是这个数儿。妻子总是不相信他的小金库银子的储量，他解释过多回也无法使妻子的心稳妥下来。现在可好，小偷水工向妻子揭开了谜底儿。妻子舒展地笑了，就把他拢上床去，刚刚获得的踏实的心就蒸腾起更多的温柔，兼蕴着曾经疑猜小金库打着埋伏的歉意，全部融为一种前所未有的温柔和激情了。李警察自然敏感到熟识的老套里新生的鲜活，作为远行前夜必有的夫妻之事，呈现出新鲜的别开生面的美好……明早轻松上路。

李警察办公室里，局长对小偷的审讯正在进行。

局长走进李警察办公室，第一次和拷在椅子横杠上蹲在地上的小偷水工眼光相撞时，随口轻淡地说出一句："嗬！是你呀！"然后就在椅子上坐下来。刘警察送走李警察，自己在门外侍候着。

小偷水工低下头头没有说话。他心里想，从局长到大门口站岗的武警再到扫地务花的勤杂工，任谁知道在水房里干过十多年的他竟是一个贼时，都会发出这样的感叹来。既然贼的面目已经暴露出来，任何人的惊讶对他都不再构成压力。压力只在本真的丑相处于可能被揭开而又可能被继续掩盖的时候才会发生。

"据后勤处同志说，你是用过的民工中最能干最勤快的一个。哪个民工也没干到你这么长时间，十多年呀！从领导到警察对你都很信任嘛！甚至在待遇上把你都当局里职工一样对待呀，结果你却干出这样的事。"局长说，"农民孩子的忠厚老实到哪里去了不说，你连起码的良心都没有。"

小偷无动于衷。这全是废话一堆咯。作为一个贼被铐在椅子下边的横杠上，在你的眼前脚下的地板上蹲着，你却说这一堆属于情感范畴的话，连什么作用也不起。小偷心里现在最焦虑的是什么样的结局。锅炉肯定烧不成了，当水工的工资也挣不成了，都不重要。要紧的是会不会判刑蹲监狱，重判还是轻判，毕竟偷的是公安局这样的谁也不敢碰的单位。其他属于感情世界道德范畴的话语，对他来说连任何力量任何意义都没有。他现在低垂着头，等待恰当的时机，按自己蓄谋已久且十分确定的一招进行。这一招是他被李警察铐到椅子横杠上时就冒出来的，相信绝对有效的；如果这一招不能奏效，他就只有蹲监狱一条路一个结果。让局长说吧！局长想说什么，局长无论怎么说怎么问，他都听着。

"我把你狗东西毙了！"

局长"叭"地拍响了桌子，声响震天，同时就直昂昂地突兀在小偷眼前。刘警察当即推门进来，看了一眼局长又看了一眼小偷，弄明白没有意外情况，又退出身子拉上门板。

"枪毙你都便宜你了。"局长又补说了一句。

小偷水工低垂着头，心里突然觉得局长不像个局长了。这么大失法律水准的话，居然从他的嘴里说出来，而且鼓着那么大的劲。就他的偷窃行为和偷得的钱数儿，离着挨枪子儿的距离还远得很哩！这种吓唬不仅不起作用，反倒让小偷惊讶局长怎么会说出如此差池的话。小偷倒是有点急，局长一会儿动情的软话一会儿乱抢的吓人的硬话，都不是他等待的可以说出那一招儿的时机，就只好再等着。

"明日这事一传开，看看这些干警把你砸死！"局长说，"你们村子的农民知道你竟敢偷公安局，看看谁还会把你当人看。你爸你妈你媳妇，谁在村里还能抬起头来？"

这一下刺中要害穴位了。小偷不自在地扭了扭身子，这是他最敏感也最虚怯的一个穴位。道理很简单，从明日起他就不是公安局的烧锅炉的水工了，可能一辈子再也不会走进从早到晚有武警站岗的这幢高大气派的门楼了，这个院子里的头头脑脑和普通警察会怎么骂他，他都听不见了，也就没有什么压力。而他生活的村子里的人们的眼色，才是他最不堪忍受的。一旦他的贼皮在村子里亮出来，直到进入棺材也甭想脱掉了。还有他尚健在的父母，也将在别人的那种眼光下度完余生。更有他正上小学的一女一男两个孩子，心里也将罩上父亲一张贼皮的阴影。这个敏感的穴位在他被李警察拷住右手的时候就刺疼了，只是时间和地点都不容他更多地去纠缠，眼下最致命的穴位是他的结局。因为会不会重判或轻判，比他和他的父母他孩子的面子都重要得多。

"说。"局长重新在椅子上坐下来。

"交代你的罪行吧。"局长点燃一支烟。

"你不是说要我亲自听你坦白吗？"局长说。

小偷水工抬起头来。他心里的整个感觉和全部智慧迅捷地完成了一次整合，形成一个判断，现在到了抛出唯一能够拯救自己的那一招的时候了。他抬起头来的时候，没有忘记沉稳，为此而稍作静默，然后才说出来蓄意已久的一句话——

"局长，我偷过你。"

小偷说完这句话，看了局长一眼就低下头去。在他短暂的一瞥里，看见了局长的眼光避闪了一下。那一瞬，他相信他掐中局长最致命的穴位了。这个穴位对局长来说，比局长刺中他的那个虚怯的穴位要致命百倍。局长躲闪了一下的眼光，标志着他和他的关系的根本性易位，老鼠咬住猫的脖颈了；

双方在这一瞬间，都清楚谁对谁更致命。他很快低下头去，就是不要再继续去看局长的那种眼光，只要看见躲闪的那一下就行了。让局长掂一掂分量，尽快做出选择。小偷现在是一位超级心理学家，认为像局长这样有身份的大猫，在这样不容久耽的时限里，要与一个他这样的老鼠做出同流合污的妥协达成一种利害同盟，是十分残酷的。他如果一眼不眨地盯着局长，于局长做出他所期待的选择是不利的，他低下头，就是留给局长一个不受逼视的软空间，对这个无法回避的残酷做出自己的整合。

"我不记得我丢过钱。"局长说。

局长说这句话的时候，是一种轻淡的口吻，却也没有否定小偷坦白的事实，只是不记得。他做出这样的回答，是在接到李警察的电话之后，出门上路回到他的办公室时就已整合出来的选择。李警察在电话里向他报告了小偷要对他坦白的要求，他就准确无误地判断出小偷要对他说什么事了。那一刻，他同时感到了地狱的恐惧。这个突然袭来的灾难，比之本市发生的几十年不遇的恶性案件对他更具威压。任何恶性案件的发生，只是增加他的工作压力，对他本人并不构成威胁；这个小蟊贼所作的案子虽然不足挂齿，却对他个人的命运直接造成威胁。如此之突然。如此之意料不及。毁灭之网竟然由一个小偷对他撒开。对这样的灾难他从来未有心理防范准备，没有先例也就没有参照可循，真是无法找到一个安全可行的办法来处理这个小偷已经抛出的罗网。他现在说出的听来不大在意的话，是他所能做出的自认为最恰当的话。

小偷仍然低垂着头。他在专心致志地解析着局长的话，尚不敢轻率做出反应。

"说，你还偷过谁？"局长说，"包括你在社会上作的案。"

小偷水工当即意识到，不能让局长就这样轻松地滑开。他甚至在这一刻产生了一种蔑视，你没有做出任何一点儿承诺，怎么可能让我松开咬你的口呢？你怎么可能轻轻松松逃开了呢！他才不想向局长坦白其他偷盗案件。他相信局长其实也无心听他交代其他偷盗案件。他继续低垂着头，而不想和局长对视，就说——

"我偷过别人，钱数都很少。我偷你偷的次数最多，有两次数字很大。"

他说完仍然低着头。他不想看局长眼里的脸上的感情反应，避免对抗，仍然想留给局长一个重新掂量的软环境，以期盼局长朝着有利于自己结局的方向转折。

"你胡说哩嘛！我办公室顶多留一点儿抽烟和吃饭的零钱，谁拿了也不在乎。我的同事常从我抽屉拿钱让我犒劳他们。"局长说。

这真是稀罕的案情，不管它大小，都是稀罕。小偷坦白招供他偷了局长，局长却拒不接受。局长针对小偷的进攻，做出尽可能轻淡又轻松的反应，让怀着最阴毒的目的的小偷逐渐接受这样的理念，你手里攥着的那个把柄，已经没有证据，可以用如上的话不大费劲就化解了。局长已经意识到现在到了最危险的当口儿，对手已经兜出他攥着的最后的王牌了，他反而比初听到电话报告初见这个小偷时更具信心了。

小偷听到这里，也已无路可择，更坚定了按最初的一招进行到底，现在还不是这一招完全失败完全落空的时候。他仍然低着头，说得更具体，把杀手锏抛了出来——

"我有两次偷你都偷得五位数。你都没有报案。"

这个话里的潜台词是明白不过的。小偷明白，被偷的局长更明白。李警察把电话打给他的时候，他的脑子里立即蹦出来的就是这两次被盗的五位数的款子，致命在于他两次被盗都没有报案，这是他现在最难排除的心惊肉跳的致命的穴位。小偷已经把话说到头了，他只要把小偷最得意的这个把柄化解掉，就会彻底粉碎这个小蟊贼的阴招了。他反其道而行，索性把小偷的阴招全部掰开：

"你可以说你偷我的数字是六七位数。你说得越大，我越无法解说这些钱的来源。你想反咬一口让我解脱你。我明白。你这点小九九很阴毒，可谁会信呢？你想想你诬陷的后果，比你偷盗的行为要严重得多。"

小偷水工现在才感到了软弱。他抛出杀手锏而没有收到杀伤性效果，就感觉手里空空心里也空空的软弱了。他现在才重新感觉到了局长警衣肩头的那个标志性符号，是这个大院里人人敬畏人人仰慕的唯一一个标志符号，是最具分量的。还有那个黄帆布包，就放在旁首的桌子上，这个过时的稀世陈物也对他软弱下来的心变成一个沉重的压力。

局长觉得这个飞来的横祸应该过去了，化险而为夷了。他现在才能拿出自己的一招儿。他清楚小偷要什么。他在李警察报给他的案情电话的最初反应，感觉到了横祸的同时，也明白小偷要向他坦白的目的，其实说穿了就是一点小小的勾当。他不能在小偷的胁迫下让小偷的欲望得到满足，留下心灵深处的亏损。他要把小偷这个歹毒阴险的招数粉碎之后，不失局长体面地给予他一点满足。

"你偷了同志们包括我的一些零用钱，算不上什么大事，老老实实交代，争取宽大处理。但——"局长说，"这件事性质恶劣，影响太坏！你居然敢在公安局行窃。我当然得亲自过问了。"

小偷水工听到这里，似乎心里有数了。他的脑袋此刻抵得住一台高速高效运转着的电脑，条分缕析，字斟句酌，刨皮搜核儿，既是一位精确的语言大师，又是一位洞察微明的心理学家。他已经判断出来，关于他偷盗案件的性质和处理结果，都包含其中，而且为他下来要做的口供准定了调子。小偷水工准确无误地抓住了局长这段话里的关键词：零用钱。把局长两次被他盗走的均上了五位数的款子缩小为零用钱的一般范围，于他就"算不上什么大事"了，于局长也就更算不上什么大事了，被盗大额款子而不报案的嫌疑也就化解无余了。局长后半句话的意思，无论性质多么恶劣，影响坏到怎样的程度，并不依此为据来量刑，真实的用意只是解释局长为这件小案子而出马的因由。这样，小偷要见局长的目的已经达到，蓄谋的一招已经实现了效果，就该及时回报，让被他咬住的大猫也心底坦然。他当即对局长说："局长，我没偷过你。我连你的'零用钱'也没偷过。打死我我都说这话。"

局长已经转身拉开了门，对刘警察做出纯粹业务式的安排："就这样，暂时就这样了。太晚了你先把他关起来。明天我安排人正式审讯。"

小偷被刘警察带到四楼一间空荡无物的房子，把手拷的另一半扣死在墙上的一个钢环上。他在心里嘲笑刘警察，你不给我戴铐子我都不会逃跑了，你不锁门我都不会逃跑了，我现在还有什么必要逃跑呢！当屋子里剩下他一个人的时候，顿然觉得被抽了骨头也被挑除了筋儿的疲软，高度的精神紧张一旦解除，攥紧的心一旦松开，比射精快感退去之后的疲软还要疲软，欲望完全满足之后的慵懒被瞌睡裹挟着进入温柔之乡。在跨进梦乡之门的最后一缕清醒的意识里，他的脑海里久久闪现着局长最后一瞥的目光。他对局长用压低了的声音说他连局长的"零用钱"也没偷过的时候，局长只瞥了他一眼就迅即避开了。那一瞥忽悠一闪之后就深掩不露了；初见的那一刻和现在令他仍然挥之不去的这一刻，他在心里一次又一次地发出吟诵，他和我一样其实都是鼠哇！

三天之后一日，局长被"双规"。

李警察几乎在局长被"双规"的当天，在南方的海滨就知道了这个惊天的消息。电话是刘警察打给他的。他当时正在温厚的海水里游着。他是一个生长在北方旱地却擅长水性的人，难得有大海这样施展生理优势的好水。他回到沙滩上休息的时候，手提电话响了。他听到刘警察报告的消息时如同发生了地震，一打挺就从沙滩上跳了起来，连声问："你说啥你说啥你说啥？？？"

　　极端的震惊之后也是一种疲软。李警察躺在沙滩上，也如同被人抽了筋剔了骨似的疲软。他也开始向温柔之乡移动，在进入梦乡的门槛时尚存的一缕清醒里，眼前像蝴蝶一样飘忽闪动着局长那只黄绿色的帆布挎包。到李警察从沙滩上重新站立起来时，这只黄绿色帆布挎包还历历飞舞在眼前，不过里边不再装着敬重和风度，而是老鼠和蛤蟆以及浸淫的耻辱和肮脏了。

　　晚上，李警察躺在宾馆的房间里，妻子又打来电话告诉他局长被"双规"的消息。他说刘警察已经告诉过他了。妻子似乎抑制不住惊奇和新鲜，说事情的起因正是他出差前夜撞上的小偷牵扯出来的。他说他知道，刘警察已经说了。妻子仍然不甘心扫兴，告诉他局长被宣布"双规"的有惊无险的情景。局长被省上通知去开会。局长还挎着黄绿帆布包坐三菱车去了。局长走进会议室大门，发现会议室内空无一人，还以为自己是第一个到会者。门后闪出两个人同时扭住他的胳膊，搜了他的衣兜儿，又搜了他的黄帆布包儿，怕他带枪。然后一位领导从套间出来向他宣布组织的决定。她还告诉他一个细节，就在他的局长被宣布"双规"那一天，《日报》还登着一篇很长的写他勤政廉洁的通讯，作者把那个黄绿色的帆布包单独列了一章，赞美的句子和诗歌一样。他却为那位作者开脱："我要是那位作者也会这么写的。"使妻子大为扫兴，把局长东窗事发的过程和细节省略不说了。

　　半个月之后，又是海滨。沿着中国陆地的又一个城市的海滨。李警察和他的一位河南籍的同事，循着这个案子的线索又追踪到这个滨海城市来了。他把他的旱鸭子同事拖到海边来。他在海里劈水斩浪，他的河南籍的旱鸭子朋友在浅水里泡着。他们又先后回到沙滩上抽烟，从报童手里买来一份当地的晚报，翻出来有关他们局长的新闻报道。通栏大标题，醒目，震人。他和他的同事挤蹭着头，几乎同时看完了标题很大而内文不长的文章，过目不忘的是最刺眼的一段文字：小偷交代说，他偷过局长十二次，累计偷得六位数的赃款。他偷第一次时，局长还是办公室副主任。局长升主任时，他偷过。

局长升副局长时，他也偷过。局长升成局长时，他仍然偷。无论偷多偷少，局长都没报过案。局长在"双规"期间交代，这些被偷的钱都是赃款……

李警察的河南籍同事拍了一巴掌报纸："我操！"

李警察接着用自己的乡土话应和："我日他妈。"

李警察的同事转过脸模仿李警察的口音："我日他妈！"

李警察顿然也想滑稽一回，模仿他的河南籍同事的口音："操！"

2002 年 7 月 27 日于原下

一个人的生命体验

——三秦人物摹写之二

柳青终于决定：自己消灭自己。

他已经确定了周密的消灭自己的计划和具体的实施方案。最关键的一点是消灭自己的方式——他决定采取电击。这也许是他唯一能够找到的办法，唯一能够做出的选择。

他尚未被最终判决，却已经生活在和囚犯无异的环境里。这是一排只有顶棚和墙壁的平房，很长很长的一排，没有隔墙。据说这是文化行政管理机关停放自行车的车棚，原先只有三面墙壁，空着的那一面自然十分宽敞，是为着庞大机关里的干部上班来存放车子下班回家时取走车子避免拥挤磕碰的精心设计。现在把敞着的那一面垒起墙来了，安上了一扇门，自行车棚就变成一幢完整的平房了。柳青就被囚禁在这幢屋子里，还有许多他认识或不认识的文艺界被揪出来通称为"牛鬼蛇神"的人。这个被堵上第四面墙壁的房子，不再叫做车棚，很快就有了一个"牛棚"的名字。选择这个房子是经过反复比较和论证才确定下来的。至关重要的一点，就好在没有隔墙，把一群戴着"牛鬼蛇神"帽子的人装进去，通铺大床，一人占一块床板，谁躺下谁坐起谁翻身谁皱眉谁傻笑谁和谁互使眼色都在众目睽睽的监督之中，也减少了看管人员的人数和劳累强度。上厕所有人跟着，被单独叫去训话更有人监视着；弄一撮毒性剧烈的老鼠药或杀灭害虫的农药是不可能的，亲属都被隔离接触了，无法获得；上吊也是无法实施的，既没有绳子，也没有拴绳上吊的悬梁或可以承载一个人体重的壁钩；刎颈或割断手腕或腿上的主动脉，没有刀子，再说万一一刀割不死再被抢救过来，会有"自绝于人民"的又一桩被认为叛变行为的罪名；唯一能够消灭自己的手段，便是电击——房子里有电，这是必备的也不引人注意的照明设备。更关键的是，一触即宣告生命结束，短暂的一瞬就把较长时间酝酿确定的消灭自己的方案实施完成了。

在决定这个晚上就付诸实施的时候，他甚至庆幸自己掌握有最基本的用电常识。这是他久居乡村的意外收获——乡村滞后于城市的生活条件迫使他学会的用电知识。他住在被他用诗一样的语言描写过的终南山下的蛤蟆滩的南沿，那是不太高也不甚陡的一道原坡。那儿有一幢在解放后破除迷信运动中搬掉了泥胎神像的庙院，一番整修以后，他就携妻引子住了进去。站在门口可以远眺终南山壁立突起的群峰，或高或低的峰峦之间绝无雷同的过渡性谷地。终南山几乎终年都被薄雾和烟岚缭绕着笼罩着，只有雨后或强劲的西风扫荡之后，才可以看到清晰的山峰和山谷的面目。眼皮下的蛤蟆滩，不是四季都在变换色彩，而是每天都在神奇地呈现着浓淡深浅的诱人的色彩，乃至清晨午间傍晚都显示着变化。他踏遍了河川的大路小径，麦子扬花和稻子扬花的香味各具魅力，刚刚犁翻的新鲜泥土的清新气味是难以恰当描述的……他在庙院里常常发生的困难却是断电。停电是不可抗拒的，也是心安理得的，他知道国家对农村定时供电是电力尚不充足，他备有蜡烛。有电而因为家里线路故障再停电就让他很不甘心，就难以忍受淌着油的蜡烛的昏暗光亮，就想找电工来检修。电工热情而又耐心，多出于对兼着县委副书记的作家的尊重，毫无弹嫌指责之处。问题是他得亲自去找，或让妻子马葳去找。有一段不近的路程且不论，往往找不见人，电工是大忙人也是大活物，不会待在家里等候用户去找；还有下雨下雪不便出门的时候，还有黑天半夜的不便……随后他学会了接电，知道了开闸关闸，也懂得了火线和地线，尤其明确火线和地线一旦交叉接通，就会发出光明，也会击打死最强壮的生命。现在，乡村生活迫使他学会的最简单的电路技能，可以用来达到消灭自己的目的了。

电灯在这幢被床铺占满的房子里亮着。这些床铺的住户或坐在床沿上阅读毛泽东著作，或坐在小马扎上以床为依托写着读书笔记或交代罪恶的材料，从早晨到下午再到晚上，这是最基本的内容，斗争会揭发会单个儿训诫，毕竟不是每天每晌都会发生的事。柳青坐在床沿上，那双十万个人里也难得挑出的明亮犀利的眼睛，平静地注视着眼前的读本；这样透亮饱满的光泽却看不见一个汉字，是这些汉字已经与即将消灭的自己没有任何关系了。他把遗嘱已经写好。他把死亡的姿势和摆放遗嘱的身体位置都想好了。他把电击的方式也论证确定，用他所具备的最简单的也是最初级的电工技能，一只手攥住火线，把一只脚伸到床下踩住地线，他的身体就在那一瞬间宣告生命的毁灭。这间房子里的电线的线路就裸露在砖墙上，仍然是此前作为自行车棚的原有电线设备，许是来不及装修得稍微隐蔽一点，许是这幢作为牛棚的主宰者疏忽了，结果给企图消灭自己的柳青提供了条件。

他已经躺到床上了。所有人都躺到床上的被窝里了。不管能否预知明天，不管能否进入睡眠，大家都按时钻进被筒里，电灯也按主宰者规定的时间熄灭了。柳青睁着眼睛躺着，左手把那份遗书按在胸脯上。遗书有三句话：

　　我不反党不反人民不反社会主义
　　我的历史是清白的
　　这是我反抗迫害的最后手段

他静静地躺着等待着。等待这屋子里的痛苦着的灵魂暂且忘却痛苦响起鼾声，他就可以伸出右手抓那根早已看好的电线，再伸出左脚踩踏另一根被农村电工称做地线的电线了。他的聚着整个生命活力的眼睛瞅着顶棚，顶棚穿透了，抑或是揭掉了，湛蓝的天幕明晰地波动着银河……

轮到柳青上批斗台了。

他倾情歌颂抒写的终南山下的蛤蟆滩和这村那寨的男女已经陌生了，以庙院安置的家院和书桌也陌生了，最熟悉的场合倒是各种批判斗争的台子，或固有的或临时搭建的或人多的或人少的，走上台再弯下腰接受各种语言的谩骂和栽赃和丑化和打倒踩翻等等，都给耳朵刺出血滴磨出茧子麻木不辨了。无论斗争场面的大小，无论批斗台的高低，柳青唯一不变的是他走上批斗台时的脚步和姿势，他穿着蛤蟆滩中老年男人穿的对门襟布纽扣黑颜色的棉袄，差别在于布料的质地。农民多是自家织布机生产的土布，柳青是用国家配给的布票买来的机器纺织的洋布；头戴一顶被乡村人俗称为瓜皮的无檐帽，执行斗争他的造反派主持人勒令他摘下帽子时，他就从头上一把抓下来塞到棉袄的明口袋里，圆溜溜的光头和阔大的前额就呈现给参加斗争会的所有人。圆脸通鼻，鼻头下的上唇有一排黑森森的短胡须，成为他显著的风景和奇特的标志。那个时代的中国人一般都不蓄胡须，但最具风景异质的是那一双眼睛，走向批斗台的时候，从拥挤着人群的呐喊声中的通道走过去，柳青只瞅着脚前的路，两边的人都能在瞬息里敏感那双眼睛泻出的纯净犀利透彻的光亮，混浊的铺天盖地的口号声是无法奈何那一束光亮的。他很单薄，身高不过一米六，体重大约只有七十斤，这样的穿戴这样的体型和体重，很难有雄壮和威武，然而柳青缓慢的步履能产生一种威势……走在他前边的"牛们"已经走上台了。柳青唯一感到不同的是变换了花样的侮辱方式。是的，每次批斗会上，都有新的侮辱被斗对象的花样创造出来。今天，不再是主持斗争会的造反派向参加批斗会的革命群众一一介绍被斗争者的姓名，姓名前肯定要加上诸如"三反分子""黑帮"等定语。主宰他们命运的人，给每一个被斗争者确定了一个定性的用语，让他们挨个儿向造反派和革命群众自报家门自我辱践，给柳青规定了"我是反党反人民反社会主义的黑作家柳青"的定论，不许少说一字说错一字。

排在柳青前头走上批斗台的被斗争的对象，一个一个都按规定给他们的定性自报姓名了。每个人报完，就会有领呼口号的人在台前挥拳领头呼口号，诸如"打倒×××分子×××"，台下举拳呼应，绝不厚此薄彼。小小的差别也不是没有，某人自我介绍时或有结巴或声音太小，就会被严厉斥责再来一遍。柳青走上批斗台了，被主持者搡戳着呵斥着走到台前指定给他的地点，站定，服从的肢体行为里隐隐透出绝非顺从的意味，也透出无奈里的沉静，倒显示出呵斥着搡戳着他的主持者的狂乱和虚妄。柳青开口了，口齿清晰一字一板嗓门腔调颇为洪亮：正在接受审查的共产党员柳青，向革命群众报到……

斗争会的主持者顿时愣住了。策划和组织这场斗争会的大小头目们，也都在主次分明的斗争台上的各个位置上愣怔住了。台下拥挤的黑压压的人群也在柳青的话音尚未落定时愣怔住了，台上和台下同时呈现出冷寂这是完全出乎所有人意料所造成的心理反应不及时的情状。所有人尤其是台上的那些主宰者，愣怔的同时明白无误地意识到挑战和反抗。出于各种心理需要和生活目的的需要狂欢着"文化革命"的得意者，早已形成接受被批被斗者顺从和讨好的心理状态。完全出乎意料的挑战和反抗，把他们惯于接受顺从乞求的心理状态打乱了颠覆了，也把与会者普遍形成的社会性心理扰乱了，于是便出现了潜伏着巨大危险的冷场。

潜伏的危险以铺天盖地的愤怒爆发出来；一记耳光扇到挑战的反抗的作家柳青脸上。扇打这第一巴掌的人，无疑是第一个从愣怔状态里清醒过来的人，肯定是具有敏锐反应的神经功能的人。随之就有人伸出腿脚到柳青身上了。同时就有几乎挣破嗓门的口号呼喊出来。在台下呼应的口号声浪里，柳青重新站端立定了，依然平视着的眼睛愈加清澈透亮，有一股逼人的冷光。嘴角有血流下来。

开始了一段对话：

"重报——反党反人民反社会主义的三反分子柳青。"主持者命令。

"正在接受审查的共产党员柳青。"柳青说。

又一番拳头和脚踢。

"重报——"

"正在接受审查的……"

柳青被打倒了。

这是力量严重失衡的对抗。一个年过五十体重仅有七十斤的作家柳青，面对一帮身强体壮的中年和青年汉子，况且是在狂飙正猛的"文革"风暴之中。然而，无论这些挟裹着"文革"风暴的身强体壮的汉子们如何吼叫，乃至轮番拳脚相向，那个身矮瘦弱的作家柳青说出的话语，他以洪亮的嗓音一字一板口齿清晰地说话时的沉静和自信，也形成十分悬殊的无法构成抗衡的对比。

又一番语言较量展开，"文革"通用的名词叫做"拼刺刀"：

"你是对抗文化大革命，反对伟大领袖……"

"我是实事求是。"

"你必须交代你的罪行。"

"从入党那天起到现在，我不敢保证不做错事不说错话不无缺点，我敢保证做到实事求是不说假话。"

"你刚才一直在说假话！"

"我一生都没说过假话。"

"你还在狡辩！重报——三反分子柳青！"

"实事求是不是狡辩。我要是说假话，就是自己打断自己的脊梁。"

再一番拳脚，柳青就不说话了。

……

柳青听到第一声打鼾，是从这屋子最东头的墙根下响起来的。从不时响起的出气声的轻重，柳青能判断出来哪种呼吸声是进入睡梦者发出的，哪种呼吸声是正在痛苦不堪的清醒者佯装睡着了的声息。他还得等待。等待里的心境是死样的，平静，却浮出马葳的眼睛——这双熟悉的眼睛，瞅着他陪着他从京华首都回到西安，再相跟到蛤蟆滩南沿的庙院里，那是世界上最可依赖的美丽的眼睛，虽然也有不高兴的神光流泻的时候，却不影响依赖和美丽。就在他在台上为"自报"自己是什么的对抗中，在他第一次挨打之后重新站定的时候，看见站在台下的马葳的眼睛，那种惊愕那种痛切的神光，像是一种凝固的冰雕，这是相伴相依几十年来从未见过的眼神。柳青第二次第三次挨打之后再去搜寻那冰雕似的眼神，却只看见亲爱的马葳低垂着的黑发，她没有力量看他了。那一刻，他心里泛起一缕庆幸的欣慰，低头不看是最好的选择，可以减轻折磨。现在，柳青眼前就浮出那双惊愕不堪痛切不堪而凝固为冰雕似的眼睛。

他在心里沉吟，亲爱的马葳啊！你肯定不知道你惊愕恐惧和恨起来的眼睛是怎样感动老夫的心啊！

"我放不了'卫星'。别人用水笔写字写得快，能放；我写字跟刻字工一样慢，放不了；我给你实事求是汇报，刻字比不得写字快嘛。"

柳青对找他说话的领导说。

柳青坐在领导对面。这是西安南郊的一个别墅式的高级宾馆。四十年代由驻扎西安的国军军长胡宗南修建，接待党政要员的场合，解放后变为开会和休养的招待所了。这里刚刚召开过一个前所未有的热气腾腾的大会，是文艺界知名的写家演家唱家弹奏家耍（魔术）家放"卫星"的大会。中国在一九五八年掀起的大跃进高潮里又兴起放"卫星"，最大的"卫星"是亩产小麦五十万斤，报纸上还配发着一个站立在麦穗上的男孩的照片，随之便潮涌着各行各业争相放出的吓死人的大"卫星"。文艺界不甘落后，各路名家名手聚着气铆着劲到这个招待所放"卫星"来了。柳青不仅不放"卫星"，甚至一言不发。在这样热烈的气氛里，坐着这样一位冰冷着脸色的人，弱智的人都会产生对于大跃进的态度问题的敏感，更不要说这些文学艺术界的人精了。会后，领导就找柳青来谈话。柳青坐下后就解释自己放不了"卫星"的原因。

"可是……你想没想到你不发言的负面影响？"

"实事求是。我只能实事求是。我放不了重量大的'卫星'。我不能对党说假话说我能放。"

谈话停止了。气氛虽有点滞闷，却不紧张。这位领导和柳青既是同志战友，也是朋友，早在延安革命战争年代就熟悉了，他们当时都是年轻人。他现在是省上的重要领导，柳青是中国当代重要作家，友谊却不因年岁递增工作性质的差别而改变。或者说，领导叫他来坐坐来谈话，本质用意是替他担着一份心，须知对于刚刚兴起的大跃进运动的态度，往往决定一切职业者的命运：越知名越能干的人越是这样。这几乎已成为稍有政治意识的人的生存常识。柳青能感知领导和朋友的好心用意，又重复一遍："我是作家，又是党员，我必须对党实事求是地发言。"

"你按你的实际情况，能放多大个'卫星'就放多大个。你总得表示一下态度嘛！"

柳青浅浅地笑笑。那笑首先给人感到真诚，也掩饰不住（或不作掩饰）内涵的讥讽："我到这种场合里整个儿被吓瓜了，脑子停止转动了。热火朝天……雄心壮志……一个比一个重一个比一个大的……'卫星'，把我……吓得快要透不过气来。我正写的那个东西……相比之下……显得小得拿……拿不出手。我表个啥态嘛……没法子表……"

柳青所说的"显得小得拿不出手"的"那个东西"，就是长篇小说《创业史》，正在做最后一遍的修改和润色。

谈话始终断断续续。这会儿又断了。领导的心里是有点复杂，也有点难言之隐。他不仅情感上喜欢柳青，更敬重柳青，敬重他已有的创作成就，更敬重他的人品人格。隐而难言正在这里，在铺天盖地的大跃进的响锣密鼓声中，瞪着两只黑亮透壁的眼睛死盯着别人高声大调表决心放"卫星"，紧闭着一绺黑胡须的嘴唇一言不发的柳青，他首先担心"政治态度"的负面影响和伤害。他和柳青交谈，就是出于战友和朋友的关爱，身居政坛要职的他，习惯性敏感"表态"的特殊意味。他希望柳青避免不必要的负面损害，明天还要继续放"卫星"，还来得及弥补。他已经把话说到这样清楚无误的程度，柳青却仍然在解释他的主意。领导吸起烟来，瞅了柳青一眼，又避开了，漫无目的地眯着眼，沉浸在飘绕的烟雾中。

领导再瞅着柳青的时候，突然睁大眼睛，紧紧盯着柳青的手，提高了声调，惊讶里蕴涵着兄长般的关爱："你的手指头咋成这样子？"

"破了。"柳青轻淡地回答。

"破了？削铅笔割了？"领导很急切。

"不是……"

"皮肤病吗？"

"也不是。"

领导已经抓住柳青的左手，拉到自己的眼前，左手食指和中指的指甲盖周围，全是一片红肉，没有皮儿了，渗血仍然没有完全凝结，看来令人心头发瘆。领导逼住柳青眼睛问："那到底是咋弄的？"

"抠的。"柳青抽回手，平淡地说。

"你自己抠的？"

"别人谁能抠我的手嘛！"

"什么时候抠的？"

"今日个。"

"为什么抠？"

"……"

抠指甲是柳青一种习惯性的下意识动作。在听大报告或参加小讨论会的时候，听到那些令他感动和启迪的话语，抠指头的动作不会发生，因为他的手指捏着钢笔忙于记笔记；只有在听着套话废话狂话假话尤其是胡说的昏话时，他就瞪着黑眼珠抿嘴不语，搭在膝头或夹在两膝之间的手就抠起来了。别人很难发现，膝盖总是在桌子底下，他自己也是不知不觉地习惯性地抠着。不过，抠着也就抠着，并无多大肢体损伤，从来没有发生过把两个指头的皮儿抠光剥掉了这种惨相，他竟浑然无觉。

这是今天下午发生的事。上午是领导们一个一个报告或讲话，或代表单位表红心。他那时已经开始抠了，不过没有抠破皮。下午是各位诗人作家唱家演家弹奏家耍（魔术）家竞放"卫星"，有诗人说他在多短时间里要写出多少万行诗，有演家说观众喜欢他在舞台上翻跟头，他要把现在的十个跟头翻到八十个跟头……热烈地放"卫星"的大会暂告结束，柳青绷紧到麻木的神经一时还松弛不下来，站起身，离开座位时，才发现右手把左手的食指和中指抠得不见皮了，竟然没感觉到疼，竟然没有感觉到渗出的血滴把膝盖内侧的黑裤子浸湿了……

领导俯下身轻轻地问："你是下午开会时抠的？"

柳青平静地说："这是我的坏习惯，不知不觉就抠成这样子了。老也改不了。"

"噢……噢……噢……"领导转过身，独自微微点着晃着脑袋，走到窗前背对着柳青站住，只见冒烟，不闻话语，再不启发柳青表态了……

一年之后，饥饿便笼罩了蛤蟆滩。在忆苦思甜活动中被作为象征旧中国贫穷的稀糁子野菜树皮等食物，现在摆上了蛤蟆滩家家户户的饭桌。有人嚼着野菜树皮仍不改活泼的天性，哎呀！甭说亩产五十万斤粮，就按一亩地打一万斤，咱们该当干面锅盔操心吃得撑死呀！那么多的麦子跑到哪儿去咧？没有人敢在公开的或正经的场合追问高产的粮食到哪儿去了，更没有人敢追问亩产五十万斤的"卫星"放到天宇里去了，还是把家家户户的粮缸砸粉碎了！那些放过高产"卫星"的农民和决心把跟头从十个翻到八十个的名演家，现在全都不管他们放出的"卫星"跌到什么地方去了，早把心思集中到挖野菜和计算购粮票证上去了，然后依然热情不减地对新兴的口号表态去了。柳青却把心思集中到牛马身上了。无论碗里糁子多么稀，野菜树皮如何难以下咽，蛤蟆滩尚未发生完全属于饥饿而致死亡的人。牛马却大面积死亡，一个村子都难以幸免。在蛤蟆滩只有水车改成电动机械解放了牛马，成为机械化电气化的唯一标志，其余耕地拉车拉磨等重量级的农活儿仍依赖畜力。牛马死完了怎么办？道理不言自明，人都没有正经吃食了，牲畜早在人之前就省去了精料只有麦草了。柳青现在没有抠指头的下意识动作了，整天走村串寨，踏访那些有饲养抚弄牛马经验和绝招的老农民，开始推敲字句编写饲养牲畜的《三字经》，既要通俗——饲养员文化普遍偏低，又要朗朗上口易读易记——有些饲养员缺乏对文字的耐心。柳青把正在写作的《创业史》第二部放下来，牛马占据了他的思维中心……现在来不及追问谁怎么把粮缸砸破了，拯救人和牲畜的性命不能有一丝一毫的迟疑。

通铺长屋里已经此起彼伏着男人们的鼾声，连续的间断的和偶尔骤暴骤落的深厚的清亮的和黏糊滞稠的，都交混在一起，给最清醒的柳青听着。这些和他一样被呵斥被推搡被栽赃被谩骂被凌辱的大家人精们，现在进入一天二十四小时里最幸福的时段，痛苦和焦灼都解脱了。柳青确定最后的时刻已经来到，竟然自嘲地想着，现在早已用不着抠指头了。"文革"初期他还抠着，后来就被口头的炮轰和拳脚代替了。相对于年轻壮汉的拳脚，抠指甲这种小动作已经中止了，因为整个七十斤重的躯体都要消灭了。他的眼前浮出的是那双惊愕不堪痛苦不堪的美丽的冰雕似的眼睛，就要结束自家的折磨和终生依偎他的人儿的折磨了。柳青伸出右手，抓住了一根电线，几乎同时把右腿伸出被窝，一脚就准确无误地踏住接电板的另一根电线……

写到这里，长篇小说《创业史》里的一段话浮现出来：人生的道路虽然漫长，紧要处往往只有几步或者一步……我在初中毕业那年春天，每月按时到邮局去购买一本连载着原名《稻地风波》小说的《延河》杂志，两毛钱是从父亲给我买杂拌咸菜就馍吃的副食费里俭省下来的。梁生宝在饭馆里花两分钱买一碗面汤泡着自家带的风干馍大吃大嚼的时候，我想到父亲每逢赶集进城也是这个消费水平这等消费做派；梁三老汉的好恶和审美的言语和行为，活脱就是我家门族里的八爷；梁生宝母亲在稻棚屋里顺意开心和愁肠百结时的神情，常常与我的母亲重叠……还有前引的这句话，我在那时就一遍成记，至今依然能浮现出来。我后来结识过南方北方的同代作家，每谈都会说到柳青和他的《创业史》，一般都是朋友先提起，而且常说到这句话，有的说曾经当作座右铭置于案头，或抄录在日记本首页上。我现在想到，以一句人生哲理式的警句影响过不知多少读者的柳青，在他把一根电线攥在右手，又决绝地用右脚踩踏另一根电线的时候，怎样阐释这"紧要处的几步或一步"……

大约是上世纪七十年代初，"林彪事件"之后一年多，"文革"的气候似乎暂时缓和了一阵儿，出版界在西安召开第一次集会，我有幸作为业余作者参加了。得知这天下午柳青要来作报告，竟然兴奋得等不到开会。需要交代一句，柳青没有把自己消灭得成，活下来了。不知是接线板有什么问题，还是他从蛤蟆滩电工那里学到的用电技术不完备，抑或是上天怜惜天才和正派人，他把右脚踏到地线时，"嘭"的一声把他的脚打得缩了回去，直到三次踩踏三次都被打得退回，柳青作罢了。竟然没有一个人发现他自杀的蛛丝马迹，直到一周后，一个同在"牛棚"的编过他《创业史》的编辑，一把抓住他从早到晚都紧攥着的右手，当即掰开，手掌心是一片焦煳的疮疤。他向这位暗中操心着他的编辑说了原委，那人顿时把眼睛睁翻到眼眶上去了，又苦不堪言地闭上了……柳青活下来了，他的那位留给他冰雕般神光的亲爱的妻子马葳，从城里逃回蛤蟆滩，却在一口深井里终结了自己……柳青终于被"解放"了，回到韦曲县城，由长大的女儿用自行车驮着到卫生院看病和注射，他慢性病缠身。

柳青从会场的通道走向讲台，步履悠缓，端直走着，不歪向左边也不偏向右边，走上讲台时，我和与会者才正面看清一张青色的圆脸，最令人惊讶的是那双圆圆的黑白分明力可穿壁的眼睛的神光。开头所写的十万人里也未必能找到这样犀利的一双眼睛的印象，就是我第一眼看见柳青时有感而出的。柳青还留着黑色整齐的短髭，和善而又严谨……他在不过一个小时的讲话过程中，有三次从黑色对襟棉袄里掏出一个带着尖头的圆形橡皮喷雾器，张大嘴巴，把尖头伸进嘴里对准喉眼，用手一捏一放那个橡皮圆球，发出哧啦哧啦的响声。整个会场里鸦雀无声，一声咳嗽都没有，空寂的会场里就响着哧啦哧啦的喷气声。百余双眼睛，紧紧盯着这个心中偶像的右手一捏一放的动作。他大约已经不足七十斤体重了，我记得我只看了他第一次往喉咙喷雾剂，到第二次第三次，他从口袋里掏出那个圆形尖头的器具时，我就低下头去了……那哧啦哧啦的声音无法躲避，一直到现在还清晰在耳。

再见到柳青是两三年后，还是文艺界的一次会议，那时候不称会议称"学习班"。又有新的政治口号指示下来，"文革"又掀起一个新的浪潮，叫做"反潮流"，反"复旧复辟"的潮流，据猜测是针对复出不久的邓小平的。柳青被请到场讲话，还是青布褂子，对门襟，不过是单衣，还是整齐的短髭，还是锐可透壁的眼光。借着时兴的"反潮流"的话题，柳青有几句话震响：在我看来，反潮流有两层意义，首先要有辨认正确潮流和错误潮流的能力，其次是反与不反的问题。认识不到错误潮流不反，是认识水平的问题；认识到错误潮流不反或不敢反，是一个人的品质问题……

语惊四座。会场里又是鸦雀无息的静寂。所有眼睛都紧紧盯着更频繁地从口袋里掏取喷雾剂的那只手，所有耳朵都接受着那哧啦哧啦的响声的折磨……

直到现在我才肯定，这惊人的论述绝对不会来自中外古今的哲学经典，也不会来自古代人和现代人的修身修养的规范，当是从抠指甲和上批斗台的纯个性体验中获得，跨越过生活体验，进入更深一层的生命体验。

2005 年 5 月 21 日于二府庄——雍村

散文随笔

生命之雨

一个年过五十的人，某天傍晚突然警悟，他的生命中最敏感的竟然是雨。

秋日。傍晚。

细雨如丝如缕如烟，无穷无尽的前方和已经穷尽的身后都是这种雨丝，飘飘洒洒却无声无息。他沿着家乡的河水在沙滩上走着。一旦有雨或雪降下，他就有一种迎接雨雪的骚动而必须刻不容缓地走向雨雪迷蒙的田野。他的腋下挟着一把黑色雨伞，除非雨点变得粗疾起来才准备打开。

沙滩上的野苇子的苇毛已经飘落，蒿草无可挽救地变得灰黑而苍老了。他看见河的远处有人在涉水过河，辨不清过河的是男人还是女人，雨雾把雄性和雌性的外部特征模糊起来了。走过滩柳丛生的一道沙梁，一个看去和他年龄相仿的女人伫立在沙地上，看守着七八只羊。女人的右手攥着一根新鲜的柳枝儿，无疑是用来警示她的羊的武器；她的左腋下挟着一顶金黄色的草帽，而让头发也淋着雨。她的生命中也敏感雨而渴盼细雨的浇灌和滋润吗？

女人满脸皱纹，皮肤黢黑而粗糙，骨骼粗硬而显示着峻嶒；她挽着黑色的裤脚，露出小腿如同庄稼汉一样坚硬的筋骨的轮廓。他瞅着她，又瞅着她的羊，瞅过去是七只，倒瞅过来却成了八只；数过了羊又瞅着她。他瞅着数着羊是潜意识的行为，避免死呆呆瞅着她而引起反感。瞅了瞅她又去数羊，这回数过去是八只，再数过来又成了七只。

她却只瞅着她的羊，或者根本就没有瞅羊。她也不瞅他。他想，在她说不清是呆滞或是不屑的眼神里，他不过也是一只羊吧？他便走开了，踏上高踞沙滩的河堤。

母亲说生他的时候正是三伏天。母亲强调说他落地的时辰是三伏天的午时。母亲对他落地后的记忆十分清晰，落地后不过半个时辰全身就潮起了痱子，从头顶到每一根脚指头，都覆盖着一层密密麻麻的热痱子。只有两片嘴唇例外地侥幸，却暴起包谷粒大的燎泡。母亲说整整一个夏天里，他身上的热痱子一茬儿尚未完全干壳，新的一茬儿便迫不及待地又冒了出来，褪掉了的干皮每天都可以撕下小半碗。母亲说她在月子里就只是替他从头到脚撕揭干壳了的痱子皮……母亲对已经成年了的他遭遇灾难时便说："你落生的时辰太焦躁了。那天能遇着下雨就好了。"

他后来得知，他与父亲同一个属相：马。这根本不用奇怪，家族中两代人和同代人之中同一属相的现象屡见不鲜完全正常。奇异的是，他和父亲同月同日生，而且时辰都是午时。只是没有人说得清，父亲出生时潮没潮起那么厉害的热痱子，父亲出生时是否侥幸遇到了三伏天的雨。

他便猜疑，在他来到这个世界时便领受到的如煎如煮的酷热焦躁，在父亲来说早已领受过了，从而并不以为然？

关于他的父亲，他想写篇小文章来悼念那位如草芥一样无声无响度过一生又悄然死去的农民，然而终于没有形成文字。原因在于，那个念头刚一产生，如潮的记忆便把他齐头盖脑淹没了。他喘息着又筒上了钢笔。父亲是一本书，不是一篇小文章。

现在，他只能说一句话，在这个世界上，他最熟悉最了解的是他的父亲，而最难理解的也是他的父亲。他深深地懊悔，直到父亲离开这个世界时，才发觉自己从来也没有太在意过父亲。起初他剖析造成这种懊悔心理的因素，是他既不可能对父亲寄托稍大点儿的依赖，更不可能发现以至研究他有什么伟大和不平凡之处；后来随着生命体验的不断加深，终于有一天警悟起来，便是从来也没有想到过对父亲的心理设防，是一种绝对的心理安全的天然依赖，反倒不太在意了。

父亲死亡的情景永难忘记。一个自身生长的异物堵死了食道，直到连一滴水也不能通过，那具庞大的躯体日渐一日萎缩成一株干枯的死树……哦！生命中的雨啊！

他一个人坐在家乡的河边，天上洒下旱季里少见的蒙蒙细雨。他刚刚二十岁，开始了永远的没有限期的暑假，从学校走向社会了。他半是豪勇半是惶惑，怀着宏大的文学梦却又怀疑自己是否具备文学的天赋，自信与自卑五十对五十折磨着他，便有了一种孤自散步的欲望，尤其是在雨雾迷蒙之中。

这条河不大却闻名于遥远悠久的历史，河有多长，河边的柳林有多长。骚客文人折柳赠别也抛撒离愁别怨的诗句，成为一代又一代文化人寄托情怀的佳作。他坐在水边，一个琴瑟般的声音不期而至："大哥哥你饿吗？"他转过头就看见了一只小仙鹤，是的，这个不过十岁的女孩像河滩草地上偶然降至的仙鹤。他苦笑一下摇摇头。处于整个民族的大饥饿年代，小孩子看世界的眼睛也是饥饿的。他笑笑说："我渴。"河堤上传下来一声笑，他看见那儿站着一位干部，这是一家大企业的党的领导干部，据说是一位出身富贾而又背叛了自在阶级的老革命，革命胜利了他已成为企业领导，却依然需要下放乡村锻炼改造……他很忠诚，不仅自己老老实实在农民中间生活，而且还利用暑假把小女儿也领到这炼狱里来改造了。

几十年后，在一次全国性的文学集会上，有一位中年女人向他走来："你现在是饿还是渴？"

"还是渴。"

"还是渴？"

"是渴……生命之雨。"

她说她后来随父亲到北方一个城市，又转过四五个城市。她现在在一家报纸主持着一个《婚姻与家庭》的专栏。她在年轻男女中名声显赫，几乎家喻户晓，当然是她坦率而又真诚地解答过来自全国各地青年男女关于爱的困惑，并因此而很自信："你比我写的书多，我比你写的信多；你只是在文学圈子里有名声，而我却在青年人心中是知音。"她的佐证是多年来收到和回复青年人的书信数以万计。她说她读过他的全部作品，当然不是因为作品好不好，亦不是要研究他的创作，主要是因为在他未成名之前她见过他一面，那时她不足十岁。她说："我至少给青年朋友写过两万多封信，而你的小说最多发行五千册。"

他很尴尬，随之反诘："我也来请你解答一个过去的问题——有一对年轻夫妇在'文革'中分属对立的两派组织，妻子向自己一派的造反队司令报告了丈夫的行踪，丈夫被抓去打断了一条腿。这位现在走路还颠着跛着的丈夫仍然和那位告密的妻子生活在一起。他向你写过信没有？如果他有一天写信给你要求解释困惑，你怎么回答他？"她张了张口却摇摇头笑了，竟是一副不屑回答的神气。

半年以后，他接到她从千里之外的城市打来的长途电话，说她今天收到一封信，信中所表述的精神痛苦使她陷入深沉的无言以对的心境之中，那人的遭遇与他所说的"文革"夫妇的故事大同小异，关键在于他们的故事一直延续到今天而且还有发展，类似于被打断腿的这个跛子丈夫，居然投靠那个抓他施刑的造反队头儿的门庭挣钱去了。造反队头儿受过几年冷落之后，现在是一位腰里别着大哥大的公司老板了……现在反倒是类似于那个告密的妻子陷入了痛苦境地，据说是丈夫现在跟着那个不计前嫌的老板北上南下东闯西骗，出入星级宾馆酒楼歌舞厅，既卡拉 OK 又 KTV 还桑拿浴……她在电话中向他复述了这个故事，情绪很沉静，似乎没有了她写过两万余封回信的那种自信与得意，很真诚地说："上次你讲的那对'文革'夫妇的故事我没有回答，我觉得那是你们上一代人的故事和困惑；你们上一代人所处的那个时代是一个不正常的时代，用今天正常人的思维是无法理解也无法解释的，因为他和她都是不正常生活里的不正常的人所演绎的不正常故事。现在，当他和她在今天正常的社会里继续演绎不正常的故事时，我竟然第一次感觉到我的肤浅，无法回答那个类似告密妻子的新的苦恼……"他反而宽厚地安慰她说："是的，你不可能解除所有痛苦着的心灵的痛苦，也不可能拯救所有沉沦的灵魂。"她说："我总得给她回信呀！情急之下，我用了你的一句话回复了她，就是'生命之雨'。"

他说："这话太……"

她说："我就想起你说的这句话……恰当不恰当都不管了，上帝！"蒙蒙细雨依然。依然是如丝如缕如烟。依然是飘飘洒洒无声无响。他已经走到这一段河堤的尽头，河堤朝南拐弯伸展过去，顶头和南岸的山崖接住了；那一段河堤从山崖下开始延伸到雨雾迷茫的无穷无尽的上游。人生其实也类似这河堤，分作一段一段的，这一段到头了，下段又从这儿开始，一直延伸，延伸成为一条生命的河流。

河堤拐弯的内堤里，就圈住了好大一片滩地。滩地里有一幢孤零零的土坯房，房子的南墙和西墙上苫着一层长长的稻草，那是防止西风和南边的下山风卷来的骤雨对泥皮土坯的冲刷的，就像一位插秧的农夫身披的蓑衣。房前有一片偌大的打谷场，场角靠近房子的地方有一个黄色的麦秸垛。他猜测这是一个土地承包经营者仓促建筑的房子，从那简陋的建筑判断，主人完全是出于一种临时的考虑，不愿投注更多的钱财给这幢远离村庄的建筑。

一个男人吆着牛拽的犁在翻耕打谷场。打谷场已经完成了夏季打麦秋季打谷的用场，现在翻耕以恢复土地的疏松和绵软，然后撒下早熟的青稞或者油菜籽，赶明年收割小麦之前先收获了青稞或油菜，再把这块土地碾压瓷实做打谷场。男人悠悠地吆着牛扶着犁，没有戴草帽，一任细雨淋着。一个女人站在麦秸垛下撕扯麦草，撕下一把便弯下腰纳到一只大竹条笼里，动作也是悠悠的不急不忙的样子。只是那一件红色的衣衫就像一簇火焰在迷茫的河滩上闪耀。

　　一男一女一低一高两个小孩在场地上追逐，他们从土屋里奔出来时就是互相追逐着的，大约是男孩抢走了霸占了女孩的吃食或玩具，争执便发生了。女孩追着男孩显然力不从心，在溜滑的打谷场上摔倒了，顺势在场地上打滚而且号啕起来。那女人扔下柴火笼飞跑过去，在滑溜的打麦场上跑起来闪动着两只胳膊，像是一种舞蹈。她没有扶起倒地打滚的女孩，一直冲到男孩跟前，一巴掌抽过去就把男孩打翻在地了。她随后转身走过来抱起女孩，另一只胳膊挎上柴火笼走进土屋里去了。

　　他竟然大声喊起来："愚蠢，你愚蠢！你是个愚蠢的妈妈！"

　　男人喝住牛插住犁，慢腾腾走过去抱起男孩，也走进那间土屋里去了。

　　一头在套的牛站在打麦场上甩着尾巴。

　　土屋房顶的烟囱有灰色的烟冒出来。

　　他依然站在河堤上。几十年后，那个扯柴火打男孩抱女孩的愚蠢的女人肯定就变成那个放牧着七八只羊的粗硬的老女人了吧？那个受宠的女孩会不会成长为如那个写过两万多封回信的专栏主持人？

　　那土屋里爆起激烈的吵闹声，浑厚的男声和尖锐的女声。肯定那是关于应不应该打倒男孩的争执。他忽然想到她，如果把这幢远离人群的河滩土屋里的争论提到她的专栏上，她还会用他的"生命之雨"这话来解释给这一对乡野夫妻吗？

晶莹的泪珠

我手里捏着一张休学申请书朝教务处走着。

我要求休学一年。我写了一张要求休学的申请书。我在把书面申请交给班主任的同时，又口头申述了休学的因由，发觉口头申述因为穷而休学的理由比书面申述更加难堪。好在班主任对我口头和书面申述的同一因由表示理解，没有经历太多的询问便在申请书下边空白的地方签写了"同意该生休学一年"的意见，自然也签上了他的名字和时间。他随之让我等一等，就拿着我写的申请书出门去了，回来时那申请书上就增加了校长的一行签字，比班主任的字签得少自然也更简洁，只有"同意"二字，连姓名也简洁到只有一个姓，名字略去了。班主任对我说："你现在到教务处去办手续，开一张休学证书。"

我敲响了教务处的门板。获准以后便推开了门，一位年轻的女先生正伏在米黄色的办公桌上，手里提着长杆蘸水笔在一厚本表册上填写着什么，并不抬头。我知道开学报名时教务处最忙，忙就忙在许多要填写的各式表格上。我走到她的办公桌前鞠了一躬："老师，给我开一张休学证书。"然后就把那张签着班主任和校长姓名和他们意见的申请递放到桌子上。

她抬起头来，诧异地瞅了我一眼，拿起我的申请书来看着，长杆蘸水笔还夹在指缝间。她很快看完了，又专注地把目光滞留在纸页下端班主任签写的一行意见和校长更为简洁的意见上面，似乎两个人连姓名在内的十来个字的意见批示，看去比我大半页的申请书还要费时更多。她终于抬起头来问：

"就是你写的这些理由吗？"

"就是的。"

"不休学不行吗？"

"不行。"

"亲戚全都帮不上忙吗？"

"亲戚……也都穷。"

"可是……你休学一年，家里的经济状况也不见得能改变，一年后你怎么能保证复学呢？"

于是我就信心十足地告诉她我父亲的精确安排计划：待到明年我哥哥初中毕业，父亲谋划着让他投考师范学校，师范生的学杂费和伙食费全由国家供给，据说还发三块钱零花钱。那时候我就可以复学接着念初中了。我拿父亲的话给她解释，企图消除她对我能否复学的疑虑："我伯伯说来，他只能供得住一个中学生；俺兄弟俩同时念中学，他供不住。"

我没有做更多的解释。我的爱面子的弱点早在此前已经形成。我不想再向任何人重复叙述我们家庭的困窘。父亲是个纯粹的农民，供着两个同时在中学念书的儿子。哥哥在距家四十多里远的县城中学，我在离家五十多里的西安一所新建的中学就读。在家里，我和哥哥可以合盖一条被子，破点旧点也关系不大。先是哥哥接着是我要离家到县城和省城的寄宿学校去念中学，每人就得有一套被褥行头，学费杂费伙食费和种种花销都空前增加了。实际上轮到我考上初中时已不再是考中秀才般的荣耀和喜庆，反而变成了一团浓厚的愁云忧雾笼罩在家室屋院的上空。我的行装已不能像哥哥那样有一套新被子新褥子和新床单，被简化到只有一条旧被子卷成小卷儿背进城市里的学校。我的那一溜床板终日裸露着缝隙宽大的木质板面，晚上就把被子铺一半再盖上一半。我也不能像哥哥那样由父亲把一整袋面粉送交给学生灶，而只能是每周六回家来背一袋杂面馍馍到学校去，因为学校灶上的管理制度规定一律交麦子面，而我们家总是短缺麦子面而包谷面还算宽裕。这样的生活我并未意识到有什么不好，因为背馍上学的学生远远超过能搭得起灶的学生人数，每到三顿饭时，背馍的学生便在开水灶的一排供水龙头前排起五六列长队，把掰碎的各色馍块装进各自的大号搪瓷缸子里，用开水浸泡后，便三人一堆五人一伙围在乒乓球台的周围进餐，佐菜大都是花钱买的竹篓咸菜或家制的腌辣椒，说笑和争论的声浪甚至压倒了那些从灶房领取炒菜和热饭的"贵族阶层"。

这样的念书生活终于难以为继。父亲供给两个中学生的经济支柱，一是卖粮，一是卖树，而我印象最深的还是卖树。父亲自青年时就喜欢栽树，我们家四五块滩地地头的灌渠渠沿上，是纯一色的生长最快的小叶杨树，稠密到不足一步就是一棵，粗的可做檩条，细的能当椽子。父亲卖树早已打破了先大后小先粗后细的普通法则，一切都是随买家的需要而定。需要檩条就任其选择粗的，需要椽子就让他们砍伐细的。所得的票子全都经由哥哥和我的手交给了学校，或是换来书籍课本和作业本以及哥哥的菜票我的开水费。树卖掉后，父亲便迫不及待地刨挖树根，指头粗细的毛根也不轻易舍弃，把树根劈成小块晒干，然后装到两只大竹条笼里挑起来去赶集，卖给集镇上那些饭馆药铺或供销社单位。一百斤劈柴的最高时价为一块五毛钱，得来的块把钱也都经由上述的相同渠道花掉了。直到滩地上的小叶杨树在短短的三四年间全部砍伐一空，地下的树根也掏挖干净，渠岸上留下一排新插的白杨枝条或手腕粗细的小树……

　　我上完初一第一学期，寒假回到家中便预感到要发生重要变故了。新年佳节弥漫在整个村巷里的喜庆气氛与我父亲眉宇间的那种根深蒂固的忧虑形成强烈的反差，直到大年初一刚刚过去的当天晚上，父亲便说出来谋划已久的决策："你得休一年学，一年。"他强调了一年这个时限。我没有感到太大的惊讶。在整个一个学期里，我渴盼星期六回家又惧怕星期六回家。我那年刚交十三岁，从未出过远门，而一旦出门便是五十多里远的陌生城市，只有星期六才能回家一趟去背馍，且不要说一周里一天三顿开水泡馍所造成的对一碗面条的迫切渴望。然而每个周六在吃罢一碗香喷喷的面条后便进入感情危机，我必须说出明天返校时要拿的钱数儿，一元班会费或五毛集体买理发工具的款项。我知道一根丈五长的椽子只能卖到一块五毛钱，一丈长的椽子只有八毛到一块的浮动区。我往往在提出要钱数目之前就折合出来这回要扛走父亲一根或两根椽子，或者是多少斤树根劈柴。我必须在周六晚上提前提出钱数，以便父亲可以从容地去借款。每当这时我就看见父亲顿时阴沉下来的脸色和眼神，同时，夹杂着短促的叹息。我便低了头或扭开脸不看父亲的脸。母亲的脸色同样忧愁，我似乎可以看；而父亲的脸色一旦成了那种样子，我就不忍对看或者不敢对看。父亲生就的是一脸的豪壮气色，高眉骨、大眼睛、通直的高鼻梁和鼻翼两边很有力度的两道弯沟，忧愁蒙结在这样一张脸上似乎就不堪一睹……我曾经不止一次地产生过这样的念头，为什么一定要念中学呢？村子里不是有许多同龄伙伴没有考取初中仍然高高兴兴地给牛割草给灶里拾柴吗？我为什么要给父亲那张脸上周期性地制造忧愁呢……父亲接着就讲述了他得让哥哥一年后投考师范的谋略，然后可以供我复学念初中了。他怕影响一家人过年的兴头儿，所以压在心里直到过了初一才说出来。我说："休吧。"父亲安慰我说："休学一年不要紧，你年龄小。"我也不以为休学一年有多么严重，因为同班的五十多名男女同学中有不少人都结过婚，既有孩子的爸爸，也有做了妈妈的。这在五十年代初并不奇怪，解放后才获得上学机会的乡村青年不限年龄。我是班里年龄最小个头最矮的一个，座位排在头一张课桌上。我轻松地说："过一年个子长高了，我就不坐头排头一张桌子咧——上课扭得人脖子疼……"父亲依然无奈地说："钱的来路断咧！树卖完了——"

她放下夹在指缝间的木制长杆蘸水笔，合上一本很厚很长的登记簿，站起来说："你等等，我就来。"我就坐在一张椅子上等待，总是止不住她出去干什么的猜想。过了一阵儿她回来了，情绪有些亢奋也有点激动，一坐到她的椅子上就说："我去找校长了……"我明白了她的去处，似乎验证了我刚才的几种猜想中的一种，心里也怦然动了一下。她没有谈她找校长说了什么，也没有说校长给她说了什么。她现在双手扶在桌沿上低垂着眼，久久不说一句话。她轻轻舒了一口气，扬起头来时我就发现，亢奋的情绪已经隐退，温柔妩媚的气色渐渐回归到眼角和眉宇里来了，似乎有一缕淡淡的无奈。

她又轻轻舒了口气，拉开抽屉取出一本公文本在桌子上翻开，从笔筒里抽出那支木杆蘸水笔，在墨水瓶里蘸上墨水后又停下手，问："你家里就再想不下办法了？"我看着那双浮现着忧郁气色的眼睛，忽然联想到姐姐的眼神。这种眼神足以使任何被痛苦折磨着的心平静下来，足以使任何被痛苦折磨得心力交瘁的灵魂得到抚慰，足以使人沉静地忍受痛苦和劫难而不至于沉沦。我突然意识到因为我的休学致使她心情不好这个最简单的推理，而在校长、班主任和她中间，她恰好是最不应该产生这种心情的。她是教务处的一位年轻职员，平时就是在教务处做些抄抄写写的事，在黑板上写一些诸如打扫卫生的通知之类的事，我和她几乎没有说过话，甚至至今也记不住她的姓名。我便说："老师，没关系。休学一年没啥关系，我年龄小。"她说："白白耽搁一年多可惜！"随之又换了一种口吻说，"我知道你的名字也认得你。每个班前三名的学生我都认识。"我的心情突然灰暗起来而没有再开口。

她终于落笔填写了公文函，取出公章在下方盖了，又在切割线上盖上一枚合缝印章，吱吱吱撕下并不交给我，放在桌子上，然后把我的休学申请书抹上糨糊后贴在公文存根上。她做完这一切才重新拿起休学证书交给我说：

"装好。明年复学时拿着来找我。"我把那张硬质纸印制的休学证书折叠了两番装进口袋。她从桌子那边绕过来，又从我的口袋里掏出来塞进我的书包里，说："明年这阵儿你一定要来复学。"

我向她深深地鞠了躬就走出门去。我听到背后咣当一声闭门的声音，同时也听到一声"等等"。她拢了拢齐肩的整齐的头发朝我走来，和我并排在廊檐下的台阶上走着，两只手插在外套的口袋里。走过一个又一个窗户，走过一个又一个教室的前门和后门，校园里和教室里出出进进着男女同学，有的忙着去注册去交费，有的已经抱着一摞摞新课本新作业本走进教室，还有从校门口刚刚进来的背着被卷馍袋的迟来者。我忽然心情很不好受，在争取到了休学证后心劲松了吗？我很不愿意看见同班同学的熟悉的脸孔，便低了头匆匆走起来，凭感觉可以知道她也加快了脚步，几乎和我同时走出学校大门。

学校门口又拥来一拨偏远地区的学生，熟悉的同学便连连问我："你来得早！报过名了吧？"我含糊地笑笑就走过去了，想尽快远离正在迎接新学期的洋溢着欢悦气浪的学校大门。她又喊了一声"等等"。我停住脚步。她走过来拍了拍我的书包："甭把休学证弄丢了。"我点点头。她这时才有一句安慰我的话，"我同意你的打算，休学一年不要紧，你年龄小。"

我抬头看她，猛然看见那双眼睫毛很长的眼眶里溢出泪水来，像雨雾中正在涨溢的湖水，泪珠在眼里打着旋儿，晶莹透亮。我瞬即垂下头避开她的目光。要是再在她的眼睛里多驻留一秒，我肯定就会号啕大哭。我低着头咬着嘴唇，脚下盲目地拨弄着一颗碎瓦片来抑制情绪，感觉到有一股热辣辣的酸流从鼻腔倒灌进喉咙里去。我后来的整个生命历程中发生过多次这种酸水倒流的事，而倒流的渠道却是从十三岁刚来到的这个生命年轮上第一次疏通的。第一次疏通的倒流的酸水的渠道肯定狭窄，承受不下那么多的酸水，因而还是有一小股从眼睛里冒出来，模糊了双眼，顺手就用袖头揩掉了。我终于扬起头鼓起劲儿说："老师……我走咧……"

她的手轻轻搭上我的肩头："记住，明年的今天来报到复学。"我看见两滴晶莹的泪珠从眼睫毛上滑落下来，掉在脸鼻之间的谷地上，缓缓流过一段就在鼻翼两边挂住。我再一次虔诚地深深鞠躬，然后就转过身走掉了。

……

二十五年后，卖树卖树根（劈柴）供我念书的父亲在癌病弥留之际，对坐在他身边的我说："我有一件事对不住你……"

我惊讶得不知所措。

"我不该让你休那一年学！"

我浑身战栗，久久无言。我像被一吨烈性梯恩梯炸成碎块细末儿飞向天空，又似乎跌入千年冰窖而冻僵四肢冻僵躯体也冻僵了心脏。在我高中毕业名落孙山回到乡村的无边无际的彷徨苦闷中，我曾经猴急似的怨天尤人："全都倒霉在休那一年学……"我 1962 年毕业恰逢中国经济最困难的年月，高校招生名额大大缩小，我们班里剃了光头，四个班也仅仅只考取了一个个位数，而在上一年的毕业生里我们这所不属重点的学校也有 50% 的学生考取了大学。我如果不是休学一年当是 1961 年毕业……父亲说："错过一年……让你错过了二十年……而今你还算熬出点名堂了……"

我感觉到炸飞的碎块细末儿又归结成了原来的我，冻僵的四肢自如了冻僵的躯体灵便了冻僵的心又喧喧喧跳起来的时候，猛然想起休学出门时那位女老师溢满眼眶又流挂在鼻翼上的晶莹的泪珠儿。我对已经跨进黄泉路上半步的依然向我忏悔的父亲讲了那一串泪珠的经历，我称呼伯伯的父亲便安然合上了眼睛，喃喃地说："可你……怎么……不早点给我……说这女先生哩……"

我今天终于把几近四十年前的这一段经历写出来的时候，对自己算是一种虔诚祈祷。当各种欲望膨胀成一种强大的浊流冲击所有大门窗户和每一个心扉的当今，我便企望自己如女老师那种泪珠的泪泉不致堵塞更不敢枯竭，那是滋养生命灵魂的泉源，也是滋润民族精神的泉源哦……

汽笛·布鞋·红腰带

　　一个年过五十的人，依然清晰地记得平生听到第一声火车汽笛时的情景。

　　他当时刚刚勒上了头一条红腰带。这是家乡人遇到本命年时避灾禳祸祈求平安福祉的吉祥物，无论男女无论长幼无论尊卑都要在本命年到来的头一天早晨穿裤子时勒上腰的。那是母亲用自纺的棉线四股合成一股，经过浆洗经过大红颜色的煮染再经过蜂蜡的打磨，然后把经线绷在两个膝盖之间织成的。早在母亲搓棉花捻子和纺线的时候就不断念叨："娃的本命年快到了，得织一条红腰带。"在标志着一年将尽的最后一个月份——腊月到来之前，母亲已经织好了一条红腰带，只让他试着勒了一下就藏进木板柜里，直到大年三十晚上才取出来放在枕头旁边，叮嘱他天明起来换穿新衣新裤时结上那根红腰带。他那时只是为了那条鲜红的线织腰带感到新奇而激动不已，却不能意识到生命历程的第二个十二年将从明天早晨开始……

　　半年以后，他勒在腰里的红带子已经变成了紫黑色的了，鲜艳的红色被汗渍尿垢以及褪色的黑裤浸染得失去了原本的颜色。他依旧勒着这条保命带走出了家乡小学所在的小镇，到三十里外的历史名镇灞桥去投考中学。领着他的是一位四十多岁的班主任老师，姓杜；和他一起去投考的有二十多个同学，这些小学同学中有的已经结婚，那是他们在新中国成立后才迟迟获得读书机会的缘故，他是他们当中年龄最小个头最矮的一个。

　　这是一次真正的人生之旅。

　　从小镇小学校后门走出来便踏上了公路。这是一条国道，西起西安沿着灞河川道再进入秦岭，在秦岭山岩中盘旋蜿蜒一直通到湖北省。这是他第一次走出家门三公里以外的旅行。他昨夜激动惶惧得几乎不能成眠。他肩头挎着一只书包，包里装着课本，一支毛笔和一只墨盒，还有几个学生灶发给的混面馍馍，还有一块擦脸用的布巾，同样是母亲用织布机织下的手工布巾……口袋里却连一分钱也没有。

开始上路他和老师、同学相跟着走，大约走出十多里路也不觉得累，同学们大都是来自小镇附近村庄，谁也没出过远门，兴致很高心劲十足一路说说笑笑叽叽嘎嘎。后来的悲剧是从脚下发生的。他感觉脚后跟有点疼，脱下鞋来看了看，鞋底磨透了，脚后跟上磨出红色的肉丝淌着血，血浆渗湿了鞋底和鞋帮。他首先诅咒的便是沙石铺垫的国道上的沙子，全然想不到母亲纳扎的布鞋鞋底经不住沙石的磨砺，随后才意识到是一双早已磨薄了的旧布鞋的鞋底。在他没有发现鞋破脚破之前还能撑持住往前走，而当他看到脚后跟上的血肉时便怯了，步子也慢了。

似乎不单是脚后跟上出了毛病，全身都变得困倦无力，双腿连往前挪一步的勇气都没有了，每一次抬脚举步都畏怯落地之后所产生的血肉之苦。他看见杜老师在向他招手，他听见同学在前头呼叫他。他流下眼泪来，觉得再也撑不上他们了。他企望能撞见一位熟人吆赶的马车，瞬间又悲哀地想到，自己其实原来就不认识任何一位车把式。

他看见杜老师和一位结过婚的小学生大同学倒追过来，立即擦干了眼泪。老师和同学的关心鼓励丝毫也不能减轻脚下的痛楚和抬脚触地时引发的内心的畏怯。老师和大同学不能只等他一人而往前走了。他没有说明鞋底磨透脚跟磨烂的事，不是出于坚强而纯粹是因为爱面子，他怕那些能穿起耐磨的胶质球鞋的同学笑自己穷酸。这种爱面子的心理不知何时形成的，以致影响到他后来的全部生活历程，不愿意在任何人面前哭穷，即使在党的面前。老师和大同学临走时留给他的一句话是："往前走不敢停，慢点儿不要紧只是不敢停下。我们在前头等你。"

他已经看不见杜老师率领着的那支小小的赶考队伍了。他期望在路上捡到一块烂布包住脚后跟，终于没有发现哪怕是巴掌大的一块碎布而失望了。他从路边的杨树上捋下一把树叶塞进鞋窝儿，大约只舒服了两分钟走出不过十几米就结束了暂短的美好和幼稚。他终于下狠心从书包里摸出那块擦脸用的布巾，相当于课本的两倍大小，只能包住一只脚。洗脸擦脸已经不大重要了，撩起衣襟就可以代替布巾来使用。用布巾包住的一只脚不再直接遭受沙石的蹭磨减轻了疼痛，况且可以使另一只脚踮起脚尖而避免脚后跟着地。他踮着一只脚尖就跛着往前赶，果然加快了行速。走过不知有多少路程，布巾很快又磨透了，他把布巾倒过来再包到脚上，直到那块布巾被踩磨得稀烂而毫无用处。他最后从书包里拿出了课本，先是算术，后是语文，一扎一扎撕下来塞进鞋窝……只要能走进考场，他自信可以不需要翻动它们就能考中；如果万一名落孙山，这些课本无论语文或是算术就都变成毫无用处的废物了。那些课本的纸张更经不住沙石的蹭磨，很快被踩踏成碎片从鞋窝里泛出来撒落到沙石国道上，像埋葬死人时沿路抛撒的纸钱。直到课本被撕光，他几乎完全绝望了，脚跟的疼痛逐渐加剧到每一抬足都会心惊肉跳，走进考场的最后一丝勇气终于断灭了。他站住随之又坐下来，等待有一挂回程的马车，即使陌生的车夫也要乞求。他对念中学似乎也没有太明晰的目标，回家去割草拾柴也未必不好……伟大的转机就在他完全崩溃刚刚坐下的时候发生了，他听到了一声火车汽笛的嘶鸣。

他被震得从路边的土地上弹跳起来。他被惊吓得几乎又软瘫坐下。他的耳膜长久地处于一种无知觉的空白，他的胸腔随着铿锵铿锵的轮声起伏着战栗着。他惊惧慌乱不知所措而茫然四顾，终于看见一股射向蓝天的白烟和一列呼啸奔驰过来的火车。他能辨识出火车，凭借的是语文课本上的一幅拙劣的插图。这是他平生第一次看见火车，第一次听见火车汽笛的鸣叫。隐蔽在原坡皱褶里的家乡村庄，一年四季只有人声牛哞狗吠鸡鸣和鸟叫。列车从他眼前的原野上飞驰过去，绿色的车厢绿色的窗帘和白色的玻璃，启开的窗户晃过模糊的男人或女人的脸，还有一张把手伸出窗口的男孩的脸……直到火车消失在柳林丛中，直到柳树梢头的蓝烟渐渐淡化为乌有，直到远处传来不再那么震慑而显得悠扬的汽笛声响，他仍然无法理解火车以及坐在火车车厢里的人会是一种什么滋味儿？坐在飞驰的火车上透过敞开的窗口看见的田野会是怎样的情景？坐在火车上的人瞧见一个穿着磨透了鞋底磨烂了脚后跟的乡村娃子会是怎样的眼光？尤其是那个和他年岁相仿已经坐着火车旅行的男孩？

天哪！这世界上有那么多人坐着火车跑哩而根本不用双腿走路！他用双脚赶路却穿着一双磨穿了鞋底磨烂了脚后跟的布鞋一步一蹭血地踯躅！似乎有一股无形的神力从生命的那个象征部位腾起，穿过勒着红腰带的腹部冲进胸腔又冲上脑顶。他无端地愤怒了，一切朦胧的或明晰的感觉凝结成一句话，不能永远穿着没后底的破布鞋走路……他把残留在鞋窝里的烂布绺烂树叶烂纸屑腾光倒净，咬着牙在沙石国道上重新举步。腿上有劲了，脚后跟也还在淌血还在疼，走过一阵儿竟然奇迹般地不疼了，似乎那越磨越烂得深的脚后跟不是属于他的，而是属于另一个怯弱者懦弱鬼王八蛋的……在离考场所在的学校还有一二里远的地方，他终于追赶上了老师和同学，却依然不让他们看他惨不堪睹的两只脚后跟。

……

在那场历时十年的大浩劫发生时，他虽未被完全打翻却感到已经走到生命的尽头。那一年又正好是他勒上第二条红腰带开始第三轮十二年的时候。他被划进刘少奇路线而注定了政治生命的完结，他所钟情的文学在刚刚发出处女作便夭折了。家庭的灾难也接踵而至，不是祸不单行而是三面伏击四面楚歌。他步入社会尚无任何生活经验也无丝毫的防卫能力，很快便觉得进入绝境而看不出任何希望，不止一次于深夜走到一口水井边企图结束完全变成行尸走肉的自己。没有促成他纵身一投的缘由，便是他在那最后一刻听到了发自生命内部的那一声汽笛的鸣叫……

在他勒上第三条红腰带开始生命年轮的第四个十二年的时候，恰好又遭遇到一次重大的挫折。如果说上一次的遭遇与红腰带有无什么联系尚无意识，这一次就令他暗暗惊诧了，人类生命本身是否存在着一种神秘的周期性灾变？他不再以一个简单的无神论者的简单态度轻易去判断其有无了。这一次挫折纯粹是自作自受，不能怨天不能怨地更不能怨天下任何人，由于自己写下一篇对生活做出简单谬误判断的小说而声名狼藉。他曾想告别政坛也告别文学，重新回到学校做一名乡村教师，与农村孩子去交朋友。在那个人生重大抉择的重要关头，他不仅又一次听到了那声汽笛，而且想到了那双磨透了鞋底磨烂了脚跟的布鞋。有什么可畏惧的呢？本来就是穿着磨透鞋底的布鞋走进社会的，最终最糟失掉的大不了也就是又一双破烂布鞋……他走进图书馆，把莫泊桑和契诃夫的小说抱回住屋，昼夜与这两个欧洲人拥抱在一起。

他后来成为一个作家。但不算著名作家。却总归算一个作家。这个作家已过"知天命"的年岁，回顾整个生命历程的时候，所有经过的欢乐已不再成为欢乐，所有经历的灾难挫折引起的痛苦也不再是痛苦，变成了只有自己可以理解的生命体验。剩下的还有一声储存于生命磁带上的汽笛鸣叫和一双破了鞋底的布鞋。

他想给进入花季刚刚勒上头一条或第二条红腰带的朋友致以祝贺，无论往后的生命历程中遇到怎样的挫折怎样的委屈怎样的龌龊，不要动摇也不必辩解。走你认定了的路吧！因为任何动摇包括辩解，都会耗费心力耗费时间耗费生命，不要耽搁了自己的行程。

1993 年 6 月 18 日草于小寨

6 月 21 日改定

拥有一方绿荫

——《我的树》之一

农历十月初一是家乡的鬼节，活着的人要给死去的亲人烧纸送钱，好让他们在冬季到来之前备置防寒的衣物。在这种事情上我一直是处于理智和情感的分离状态，结果却是一次又一次顺从了情感的驱使，便匆匆赶回乡下老家，去为我的那位终身都在为吃饭穿衣愁肠百结的父亲烧一扎纸钱，让他在冥冥之域不再饥寒交困。

转过村里那座濒临倒塌的关帝庙，便瞅见我的家园。那株法桐撑开偌大的三角形树冠，昂昂扬扬屹立在大门前不过十米的街路边。我的树——每一次回归家园第一眼瞅见这株法桐，我的心里就会涌出"我的树"的欣然浩叹。原因再简单不过，这株法桐是我栽的。父亲在世时喜欢栽树，我们家的房前屋后现在还蓬勃着他老先生栽植的树群，场塄上的那株白椿树已经有一搂粗了。然而我每一次回乡看见自己栽下的树都要比看见父亲栽的树更亲切，说穿了不过是栽树的人对那株幼苗当初所寄托的希冀将实现。是的，当我看见自己掘坑栽下的那株不过指头粗细的幼苗终于雄壮起来，伫立在村巷里，在浩渺的天空撑起一片绿盖的时候，我的那种感觉颇似阅读自己刚刚写完的一部小说。

十二年前的这个月，我调进陕西作协专业创作组。我那时的唯一感觉便是开始进入最理想的人生状态。专业创作对我来说它的实质性含义只有一点，所有时间可以由我自由支配，再不要听命于谁对我的指派了。压力也同时到来，生活、学习、创作既然全由自己支配，那么再写不出像样的作品，也就没有任何托词可以替自己遮羞了。

我几乎同时决定回归老巢。回归我父亲我爷爷我老太爷一脉相承的家园。不是因为他们都死了需得由我来承继，纯粹是为了图得一个耳根清净的环境，可以平心静气地坐下来读书，思考一些不单是艺术也包括艺术的问题。深知自己知识残缺不全，而生活演进的步伐又如此急骤，好多好多问题太需要沉心静气地想一想了。

住在乡间真是令人心旷神怡，所有的骚扰和诱惑都自然排除。每每在清静到令人寂寞的时候我便走出大门，和村巷里随意相遇的任何一个人拉拉闲话，哪怕逗小孩玩玩也觉得十分快活。夏天暴日当头时，走出门来就招架不住炎炎烈日的烤炙，暴晒后我的头顶和胳臂就生出一层红红的小米粒似的斑点，奇痒难支，医生说那叫日光性皮炎。我便畏惧已构成暴力的太阳，于是便想到应该有一方绿荫做庇护。出得大门站在浓厚而清凉的树荫下和农人闲谝、抽烟，那真是太惬意了……便想到栽两株树。

首先是树种的选择。我要栽两株法桐。几近四十年前我读初中，看过一场中国和法国合拍的儿童电影《风筝》，巴黎街道上那高大的街树令我记忆特深，我在家乡没有见过这种树。又过二十年我才知道这种树叫法桐，中国的许多城市的公路两边已经形成风景，家乡的一些农家屋院也栽植起来。

是我动手那部长篇小说写作那年的早春，我托村里一位青年从庙会上买回两株法桐，一株一块钱。树买到了自然很遂心愿，只是遗憾它太小太细了，仅仅有食指那么粗。天哪！想要乘它的阴凉，想要拥有一方绿荫，得等多少年啊！

我仍然毫不犹豫地挖了坑，给坑底垫下土肥，把它栽下了；栽下了它，也就把一种对绿荫的期盼坚定地埋下了。我扛着铁锨把儿抹着脸上的汗水，欣赏着只及我胸脯高的幼株，一缕忧虑产生了，猪可以拱断它，小孩随手可以掐折它，它太弱小了嘛！于是我便扛着镢头上山坡，挖回一捆酸枣棵子，插在幼株周围，把它严严密密地保护起来。

令我失望的是，几乎所有树木的嫩叶都变成了绿叶，我的两株法桐依然叶苞不动。我拨开酸枣棵子在那树干上掐破表皮，发现已经是干死的褐色。我想把它拨起来扔掉。就在我拽住树干准备用力的一瞬，奇迹发生了，挨近地皮的地方露出来一点嫩黄的幼芽，我的心就由惊喜而微微颤抖了。

这是从法桐的根部冒出的新芽，证明树根还活着。树根活着就会发出新的幼芽，生命多么顽强又多么伟大啊！那是一个尚看不出叶形的粗壮的锥形幼芽，刚刚拱破地皮而崭露头角，嫩黄中有淡淡的嫩绿，估计也就只经受过一两回春天阳光的沐浴吧。我久久地蹲在那里而舍不得离开，庆祝一个新的生命的诞生。我把扒掉的酸枣棵子重新插好，这幼芽不仅经不起车碾马踏人踩猪拱，鸡爪子只要一下就会轻而易举地把它刨断把它摧毁。

我一日不下八次地看那幼芽。它蹿起来了。它由嫩黄变成嫩绿了。它终于伸出一片绿叶了。它又抽出一片新叶子。它终于冒过围护着它的酸枣棵子，以一身勃勃的绿叶挺立起来，那么欢实，那么挺拔地向着天空……唯其丝毫不敢松懈，每年春天挖一捆酸枣棵子加固防护的围障！它依然还弱小，依然经不起意外的或有意的伤害。

它长到我的胳膊粗的时候，我终于享受到它的绿荫了。那树荫投射到地面上，有筛子般大小，我站在我的树的阴凉下，接受它的庇护。它的尚不雄壮的枝干和尚不宽厚的绿叶，毕竟具备遮挡烈日的能力，我想拥有一方绿荫的愿望实现了。那一年底，我也终于完成了历时四年的长篇小说写作工程，回城里去了。临走之前，我仍然给它的周围加固一层酸枣棵子。

去年夏天我回去，发现那树干已经长到小碗那么粗了。不知哪家的孩子用小刀在树干上刻写下我的名字。刻刀的印迹已经愈合，颜色却是褐红色的，在树皮的灰白色中十分显眼。从去年到这次回归，我发现那树干急骤加粗，刻的我的名字那俩字也在长大。树下已经有偌大一片绿荫了。

法桐已经成为一株真正的树挺立在那里，巨大的伞状树冠撑持在天空。父亲在世时给我说过，树冠在天空有多大，树根在地下就会伸延多远；树干有多粗，树的主根也就有多粗；树枝在空中往上往前伸长一尺、一寸，树根在地下也就往下往周围延伸一尺、一寸。我至今无法判断父亲这话有多少科学的可靠性，但确凿相信，这树的根已经扎得很深了。即使往坏处想到极点，譬如说突然被过往的汽车撞断了，或者不幸遇到了几十年不遇的雷劈电击，这自然都无法预防，但这根是不会被撞毁劈断的。它会重新冒出新芽，它的生命还会重新开始。真的发生这种情况，我将无怨无悔地再去挖酸枣棵子，重新开始对我的法桐新芽的围护。

我久久伫立在我的法桐树旁，欣赏着那已经变形却依然清晰可辨的我的名字，那刻下我名字的淘气鬼也该和这树一样长高长壮了吧？天空飘落着零星小雨，日头隐没了，虽然看不到树荫，却也毫无遗憾。到明年三伏那燥热难熬的时候，我就回家园，享受暴日烈焰下的我的那一方绿荫。

别路遥

——1992 年 11 月 21 日在告别仪式上

我们不得不接受这样的事实，无论这个事实多么残酷以至至今仍不能被理智所接纳，这就是：

一颗璀璨的星从中国文学的天宇陨落了！

一颗智慧的头颅中止了异常活跃异常深刻也异常痛苦的思维。

这是路遥。

他曾经是我们引以为自豪的文学大省里的一员主将，又是我们这个号称陕西作家群的群体中的小兄弟。他的猝然离队将使这个整齐的队列出现一个大位置的空缺，也使这个生机勃勃的群体呈现寂寞。当我们：比他小的小弟和比他年长点的大哥以及更多的关注他成长的文学前辈们看着他突然离队并为他送行，诸多痛楚因素中最难以承受的是物伤其类的本能的悲哀。

路遥从中国西北的一个自然环境最恶劣也最贫穷的县的山村走出来，为中国当代文学的繁荣创造了绚烂的篇章。这不单是路遥个人的凯歌，它至少给我们以这样的启迪，我们这个民族所潜存的义无反顾的进取精神和旺盛而又强大的艺术创造力量。路遥已经形成的开阔宏大的视野，深沉睿智的穿射历史和现实的思想，成就大事业者的强大的气魄，朝着创造的目标实现创造理想时必备的坚忍不拔的意志和艰苦卓绝的耐力，充分显示出这个古老而又优秀的民族的最优秀的品质。

路遥热切地关注着生活演进的艰难的进程，热切地关注着整个民族摆脱沉疴复兴复壮的历史性变迁，以及由此而产生的巨大痛苦和巨大欢乐。路遥并不在意个人的有幸与不幸，得了或失了，甚至包括伴随着他的整个童年时期的饥饿在内的艰辛历程。这是作为一个深刻的作家的路遥与平庸文人的最本质区别。正是在这一点上，路遥才成为具有独立思维和艺术品格的路遥。

路遥短暂的"人生"历程中，躁动着炽烈的追求光明追求美好健全社会的愿望，他没有一味地沉默也不屑于呻吟，而是挤在同代人们中间又高瞻于他们之上，向整个社会和整个世界揭示这块古老土地上的青春男女的心灵的期待，因此而获得了无以计数的青春男女的欢呼和信赖。他走进他们心中。

　　路遥的精神世界是由普通劳动者构建的"平凡的世界"。他在中国当代作家中最能深刻地理解这个平凡世界里的人们对中国意味着什么。他本身就是这个平凡世界里并不特别经意而产生的一个，却成了这个世界里人们精神上的执言者。他的智慧集合了这个世界里的全部精华，又剔除了母胎带给他的所有腥秽，从而使他的精神一次又一次裂变和升华。他的情感却是与之无法剥离的血肉情感。这样，我们才能破译长篇小说《平凡的世界》里那深刻的现代理性和动人心魄的真血真情。路遥在创造那些普通人生存形态的平凡世界里，不仅不能容忍任何对这个世界的过去和现在、历史和现实的解释的随意性，甚至连一句一词的描绘中的矫情和娇气也绝不容忍。他有深切的感知和清醒的理智，以为那些随意的解释和矫情娇气的描绘，不过是作家自身心理不健全的表现，并不属于那个平凡世界里的人们。路遥因此获得了这个平凡世界里数以亿计的普通人的尊敬和崇拜，他沟通了这个世界里的人们和地球人类的情感。这是作为独立思维的作家路遥的最难仿效的本领。

　　我们无以排解的悲痛发自最深切的惋惜。43岁，一个刚刚走向成熟的作家的死亡意味着什么。本来，我们完全可以自信地期待，属于路遥的真正辉煌的历程才刚刚开始。我们深沉的惋惜正是出自对一个文学大省一个国家和民族的文学事业的无法弥补的损失。

　　一切已不能挽回于万一。所有期待即使是自信的有把握的，也都在五天前的那个早晨被彻底粉碎了。然而我们就路遥截止到1992年11月17日早晨8时20分的整个生命历程来估价，完全可以说，他不仅是我们这个群体而在更广泛的中国当代青年作家中，也是相当出色相当杰出的一个。就生命的历程而言，路遥是短暂的；就生命的质量而言，路遥是辉煌的。能在如此短暂的生命历程中创造出如此辉煌如此有声有色的生命的高质量，路遥是无愧于他的整个人生的，无愧于哺育他的土地和人民。

　　以路遥的名义，陕西作协寄望于这个群体的每一个年轻或年长的弟兄，努力创造，为中国文学的全面繁荣而奋争。只是在奋争的同时，千万不可太马虎了自己，这肯定也是路遥的遗训。

路遥同志，你走完了短暂而又光辉的"人生"之旅，愿你的灵魂在"平凡的世界"里的普通劳动者中间和他们赖以生存的土地上得到安息！

贞节带与斗兽场

——《意大利散记》之二

　　在关中乡村流传的许多酸黄菜式的民间笑话里，有一个放心带的故事，说有位商人四季出远门做生意，那时交通工具不发达，顶好顶快也就是轿子马车或单骑骡子，往返很费时日，多则三月半载，至少也少不了月里四十。他一出门，就把大妻小妾留在家里守活寡，终于听到了大妻状告小妾与用人有不干不净的事情。处置这种辱没门庭的事对于商人来说非常简单，辞退一个休掉另一个就是了。然而麻烦接住发生，小妾随之也向商人打上小报告，说大妻与长工有染。商人在恼火万状中反倒醒悟，把大妻小妾都休了可以再娶，把用人长工全部辞退再雇新的人来也不困难，问题在于自己一出远门就旷日持久，再娶的妻妾与新雇的长工用人再发生偷情的事怎么办？于是商人终于苦思冥想出一条万全之策，在他又要出门进行商务活动之前一夜，把两件铁打的放心链子强迫大妻和小妾套锁到下身，然后便放心地出门上路了。

　　这个商人与小镇铁匠铺的铁匠共同设计锻造的安全带或者叫放心链的东西是个什么形状，传说笑话里很含糊，任何听取这个笑话的人在痛快淋漓地笑过之后，并不认真去考究那个铁链钢带的实际可行性，笑过也就完事。然而，万万始料不及的事不期而遇，在意大利国家博物馆里，我看到了这样一件中国乡村笑话里的钢铁锁链式的带子，名字叫贞节带。

　　那是一条类似于健美运动员穿的那种简化到只护苫阴部的带子，不过不是任何纺织布料而是坚硬的钢铁。一块一片真正的钢铁连缀成一条腰带，是用来箍绑女人的腰的；同样的钢铁薄片连接成一条带子，一头与前腰的铁带相连接，通过腹部兜住阴部和屁股，再和后腰里箍缠的铁带相扣接。兜着屁股的铁片中间留着一只空心大孔，肯定是设计和制作者为大便通过的悉心设计。而最富于匠心竭尽智慧显示天才的设计，自然是表现在最核心最要害的部位，即对女人生殖器的防卫措施，那儿的铁片同样留着一道孔，无须阐释便可以想到是给小便的出路。那孔是竖立式扁长形状，宽窄的估计和把握也经过精心的算计，即不容许任何男性生殖器通过；最绝的活儿是在孔的边沿上，有一圈倒立起来的约两寸长的三角形尖刺，其锋锐的程度有如锥尖锯牙……想想有哪个情种能够对抗这道监牢围墙似的钢铁蒺藜？设想某个风流种子看到这钢铁蒺藜时会是怎样的猴急？而被扎上这道钢铁蒺藜式的贞节带的女人又是怎样的心理和生理的屈辱和痛苦？

这件匠心独运的钢铁作品挂在意大利国家博物馆的墙上，外面用一只玻璃罩子罩着。如果不是在一个国家级的博物馆里看到这样一件展品，我也许会怀疑是某个恶作剧者的游戏之作，类似于中国乡村民间笑话里的虚拟之物。我在这一刹那突然明白了什么叫欧洲的中世纪，中世纪的全部黑暗和野蛮浓缩具象为这件贞节带，正是中世纪挥舞的旗帜。

据说这件贞节带主要是为罗马帝国的大将军小士官们铸造的。在他们出征另一个民族的前夜，先用这件万无一失的钢铁制品封锁了自己妻子的阴户，然后才放心地扛着盾牌和利矛去进行征服之战。到他们征服了也践踏了一个民族的尊严和家园而凯旋归来时，在接受国王的嘉奖之后，回到家便掏出钥匙打开妻子腰里贞节带上的锁子。我又陡生疑问，如果某个将军或团长旅长营长战死在异国他乡的沙场上了，那么他妻子的这副贞节带恐怕就要箍勒到死而无法解除了，因为唯一的那把钥匙只能由丈夫装在腰里，他死了钥匙也就和腐烂的肌肉一起埋入泥土。腰际和阴部戴着这种钢铁锁链的女人如何睡觉，怎么行走？如何日复一日无时无刻不在承受肉体的折磨和心灵的屈辱？漫长的人生之路对她们来说将意味着什么？

我想用相机拍下这件中世纪挥舞过的旗帜，结果被告知说不许拍照。敢于把这么一件怪物堂而皇之展览在国家博物馆里，主办者的勇气和坦率已经令我钦佩，而不许拍照的禁令却让我留下遗憾。我便久久注视这件怪物，我在想到我家乡那个民间笑话的同时，又想起来我刚刚出版的长篇小说里头的一个女人，这个女人惹得某些脸孔一本正经而臀部还残留着"忠"字的当代中国人老大不顺眼。

我在查阅蓝田县志时查到了三大本的《贞妇烈女》卷。第一本上全部记录着某村某女夫死守节抚养儿子孝顺公婆的千篇一律的事例，第二第三本里记载着张王氏李赵氏的代号式的名字，我索然无味便一把推开。推开的一瞬突然心里悸颤了一下，想到多少年来凡是来此查阅县志的人，恐怕没有谁会有耐心读完三大本人物名字，而且不是真实名字仅仅只是两个姓氏合成的代号。我忽然替那些贞妇烈女委屈起来，她们以自己活泼泼的血肉之躯换取了县志上不足三厘米长的位置，结果是谁也没有耐心阅读她们。我便一行一行一字一字看下去，如果这些屈死鬼牺牲品们幽灵尚在，当会知道在她们死去多少多少年后，终于有一个从来不敢标榜著名的作家向她们行了注目礼……田小娥的形象就在那一刻里产生了。

我们漫长到可资骄傲于任何民族的文明史中，最不文明最见不得人的创造恐怕当属对女人的灵与性的扼杀。我们有称得经典的伦理纲常和为推行这经典而俗化了的《女儿经》，然而我们似乎没有设计制造贞节带的记载。我们有贞节牌，我们有县志上的贞妇烈女卷，我们以奖励为主导方式弘扬那些嫁鸡随鸡嫁狗随狗、鸡狗早夭了还为鸡狗守节守志的女人们。南欧的罗马人不如我们含蓄也不懂得以褒奖为主的方法，赤裸裸锻打出来这么一种钢铁家伙去强行封堵。历史证明了我们祖宗的高明和罗马人的简单甚至可以说愚蠢，他们那样招人耳目的锁链不久（对历史而言）就彻底废除了，而我们祖先行之有效的方法却延续到本世纪之初，比他们的寿命悠久了几个世纪。我所查阅的几个县的县志大都是抗战前编修的，依然堂而皇之不惜工本弘扬着代号们为鸡狗殉道的节和志，即使从五四算起也有十多二十年了，还在依然故我地立贞节牌进登县志……我便有个恶毒的想法，在我们的博物馆里，起码在妇女解放史的专题性展览馆里，应该展出县志上的贞妇烈女卷本，这东西与罗马人的贞节带有异曲同工之妙。

此前我曾参观过古罗马斗兽场。这个闻名古今闻名东方西方的斗兽场，在我远远地瞅见它的残垣断壁时竟无任何惊讶与新奇的感觉，对比起来远远不及贞节带对我灵魂的震慑。这原因恐怕在于中学的历史老师。

年轻的历史教员是一位非常优秀的教师，然而他无论如何也无法解决中国历史和世界历史过程中枯燥无趣的纪年或频繁如麻的王朝更迭的事件。一当讲到中世纪的黑暗和野蛮时，对古罗马斗兽场的情景却讲得有声有色，生动得使我几乎忘记了这是在上历史课。野兽从怎样的地下暗道放逐出来，奴隶又从怎样的地下囚室爬到场地上与野兽搏斗，我听得毛发倒竖惊心动魄，这主要出自幼年时对野兽的恐惧。我们家乡最凶恶残忍的兽类只有狼，而狮子老虎比起狼来又厉害多少倍呀！一个奴隶面对一只饿过多日的狮子老虎直到被撕成碎块连骨带肉吞噬下去的情景，即使最缺乏想象力又缺乏同情心的人也要闭上眼睛。

也许是我上了些年岁，对野兽的残暴多了一些承受力，直到我站在古罗马斗兽场的场地上时，竟然是一种冷寂心境。我很自然地企图印证历史老师的描绘，企图印证小说《斯巴达克斯》的描写和同名电影里的印象，而眼下的一切都面目全非了。圈形的高耸的围墙大部分坍塌，残缺不全，如同一只凶兽牙齿七零八落豁豁牙牙的嘴；场内的看台也大都坍塌了，依然可以看出那个时候国王贵妃和普通看客的尊卑台阶；囚禁奴隶关锁野兽的地下洞穴也坍塌了，兽和人放逐出来的通道壕沟也壅塞不畅了……历史把鲜红的血和苦涩的泪已经风干风化，历史演进中人类的耻辱也被风吹日食得只余一张空干的破皮了。

我的年轻的历史老师绘声绘色讲述人类历史上最野蛮的这一幕情景时，肯定不会料想到一个背馍上学一日三餐全是开水泡馍的听讲学生，以后会站在真实的斗兽场的废址上印证他生动的讲述。又怎能完全冷寂呢？

当希特勒、墨索里尼和东条英机把整个世界变成一个大斗兽场的时候，当我们在某个时期以"文化革命"的名义鼓动人与假想的敌人搏斗的时候，人类的如斗兽场的发明者的本性在多次重复演练，才是真正令人惊心触目的。

……

贞节带是一种理论和法律的产物，贞节牌同样是一种观念和道德法绳的产物，同样残忍同等野蛮，然而在它们产生的那个时代却同样堂皇，同样神圣同样合理；斗兽场和希特勒和东条英机同样自信他们的理论和这理论掀起的屠杀奴隶屠杀世界的战争；"文革"的阶级斗争已无须批判……各个民族生存发展史中留下来的耻辱都钉到耻辱柱上了，然而那钉住的其实只是一张风干了的再无任何蛊惑力量的破皮。

幽灵呢？破皮风干之前原有的幽灵还有没有呢？会不会在某天早晨以一种更具蛊惑力量的装饰，重新向这个世界挥舞贞节带？

1995 年 6 月 28 日于西安雍村

告别白鸽

老舅到家里来，话题总是离不开退休后的生活内容，谈到他还可以干翻扎麦地这种最重的农活儿，很自豪的神情；养着一只大奶羊，早晨起来挤下羊奶煮熟和孙子喝了，孙子去上学，他则牵着羊到坡地里去放牧，挺诱人的一种惬意的神色；说他还养着一群鸽子，到山坡上放羊时或每月进城领取退休金时，顺路都要放飞自己的鸽子。我禁不住问："有白色的没有？纯白的？"

老舅当即明白了我的话意，不无遗憾地说："有倒是有……只有一对。"随之又转换成愉悦的口吻："白鸽马上就要下蛋了，到时候我把小白鸽给你捉来，就不怕它飞跑了。"老舅大约看出我的失望，继续解释说："那一对老白鸽你养不住，咱们两家原上原下几里路，它一放开就飞回老窝里去了。"

我就等待着，并不焦急，从产卵到孵化再到幼鸽独立生存，差不多得两个月，急是没有用的。我那时正在远离城市的乡下故园里住着读书写作，大约七八年了，对那种纯粹的乡村情调和质朴到近乎平庸的生活，早已生出寂寞，尤其是陷入那部长篇小说的写作以来的三年。这三年里我似乎在穿越一条漫长的历史隧道，仍然看不到出口处的亮光，一种劳动过程之中尤其是每一次劳动中止之后的寂寞围裹着我，常常难以诉叙难以排解。我想到能有一对白色的鸽子，心里便生出一缕温情一方圣洁。

出乎我意料的是，一周没过，舅舅又来了，而且捉来了一对白鸽。面对我的欣喜和惊讶之情，老舅说："我回去后想了，干脆让白鸽把蛋下到你这里，在你这里孵出小鸽，它就认你这儿为家咧。再说嘛，你一年到头闷在屋里看书呀写字呀，容易烦。我想到这一层就赶紧给你捉来了。"我看着老舅的那双洞达豁朗的眼睛，心不由怦然颤动起来。

我把那对白鸽接到手里时，发现老舅早已扎住了白鸽的几根羽毛，这样被细线捆扎的鸽子只能在房屋附近飞上飞下，而不会飞高飞远。老舅特别叮嘱说，一旦发现雌鸽产下蛋来，就立即解开它翅膀上被捆扎的羽毛，此时无须担心鸽子飞回老窝去，它离不开它的蛋。至于饲养技术，老舅不屑地说："只要每天早晨给它撒一把包谷粒儿……"

我在祖居的已经完全破败的老屋的后墙上的土坯缝隙里，砸进了两根木棍子，架上一只硬质包装纸箱，纸箱的右下角剪开一个四方小洞，就把这对白鸽放进去了。这幢已无人居住的破落的老屋似乎从此获得了生气。我总是抑制不住对后墙上的那一对活泼的白鸽的关切之情，没遍没数儿地跑到后院里，轻轻地撒上一把玉米粒儿。起始，两只白鸽大约听到玉米粒落地时特异的声响，挤在纸箱四方洞口探头探脑，像是在辨别我投撒食物的举动是真诚的爱意抑或是诱饵。我于是走开，以便它们可以放心进食。

终于出现奇迹。那天早晨，一个美丽的乡村的早晨，我刚刚走出后门扬起右手的一瞬间，扑啦啦一声响，一只白鸽落在我的手臂上，迫不及待地抢夺手心里的玉米粒儿。接着又是扑啦啦一声响，另一只白鸽飞落到我的肩头，旋即又跳弹到手臂上，挤着抢着啄食我手心里的玉米粒儿。四只爪子掐进我的皮肉，有一种痒痒的刺疼。然而听着玉米粒从鸽子喉咙滚落下去的撞击的声响，竟然不忍心抖掉鸽子，似乎是一种早就期盼着的信赖终于到来。

又是一个堪称美丽的早晨，飞落到我手臂上啄食玉米的鸽子仅有一只，我随之发现，另外一只静静地卧在纸箱里产卵了。新生命即将诞生的欣喜和某种神秘感，立时就在我的心头潮溢开来。遵照老舅的经验之说，我当即剪除了捆扎鸽子羽毛的绳索。白鸽自由了，那只雌鸽继续钻进纸箱去孵蛋，而那只雄鸽，扑啦啦扑向天空去了。

终于听到了破壳出卵的幼鸽的细嫩的叫声。我站在后院里，先是发现了两只破碎的蛋壳，随之就听到从纸箱里传下来的细嫩的新生命的啼叫声。那声音细弱而又嫩气，如同初生婴儿无意识的本能的啼叫，又是那样令人动心动情。我几乎同时发现，两只白鸽轮番飞进飞出，每一只鸽子的每一次归巢，都使纸箱里欢闹起来，可以推想，父亲或母亲为它们捕捉回来了美味佳肴。

我便在写作的间隙里来到后院，写得拗手时到后院抽一支烟，那哺食的温情和欢乐的声浪会使人的心绪归于清澈和平静，然后重新回到摊着书稿的桌前；写得太顺时我也有意强迫自己停下笔来，到后院里抽一支雪茄，瞅着飞来又飞去的两只忙碌的白鸽，聆听那纸箱里日渐一日愈加喧腾的争夺食物的欢闹，于是我的情绪由亢奋渐渐归于冷静和清醒，自觉调整到最佳写作心态。

这一天，我再也按捺不住神秘的纸箱里小生命的诱惑，端来了木梯，自然是趁着两只白鸽外出采食的间隙。哦！那是两只多么丑陋的小鸽，硕大的脑袋光溜溜的，又长又粗的喙尤其难看，眼睛刚刚睁开，两只肉翅同样光秃秃的，它俩紧紧依偎在一起，静静地等待母亲或父亲归来哺食。我第一次看到了初生形态的鸽子，那丑陋的形态反而使我更急切地期盼蜕变和成长。

我便增加了对白鸽喂食的次数，由每天早晨的一次到早、午、晚三次。我想到白鸽每天从早到晚外出捕捉虫子，不仅活动量大大增加，自身的消耗也自然大大增加，而且把采来的最好的吃食都喂给幼鸽了。

说来挺怪的，我按自己每天三餐的时间给鸽子撒上三次玉米粒，然后坐在书桌前与我正在交葛着的作品里的人物对话，心里竟有一种尤为沉静的感觉，白鸽哺育幼鸽的动人的情景，有形无形地渗透到我对作品人物的气性的把握和描述着的文字之中。

又是一个美丽的早晨，我在往地上撒下一把玉米粒的时候，两只白鸽先后飞下来，它们显然都瘦了，毛色也有点灰脏有点邋遢。我无意间往墙上的纸箱一瞅，两只幼鸽挤在四方洞口，以惊异稚气的眼睛瞅着正在地上啄食的父亲和母亲。那是怎样漂亮的两只幼鸽哟，雪白的羽毛，让人联想到刚刚挤出的牛乳。幼鸽终于长成了，所有可能发生的意外或不测的担心顿然化解了。

那是一个下午，我准备到河边上去散步，临走之前给白鸽撒一把玉米粒，算是晚餐。我打开后门，眼前一亮，后院的土围墙的墙头上，落栖着四只白色的鸽子，竟然给我一种白花花一大堆的错觉。两只老白鸽看见我就飞过来了，落在我的肩头，跳到手臂上抢啄玉米。我把玉米撒到地上，抖掉老白鸽，好专注欣赏墙头上那两只幼鸽。

两只幼鸽在墙头上转来转去，瞅瞅我又瞅瞅在地上啄食的老白鸽，胆怯的眼光如此鲜明，我不禁笑了。从脑袋到尾巴，一色纯白，没有一根杂毛，牛乳似的柔嫩的白色，像是天宫降临的仙女。是的，那种对世界对自然对人类的陌生和新奇而表现出的胆怯和羞涩，使人顿时生出诸多的联想：刚刚绽开的荷花，含珠带露的梨花，养在深山人未识的俏妹子……最美好最纯净最圣洁的比喻仍然不过是比喻，仍然不及幼鸽自身的本真之美。这种美如此生动，直叫我心灵震颤，甚至畏怯。是的，人可以直面威胁，可以蔑视阴谋，可以踩过肮脏的泥泞，可以对叽叽咕咕保持沉默，可以对丑恶闭上眼睛，然而在面对美的精灵时却是一种怯弱。

小白鸽和老白鸽在那幢破烂失修的房脊上亭亭玉立。这幢由家族的创业者修盖的房屋，经历了多少代人的更替而终于墙颓瓦朽了，四只白色的鸽子给这幢风烛残年的老房子平添了生机和灵气，以至幻化出家族兴旺时期的遥远的生气。

夕阳绚烂的光线投射过来，老白鸽和幼白鸽的羽毛红光闪耀。

我扬起双手，拍出很响的掌声，激发它们飞翔。两只老白鸽先后起飞。小白鸽飞起来又落下去，似乎对自己能否翱翔蓝天缺乏自信，也许是第一次飞翔的胆怯。两只老白鸽就绕着房子飞过来旋过去，无疑是在鼓励它们的儿女勇敢地起飞。果然，两只小白鸽起飞了，翅膀扇打出啪啪啪的声响，跟着它们的父母彻底离开了屋脊，转眼就看不见了。

我走出屋院站在街道上，树木笼罩的村巷依然遮挡视线，我就走向村庄背靠的原坡，树木和房舍都在我眼底了。我的白鸽正从东边飞翔过来，沐浴着晚霞的橘红。沿着河水流动的方向，翼下是蜿蜒着的河流，如烟如带的杨柳，正在吐絮扬花的麦田。四只白鸽突然折转方向，向北飞去，那儿是骊山的南麓，那座不算太高的山以风景和温泉名扬历史和当今，烽火戏诸侯和捉蒋兵谏的故事就发生在我的对面。两代白鸽掠过气象万千的那一道道山岭，又折回来了，掠过河川，从我的头顶飞过，直飞上白鹿原顶更为开阔的天空。原坡是绿的，梯田和荒沟有麦子和青草覆盖，这是我的家园一年四季中最迷人最令我陶醉的季节，而今又有我养的四只白鸽在山原河川上空飞翔，这一刻，世界对我来说就是白鸽。

这一夜我失眠了，脑海里总是有两只白色的精灵在飞翔，早晨也就起来晚了。我猛然发现，屋脊上只有一双幼鸽。老白鸽呢？我不由得瞅瞄天空，不见踪迹，便想到它们大约是捕虫采食去了。直到乡村的早饭已过，仍然不见白鸽回归，我的心里竟然是慌惶不安。这当儿，舅父走进门来了。

"白鸽回老家了，天刚明时。"

我大为惊讶。昨天傍晚，老白鸽领着儿女初试翅膀飞上蓝天，今日一早就飞回舅舅家去了。这就是说，在它们来到我家产卵孵蛋哺育幼鸽的整整两个多月里，始终也没有忘记老家故巢，或者说整个两个多月孵化哺育幼鸽的行为本身就是为了回归。我被这生灵深深地感动了，也放心了。我舒了一口气："噢哟！回去了好。我还担心被鹰鹞抓去了呢！"

留下来的这两只白鸽的籍贯和出生地与我完全一致，我的家园也是它们的家园；它们更亲昵地甚至是随意地落到我的肩头和手臂，不单是为着抢啄玉米粒儿；我扬手发出手势，它们便心领神会从屋脊上起飞，在村庄、河川和原坡的上空，做出种种酣畅淋漓的飞行姿态，山岭、河川、村舍和古原似乎都舞蹈起来了。然而在我，却一次又一次地抑制不住发出吟诵：这才是属于我的白鸽！而那一对老白鸽嘛……毕竟是属于老舅的。我也因此有了一点点体验，你只能拥有你亲自培育的那一部分……

当我行走在历史烟云之中的一个又一个早晨和黄昏，当我陷入某种无端的无聊无端的孤独的时候，眼前忽然会掠过我的白鸽的倩影，淤积着历史尘埃的胸脯里便透进一股活风。

直到惨烈的那一瞬，至今依然感到手中的这支笔都在颤抖。那是秋天的一个夕阳灿烂的傍晚，河川和原坡被果实累累的玉米棉花谷子和各种豆类覆盖着，人们也被即将到来的丰盈的收获鼓舞着，村巷和田野里泛溢着愉快喜悦的声浪。我的白鸽从河川上空飞过来，在接近西边邻村的村树时，转过一个大弯儿，就贴着古原的北坡绕向东来。两只白鸽先后停止了扇动着的翅膀，做出一种平行滑动的姿态，恰如两张洁白的纸页飘悠在蓝天上。正当我忘情于最轻松最舒悦的欣赏之中，一只黑色的幽灵从原坡的哪个角落里斜冲过来，直扑白鸽。白鸽惊慌失措地启动翅膀重新疾飞，然而晚了，那只飞在头前的白鸽被黑色幽灵俘掠而去。我眼睁睁地瞅着头顶天空所骤然爆发的这一场弱肉强食、侵略者和被屠杀者的搏杀……只觉眼前一片黑暗。当我再次眺望天空，唯见两根白色的羽毛飘然而落，我在坡地草丛中捡起，羽毛的根子上苫着血痕，有一缕血腥气味。

侵略者是鹞子，这是家乡人的称谓，一种形体不大却十分凶残暴戾的鸟。

老屋屋脊上现在只有一只形单影孤的白鸽。它有时原地转圈，发出急切的连续不断的咕咕的叫声；有时飞起来又落下去，刚落下去又飞起来，似乎惊恐又似乎是焦躁不安；我无论怎样抛撒玉米粒儿，它都不屑一顾更不像往昔那样落到我肩上来。它是那只雌鸽，被鹞子残杀的那只是雄鸽。它们是兄妹也是夫妻，它的悲伤和孤清就是双重的了。

过了好多日子，白鸽终于跳落到我的肩头，我的心头竟然一热，立即想到它终于接受了那惨烈的一幕，也接受了痛苦的现实而终于平静了。我把它握在手里，光滑洁白的羽毛使人产生一种神圣的崇拜。然而正是这一刻，我决定把它送给邻家一位同样喜欢鸽子的贤，他养着一大群杂色信鸽，却没有白鸽。让我的白鸽和他那一群鸽子合帮结伙，可能更有利生存；再者，我实在不忍心看见它在屋脊上的那种孤单。

它还比较快地与那一群杂色鸽子合群了。

我看见一群灰鸽子在村庄上空飞翔，一眼就能辨出那只雪白的鸽子，欣慰我的举措的成功。

贤有一天告诉我，那只白鸽产卵了。

贤过了好多天又告诉我，孵出了两只白底黑斑的幼鸽。

我出了一趟远门回来，贤告诉我，那只白鸽丢失了。我立即想到它可能又被鹞子抓去了。贤提出来把那对杂交的白底黑斑的鸽子送我。我谢绝了。

又过了一些日子，失掉我的两只白鸽的情感波澜已经平静，老屋也早已经复归平静，对我已不再具任何新奇和诱惑。我在写作的间隙里，到前院浇花除草，后院都不再去了。这一天，我在书桌前继续文字的行程，窗外传来了咕咕咕的鸽子的叫声，便摔下笔，直奔后院。在那根久置未用的木头上，卧着一只白鸽。是我的白鸽。

我走过去，它一动不动。我捉起它来，它的一条腿受伤了，是用细绳子勒伤了的。残留的那段细绳深深地陷进肿胀的流着脓血的腿杆里，我的心里抽搐起来。我找到剪刀剪断了绳子，发觉那条腿实际已经勒断了，只有一缕尚未腐烂的皮连接着。它的羽毛变成灰黄，头上黏着污黑的垢甲，腹部黏结着干涸的鸽粪，翅膀上黑一坨灰一坨，整个儿污脏得难以让人握在手心了。

我自然想到，这只丢失归来的白鸽是被什么人捉去了，不是遭了鹞子。它被人用绳子拴着，给自家的孩子当玩物？或者连他以及什么人都可以摸摸玩玩的？白鸽弄得这样脏兮兮的，不知有多少脏手抚弄过它，却根本不管不顾被细绳断了的腿。我在那一刻突然想到，它还不如它的丈夫被鹞子扑杀的结局。

我在太阳下为它洗澡，把由脏手弄到它羽毛上的脏洗濯干净，又给它的腿伤敷了消炎药膏，盼它伤愈，盼它重新发出羽毛的白色。然而它死了，在第二天早晨，在它出生的后墙上的那只纸箱里……

喇叭裤与“本本”

准确无误地记得是 1980 年的春夏之交，我在古长安的东大门——历来为墨客骚人折柳送别的古老名镇——灞桥居住着。某一日，小镇上突然冒出来几个穿一种奇异的裤子的年轻人，引起小镇上各个阶层的人们的惊诧与喧哗。

那是一种谁也没见过的奇形怪状的裤子，膝盖以上的裤管和裤裆以及裤腰都特别窄，紧紧包裹着大腿、屁股蛋儿和小腹，穿着这种裤子的男女青年，或粗浑或纤细的大腿原形毕现，或肥或瘦的两瓣屁股也如形凸显，或丰或瘦的小腹更有一种风情无限的诱惑。从膝盖往下直到脚面，那裤管逐渐加宽放大，恰如一只杆细口大的喇叭。此裤一上小镇，便不约而同被命名为喇叭裤，形象恰当而又朗朗上口。

最早穿着这种喇叭裤的几个男女青年，走过小镇上果皮、菜叶和马粪拉撒的街道，人们无不驻足凝眸，像欣赏马戏团丑角一样兴味十足。随之就给他们取下一个“业余华侨”的共用绰号，意思是指只有久居海外的华侨才会穿这种花里胡哨奇形怪状的服装，然而他们不过是小镇附近某家工厂的青年工人，所以赐给一个温柔的讥讽，不是正宗华侨而只能算作“业余”。然而那几位青年男女却不管不顾，照直走过小镇被灰黑蓝的中山装一统天下的街道，手里拎一台正在播放着歌曲的录放机，那乐曲的旋律与歌唱者的软柔柔的调儿也令人听来有一种异样的感觉。再稍后，这些穿着喇叭裤拎着录放机招摇过镇的年轻人，女的喜欢把一头长发整个披散在肩上和背上，不束不辫；男的头发也蓄留得长长的，掩过脖颈盖过衣领直抵肩膀。不仅这种裤子前所未有，这样长的头发和发式也是几十年所未曾出现过的。小镇上有头有脸的人物以及推车挑担卖菜卖浆者都用关中最通用最简洁的一句话表示鄙夷与不屑：看看那几个货！

我现在必须坦白我当初面对喇叭裤和长头发的真实感觉。

我第一眼看见被喇叭裤绷得紧紧的大腿和屁股时，惊诧之后也撂出几句调侃的话来，在这种新潮裤式和发式向一统中国人单一的中山装和单一的发式三十年发动挑战的时候，我习惯性地产生了排斥情感。然而在种种如我的排斥情感所形成的讥讽调侃鄙夷的声浪中，我突然在某一瞬间反映出鲁迅先生《风波》小说里剪辫子的历史性细节来，惊讶自己是否陷入了护辫子的遗老遗少的那一类。在习惯性情感和历史性细节的参照物之间我难以摆顺，其实我当时还不足四十岁，从生理上划界亦应属于青年。

这种习惯性的情感排斥与理性的接受所造成的心理秩序的紊乱，从那时开始一直延续到现在都时有发生。尤其是比喇叭裤长头发的争论要严峻得多的诸如"分田到户""市场经济"等，我的这种矛盾、紊乱以至痛苦的心路历程一直在延续着。

1982年春天，我随下乡工作团到渭河岸边的乡村里去落实农业生产责任制的新政策，怀里揣着中共中央一号文件。我们开社员大会宣讲文件，开干部会开党员会开团员会有层次有步骤地发动群众，尽快地做出土地如何合理地分配到农户手中的方案，牲畜和公用水利设施、农业机械的分配和使用方法。我在对乡村基层干部和社员宣讲中央政策精神时全神贯注不打折扣，甚至时时都要正面回答诸如"辛辛苦苦二十年，一夜回到解放前"这种普遍性的误解。然而就真实的内心而言，我与他们不仅有些相通之处，而且似乎有更深层的忧虑。我在努力地说服他们的同时也在说服我自己。我在区、乡两级政府工作了整整二十年，其中在当时的公社工作了十年，十年里干的就是"学大寨"，说的就是阶级斗争和走共同富裕的阳光大道，批判和防范的就是"自发的资本主义"。除去极"左"的政治观念和政策规定，回到50年代中期合作化的最初的生活理想和思想理论上，我对分田分地和拉牛回家的做法一时难以诠释给自己，我按捺着自己的某些思想的心理的障碍和矛盾，用中央文件的精神去说服那些老党员"老土改""老合作（化）"，只有自己才知道那个别扭。

某一晚，在一个村子开完社员大会已是深夜子时，我骑着自行车返回驻地。行驶在乡村土路上，稻田莲池里的蛙声浑然似一张铺天盖地的网。我突然想到《创业史》里头某些难忘的情节来，惊诧得几乎从自行车上翻跌到路旁的麦田里。我在干什么？我不是与我几十年崇拜又崇敬着的柳青搞别扭吗？我现在在渭河边所努力做着的一切，不是正好破坏着他当年在长安滈水两岸的蛤蟆滩里呕心沥血着的神圣的农业社吗？50年代中期的县、乡干部，长年累月活动在乡村里，按照中央关于合作化的指示帮助农民建立农业生产合作社，土地入社，牲畜合槽。柳青更是从此入住长安农村，参与了农业合作化运动的全过程，创造出曾经使我大段大段背诵过的长篇小说《创业史》。柳青为数不少的散文、特写更真实生动地叙述着他在农业社诞生过程中的思索和情感色彩，皇甫村和蛤蟆滩至今流传着柳青帮助农业社解决种种问题，甚至包括总结饲养牲畜的经验这样一类动人心魄催人泪下的故事……我几乎无法回避这样严峻的现实，即柳青当年在长安村所要努力建树的理想的生活模式，我现在同样是夜以继日地要把它破坏、摧毁，越快越彻底越好。柳青说服农民把土地和牲畜交给集体去经营去饲养，我现在却要动员农民把土地划归个体经营，把牛马通过抓阄的办法拉回家里去饲养。我现在所做的一切与柳青当年所做的正好互为一个反动，互为一个轮回。由生活发展本身遭遇给我的情感矛盾和复杂的心理感受，显然不是属于我个人的私人情感，而带有历史性变迁的悲壮与叹惋；我所面对的现实与历史的思索，显然就不能再循着柳青原先的思路了。这是生活赐予我的新的机遇，正好遇上在中国社会的这样一个重大转折性的关口。我比柳青多了一分痛苦和复杂，更多了一分幸运。

在最后确立市场经济的几年大讨论和试验的过程中，我又一次经历如同落实责任制如同看见喇叭裤长头发的心路历程。回想从关于"真理标准"讨论到今天的近二十年的思想历程，我给自己归纳为这样一个公式：扯断——陷入——再扯断——再陷入，及至期待新的扯断的痛快。新的生活命题出现的时候，我总是首先陷入对原来的观念的习惯性依赖，然后就有一个痛苦的剥离过程，然后才有力气把那个习惯性依赖的旧的观念扯断。这每一次的陷入和扯断的过程，实际是由社会观念的变化而引起的心理的旧秩序的紊乱，然后经历了一番剥离，一番弃旧和更新，心理又形成一种新的秩序。《风波》里的辫子问题如是，几十年后的喇叭裤长头发、"责任田""市场经济"亦如是。如是的不断发生，中国进步了，中国发展步伐大大加快了，中国各民族人民进步了文明了。我也进步了。

又过去了好几年，我终于可以系统地完整地阅读邓小平新时期以来的讲话和文章的文本了。以往里，他的许多重要讲话是以内部文件下达到有限定的范围内的，更多的是他的某些最精辟的讲话的关键词以各种渠道流布于民间，甚至带有某些神秘色彩。无论部分的抑或是完整的《邓选》，我其实就只读出了一个精髓思想，那就叫实事求是，它的反义词应该是"本本主义"。

按着实事求是的科学态度，解放以后的几乎所有的"运动"都被否定了，所有被"运动"出来的倒霉蛋儿们重新获得了一个公民的权利。我往往感慨的是，一旦违反了实事求是，我们还以为陷入的荒唐的灾难是神圣的。一旦恢复了实事求是的精神，我们即使捶胸顿足也无法挽回业已铸成的无法丈量的损失了。邓小平有一段没有任何修饰的又简洁的论述："实事求是是马克思主义的精髓。要提倡这个，不要提倡本本。我们改革开放的成功，不是靠本本，而是靠实践，靠实事求是。"实事求是是认识世界从而正确地推进生活发展的唯一途径，而造成违反实事求是精神的根源便是"本本"，因为不是面对社会和生活的实际，而是背对生活实际，唯"本本"是从。

就我有限的记忆，实事求是是毛泽东在延安提出来的一个著名的口号，而《反对本本主义》则仍然是毛泽东的一部总结极"左"路线造成红军致命性的损失的历史性教科书。然而不幸的是，提出实事求是口号的毛泽东晚年违反了实事求是的科学态度，陷入了自己曾经深恶痛绝的"本本主义"，直把个"阶级斗争"的"本本"排演出诸如"反右""反右倾""文化大革命"的悲剧。反倒是邓小平在遭难的时候清醒地认识了那个"本本"的谬误，并以一个巨人的气魄摒弃了那个造成国家和人民灾难连绵的"本本"，真正地恢复了毛泽东提倡的实事求是的科学内蕴，从而救活了中国。认识真理多艰难啊！

《风波》里关于辫子引起的风波，是那个时代的中国人依照封建的"本本"所形成的心理秩序被打乱而引发的；喇叭裤和长头发在灞桥古镇引起的风波，是如我一样的古镇的人们原有的"灰黑蓝"中山装这样的"本本"所形成的心理审美定式被扰乱了；"责任田""市场经济"所引发的不同反响同样是原有的"本本"所形成的……剥离腐朽的"本本"，打破旧"本本"所形成的思维定式，冲乱僵化的心理秩序，让新鲜血液涌流，让思维张开最具活力的翅膀……需要学习新的知识，从更新知识结构起首。

1998 年 9 月 18 日于雍村

何谓良师

——我的责任编辑吕震岳

　　大概是 70 年代末的最后一年的初夏，关中平原正勃发着一年四季里最迷人的景致，复苏的中国文学界亦如这自然界的景致一样撩拨着新老作家门的创造欲望。那时候，我去刚刚恢复不久的陕西作家协会参加一个什么会议，认识了吕震岳先生，直到今年春天我去他的灵堂前点燃一炷紫香，无论如何都抑制不住涌流的泪水了。

　　那次会议即将结束时，吕震岳来到我住的房子。"你是陈忠实吧？"问过我的名字又自报家门，"我是吕震岳，陕报文艺部的。"我便让座倒水，尤其是对一位年长于我的头发已显得稀疏的老编辑，因为头次见面，愈是礼仪敬重。他坐下后没有寒暄和客套，直接谈明来意，约我给陕报文艺版写篇小说："你以前的几篇小说我看过，很不错，有柳青味儿。"我便应诺下来。他又叮嘱说："一版顶多只能装下七千字，你不要超过这个数就行。"说罢就告辞了，干脆利索。

　　我那时候的心态刚刚调整过来。三年前的 1976 年春天，刚刚恢复的《人民文学》约我到北京参加一个写作笔会，我写了一篇适应当时反"走资派"的小说在该刊物上发表了，引起较多反响。随着"四人帮"的倒台和在一切领域里的拨乱反正，我在社会政治领域里的巨大欢欣与在写作上的受挫，形成剧烈的心理冲突，直到 1978 年的冬天，仍然陷入在真实的又不想被人原谅的羞愧之中。记得我当时正在灞河河堤的会战工程中领工，我和指挥部的同志住在河岸边土崖下的一座孤零零的瓦房里，生着大火炉睡着麦秸铺。正是在被春汛严逼压迫着的紧张的施工过程中，我先后读到了两篇记忆犹新的短篇小说，先是发表在《人民文学》上的陕西青年作家莫伸的《窗口》，后是被后来公论作为新时期文艺复兴潮声的刘心武的《班主任》。莫伸比我年轻许多而刘心武和我同龄，然而都是崭露头角的文学新人，都是从刚刚解冻的文坛土壤里蹿出来的惹人眼目的新苗。我读着这些优美的小说不由得联想到自己的受挫，更深地陷入羞愧之中，便把全部激情都转移到我所指挥着的河堤工程上。

直到这个工程完工的 1978 年秋天，我便调入西安郊区文化馆。我再三地审视自己判断自己，还是决定离开基层行政部门转入文化单位，去读书去反省以便皈依文学。郊区文化馆在小寨，有两处办公用房。一处在小寨俱乐部的小楼里，住着大多数文化干部和文化领导；另一处是"文化大革命"前的老文化馆所在地，全部是平房，已破落残损，有三四位干部挑着好点的房子住着，院中荒草尽兴地繁衍着。我便选了东南角一间空房，把一卷铺盖卸下来，掉下来的半张顶棚的苇箔经民工重新搭吊上去，残留在墙上的黑墨标语被我用报纸糊住了……我便坐下来读书。窗外是农民的菜地，生长着日见膨大的白菜；白菜地的畦梁上插长着绿头萝卜，也是日渐粗壮着。我从早读到晚，或借或买，图书馆里获得解禁的小说和刚刚翻译出版的国外的虽然获过诺贝尔奖但对我们却陌生的大家名作，一概抱来阅读。目的只有一点，用真正的文学来驱逐来荡涤我的艺术感受中的非文学因素。"四人帮"可笑的"三突出"创作原则因为太离谱姑且不论，十七年里极"左"的文学创作的理论和思想，都不是真正意义上的属于文学自己的因素，是强加以至强奸文学的非文学因素。对于非文学因素的荡除和真正的纯文学因素的萌生，对写作者来说，用行政命令是不行的，只有用阅读真正的文学作品来荡除——假李逵只能靠真李逵来逼其消遁。

我的自我审视和自我选择在我的感受里是正确的。阅读使我进入了真正的五彩缤纷的小说世界，非文学的因素基本被廓清了，我才觉得我正临门属于真实的文学的殿堂。信心也恢复了，羞愧的心理得到了调整，创作的欲望便冲动起来。直至今天，我依然难忘 1978 年的那个自虐式的阅读和反省的冬天，每每经过翠花路看见历史博物馆的漂亮建筑群，我便想到我曾居住过的那间房子和窗外的菜地，但现在都荡然无影了。1979 年春节过后，我在那间小房子里重新开始写作小说了。正是在我刚刚涌起新的创作激情里，我遇见了吕震岳，他向我约稿。

我十分珍惜吕震岳的约稿，同样是那个羞愧心理的继续。那篇反"走资派"小说所产生的对我的看法，仍然是我的神经最敏感的因素，因而对那些依然还约我稿的编辑，更多的是一种被信赖被理解的感遇之恩了。由是，便想着应该尽力写好一篇小说送上，不至使这位初次见面的长兄失望。然而王在构思中的一篇小说篇幅较大，原计划给《人民文学》的，不怕长，便想着写完这个短篇之后，接着为陕报老吕再写，七千字是一个不能突破的限制。这时候，接到吕震岳一封信，信皮和信纸上的字都是用毛笔写的。字很大，虽称不得作为装饰和卖钱的书法，却绝对可以称做功夫老到的文人的毛笔字。内容是问询稿子写得怎样了，一月过去了怎么没有见寄稿给他。我读罢便改变主意，把即将动笔要写的原想给《人民文学》的这个短篇给老吕，关键是怎样把原构思的较大的篇幅压缩到七千字以内。如果就结构而言，这个短篇是我的短篇小说中最费过思量的一篇，及至语言，容不得一句虚词冗言，甚至一边写着一边码着纸页计算着字数。写完时，正好七千字，我松了一口气，且不说内容和表现力，字数首先合乎老吕的要求了。这就是《信任》。

稿子写成心里又有点不踏实，主要是内容。这篇小说写一位挨整受冤的农村基层干部，以博大的胸襟和真诚的态度对待过去整他的"冤家仇人"，矛盾甚至很尖锐。写成后我又有点踌躇，当时正是伤痕文学如苦水怒潮般汹涌，控诉祸国殃民的"四人帮"，社会生活中亦是平反冤假错案刚刚激起社会各阶层强烈反应的普遍性情绪，围绕着"四清"运动的矛盾，农村社会的新的矛盾和社会心理也很尖锐和复杂。这篇小说以这样的人物出现，会不会引起误解？我一时拿不定主意，就带着稿子去找老朋友张月赓，让他给看看，以较为客观的眼光给我把握一下。

张月赓还住在《西安晚报》社的两层简易居室里，一大间屋子没有隔间，既是卧室也是书房又兼会客用。部队作家丁树荣已先在座，见面自然都很高兴。我说了事由，便拿出刚刚写完的稿子，二人连续着读了，对我申明的担心以为是多余。丁树荣很热情，说他和老吕很熟悉，正好还要去找老吕，可以替我捎带上稿子。我就把稿子交给丁树荣，夹没夹一纸给老吕的短笺已经忘记了。我第二天就下乡参加夏收劳动去了。

从把稿件交给丁树荣那天起，恰好一周时间，《信任》便在《陕西日报》的文艺版面上刊出了，时间是1979年6月3日。这是我自有投稿生涯以来发表得最快的一篇作品。我听到了我周围的熟识的行政干部的议论，尚不敢完全轻信，以为可能有更多的鼓励的因素。又过了大约不足半月，我刚刚从乡下参加夏收劳动归来，又接到吕震岳一封信，意思说作品发表后引起普遍反响，已收到不少读者来信，让我到报社去看看那些读者来信的评说。

我心里便有点按捺不住，骑上自行车绕大雁塔那条路奔东大街的陕报去了。似乎是一种潜意识，我尤其看重读者的反应，想听听文学圈以外的各个阶层各种职业的读者的评说，直到今天依然是这种心理。这应该是我第二次和吕震岳见面，老吕对我似乎已经是老早的熟人一样随意了。记得我见他第一面留下的最深刻的印象，便是他说话的高嗓子大调门。这回在他的编辑桌旁，不仅依然着这种说话，笑声同样是高腔大声，用畅快用爽朗这些词来形容似乎总不到位。他的情绪很兴奋，完全是一种编发了一篇引起普遍反响的稿子的由衷的快慰。他一边给我述说着丁树荣怎样捎稿给他，他读后的感觉和抓紧处理稿子以促使其尽快见报，一边用右手频频做着手势。我是深深地被感染被感动了的。一个职业编辑，一位长我起码十岁的老兄，毫不掩饰他的兴奋之情，像年轻人一样手舞足蹈着高声叙说着哈哈大笑着，给我一种赤诚热心而不无天真的强烈印象。他随之把一摞读者来信取出来交给我，感慨地说，看看，刚发表十来天，来了多少信说这个作品。

我一封一封读着那些从全省各地发往报社的信，禁不住眼热欲泪。不完全因为他们对我的一篇小说说了怎样的好话，更多的是我太需要他们对我的"信任"了。因为那篇写反"走资派"的小说造成的不良影响，我企图以新的创作来挽回，挽回那些可能弃我而去的读者，重新建立我和读者的真诚的信赖。那一封一封热情洋溢的信向我证明了最基本的这一点，正是我最心虚着乞望充实的一点。然而其中有一封信，以不屑的口气评说《信任》，更以不屑的口气讥讽着我，说我在"文化大革命"期间写过适应时风的小说，现在又倒过来写什么《信任》，等等。我以为他说的是基本客观的事实，他肯定读过我过去写的几篇以阶级斗争为主调的短篇小说。不屑的讥讽的口吻不是批评的关键，亦可促使我更进一步做人生和文学的反省。这些信后来由老吕选发了三篇，在《作者·读者·编者》专栏里，我也看到了。有趣的是，十五六年后，我躲在渭南一家招待所里写几篇应急的短文，有天晚上宾馆（招待所）经理来和我聊天，说那三篇被选发的读者来信中，有一篇是他写的。他写那篇读后感式的信的时候，正在渭南地区所辖属的一个县的水利局工作，接近基层农村，强烈地感觉到，因为几十年阶级斗争扩大化给许多无辜的群众和优秀的基层干部造成的伤害，在实施平反冤假错案的过程中，又出现了新的矛盾和对立，甚至出现简单的个人之间的报复行为。他对这篇小说里的主人公对待同类矛盾的襟怀十分感动，以为是化解阶级斗争造成的人为矛盾的有远见的途径，忍不住便写了那封信。其实，他平素只是喜欢读书看报，并不搞写作，后来几经工作调动，现在已是这家宾馆的经理了……听来真是令人感慨系之。

至今依然记忆犹新的是，由丁树荣把稿子捎给老吕之后，我就到西安北郊的一个生产队参加夏收劳动去了。按当时干部下乡的习惯，自行车后架上捆绑着被褥卷儿，车头上的网袋里装着洗漱用具。大约十天或半月的下乡期满回到郊区文化馆里，《信任》已经发表多日，我在紧如救火的夏收劳动中尚不得知。回到馆里之后才看到发表《信任》的版面，"信任"两字是某个书法家的手书，有两幅描绘小说情节的素描画作为插图，十分简洁又十分气魄，看着看着就觉得眼热。这是我第一次在《陕西日报》文艺副刊上发表作品，但不是处女作，此前已经有为数不少的小说散文在杂志和报纸副刊上发表，按说不应该有太多太强的新鲜感。我不由自主地"眼热"，来自当时的心态和更远时空的习作道路的艰难。当时的心态已如本文开头所叙的反省和调整，这篇小说的发表无疑给我以最真实的也是最迫切需要的自信。更深层的感慨发自此前十八年给《陕西日报》的一次投稿。

1961年，正是后来被习惯称作"三年困难时期"最困难的那一年，我正在读高中二年级，无法化解的饥饿折磨着几乎所有人，尤其是正处于生理生长最活跃的中学生。市教育局为保护处于这个不幸年代的学生，采取了非常措施，取消晚自习自然也就取消一切作业，实行"劳逸结合"来对付饥饿。老师只需完成课堂授课而不再批改作业，学生只需接受老师的讲授而不再去做任何科目的作业题，消耗热量的体育课干脆废除不上了。我突然发现空闲的时候太多了，空闲得令人反而不习惯起来，自然就把课余的时间和精力全都用到阅读和写作这个爱好上头来。我和我的同样爱着文学的朋友常志文，找到了一个既省钱又能读到新书的办法。每天晚饭后，我俩悄悄溜出学校后门，抄田间近路步行到距学校约十余华里的纺织城商场，直奔书店。靠在装满各种书籍的书架立柱上，抽出昨天正在读着的那本书继续读下去，直到大约九点或九点半钟商场统一关门，我再最后看一眼正在阅读着的页码，合上书装进书架然后离开书店。那时候没有"微笑服务"，更没有礼宾小姐站在门口躬身欢语"欢迎光临"的礼仪，却不拒绝如我一类无钱买书的人连续阅读自己感兴趣的书。我和我的朋友便从来时的小路再走回灞河岸边的这所由孙蔚如先生创办的中学，我俩关于阅读心得的交流一直继续到校门口才收住。上床睡觉以前，先喝一大碗盐水哄自己入眠，因为饥饿早已搅得肠胃疯狂起来。在往来二十余华里的疾步运动中，本来就没有吃饱的晚饭早已被消化光了。这样的课余活动的运动量和对热量的损耗，可能远远超出了做作业和一周只有两节的体育课。

　　同样在这一段没有功课压力的轻松日子里，我和常志文、陈鑫玉三位文学爱好者组织起来一个文学社。苦于喜欢文学而总是找不到创作的门路，文学社就被命名为"摸门小组"。仅这个名字就可以看出我们当时对于创作的心境和情态，不无猴急和彷徨。成立文学社的同时决定创办文学墙报，名字定为"新芽"，不无才露尖尖一角的小荷的含意。这是一个纯文学的墙报，不是那种为纪念各种重大节日所办的壁报。"新芽"发表小说、散文和诗歌，必须是文学社成员自己创作的，当然也欢迎同学投稿。

　　创刊号上，刊登了我的一篇散文《夜归》。陈鑫玉鼓动我把这篇散文投给报刊，我缺乏勇气，终未敢把它投出。我的朋友却把它另写下来，寄给了《陕西日报》文艺部。大约不到一月时间，鑫玉某天从家里来就兴奋地告诉我，说报社来信了。他兴奋激动的表情，自然传递给我某种希望，某种侥幸混合着的急切心理。信的内容是肯定了这篇散文的长处，也指出了缺陷，关键词是让我修改一下，尽快寄去。我到此刻才真正的激动起来，似乎真的就要"摸"到那个神圣而又神秘的"门"了。我很快做了修改，又寄出去了，此后便开始了急切而又痛苦的等待，等待来信通知一个几乎让人不敢奢望的消息。等待中天天到学校的阅报栏去看《陕西日报》，自然是发表文艺作品的第三版。这是我创作生涯中发生的关于投稿的第一次等待，第一次感受那种企望和失望交织着的急切和焦灼的心情。奇迹终于没有出现，我在随之到来的高考的紧张准备中把此种情绪排挤开去。

　　结束高中学业，高考名落孙山，我在最初的别无选择的痛苦中回到家乡，被公社选拔为民办老师，这才真正开始了我的业余文学创作。次年春天，我重新把《夜归》做了修改，再次投给《陕西日报》，不久又来了信，肯定了长处也提示了不足，仍然让我修改后再寄去。我又一次陷入期待的焦灼之中。久久的等待中，我终于忍耐不住，借着学校到西安举办什么活动的机会，找到了社址设在东大街的《陕西日报》。我在报社门口踌躇着踅摸着，想不出进入报社文艺部该怎么开口的措辞，自卑和羞怯的浓雾挥斥不开。我终于硬着头皮走了进去，看见文艺部的几张办公桌前坐着几位编辑，我朝门口那一位发出了问询。关于我的这篇散文，均不在在座的编辑手里，便推测肯定在一位已经下乡锻炼的编辑手中，可他大约需要半年才能结束劳动锻炼。那位好心的编辑很诚恳地暗示我，凡是能发的稿子，肯定会交代给编辑部的。既然没有交代我的那篇散文，肯定是发表不了的了。这次投稿和第二次修改又失败了，我走出《陕西日报》深长的院庭甬道时，直接的感觉是，那个"门"还遥不知其所在，任何轻易"摸"到的侥幸心理自然云散了，反倒轻松了，当然不可排解自卑。我至今无法判断当时在座的编辑之中有无吕震岳，因为我除了和那位同样不知姓名的编辑说话之外，几乎不敢乱瞅乱看别的人。我站在《陕西日报》社门口，回望一眼那拱形的门楼和匆匆忙忙进进出出大门的人，还是免不了自惭形秽的自卑。这是我平生第一次走进一家报刊的大门，目的是问询自己投递的一篇习作，留下的记忆难以泯灭。在我被老吕邀请到他的办公室去看读者来信的时候，我心里涌起的便是十几年前头回进入时的复杂心理的记忆。我和老吕聊起这件事，老吕哈哈大笑着说他毫无记忆，那时候出出进进文艺部的各路业余作者太多了。我至今也无法弄清那位两次写信鼓励我修改后再投的编辑是谁，他每次写信都不署姓名，只缀着文艺部的落款。直到1965年春天，我把这篇散文打破原先框架，重新构思重新写作，名字改为《夜过流沙沟》，只是没有勇气投给"省报"而改投"市报"，不久就在《西安晚报》文艺副刊上发出了。这是我的变成铅字见诸报刊的第一篇习作，历经四年，两次修改，一次重写，五次投寄，始得发表。我在感激《西安晚报》那位发表它的编辑的同时，也感激《陕西日报》那位两次给我写信鼓励我修改的不知其名的编辑。在这篇散文漫长的修改过程中，我在"摸门"，或者叫做最初的探索；在从事这个容不得任何侥幸的事业的起始阶段，这篇处女作的修改和发表的漫长过程，实际上是我进行文学基本功练习的一个缩影。我和老吕聊起这件事，除了艰苦跋涉的感慨之外，还有一种心理补偿的欲望，我想那位给我两次写信的编辑最好能在此刻在这个办公室出现，我会向他致以最真诚的问候和感谢。他的那两封信，是我写稿投稿生涯中第一次收到的报刊编辑的信。老吕也感慨着。

七月号的《人民文学》转载《信任》。那时候，《小说月报》等一类选刊还没有创办，《人民文学》辟有转载各地刊物优秀作品的专栏，每期大约一两篇。

80 年代的头一个春天到来时,《人民文学》编辑向前给我写来一封信,告知《信任》已获 1979 年度全国优秀短篇小说奖。那时候的评奖采用的是读者投票的方法,计票的结果一出来,前二十名便被确定下来。我当即将此事告知了吕震岳,他和我一样高兴。现在回想起来,无论是我,无论是他,当时似乎没有把这个获奖看成有什么太了不得的,倒是后来愈来愈觉得这种全国性评奖真是了不得的。一是这种奖项被看作一种标志,评职称升工资等都成为一个硬件;二是这种评奖的竞争愈来愈趋激烈,单就每年一次的短篇小说评奖,已经取缔了读者投票的方法,改由评委投票,非文学因素影响评奖的事时有传闻。我并非超脱文坛,亦非淡泊名利,我从来不说淡泊名利的话。我至今以为,文坛本身就是一个名利场,淡泊不了的,除非你离开。问题的实质在于以什么手段去提高"知名度"和获取"利",唯一可靠的途径只能是拿出自己独特感受的作品来,即以文学的因素实现文学创作的目的,任何非文学的因素都是无法奏到长久之效的。一个不足七千字的短篇获奖,不可能决定我未来创作的发展,未来的路才刚刚开始。我对自己未来的创作发展不仅没有十分的自信,甚至依然着自卑的惶惑。因为任何一位能被我们记住的作家,都不是凭一个小小的短篇而铸就自己的文学成就,证明自己的文学才能的,这是文学史的 ABC。作为职业编辑的吕震岳,更有丰富的经历和经验,早看多了作家创作发展的种种,所以更多地仍然是说着"多读多思索"的鼓励我的实话。颁奖的通知到来时,我的心里丝毫未动,我的农民夫人突发心脏病月余,我须陪她去医院看病,便请假缺席了。

　　作为新时期文艺复兴的第一项全国文学奖——短篇小说奖,这是第二届评奖,发奖仪式很隆重,我在报纸上看到了消息。之后某一天,我用自行车带着病情稍轻的夫人从城里看病回来,走到距家尚有七八华里的一个村子,迎面停下一辆小汽车,走出《陕西日报》的文艺评论家肖云儒来。他们开车到了我的村子扑了空,折回来时碰到了。他说报社文艺部领导很重视《信任》获奖,作为报纸副刊的作品能在全国获奖尚不多见,约我写一篇获奖感言的短文,老吕因身体不适而委托他来。我后来写成了一篇《我信服柳青三个学校的主张》的创作谈,这是我从事写作以来第一次写谈创作的文章。

　　这一年,《陕西日报》文艺部发起了"农村题材小说征文",老吕给我写来一封信,鼓励我应征。我已经从原郊区文化馆分配到灞桥区文化局,被提拔为文化局副局长,兼文化馆副馆长。为了能避免琐细的事务性干扰,我住在灞桥镇的文化馆里，潜心读书写作。接到老吕的信，我写了短篇小说《第一刀》，不需叮咛便明白七千字的版面极限。这篇小说同样得到老吕的欣赏，以一周的最快速度见报。此后，又收到了一批读者来信，选发了三篇。这是写农村刚刚实行责任制出现的家庭矛盾和父子两代心理冲突的小说，引起读者的普遍关注是可以理解的。尽管在征文结束后被评了最高等级奖，我自己心里亦很清醒，生动活泼有余，深层挖掘不到位。然而关于农村经济改革的思考却由此篇引发，发展到我的第一个中篇小说《初夏》的最后完成。

1982年我的第一本小说集子《乡村》出版，在我赠送书籍的名单上自然不可或缺老吕。这本集子里有他鼓励催促下写成的三篇小说，且是在我创作发展的关键时期有着特殊意义的作品。这年冬天，我调到省作协专业创作组。在取得对时间的完全支配权之后，我的直接感觉是走到了我的人生的理想境界：专业创作。我几乎同时决定，干脆回归老家，彻底清静下来，去读书，去回嚼二十年里在乡村基层工作的生活积蓄，去写属于自己的小说。尤其是读书，需要弥补未能接受大学中文系专修的知识亏空和心里空虚，需要见识中外大家名著所创造的艺术大观，更深一步进入真正的艺术世界，揣摩真正的文学的本来内蕴，以彻底排除非文学因素和出于各种用意强加给文学的额外负载，接近再接近真正的文学的本义。我记得我到陕报去和老吕说了归乡的打算，他仍然高调门感叹着好好好，真诚地说，写作靠热闹是不行的，得拿出好货来。

回到祖居的老屋，反而有一个不长的适应期。偶尔有文学朋友和约稿的编辑找到村子里，都是我十分愉快的事，包括传来许多文坛最新的消息和趣闻。偶尔收到老吕的信，仍然是老文化人的个性明显的毛笔字，或问讯或约稿，读来十分温馨。中篇小说《初夏》在《当代》发表以后，接到老吕一封长信，说他对这篇小说特别喜欢，不完全是因为《第一刀》的缘由。到这篇中篇获《当代》文学奖时，我告诉了他这个消息，老吕像小孩一样拍着简易沙发的扶手大声慨叹起来，似乎验证了他的阅读感觉。他说他在什么报纸上看到《当代》的广告目录，专意到邮局的报刊门市部买来了杂志，读完便给我写了那封长信。及至1986年上海文艺出版社出版我的以《初夏》冠名的第一个中篇小说集子，我拿到书后，从乡下赶到西安，找到老吕家里。其时他已退休，住在炭市街的平房住宅里。我送上这本集子，他翻着看着，说那本集子里收编的几个中篇大都读过了。他告诉我，凡是他在什么杂志上发现我的作品就一定要读，凡是他听说我在哪里发了什么小说就自己找来读。他坦率地说着对那些小说的感觉，好的和遗憾的诸多方面，已经远远不是《信任》或《第一刀》经他发表时的交谈深度了。这一次，是我更深地理解老吕这个人的重要接触。我真切地被这位老兄感动了。他已经退休，已经不再为报纸副刊和我打交道了，他关注我的作品和我写作的发展，至少是出于一种纯粹的关于一个与他打过交道的作者的关注，仅仅只是这个作者的作品他曾经喜欢过付出过心血，仅仅只是这个作者本人他比较喜欢，仅仅只是他希望自己喜欢的这个作者的创作更健康地发展。这就够了，这就足够我这个经他扶助的作者体会人世间那种被赞美着的真诚了；足够我再重新理解作为中国文学各类职业编辑的良苦用心了，任何时候要是还没有忘记这一点，我便相信自己的尾巴会紧紧夹住；足够我理解作为个人劳动标志很明显的创作，其实还有更丰富的社会的催人奋斗的那种力量。告别老吕，重新回到祖居的家园，《初夏》这本书也就划归昨日的黄花。我必须以新的艺术形态给老吕这样的职业文学编辑一个见面时可以再聊的话题，包括更多的还喜欢着我的小说的读者。真正的文学意义上的友谊给我的就是这种冲击力。

听说老吕病了时，我很震惊，找到他的新居里，是在一个夏天的晚上。我已得知他得了一种今天的医疗水平很难治愈的病，便约了精于摄影的郑文华去拍一张合影。我们相交整整二十年来，竟然没有拍过一张合照，我不在乎这种照相，他也不在乎这种形式的东西，二十年里我们多次见面却没有谁想到照一张合影。我到邻近的水果店铺里买了水果，也应是第一次。二十年里我多次去过他供职的编辑部和他的家里，从来没带过一件礼物，一盒烟一瓶酒都没有过。那个时期里似乎不兴这一套，我也没有这种意识，似乎拿着这种东西会使他和我都尴尬的。他现在病了，是个病人，按我的心理和习惯，看望病人带上水果是礼仪成俗的。他坐在一架轮椅上，因为病痛所致的骨头损害，不能坐太软的沙发。他说他出医院好久了，病情稳定。他比以往消瘦了，脸色尚好，仍有继往的红色，表面看不出太多的重病的疲倦和忧郁。他说话依然是朗朗的高调门大嗓子，几乎与我以往的印象没有任何变化和差异，也许是强性子的他自然显现的刚强。我和他聊了他的病情，他却更多地问我现在的工作和写作，不无惋惜之意，甚至启发我赶快离开西安，重新找一个地方去读书去写作。他那么感慨着对我的深层理解，写到这程度太不容易了，再浪费时间就损失太大了……云云。我无言以对，也不想对他说出我的苦恼。如他一样的感慨我已从许多朋友口里听到，然而我不想让他再为我担这一份心。我尽量以轻松的话题和他交谈，包括回忆我们以往的趣事，他便大声愉快地笑起来。我给他留下我出版不久的五卷本《文集》，他问《白鹿原》收编在内没有。我说主要的作品全都收入了。他说他早已读过《白鹿原》，不断地感慨着从他编《信任》到《白鹿原》的阅读感觉。临到我出门时，他仍然鼓励我，什么都可以看轻、看淡，再弄出两本书来，弄到这程度太不容易了……

我收到老吕一封信，看小小信封上那很大的行书毛笔字就熟知了。打开信封，夹着他的一页短笺和一块报纸的剪贴文章，是他发表在《陕西日报》的一篇关于《白鹿原》的短论。我的心头一沉，读了短信再读短论，沉默许久都不知道该做什么。他已到骨癌晚期，忍受着怎样的痛苦，仍然还要写这样的短论，仍然还要对《白鹿原》一书获茅盾文学奖的事说他的看法和意见。其时，关于这本书和这个奖的热闹早已过去，我已不再接受关于这个话题的媒体采访。《白鹿原》一书自出版以来的五年时间里，我看到过许多评论家、作家、记者和读者的或长或短的评论文章，说长道短在我已经于心不惊平静听取了，然而老吕的这篇短文一下子把我推入情感的波涛之中，无论如何我都不能把它看作是一篇"评论"……这是我收到的老吕的最后一封信，那功夫老到笔力遒劲的毛笔字啊！

今年春天，我接到老吕家属的电话，是哽咽着的女声报告的噩耗。当晚我赶到老吕家里，只能面对一幅围裹着黑纱的相片了。我站在灵桌前腿就颤抖起来了，看着照片上那昂昂的朗朗的面容，泪水一下子涌流出来，想叫一声老吕也终于哽塞得叫不出声。他的夫人告诉我，他把我送他的那套《文集》，一直在桌子上用书夹夹着，而没有塞进他的书架，直到他去世。我又一次涌出泪水，却说不出任何话来。

走在夜晚的东大街上，五彩的霓虹灯光是这座古城的新的姿容。天上似乎落着细雨，我木然地走着。我的小说中那个被我赞美也被我批判着的白嘉轩的生命感叹竟从我的心里涌出来了：世上最好的一个文学编辑谢世了！

1999 年 11 月 9 日于礼泉

何谓益友

——我的责任编辑何启治

一

我终于拿定主意要给何启治写信了。

那时的电话没有现在这样便当，通信的习惯性手段依赖书信。我之所以把给何启治写信的事作为文章的开头，确是因为这封信在我所有的信件往来中太富于记忆的分量了，一封期待了四年而终于可以落笔书写的信：我将第一次正式向他报告长篇小说《白鹿原》写成的消息。

这部书稿是农历 1991 年腊月二十五写完最后一句话的。我只告诉给我的夫人和孩子，同时嘱咐他们暂且守口，不宜张扬。我不想公开这个消息不是出于神秘感，仅仅只是一时还不能确定该不该把这部书稿拿出来投出去。这部小说的正式稿接近完成的 1991 年的冬天，我对社会关于文学的要求和对文学作品的探索中所触及的某些方面的承受力没有肯定的把握。如果不是作品的艺术缺陷而是触及的某些方面不能承受，我便决定把它封存起来，待社会对文学的承受力增强到可以接受这个作品时，再投出书稿也不迟；我甚至把这个时间设想得较长，在我之后由孩子去做这件事；如果仅仅只是因为艺术能力所造成的缺陷而不能出版，我毫不犹豫地对夫人说，我就去养鸡。道理很简单，都五十岁了，长篇小说写出来还不够出版资格，我宁愿舍弃专业作家这个名分而只作为一种业余文学爱好。无论会是哪一种结局，都不会影响我继续写完这部作品的情绪和进程，作为一部历时四年写作的长篇，必须画上最后一个标点符号才算了结，心情依旧是沉静如初的。

1992 年初，我在清晨的广播新闻中听到了邓小平南行的讲话摘录。思想要再解放一点，胆子要再大一点……我在怦然心动的同时，就决定这个长篇小说稿子一旦完成，便立即投出去，一天也没有必要延误和搁置。道理太简单了，社会对于具体到一部小说的承受力必然会随着两个"一点"迅速强大起来。关键只是自己这部小说的艺术能力的问题了，这是需要检验的，首先是编辑。我便想到何启治，自然想到他供职的人民文学出版社。人民文学出版社是文艺类书业出版系统的高门楼，想着这一层还真有点心怯，"店大欺客"与否且不说，无论如何还是充不起要进大店的雄壮之气来。然而想到一直关注着这部书稿的老朋友何启治，让他先看看，听他的第一印象和意见，那是令人最放心的事。

春节过后，我便坐下来复阅刚刚写完的《白》书书稿，作最后的文字审定，这个过程比写作过程轻松得多了。大约到公历 2 月末，我决定给何启治写信，报告长篇完成的消息，征求由我送稿或由他派人来取稿的意见。如果能派人来，时间安排到 3 月下旬。按照我的复阅进度，3 月下旬的时限是宽绰富余的。信中唯一可能使老何会感到意外的提示性请求，是希望他能派文学观念比较新的编辑来取稿看稿，这是我对自己在这部小说中的全部投入的一种护佑心理，生怕某个依旧"左"的教条的嘴巴一口给唾死了。

信发走之后，我才确切意识到《白》书书稿要进人民文学出版社这幢高门楼了。

二

几乎在爱好文学并盲目阅读文学作品的同时，就知道了北京有一家专门出版文艺书籍的出版社叫人民文学出版社，这是从我阅读过的中外文学书籍的书脊上和扉页上反复加深印象的，高门楼的感觉就是从少年时代形成的。随着人生阅历和文学生活的丰富，这种感觉愈来愈深刻。对于一个业余作者来说，这个高门楼无异于文学天宇的圣殿，几乎连在那里出书的梦都不敢做。就在这种没有奢望反而平静切实的心境下，某一日，何启治走到我的面前来了，标着人民文学出版社的牌子。

这件事的记忆是深刻的，因为太出乎意外而显得强烈。1973 年隆冬季节，西安奇冷。我到西安郊区区委去开会，什么内容已经毫无记忆了。会议结束散场时，一位陌生人拦住了我，操着不大标准的普通话（以电台播音员为标准），声音浑厚，在他自我介绍之前，我已知道这是一位外来客了。在我周围工作和相交的上司同辈和工作对象之中，主要是关中东部口音口语，其次是永远都令人怀疑患了伤风感冒而鼻塞不通说话鼻音很重的陕北人，那些从天南海北到西安来工作的外乡人久而久之也入乡随俗出一种怪腔怪调的关中话来，我已耳熟能详。这个找我的人一开口，我就嗅出了外来人的气味。他说他叫何启治，从北京来，从北京的人民文学出版社来，找我谈事。我便依我的习惯叫他老何。以后的二十多年里，我一直叫他老何，没有改口。我和老何的谈话地点，就在郊区区委所在地小寨的街角。他代表刚刚恢复出版工作的人民文学出版社来西安组稿，从同样是刚刚恢复工作的陕西作家协会（此时称陕西省文艺创作研究室，以示与旧文艺体制的区别）创办的《陕西文艺》（即原《延河》）编辑部得到推荐才来找我的。他已读过我在《陕西文艺》发表的一篇短篇小说《接班以后》，认为这个短篇具备了一个长篇小说的架势或者说基础，可以写成一部二十万字左右的长篇小说。我站在小寨的街道旁，完全是一种茫然，且不用吓了一跳这样的夸张性习惯用语。我在刚刚复刊的原《延河》今《陕西文艺》双月刊第三期上发表的两万字的短篇小说《接班以后》，是我平生发表的第一篇小说，也是我自初中二年级起迷恋文学以来的第一次重要跨越（且不在这里反省这篇小说的时代性图解概念），鼓舞着的同时，也惶惶着是否还能写出并发表第二、第三篇，根本没有动过长篇小说写作的念头，这不是伪饰的自谦而是个性的制约。我便给老何解释这几乎是老虎吃天的事。老何却耐心地给我鼓励，说这篇小说已具备扩展为长篇的基础，依我在农村长期工作的生活积累而言完全可以做成。最后不惜抬出他正在辅导的两位在延安插队的知青已写成一部长篇小说的先例给我佐证。我首先很感动，不单是老何说话的内容，还有他的口吻和神色，在我感到真诚的同时也感到了基本的信赖，即使写不成长篇小说，做一个文学朋友也挺好，应该是我文学生涯以来认识的第一个北京人。二十多年过去，我们已经相聚相见过许多回合，世界已经翻天覆地，文学也已地覆天翻，每一次见面，或北京或西安或此外的城市，都继续着在小寨街头的那种坦诚和真挚，延续着也加深着那份信赖。

我违心地答应"可以考虑一下"，然后就分手回我工作的西安东郊的乡村去了。老何回到北京不久就来了信，信写得很长，仍然是鼓励长篇小说写作的内容，把在小寨街头的谈话以更富于条理化的文字表述出来，从立意、构架和生活素材等方面对我的思路进行开启。我几乎再也搜寻不出推辞的理由，然而却丝毫也动不了要写长篇小说的心思。我把长篇小说的写作看得太艰难了，肯定是我长期阅读长篇小说所造成的心理感受。我常常在阅读那些优秀的长篇小说时一回又一回地感叹，这个作家长着一颗什么样的脑袋，怎么会写出让人意料不到的故事和几乎可以触摸的人物！好在这时候上级突然通知我去南泥湾五七干校劳动锻炼改造，我便以此为由而推卸了这个不可胜任的压力。我去陕北的南泥湾干校之后，老何来信说他也被抽调到西藏去工作，时限为三年，然而仍然继续着动员鼓励我写长篇小说的工作。随着他在西藏新的工作的投入，来信中关于西藏的生活和工作占据了主要内容，长篇小说写作的话题也还在说，却仅仅只是提及一下而已。这是 1974 年的春天和夏天，"批林批孔"运动又卷起新的阶级斗争的旋涡……这次长篇小说写作的事就这样化解了。我因此而结识了一位朋友老何。

三

老何再一次到西安来组稿，大约是刚刚交上 80 年代的夏天，我从文化馆所在的灞桥古镇赶到西安，在西安饭庄——"双十二事变"中招待过周恩来的百年老店——招待老何吃一顿饭。那时候尚不兴公款请客吃饭。我刚刚开始收入稿费（千字十元），大有陈奂生进城的那份高涨的心情，况且是从小寨街头一别七八年之后的第一次共餐。我要了西安饭庄的看家菜葫芦鸡，老何直说好吃。多年以来的几次相见相聚中，老何总会突然歪过头问我："那年你在西安请我吃的那个鸡真不错，叫什么鸡？"

他是为创刊不久的《当代》来组稿的。我仍然畏怯这个高门楼里跃出的为文坛瞩目的《当代》，不敢轻易投寄稿件。直到我从短篇小说转入中篇小说的第一部《初夏》写成，才斗胆寄给老何。这个中篇小说是我的写作生涯中最艰难的一部，历经三年多时间，修改重写四次，才得以在 1984 年的《当代》刊出。我曾在一篇短文中回味过这个至为重要的过程："在这个过程中，令人感佩的是《当代》的编辑，尤其是老朋友何启治所显示出来的巨大耐心和令人难以叙说的热诚。他和他们的工作的意义不单是为《当代》组织了一部稿子，而是促使一个作者完成了习作过程中的一次跨越，得到了属于自己的一次至为重要的艺术体验，拯救了一个苦苦探索的业余作者的艺术生命。"我说以上这些话是真诚的，更是真实的。《初夏》历经三年时间的四次修改和重写，始得以发表，不仅是鼓舞，最基本的收益是锻炼了我驾驭较大规模、较多人物和多重线索的能力，完成了从较为单纯的短篇小说的结构到中篇小说结构形式的过渡。此后我连续写作的几部或大或小的中篇小说，不论得失如何，仅就各自结构的驾驭而言，感到自如得多了，写作过程也顺利得多了。正是从自身写作的这个意义上，我是十分钦敬老何这位良师益友的。

《初夏》之后，我正热衷于中篇小说各种结构形式的探索，老何在一次见面中问我，有长篇写作的考虑没有。我很直率地回答，没有。这是实话实说。由他的突然发问，我立即想起十多年前第一次见面在小寨街头的那一幕，心里竟是一种负压感，天哪！他还没有忘记长篇小说的事。他却轻松地说，你什么时候打算要写长篇的话，记住给我就是了。

再后来的一次聚面，他又问到长篇小说写作的事。我觉得对他若要保密，是一种有违良知的事，尽管按着我的性情是很难为的事情。我便告诉他，有想法，仅仅只是个想法，正在想着准备着，离实际操作尚远。我那时候确实正在做着《白》书的先期准备，查阅县志、党史、文史资料，在西安郊县做社会调查，研读有关关中历史的书籍，同时酝酿构思着《白》书。我随即叮嘱他两点：不要告诉别人，不要催问。我知道我的这部长篇小说不会在"短促突击"中完成，初步计划实际写作时间为三年。我希望在这三年里沉心静气地做这件大活儿，而不要在人们的议论，哪怕是好朋友的关心中写作，更不要说编辑的催逼了。过多的谈论过分关心的问询以及进度的催问，都会给我心理造成紊乱造成压力，影响写作的心境。按着我的性情，畏怯张扬，如同农家妇女蒸馍馍，未熟透之前是切忌揭开锅盖的。

然而还是有压力产生。我已经透露给老何了，况且是在构思阶段，便觉得很不踏实，如果最终写不成呢，如果最终下了一个"软蛋"又怎样面对期待已久的老朋友呢！甚至产生过这样的疑问，按照我当时的写作的状况，中短篇小说虽已出版过几本书，然而没有一篇作品产生过轰动性效应，我清醒地知道自己的分量和位置，而老何为什么要盯着我的尚在构思中的长篇小说呢？如他这样资深的职业编辑，难道不知面对名家之外的作者所难以避免的约稿易而退稿尴尬的情景吗？因为我在构思中的《白》书没有向他提及任何一句具体的东西，我自己尚在极大的不自信无把握之中。直到今天，我仍然不得其解，老何约稿的依据是什么？

后来的几年里，证明着老何守约如禁。每有一位人民文学出版社的编辑到西安组稿，都要带来老何的问候，进门握手时先申明，老何让我来看看你，只是问个好，没有催的意思，老何再三叮嘱我不要催促陈忠实。我常常握着他们的手说不出一句话。直到1991年的初春时节，老何领一班人马到西安来，以分片的形式庆祝人民文学出版社建社四十周年，在西安与新老作家朋友聚会。这个时候，《白》书书稿已经完成三分之二，计划年底写完。见面时老何仍然恪守约律，淡淡地说，我没有催的意思，你按你的计划写，写完给我打个招呼就行了，我让人来取稿。我也仍然紧关口舌，没有道及年底可以完稿的计划，只应诺着写完就报告。

这一年的夏天，先后有两家大出版社向我邀约长篇小说稿，一位是在艰难的情况下给我出过中篇小说集子《初夏》的上海文艺出版社的老张，我忍着心向她坦诚地解释老何有话在先，无论作品成色如何，我得守信。另一位是作家出版社的老朱，她到西安来组稿，听人说我正在写一部长篇，我同样以与老何有约在先需守友道为由辞谢了。我坚守着与老何的约定，发端自十七八年前小寨街头的初识，那次使我着实吓住了的长篇小说写作的提议，现在才得以实施了，时间虽然长了点儿，却切合我的实际。

直到1991年末写完全部书稿，直到春节过后的1992年早春的某天晚上，可以确定《白》书手稿复阅修饰完成的时间以后，我终于决定给老何写信报告《白鹿原》完全脱稿的消息了，忐忑不安地要奔文学书业出版界的高门楼了。

四

老何很快复过信来，他将安排两位同志于3月25日左右到西安。果然，3月24日下午，作协机关办公室把电话打到我所在地区的灞陵乡政府，由一位顺道回家的干部传话给我，让我于25日早8时许到火车站接北京来客。

给我捎信传话的乡上干部刚出门，村子里的保健医生搀着我母亲走进门来，说我母亲的血压已经高过二百以上，必须躺下。母亲躺下后就站不起来了，半边身子麻木僵硬了，就发生在我注视着的眼皮底下。医生很快为她挂上了用以降血压的输液瓶儿。我的头都木了，北京来客此时可能刚刚乘着火车开出京城。真是凑巧了，傍晚时分还有夕阳霞光，天黑以后却骤然一场大雪。我几乎一夜未曾合眼，守护着母亲，看着院子里的雪逐渐加厚到足可盈尺。离天明大约还有一个多小时，我请来一位村人照看母亲，就踏着积雪上路了。大雪真好，从我家大门口起始，走过两个村庄和村庄之间的原野，我给处女的雪原和村巷踩出第一溜脚印。我赶上了第一班远郊公共汽车，进入作协大院时尚未到上班的钟点。我要了一辆公车赶到西安火车站，等候许久，高门楼里来的尊贵的高贤均、洪清波终于走出车站来，时间大约8时许。

高贤均和悦随意，一见面就不存在陌生和隔膜，笑起来很迷人的。洪清波更年轻，却戴着一副厚厚的眼镜，不大多说话，笑起来有一缕拘谨的羞涩，显得更加迷人。我当时想，从高门楼里出来的人怎么到了地方省份还会有拘谨的羞怯？我把他们安排到招待所，由他们自己去找饭吃找风景玩，就匆匆赶回乡下去了，只说还有两章没有"通"完，没有告诉他们还有突然躺倒吊着药瓶的母亲。我当时家分两地，夫人和孩子住在城里，我住在乡下老屋写我的书稿，母亲是过春节时从城里回到乡下，尚未回城却病倒了。这样，我一边守护着母亲监视着吊在空中的药液的降速，一边在隔壁书房审阅最后两三章手稿的文字。想到高、洪两位朋友正住在西安等着拿稿子，我第一次感到了心理紧促和压迫，这是《白》书从起头到完成四年以来从未有过的催逼感。

过了两天，我一早赶到西安，包里装着这部书稿。在远郊公共汽车上，我一直抱着这摞书稿，一种紧张中的平静和平静里的紧张。我一路上都在斟酌着把这摞书稿交给高、洪时该怎么说话才合适，既希望他们能认真审读，又不想给他们造成压力，所以以不提任何写作的构想和写作的艰难为好。这样，在作家协会招待所的客房里，我只是把书稿从兜里取出来交给他们，竟然连一句话也说不出来，那时突然涌到嘴边一句话，我连生命都交给你们了，最后关头还是压到喉咙以下而没有说出，却憋得几乎涌出泪来。其实基于一种自己对文学的理解，只需让编辑去看书稿而无须阐释。下午，我又匆匆赶回乡下老家照看母亲，连请高、洪两位新结识的朋友品尝一下葫芦鸡的机缘也没有，至今尚以为憾事。

我由此时开始进入一种完全的闲适状态。我不读任何小说，有了平生里从未发生过的、拒绝以至逆反阅读现代文学书籍的奇怪的心理状态。却突然想读古典诗词，我把塞在书架里多年未动过的《词综》抽出来，品尝那些古色古香的墨痕之中的韵味而惊叹不已。按常规我把《白》书书稿的审阅过程设想得较长，初审、复审和终审，一部近五十万字的书稿走完这个轮番审阅的过程，少说也得两月以上，因为编辑们不可能只看这一部书稿，他们要开会要接待四面八方的来访者还要处理家务事。在他们统一结论之前，估计很难给我一个具体的说法。所以，我就在少有的闲静中等待，品尝一个个诗词大家的妙句。决然出乎意料的是，在高、洪拿着书稿离开西安之后的第二十天，我接到了高贤均的来信。我匆匆读完信后嗷嗷叫了三声就跌倒在沙发上，把在他面前交稿时没有流出的眼泪倾泻出来了。

这是一封足以使我癫狂的信。信中说了他和洪清波从西安到成都再回北京的旅程中相继读完了书稿，回到北京的当天就给我写信。他俩阅读的兴奋使我感到了期待的效果，他俩共同的评价使我战栗。我由此而又一次检验了自己的个性，很快便沉静下来，进入一种前所未有的舒缓静谧之中。我也才发现此前二十多天的闲适之表象下隐藏着等待判决的紧张和恐惧，只是明知那个结果尚遥远而已。这个超出预料的判决词式的信件的提前到来，就把深层心理的恐惧和紧张彻底化解了。我的全部用心都被高、洪理解了，六年以来的所有努力都是合理的，还有什么事情能使人感到创作这种劳动之后的幸福呢！随后对唐诗宋词的品尝才真正进入一种轻松自悦的心理状态。

老何随后来信了，可以想象的兴奋和喜悦，为此他等待了几近二十年，从 1973 年冬天小寨街头的鼓励鼓动到 1992 年春天他在北京给我写《白》书的审阅意见，对于他来说是太长了点，对于我来说，起码没有使这位益友失望，我们的友谊便不言而喻。随后便是如何处理书稿的种种琐细的事，我都由他去处理，我完全信赖高门楼里的这一帮编辑了。

五

《白鹿原》先在《当代》分两期连载，之后由人民文学出版社出书，中央人民广播电台和西安人民广播电台差不多同时连播，在读者和文学界迅即引起反响，这在我几乎是猝不及防的。书稿写完时，我当然也有一种自我估计，如若能够面世，肯定不会是悄无声息的，会有反应的。然而反应如此之迅速如此之强烈，我是始料不及的；尤其是社会各个阶层，非文学圈子的读者的强烈反响，让我第一次如此深刻地感受到读者才是文学作品存活的土壤。

1993 年 8 月，《白》书在京召开的研讨会，也是我平生所经历的最感动的一次会议。会后某天晚上，老何和高贤均找到我住的宾馆，主动与我商议修改原先的出书合同的事。按原先的出书合同，千字三十元，是 90 年代初人民文学出版社执行的最高稿酬标准了。按这个标准算下来，近五十万字的书稿可得稿酬约一万五千元，这是从签订合同时便一目了然的计算，我也很兴奋一次可以拿到万元以上的大宗稿酬而跨越进入万元户的行列了。现在，何与高给我在算另一笔账，如若用版税计酬，我将可以多得三四千元。《白》按计划经济的征订数目近一万五千册，这在 1993 年的新华书店发行征订中已是令人鼓舞的大数了。按 10% 的版税和近十三元的书价算下来，比原合同的稿酬可以多得三千多元吧。他们已经对比核算过了，考虑到我花六年时间写这一本书，能多得就争取多得一点儿吧。我尚未用版税方式拿过稿酬，问了半天才算明白了其中的好处，自然是乐意的。然而更令我感动的是他们替我所做的谋算，以至于如此细心。作为一本书的作者，面对这样体贴入微的编辑，说什么感谢之类的话都显得多余而俗套。

在《白》行世之后的几年里，有一些认真的或不甚认真的批评文字，无论我无论老何、老高或人文社的其他编辑，尚都能持一种平和的心态，这是文坛上再正常不过的事。然而有一种批评却涉及作品的存活，即"历史倾向性"问题，我从听到时就把这种意见看成是误读。在被误读误解的几年里，涉及《白》书的评论和几种评奖，都发生过一些不大不小的麻烦。在这些过程中，老何、老高们坚守着自己对《白》书的观点，当我事后了解某些情况时，真是感慨而又感佩，甚至因为《白》书给他们添麻烦而负疚，反倒劝慰他们。他们均表示，此种事已经不属和我的友谊或照顾关系的庸俗做法，而是涉及关于文学本身的重大话题。

大约是 1997 年酷暑时月，某天晚上老何打来电话，告诉我一个消息，说陈涌对某位理论家坦言，《白》书不存在"历史倾向性"问题，这个看法已经在文学圈子里流传开来。我听了有一种清风透胸的爽适之感，关于"历史倾向性"问题的释疑解误，最终还是有陈涌这样德高望重的文学理论家坦率直言。老何便由此预测，茅盾文学奖的评奖可能因此而有了希望可寄。约在此前半年，我和他在京见面时，老何还在为我做宽慰性的工作，说茅盾文学奖评奖的可能性不大，对《白》书而言评不评此奖意义不大，有读者和文学界的认可就足够了。我也基本是这样心态，评奖是一码事，而"历史倾向性"问题是另一码事。我和他在评奖这件事上仍然保持着一种平常心理。现在，陈涌的话对《白》书评茅盾奖可能出现的转机仅只是一种猜估，对我来说解除"历史倾向性"问题的疑虑和误读才是最切实际的。我也忍不住激动起来，评奖与否且不管，有陈涌这句话就行了。有人说过程不必计较，关键是看结果。在《白》书终于评上茅盾文学奖这个结果出来以后，我恰恰感动的是那个过程。尤其在误读持续的几年时间里，人民文学出版社的老何老高小洪等一伙坚守着文学意义的编辑，才构成了那个使我难以磨灭的动人的过程。至此，这个高门楼在我的感觉里融入了亲切温暖的感觉。

高门楼的人民文学出版社，凭着一帮如老何老高小洪这样的文学圣徒撑着，才撑起一个国家的文学出版大业的门面，看似对一个如我的作者的一部长篇小说的过程，透见的却是一种文学圣徒的精神。作为一个自以为文学神圣的作者，我结识老何老高小洪们，是自以为荣幸也以为骄傲的。

2001 年 2 月 20 日于原下

释疑者

1998 年 4 月末尾，茅盾文学奖在京举行颁奖仪式后几日，我托白烨终于打问到了文学理论家陈涌的家居住址，两人便去拜望。

一个在通常的住宅区罕见的阔大的门。门口有军人站岗。白烨正要出示证件时，一个小女孩从里边出来引领我俩走进大门。她是陈涌家的保姆，陕西安康人，我的小乡党，真是巧了。走到内院中间，小女孩说伯伯自己也来了。矮矮胖胖的一位老人，淡淡地笑着，说他不放心进门时盘查的麻烦。一件深色的半旧的夹克服，乍看像一位闲淡的退休老工人。

这是老式结构的单元房，书房兼用会客，也就是一室住铺的小房子。早已过时的格式老旧的沙发，紫红油漆的木制茶几上全堆着书籍、报纸之类。我们三人便坐下聊天。陈涌说话很平和，他祖籍广东，语言中残留一缕乡音。我突然有一错觉，听他说着文学创作，犹如我许多年前在农村基层工作时听一位老农叙说农桑之事。

1997 年酷暑时节，我在西安听到北京的朋友传话，陈涌认为《白鹿原》不存在"历史倾向性问题"，对我无疑是一股最抒怀的清风。直到 10 月下旬茅盾文学奖正式开评，陈涌把这个至关重要的观点在会上正式坦陈出来。关于《白鹿原》存在"历史倾向性问题"，几年来我自信属于某种误读或误解，然而也没有超脱到不无困扰；我相信这种误读或误解终究会得到匡正释疑的，只是没有料到会在 1997 年内发生，况且是由一位年事已高的老人陈涌完成的。我虽然也久已心仪茅盾文学奖，然而这种误读的被释疑被匡正，才是我首先期待的最根本的结果。当这两个结果同时形成时，我对陈涌老人已不单是知遇，而是由衷地钦敬了。

陈涌老人告诉我，因为《白》书的阅读印象，随之对我的小说创作产生了兴趣，便自己到新华书店找我的作品集，买了华夏出版社出版的三卷本《陈忠实小说自选集》里的短篇卷和中篇卷两本，约一百万字，而且读完了，写了一篇论述我的小说创作的二万余字的长篇评论，已交《文学评论》杂志。

我当即说，你应该给我打电话，我让华夏出版社陈泽顺给你送一套书来，怎能让你上街买书。陈涌笑着摆摆手，怎能给你们添麻烦！我和白烨相视而默然不语。

我在文学圈内感觉到的印象，陈涌是一位马克思主义文艺理论家。在各种文艺理论会聚的当今文坛，人们不一定全都赞同陈涌的某个观点，然而几乎众口一词说陈涌做人很正派。这就够了，足够包括我在内的人的钦敬了。

2001 年 12 月

三九的雨

　　这是我村与邻村之间一片不大的空旷的台地。只有一畛地宽的平台南头开始起坡，就是白鹿原北坡根的基础了。平台往北下一道浅浅的坡塄，就是灞河河滩了。我脚下踏着的平台上的这条沙石大路，穿过一个个大大小小的村庄，通往西安。

　　天明时雨止歇了。天阴沉着，云并不浓厚，淡灰的颜色，估计一时半刻再挤再拧不出雨水来。空气很清新，湿润润的。山坡上的麦子绿莹莹的。河川里的麦子也是莹莹的绿色。原坡上沟坎里枯干的荒草被雨浇成了褐黑色，却有一种湿润的柔软。河川北岸是骊山的南麓，清晰可辨一株树一道坡一条沟，及至山岭重叠的极处。四野静宁到令人耳朵自生出纤细的音响来。

　　前日落了雨。小雨。通常是开春三月才有的那种"随风潜入夜，润物细无声"的春雨。腊月初二（2002 年元月 14 日）下起，断断续续稀稀拉拉下到今天天明，让整个村子里的男女惊诧不已，该当滴水成冰冻破砖头的"三九"时月，居然是小雨缠绵。太过反常的天气气象给农人心里一种不祥的妖孽氛征。这是我半生里仅见的一次"三九"的雨，以及不仅不冻反而松软如酥的土地。

　　我脚下这条颇为宽绰的沙石大路是 1977 年冬天动工拓宽的。与这条大路同时开工的是灞河河堤水利工程，由我任副总指挥具体实施的。那时我完成这项家乡的水利工程的心态，与我后来写作长篇小说《白鹿原》时的心境基本类同，就是尽力做成一件事。

　　我第一次背着馍口袋从这条路走出村子走进西安的中学时，这条路大约也就一步宽，架子车是无法通行的。我背着一周的干粮走出村子时的心情是踊跃而又高涨的，然而却是完全模糊的。我只是想念书，想上城里的中学去念书，念书干什么等抱负之类的事，完全没有。我再三追寻记忆，充其量只会有当个工人之类的宏愿，而且主要是父母供儿女上学的原始动机。在乡村人的眼睛里，挣工资吃商品粮的工人是世界上最幸福的人。我在初中二年级却喜欢文学了，这不仅大大出乎父母的意料，连我自己也感到奇怪。通常情况下，爱好文学是被视为浪漫而又富于诗意的事情，怎么会发生在一个穿粗布衣服吃开水泡馍的人身上呢？许多年后我把自己的这种现象归结为一根对文字敏感的神经，文学的兴趣由此而发端。书香门第以及会讲故事会唱歌谣的奶奶们的熏陶，只能使具备对文字敏感的神经的儿孙起反应起作用，反之讲了也是白讲唱了也是白唱。

背着馍口袋出村挟着空口袋回村，在这条小路上走了十二年，我获得了高中学业的完成。我记忆中最深的是十六岁那年遇到过狼。天微明时，我已走出村子五华里的一条深沟的顶头，做伴壮胆的父亲突然叫了一声"狼"！就在身旁不过二十步远的齐摆着谷穗的地边上，有一只狼。稍远一点，还有一只。我没有感觉到丝毫的害怕，尽管是我第一次看见这种吓人的动物。不是我胆大，而是身旁跟着父亲。我第一次感受父亲的力量和父亲的含义，就是面对两只成年狼的时候，竟然没有产生恐惧。我成了一个父亲的时候，又在这条几经拓宽的乡村公路上接送我的三个念书的孩子。我比父亲优裕的是有了一辆自行车，孩子后来也有了，比父亲步行送我要快捷得多了。我和孩子再也没有遭遇狼的惊险故事。狼已经成为大家怀念的珍稀宝贝了。

我的一生其实都黏连在这条已经宽敞起来的沙石路上。我在专业创作之前的二十年基层农村工作里，没有离开这条路；我在取得专业创作条件之后的第一个决断，索性重新回到这条路起头的村子——我的老家。我窝在这里的本能性的心理需求，就是想认真实践自己自少年时代就发生的作家之梦了。从1982年冬天得到专业写作的最佳生存状态到1992年春天写完《白》书，我在祖居的原下的老屋里写作和读书，整整十年。这应该是我最沉静最自在的十年。

我现在又回到原下祖居的老屋了。老屋是一种心理蕴藏。新房子在老房子原来的基础上盖成的，也是一种心理因素吧。这方祖居的屋院只有我一个人住着。父亲和他的两个堂弟共居一院的时代早已终结了。父亲一辈的男人先后都已离开这个村子，在村庄后面白鹿原北坡的坡地上安息有年了。我住在这个过去三家共有的屋院里，可以想见宽敞和清爽了。我在读着欧美那些作家的书页里，偶尔竟会显现出爷爷或父亲或叔父的脸孔来，且不止一次。

我夜深人静坐在小院里看着月亮从东原移向西原的无边无际的静谧里，耳畔会传来一声两声沉重而又舒坦的呻吟。那是只有像牛马拽犁拉车一样劳作之后歇息下来的人才会发出的生命的呻唤，我在小小年纪的时候就接受着这种生命乐曲的反复熏陶，有父亲的，有叔父的，有祖父的。他们早已在原坡上化作泥土。他们在深夜熟睡时的呻吟却萦绕在这个屋院里，依然在熏陶着我。

这是一个不可思议的冬天。我站在我村和邻村之间的旷野里。

从我第一次走出这个村子到城里念书的时候，父亲和母亲每每送我出家门时眼里的神光，给我一个永远不变的警示：怎么出去还怎么回来，不要把龌龊带回村子带回屋院。在我变换种种社会角色的几十年里，每逢周日回家，父亲迎接我的眼睛里仍然是那种神色，根本不在乎我干成了什么事干错了什么事，升了或降了，根本不在乎我比他实际上丰富得多的社会阅历和完全超出他的文化水平。那是作为一个父亲的独具禀赋的眼神，是这个古老屋院的主宰者的不可侵扰的眼神，依然朝我警示着：别把龌龊带回这个屋院来。

北京丰台。我从大礼堂走出来。记者王亚田第一个打来电话。选举刚刚结束。他问我当选中国作家协会副主席后首先想的是什么。我脱口而出：作为一个作家，应该始终把智慧投入写作。

他又问：还有什么呢？

我再答：自然还有责任和义务。

我站在我村与邻村之间空旷的台地上，看"三九"的雨淋湿了的原坡和河川，绿莹莹的麦苗和褐黑色的柔软的荒草，从我身旁匆匆驰过的农用拖拉机和放学回家的娃娃。黏连在这条路上倚靠着原坡的我，获得的是沉静。自然不会在意"三九"的雨有什么祥与不祥的猜疑了。

2002 年元月 17 日于原下

六十岁说

四十五年前读初中二年级时，我在作文课上写下平生的第一篇短篇小说。这篇大约三千字的小说习作是第一次文学创作，不再属于此前作文的意义。我对文学创作的兴趣由此萌发。这种兴趣持续了四十五年。至今依旧新鲜而恭敬。即使"文革"扫荡一切作品和作家的时候，这种兴趣仍然没有转移或消亡，转变为一种隐蔽性的阅读。我说过我的人生的有幸和不幸，正是从在作文本上写作第一篇小说起始的；正是这一次完全出于兴趣性的写作，奠定了文学在我人生历程中的主题词。

近年来，多种媒体和多路记者几乎无一不问及我的人生感悟和文学创作的感悟。我也几乎无一例外地首先向他们解释，我不大使用感悟、悟道一类词，我喜欢启示。即人生历程中得到的启示，文学创作中思想和艺术的启示。正是这些启示，提升着我对历史和现实的思想穿透能力，也提升着我对文学和艺术本真的体验，完成一次又一次创造理想。在这个漫长的艺术探索过程和人生历程中，有两次自我把握和两次反省成为关键性的选择和转折。

一次是在 1978 年之初，当中国文学复兴的春潮涌动的时候，我正在灞河水利工地任副总指挥。我在完成了家乡的这个工程之后离开了，调入文化馆。我那时候对我的把握是，文学创作可以当作事业来干的时代终于出现了。第二次把握是 1982 年。这一年我从业余写作进入专业写作。我曾在一篇文章中写到过当时的直接的唯一的感觉，即进入我的人生最佳生存状态。我几乎在得到专业创作条件的同时，决定回归老家。一是静下心来回嚼二十年的乡村工作和生活，进入写作；二是基于对自己知识的残缺性的估计，需要广泛读书需要充实更需要不断更新，这都需要一个可以避免纷扰的安静环境来实现。我选择了老家农村。直到《白鹿原》完成，正好十年。这两次把握，一次是人生轨道的转换，一次纯粹属于自身生存环境的选择。

两次反省。一次是 1978 年秋天。当新时期文学如雨后春笋般从解冻的文坛发生时，我很鼓舞也很冷静。冷静是出于对自身具体情况的判断。我以为排除"文革"中那些极"左"思想不难，而要荡涤自有阅读能力以来所接受的极"左"的非文学的观念不易。我选择了读书，借来了一些世界经典作家的经典作品，以真正的文学来摒弃思维和意识中的非文学观念，目的仅有一点，进入文学的本真。这次反省大约持续四个月，到 1979 年春天，我获得了文学创作和艺术表现的强烈欲望。我把文学当作事业来干的行程开始了。

　　第二次反省发生在 80 年代中后期，即《白鹿原》写作的准备阶段。我那个时候的思维是最活跃的一段。尤其是文学创作理论中的人物心理结构学说，引发了我对自己以往创作的颠覆。自我的不满意以至自我否定，同时就孕育着膨胀着一种新的艺术创造理想。这种痛苦的反省完全是自发的。发生在《白鹿原》的准备和后来的整个写作过程中，对我来说是一个关键。

　　多年以后的今天回过头来看，在人生的两个重要阶段上，我把握了自己，主要是以自身的实际做出的选择。在艺术追求的漫长历程中，在两个重要的创作阶段上，进行两次反省，对我不断进入文学本真是关键性的。如果说创作有两次重要突破，首先都是以反省获得的。可以说，我的创作进步的实现，都是从关键阶段的几近残酷的自我否定自我反省中获得了力量。我后来把这个过程称作心灵和艺术体验剥离。没有秘密，也没有神话，创造的理想和创造的力量，都是经过自我反省获取的，完成的。

　　仅仅在半月之前的一个上午，我完成一篇五千字的散文，在原下老家一个人兴奋不已。仅仅在十天前一个晚上，读完畅广元教授的一本文化文学批评专著，进入一种最欣慰的愉悦。四天前的那个下午，我写完一篇万余字的短篇小说，竟然兴奋不已。两天前的晚上，在杨凌参加杨凌文联成立的会场里，见到残疾人作家贺绪林，听说他的一部三十万字的长篇即将由人民文学出版社出版，我感动而又感奋，同样愉悦。这样，我几十年来不断重复验证自己，文学创作才是我生存的最佳气场。

　　直到我走进朋友们营造的这个隆重而又温馨的场合，我依然不能切实理解六十这个年龄的特殊含义，然而六十岁毕竟是人生的一个最重要的年龄区段。按照我们传统文化和传统习俗的意思，是耳顺，是感悟，是悟道，是忆旧的年龄。这也许是前人归纳的生命本身的规律性特征。我不可能违抗生命规律。但我现在最明确的一点是，力戒这些传统和习俗中可能导致平庸乃至消极的东西。我比任何年龄区段上更强烈更清醒的意识是，对新的知识的追问，对正在发生着的生活运动的关注。这既是作为一个作家的生命意义所在，也是我这个具体作家最容易触发心灵中的那根敏感神经的颤动的。

　　我唯一恳求上帝的，给我一个清醒的大脑。而今天所有前来聚会的朋友和我的亲人，就是怀着上帝的意愿来和我握手的。

2002 年 7 月 31 日于原下

原下的日子

一

　　新世纪到来的第一个农历春节过后，我买了二十多袋无烟煤和吃食，回到乡村祖居的老屋。我站在门口对着送我回来的妻女挥手告别，看着汽车转过沟口那座塌檐倾壁残颓不堪的关帝庙，折回身走进大门进入刚刚清扫过隔年落叶的小院，心里竟然有点酸酸的感觉。已经摸上六十岁的人了，何苦又回到这个空寂了近十年的老窝里来。

　　从窗框伸出的铁皮烟筒悠悠地冒出一缕缕淡灰的煤烟，火炉正在烘除屋子里整个一个冬天积攒的寒气。我从前院穿过前屋过堂走到小院，南窗前的丁香和东西围墙根下的三株枣树苗子，枝头尚不见任何动静，倒是三五丛月季的枝梢上暴出小小的紫红的芽苞，显然是春天的信息。然而整个小院里太过沉寂太过阴冷的气氛，还是让我很难转换出回归乡土的欢愉来。

　　我站在院子里，抽我的雪茄。东邻的屋院差不多成了一个荒园，兄弟两个都选了新宅基建了新房搬出许多年了。西邻曾经是这个村子有名的八家院，拥挤如同鸡笼，先后也都搬迁到村子里新辟的宅基地上安居了。我的这个屋院，曾经是父亲和两位堂弟三分天下的"三国"，最鼎盛的年月，有祖孙三代十五六口人进进出出在七八个或宽或窄的门洞里。在我尚属朦胧混沌的生命区段里，看着村人把装着奶奶和被叫作厦屋爷的黑色棺材，先后抬出这个屋院，再在街门外用粗大的抬杠捆绑起来，在儿孙们此起彼伏的哭号声浪里抬出村子，抬上原坡，沉入刚刚挖好的墓坑。我后来也沿袭这种大致相同的仪程，亲手操办我的父亲和母亲从屋院到墓地这个最后驿站的归结过程。许多年来，无论有怎样紧要的事项，我都没有缺席由堂弟们操办的两位叔父一位婶娘最终走出屋院走出村子走进原坡某个角落里的墓坑的过程。现在，我的兄弟姊妹和堂弟堂妹及我的儿女，相继走出这个屋院，或在天之一方，或在村子的另一个角落，以各自的方式过着自己的日子。眼下的景象是，这个给我留下拥挤也留下热闹印象的祖居的小院，只有我一个人站在院子里。原坡上漫下来寒冷的风。从未有过的空旷。从未有过的空落。从未有过的空洞。

我的脚下是祖宗们反复踩踏过的土地。我现在又站在这方小小的留着许多代人脚印的小院里。我不会问自己也不会向谁解释为了什么又为了什么重新回来，因为这已经是行为之前的决计了。丰富的汉语言文字里有一个词儿叫醒豁，我在一段时日里充分地体味到这个词儿的不尽的内蕴。

我听见架在火炉上的水壶发出噗噗噗的响声。我沏下一杯上好的陕南绿茶。我坐在曾经坐过近二十年的那把藤条已经变灰的藤椅上，抿一口清香的茶水，瞅着火炉炉膛里炽红的炭块，耳际似乎萦绕着见过面乃至根本未见过面的老祖宗们的声音：嗨！你早该回来了。

第二天微明，我搞不清是被鸟叫声惊醒的，还是醒来后听到了一种鸟的叫声。我的第一反应是斑鸠。这肯定是鸟类庞大的族群里最单调最平实的叫声，却也是我生命磁带上最敏感的叫声。我慌忙披衣坐起，隔着窗玻璃望去，后屋屋脊上有两只灰褐色的斑鸠。在清晨凛冽的寒风里，一只斑鸠围着另一只斑鸠团团转悠，一点头，一翘尾，发出连续的咕咕咕……咕咕咕的叫声。哦！催发生命运动的春的旋律，在严寒依然裹盖着的斑鸠的躁动中传达出来了。

我竟然泪眼模糊。

二

傍晚时分，我走上灞河长堤。堤上是经过雨雪浸淫沤泡变成黑色的枯蒿枯草。沉落到西原坡顶的蛋黄似的太阳绵软无力。对岸成片的白杨树林，在蒙蒙灰雾里依然不失其肃然和庄重。河水清澈到令人忍不住又不忍心用手撩拨。一只雪白的鹭鸶，从下游悠悠然飘落在我眼前的浅水边。我无意间发现，斜对岸的那片沙地上，有个男子挑着两只装满石头的铁丝笼走出一个偌大的沙坑，把笼里的石头倒在石头垛子上，又挑起空笼走回那个低陷的沙坑。那儿用三脚架撑着一张钢丝箩筛。他把刨下的沙石一锨一锨抛向箩筛，发出连续不断千篇一律的声响，石头和沙子就在箩筛两边分流了。

我久久地站在河堤上，看着那个男子走出沙坑又返回沙坑。这儿距离西安不足三十公里。都市里的霓虹此刻该当缤纷。各种休闲娱乐的场合开始进入兴奋期。暮霭渐渐四合的沙滩上，那个男子还在沙坑与石头垛子之间来回往返。这个男子以这样的姿态存在于世界的这个角落。

我突发联想，印成一格一框的稿纸如同那张箩筛。他在他的箩筛上筛出的是一粒一粒石子。我在我的"箩筛"上筛出的是一个一个方块汉字。现行的稿酬标准无论高了低了贵了贱了，肯定是那位农民男子的石子无法比兑的。我自觉尚未无聊到滥生矫情，不过是较为透彻地意识到构成社会总体坐标的这一极。这一极与另外一极的粗细强弱的差异。

这是新世纪的第一个早春。这是我回到原下祖屋的第二天傍晚。这是我的家乡那条曾为无数诗家墨客提供柳枝，却总也寄托不尽情思离愁的灞河河滩。此刻，三十公里外的西安城里的霓虹灯，与灞河两岸或大或小村庄里隐现的窗户亮光；豪华或普通轿车拥塞的街道，与田间小道上悠悠移动的架子车；出入大饭店小酒吧的俊男倩女打蜡的头发涂红（或紫）的嘴唇，与拽着牛羊缰绳背着柴火的乡村男女；全自动或半自动化的生产流水线，与那个在沙坑在箩筛前挑战贫穷的男子……构成当代社会的大坐标。我知道我不会再回到挖沙筛石这一极中去，却在这个坐标中找到了心理平衡的支点，也无法从这一极上移开眼睛。

三

村庄背靠的鹿原北坡。遍布原坡的大大小小的沟梁奇形怪状。在一条阴沟里该是最后一坨尚未化释的残雪下，有三两株露头的绿色，淡淡的绿，嫩嫩的黄，那是茵陈，长高了就是蒿草，或卑称臭蒿子。嫩黄淡绿的茵陈，不在乎那坨既残又脏经年未化的雪，宣示了春天的气象。

桃花开了，原坡上和河川里，这儿那儿浮起一片一片粉红的似乎流动的云。杏花接着开了，那儿这儿又变幻出似走似住的粉白的云。泡桐花开了，无论大村小庄都被骤然暴出的紫红的花帐笼罩起来了。洋槐花开的时候，首先闻到的是一种令人总也忍不住深呼吸的香味，然后惊异庄前屋后和坡坎上已经敷了一层白雪似的脂粉。小麦扬花时节，原坡和河川铺天盖地的青葱葱的麦子，把来自土地最诱人的香味，释放到整个乡下的田野和村庄，灌进庄稼院的围墙和窗户。椿树的花儿在庞大的树冠和浓密的枝叶里，只能看到绣成一团一串的粉黄，毫不起眼，几乎没有任何观赏价值，然而香味却令人久久难以忘怀。中国槐大约是乡村树族中最晚开花的一家，时令已进入伏天，燥热难耐的热浪里，闻一缕中国槐花的香气，顿然会使焦躁的心绪沉静下来。从农历二月二龙抬头迎春花开伊始，直到大雪漫地，村庄、原坡和河川里的花儿便接连开放，各种奇异的香味便一波迭过一波。且不说那些红的黄的白的紫的各色野草和野花，以及秋来整个原坡都覆盖着的金黄灿亮的野菊。

　　五月是最好的时月，这当然是指景致。整个河川和原坡都被麦子的深绿装扮起来，几乎看不到巴掌大一块裸露的土地。一夜之间，那令人沉迷的绿野变成满眼金黄，如同一只魔掌在翻手之瞬间创造出来神奇。一年里最红火最繁忙的麦收开始了，把从去年秋末以来的缓慢悠闲的乡村节奏骤然改变了。红苕是秋收的最后一科庄稼，通常是待头一场浓霜降至，苕叶变黑之后才开挖。湿漉漉的新鲜泥土的垅畔里，排列着一行行刚刚出土的红艳艳的红苕，常常使我的心发生悸动。被文人们称为弱柳的叶子，居然在这河川里最后卸下盛妆，居然是最耐得霜冷的树。柳叶由绿变青，由青渐变浅黄，直到几番浓霜击打，通身变成灿灿金黄，张扬在河堤上河湾里，或一片或一株，令人钦佩生命的顽强和生命的尊严。小雪从灰蒙蒙的天空飘下来时，我在乡间感觉不到严冬的来临，却体味到一缕圣洁的温柔，本能地仰起脸来，让雪片在脸颊上在鼻梁上在眼窝里飘落、融化，周围是雾霭迷茫的素净的田野。直到某一日大雪降至，原坡和河川都变成一抹银白的时候，我抑制不住某种神秘的诱惑，在黎明的浅淡光色里走出门去，在连一只兽蹄鸟爪的痕迹也难觅踪的雪野里，踏出一行脚印，听脚下的好雪发出铮铮铮的脆响。

　　我常常在上述这些情景里，由衷地咏叹，我原下的乡村。

四

　　漫长的夏天。

　　夜幕迟迟降下来。我在小院里支开躺椅，一杯茶或一瓶啤酒，自然不可或缺一支烟。夜里依然有不泯的天光，也许是繁密的星星散发的。白鹿原刀裁一样的平顶的轮廓，恰如一张简洁到只有深墨和淡墨的木刻画。我索性关掉屋子里所有的电灯，感受天光和地脉的亲和，偶尔可以看到一缕鬼火飘飘忽忽掠过。

有细月或圆月的夜晚，那景象就迷人了。我坐在躺椅上，看圆圆的月亮浮到东原头上，然后渐渐升高，平静地一步一步向我面前移来，幻如一个轻摇莲步的仙女，再一步一步向原坡的西部挪步，直到消失在西边的屋脊背后。

某个晚上，瞅着月色下迷迷蒙蒙的原坡，我却替两千年前的刘邦操起闲心来。他从鸿门宴上脱身以后，是抄哪条捷径便道逃回我眼前这个原上的营垒的？"沛公军灞上"，灞上即指灞陵原。汉文帝就葬在白鹿原北坡坡畔，距我的村子不过十六七里路。文帝陵史称灞陵，分明是依着灞水而命名。这个地处长安东郊自周代就以白鹿得名的原，渐渐被"灞陵原""灞陵""灞上"取代了。刘邦驻军在这个原上，遥遥相对灞水北岸骊山脚下的鸿门，我的祖居的小村庄恰在当间。也许从那个千钧一发命悬一线的宴会逃跑出来，在风高月黑的那个恐怖之夜，刘邦慌不择路翻过骊山涉过灞河，从我的村头某家的猪圈旁爬上原坡直到原顶，才嘘出一口气来。无论这逃跑如何狼狈，并不影响他后来打造汉家天下。

大唐诗人王昌龄，原为西安城里人，出道前隐居白鹿原上滋阳村，亦称芷阳村。下原到灞河钓鱼，提镰在菜畦里割韭菜，与来访的文朋诗友饮酒赋诗，多以此原和原下的灞水为叙事抒情的背景。我曾查阅资料企图求证滋阳村村址，毫无踪影。

我在读到一本"历代诗人咏灞桥"的诗集时，大为惊讶，除了人皆共知的"年年柳色，灞陵伤别"所指的灞桥，灞河这条水，白鹿（或灞陵）这道原，竟有数以百计的诗圣诗王诗魁都留了绝唱和独唱。

> 宠辱忧欢不到情，
> 任他朝市自营营。
> 独寻秋景城东去，
> 白鹿原头信马行。

这是白居易的一首七绝。是诸多以此原和原下的灞水为题的诗作中的一首。是最坦率的一首，也是最通俗易记的一首。一目了然可知白诗人在长安官场被蝇营狗苟的龌龊惹烦了，闹得腻了，倒胃口了，想呕吐了。却终于说不出口呕不出喉，或许是不屑于说或吐，干脆骑马到白鹿原头逛去。

还有什么醍醐能淹没脏污这个以白鹿命名的原呢，断定不会有。

我在这原下的祖屋生活了两年。自己烧水沏茶。把夫人在城里擀好切碎的面条煮熟。夏日一把躺椅冬天一抱火炉。傍晚到灞河沙滩或原坡草地去散步。一觉睡到自来醒。当然，每有一个短篇小说或一篇散文写成，那种愉悦，相信比白居易纵马原上的心境差不了多少。正是原下这两年的日子，是近八年以来写作字数最多的年份，且不说优劣。

我愈加固执一点，在原下进入写作，便进入我生命运动的最佳气场。

2003 年 12 月 11 日于二府庄

对 话

关于《白鹿原》与李星的对话

一、过了四十四岁，我突然意识到五十岁这个年龄大关的恐惧。

问：忠实，想请你回答一些问题，一是为了满足读者的要求，二是为对这部作品的评论研究提供背景材料。你能同意吗？

答：我很高兴能和你交谈。作为我习作生活中的第一部长篇小说的尝试，我曾经做了尽可能多的准备，自然包括艺术上的诸多考虑，写作实践中又有许多创作感受，当初不完全自信也不完全有把握，而当实践之后，无论成功的方面或失败的方面，我都有了实际操作的感受了。我想补充一个原因，就是与评论家交流一下这种感受，以验证我的那些艺术思考的合理性与错觉发生在什么地方，以期相互交流、接受理论审视，对我今后的艺术探索无疑是很有益处的。

问：长篇小说《白鹿原》在《当代》连载以后，很快产生了热烈的社会反响，这些反响当然都是肯定的，有的评价还甚高。这都是你意料之中的吗？

答：作品写完以后，我有两种估计，一个是这个作品可能被彻底否定，根本不能面世。另一种估计就是得到肯定，而一旦得到面世的机会，我估计它会引起一些反响，甚至争论，不会是悄无声息的，因为作家自己最清楚他弄下一部什么样的作品。

问：《白鹿原》是你的第一部长篇吗？在此以前你有无胎死腹中的长篇构思？你从什么时候，或是什么契机，触发了你写作长篇的欲望？

答：这是我的第一次长篇小说创作尝试。此前我没有过任何长篇的构思。而关于要写长篇小说的愿望几乎在很早的时候就产生了，但具体实施却是无法预料的事。我对长篇的写作一直持十分谨慎的态度，甚至不无畏怯和神秘感。我的这种态度和感觉主要是阅读那些大家们的长篇所造成的，长篇对于作家是一个综合能力的考验，单是语言也是不容轻视的。我知道自己尚不具备写作长篇的能力，所以一直通过写中短篇来练习这种能力作为基础准备。记得当初有朋友问及长篇写作的考虑时，我说要写出十个中篇以后再具体考虑长篇试验。实际的情形是截止到长篇《白鹿原》动手，我已经写出了九部中篇，那时候我再也捺不住性子继续实践那个要写够十个中篇的计划了，原因是一个重大的命题由开始发展到日趋激烈、日趋深入，就是关于我们这个民族命运的思考。这是中篇小说《蓝袍先生》的酝酿和写作过程中触发起来的。以往，某一个短篇或中篇完成了，关于某种思考也就随之终结。《蓝袍先生》的创作却出现了反常现象。小说写完了，那种思考非但没有中止，反而继续引申，关键是把我的某些从未触动过的生活库存触发了、点燃了，那情景回想起来简直是一种连续性爆炸，无法扑灭也无法中止。这大致是 1986 年的事情，那时候我的思想十分活跃。

问：省内、国内与你同龄或同时期走上中国文坛的一些作家前些年纷纷推出了自己的长篇，有些还产生了重大影响，对你有无压力？这压力是什么？

答：回想起来，似乎没有对我构成什么压力，这不是我的境界超脱也不是我的孤傲或鸵鸟式的愚蠢，主要是出于我对创作这种劳动的理解。创作是作家的生命体验和艺术体验的一种展示，一百个作家就有一百种独特的体验，所以文坛才呈现多种流派、多种主义这种种姹紫嫣红的景象。我也只能按我的这个独特体验来写我的小说，所以还能保持一种不以物喜、不以己悲的写作心境。当然，上述那个双重体验不断变化、不断更新也不断深化，所以作家的创作风貌也就不断变化着。不仅是我，恐怕谁也难以跨越这个创作法规的制约。当你的双重体验不能达到某种高度的时候，你的创作也就不能达到某种期望的高度，如果视文友们的辉煌成果而压力在顶，可能倒使自己处于某种焦灼和某种心理的不平衡状态，反倒可能对自己的创作造成危害，甚至会把人压死。

我的强大的压力发自生命本身。我在进入四十四岁这一年时很清晰地听到了生命的警钟。我从初中二年级起迷恋文学一直到如今，尽管获了几次奖，也出了几本书，总是在自信与自卑的矛盾中踯躅。我突然强烈地意识到五十岁这年龄大关的恐惧。如果我只能写写发发如那时的那些中短篇，到死时肯定连一本可以当枕头的书也没有，五十岁以后的日子不敢想象将怎么过。恰在此时由《蓝》文写作而引发的关于这个民族命运的大命题的思考日趋激烈，同时，也产生了一种强烈的创作理想，必须充分地利用和珍惜五十岁前这五六年的黄金般的生命区段，把这个大命题的思考完成，而且必须在艺术上大跨度地超越自己。我的自信又一次压倒了自卑。感觉告诉我，这种状况往往是我创作进步的一种心理征兆。

二、最恰当的结构便是能负载全部思考和所有人物的那个形式。

问：你为写作《白鹿原》作了哪些准备工作？在这些准备中最难的是什么？

答：主要有三个方面：一是历史资料和生活素材。我查阅了西安周围三个县的县志、地方党史和文史资料，也做了一些社会调查，大约花费了半年时间，收获太丰厚了。某些东西在查阅中一经发现，简直令人惊讶不已，激动不已，有些东西在当时几乎就肯定要进入正在构思中的那个还十分模糊的作品。二是温习中国近代史。我想重新了解一下我所选定的这个历史背景的总体趋向和总体脉络，当然我更关注关中这块土地的兴衰史。记得正当此时，国平给我说他有一本研究关中的名叫《兴起和衰落》的新书，他知道我是关中人，也素以关中生活为写作题材。我读了这本书，确实觉得新鲜、有理论深度，对我当时正在激烈思考着的关于关中这块土地的认识起到了一种启示和验证的良好作用。还有一本美国人（日本通）写的叫《日本人》的书，对于近代日本的了解正好作为一个参照，使我对我们这个民族的认识更深化了。三是艺术准备。我选读了一批长篇小说，有新时期以来声誉较高的几部，其余主要是国外作家的代表作。目的在于了解当今世界和中国文坛上长篇写作的各种流派，见识见识长篇小说的各种结构方法。因为当时对我来说感到最难的便是结构，这不单是因为第一次尝试，主要是人物多，时间跨度长，重大的生活事件也多，结构确实成为首当其冲的一个重大难题。阅读的结果扩展了艺术视野。"文无定法"，长篇小说也无定法，各个作家在自己的长篇里创造出各种结构框架，同一个作家在不同的几部长篇里也呈现出各异的结构框架。最恰当的结构便是能负载全部思考和所有人物的那个形式，需要自己去设计。这便是创造。

问：你认为这些准备工作在长篇创作中具有普遍性吗？

答：我越来越相信创作是生命体验和艺术体验的过程。每个作家对正在经历着的生活（现实）和已经过去了的生活（即历史）的生命体验和对艺术不断扩展着的体验，便构成了他的创作历程。这种体验完全是个人的独特的体验，所以文坛才呈现千姿百态。所以从本质上来说，恐怕就不存在一个普遍性的问题。即使我自己，也只是在这部长篇写作前感到需要做这些准备工作，而在以往的中篇写作中根本没有这样做过。我以后再写长篇，也许不一定都要做如上述几个方面的准备；如果那种双重的体验十分有把握，肯定就不要那些耗时费事的准备了。

问：在你所精读的作家、作品中，哪个作家、哪部作品对你的长篇写作影响最大？

答：中国当代作家王蒙的《活动变人形》，张炜的《古船》，哥伦比亚的马尔克斯的《百年孤独》和《霍乱时期的爱情》，意大利的莫拉维亚的《罗马女人》以及美国的谢尔顿的几部长篇。还有劳伦斯的刚刚被解冻了的那本书。很难说哪一本书影响最大，所有这些作家创造的这些优秀的艺术成果都在不同方面给过我长篇艺术的良好启示，比如说上述两位中国当代作家的那两部作品，一本写旧北京，一本写农村，都对我当时正在思考着的关于这个民族的昨天有过启迪。谢尔顿的作品启发我必须认真解决和如何解决作品的可读性。而马尔克斯的两部作品则使我的整个艺术世界发生震撼。

问：陕西一些作家，包括你过去的创作向以"实"和"土"见长，思想、理论的穿透力不强，视野不够开阔，从《白鹿原》中却看不到作家主观认识能力和认识视野的明显限制。请问，除了作家作品以外，你有没有思想的理论的准备？重点读过哪些理论著作？

答：读书范围缺乏系统，基本是实用主义的。内容庞杂，但目的很明确，有《中国近代史》《兴起与衰落》《日本人》《心理学》《犯罪心理学》《梦的解析》《美的历程》《艺术创造工程》等。

阅读的目的完全是为了正在构思的这部长篇小说的写作，所以说纯粹是实用主义的，所有这些关于历史、关于心理、关于艺术的理论著作，都对我的那种双重体验有过很大的启迪。

三、所有的悲剧的发生都不是偶然的……但是历史的细节却常常被人忽视。

问：小说涉及本世纪初到本世纪中叶发生在以西安为中心的关中土地上的许多政治、经济、社会、自然、文艺事件，如西安的辛亥革命、民国十八年的大饥荒、刘镇华围西安等，你是否有意要使它成为近现代中国农村，包括关中农村的历史？你是怎样认识和评价这五十年中国社会的历史及中国农民在其中的处境和地位的？

答：近当代关中发生的许多大事件，在我还是孩提时代就听老人们讲过，诸如"围城""年馑""虎烈拉瘟疫""反正"等，那时候只当热闹听，即使后来从事写作许多年也没有想到过要写这些，或者说这些东西还可以进入创作。回想起来，那几年我似乎忙于写现实生活正在发生的变化，诸如农村改革所带来的变化。直到80年代中期，首先是我对此前的创作甚为不满意，这种自我否定的前提使我已经开始重新思索这块土地的昨天和今天，这种思索越深入，我便对以往的创作否定得越彻底，而这种思索的结果便是一种强烈的实现新的创造理想和创造目的的形成。当然，这个由思索引起的自我否定和新的创造理想的产生过程，其根本动因是那种独特的生命体验的深化。我发觉那种思索刚一发生，首先照亮的便是心灵库存中已经尘封的记忆，随之就产生了一种迫不及待地详细了解那些儿时听到的大事件的要求。当我第一次系统审视近一个世纪以来这块土地上发生的一系列重大事件时，又促进了起初的那种思索进一步深化，而且渐入理性境界，甚至连"反右""文革"都不觉得是某一个人的偶然的判断的失误或是失误的举措了。所有悲剧的发生都不是偶然的，都是这个民族从衰败走向复兴、复壮过程中的必然。这是一个生活演变的过程，也是历史演进的过程。"史"的含义和这个字眼本身在文学领域令人畏怯，我们还是不谈它会自在一些。我不过是竭尽自己截止到1987年时的全部艺术体验和艺术能力来展示我上述的关于这个民族生存、历史和人的这种生命体验的。

世界史中有一个细节可能被许多人忽视了，而《日本人》一书的作者、号称日本通的赖肖尔却抓住这个细节解释了一个重大的历史过程——西方洋人的炮舰在第一次袭击我们这个封建帝国用土石和刀矛垒筑的门户的同时，也袭击了海上弹丸国日本的门户，那门口的防御工事也是靠土石和刀矛垒筑的，那个不堪一击的防御工事所保护着的也是一个封建小帝国，而且这个封建小帝国的政治和经济制度几乎是依样画葫芦照我们这个大帝国仿建的。洋枪洋舰袭击的结果却大相径庭：日本很快完成了从封建帝制到资本主义的议会制的"维新"，而且可以说是和平的革命，既保存了皇权的象征，又使日本社会开始了脱胎换骨式的彻底变革；中国却相反，先是"戊戌六君子"走上断头台，接着便开始了军阀大混战，直至我们这个泱泱大帝国的"学生"（日本自唐就以中国为师）占领了大半个中国。

我只能看作是老师比学生的封建文明封建制度更丰富，因而背负的封建腐朽的尘灰也更厚重，学生容易解脱，而先生自己反倒难了。绵延了两千年的一个封建大帝国的解体绝不会轻而易举。六君子的臂力和孙中山先生的臂力显然力不从心，推倒了封建大墙也砸死了自己。从清末一直到 1949 年中华人民共和国建立，所有发生过的重大事件都是这个民族不可逃避的必须要经历的一个历史过程。所以我便从以往的那种为着某个灾难而惋惜的心境或企望它不再发生的侥幸心理中跳了出来。

问：西安周围有没有一个叫白鹿原的地方或村庄？滋水河是否就是你家门前的灞河？

答：西安东郊确有一道原叫白鹿原，这道原东西长约七八十华里，南北宽约四五十华里，北面坡下有一道灞河，西部原坡下也有一条河叫渭河，这两条河水围绕着也滋润着这道古原，所以我写的《白鹿原》里就有一条滋水和润河。这道原的南部便是终南山，即秦岭。地理上的白鹿原在辛亥革命前分属蓝田、长安和咸宁三县分割辖管，其中蓝田辖管的面积最大，现在仍然分属于蓝田、长安和灞桥三县（区）。我在蓝田、长安和咸宁县志上都查到了这个原和那个神奇的关于"白鹿"的传说。蓝田县志记载："有白鹿游于西原。"白鹿原在县城的西边，所以称西原，时间在周。取于《竹书记年》史料。

四、抽雪茄，喝酽茶，下象棋，听秦腔，我像个秦腔老艺人。

问：据我们所知，早在 1988 年夏天你就拿出了长篇的结构提纲，当时它有没有名字？"白鹿原"这三个字是什么时候出现在你的意识中的？当你将你的长篇起名《白鹿原》时是怎么想的？

答：这部书的构思和结构是在 1987 年完成的，原计划在这年冬天动手起草，后来因为母亲住院，我不得不陪住医院两月而推迟到次年春天。在 1989 年结束这部长篇时，就确立下《白鹿原》这个书名，但未做最后确定。如果写作过程中随着构思的具体实施和进一步深化，也许还能找到更好的名字，结果却没有找到更恰当的名字，还是觉得这个书名好些。比如说，也想到过《古原》，斟酌之后觉得这名字把作家的主观意识泄露得太明显，一个古字便是一种倾向。所以还是觉得最初选用的这个名字更恰当些。

地理上的白鹿原在我很小的时候就知道了。这部书里的白鹿原最早何时出现于意识中已无从辨识，反正 1986 年已经作为一个原而时时旋转在心中，到 1987 年，这个艺术形态的白鹿原便日臻丰富和生动起来。

问：《白鹿原》是不是 1992 年 4 月我看到复印稿时完稿的？你是从什么时候开始案头工作的？初稿用了多长时间？复稿用了多长时间？

答：这是个很具体的问题。草稿是1988年4月初落笔的，到1989年元月写完。其间在七、八两月停止写作，实际写作时间是八个月。这只能算是一个草拟的框架式的草稿，约四十万字。复稿是1989年4月开始的，到1992年元月29日（农历腊月二十五）写完，后来又查阅了一遍，到3月下旬彻底结束。历时约三个年头，其间因故中断过几次，最长的一次是1989年秋冬，长达四个月，所以实际写作时间要打折扣。

问：从1985年你就担任陕西作协的副主席和党组成员，但是谁都知道，这些年你基本住在家乡，地方偏僻，交通不便。请问，五十万字的《白鹿原》是否全部在西蒋村你的祖屋中完成的？你的写作生活是怎样安排的？

答：草稿和复稿近百万字都是在祖居的乡村家里完成的，只有复稿的其中一章是在一个朋友家里写的。我家所在的那个村子相当闭塞，因为村子里的房屋紧靠着地理上的白鹿原北坡坡根，电视信号被挡住了，我买了电视机却无法收看，只能当作收音机收听"新闻联播"。有七八华里的土石公路通到汽车站，一旦下雨下雪，我几乎就出不了门。

写作《白鹿原》时，我觉得必须躲开现代文明和城市生活的喧嚣，需要这样一个寂寞乃至闭塞环境，才能沉心静气完成这个较大规模的工程。关键在于每天写作之后的排遣，我充分估计到这个工程的实现将是一个漫长的过程，不能靠短促突击来完成，所以就有意调整改变了原先在晚上写作的积习为早晨，我担心长达几年的昼伏夜出造成的与日月和大自然气象处于一种阴阳颠倒的对抗状态，可能会引起身体的不适乃至病变。

一般在下午三四点钟以后终止工作，主要是为了保证明天能连续写作。开始的两个月没有经验，写得顺利时就延续到晚上，第二天起来就感觉心神疲惫，思维迟钝，便决定提早一点结束以便脑子得以休整，但停止写作后那些人物还在脑子里聚集不散，故事情节还在连续发展，仍然不能达到休息的目的，其结果依然给大脑造成灾难，于是就采取一些五花八门的办法把那些人物和故事尽快从脑子里驱逐出去，尽快清静下来。我就离开书桌坐到院子里喝茶听秦腔，把录音机的音量开到最大，让那种强烈的音乐和唱腔把脑子里的人物和故事彻底驱逐干净。也常常到河边散步，总在傍晚时分，无论冬夏都乐于此道。这些办法有时候不起作用，我就做点体力劳动，给院子里的果树和花木剪枝，施肥，浇水，喷洒药剂，一旦专注于某项劳动，效果最好。夏天的夜晚爬上山坡，用手电筒在刺丛中捉蚂蚱，冬天可以放一把野火烧荒，心境和情绪很快便得到调节，完全进入休养生息状态，可以预感到明天早晨的写作将有一个良好的开端。几乎每天晚上临睡前都喝几盅白酒，便会进入一种很踏实的睡眠。

早晨起来习惯喝茶，基本是一种茶：陕青。这种喝茶的习惯很厉害，连着喝掉几乎一热水瓶水，抽掉两支雪茄，这个过程便渐渐进入半个世纪前的生活氛围，那些人物也被呼唤回来，整个写作情绪便酝酿起来，然后进入了写作。

我那时候已发觉我的这些习惯颇像那些老秦腔艺人，抽雪茄，喝酽茶，下象棋，听秦腔，喝"西凤"酒，全都是强烈型的刺激。

问：你是否有"山重水复疑无路"，写不下去的创作中的苦恼？你是怎么解决一个个难题的？

答：整个创作过程中遇到过两次大障碍，几乎是同一性质的，就是人物的纵和横的关系与历史进程的摆置问题。

第一次发生在写过三分之一篇章时出现的，使我大约停笔半月之久而一筹莫展，搞得我情绪一阵烦躁一阵灰败，越是焦急越是无计可施。那时正进入伏天，高温天气下的情绪更加糟糕，恰好一位文友约我到他家去避暑，他的家住在海拔较高的山岭上，又有两孔土窑洞，凉爽宜人。也许是换了一个环境吧，忽然觉得茅塞顿开，一步就跨过了那道障碍。这件事记忆犹新。

第二次发生在写过三分之二的篇章以后，类似的情况又出现了，这回我有了经验，便索性放下，倒过去先写后边的篇章，然后回过头去，却觉得根本不成为问题，似乎倒是当时脑子里短了路。

问：你感到写得最愉快的是哪些章节？为什么？

答：整个写作过程都很平静，都比较愉快，具体已记不清哪一章了。我只记得写得最难受的一章，便是朱先生的出场，尤其是他的生活历程的那一段较长的介绍性的文字，似乎不如我写其他人物出场那样自如，总觉得难以进入一种形象性的叙述。

问：你感到从事大部头的长篇写作对作家的心理、生理状况，都有哪些要求？

答：适宜于所有作家的标准答案恐怕没有。我只能回忆当初我所能意识到的需要做的心理准备，便是沉静。为此而立下三条约律：不再接受采访，不再关注对以往作品的评论，一般不参加那些应酬性的集会和活动。在我当时看来，此前的一切创作到此为止，对我的宣传和对作品的评价已经够了，也应该到此截住。我写长篇将开始一种新的艺术体验的试验性实践，比以往任何创作阶段上都更清醒地需要一种沉静心态，甚至觉得如不能完全进入沉静，这个作品的试验便难以成功甚至会彻底砸锅。

三条约律也是保障整个写作期间能聚住一锅气，不至于零散泄漏零散释放，才能把这一锅馒头蒸熟。做到这三条其实是给自己讲心理卫生的，既排除种种干扰，也排除种种诱惑，甚至要冷着心肠咬紧牙关，才能聚住那锅气，才能进入非此勿视的沉静心态。当我完成这部书稿以后，便感谢当初的三条约律拯救了我的长篇，也拯救了我的灵魂。

五、文学作品所能达到的对一个民族的理解，任何其他读物都难以相比。

问：有人评价说，《白鹿原》不仅以空前规模深刻准确地表现和把握了中国农业社会的基本特点，而且在历史和人的结合中塑造了庄严饱满的中国农民形象，展示了民族的精神和灵魂，它的出现将给外界（包括世界）提供许多关于我们民族的新的认识，你是怎么想的？

答：但愿这是我的文学理想的实现。我的理解是这样，民族间的最广泛也最深刻的交流的最好手段，便是文学。我所知道的苏联的第一个少数民族是哥萨克，便是因为少年时期阅读了《静静的顿河》。除了文学的因素外，阅读文学作品所达到的对一个民族的了解和理解的深度，任何历史的政治的经济的读物都难以相比。

问：白嘉轩、鹿子霖是作品中的族长或家长，他们的性格、心理、思想和智慧可以说是老一代中国农民中两种最基本的类型，从一定意义上说，他们也是我们民族精神、民族灵魂中的两种基本原型，他们的结局和下场，也是充满神秘的宿命感。请问：你创作他们有无生活原型？对于这两类农民及其未来处境你有何评价？

答：这两个人恰好都没有生活原型。

白嘉轩这个人物确实得到过一句启示。正在酝酿这部书的时候，一位老人向我粗略地讲述了一个家族的序列。其中说到一位族长式的人物时，他说这人高个子，腰总是挺得端直直的，从村子里走过去，那些在街巷里袒胸裸怀给娃喂奶的女人，全都吓得跑回房门里头去了。当时我脑子已有白嘉轩的雏形，这几句话点出了一个人的精髓，我几乎一下子就抓住了这个人物的全部气性，顿然感到有把握也有信心写好这个人物了。至于他（白）的所有故事当然全是编出来的，关键是这位老人所说的简单到不过一百个字的介绍，给我正在构思中的族长注入了骨髓。

这两类农民是一种文化底蕴之中的两种类型，他们的全部作为和最终结局不是我的评价，而是我所能理解到的历史和生活的必然。

问：长篇中的几乎每个人物都是立体的，他们的命运始终牵动着读者的心。最绝的，也可说神来之笔，是朱先生、小娥、黑娃的激动人心的死，这些死是你刻意的设计，还是来自生活的启示？

答：我对每一个重要人物在书中的出场和在生活的每一步演进中的命运转折，竭尽所能地斟酌只能属于这一个人的行动，包括一句对话。我过去遵从塑造性格说，我后来很信服心理结构说。我以为解析透一个人物的文化心理结构而且抓住不放，便会较为准确真实地抓住一个人物的生命轨迹。这与性格说不仅不对立也不矛盾，反而比性格说更深刻了一层，这就是我所理解的心理真实。我同样不敢轻视任何一个重要人物的结局。他们任何一个的结局都是一个伟大生命的终结，他们背负着那么沉重的压力，经历了那么多的欢乐或灾难而未能实现自己的人生理想，死亡的悲哀远远超过了诞生的无意识哭叫。几个人物的死亡既有生活的启示，也是刻意的设计，设计的宗旨便是人物本身——那个人的心理结构形态。

问：白孝文以良家子弟始，中间经过了叛逆，流浪要饭，后来又当兵从政，先是反共反人民，后来又摇身一变成为人民政府的县长，这种命运的大起大落，而又能合情合理，不是一般虚构可以完成的。请问：他有无生活原型？你有无关于他未来的预感或设想？

答：白孝文完全是一个虚构的人物。类似这种人的故事，恐怕任谁都能讲出一两桩来。我所能依托的唯一素材就是广闻。你的最后一问我不便回答，这可能有解释人物之嫌。让作家具体解释作品情节和作品人物，我觉得比创造这些人物还难。

六、我和当代所有作家一样，也是想通过自己的笔画出这个民族的灵魂。

问：你如何看待关于《白鹿原》"成为中华民族生活的缩影"的评价的？也就是说，你怎么理解这个可以说很高的评价？

答：你是搞当代文学评论的，你阅读过的当代中国作家的作品肯定比我多得多，对一些具有代表性的流派的作家的作品的了解肯定比我更全面、更广泛、更深刻。我凭印象说，新时期以来的文学创作，无论什么流派，现实主义、后现实主义、新写实派、意识流、寻根主义以及数量不大的荒诞派，无论艺术形式上有多大差异，但其主旨无一不是为了写出这个民族的灵魂，差异仅仅在于艺术形式的不同。

至于这个灵魂揭示得深与浅，那不是艺术形式造成的，因为我们从某些主义和流派的发源地确实看到过辉煌的巨制。揭示浅与揭示深的关键在作家自身的独特的体验。我甚至以为这是创作中起主导作用的生命体验。作家对历史和生活的独特体验决定着他的作品的深度，鲁迅的《阿Q正传》和巴金的《家》，都是两位巨匠独特的生命体验的结果。

我和当代所有作家一样，也是想通过自己的笔画出这个民族的灵魂。我以前的某些中短篇小说也是这种目的，但我的体验限制了这些中短篇小说的深度。此次《白》书的写作意图也是这样。你说的这样高的评价可以看作是对我的鼓励，但在我来说就是想充分展示我的独特的生命体验，即截止到1987年前后我已经体验到了的。

问：有评论家说，有的小说包括长篇，可以用一句话，可以从一个角度、用一种思想概括，《白鹿原》多层次、多方面的内涵，多样的生活和人物，似乎不能用一句话、一个观点概括。你能吗？

答：我一开始就把这部小说概括了，甚至在未开始之前的酝酿阶段就有一个总体概括，就是卷首语里引用的巴尔扎克那句话："小说被认为是一个民族的秘史。"

问：《白鹿原》既有丰富的内蕴，又有很强的可读性。虽然很长，许多读者还是一气读完的，甚至出现了一家丈夫、妻子、孩子争相阅读一本书的情况，这在纯文学阅读中是很少见的。你在写作中是否考虑到长篇的可读性问题？

答：可读性的问题是我所认真考虑过的几个最重要的问题中的一个。构思这部作品时，文坛上有一种"淡化情节"的说辞，以为要彻底否定现实主义的过时传统，其中的重要一点就是要"淡化情节"，写一种情绪或一种感觉。我至今也不敢否定那些相当有道理也相当新鲜的说辞，因为实践这种说辞所阐述的创作理想，尽管现在未能实现，而将来也可能会实现的。但我必须面对现实。

现实的情况是文学作品已经开始出现滞销的不景气现象。文学圈里包括我在内的许多人都惊呼纯文学出现危机，大众文学的冲击第一次伤了纯文学高贵尊严的脸孔，这是谁都能够感到的，书籍出版没有订数的致命性威胁。在分析形成这种威胁的诸多因素和企图摆脱困境的出路时，我觉得除了商潮和大众文学冲击之外，恐怕不能不正视我们本身；我们的作品不被读者欣赏，恐怕更不能完全责怪读者档次太低，而在于我们自我欣赏从而囿于死谷。必须解决可读性问题，只有使读者在对作品产生阅读兴趣并迫使他读完，其次才可能谈及接受的问题。我当时感到的一个重大压力是，我可以有毅力、有耐心写完这部四五十万字的长篇，读者如果没有兴趣也没有耐心读完，这将是我的悲剧。

为此，我专门选读了谢尔顿几部长篇。谢尔顿的十几部小说总是畅销，这个人的作品总是几十万成百万地印刷，而且被翻译成多种文字，依然畅销。谢尔顿的作品不能称作俗文学，起码与中国当今那些俗文学不可同日而语，我读的几部不仅可读性强，而且揭示相当深刻。所以抱怨当代人被电视或其他娱乐形式从小说前拉走的说辞也不尽准确，因为欧美那样的国家，娱乐场合娱乐手段比我们丰富得多，而纯文学的作品仍然可以几十万几百万册地出版印刷。我们需要一点否定自己的勇气，不要一味地抱怨市场轻视读者，才能从文学自身寻找出路。

问：蔡葵同志在信中告诉我说，"白嘉轩后来引以为豪壮的是一生里娶过七房女人"，这第一句话就将他吸引住了。整个《白鹿原》的语言也是很特殊的，具有特别的节奏和特别的韵致。请问：你在写作中对自己的语言有什么考虑和追求？

答：关于语言，也和整个作品一样，不可分割地要接受读者的审视，不同层面的读者肯定会有不同的感觉，我不想做任何解释，我只想说动笔之前关于语言的考虑也是重要的问题之一，甚至可以说是首当其冲的头一件难事。关于语言的重要性无需阐释，对我来说最现实的困难是，如何把半个多世纪里发生的较为错综复杂的故事和较多的人物既能淋漓尽致地表达出来，又不致弄得太长，为此必须找到一种适宜的语言形式和语言感觉。关于形式我试着写了两三个短篇，做那种语言形式的探索和实验，其中我比较满意的是《轱辘子客》。这个短篇在《延河》发表出来后，几位看过的朋友首先看到了语言的变化和陌生，还是比较赞赏，于是我就心里有数了，把这种高密度的语言形式确定下来了。关于语言感觉，似乎不大说得清楚，它蕴涵着当时的社会气氛和不同人物的生活形态，而且蕴涵着作家的情绪、气质和理智等。

我写下头一句"白嘉轩后来引以为豪壮的是一生里娶过七房女人"时，似乎没有经过特别的用心刻意，而是很自然地写下来的。当然从表面看是这样，其实，整个作品大的脉络大的框架和主要人物的重大人生转折都已基本酝酿成熟，重要人物的生命历程已经在心中搏动，只是把酝酿已久的构思找到一个"线头"就是了。当我打开大日记本写下草稿中这一句开头的时候，似乎找到了那种理想的语言感觉，而且自信这种感觉可以统领到文章结束。草拟时开头用的是"锅锅嘉轩……"写正式稿时把绰号"锅锅"改成了他的姓"白"。因为后来在整个作品的实际写作中几乎没有用这个绰号，改成姓氏开头更符合作品气韵，也符合白嘉轩的气质。我自己是这样判断的。

七、长大了的孩子还牵着大人的手走路是不可思议的。

问：在《白鹿原》开始构思写作的时候，中国文坛上正热烈地进行着关于写作方法的争论，你考虑没有考虑诸如现实主义还是现代主义这些问题？

答：在《白》书动笔之前的几年里，我一直关注着中国当代文坛上关于写作方法的种种争论，也注意阅读当代作家许多标示着新面貌的作品，我从那些争论和标新之作中得到过有益的启示，这对《白》书的构思和写作有着决定性影响。尽管我没有参与争论，这主要是害怕陷入争论不能摆脱耗费生命；但我在别人的争论中得到的艺术启示是肯定的，可能比争论者双方获得的好处还要多：争论者忙于争论甚至不惜把一种意见推向极端，我从争论双方那里都看到了也学到了长处。

问：你认为《白鹿原》是现实主义范畴的作品吗？它同柳青，包括法、俄现实主义有何不同？

答：《白鹿原》是现实主义的创作。对我来说，不可能一夜之间从现实主义一步跳到现代主义的宇航器上。但我对自己原先所遵循的现实主义原则，起码可以说已经不再完全忠诚。我觉得现实主义原有的模式或范本不应该框死后来的作家，现实主义必须发展，以一种新的叙事形式来展示作家所能意识到的历史内容和现实内容，或者说独特的生命体验。

柳青是我最崇拜的作家之一，我受柳青的影响是重大的。在我进行小说创作的初始阶段，许多读者认为我的创作有柳青的味儿，我那时以此为荣耀。因为柳青在当代文学上是一个公认的高峰。到80年代中期，我的艺术思维十分活跃，这种活跃思维的直接结果，就是必须摆脱老师柳青，摆脱得越早越能取得主动，摆脱得越彻底越能完全自立。我开始意识到这样致命的一点：

一个在艺术上亦步亦趋地跟着别人走的人永远走不出自己的风姿，永远不能形成独立的艺术个性，永远走不出被崇拜者的巨大的阴影。譬如，孩子学步，在自己没有能力独立行走的时候需要大人引导，而一旦自己能站起来的时候就必须甩开大人的手，一个长到十岁的正常的孩子还牵着大人的手走路是不可思议的。艺术创作更是这样，必须尽早甩开被崇拜者的那只无形的手，去走自己的路。这一方面的教训有目共睹，不仅柳青的崇拜者没有在艺术上超出柳青的，荷花淀派的创始者孙犁的崇拜者也没有超过孙犁的，沈从文的学生们也没有弄出超过沈先生的作品。这是一个悲剧也是一个误区。凡是背叛了被崇拜者的人倒是有不少人成了气候成了大家。这应该是一个很简单也很正常的现象，艺术的要害在于"创"新而忌讳模仿。

我决心彻底摆脱作为老师的柳青的阴影，彻底到连语言形式也必须摆脱，努力建立自己的语言结构形式。我当时有一种自我估计，什么时候彻底摆脱了柳青，属于我自己的真正意义上的创作才可能产生，决心进行彻底摆脱的实验就是《白鹿原》。但无论如何，我的《白》书仍然属于现实主义范畴。现实主义者也应该放开艺术视野，博采各种流派之长，创造出色彩斑斓的现实主义；现实主义者更应该放宽胸襟，容纳各种风貌的现实主义。

八、我在传统的性封闭和西方性解放中间无法回避。

问：《白鹿原》中有很多性的描写，有人说你成功地将人的自然性和社会性、历史性结合起来。你是怎么认识性，即人的自然性在历史的社会的人性中的地位的？在性描写中你把握了什么原则？

答：正面回答这个问题很不容易摆脱说教。我在查阅三县县志的时候，面对难以计数长篇累牍的节妇烈女们的名字无言以对，常常影响到我的情绪。那时候刚刚有了性解放说，这无疑是现代西方输入的一种关于人的自然性与社会性的说法。我在那些密密麻麻书写着的节妇烈女的名字与现代西方性解放说之间无法逃避，自然陷入一种人的性的合理性思考。我把这种思考已经诉诸形象，我想读者是会理会的，由我出面解说反而别扭。

我决定在这部长篇中把性撕开来写。这在我不单是一个勇气的问题，而是清醒地为此确定两条准则，一是作家自己必须摆脱对性的神秘感羞怯感和那种因不健全心理所产生的偷窥眼光，用一种理性的健全心理来解析和叙述作品人物的性形态、性文化心理和性心理结构；二是把握住一个分寸，即不以性作为诱饵诱惑读者。

问：性与文化，性心理与文化心理，性行为与社会关系、社会背景，是一个十分复杂的问题，弄不好就会出偏，引起社会的过敏反应。《白鹿原》的处理可以看作是一个成功的范例，正因为正视了性，没有回避性，小说才达到了"民族秘史"的境界，你在这方面是否自觉？

答：前一个问题已基本说清了这一点，首先是敢于正视，不再回避，我觉得是我艺术体验的一次跨越。其实，古今中外的优秀作品都没有回避，包括《红楼梦》和《水浒传》。如何把握其分寸不能说不重要，而关键在于所有对性的描写是否属于必须，这虽然是揭示人物文化心理结构的一个主要途径，但不是每一个人物都必须写性交。在必要性确定以后，如何把握恰当的分寸才成为重要的一环。

因为这个问题容易敏感，弄不好会有贩黄之虞，所以在构思这部小说时所重点考虑的几个问题中，这个问题也成为其中之一，因此就定下"不回避、撕开写、不是诱饵"这三条准则。

问：《白鹿原》在性描写方面如此大胆（杂志发表时删了一些，据说出书时将恢复），甚至没有回避最肮脏最丑恶的性生活。请问，在写到这些时，你有无心理障碍？是如何克服的？

答：坦率地说，我作为一个真实的人，在写作这个作品的一开始就有重重心理障碍，这种障碍甚至一直延续到我回答这个问题的当下还未完全解决。一是担心文化检查官能否容忍？要是不分青红皂白、不管作品实际情况不辨必要性与诱惑性之间的界线，而一下子打到扫黄之列怎么办？二是怕读者，这是更关键或者说更大的一种心理障碍，即改变我在读者中的印象，尤其是那些过去比较关注也比较喜欢我的作品的读者。前面的问题中涉及一点，即我的初期创作中不仅不涉及性，单是人物系列也多是男性，有人说我刻画得最好的形象是乡村的各色老汉，后来的一些涉及婚姻家庭的作品也写得比较含蓄，读者一般印象里，我是严肃作家，其中重要一条是写性比较严肃。如此撕开性面纱，而展示种种性形态性心理的作品，可以预料肯定会引起那些熟悉关注我的读者的惊讶：陈忠实怎么也弄这种东西？对我的印象随之就将发生彻底改变。这是我最担心的。及至现在作品发表，这种意见果然听到了，不过不大强烈普遍，读者的鉴赏水平令我欣慰。

克服这种心理障碍，坚持按原先构想写完作品的主导因素便是这部作品的主旨，这是重要的一个部分而不能或缺。另外，就是前述的那些县志上数以千计的贞妇烈女。中国在走向现代文明的同时，其中也仍然有一个性文明的问题。这样，我就获得了撕开写的勇气。

问：你有长期的农村生活经历，对农村、农民相当熟悉，根据你对农村生活的了解，农民的性观念的核心是什么？他们与城里人、文明人、文化人有什么不同？这里有无特殊的文化生活渊源？

答：我有一个未与人交流的看法，就是尚不存在一个农民的关于性的观念，或者城里人的关于性的观念，或者是还有一个城市里的具有较高文化的文明人的关于性的观念。

中国人，或者更准确一点说，我们民族，几千年来读着一本大书，城里人读这本书，乡里人能出资读得起书的人也读的是这本大书，城里的文化层次高的知识人还是读这本大书长大的，所有人接受的是一个老师的关于修身做人、关于治国安邦的教诲。他们从小小年纪就开始背诵那些不完全能理解得了的深奥的古汉语文字，接受熏陶，关于性文化的心理结构便开始形成。

更有一本无形的大书，从一代一代识字和不识字的父母亲友以及无所不在的社会群体中的人那里对下一代人进行自然的传输和熏陶，这个幼小的心灵从他对世界有智能感应的时候起，便开始接受诸如"仁义礼智信""男女有别，授受不亲"的性羞耻教导、制约和熏陶，他的心灵就在这样的甚至没有文化的社会文化氛围中形成一种特殊结构。及至他们有了儿女的时候，又用这种心理结构制约下的关于男女关系的观念进行熏陶。于是便有了一个共同的中国人的文化心理结构特征，它既区别于西方欧美人的心理结构，又不同于伊斯兰世界虔诚教徒的心理结构。

我在查阅县志时发现了一份"乡约"，那是一份由宋代名儒编撰的治理乡民的条约准则，是由那本大书衍化成的通俗易记的对乡民实行教化的乡土教材，而且身体力行付诸实施，在许多村庄试点推广。这本乡约我后来才知道是中国的第一本乡约，作为范本被南方数省的儒学学士改编修订，在他们所在的那一方地域推广。

城里人文化层次比乡里人高，物质文明和精神文明也相对要高一些，性文明自然也会高一阶，但这仅仅只是程度的差异，而无本质差别。城里人的心理结构依然是传统的中国人的心理结构，与西方欧美人的心理结构的本质的差别没有改变。虽然解放后不读那本大书了，且那本书受到批判，但它依然以无形的形态影响着乡里人，也影响着城里人。要彻底摆脱那本书的影响，恐怕不是一代两代人的事，一旦彻底摆脱了那本大书的影响和阴影，中国人的心理结构可能便会发生质的变化，性只是那变化中的一个组成部分。

九、我永远不会上那个原了。

问：人说电影是遗憾的艺术，拍成了才发现许多缺点、不足，但想改却来不及了。你的《白鹿原》现已发表了，印成铅字以后，你有遗憾吗？再版时准备修改吗？

答：大的遗憾没有，小的遗憾无法避免。遗憾主要是文字。如果能再过一遍手，起码可以把文字锤炼得更好些。我交出手稿时就一直有再过一遍手的思想准备，因为这是作为正式稿的头一遍稿。我一次性地拿出五十万字基本保持着卷面清整的稿子，唯一可以自信的是文字语言，唯一遗憾的也是文字语言。本来应该再过一遍手，而未能做此事，编辑同志说可以了，你不必再来北京修改了。我那时刚刚弄完，有点疲累，加之已入暑天，畏怯炎夏，也就偷懒省事了。

如果有再版的机会，到时候再视具体情况而定。

问：小说的许多人物的命运里程都延伸到解放（1949年）以后，请问你有无写《白鹿原》第二部的打算？写第二部需要什么条件？

答：我去年初已经下了白鹿原。作为一部长篇小说的全部构想已经完成。基本可以肯定，我永远再不会上那个原了。

问：如果现在你还不准备动手写《白鹿原》续篇，你对你今后几年的创作生活有什么设想？

答：前边刚刚说过，我的所有创作都是生命体验的一种展示。《白》书就是1987年前后的那一段时间里的生命体验。那种体验已经比较充分地宣泄出来了，或者说已经完成了那个宣泄，所以不存在续篇或二部三部什么的。这一点从一开始构思就很明确，《白》书是单部长篇，就此完结。唯一的与初始设想的变化是篇幅，原计划不超过四十万字，结果写到五十万字。

未来的创作很难说具体内容，这有待或者说要看我会产生怎样的体验。但有两点可以肯定。

一、未来——起码截止到六十岁这十年里，我将以长篇写作为主。原因有二，我刚刚试写了第一部长篇，对这种艺术形式兴趣正浓，我在出过一本短篇集之后便转入中篇写作，后来以中篇为主写了几年，写过九部中篇出了三本中篇集子，对中篇的结构艺术进行了一些探索。现在写成头一部长篇，心情颇类似当初写成头一部中篇的情景，对长篇的结构艺术进行各种探索的兴趣颇盛。在五十到六十岁这一年龄区段里，如若身体不发生大的病变，我的精力还是可以做长篇小说创作的寄托的，所以得充分利用这个年龄区段间的十年，这无疑是我生命历程中所可寄托的最有效的也最珍贵的一个十年了，所以打算在这十年里以写长篇为主。之后的生命的保险系数很难确定，到十年后再视情况而定，写到此就有一缕人生的悲怆悄然浮上心头。

二、我可能再不会弄这么大篇幅的长篇了，不单是写起来累人的问题，恐怕仍然是概括能力的问题，我想在艺术形式和手法上做各种试探，把长篇的篇幅写小也是作为一个重要目标。至于未来作品的内容，这是现在所难以把握的。

1995 年 3 月 15 日

（原载《小说评论》1993 年第 3 期）

《白鹿原》获茅盾文学奖与远村答问录

远　村：陈老师您好！您的长篇小说《白鹿原》荣获第四届茅盾文学奖的消息刚刚传来，《延安文学》杂志社的全体同志欣喜若狂，奔走相告。我受《延安文学》主编曹谷溪的委托，首先向您表示祝贺，并就《白鹿原》获奖对您进行采访。

陈忠实：谷溪和《延安文学》都是我的老朋友、好朋友。感谢同志们、朋友们对我的关心与支持！你是《白鹿原》获奖之后我接待的第一位记者，我乐意回答你提出的问题。

远　村：您的长篇小说《白鹿原》荣获第四届茅盾文学奖，您是否感到意外，或者早已成竹在胸呢？

陈忠实：这两种情况都不是。我既不感到意外，也不应该说是成竹在胸。因为，我对历届茅盾文学奖的评奖过程还是了解的。应该说，一个成熟的作家，对自己的作品达到了什么，没有达到什么都是非常清楚的。也就是说，作家创作一部作品之初的总体构想，到他最终创作完成的结果达到了几成，作家自己心里比别人更明白，得失当然也是很清醒的。《白鹿原》是以写家族史来反映中国近现代社会变迁发展的，同类题材的作品也不少，每个作家都将自己的体验和艺术追求融于作品之中，做了各自独特的勇敢的探索。我自然也做了自己的探索。认真的成熟的作家应该能够客观冷静地看待这一切，既不会狂妄，也无须自诩。因为，艺术创作是个实实在在的事情，写书就是为了与读者进行交流，一个人写，千万个读者在看在审，长处和短缺都逃不脱读者的审视。至于说评奖，据我所知，历届评奖都要考虑各种题材、各种流派、各种艺术手法的作品等，所以，没有评上奖的作品未必就不优秀。因此，《白鹿原》能获奖，并不能说成竹在胸。当然，能获奖我自然很高兴。因为，得奖表明读者和评委们对我创作《白鹿原》所进行的探索和付出的劳动是一个肯定，也对我未来的创作是一种鼓励。

远　村：茅盾文学奖已举办了四届，对每届获奖作品您如何看待？对茅盾文学奖本身的价值和意义如何估价？

陈忠实：茅盾文学奖已经搞了四届，应该说每届所选作品都是那个年限的优秀长篇。我们大体可以从获奖作品看出新时期以来长篇小说发展的历程，无论反映生活的广度和深度，还是艺术形态，都可以看出近年来获奖作品都有较大的变化，也可以看出我们的长篇创作在不断走向更成熟的目标，尽管它不能囊括各个年限的所有优秀作品，但这并不影响我们通过茅盾文学奖对中国作家在长篇小说创作方面所做努力的判断。至于茅盾文学奖本身，我以为文学大师茅盾先生用自己的稿费设此奖项，其目的和用意是十分清楚的，它体现出老一代作家对长篇小说创作和后辈作家所寄托的厚望。它的权威性和影响力也是肯定的，大家不仅关注评奖的作品，更重要的是通过评奖激发人们对我国长篇创作的关注。作为作家，我也很关注每届的评奖活动。因为作为一个国家级的文学大奖，只有将不同年限出版的长篇中最优秀的作品筛选出来（这是社会各界的共同心愿），才能真实地反映长篇小说创作的真实水准。所以，茅盾文学奖设立的意义，就在于它激励了中国作家不断在长篇小说领域创作出能标志不同阶段长篇水准的优秀作品，也为我们提供了优秀的阅读范本。

远　村：茅盾文学奖是一项专门奖励长篇小说的最具权威性的大奖，那么，您对评奖宗旨——"反映时代精神"如何理解？

陈忠实：作为我国最具权威的文学大奖，将"反映时代精神"作为评奖宗旨，我认为是理所当然的。作为文学主体的作家，通过自己的体验和认识，将国家和民族在各个历史时期所经历的痛苦和欢乐真实地再现出来是至关重要的，我曾在评价路遥的作品时，认为路遥就是取得这样成就的重要作家，也因为这一点，我很敬重他。他总是把自己的思想和情绪、最关注的焦点跟民族的命运紧紧结合起来，不是人为地接近，而是自然地关注。作为一个时代的画卷的长篇小说，反映时代精神，揭示时代精神，揭示作品中那个时代人们的精神状态，不光是顺利的凯歌，也有人们的奋斗、追求和探索过程中痛苦、艰难，甚至一些人的悲观情绪。只要将那个时代的本质准确抓住，通过自己不同形式的艺术作品表现出来，它都会从不同侧面反映时代精神。这使我想起了传记文学作家欧文·斯通先生的一句话，他在《马背上的水手》

中说杰克·伦敦："他从来都是将自己滚烫的手按在时代的脉搏上。"我想一个对国家和民族的过去、现在和未来负责的人，他的手不按在时代的脉搏上，他放在哪儿呢？就我而言，生怕自己粗糙的手没有按住时代的脉搏。大家知道，我过去的中短篇小说几乎全部都是关注现实生活变迁的作品，只有《白鹿原》是写历史的，但即使《白鹿原》，也是反映已往五十年的我们这个民族的发展历程，充分再现那个时期的社会秩序和人的心理秩序变化所造成的人的各种精神历程，或者说是力争表现我们民族在那五十年的历史进程，我是企图追求一种历史的真实。所以，我认为时代精神应该是一个广义的概念，从这个意义上说，作为历史题材的《白鹿原》同样是要达到反映时代精神的目的。我的这种艺术观念得益于党的十一届三中全会和真理复归，使我提高了认识，尤其是参照过去历史发展，更坚定了我对社会本质的看法。如果说《白鹿原》有值得大家称道之处，我想无非是我做到了历史生活的真实。

远　村：您的长篇小说《白鹿原》出版之后，被读者和评论界称为史诗性作品，您认为文学作品的史诗性品质主要特征是什么？

陈忠实：《白鹿原》出版后，一些读者和评论家有这种说法，但一部作品是不是一部史诗性作品，应该由历史来检验。从史诗性来讲，首先一部作品要真实准确地反映它所反映的那个历史阶段的时代脉搏和精神，历史的价值就是生活的真实；另一方面，就是艺术追求所达到的高度也应该是那个时代的文学水准。所以，史诗性作品不仅是个篇幅问题，更重要的是作品本身所呈现的深度和广度。比如，《羊脂球》，不过几万字的小说，你可以说是中篇，也可以说是短篇，但它堪称史诗性作品；又比如，《这里的黎明静悄悄》真实生动地再现了卫国战争时期苏联人民在那场反侵略战争中的真实心理，我认为它就是史诗。一般容易产生的错觉是以为史诗性作品就应该是篇幅很长的大部头作品，实际上小篇幅的作品也可以成为史诗性作品，关键是质量和品位。

远　村：有人说长篇小说是"一、文学中的交响乐；二、社会生活的百科全书；三、一个时代纪念碑式的文章；四、一个民族的秘史"。您怎么看？哪一种说法更接近你的文学理想和长篇创作追求？

陈忠实：我以为这四种观点都能成立。我们读我们传统的四大名著和欧美苏俄的经典长篇都能找到这四种说法的标本，也就是说长篇小说不是一种规定的范畴，关键在于作家本人要将自己的长篇小说写成交响乐还是百科全书，或者是秘史，其决定性因素是多方面的，但最根本的因素是作家所关注的那个时代的内在精神，正是这个精神决定了作品的风格，作家对那个时代的体验和感受规定了作品的形式。我对《白鹿原》的选择，是因为我对我们这个民族在历史进程中的一些别人没有写到的东西有了自己的感受，或者说对民族精神中鲜见的部分有了重新的理解和认识。所以，我规定了《白鹿原》向秘史的方向发展，这自然也说明了我为什么喜欢巴尔扎克对小说的定义。一个民族的发展充满苦难和艰辛，对于它腐朽的东西要不断剥离，而剥离本身是一个剧痛过程。我们这个民族在本世纪上半叶的近五十年的社会革命很能说明这一点，从推翻帝制——军阀混战——国共合作这个过程看，剥离是缓慢而逐渐的，它不像美国的独立战争，只要一次彻底的剥离，就可建立一个新秩序，我们的每一次剥离都不彻底，对上层来讲是不断地权力更替，而对人民来说则是心理和精神的剥离过程，所以，民族心理所承受的痛苦就更多。在《白鹿原》中，我力图将我们这个民族在五十年间的不断剥离过程中产生的种种矛盾冲突和民族心路历程充分反映出来。我们几千年的封建制度，许多腐朽的东西有很深的根基，有的东西已渗进我们的血液之中，而最优秀的东西和新生的东西要确立它的位置，只能是反复剥离，所以，我们这个民族就是在这样一种不断饱经剥离之痛的过程中走向新生的。

远　村：据我所知，您在进行长篇创作之前，对东西方长篇经典进行过大量研读，你认为鉴定一部好的长篇着眼点在什么地方？我们国家新时期以来的长篇写作是否进入一个经典写作阶段，它可否与西方当代大家的创作比肩平坐？

陈忠实：在《白鹿原》创作准备阶段，除了其他方面的准备，艺术准备也是相当认真的。当时，研究我的作品比较多的一个人是西北大学的蒙万夫，他听说我要写长篇，就告诉我要注意结构，他说像你写那么大跨度的长篇小说，结构非常重要，弄不好就成了"提起来是一串子，放下来是一摊子"，那就是没有骨头的一堆肉嘛！而我最担心的也就是这个问题。因为，我要写的小说历史跨度大、事件庞杂、人物多，结构不好就会出现这种问题。所以，我压力很大。在这种情况下，我大量研读了一些东西方长篇经典，阅读的结果却使我的压力反倒解除了，为什么呢？因为，我发现没有一部作品与另一部作品的结构是相同的，即使同一个作家的作品，也没有相同的结构，这就使我明白，任何一种结构都是作家的创新，没有一个作家能依赖别人的框架来装自己所要表现的生活内容，任何作品都是作家的一次新的创造形式，也就是说自己的结构要靠自己去创立，如果我们仅限于用别人创造的形式来进行自己的写作活动，那就是一次重复。反正别人用过的，尽量不去用，自己用过的，更不能重复使用。只有将一个全新的艺术风貌的作品拿出来，才能争取到它的生存价值。针对当时文学发展出现的一些问题，我又自觉地阅读了一些作品。当时出现的从未有过的现象是，作家出书要自己拿钱，文学跌入低谷。我当时在乡下正在写作这部长篇，无法逃避这样的问题，即文学的萧条肯定跟商潮有关，但并非所有作家都能下海去，况且作家如何才能将读者从其他的文化娱乐中吸引过来，这才是至关重要的。当时，传媒在炒美国有个叫谢尔顿的作家，他几乎每一部长篇都成为风靡全球的畅销书，我就想，在美国那样一个社会，商业气氛肯定比我们浓，娱乐方法更比我们多了，为什么小说还能这样畅销？我找来谢尔顿的作品看完后，最使我感动的是他的小说的故事和情节都十分生动，而当时我国文坛正在兴起一种新的艺术观点，提出无主题、无故事、无情节等，但谢尔顿与此恰恰相反，他靠生动的故事、深刻的主题占领图书市场，并很快占领中国市场，这使我更坚定，我的长篇写作要有故事的生动性，包括可读性。因为作家不只是为评论家写小说，更重要的是为读者写小说，所以，你不能不考虑读者的阅读情绪。要吸引读者，用高明的艺术手段去吸引，不是低俗地迎合，小说发展到当代，作家不能不考虑读者在整个文学活动中的参与效果。

长篇小说自新时期以来，所写题材已经非常广泛，几乎每个领域都被作家涉足过了，无论数量还是质量，确实发展了许多，去年正式出版的长篇近七百部，这说明长篇势头很好，但读者和评论界对长篇要求也高了，引起广泛轰动的作品不多，这就提出一个问题，长篇创作质量还亟须提高，为此国家也号召要出精品，至于具体到一个作品是否成为经典，当代恐怕很难判定。当代人能感受作品出来时那种确实令人激动不已的艺术力量，但还不能说它是经典，需要靠时间来检验。任何一个作家都想倾其毕生精力创造一部不朽之作，但究竟能否不朽，还得留给历史来检验，作家所能做的事情，就是将自己对生活的体验，能在作品中充分体现出来，从而达到一定的艺术高度。

远　村：作为一个获奖作家，您是否还有一个更大的目标，比如，希望自己今后的作品能在国际上拿大奖？中国作家在文化继承和小说创新方面还应该做哪些有意义的工作？

陈忠实：作为一个作家，不管国内奖、国际奖还是省内奖，只要给一个奖都是件好事，就是一个杂志的奖，也是高兴的，因为它都是对作家劳动的肯定，对作家的鼓舞。至于国际奖和国内奖，有很大差异。国际奖很多，但真正权威性的就是诺贝尔文学奖，最近几年有两三家报纸邀我参加中国作家应不应该获诺贝尔文学奖的讨论，我都谢绝了。不参加讨论，并非我没有看法。今天，我就首次向你表白我对诺贝尔奖的看法。诺贝尔文学奖历届获奖作品都是不同国家和民族的最优秀作家的优秀作品，但我们也应该看到，近十届的获奖作家差异很大，我印象最深的是在国际上产生广泛影响的作家马尔克斯，而读其他作家的作品就深深感到跟《百年孤独》所达到的艺术高度差异甚大。如果将马尔克斯作为一个标尺，那么，中国作家要获诺贝尔奖是相当困难的，若要跟近几年获奖的那几位小说作家比，我看中国作家可以获诺贝尔奖的应有人在。大家公认的就是汉语和英语以及其他语言差异太大，而汉语翻译成英语损失很多，能够翻译成英语的作品太少。我那一年访问意大利，在意大利只翻译有邓友梅的一本书《烟壶》，而中国作家的名字在那里也十分陌生。至于获奖，不是谁想获得就获得了。几乎历届获奖作家在接到瑞典皇家学院颁发的获奖通知时，都感到十分惊讶，从他们的惊讶，我们可以看出没有一个作家是事先想到的，或耿耿于怀企盼着的。那么，中国作家也就不要整天想着诺贝尔文学奖，更不要为诺贝尔文学奖而写作，这些都有碍作家的艺术发展。如果有一天，真有某个中国作家获了这个奖，也是值得我们骄傲的。但我们必须保持一个良好的创作心态，将自己的体验充分把握好，形成自己的艺术风格就足够了，因为获奖本身并不代表什么。在小说创新方面，我们还没有创立一个在国际上产生影响的新流派，唯一属于我们的就是章回体小说，这是我们的传家宝，它也产生了伟大的作品，比如四大名著，在题材上也有多样性。但就小说发展看，花样最自由最多的是俄罗斯文学，它对欧美文学、日本文学和世界其他地区的文学都产生广泛影响，而唯独没有一个国家借鉴我们的章回体，相反，新时期文学的花样翻新几乎都可以从西方小说中找到范本。而花样过后，才有可能有真正属于我们的艺术形式被中国作家创造出来。

远　村：《白鹿原》之后，您处于一个相对冷静时期。有人预言，经过一段休养生息，您将有更臻完美的巨制问世，也有人说《白鹿原》是您一生创作的巅峰，以您的年龄和体力，恐怕很难有超过《白鹿原》整体水平的长篇。您自己如何认为呢？

陈忠实：首先，我认为持这种看法的人是对我创作的一种关注。我自己也在《白鹿原》出版之后听到过这样的议论，这说明大家都在关心我的创作情况。借此机会，我向广大读者和朋友致谢。我将这段时期的情况介绍一下。《白鹿原》出版发行已经四年了，这四年也是我承担陕西省作协领导责任的四年。《白鹿原》之后我遇上省作协换届，我当选为陕西省作协主席，而我上任时，当时作协的状况不尽如人意，经济拮据，电费欠缺，汽车停顿，办公室墙壁下陷、塌顶等，我既然担任这个职务，就不能眼看着大家在这样的困境中生活。经过抓这些具体工作，作协办公大楼即将盖起，老作家的医疗条件也有改善，作协各部门基本形成有秩序的工作，这自然是这届班子共同努力的结果，但也花去我好多精力。另一方面，在这四年也尽力抓了陕西青年创作队伍的建设。老一代作家曾为我们这一代作家队伍建设耗去不少心血，那么，扶持和建立一支更年轻的陕西作家队伍的责任就落在了我们这一代人的肩上。所以作家协会先后召开过两次长篇创作讨论会和一次青年创作座谈会，并通过协会的两本刊物《延河》和《小说评论》对陕西作家的创作给予支持和鼓励。1994年还搞了一次散文专题讨论会，大家反映很好。同时，《白鹿原》完成以后，我对小说写作的情绪调整不到最佳状态，也就是说，我好像对小说失去了某种激情。读者对我的期望值很高，我在没有充分创作激情的状态下，就不能轻易动笔，以免使读者失望。所以，我这几年连短篇都没有写，只是写了些随笔和散文，出了两本散文集。当然，这几年的收获也是有的，通过主持机关工作和改善工作条件，我对城市生活也有一些体验了。尤其是我住进了城市，结识了一些商海弄潮儿和社会各色人等，给了我一些新的感觉，但这种感觉还没有达到形成一部作品的程度，所以我不敢仓促下笔。未来的创作是不是鸿篇巨制，是否要超过《白鹿原》，我根本就不思考这个问题。这是个艺术创作的规律，对我来说《白鹿原》已成为历史，没有必要跟它较劲。记得《白鹿原》问世后，我跟评论家李星有个对话，李星问过这个问题，我告诉李星，自己再不会上《白鹿原》那个原了。今天，我依然将这句话给你。我只是尊重我自己的生命体验和艺术感觉。最终能形成什么样的作品，那就写个什么样的作品献给读者。既不重复别人，也不重复自己，只要有独立生存的价值，只要是实实在在达到了我所体验到和追求到的目标，我就感到欣慰了，因为，它们都是我的孩子。

（原载《延安文学》1997年第6期）

关于四十五年的答问

——与《小说评论》主编李国平

李国平：二〇〇二年，你的文学生涯已走过了四十五年，你是怎样走上文学道路的？你能描述一下最初萌动的情形吗？

陈忠实：追溯起来，我的文学生涯应从我初中二年级时写的一篇小说算起。那是一次作文，我写了一篇小说，题目叫做《桃园风波》，那是我平生写下的第一篇小说。我对文学的兴趣、爱好、追求就起于这个时期。有几个因素决定了我后来的文学道路，一是家脉的影响，父亲的形象。父亲是一位地道的农民，但有些文化。在下雨天不能下地劳作的空闲里，父亲和一般农民的区别就显示了出来，他总是躺在祖屋的炕上读古典小说和秦腔戏本。二是我上初二的时候，那时的语文课本分为汉语和文学两种，我记得厚厚的一本文学课本收录有现当代作家的许多作品，包括赵树理的短篇小说、李准的刚刚发表的《不能走那条路》。我读他们的东西，似乎直接复活了我少年的乡村生活经验，感到亲切和惊异。也就是从那时起，我第一次产生了借阅文学书籍的欲望。再就是我的初中语文老师，姓车，刚从师范学院毕业，车老师大概是一个标准的文学爱好者、文学发烧友，他讲语文课，还给我们讲一些当时文坛的趣闻动态、作家故事。我后来写了一篇作文《堤》，是车老师主动提出为我抄写并向《延河》投稿的。这是我第一次听说《延河》。车老师拨动了我的文学神经。我后来在一篇文章里说到五十岁才捅破了一层纸，文学仅仅是一种兴趣。那时候的确纯粹是一种兴趣和热爱。

李国平：你觉着你的创作经历了几个阶段？《白鹿原》当然是高峰，有几次高峰？几次转折？

陈忠实：我的文学创作经历了三个阶段。第一阶段，从创作欲望的发生、萌动开始，在中学办文学社、出墙报，到高中毕业后回乡。高考失败后几乎一切人生出路都堵死了，就立志搞创作。一九六五年在《西安日报》发表处女作《夜过流沙沟》。直到一九七八年，可以看作我创作的第一阶段。从最初的爱好到能够发表作品，到引起一定的重视和反响，是一个漫长过程，其间包含着基本训练、学习和借鉴，以及经验和教训，最重要的是解决了创作心理上的自信与自卑和文学的神秘感问题。第二个阶段大约从一九七八到一九八六年。一九七八年，我已强烈地意识到文学春天的到来，文学可以当事业干了。我也从基层行政部门调到文化单位，去读书去反省去皈依文学，那几乎是一个自虐式的反省。剥离的过程和目的是要用真正的文学来荡涤艺术感受中的非文学因素，重树文学的信心。这一时期是我人生和创作的最重要的转折期，解决了反省力和自觉性问题。记得当时《人民文学》的崔道怡先生从北京赶到我下乡的偏僻的山村，要我写一篇小说在《人民文学》亮亮相，哪怕写一篇散文，给《人民日报》先亮一下相，不然有人说陈忠实已趴下了。我咬牙谢绝了。我说我现在不是亮不亮相的问题，趴不趴下全在我自己。我会以我自己的方式告慰读者。那时候和后来不断深化的精神剥离，使我获得了文学的新生。第三个阶段是《白鹿原》的酝酿、准备、创作时期。这个时期我面临的最大问题是已意识到《白鹿原》的内涵和历史内容，和艺术表现上的软弱，拿得下来拿不下来，能否完成自己的创作理想，可《白鹿原》的创作过程和完成使我在更高层次上解决了自信和不自信的问题。

李国平：在你的文学生涯中遇到许多文学前辈、文学编辑、文朋诗友，王汶石、吕震岳、蒙万夫、徐剑铭、张月赓、李下叔、何启治，他们可说是你的良师益友，每每在创作的重要关口给予你很大支持，我注意到你在一些文章里很是感念。

陈忠实：的确是这样，我在文学道路上遇到过许多良师益友。我交往的编辑，原计划写成系列的文章，现在还没有完成。我和这些朋友，都过从不密，纯粹是文学上的交往、交流和爱护。一九七一年，我连续四五年没有写作了。张月赓惦记着我，托人在农村找我，催促我在《西安日报》上发表了散文《闪亮的红星》，可以说是张月赓重新唤起了我的文学梦。就是这样，我们交往三十一年，君子之交。我的第一本小说集《乡村》的责编是邢良骏同志。我的许多文学朋友、编辑朋友，出现在我创作的重要关头，我创作的每一步都有他们心血的浇灌，我和他们的友谊是经过了长久的生活考验的，这是我的幸运，我想我回报他们的最好的方式是创作。

李国平：伴随着你的文学生涯，你经历了不同的职业，你创作的原始动机是什么？有没有功利目的？精神层次的东西什么时候占主导地位？它们和职业的改变是平行发展的吗？精神上的东西是和走上专业创作道路一起明晰起来的吗？

陈忠实：我说过，在初始阶段，纯粹是一种爱好。高中阶段，有当作家的理想。我最近写过一篇文章《我与军徽擦肩而过》，说的是我高中毕业三年困难时期的情形，从军不成，高考不成，招工不成，几乎人生的每一条道、每一个憧憬都被堵死，而作为一个知识青年，我又不甘于当一个农民，不甘于当只有六七十个学生的民办教师，于是集中心力走文学创作的道路。八十年代初的创作冲动几乎是和文学的命运相伴而生。而《白鹿原》的创作，可以说是我人生价值、生命意义的一次实现，我们这一茬农民出身的作家，投身文学，不能说没有改变生存状态、人生命运的动机，世俗的和精神的剥离过程很难机械划分，很难说哪一位作家走上专业道路了，他就剥离干净了，我感觉这和作家境界、对文学理解的深度有关系。

李国平：你的生命历程、创作历程，和共和国的风风雨雨构成了同构关系，你的命运、你的创作也有过坎坷，现在回想起来一定感慨良多。

陈忠实：我五十年代开始上学，接触生活。六十年代开始，以社会最基层干部的角色，直接参与社会生活，直接经历感受着国家命运、民族命运的变化。个体命运直接在生活的波浪中颠簸着、感受着，国家的变革和进步的过程，也是我一次又一次心灵剥离、精神提升的过程。可以说不光我陈忠实，新时期文学的任何一项成就，都离不开思想解放、改革开放的大背景，如果说我有什么感言的话，那就是在自己的生命历程中不断锻铸承受苦难的能力，这是感受社会和人生的支点。如果这样的能力差一点，就会被生活的列车挤下去，就谈不到精神剥离和精神成长。

李国平：你说过，你在四十多岁的时候，有一种恐惧、警觉，五十岁的时候，有许多生命警悟，现在是什么心境？

陈忠实：我在构思创作《白鹿原》的时候，有一种危机感、恐惧感、紧迫感，感觉五十岁是一个年龄大关，加之那些年不断有知识分子英年早逝的报道，我恐惧的是我最重要的艺术感受、艺术理想能否实现，最重要的创作能否完成。现在我心态很平和，主要是我那时候意识到的创作理想在我最为重要的年龄阶段已经完成。我六十岁的生命和五十岁的生命是一样的，生活态度、创作态度没有消极。我说的平和不是悟道，不是耳顺，不是超然，对艺术新境界的追求，对生活意义的追寻，都应该渗透到生命里，该顺的顺，不该顺的不顺。

李国平：我记得八十年代，观胜的《猎户星座》出来，请民间的一位老者看，这位老者说，观胜，日不倒洋人。这可以说是你们那一批作家创作志向和雄心的体现，《白鹿原》也可说是这个文学雄心的体现和实践。

陈忠实：是的，《白鹿原》离不开当时陕西文坛氛围的促进。我后来写这一篇文章叫《互相拥挤，志在天空》，说的就是当时的文学氛围。那时候我们那一茬作家有几十个，志趣相投，关系纯洁，互相激励，激发智慧，不甘落后，进行着积极意义上的竞争。可以说每一个人哪怕一步的成功，都离不开互相激励。路遥、志安已经离世。现在的文学环境由于社会大环境的影响已经有些病变，比如浮躁，比如炒作，我要和年轻作家互相勉励的是——坚守。

李国平：在李星和你的访谈中，你曾谈到，你写出《白鹿原》时有两种估计，一是不能出版，二是一旦出版，肯定会产生反响。《白鹿原》出版后甚至在茅盾文学奖的评奖过程中有过磕绊，似乎读者和文学界的认同好评和某种说法形成了反差，后来的情形是不是说明国家的进步，思想的进步，文学的进步？

陈忠实：关于《白鹿原》可以有各种各样的评价。我们国家的进步从经济到思想都是显著的，《白鹿原》还上升不到这样的高度。如果说关于《白鹿原》有误读的话，那只是文学发展中的一个小插曲、小波澜。回想起来，新时期以来文学的每一种思潮，都引起过争论，每一次结论都是使文学更接近文学本身。

李国平：一个较重要的时期，陕西的文学创作是师承柳青，你是其中的代表，我觉着这种师从先是局部的逼真，后来更多的是创作态度和创作精神上的。在近年来有关你的访谈中，你多谈到外国作家，是不是你的文学资源后期多来自外国作家，尤其是拉美作家？

陈忠实：陕西许多作家的确有过学习、师承柳青的过程。我觉得柳青的遗产我们阅读得还不够。像赵树理、柳青、王汶石，我们今天重读，仍然会获得许多新的东西。后来陕西作家是有一个走出柳青的过程，有一句话"大树底下好乘凉"，还有一句话是"大树底下不长苗"，这里就有一个自立的问题。我对外国作家的阅读不光是拉美这一块，西欧、俄罗斯文学也是重要的资源，只是近来较多阅读拉美文学罢了。另外，我读外国文学，不光着重于艺术的东西，主要是在那里寻获思想性启迪。说到这里，顺便说一下，我不太重视传统的文学，这也许和我接受的教育有关，古典文化、古典文学是我文学资源里薄弱的一面，现在补课的欲望强，但理解快，记忆力差。

李国平：关于《白鹿原》有一致的评价和定位，这本书写出整整十年了，你是否经常回望关于《白鹿原》的创作？你自己今天如何看待《白鹿原》？

陈忠实：《白鹿原》是在那个历史背景下对特定生活的体验和理解，是我那一时期做出了最大努力的艺术追求、完成的创作理想。它是一个艺术文本的完成，完成后我不多想它了。当然也意识到一些遗憾，比如后几章弱了点，不如前面饱满。后几章写到白鹿原的第二代走出了白鹿原，投入到了更广阔的生活中去，有的还干着地下工作、军旅生活，我对氛围的把握，可能不如农村生活那么丰满和深切了，这说明生活体验的重要。

李国平：读你的有关访谈和文章，发现有几个关键词：体验、神圣、良知，它们在什么层面上表明着你的文学认识？

陈忠实：这不是一个范畴的概念。良知是历朝历代的中国传统知识分子的基本品格，历朝历代最优美的散文和诗歌里都贯穿着这种品格。良知是心理形态、精神形态，强装不行。具体到创作中，对人类的关心，哪怕是对最卑微的生命的关注，作家的爱、怜悯和忧患都隐含在其中，读者最敏感的是这些东西，它也从根本上决定着作家的艺术气质和作品面貌。

李国平：最近读到你的几个短篇，尤其是《日子》，写出了中国农民的生存状态，写出了他们的无奈和希冀、顽强和坚忍，从中能读出你对现实的关注，也能读出你重回《白鹿原》后的沉静，好像你正在回归写作《白鹿原》时的状态。四十五年不是一个终结，六十岁不是创作的完成，你是不是正在为大的建构做准备，或者说有系统的创作考虑？

陈忠实：我最近的几个短篇《日子》《作家和他的兄弟》《腊月的故事》，说责任感也罢，说忧患也罢，关注的是当代生活中的弱势群体，不是一般意义上的同情和呼吁，是着重写生存状态下的心理状态，透示出一种社会心理信息和意象，为社会前行过程中留下感性印记。关于创作我从不做承诺，我的创作忠实于我每个阶段的体验和感悟。我觉得当代生活最能激发我的心理感受，最能产生创作冲动和表现欲。

李国平：有作家说，读者永远比评论家更可靠，这当然脱离不了特殊的语境，但也有恒久的意味，拥有读者的广泛认同，是作家的荣幸，是作家生命力的延续，你可有这样的感触？

陈忠实：自我从事创作以来，也曾有过创作劳动被读者验证、认可的感受，但从未达到过《白鹿原》这样的呼应，我的生命、我的创作报偿全在于此。《白鹿原》出版以来，我亲自盖章签名的书有几万册，一位石家庄的读者来信写道："我想写出这本书的人不累死也得咳血，不知你是否还能活着看到我的信吗？"而且我惊异的是就是在最偏远的地方，读者对《白鹿原》的阅读理解都没有障碍。我曾经说过，读者才是作品存活的土壤。如果我的书使不同的读者哪怕有些微的收益，那是我最大的心理补偿，我也唯有在有限的生命里用我的创作劳动来回报他们。

（原载《陕西日报》2002 年 7 月 31 日）

附录

陈忠实主要作品出版年表

1982 → 《乡村》（短篇小说集），陕西人民出版社。

1986 → 《初夏》（中篇小说集），上海文艺出版社。

1988 → 《四妹子》（中篇小说集），中原农民出版社。

1991 → 《到老白杨树背后去》（短篇小说集），陕西人民教育出版社。

　　　《创作感受谈》（文论集），陕西人民出版社。

1992 → 《夭折》（中篇小说集），陕西人民出版社。

1993 → 《白鹿原》（长篇小说），人民文学出版社。

　　　《白鹿原》（长篇小说），香港天地图书有限公司。

　　　《陈忠实短篇小说选萃》（短篇小说集），西安出版社。

　　　《陈忠实爱情小说选》（综合集），太白文艺出版社。

1994 → 《蓝袍先生》（中篇小说集），作家出版社。

　　　《初夏》（中篇小说集），陕西人民出版社。

1995 → 《陈忠实创作申述》（文论集），花城出版社。

1996 → 《陈忠实小说自选集》（三卷）（综合集），华夏出版社。

　　　《陈忠实文集》（五卷）（综合集），太白文艺出版社。

　　　《生命之雨》（散文集），陕西人民教育出版社。

　　　《陈忠实小说精选》（综合集），太白文艺出版社。

　　　《白鹿原》（长篇小说），日本（日本版）。

1997 → 《白鹿原》（长篇小说），韩国（韩文版）。

　　　《康家小院》（中篇小说集），河南文艺出版社。

1998 → 《告别白鸽》（散文集），湖南文艺出版社。

1999 → 《陈忠实散文典藏本》（散文集），华夏出版社。

2000 → 《白鹿原》（长篇小说），台湾金安出版社。

　　　《白鹿原》（长篇小说），内蒙古人民出版社（蒙文版）。

　　　《白鹿原》（长篇小说），越南（越文版）。

《白鹿原》（长篇小说），人民文学出版社。

《家之脉》（散文集），广州出版社。

《中国当代作家选集——陈忠实卷》（综合集），人民文学出版社。

2001 →《走出白鹿原》（散文集），陕西旅游出版社。

2002 →《白鹿原》（长篇小说），人民文学出版社。

《日子》（小说散文集），陕西旅游出版社。

《陈忠实散文》（散文集），解放军文艺出版社。

《原下集》（小说散文集），上海人民出版社。

《走向诺贝尔·陈忠实卷》（综合集），文化艺术出版社。

2004 →《原下的日子》（小说散文集），上海人民出版社。

《陈忠实文集》（七卷）（综合集），广州出版社。

《陈忠实自选集》（三卷）（综合集），长江文艺出版社。

《关中故事》（中篇小说集），昆仑出版社。

2005 →《康家小院》（中篇小说集），中国社会出版社。

2006 →《陈忠实精选集》（综合集），北京燕山出版社。